ullstein

Das Buch

Der Londoner Maler Robert Casty entdeckt in Bildern des italienischen Renaissancemalers Piero della Francesca Hinweise auf ein seltsames Objekt, das uralten Legenden zufolge in einem Kloster in Armenien existieren soll.

Zur gleichen Zeit birgt ein internationales Forscherteam um die junge armenische Historikerin Anahit aus dem Wrack eines Schiffes, das seit dem vierzehnten Jahrhundert auf dem Grund des Schwarzen Meeres liegt, ein rätselhaftes, spiegelähnliches Objekt, das man im Mittelalter das »Auge Gottes« nannte. Als der Spiegel bei einem Überfall auf das Forschungsschiff gestohlen wird, bricht zum Entsetzen der Weltöffentlichkeit die Pest aus und bedroht die Menschheit.

Es gibt geheimnisvolle Hinweise, dass beim Zusammentreffen mit einem zweiten solchen Spiegel eine Katastrophe von unvorstellbarem Ausmaß droht. Im Kampf um das Schicksal der Welt bleiben Robert und Anahit weniger als fünf Tage, um zu verhindern, dass dies geschieht. Ein atemberaubender Thriller von knallhartem Realismus auf der Grundlage irritierender Fakten.

www.visus-thriller.de

Der Autor

Richard Hayer ist Wissenschaftler und Manager eines internationalen Konzerns. Er lebt in Berlin.

In unserem Hause ist von Richard Hayer bereits erschienen:

Palmer Land

Richard Hayer

VISUS

Thriller

Ullstein

Besuchen Sie uns im Internet:
www.ullstein-taschenbuch.de

Umwelthinweis:
Dieses Buch wurde auf chlor- und säurefreiem Papier gedruckt.

Originalausgabe im Ullstein Taschenbuch
1. Auflage September 2007

Lektorat: Lothar Strüh
Umschlaggestaltung: HildenDesign, München
Nach einer Vorlage von Büro Hamburg
Titelabbildung: © Getty Images/Jim Ballard
Satz: Pinkuin Satz und Datentechnik, Berlin
Gesetzt aus der Sabon
Druck und Bindearbeiten: Ebner & Spiegel, Ulm
Printed in Germany
ISBN 978-3-548-26694-7

Zur Erinnerung an Piero della Francesca
Maler und Mathematiker (1417–1492)

Wenn man Euch fragt, woher seid Ihr gekommen?,
antwortet: Wir sind aus dem Licht gekommen, von dort,
wo das Licht durch sich selbst entstanden ist.

Thomas-Evangelium, 50

PROLOG

2. Oktober 1369

Keine Stunde bevor Pierre I de Lusignan das Leben verlor, versuchten mehrere Dutzend Männer des Königs, eine gigantische Steinplatte auf sein Schiff zu verladen. Man munkelte, die runde, in schwarzes Tuch gehüllte steinerne Scheibe, die an dicken Seilen neben der voll betakelten CATHERINE im Schein von Fackeln und Feuern über der Mole schwebte, sei das »Auge Gottes«.

Eine stürmische Nacht lag über der Nordküste Zyperns, Wolkenfetzen trieben dicht über den Felsen dahin. Sie vermischten sich mit der Gischt der Brandung, die an den ersten Felsen der Ausläufer des Pentadaktylos-Gebirges im Meer aufschäumte. Kein Stern leuchtete am Himmel. Es erschien unvorstellbar, dass es jemals wieder Tag werden könnte.

Vor den sieben Meter hohen Mauern der Hafenfestung von Kyrinea hatten sich Hunderte von Angreifern zusammengerottet. Sie führten ein Gerüst mit, unter dem ein schwerer Rammbock aufgehängt war, um damit das Tor der Festung aufzubrechen. Die Nacht hallte wider von dem regelmäßigen *wumm, wumm, wumm, wumm*, das sich bis in den Herzschlag jedes Bewohners der Burg fortsetzte.

Ein schlanker Mann mittlerer Größe, einen Ledersack auf dem Rücken, den er mit der linken Hand an der Schulter hielt, stand in einem Raum tief in den Felsen über der Mole, an der das Schiff des Königs beladen wurde. Er war in einen langen dunkelgrauen Wollumhang gekleidet, der von einem schwarzen geflochtenen Gürtel zusammengehalten wurde. Auf seinem Kopf trug er eine schwarz eingefärbte Kappe, von deren Ohrenklappen die Fäden lose in dem Wind flatterten, der durch die Gänge in den Felsen zog. Er hatte nicht viel Zeit. In wenigen Minuten würde die CATHERINE ablegen, und er hatte dem König geschworen, ihn zu begleiten. Vorher jedoch musste er, koste es, was es wolle, die Felsenkammer in Augenschein nehmen, in der bis vor kurzem die riesige Scheibe aufbewahrt worden war, die soeben verladen wurde. Vom Meer wehte ein satter Tanggeruch heran.

Wumm, wumm, wumm, wumm. Noch hielt das Tor der Festung den Angreifern stand.

Leon Kartian, der Mann mit dem Ledersack auf dem Rücken, war vor einundvierzig Jahren im Herzland der ehemaligen römischen Provinz Armenien als sechstes Kind einfacher Weinbauern geboren worden. Ehe es ihn in die Paläste der Lusignans auf Zypern verschlug, hatte er Jahre mit Studien in Paris, Prag und Salamanca verbracht und mehrere Sommer einen mit Steinstaub bedeckten Mantel in der Werkstatt eines Bildhauers an der dalmatinischen Küste getragen. Nachdem er eine kleine Sommerresidenz für Pierre I in den Bergen an der Nordküste Zyperns entworfen und deren Bau überwacht hatte, betrachtete er sich als Baumeister, Astrologe und Logiker. Am Hof sicherte er seinen Lebensunterhalt, indem er die Kinder der Königsfamilie unterrichtete.

Das Kreischen aufgeregter Vögel, das Stürzen und Brechen der Wellen, die Stimmen vieler Männer, die eine gemeinsame Anstrengung zusammenführte, drangen von der Mole zu ihm herüber. *Ho, ho, ho, hoy. Ho, ho, ho, hoy.*

Die Gänge im Felsen waren verlassen. Gegenüber dem breiten Tunnel hinunter zur Mole befand sich ein Eichenportal im Stein, groß wie das Tor einer Kirche. Kartian betrat den Raum dahinter.

Der Geruch nach verfaultem Tang wurde intensiver. An den Wänden glänzte fauliger Schlick, aus dem winzige Fliegen aufstoben. Insgesamt machte der Raum den Eindruck, als stünde täglich viele Stunden brackiges Meerwasser darin. Zentimeterdick klebte Schlamm an der Wand, der an seiner Oberfläche eingetrocknet, tiefer jedoch feucht geblieben war.

Das *wumm, wumm, wumm, wumm* war verstummt. Die Angreifer hatten die Burganlage des Hafens eingenommen. Kartian konnte die Schreie der Verfolger in den Gängen im Felsen hören. Sie kamen näher.

Sein Schuh stieß an ein fußgroßes Stück eines Asphaltbrockens, in dem sich ein seltsamer Abdruck erhalten hatte. Er hob ihn auf und verstaute ihn in seinem Ledersack. Der Abdruck musste in einer Verbindung mit der steinernen Platte stehen, die jetzt auf die CATHERINE verladen wurde. Eines Tages würde es ihm vielleicht gelingen, mit Hilfe des Abdruckes das Ding zu identifizieren, das ihn hinterlassen hatte. Eilig lief er hinunter zur Mole.

Als er aus dem Gang in die Felsen oberhalb der Mole trat, griff eine grobe Hand von hinten um seinen Hals. Mit gewaltiger Kraft wurde seine Kehle zugedrückt. In einer Schraubenbewegung ging er in die Knie.

Der Angreifer verbreitete eine Wein-und-Tabak-Fahne, und seine Kleidung stank penetrant nach Urin. Er zog ein Kurzschwert aus seinen Gewändern. Verzweifelt zerrte Kartian den steinharten Asphaltbrocken aus seinem Ledersack.

Für einen kurzen Moment, im Ausholen, lockerte der Angreifer den Griff, mit dem er Kartians Kehle gepackt hielt. Kartian nutzte die Sekunde und schmetterte dem Mann mit aller Kraft den Brocken auf den Schädel. Ein kurzes dumpfes Geräusch. Blutüberströmt brach der Angreifer zusammen. Kartian beugte sich über den Toten, um das Stück Asphalt wieder aus dem Schädel zu ziehen, doch so entschlossen er es auch versuchte, es gelang ihm nicht.

In der aufgewühlten See an der Mole unterhalb der Felsen lag eine an Fock- und Großmast mit Rahsegeln betakelte dreimastige Karacke. An ihrem Bug prangte in goldenen Zeichen der Schriftzug CATHERINE. Sie war Pierre I vor einigen Jahren von König Edward III bei einem Besuch in London geschenkt worden und hatte ihm als eines der großen Fracht- und Begleitschiffe der königlichen Flotte bei seinem letzten Kreuzfahrtunternehmen in Alexandria hervorragende Dienste geleistet.

Die CATHERINE war an die dreißig Meter lang und elf Meter breit, über dem Achtersteven erhob sich ein mehrstöckiger Heckaufbau mit offener Galerie, in dem sich das Quartier der Königsfamilie befand.

Der Laderaum der CATHERINE öffnete sich zur Seite mit einem Schott in der Bordwand, das dicht über der Wasserlinie lag. Kartian konnte ein Gerüst aus starken Balken im Laderaum erkennen, eine Vorrichtung, um die ungeheure Last des Steines gegen das Verrutschen bei hohem Wellengang zu sichern. Alles würde bei der vorausliegenden Reise von der Zuverlässigkeit dieser Konstruktion abhängen.

Eng vertäut lag das Schiff an der Mole. Ein breiter Steg führte hinab durch den geöffneten Schott in den Laderaum. Der Stein senkte sich weiter an den Seilen herab. Rufe ertönten. Fackelträger beleuchteten die Szene. Ein falscher Griff, ein gerissenes Seil würde die tonnenschwere Last unwiederbringlich im Meer versinken lassen.

Kartian wusste, welches Ziel der König verfolgte. Vor sieben Tagen hatte er Kartian zu sich in die Bibliothek in seiner Residenz St. Hilarion rufen lassen. Die Angst vor dem, was er dort von dem König über das Ziel der anstehenden Reise erfahren hatte, würde Kartian auch an Bord der CATHERINE nicht verlassen.

Die klare Luft trug den Blick aus der königlichen Residenz bis weit über das Meer. Es war ein strahlender Spätherbsttag, die von den sonnendurchglühten Bergen aufsteigende Wärme strömte durch die offenen Fensterbögen in den großen, mit grünen, golddurchwirkten Seidentapeten bespannten Raum.

»Wir werden eine Reise antreten«, sagte der König, »die uns in deine alte Heimat führt. Du kannst uns dabei von großem Nutzen sein.«

Pierre I war kein besonders großer Mann. Obwohl er erst knapp dreißig Jahre zählte, war sein langes blondes Haupthaar bereits schütter und ließ die gebräunte Haut des Schädels hindurchscheinen. Trotz der Bräune, die er vom Kreuzzug nach Alexandria aus Afrika mitgebracht hatte, war sein Gesicht fahl. In den blassen blauen Augen jedoch brannte ein Feuer, das von einer Kartian unverständlichen Hoffnung gespeist sein musste.

Kartian legte seine Hand auf die vor ihm liegende Bibel und sprach zum Schwur die Worte des Königs nach.

»Ich werde Pierre I de Lusignan, König von Zypern, Jerusalem und Armenien, auf seiner Reise in den Kaukasus begleiten und alle Geheimnisse seines Planes zur Rettung der Christenheit, die mir offenbart werden, bewahren. Ich werde das Leben seines Sohnes Guy de Lusignan mehr schützen als mein eigenes. Solange Leben in mir ist und so wahr mir Gott helfe. Amen.«

Anschließend nahm der König ein auf dem Tisch liegendes Dokument zur Hand und entrollte das dünne Pergament überaus vorsichtig. »Vier Jahre lang habe ich in Alexandria nach dieser Karte gesucht, die die armenische Abschrift einer Karte aus dem Besitz der Jünger des Philosophen Pythagoras ist. Ich habe etwas in meinem Besitz, was ›das Auge Gottes‹ genannt wird. Meine Männer werden es auf die CATHERINE verladen.« Das Gesicht des Königs war grau, seine Augen brannten übermüdet.

»Diese Karte führt uns zu dem zweiten ›Auge Gottes‹. Es wird in den Bergen deiner Heimat Armenien in einem

Kloster aufbewahrt, das den Namen Lusavank trägt. Wem es gelingt, Gott seine Augen zurückzubringen, der wird ...« Der König blickte Kartian versteinert an, erschrocken vor der Ungeheuerlichkeit des Satzes, den er jetzt sagen würde. Seine Stimme war heiser, »... über Gottes Macht verfügen, sodass sich die Welt vor ihm beugen wird.«

Er ging in dem stillen Raum umher. Abendkühle wehte von den Bergen in feuchten Schwaden herein.

»Mit dieser Macht ausgestattet, werden wir Asien und Afrika unter das Schwert Christi bringen. Du wirst alles tun, um mich in deiner Heimat zu dem Ort zu führen, der in diesem Dokument verzeichnet ist.«

Kartian standen Schweißperlen auf der Stirn. »Das Auge Gottes«. Ein Licht, das nach der Legende Krankheit und Tod verbreiten oder Heilung, Kraft und ewige Jugend bedeuten konnte.

Pierre I war ein Kriegsherr, den Kartian in Alexandria als einen skrupellosen Schlächter erlebt hatte. Wenn ihm wirklich gelingen sollte, was er plante, würde die Welt ein schrecklicher Ort werden.

»Majestät«, begann Kartian. »Ich habe geschworen, Euren Sohn zu schützen. Wegen dieses Schwures spreche ich zu Euch, danach werde ich schweigen und alles tun, was ich kann, ihn zu schützen, was immer Euer Weg von hier an sein wird.« Der König hielt in seiner ruhelosen Bewegung inne.

»Nur Ihr kennt das ›Auge Gottes‹ und die Macht, die es Euch schon heute verleiht. Wenn wir Gott seine Augen geben, wird er die Welt, die er geschaffen hat, bis in den fernsten Winkel des letzten Herzens erkennen. Er wird sein Werk begutachten und darüber richten. Es wird der Tag des Jüngsten Gerichtes werden, Majestät. Die Reiter des Schwarzen Todes und der anderen Plagen der Apokalypse werden unerbittlich über die Menschheit kommen. Kann es Teil meines Gelübdes zum Schutz Eures Sohnes sein, diesen

Tag herbeizuführen?« Nach diesen Worten fiel Kartian auf die Knie und senkte demütig seinen Kopf vor dem König.

Es gab niemanden in der Umgebung des Königs, der den armenischen Kaukasus kannte. Das war seine Lebensversicherung.

»Und du glaubst, Magister, dass die Welt nur deshalb noch existiert, weil Gott seine Augen verloren hat und erblindet ist?«, vernahm Kartian die heisere Stimme des Königs.

Genau das war Kartians Überzeugung. Es konnte nicht anders sein. Dieses schreckliche Jahrhundert stellte den Tiefpunkt der Menschheitsgeschichte dar, und der Tiefpunkt dieses Jahrhunderts schien noch immer nicht erreicht.

»Lass es niemanden hören. Steh jetzt auf und tue deine Pflicht. Wir werden bald in See stechen.« Rückwärts gehend verließ Kartian den Raum. Dabei fiel sein Blick auf den Kamin an der Ostseite der Bibliothek und das darüber prangende Mischwesen im Familienwappen der Lusignans – eine Frau, deren Beine in Schlangen ausliefen und aus deren Rücken riesige Fledermausflügel wuchsen. Die Melusine. Die legendäre Urmutter der Königsfamilie de Lusignan, um die sich die lateinische Inschrift »in prescientiae dei« rankte.

Kurz vor Verlassen der königlichen Bibliothek bemerkte Kartian, wie der König die Karte zusammenrollte und in einer goldenen Röhre verschloss, die er an einer um seinen Hals liegenden Kette befestigte.

Die Kämpfe zwischen den Männern des Königs und den Verfolgern schreckten Kartian aus seiner Erinnerung auf.

Die CATHERINE schwankte auf dem Kamm einer heranrollenden Welle. Die Männer am Kranausleger waren für einen Moment unaufmerksam, der Stein sackte durch, schlug auf die Planken, die von der Mole in das große Ladeschott führten, und zerschmetterte sie.

Einen atemlosen Augenblick lang breitete sich Entsetzen

aus wie Wasser in einem sinkenden Schiff. Die Angreifer rückten vor. Ein Schwarm von Meteoriten stürzte glühend vom Himmel.

Wie flüssiges Metall fuhr jetzt der König selbst in den Haufen der Angreifer. Seine Arme kämpften, als seien sie zwei eigenständige Krieger. Mit einem Hieb seines Langschwertes in der Rechten trennte er zwei Angreifern die Köpfe vom Hals, während das Kurzschwert in der Linken unaufhörlich in die Leiber seiner Gegner stieß. Der Kampf war so schnell, dass Kartian der Kopf schwirrte. Im Flackerlicht der Fackeln, im Heulen des Sturms, im Geschrei und Waffengeklirr schien der König in jeder Sekunde an einem anderen Ort zu stehen, so blitzartig bewegte er sich. Einen nach dem anderen entledigte er sich der Angreiferschar, als wäre er der Tod persönlich. Der eiserne Geruch des umherspritzenden Blutes drang bis zu Kartian hinunter. Keiner der Angreifer hatte eine Chance, tiefer am Felsen in den Rücken des Königs zu gelangen. Niemand, der in seine Reichweite gelangte, überlebte. Einem legte er die bloße Hand auf den Schädel und zerquetschte ihn wie eine Frucht. Noch niemals hatte Kartian etwas derartig Schreckliches gesehen.

Den Männern unten am Schiff gelang es, neue Planken in die Ladeöffnung zu legen. Die Steinplatte lag nun auf hölzernen Rollen zwischen Bordwand und Schiff. Nur noch einen Wimpernschlag und das Entscheidende war geschafft.

Oben am Hang versuchte ein rothaariger Riese, sich an dem König vorbei in dessen Rücken zu schleichen.

Eine heranrollende Welle hob die CATHERINE an. Für den Bruchteil eines Atemzuges stand das Ladeschott höher als die Mole. Dadurch kehrte sich das Gefälle der Planke um und die steinerne Platte rollte begleitet von einem vielstimmigen Aufschrei auf ihrem Balkenlager zurück an Land.

Als der König dorthin blickte, trennte ihm der beidhändig geführte Schlag des rothaarigen Riesen den Kopf von den Schultern. Meterweit spritzte der Blutstrahl, den sein

Herz aus dem Rumpf pumpte. Der Rumpf trudelte, fiel und rollte den Felsen hinab. Vom Stumpf seines Halses löste sich eine Kette, an der ein verschlossenes goldenes Rohr hing, und blieb kurz vor der Klippe im Gras hängen, während der Rumpf des Königs weiterrollte und vor dem Bug der CATHERINE im kochenden Meer verschwand. Kartian ergriff die Kette und legte sie sich unter seiner Kleidung um den Hals.

Als sich sein Blick nach oben wandte, sah er den Kopf des Königs ihm entgegenrollen. Für einen Moment war er unfähig, sich in Bewegung zu setzen.

Während die CATHERINE in ein Wellental tanzte, rollte die große Platte sanft in den Laderaum. Sie wurde vertäut und verkeilt, der große Schott schloss sich. Männer mit kochendem Pech standen bereit, die Bordwand neu zu kalfatern.

Der Rothaarige erreichte den Kopf des Königs. Er packte ihn an den Haaren und streckte ihn seinen jubelnden Leuten entgegen.

Die CATHERINE legte ab. Seile wurden eingeholt und die Segel wurden gesetzt. In großen Sätzen lief Kartian die Felsen hinab an die Mole. Mit einem verzweifelten Sprung klammerte er sich an die Bordwand des Schiffes. Über ihm hinter der Reling stand Guy, der zehnjährige Sohn des Königs. Blassblaue Augen sahen ihn kalt an, und eine Kinderhand, auf deren Rücken ein Muttermal in Gestalt eines umgekehrten Y prangte, gab ein Zeichen, auf das hin er an Bord gezogen wurde.

Ausgestattet mit einer rätselhaften Macht, verließ die CATHERINE in den frühen Morgenstunden des zweiten Oktober dreizehnhundertneunundsechzig unter dem Zeichen der Melusine auf ihrem großen Rahsegel im Widerschein der brennenden Festung den Hafen von Kyrenia.

CATHERINE

16. Juli

Präzise gesteuert von geostationären Satelliten, die in sechsunddreißigtausend Kilometer Höhe über der Erdoberfläche standen, zog die SEA WASP stetig ihre vorgegebene Bahn in Richtung Nordost. Als sie eine Position bei 42 Grad 29 Minuten nördlicher Breite, 40 Grad 48 Minuten östlicher Länge erreichte, war es kurz vor zwei Uhr am Nachmittag. Nicht mehr lange bis zum festgelegten Umkehrpunkt bei 42 Grad 30 Minuten. Dann würde sie im parallelen Sektor vor den Küsten Georgiens und der Türkei auf dem Rückweg nach Süden weitersuchen.

Kein Hauch rührte sich an Bord. Bei ihrer Fahrt von zwölf Knoten hoben sich der Fahrtwind und ein leichter Nordost zu glutheißer Stille auf. Die blaue Fahne am Heck mit einem goldenen griechischen Buchstaben PHI hing schlaff von ihrem Mast herunter. Soeben hatte der Wetterbericht für die nächste Woche die Fortsetzung der Hochdrucklage über dem östlichen Teil des Schwarzen Meeres angekündigt.

Anahit Sarian verließ den Beobachtungsraum, um sich für ein paar Minuten an Deck zu strecken. Sie saß bereits vier Stunden ununterbrochen vor dem Monitor des Side-Scan-Sonars. Vor ihr wühlten die beiden Heckrotoren der SEA WASP in dem wie bleiern daliegenden Meer.

Ihr größtes Vergnügen bestand darin, barfuß über die Planken des Decks zu gehen. Dabei hatte sie das Gefühl, durch ihre Fußsohlen die bewegte Geschichte des Schiffes zu spüren – über die Bordwand rollende Brecher der Nordsee bei Versorgungsfahrten zu den Bohrinseln vor der schottischen Küste oder den langen trägen Seegang in der Karibik. Anahit trug weiße Shorts und eine ausgewaschene, weit offene rote Bluse, an deren Revers ein kleiner silberner Leuchtturm steckte. Mehr als zwei Kleidungsstücke waren ihr bei dieser Hitze unerträglich.

Ein weißer Schmetterling hatte es geschafft, an Bord zu gelangen. Ohne von einem Lufthauch gestört zu werden, ließ er sich auf dem Ankerspill links von ihr nieder. Sie hatte noch zwei Stunden Beobachtungszeit bei Tage vor sich und danach weitere vier Stunden in der Nacht. Was ihr anfangs so leicht erschienen war, hatte sich zu einer Tortur entwickelt. Seit Wochen jeden Tag zwischen acht und zwölf Stunden – und immer vergeblich.

»Das ist das Prinzip einer Schatzsuche«, hatte Rock, der Leiter des Projektes PHIDIAS, erklärt, »die meiste Zeit findet man nichts. Wäre es anders, wäre uns längst jemand zuvorgekommen.« Roger Penfield, ein dunkelhaariger schlanker Amerikaner von Mitte fünfzig aus North Carolina, der es liebte, Rock genannt zu werden, musste es wissen. Er war bereits mit zwei eigenen Schatzsucherunternehmen in der Karibik bankrottgegangen, weil andere schneller gewesen waren.

Seit fünfzehn Jahren war Rock für *Mareology Inc.*, Amsterdam, auf dem zum Forschungsschiff umgerüsteten ehemaligen Bohrinselversorger SEA WASP im Schwarzen Meer auf der Jagd nach einer am Ende des vierzehnten Jahrhunderts versunkenen zyprischen Karacke – allerdings mit langen Unterbrechungen, in denen die Spuren des Projektes PHIDIAS nicht auf dem Meer, sondern in Schiffskatastern, Archiven oder staatlichen Registern in Sevilla, Paris oder bei Lloyds of London verfolgt wurden.

Anahit blickte auf das Meer hinaus. Die letzten zwei Monate hatte sie ununterbrochen mit ihren Sinnen unter seiner Oberfläche verbracht. Gemeinsam mit der Crew der SEA WASP beobachtete sie auf den Monitoren des Sonars den Schlick am Grund des Schwarzen Meeres. Vierundzwanzig Stunden am Tag, sieben Tage die Woche. Zu ihrer Erlösung brauchten sie weiter nichts als den richtigen Schatten, die richtige Struktur, die sich unter dem Sand abzeichnete.

★

Jon Wengren stand an Deck im schützenden Schatten und beobachtete Anahit, die auf einem Poller saß und in die Wasserstrudel am Heck blickte. Ohne dass sie es bemerkte, setzte sich ein weißer Schmetterling auf ihre schwarzen Haare. Sie muss ein besonderes Bündnis geschlossen haben, dachte er.

Noch immer begriff Jon nicht recht, wieso eine Achtundzwanzigjährige sich in der Geschichte des vierzehnten Jahrhunderts bewegte, sich mit Schiffen, Uniformen, Münzen, antiken Handelsrouten des Mittelmeers und des Schwarzen Meeres auskannte, als hätte sie diese selbst befahren.

Er konnte die Augen nicht von Anahits zierlichem, aber ganz und gar nicht kurvenlosem Körper und ihrem Gesicht mit dem klassischen Profil und den schwarzen Augen abwenden. Am unteren Rand der Iris blitzte ein feiner weißer Streifen auf, der ihrem Blick etwas Starkes, ja Abweisendes verlieh. Wen diese Augen einmal voller Hoffnung und Erwartung ansahen, würde die Last einer Verpflichtung mit Haut und Haaren tragen müssen.

Sie schien es zu genießen, allein zu sein, vielleicht weil sie befürchtete, mit dem Verlust der Distanz an Unabhängigkeit einzubüßen. Während sie jetzt unbeweglich auf dem Poller saß, fielen ihr die Haare in langen schwarzen Locken auf die Schultern. Unter ihrer offenen roten Bluse konnte Jon ihre kleinen festen Brüste erkennen.

Seine ersten Taucherfahrungen hatte Jon Wengren bei der Demontage der norwegischen Bohrplattform CRYSTAL IV in der nördlichen Nordsee gewonnen. Seither waren schwere Präzisionsarbeiten in großen Wassertiefen mit dem Jim Suit, einer roboterähnlichen Tiefseetaucherrüstung, seine Spezialität.

Als der schützende Schatten schmaler wurde, lehnte sich Jon mit dem Rücken an die Wand. Sein schmerzender Sonnenbrand brachte ihn auf andere Gedanken. Das Projekt PHIDIAS besaß eine Dimension, die ihm den Schlaf raubte, wenn er nachts daran dachte.

19. Juli

Die Lampe in ihrer Kabine verbreitete mildes Licht, dennoch konnte Anahit nicht einschlafen. Wann immer sie die Augen schloss, befand sie sich in der Dunkelheit, in der sie niemals wieder sein wollte. Das schwarze Wasser lag vor ihr wie ein wartendes Tier, sie zitterte am ganzen Körper. Wenn sie doch nur mit offenen Augen schlafen könnte. Ihr war kalt. Alles um sie her war nass. Ihre Hände fühlten sich an wie blutige Klumpen.

Sie erhob sich und ging an Deck. Aus Penfields Kabine erklang leise Perry Como. *Too many miles, too many days, too many nights to be alone …*

Es war zwei Uhr früh. Jon stand mit André Vossgut, dem belgischen Meeresbiologen aus ihrer Crew, an der Reling. Sie sahen in die warme, sternenhelle Nacht und waren in eine leise Unterhaltung vertieft. Anahit stellte sich zu ihnen und blickte auf das ruhige Meer. Hoch über ihnen zog ein Keil von Wildgänsen in Richtung der türkischen Küste.

»Man glaubt es nicht«, sagte der Biologe, »aber dieses schöne Meer ist das toteste Meer des Planeten – übersalzen, verdreckt, überfischt, artenarm.« Anahit achtete nicht besonders auf seine Worte, es war eine schöne laue Sommernacht in der Gesellschaft angenehmer Menschen, was wollte sie mehr? Sie wusste schon jetzt, dass sie sich später wehmütig an Nächte wie diese erinnern würde.

»Hast du ein Problem mit dieser schönen Nacht, André?«, fragte sie. Sie wusste inzwischen, dass er umso mehr Probleme in einer Sache entdecken musste, je zufriedener die anderen damit waren.

»Jeder, der um diese Zeit an der Reling steht, hat ein Problem mit der Nacht«, war die Antwort. Sie lachten. André wurde ernst.

»Wir verdanken die Schönheit, die wir jetzt genießen, nur einer dünnen Schicht Wasser. Eigentlich müsste es stinken wie von einer Million faulen Eiern, weil das Meer in den unteren zweitausend Metern tot, verfault und giftig wie Schwefelsäure ist.«

»Jon wird begeistert sein, da hineinzutauchen.«

»Das wird er tatsächlich, weil alles so schön tot und übersichtlich ist. Für einen Taucher gibt es nichts Besseres.«

Jon legte seine Hand auf Anahits Arm, als wollte er ihr signalisieren, sie solle sich nicht aufregen, der Biologe sei nun mal eine Nervensäge, die gern anderen die Stimmung vermieste. Aber diese Geschichte beunruhigte Anahit keineswegs, und André ließ sich nicht bremsen.

»Ich will nicht leugnen, dass es Lebensformen gibt, die mit allem zurechtkommen, auch wenn ich sie nicht als Kuscheltiere haben wollte. Vor zwanzig Jahren haben wir vor der türkischen Küste eine Invasion von Rippenquallen aus dem Atlantik untersucht«, setzte Vossgut seine Rede fort, die Anahit schon deshalb zu genießen begann, weil er trotz seiner schlechten Botschaften eine leise ruhige Stimme hatte, die ein sanfter Bestandteil dieser wunderbaren Nacht war. Der Ton seiner Stimme half ihr, diese Ruhe in sich aufzunehmen. Vielleicht würde sie später doch noch einschlafen können. »Nichts im Biosystem des Schwarzen Meeres wurde mit den Quallen fertig, sie fraßen die Larven aller Fische und dezimierten Fischbestände um neunzig Prozent, sie verdoppelten alle vierundzwanzig Stunden ihr Gewicht. Schließlich gab es eine Milliarde Tonnen von ihnen, mehr als der Weltfischfang eines Jahres.«

»Was geschah danach?«, fragte Anahit. Irgendwo schrie eine Möwe, die einen Platz auf der SEA WASP gefunden haben musste.

»Zehn Jahre später tauchte die Melonenqualle auf, die mit Vorliebe Rippenquallen verschlang.« Vossgut wandte seinen Rücken dem Meer zu und blickte in den im Osten heraufdämmernden Tag. »Ich gehe ins Bett. Irgendwann werden wir etwas finden, dann werden wir nicht mehr zum Schlafen kommen.« Zögerlich machte er einige Schritte in Richtung der Kabinen. »Das menschengemachte Biosystem scheint mir ähnlich fragil wie das Schwarze Meer, verdreckt, genetisch verarmt, in seinen Tiefen bereits tot. Ich habe das Gefühl, der Blick ins Schwarze Meer ist ein Blick in die Zukunft.« Mit einem stummen Winken verabschiedete er sich.

Anahit mochte den Biologen, auch wenn er an der Angst vor der Zukunft zu verzweifeln schien. Vielleicht wusste er einfach zu viel, um sich wohl zu fühlen.

»Wie einfach ist das Leben eines Historikers«, sagte sie zu Jon, »der sich nur um die Vergangenheit Sorgen machen muss.« Sie hatte noch nicht die Absicht, zurück in ihre Kabine zu gehen, dazu fühlte sie sich an Deck zu sicher vor den Alpträumen, die sich in ihrem Kopf melden würden, sobald sie allein war. Und die ihr immer wieder bewiesen, welche Schrecken die Vergangenheit barg.

»Du müsstest als Historikerin doch wissen, wonach genau wir in dem Wrack der CATHERINE eigentlich suchen«, begann Jon eine Rede, die sich anhörte, als trage er sie schon lange mit sich herum. Anahit war nicht im Geringsten danach zumute, einen vorgezogenen Arbeitstag einzulegen, aber sie ahnte, dass Jon es nicht bei einer Frage belassen würde. Jon war ein schweigsamer Kerl. Was immer er sich zurechtgelegt hatte, um es mit ihr zu besprechen, er hatte es sich bestimmt lange genug überlegt.

»Die CATHERINE soll Kunstgegenstände mit sich geführt haben«, antwortete Anahit. »Statuen, Mosaike für den georgischen König Bagrat V, zu dem Pierre I als König Armeniens gute Beziehungen gepflegt hatte. Vielleicht wollte er sich mit Schätzen, die er auf seinem letzten Raubzug nach Alexandria erbeutet hatte, einen ruhigen Lebensabend in Georgien erkaufen.«

»Hast du dir mal überlegt, was die Expedition der SEA WASP für Geld verschlingt? Sieh dir das Schiff an. Es ist fünfzig Meter lang, Suchschiff und Bergungsplattform in einem, ausgestattet mit dem Besten, was die Untermeeresforschung heute zu bieten hat. Es hat Unterwasserroboter an Bord, einsetzbar bis zu dreitausend Meter Tiefe, entsprechende automatische Kamerasysteme, Side-Scan-Sonar und Dutzende verschiedener anderer Systeme, Nuklearresonanz-Magnetometer, um tief im Schlick des Meeresgrundes Metallen auf die Spur zu kommen, Radar und Funksysteme, automatische Positionsfixierung mit vier Schubdüsen und zwei steuerbaren Heckschrauben. Ein komplett umgebautes Schiff, tausend Tonnen Tragfähigkeit, Dieselantrieb von siebentausendzweihundert PS. Selbst das Zodiac dort drüben ist mit Satellitennavigation, Tank und Motor ausgestattet, dass man es damit die einhundertfünfzig Kilometer bis zur Küste Georgiens schaffen könnte. Die SEA WASP dürfte das aufwendigste Schiff sein, mit dem man zurzeit in der Branche nach Schätzen sucht. Und sie tut es seit fünfzehn Jahren.«

Anahit spürte, wie ihr unwohl wurde. Allmählich bekam sie einen nebelhaften Eindruck davon, worauf sie sich bei dieser Exkursion eingelassen hatte. Sie fragte sich, worauf er hinauswollte. Den immensen Aufwendungen bei dieser Expedition musste ein unglaublicher Wert entgegenstehen. War es das? Hatte Jon einen Hinweis, wonach sie in dem Wrack suchten, das sie zu finden hofften?

»Ich habe eine Zahl gesehen, die mir plausibel erscheint, fünfzig Millionen Dollar für PHIDIAS über all die Jahre.« Plötzlich waren Schritte zu hören und Jon machte eine Pause.

Toros, der Koch der Crew, war an Deck gekommen. Er blieb in seinem weißen Leinenanzug vorn an der Reling stehen, beide Hände, die groß wie Schraubstockbacken waren, auf seinen Leib gepresst, das Gesicht schmerzverzerrt. Er war ein unheimlicher Bursche, fand Anahit. Irgendwas stimmte nicht an ihm. Seine Augen und seine schwarz gefärbten Haare passten nicht zu dem Alter seines verwitterten Gesichtes. Sie schätzte ihn auf über siebzig. Zudem hatte sie mitbekommen, wie er sich mit jedem aus der Mannschaft in dessen Muttersprache unterhalten hatte. Norwegisch, Englisch, Armenisch, Französisch, Afrikaans. Er blickte kurz zu ihnen herüber und verschwand, als sie keine Anstalten machten, das Feld zu räumen.

Jon sah Anahit in die Augen, um sich zu vergewissern, dass sie ihm aufmerksam zuhörte, und fuhr dann fort: »Die Schatzsuche ist ein Hochrisikogeschäft. Die Einnahmen müssen das Zehnfache der Kosten erwarten lassen. Bei der Bergung der CATHERINE muss es für Mareology um eine halbe Milliarde Dollar gehen. PHIDIAS bewegt sich in der obersten Liga der Schatzsucher. In einer Klasse mit Tommy Thompson und seiner Columbus-America-Discovery-Group, die 1988 aus der Central America zwanzig Tonnen Gold im Wert von einer Milliarde Dollar holten.«

Anahit blieb die Spucke weg.

»Woher soll so viel Geld kommen?«, fragte sie entgeistert. In dieser Weise hatte sie noch nie über die stupide Beschäftigung nachgedacht, den Meeresgrund zu beobachten.

»Wir suchen keinen Goldtransporter. Die CATHERINE hatte Kunstgegenstände an Bord. Was sollen die bringen?«

»Das ist das große Rätsel. Niemand spricht darüber, aber mit Sicherheit stellen sich alle dieselbe Frage: Was ist es, das diesen ungeheuren Aufwand in Wahrheit rechtfertigt?«

Anahit überlegte laut. »Phidias, der legendäre Bildhauer der Antike? Er lebte zweitausend Jahre bevor das Schiff in See stach. Er hat sagenhafte Kunstwerke geschaffen, von denen keines erhalten ist. Was soll da unten liegen? Der Inhalt eines ganzen Museums?«

Eine Weile schwiegen beide nachdenklich. Anahit war inzwischen angesteckt von Jons offensichtlicher Beunruhigung. Die ganze Zeit an Bord hatte sie nichts von alldem gemerkt, weil sie mit sich selbst beschäftigt war. Mit Ängsten, die sie seit einer Ewigkeit mit sich herumschleppte. Mit Schuldgefühlen. Ihre Gegenwart hatte sie vollkommen ausgeblendet.

»Es gibt ein legendäres Kunstwerk des Phidias«, sagte sie schließlich, »eines der sieben Weltwunder. Es war das Nationalheiligtum der Griechen der Antike – die Zeusstatue von Olympia. Sie war zwölf Meter hoch, mit Gold, Elfenbein und Ebenholz verkleidet und mit Edelsteinen verziert. Sie wurde vierhundertdreißig vor Christus von Phidias fertiggestellt und achthundert Jahre später nach Konstantinopel gebracht. Wenn sie intakt im Wasser läge, würde ihr Fund den der Titanic in den Schatten stellen. Bedauerlicherweise ist sie fünfzig Jahre nach ihrer Aufstellung in Konstantinopel verbrannt.« Nach dem Ende ihrer Rede war das Rätsel umso größer geworden.

»Ich habe kein gutes Gefühl.« Jon schob sich etwas näher an Anahit heran, im Osten ging gerade die Sonne auf. »Etwas läuft hinter den Kulissen ab, das mir unheimlich ist. Als Taucher hänge ich ebenfalls an einem sehr fragilen Biosystem.« Er legte leicht den Arm auf ihre Schulter. Anahit ließ es geschehen, an diesem frühen Morgen wollte sie alle

Wärme aufsaugen, die ihr geschenkt wurde. Sie würde sie brauchen, um wenigstens noch ein paar Stunden schlafen zu können.

»Ich werde Hunderte Meter unter der Wasseroberfläche sein. Mit jedem Atemzug aus den Versorgungsschläuchen werde ich davon abhängen, dass hier oben alles geordnet zugeht.« Jon zögerte erneut und holte dann tief Luft. Seine Hand berührte ihre. »Ich möchte dich bitten, meine Versorgung zu überwachen.«

21. Juli

Ein Gewitter lag in der Luft. Schon die ganze Nacht über war es drückend schwül, ohne jeden Hauch einer Brise. Um fünf Uhr früh fand Anahit sich damit ab, dass es wieder einmal eine der Nächte war, in denen ihre Grübeleien sie am Einschlafen hinderten.

Sie legte eine CD mit Liedern des klassischen armenischen Komponisten Komitas ein, »Mondlicht«, zarte, einfache Melodien, gesungen in einem klaren Sopran von Lusine Azaryan. Vielleicht konnte sie dabei ein wenig vor sich hin träumen und schließlich doch noch Schlaf finden.

Aber sie blieb wach, die quälende Erinnerung an das schwarze Wasser war stärker als die Wirkung der Musik. Also stand sie auf, schaltete den CD-Player aus und ging an Deck.

Sie horchte in die Dunkelheit. Irgendwo war ein Stöhnen zu hören, der gedehnte Schrei eines unterdrückten Schmerzes, wie von einem verletzten Tier. Es machte ihr Angst. Es strahlte eine zerstörerische Kraft aus, eine Mischung aus Gewalttätigkeit und hingebungsvoller Todeserwartung. Ein Stöhnen wie ein Gebet.

Das Geräusch kam aus der Küche, in der kein Licht

brannte. Im hereindringenden Dämmerschein der Deckbeleuchtung erkannte sie einen über den Herd gebeugten Schatten. Zwei Platten glühten in sanftem Rot, ausgespart jeweils die Form einer riesigen Pranke. Toros, der Koch, presste seine Hände absichtlich auf die eingeschalteten Herdplatten! Versuchte er, den Schmerz in seinem Bauch zu überdecken? Nach dem, was sie an Deck beobachtet hatte, schien es ihn von innen förmlich zu zerreißen.

Offenbar spürte er, dass ihn jemand beobachtete, denn im nächsten Moment klackten Schalter, das Rot verglomm, und die Schatten der Hände verschmolzen mit der Dunkelheit. Kein Geräusch war mehr zu hören.

Anahit lief zurück an Deck. In dem Beobachtungsraum hingen André, der belgische Biologe, und Piet, der Bergungsspezialist, in ihren Sesseln. Piet trug seinen riesigen afrikanischen Hut auf dem Kopf, von dem Jon behauptete, er wäre eine Pizza, deren Haltbarkeit bei Piets Geburt abgelaufen war.

»Hat jemand Interesse an einem Kaffee?«, fragte sie in den Raum hinein. Beide hoben müde die Hand, ohne den Blick vom Monitor zu wenden. Anahit holte drei Becher Kaffee aus der Maschine und setzte sich dazu. Im Hintergrund sang Norah Jones: *»If I were a painter …«*

Anahit nahm einen Bleistift mit Radiergummi vom Tisch und tippte nervös auf den Flachbildmonitor, während die anderen ihre Nasen in den Duft ihres frischen Kaffees versenkten. Noch immer war sie in Gedanken bei dem erschreckenden Ritual, bei dem sie den Koch überrascht hatte.

Minutenlang gab es nur Schweigen, Musik und den in Zeitlupe vorbeikriechenden Meeresgrund. Alle drei sanken immer tiefer in ihre Sessel. Plötzlich richtete Anahit sich auf.

»Dort!«, sagte sie lauter als beabsichtigt. Die beiden schraken hoch.

»Wo?«

»Es ist vorbei, lasst die Aufzeichnung ein Stück zurücklaufen. Es sah aus wie ein Haufen Bretter. Kein Schiff.« Piet spulte zurück. Tatsächlich, da lagen Bretter oder Hölzer. Farblich hoben sie sich kaum von ihrer Umgebung ab, deshalb waren sie leicht zu übersehen. Doch bei genauerer Betrachtung war es ein ganzer Haufen Bretter. Verstreut über einen Abschnitt von fast dreihundert Metern. Kein Zweifel. Da war etwas. In 266 Meter Tiefe. 41 Grad 57 Minuten nördlicher Breite und 39 Grad 59 Minuten östlicher Länge.

»Es könnte etwas sein, was ein Schiff verloren hat«, sagte Anahit. Ihre Hand schwebte über dem Signalknopf, während sie sich ansahen. Alle nickten. Kaum hatte sie den Knopf gedrückt, dröhnte ein infernalisches Signal durchs ganze Schiff. André gab die Koordinaten in die satellitengesteuerte Positionsautomatik, die daraufhin die Steuerung des Schiffes übernahm. Langsam tastete sich die SEA WASP zurück zur Sichtungskoordinate.

Die Aktionen, auf die alle wochenlang gewartet hatten, konnten endlich beginnen. Zuallererst mussten sie mit der Kamera runter, um genau nachzusehen, auf was sie gestoßen waren. Jon machte den Kameraschlitten Polyphem und den daranhängenden Tiefseeroboter Creeper fertig. Die Kabel wurden in die Ablauftrommeln geklinkt, und die Technik der Videokameras sowie der Kommunikations- und Steckverbindungen wurde getestet.

Penfield ordnete mürrisch an, das ganze Programm anlaufen zu lassen.

»Wir sehen uns an, was wir haben. Aber macht euch noch nicht in die Hosen. Was wir suchen, sieht anders aus.« Dann zog er sich zu einer längeren Telefonkonferenz mit seinen Auftraggebern in seine Kabine zurück, in der er seinen Klotz von Iridium-Handy mit doppelt dicker Batterie aufbewahrte. Es kommunizierte über ein spezielles weltweites Netz von sechsundsechzig Satelliten, war vollgepackt mit Technik und besaß den Vorzug, von jedem Punkt der Welt aus zu funktionieren.

Kapitän Brink Cousman, ein noch nicht ganz fünfzigjähriger ruhiger Holländer aus Delft, seit zwei Jahren Kapitän der SEA WASP und davor achtzehn Jahre lang als Erster Offizier auf dem britischen Rohöltanker POLLUX, half Anahit, den großen Tagungsraum in Betrieb zu nehmen, vier nicht benötigte Mannschaftskabinen, die zu einem Lagezentrum zusammengelegt worden waren. Sie mussten die Rechner hochfahren, die drei Projektoren anschließen und alle notwendigen Verbindungen schalten.

Anahit heftete die große Karte der Meeresströmungen und Windrichtungen, wie sie im Herbst 1369 geherrscht haben könnten, an eine Wand. Darauf waren die Meerestiefenlinien eingezeichnet – unter ihnen auch die rote Linie, die den Beginn der anaeroben Schicht des Tiefenwassers markierte. Auf einen der Beamer legte sie die Simulation der CATHERINE, eine dreidimensional im Raum schwebende dreimastige Karacke, auf Vorder- und Achterschiff kastellartige Aufbauten.

»Was zum Henker suchen wir in dem Schiff?«, fragte Piet flüsternd. »Es können doch nicht nur Standbilder und Mosaike sein?«

★

Gegen Mittag waren alle Systeme erfolgreich getestet, Penfield hatte seine Gespräche mit den Geldgebern beendet und sah wieder freundlicher aus. Jon nahm an seinem Steuergerät Platz. Sie gingen in die Tiefe.

Der automatische Kameraschlitten Polyphem verfügte über starke Halogenscheinwerfer, zweimal 500 und einmal 1500 Watt. Seine Position wurde automatisch mit dem Sonarsignal abgeglichen und entsprechend gesteuert. Nach einer halben Stunde hatten sie den Meeresboden auf dem Projektor. Kein lebendes Wesen war zu sehen, nur die sanften Täler und Senken der Ablagerungen organischer Reste, die seit Tausenden von Jahren auf den Grund des Meeres rieselten.

Polyphem, ein offener Stahlrahmen voll Elektronik und Optik, bewegte sich mit seinem eigenen Elektroantrieb voran und zeigte ihnen Bilder einer Unterwasserwüste. Plötzlich unterdrückte Schreie. Die ersten Gegenstände, dann mehr, ganze Haufen. Jon zoomte näher heran.

»Es sind Knochen«, stellte André Vossgut nüchtern fest. Tatsächlich waren es Unmengen von Knochen auf erstaunlich eng begrenztem Gebiet.

»Knochen von Menschen und von Pferden«, sagte André, »es müssen Hunderte sein.« Er wandte sich an Anahit. »Wie viele Menschen gab es an Bord?«

Anahit war noch ganz überwältigt davon, dass endlich bei allen das Jagdfieber nach Überbleibseln aus dem Mittelalter ausgebrochen war. Es ging nicht mehr nur um Karten und Register, jetzt lag das Schicksal der Seefahrer direkt vor ihnen. Vor ihren Augen war etwas aufgetaucht, was seit sechshundertvierzig Jahren kein Mensch gesehen hatte. Sie räusperte sich, bevor sie antwortete: »Es gibt nur Schätzungen. Sie liegen bei einhundert Menschen und fünfzig Pferden.« Alle starrten gebannt auf die Knochenlandschaft. Alle fragten sich, was damals geschehen sein mochte, aber keiner von ihnen sagte einen Ton.

»Alles spricht dafür«, erklärte Anahit schließlich, »dass die Mannschaft unter dem Kinderkönig Guy de Lusignan unterwegs nach Georgien war, mit Geschenken, die vermutlich Beutestücke der letzten Kreuzzüge waren.«

»Wir suchen das Schiff«, sagte Penfield. »Die Gebeine lassen wir lieber in Frieden und verschwenden nicht unsere Zeit damit. Wer weiß, woher die kommen? Vielleicht waren es Armenier, die ein türkisches Schiff im Ersten Weltkrieg über Bord gehen ließ.«

»Wir können nachsehen«, schlug Jon vor. »Wo Knochen sind, ist noch mehr.« Er holte den Creeper näher heran, gehüllt in das gleißende Licht des Kameraschlittens. Er suchte lange, bis er ein nahezu vollständiges Skelett sah. Mit haarfeinen Düsen spülte der Creeper den Sand beiseite. Nichts. Formen von Schwertern, deren Metall sich in schwarzen Schlamm verwandelt hatte.

»Was ist das?«, fragte Jon. Unter hochgespültem Schlick lag ein Haufen auseinandergefallener kleiner Scheiben.

»Goldmünzen«, vermutete Penfield. »Das einzige Metall, das sechshundert Jahre in der Hölle dort unten bestehen konnte.«

Ohne eine entsprechende Anweisung zu erhalten, ließ Jon die Manipulatoren die Metallstücke in einen Behälter füllen, der an der Seite des Creeper angeschraubt war.

Eine Stunde später lagen die von zähem, nach faulen Eiern stinkendem Schlamm verklumpten Münzen im Laborraum auf einem großen Tisch. Anahit gab einige der Münzen in ein Ultraschallbad, um den Schmutz zu entfernen und sie voneinander zu trennen. Während Vossgut eine Münze nach der Entnahme vorsichtig mit einem Tuch abrieb, machte sie eine kleine Videokamera an einem Stativ bereit. In schräg einstrahlendem grellem Licht, das die Einprägungen als Schatten gut sichtbar machte, nahm sie Vorder- und Rückseite des gereinigten Exemplars auf. Die Münze war erstaunlich gut erhalten.

Sie gingen zurück in das Lagezentrum, in dem die anderen ungeduldig warteten. Anahit erklärte ihnen, was sie sahen.

»Auf der Vorderseite der Münze prangt das Bild eines Königs, der ein Schwert und einen Schild hält. Er steht in einem Schiff, das auf einer Welle schwebt. Die Rückseite zeigt in den acht Bögen eines Achtpass das Blumenkreuz, in dessen Winkeln man Leoparden mit Kronen erkennen kann.«

»Das sehen wir selbst«, sagte Penfield ungeduldig, »aber was bedeutet es?«

»Was dort unten herumliegt, sind Schiffsnobel«, antwortete Anahit. »Eine englische Handelsmünze, die nach 1344 für einhundertzwanzig Jahre geschlagen wurde. Sie wurde erstmals von König Edward III in Umlauf gebracht. Leider können wir die Umschrift nicht mehr lesen, um sie genauer zu datieren.

Allerdings liegt das Gewicht unseres Fundstücks bei 7,3 Gramm. Erst ab 1351 wurden diese Münzen mit 7,8 Gramm geprägt, dem einzigen Gewicht, das zu unserem Fund passen kann. Vorher waren sie erheblich schwerer, und alle Prägungen nach dem Jahr 1377 waren deutlich leichter als das von uns gemessene Gewicht.« Sie sah sich um. Noch traute sich niemand, etwas zu sagen. Vielleicht weil sie abergläubisch waren und fürchteten, dass eine Tatsache, die nicht von dem zuständigen Experten bestätigt wurde, sich nach einer leichtfertigen Äußerung wieder in Luft auflösen könnte. Sie wollten ihr den Vortritt lassen, also sprach Anahit es aus.

»Die Münze ist zwischen 1351 und 1377 in England unter König Edward III geschlagen worden. Auf einer seiner Reisen, bei denen er um Unterstützung für die Kreuzzüge warb, besuchte ihn Pierre I de Lusignan im Jahr 1363 und erhielt die CATHERINE zum Geschenk. Offenbar hat er noch mehr erhalten. Wir haben die Geldbörse eines seiner Höflinge gefunden. Wir haben Passagiere und Besatzung der CATHERINE gefunden. Schiff und Ladung müssen in der Nähe sein.«

Diese eindeutige Botschaft brachte endlich den Knoten zum Platzen. Jon stieß einen Indianerschrei aus, den niemand ihm zugetraut hatte, die anderen fielen ein. André Vossgut lief in seine Kabine und kam mit einer Flasche Champagner wieder.

Was hatte Jon gesagt?, versuchte Anahit sich zu erinnern. *Sie müssen sich eine halbe Milliarde Dollar von der Bergung versprechen.* Davon schienen sie noch so weit entfernt wie zuvor.

★

Die Freudenfeier, für die alle auf dem Schiff eine Pause eingelegt hatten, war zu Ende. Vossguts Flasche hatte für jeden nur ein winziges Glas ergeben, was der allgemeinen Ausgelassenheit aber keinen Abbruch tat. Inzwischen nahm die Neugier überhand, weshalb einer nach dem anderen seine Arbeit wieder aufnahm.

An die Wand über dem großen Tisch im Lageraum war erneut die dreidimensionale Simulation einer Karacke projiziert, die nach allen Beschreibungen der CATHERINE ähnlich gewesen sein dürfte. Anahit stand vorn.

»Am erstaunlichsten ist es, dass Menschen und Pferde auf dem Meeresgrund so eng beieinanderliegen. Pferde wurden üblicherweise unter Deck zusammengepfercht, Besatzung und Passagiere hielten sich Tag und Nacht an Deck auf. Was also ist an diesem Tag im November 1369 geschehen?« Anahit setzte sich an den PC, und nach einigen Manipulationen legte sich die CATHERINE auf die Seite. Anahit berichtete weiter.

»Es ist Sturm. Der November ist eine Zeit der schweren Nordweststürme auf dem Schwarzen Meer, sie hätten sich eine bessere Zeit aussuchen können, Zypern zu verlassen. Wahrscheinlich haben sie keine Wahl, weil ihnen die Revolte gegen König Pierre I im Genick sitzt.

Vielleicht bricht ein Mast oder es schlägt zu viel Wasser in das Schiff. Die CATHERINE kentert. Viele stürzen ins Meer. Die meisten halten sich an Takelagen fest, weil sie in der Nähe des Schiffes bleiben wollen. Dort findet sich am ehesten etwas, an dem man sich über Wasser halten kann. Schwimmen konnte man damals nicht, schon gar nicht die Seeleute.« Sie erhob sich wieder und deutete mit der Hand auf das im Raum liegende Schiff.

»Die Pferde waren hier eingeschlossen. Keine Möglichkeit für sie, schon auf den Meeresboden zu sinken. Eigentlich hätte sich das klassische Bild ergeben müssen: das zerfallene Schiff am Grund, in seinem Umriss die Knochen der

Pferde und überall verstreut die der untergegangenen Menschen. Was wir hier aber sehen, ist sehr ungewöhnlich.« Anahit spürte, dass hinter dem, was sie hier vorgefunden hatten, ein Geheimnis stand, das den Kern ihrer Suche betraf.

Inzwischen heftete Piet Konberg ein gelbes Fähnchen an der Position 41 Grad 57 Minuten nördlicher Breite und 39 Grad 59 Minuten östlicher Länge auf die Karte. Rote Fähnchen bezeichneten Funde, die nichts mit ihrer Suche zu tun hatten. Davon gab es bisher siebzehn. Jetzt hatten sie das erste gelbe Fähnchen. Gelb stand für einen Fund, der zum Projekt gehörte, aber noch nicht der Treffer war. Er schrieb »1 C« neben das Fähnchen. »1 für die erste heiße Spur. C für Cemetery, Friedhof«, verkündete er. Alle waren zuversichtlich, dass bald Grün vergeben werden könnte. Konberg tippte auf die Karte.

»Bei 1 C sind die Toten. Strömungen und Wind haben das Schiff mit hoher Wahrscheinlichkeit weiter in Richtung dreizehn Uhr, also nach Nordost getrieben.« Anahit war zu einer Schlussfolgerung gelangt.

»Alle, die wir bei 1 C auf einem Haufen sehen, müssen bereits tot gewesen sein, als sie aus dem Schiff durch ein Riesenleck ins Meer stürzten. Eine andere Erklärung fällt mir nicht ein.«

Mit einem Mal herrschte wieder atemlose Stille. Man hätte hören können, wenn sich der weiße Schmetterling niedergesetzt hätte, den Anahit an Bord der SEA WASP schon so oft gesehen hatte.

Alle blickten auf Penfield, doch der zuckte ratlos mit den Schultern.

»Ich habe keine Ahnung. Vielleicht gab es einen Kampf, eine Meuterei, um sich die Schätze an Bord zu sichern. Ich glaube, wir sollten die Knochen noch einmal genauer unter die Lupe nehmen. Vielleicht liefern sie uns einen Hinweis, was da passiert sein könnte.«

»In einer Stunde ist es sechzehn Uhr«, sagte Rock Penfield. »Dann gehen wir runter.«

André Vossgut beugte sich ganz nah zu Anahit. »Möglicherweise liegst du mit deiner Vermutung richtig«, murmelte er. »Aber die Pferde werden wohl kaum getötet worden sein, weil sie an einer Meuterei beteiligt waren.«

★

Jon saß an den Steuerkonsolen, die anderen starrten gebannt auf die Projektion. Konberg heftete durchscheinende grüne Folie auf die Karte, um das Gebiet zu markieren, das als Nächstes untersucht werden sollte.

Mit einer hochauflösenden Digitalkamera des Polyphem fotografierten sie den gesamten Fundort 1 C, für den Anahit später anhand der Daten genau vermessene Lagepläne erstellen lassen würde. Der von ihnen gefundene goldene Schiffsnobel belegte, dass sich unter den zahlreichen Toten auch Bewohner des für den Adel reservierten mehrstöckigen Kastellaufbaus im Heck befunden hatten. Das war bei der ganzen Merkwürdigkeit, die 1 C umgab, ein weiterer ungewöhnlicher Fakt. Darüber hinausgehende Erkenntnisse lieferte auch die eingehendere Untersuchung der Knochen nicht.

»Letzter Run«, meldete sich plötzlich Kapitän Cousman zu Wort, der die Bilder des Polyphem auf der Kommandobrücke verfolgen konnte. »Für den kommenden Abend ist ein schlimmer Nordoststurm angekündigt. In zwei Stunden will ich alles dicht haben.«

Jon lehnte sich weit in seinem Sessel zurück, die Hände hinter dem Kopf verschränkt.

»Also noch ein Ausflug in die Umgebung«, verkündete er. Die Exkursion begann im Zentrum von 1 C und führte sie in rasch größer werdenden Spiralen nach außen.

»Wir suchen Objekte, die so schwer waren, dass sie vor

all den Toten auf den Meeresgrund gesunken sind«, erklärte er, »wie zum Beispiel eine Statue. Oder welche, die weitertrieben und erst später sanken. Wie das Schiff.« Doch nichts dergleichen tauchte auf. Nur weitere vereinzelte Knochen, zwei Holzteile.

Jon steuerte Polyphem und Creeper auf den Rückweg und zog sie an einer Stelle hoch, die die CATHERINE vor genau sechshundertvierzig Jahren einen Kilometer vor 1 C passiert hatte. Während die Maschinen sich nach oben bewegten, hielt er die Kamera senkrecht nach unten gerichtet. Stück für Stück erweiterte sich die Perspektive.

»Halt«, kam Cousmans Stimme aus den Lautsprechern. Wie ferngesteuert betätigte Jon einen Knopf und hielt damit die Kameras an. Das Bild fror ein. Als nichts Ungewöhnliches zu entdecken war, ließ er die digitale Bildaufzeichnung zurücklaufen.

»Da!«

Alle konnten es sehen. Im Schlick zeichnete sich ein perfekter Kreis ab, wie mit dem Zirkel gezogen. Jon brachte Polyphem genau darüber in Stellung und zoomte so weit heran, dass der Kreis das Bild genau ausfüllte.

»Jetzt haben wir *wirklich* etwas«, seufzte Konberg erleichtert auf. Begleitet von lautem Applaus der Crew positionierte er eine grüne Fahne auf die Karte, um die neue Stelle als 2-O zu markieren. »Zweiter Fund, Objekt«, kommentierte er. Jetzt endlich war klar, dass es auch für ihn etwas zu tun geben würde.

»Ihr habt genau drei Minuten, das Ding zu untersuchen«, dröhnte Cousman über die Lautsprecheranlage. Sofort sprang Penfield auf.

Wir sind der halben Milliarde Dollar näher gekommen, dachte Anahit, ich kann es riechen.

Der Creeper fuhr ganz nah heran und spülte mit seinen Düsen an einer Stelle am Rand den Schlick von dem runden Ding.

»Vielleicht ist es die Abdeckung eines Raketenschachtes, die ein amerikanisches U-Boot 1962 verloren hat«, vermutete Vossgut. Niemand nahm die Vermutung ernst. Während Creeper unermüdlich weiterputzte, markierte Anahit auf einem Digitalfoto zwei Punkte am Rand der Scheibe.

»Durchmesser vier Meter vierzig«, sagte sie.

»Macht euch fertig«, ließ Cousman sich vernehmen, »wir haben die Position und können es uns jederzeit wieder vornehmen.«

Inzwischen war es Creeper gelungen, an einer winzigen Stelle den Schlick vollständig abzuspülen.

»Es ist Stein«, ließ sich Konberg vernehmen, »ich schätze das Gewicht auf zehn bis dreißig Tonnen. Je nach Dicke.«

An der freigelegten Stelle hob sich ein umlaufendes Mäanderband aus dunklerem Stein vom Rest der Scheibe ab.

»Seht euch das an!« Anahit sprang nach vorn und deutete auf das Bild. Klar und deutlich ließen sich in dem Zoom der Kamera die lateinischen Buchstaben **AD** erkennen.

Das Schiff bewegte sich heftiger.

»Schluss jetzt«, rief Cousman. »Ich bringe uns in eine andere Position.« Die Kabeltrommeln liefen an. Während Jon Creeper und Polyphem an Bord hievte, wurde das gespeicherte Bild weiter an die Wand projiziert.

»Anno Domini«, vermutete Anahit, »›Das Jahr des Herrn‹. Ich schätze, wir werden bald eine Jahreszahl zu sehen bekommen.«

★

Fast pünktlich um neunzehn Uhr fegte plötzlich über die östliche Küste des Schwarzen Meeres ein Nordweststurm der Stärke elf. Alles in der SEA WASP war vertäut und abgedichtet. Sonarschlitten, Kameraautomat und Unterwasserroboter waren in ihren Haltebuchten in dem großen Lagerraum gesichert.

Das Schiff benötigte die ganze Kraft seiner vier Dieselmotoren von zusammen siebentausendzweihundert Pferdestärken, um sich im Wind zu halten und die heranrollenden Wellen mit dem Bug zu nehmen. Brecher donnerten über dem Schiff zusammen, wütender Schaum stürzte von allen Enden des Schiffes heran. Gleichzeitig brach langsam die Dämmerung herein, schon bald betrug die Sichtweite nicht mehr als zwei Kilometer.

Anahit hatte das Gefühl, sich vor dem Untergang der Welt in das Innere einer Maschine geflüchtet zu haben. Um einigermaßen den Überblick zu behalten, versammelten sich alle auf der Brücke.

Jeder fand einen Punkt, an dem er sich festhalten konnte, und bemühte sich, jede Welle in den Knien abzufedern.

»Das Ding ist ein Bodenmosaik«, behauptete Konberg, »da bin ich mir sicher. Es ist der Stein, den die Leute des Königs nach Kolchis bringen wollten – dabei ist er so unglaublich schwer, dass ein Transport ins Landesinnere selbst mit heutiger Technik extrem aufwendig wäre. Wie wollten sie das im vierzehnten Jahrhundert schaffen? Selbst mit all den Pferden an Bord.

Dieser Stein hat die CATHERINE in den Grund gebohrt. Er ist durch die Bordwand gebrochen und direkt nach unten gesackt. Bei einem Wellengang wie diesem hat er das Schiff versenkt.«

»Das macht es nur schlimmer«, sagte Anahit in finsterem Ton. »Dann hat es keine Meuterei gegeben. Dann waren die Pferde und die Menschen ohne Kampf bereits tot und alle unter Deck gelagert, als der Sturm kam.« Sie sahen sich betreten an. »Noch merkwürdiger ist, dass überhaupt noch so viele an Bord waren. Auf den vollgepackten Schiffen des Mittelalters war man über jeden Platz froh, den man gewann, wenn man einen toten Reisegefährten mit einem Seemannsbegräbnis dem Meer übergeben konnte. Deshalb wurden Tote sofort über Bord geworfen. Hier waren sie alle noch da. Selbst die Pferde. Warum? Lebte vielleicht keiner mehr, der die vielen Toten über Bord werfen konnte? War alles viel zu schnell gegangen?« Anahit sprach nicht weiter. Allmählich wurde ihr die Sache unheimlich. Hatte die CATHERINE ihr Ende als Geisterschiff gefunden?

Der Sturm ließ nicht nach. Rock Penfield zog sich zu einer Telefonkonferenz mit Mareology zurück. Als er verschwunden war, sah Anahit zu ihrer großen Überraschung Toros, den unheimlichen Koch, im Schatten des Vorschiffes ein Telefon bedienen, das zwar ebenso groß war wie Penfields Satellitentelefon, es aber nicht sein konnte, da Penfield seins gerade selbst benutzte. Weshalb verfügte der Koch über eine so teure Kommunikationsausstattung? Und wem ließ er damit eine Nachricht zukommen? Heimlich, wie es aussah.

Bevor Anahit weiter darüber nachgrübeln konnte, rief Kapitän Cousman alle auf der Brücke zusammen.

»Der Wetterbericht sagt sehr wechselhaftes Wetter für die nächsten Tage voraus«, verkündete er. »Wir werden jede sturmfreie Phase nutzen müssen, um das Ding zu bergen. Am besten legt ihr euch aufs Ohr, sobald hier im Schiff alles startklar ist. Ich werde euch wecken, sobald wir mit der Bergung beginnen können. Piet?« Konberg meldete sich. Es ging ihm nicht sonderlich gut. Er hatte sein Berufsleben als Unternehmer für Schwerlasttransporte auf Straßen und Schienen begonnen. Dabei hatte sich zumindest der Untergrund immer als eine verlässliche Größe erwiesen.

»Wie viel Zeit brauchen wir, um das Ding zu bergen?«

»Wenn wir trotz des Wetters sofort mit allen Vorbereitungen beginnen und ich sicherheitshalber von einem Gewicht von dreißig Tonnen ausgehe, brauchen wir eine Menge Technik«, antwortete Piet, wobei er sehr langsam sprach. Er schien darauf konzentriert, sich nicht mitten im Satz zu übergeben. »Ich denke, wir setzen die Auftriebskissen ein. Wir werden dabei mindestens zwanzig Kubikmeter Luft nach unten pumpen. Die Wasserbehälter zum Ausgleich der Gewichte am Deckskran können wir gleichzeitig betanken. Zehn Kubikmeter Wasser. Genügend Flexitanks dafür werden wir haben. Die Hebeplattform, das Freispülen. Es muss jemand runter, um die Kissen zu befestigen, danach das Kevlarnetz. Sagen wir zwei Aufenthalte unten, weil Komplikationen auftreten können, plus die Vorbereitungszeiten für den Jim Suit. Dann die Bodenplatte langsam aus dem Wasser heben, an Bord schwenken, in den Lagerraum absenken, wo parallel alle Haltevorrichtungen vorbereitet und arretiert sind, damit garantiert nichts verrutschen kann. Wir wollen nicht, dass uns das Gleiche passiert wie der CATHERINE. Alles in allem müssten wir mit fünf bis sieben Stunden auskommen.« Kaum war das letzte Wort aus seinem Mund, stürzte er hektisch in die nächste Bordtoilette.

»Dann wecke ich euch, wenn ein Schönwetterfenster von mehr als acht Stunden absehbar ist«, entschied Cousman. »Egal wann es so weit ist.« Er sah sich um. »Ich weiß zwar nicht, wo Rock ist, aber ich nehme an, dass er nichts dagegen hat, wenn ihr jetzt alle mit den Vorbereitungen der Bergung beginnt. Dabei hat Piet das Kommando.«

Nordzypern

Die Wege dufteten nach heißem Sand und dem Harz der Pinien, die den Palast umgaben. Von der nahen Küste wehte ein leichter Nordwestwind herüber. Nicht mehr lange und der blaue Himmel würde sich mit dem Dunst bedecken, der jetzt schon durch die Wipfel der Bäume zog.

Die schmale Straße von Yaila hinauf zum Palast war mit großformatigen Granitplatten belegt. Sie waren 1523 von den venezianischen Herren der Insel verlegt worden, als der Bau des Palastes an der Küste abgeschlossen wurde. Fünfzig Jahre später hatte ihn die Familie de Lusignan gekauft, inzwischen gehörte er zum Besitz der wohltätigen Bruderschaft Fraternitas Misericordia, die von Florenz aus geleitet wurde.

Ein weinroter Nissan Kombi aus dem Jahr 1989 fuhr vor, aus dem zwei schlanke mittelalterliche Frauen stiegen, für die der Taxifahrer schnaufend zwei große Koffer aus dem Laderaum zog. Trinkgeld bekam er für diese Leistung nicht, und für das warmherzige Lächeln der beiden konnte er sich nichts kaufen. Er warf einen abschätzigen Blick auf die billigen Koffer, an denen Gepäckanhänger von Ethiopian Airlines klebten. Selbst- und geschlechtslose Helferinnen, dachte er, die dafür sorgten, dass genug Afrikaner am Leben blieben, um sich auf den Weg zu Zyperns Küsten zu machen – glücklicherweise bisher beschränkt auf den griechischen Teil der Insel, der ihnen Zugang zur EU verschaffte.

Er schob den Gang rein und sah zu, dass er beim Anfahren möglichst viel Staub aufwirbelte, damit die beiden drögen Damen in den hochgeschlossenen Sommerkleidern noch eine Weile an ihn dachten.

Nacheinander trafen weitere Gäste ein. Ein grauer Volvo-Mietwagen brachte vier Frauen, ebenfalls um die vierzig bis fünfzig Jahre alt, gekleidet in dünne, hellgraue Reisemäntel, die für die Jahreszeit viel zu warm waren, einige von ihnen schon grauhaarig. Ihre Gesichter waren von der Hitze des Nachmittages gerötet. Ihre Kofferetiketten zeigten, dass sie eine lange Reise aus der philippinischen Hauptstadt Manila hinter sich hatten. Allen sah man die entbehrungsreiche Arbeit vieler Jahre an.

Sie folgten den zuerst angekommenen Frauen in den Palast, als eine jüngere Frau mit breitflächigem Gesicht aus einem dunkelbraunen Corsa stieg, eine Jacke und einen Mantel über dem Arm. Sie musste von einem Ort der südlichen Hemisphäre her angereist sein, an dem Winter herrschte.

Nachdem noch einige weitere Frauen eingetroffen waren, kehrte vor dem Palast Ruhe ein.

Die Decke des großen Raumes in der ersten Etage war mit reichem Schnitzwerk getäfelt, seine Wände mit stattlichen Porträts der zyprischen Könige der Familie de Lusignan und der venezianischen Regenten bedeckt. Aus den kleinteilig verglasten, jetzt aber weit geöffneten Fenstern bot sich ein großartiger Blick auf das unter der schwindenden Hitze des Tages träge wie Quecksilber liegende Mittelmeer.

Die Hand des Ratsvorsitzenden lag auf der Stirnseite der schweren Platte eines Tisches, der den Raum dominierte. Daneben waren ein Handy, ein großes Glas Wasser und eine schmale schwarze Ledermappe angeordnet. Der Ratsvorsitzende war ein schlanker Mann, nicht übermäßig groß, von etwa fünfundfünfzig Jahren. Sein sonnengebräuntes Gesicht lag unter dünnen blonden Haaren, unter denen der glatte, sonnengebräunte Schädel glänzte. Er sah ruhig mit blassblauen Augen in die Runde, auf seiner Stirn bildeten sich kleine Schweißperlen. Seinen Handrücken zierte ein Muttermal in Form eines umgekehrten Y.

Die zwanzig Frauen trugen hochgeschlossene schwarze Schwesterntracht und eng anliegende, zurückgebürstete Haare, die mit vielen Klammern zusammengesteckt waren und je nach Länge der grauen, schwarzen, blonden oder brünetten Haare einen kleineren oder größeren Haarknoten im Nacken ergaben. Sie unterhielten sich miteinander leise in armenischer Sprache, die sie alle schon seit langer Zeit nicht mehr gesprochen hatten. Schließlich verstummten die Gespräche. Nichts weiter geschah.

Eine seltsame Spannung lag über der Runde. Man hätte versucht sein können, nach dem Geräusch der langsam über die Möbel des Raumes wandernden Sonnenstrahlen zu horchen. Der Gedanke an die letzten Minuten eines Wartens drängte sich auf, das so lange schon anhielt, wie der Palast an diesem Ort existierte.

Die Erwartungen waren auf ein Handy gerichtet, das neben der Hand des Vorsitzenden des Konföderationsrates der Bruderschaften der Misericordia auf der polierten Tischplatte lag. Vereinzelt streiften es die Blicke der Frauen.

Das Handy gab ein kurzes melodisches Geräusch von sich. Wortlos las er die übermittelte Botschaft ab. Das Warten war beendet.

»Als Ratsvorsitzender der internationalen Konföderation der wohltätigen Bruderschaften der Misericordia habe ich euch eingeladen, weil mit der soeben eingetroffenen Nachricht der Zeitpunkt gekommen ist, nach Lusavank zurückzukehren«, begann er seine Rede in armenischer Sprache.

Er blickte in die Runde. Irgendwo fern auf dem Meer war die Sirene eines Schiffes zu hören, was die träge Stille nur verstärkte.

»Bevor ihr von hier aufbrecht, um die über Istanbul nach Tiflis gebuchte Maschine auf dem Flughafen Ercan Havaalani bei Nikosia zu erreichen, werde ich euch erklären, welche Aufgabe in den nächsten Wochen vor uns steht.« Er drückte auf einen verborgenen Knopf. Eine junge Frau in langem blauem Kleid betrat den Raum und servierte Tee in weißem Porzellan und Gebäck. Als sie wieder unter sich waren, fuhr er fort:

»Mehr als vierhundert Jahre lang haben christliche Ritter versucht, das Heilige Land zu befreien, und dafür immer wieder Truppen für Kreuzzüge aus den Ländern Europas zusammengestellt. Das Ziel verkam im Lauf der Zeit, es wurden Raubzüge daraus, die zu nichts anderem gut waren als den reichen italienischen Handelsstädten die Kassen zu füllen.

Bis zuletzt gab es jedoch einige, die niemals das Ziel aus dem Auge verloren, Kleinasien und Nordafrika für die Christen zurückzuerobern. Einer, der bis zum letzten Atemzug versuchte, das alte Ideal einer christlichen Welt zu erkämpfen, war …«, er legte eine bedeutungsschwere Pause ein und blickte in die Runde. Die Frauen hörten gespannt zu. »… mein Vorfahre, Pierre I de Lusignan, König von Zypern, Jerusalem und Armenien. Er wurde im Herbst des Jahres 1369 umgebracht, bevor er sein Vorhaben in die Tat umsetzen konnte.« Es begann, kühl durch die Fenster hereinzuwehen. Auf ein Signal des Alten kam die junge Frau und schloss die großen Fensterflügel.

»Eure Arbeit als Schwestern in acht Ländern der Welt zeigt den richtigen Weg, eine christliche Welt zu schaffen. Die Kreuzritter waren in der falschen Richtung unterwegs. Nicht die Gewalt, sondern die Hilfe für die Opfer der Gewalt ist der christliche Weg, die Welt zu erobern. Es gibt keinen anderen Weg zur Beherrschung der Welt als durch die offenen Herzen der Hilfebedürftigen.

In diesem Moment sind wir an einer Wegscheide angelangt, an der wir das Schicksal der Welt ändern werden.« Er griff nach dem Glas Wasser, in das er zwei Tabletten warf. Während er weiterredete, lösten sie sich zu einer milchigen Flüssigkeit auf.

»Zu dieser Stunde ist das Wrack der CATHERINE, des Schiffes von Pierre I, im Schwarzen Meer gefunden worden. Etwas, was man im Mittelalter ›das Auge Gottes‹ nannte, wird nun geborgen. Wir werden es in Besitz nehmen und in das Kloster im Kaukasus bringen. Was vor uns steht, wird eine schreckliche Prüfung sein, vor der wir keine Furcht haben dürfen, wenn wir uns in ihr bewähren wollen, so wie die katholische Kirche und die Bruderschaft Misericordia erst nach der schrecklichen Zeit der Pest zu ihrer Macht und Stärke gelangten. Je größer das Unheil, desto größer der Bedarf an unserer Hilfe. Je verbreiteter unsere Hilfe, desto größer unsere Macht.« Jetzt trank er das große Glas mit der milchigen Flüssigkeit in mehreren kleinen Schlucken aus.

»Von Tiflis aus werdet ihr nach Batumi am Schwarzen Meer gebracht werden und von diesem Hafen aus auf dem Meer diejenigen von uns treffen, die das ›Auge Gottes‹ bei sich führen. Von diesem Zeitpunkt an werdet ihr eure Bestimmung finden.«

Er öffnete die Ledermappe. Er entnahm zwölf Kopien eines Fotos, auf dem eine ungewöhnlich schöne junge Frau mit langen schwarzen Haaren und glänzenden schwarzen Augen zu sehen war.

»Diese Frau heißt Anahit Sarian. Sie ist als Marinehistorikerin auf dem Bergungsschiff der Archäologen im Schwarzen Meer. Ihr müsst mir helfen, sie nach Lusavank zu bringen. Ohne sie werde ich euch nicht auf dem schweren Weg begleiten können, der jetzt vor uns liegt.« Er stand auf, als Zeichen, dass die Zusammenkunft beendet war.

22. Juli

Die SEA WASP lag ruhig im Meer, umgeben von einer drückend schwülen Atmosphäre, die nur von einem leichten Wind aus Südwest bewegt wurde. Sämtliche Bordscheinwerfer waren eingeschaltet. Anahit musste Cousmans Startsignal in ihrem Tiefschlaf überhört haben. Als sie um vier Uhr morgens an Deck trat, liefen die Vorbereitungen bereits auf Hochtouren. Sie spürte den ständig unterbrochenen Start-Stopp-Betrieb der Antriebsmotoren und Schubdüsen, mit dem das Schiff seine Position über der Fundstelle fixierte.

Der Bordkran im Heck war in Arbeitsstellung gebracht, die Wasserbehälter, die für das Ausgleichsgewicht sorgten, wurden betankt. Die Tauchplattform mit Jon in dem unförmigen gelben Jim Suit an Bord war bereits abgesenkt

Cousman selbst steuerte Polyphem und Creeper. Neben Jon liefen vier miteinander gekoppelte schenkeldicke gelbe Luftschläuche ins Wasser. An mehreren Ösen seines Anzuges waren Kevlartrossen eingeklinkt, zwei unabhängig voneinander arbeitende Luftschläuche versorgten ihn.

Anahit trug einen dünnen gelben Pullover und ausgewaschene Jeans. Um sich nicht an den Stahltrossen zu verletzen, hatte sie sich ausnahmsweise dafür entschieden, einfache Deckschuhe aus weißem Stoff zu tragen und nicht barfuß zu gehen. Gemeinsam mit Vossgut überwachte sie die Anzeigen der Druckluftpumpen, an denen Jons Luftversorgung hing.

Als Jon sie sah, winkte er ihr mit seinen Metallarmen an den unförmigen Kugelgelenken zu. Dabei zeigte er sich bemüht, ihr durch eins der vier großen runden Quarzfenster in seinem Helm sein Lächeln zu zeigen.

Alle Technik war bereit. Anahit wandte sich an Vossgut.

»Weißt du, was der Grund dafür war, dass man im vierzehnten Jahrhundert auf hoher See Schiffen voller Toter begegnen konnte?« Der Biologe sah sie entgeistert an.

Jon gab das Signal, bevor er in der Tiefe versank. Pumpen und Kabeltrommeln begannen zu arbeiten. An einem eigenen Seil wurden Stahlboxen hinabgelassen, aus denen sich am Meeresboden vier große Auftriebskissen entfalten würden. Die Kunst bestand in der vollkommen symmetrischen Befestigung der Kissen für die ersten Meter des Auftriebs, wenn sich die Platte aus der Haftung des Untergrundes löste und nach oben schnellen würde. Eine Schieflage war nicht zu kontrollieren. Danach würde das Kevlarnetz um die Platte gelegt werden, und die Kissen würden das Netz mit seiner Last nach oben treiben lassen.

»Ich habe keine Ahnung«, sagte Vossgut.

Anahit hielt den Blick fest auf den kleinen Monitor der Sensorik zur Lebensüberwachung für Jon gerichtet.

»Der Schwarze Tod«, sagte sie.

★

Bei einer Auftriebskraft von fünfzehn Tonnen löste sich die Platte aus dem Grund. Für ihren ruhigen Aufstieg, gehalten von dem Netz, reichten etwas über zwölf Tonnen. Die Platte war vierzig Zentimeter stark und würde außerhalb des Wassers zwanzig Tonnen wiegen.

Noch immer war es schweißtreibend heiß bei hoher Luftfeuchtigkeit. Anahit saß mittschiffs auf der niedrigen Reling, der ganze Körper mit Schweißperlen übersät. Sie hatte ihren Pullover abgelegt, die Bluse klebte ihr an der Haut. Wenn nicht bald ein erlösendes Gewitter kam, würde sie sich in der Hitze auflösen. Ihren Augen bot sich ein unglaubliches Bild.

Niedrig hängende Wolken verdüsterten den Himmel, an dessen Rändern die Lichter ferner Gewitter flackerten. Über dem Meer schwebte im Zentrum der fernen Entladungen die von Wasser und Schlick triefende schwarze Scheibe wie der Schatten einer furchtbaren Drohung. Für eine Sekunde machte Anahit der Gedanke frösteln, dass der leichte weiße Schmetterling der Vorbote dieser Scheibe war, in deren Gestalt verwandelt er nun zurückkehrte. Sie verscheuchte die Angst, die in ihr hochsteigen wollte, als sie an die näheren Umstände des Unterganges der CATHERINE dachte.

Eine heftige Bö erfasste das Schiff. Es krängte schwer in den Wind, die Last geriet unmittelbar über der Ladeluke ins Pendeln. Immer wieder neue Böen. Unter ihren Füßen spürte Anahit das Rucken der Hochdruckpumpen, die die Ausgleichstanks der SEA WASP füllten und leerten, um die Lage des Schiffes zu stabilisieren. Piet blieb ruhig. Penfield hatte eine Zigarre zwischen den Lippen.

Dann gab es für den Hauch eines Augenblicks die völlige Ruhe, die dem Losbrechen des Gewitters vorausgeht. Die Scheibe sackte millimetergenau durch die Ladeluke, wurde abgebremst und in ein für ihre Maße vorbereitetes Stahlgerüst eingepasst, das an dem Laufkran im Innern des Laderaumes hing. Die Verbindung zum Heckkran wurde gelöst, die Trosse fuhr nach oben. Mit dem Einsetzen des Sturmes und dem Niedergang einer Wand aus warmem Regen war die Ladeluke geschlossen und das Stahlgerüst im Laderaum arretiert.

Um elf Uhr dreißig mittags lagen sich alle unter dem strömenden Regen an Deck in den Armen. Anahit fand sich in Jons freudiger Umklammerung wieder.

Der Koch kam mit einem Blech warmer *Pakhlava* aus der Küche. Jetzt, wo alles geschafft war, freute sich jeder darauf, mehrere Stücke von dem süßen und schweren armenischen Nusskuchen in sich hineinzustopfen.

★

Obwohl das Schiff stampfte und schlingerte, dass kaum einer es länger als eine halbe Stunde unter Deck aushalten konnte, war die Neugier aller viel zu groß, als dass sie den Fund im Lagerraum hätten ignorieren können.

Jetzt standen sie in den Knien wippend vor dem in einem Meter Höhe über dem Boden aufgebockten Ungetüm. Noch sah es aus, als bestünde es aus nichts als übel riechendem Schlick. Dem durchdringenden Gestank nach faulen Eiern, den der lebensfeindliche Schlamm der anaeroben Zone verströmte, war durch den besten Luftaustausch nicht beizukommen. Einige winzige Fliegen sirrten aufgeregt auf dem nassen Schlick herum.

Bisher war nichts anderes freigelegt als die Stelle mit den Zeichen **AD**. Anahit stellte sich auf eine Trittleiter und nahm sich einen Wasserschlauch. Vorsichtig spülte sie den Schlamm mit einem Strahl Wasser von der Scheibenoberfläche.

»Ein unglaubliches Fußbodenmosaik«, sagte sie, »vier Meter Durchmesser in Opus-Vermiculatum-Technik. Ich schätze, dass jeder Quadratzentimeter aus fünfzig *tesserae* besteht, es müssen Millionen Stück verarbeitet worden sein. Ihr solltet es sehen!« Sie arbeitete weiter mit dem Wasserschlauch. »Ein Aufwand wie für einen Kaiserpalast.«

Sie richtete den Strahl auf die umlaufende Kante. »Eine lateinische Inschrift läuft über den ganzen Umfang der Scheibe.«

Bevor jemand ein weiteres Wort sagen konnte, kam ein Funkspruch durch die Bordanlage.

»Mayday. Mayday. MS Sunrise braucht Hilfe auf 52 Grad 01 Minuten nördlicher Breite und 39 Grad 56 Minuten östlicher Länge. Ist einer in der Nähe? Mayday.«

»Es ist zwei Kilometer von hier entfernt«, sagte Cousman ruhig. »Sie müssen uns sehen können. Sie nutzen einen sehr schwachen Sender mit geringer Reichweite.«

Er verließ den Lagerraum, gefolgt von den anderen. An Deck hielt er sich mit beiden Händen fest, die Beine gegen den Ankerspill gestemmt.

»Da sind sie. Backbord.«

Alle konnten sie sehen. Eine Motoryacht, deren Antrieb defekt zu sein schien, lag hinter ihnen in der schweren See. Ein Aufbau, der wahrscheinlich Antennen getragen hatte, war abgerissen. Die Yacht lag sehr tief und stand kurz vor dem Sinken.

»Wir nehmen sie längsseits«, sagte Cousman und rannte hoch auf die Brücke.

»Bei aller Hilfsbereitschaft ist höchste Vorsicht geboten«, mahnte Penfield. »Macht eine abschließbare Kabine frei, falls sie bei uns übernachten müssen. Und kein Wort über PHIDIAS.«

»Sunrise. Hört ihr uns? Hier MS SEA WASP. Wir können euch sehen. Wir nehmen euch längsseits. Bleibt an Bord«, gab Cousman von der Brücke durch. Die SEA WASP änderte ihren Kurs in Richtung des havarierten Bootes.

★

Die drei Männer von Bord der SUNRISE saßen in warme Decken gehüllt in der Messe. Jeder hatte vor sich einen Topf mit dampfendem Kaffee. Sie behaupteten, Geschäftsleute aus Istanbul zu sein. Unter ihnen war der Kunde, der die SUNRISE gechartert hatte, ein Araber aus Marokko, der sich als Ibrahim Al Haazur vorstellte. Er war ein kleiner, ununterbrochen redender, freundlicher Mann von etwa vierzig, dessen schwarz behaarte fleischige Hände sich ständig in der Luft befanden. Den größten Teil seiner Rede bedankte er sich überschwänglich für die Lebensrettung und rühmte gleichzeitig das wunderschöne Schiff, um das sich alle drei große Sorgen machten.

Sein Geschäftspartner stellte sich als Michail Bogdaschwili vor. Er schien aus Georgien zu kommen, doch war sein Englisch so schlecht, dass niemand sicher war, ihn richtig verstanden zu haben. Er war ein starker Bursche von Mitte dreißig. Das volle schwarze Haar hatte seinen Ansatz tief in der Stirn. Da seine kräftigen Augenbrauen zusammengewachsen waren, machte er einen sehr finsteren Eindruck, der durch eine wenig vertrauenerweckende Tätowierung verstärkt wurde. Alle sahen auf seinem rechten Unterarm das Porträt seines georgischen Landsmannes Josef Stalin über zwei gekreuzten Maschinenpistolen, als er seinen nassen schwarzen Pullover gegen einen aus Piets Vorräten tauschte. Er gab nicht viel von sich, womit er diesen finsteren Eindruck hätte zerstreuen können.

Der dritte Mann war der griechische Skipper und sprach kein Wort. Die beiden anderen redeten von ihm als Konstantin. Sie legten Wert darauf, die Nacht auf der SUNRISE zu verbringen und morgen so schnell wie möglich mit den Reparaturarbeiten an dem ausgefallenen Motor zu beginnen. Alle Angebote, mit Hilfe der Hochleistungspumpen der SEA WASP das Wasser sofort aus ihrem Schiff abzupumpen, lehnten sie ab.

Piet Konberg und der Erste Offizier hatten die Aufgabe, bei ihnen zu bleiben, solange ihre Sachen beim Trocknen waren und sie zum Aufwärmen in der Messe saßen. Danach wollten sie schnellstmöglich selbst damit beginnen, das Wasser aus ihrem Boot zu entfernen.

Die anderen machten sich auf den Weg zurück in den Lagerraum. Jon brüllte gegen den Regen.

»Ich werde Piets Hut mit Käse und Salami belegt in einem Pizzaofen backen und verspeisen, wenn die Kerle nicht noch viel mehr zu verstecken haben als wir.«

»Ganz deiner Meinung«, brüllte Penfield zurück. »Wahrscheinlich steckt der Kahn bis oben voll Rauschgift oder Waffen. Wir sollten zusehen, dass wir sie schnellstmöglich loswerden.«

★

Sobald Anahit die Augen schloss, umgab sie ein süßlicher Gestank, und tief unter ihr war das Klopfen in den Wänden. Sie stand auf, bevor die Kälte aus ihrer Erinnerung in ihre Adern kriechen konnte.

Sie ging an Deck. Aus dem Schott, das auf die Treppe zum großen Lagerraum unter ihren Füßen führte, drang ein Spalt Licht. Der Schott stand offen. Langsam ging sie darauf zu und öffnete die schwere Stahltür. Sie horchte. Schritt für Schritt stieg sie hinab in den Gestank, den sie vom Meeresboden hochgeholt hatten.

Von der steinernen Scheibe tropfte Wasser. Ihre Schritte verhallten in dem Raum, sie schienen die Stille darin nur größer zu machen.

Gerade als sie sich fragte, warum sie eine offene Stahlklappe im Boden, die noch tiefer in das Schiff hineinführte, nie zuvor wahrgenommen hatte, erlosch das Licht.

Alle ihre Sinne waren geschärft. Tropfendes Wasser. *Dobb. Dobb.* Wie mit dem Start einer Maschine lief die Angst in ihr hoch.

Schritte, die immer dann zu hören waren, wenn einer der doppelten Wassertropfen fiel. Sie wurden mit der Absicht gesetzt, unhörbar zu sein. Leise, kaum zu erahnen.

Das *dobb, dobb* blieb am selben Ort, an dem Ort, an dem sie sich in diesem Augenblick wieder befand, während die Schritte sich näherten.

Dobb. Dobb. Es ist kalt. Seit Einbruch der Dunkelheit regnet es. Bis auf winzige Schlitze sind die Fenster mit Blechplatten vernagelt, gegen die der Regen schlägt. Wasser tropft durch die Decke des halbzerstörten Hauses. Anahit drängt sich in die Ecke des letzten Zimmers im obersten Stockwerk.

Wie ein gestrandetes Schiff liegt das Haus in Schräglage, in dessen unterstem Stockwerk sie mit ihren Pflegeeltern wohnt. Irgendwo weiter flussabwärts stauen Felsmassen den Fluss. Auf der Flussuferwiese, die den vierstöckigen Plattenbau umgibt, ist nach dem Erdbeben ein See entstanden, der sich vorwärtsbewegt. Langsam. Still. Schwarz. Mit jedem Vollmond, der durch die Schlitze der mit Blech vernagelten Fenster scheint, versinkt ein weiteres Stockwerk im Wasser.

Anahits Pflegeeltern sind vom Wasser in eine Ecke getrieben, aus der es keinen Ausweg mehr gibt. Betonwände, ein verschütteter Flur, ein Raum ohne Fenster, eine schwarz glänzende, über Tage und Wochen herankriechende Wasserfläche. Im Stockwerk darüber Anahit. Tote um sie her. Süßlicher Gestank umgibt sie. Rufe der Eingeschlossenen. Niemand, der helfen kann, und vor allem sie, die kleine Anahit, beim Klavierunterricht im Stockwerk darüber von den Erdstößen überrascht, kann nicht helfen.

Sie versucht, nach unten in das stinkende Wasser in der ersten Etage vorzudringen, sie versucht, ein Loch in den Fußboden zu schlagen. Sie arbeitet Tage und Nächte. Ihre Hände bluten, sie friert. Seit Wochen fühlt sie unter ihren Füßen den Kampf ihrer Pflegeeltern, ohne helfen zu können. Lange bevor das Wasser wie eine schwarze glänzende Nacktschnecke in dem Flur auftaucht, in den sie sich gerettet hat, hören sie auf zu klopfen.

Seither lebt die Schuld in ihrem Kopf wie ein Tier, das

sie von innen zerfrisst. Die Schuld und die Frage, die sie niemals wagen wird, sich zu stellen.

Im Dunkeln berührten Anahits Hände die Steinplatte, an der Reste des sumpfigen Meeresbodens hafteten. Sie tastete sich in eine Ecke des großen Lagerraumes voran, bis sie dort schließlich gefangen war. Die Schritte waren nah.

Ohrenbetäubend heulte eine Alarmsirene auf. Über die Lautsprecher ertönte Cousmans Stimme.

»Kollisionskurs mit unbekanntem Schiff, Kurs von Ostnordost. Alle an Deck.«

Die Motoren und Notlichter der SEA WASP sprangen an, Lärm und Helligkeit brachen herein wie ein neuer Tag.

Toros stand unmittelbar vor ihr im Raum. Der Koch starrte sie schweigend an. In dem Schlaglicht kam er ihr vor wie ein verwachsenes Ungeheuer, unter seinem Hemd zeichneten sich Brüste ab wie bei einer Frau, sein Bauch war aufgebläht. Wie immer in den letzten Tagen lag auf seinem alten Gesicht der Ausdruck eines Schmerzes, den er wie eine auferlegte Gnade zu empfinden schien. Beschwörend hielt er die Hände geöffnet in die Luft. Anahit konnte nicht eine einzige Spur von Brandwunden daran erkennen.

Im Funken eines entsetzlichen Augenblickes hatte sie das Gefühl, Toros kenne die Antwort auf die Frage, an die sie zeit ihres Lebens nicht zu denken wagte. So schnell sie konnte, rannte sie aus dem Raum und die Stahltreppe hoch.

★

Anahit schaffte es nicht mehr, die Tür ihrer Kabine zu schließen, bevor sie sich in ihrem Bad so lange übergab, bis grüne Galle kam. Hemmungslos schluchzend kam sie auf dem Bett liegend zu sich.

Ekel und Schuld überfielen sie aus ihren Erinnerungen wie ein epileptischer Anfall. Sie zitterte. Wand sich in

Krämpfen. Mit letzter Kraft schleppte sie sich in den engen Kleiderschrank, wo sie Wände und Türen an allen Seiten mit der Haut ihres Körpers spüren konnte. Jetzt fühlte sie sich unangreifbar in der Dunkelheit, die sie umgab, egal wie weit sie ihre Augen öffnete. Es würde noch Stunden dauern. Sehen konnte sie nur, was innerhalb ihres Kopfes war, die Bilder darin umgaben sie.

Anahit ist ein kleines Mädchen. Sie liegt in ihr Bett gekuschelt, bald wird sie schlafen.

Es gibt einen Garten, in dem Spielzeug lebendig wird, sagt ihre Mutter leise. Sie hält ihre Hand ganz fest. *Als das Mädchen klein war, wusste es, wo der Garten liegt. Sie warf ihre Stofftiere und Puppen über die hohe Mauer und kletterte an den Ästen einer Eiche hinterher. Der Garten stand voller uralter Bäume, durch deren Blätter die Sonne schien, egal wie draußen das Wetter war. Das kleine Mädchen ritt auf ihrem Elefanten durch die Bäume, ihre beiden bunten Papageien flatterten vor ihr im Licht, das große blaue Krokodil raschelte neben ihr im Gras. Bevor die Dunkelheit einbrach, kletterte sie mit allen zurück über die Mauer.*

Von ihrem vierten Geburtstag an konnte das Mädchen den Garten nicht mehr finden, sosehr sie auch danach suchte. Mit einer Tasche voller Spielzeug ist sie seit damals unterwegs auf der Suche. Ob sie ihn jemals wiederfinden wird? Ihre Mutter hält die kleine Hand Anahits, bis sie schläft.

Jahrelang hatte sich Anahit nicht mehr an diese Geschichte aus ihrer Kinderzeit erinnert, die sie in der schlimmsten Zeit ihres Lebens nach dem Erdbeben 1982 bei Verstand gehalten hatte. Warum fiel sie ihr jetzt ein? Dieser Garten aus der Gutenachtgeschichte ihrer Mutter hatte einen Namen gehabt. Nur welchen?

Anahit schüttelte sich, sie weinte, die Augen weit aufgerissen. Alles blieb schwarz, bis sie einschlief.

★

Tief aus dem Innern der Räume unter ihr drangen Geräusche. Schreie, Rufe nach Hilfe. Anahit versuchte die wiederkehrende Erinnerung abzuschütteln. Sie riss die Augen auf, schlug sich mit flacher Hand ins Gesicht. Nichts änderte sich. Die Rufe, das Klopfen in den Wänden aus ihrer Erinnerung blieb. Sie hatte Angst um ihren Verstand, bis sie schließlich begriff, dass jetzt geschah, was sie hörte. Hilferufe und Klopfen an den Wänden im Schiff. Geräusche von Kämpfen. Schritte an Deck.

Die Tür zu ihrer Kabine wurde geöffnet. Sich nähernde Schritte. Sie kauerte sich in dem Schrank zusammen. Ein leichter Duft nach Kokosmilch wehte zu ihr herüber. Die Schritte entfernten sich.

Noch immer ertönte dumpf unter ihr das Klopfen in den Wänden, die Rufe waren verstummt, aber ein anderes Geräusch drang an ihre Ohren. Schläge. Jemand zertrümmerte etwas. Schwere Schläge auf einen Stein? Trümmer krachten herab auf den Stahlboden des Schiffes, als würde ein Haus abgerissen.

Anahit gelang es, sich aus ihrer Starre zu lösen, plötzlich nahm sie alles überdeutlich wahr. Nebelfetzen, die von Deck durch die geöffnete Tür in ihre Kabine trieben, der Geruch des Erbrochenen auf ihrem Pullover.

Anahit hängte sich ihre Jacke um. Dann kam sie mühsam auf die Beine, schob die Schranktür auf und schlich sich aus der Kabine. An Deck bot sich ihr ein gespenstischer Anblick. Die Luft hatte sich abgekühlt, über dem Schiff lag undurchdringlicher Morgennebel. Man konnte nicht weiter sehen, als man tasten konnte. Das Schiff hatte plötzlich die Größe der Unendlichkeit angenommen, das Meer war verschwunden. Alle Scheinwerfer leuchteten, das Deck trieb wie in Milch dahin. Am Heck verschwand ein gespanntes Tau im Nebel, an seinem Ende musste irgendwo die SUNRISE hängen.

Niemand war an Deck. Außer dem Krachen der Steine

war nichts zu hören. Es gab keinen Zweifel, jemand zertrümmerte die Steinplatte im großen Laderaum, die sie mit so unendlicher Mühe gefunden und geborgen hatten.

Als sie an Deck war, näherten sich Stimmen. Sie schlüpfte in Penfields Kabine. Die Tür stand offen, in der Kabine war alles durcheinandergeworfen. Anahit bemühte sich, nicht das geringste Geräusch zu verursachen.

In dem Sessel hinter Penfields umgestürztem Schreibtisch saß eine Gestalt. Stumm. Anahit gefror das Blut. Wie angewurzelt blieb sie stehen. Einzig draußen an Deck schien die Zeit noch zu fließen, Schritte und Stimmen näherten sich. Hier herrschten Stille und Zeitlosigkeit.

Es blieb ihr nichts anderes übrig, als nach einem Versteck Ausschau zu halten. Sie tastete sich mit den Füßen voran. Die Gestalt blieb stumm. Dann, ohne ersichtlichen Anlass, sackte sie plötzlich vornüber. Der Kopf schlug auf den Tisch. Im nächsten Moment entrang sich ein Schwall warmer, blutig riechender Luft dem Brustkorb. Aus dem Kopf breitete sich zähfließend eine glänzende schwarze Fläche auf dem Tisch aus. Sie floss nicht aus dem Mund, sondern direkt aus dem Schädel.

Jetzt erkannte Anahit die Gestalt des Toten. Es war Jon.

Augenblicklich schien die Kabine um sie her endlos weit von ihr abzurücken. Sie befand sich nicht in der realen Welt, sondern in dem Panoptikum ihrer alptraumhaften Erinnerung. Die Wirklichkeit musste weit hinter dem Horizont liegen.

Schritte vor der Tür. Die Stimmen kamen vom Eingang her. Ein Mann und eine Frau unterhielten sich. Eine Frau? Es gab keine anderen Frauen an Bord der SEA WASP. Ich muss mich geirrt haben, dachte Anahit. Zwei Schemen tauchten in der Tür von Penfields Kabine auf. Toros? Einer der beiden Eindringlinge schien tatsächlich der Koch zu sein. Wer war der andere?

Anahit duckte sich hinter den umgestürzten Schreibtisch,

direkt neben dem toten Jon. Unter seiner herabhängenden Hand lag etwas auf dem Boden. Das Satellitenhandy! Es war eingeschaltet. Anahit betete, dass jetzt kein Anruf kam.

Wahrscheinlich hatte Jon versucht, Hilfe herbeizurufen, und war dabei entdeckt worden.

Wen sollte Anahit um Hilfe rufen? Wer verdiente ihr Vertrauen? Sie fühlte sich entsetzlich allein, als sie das schwere Handy in der Hand spürte. Seine Oberfläche war mit einer klebrigen Substanz überzogen. Anahit machte keine weitere Bewegung, wie versteinert kauerte sie dort.

»Wo ist die Historikerin?«, fragte eine Frau in armenischer Sprache.

Es war tatsächlich die Stimme einer Frau. Hart. Kurz angebunden. Eine Frau von unbestimmbarem Alter, mit einiger Sicherheit aber älter als vierzig. Woher war sie gekommen? Von dem anderen Schiff, das Cousman in seinem Alarmruf angekündigt hatte? Hatte es einen Überfall gegeben?

»Wir haben die SUNRISE mit drei Männern an Bord im Schlepptau. Möglicherweise hält sie sich dort drüben versteckt«, hörte sie Toros' Stimme sagen.

»Dann kümmern wir uns jetzt um die SUNRISE«, entschied die Frau. Und sie sagte noch etwas anderes, bevor sich die Stimmen im Nebel verloren. Etwas, was Anahit erstarren ließ und ein Irrlicht in die Alpträume ihrer Erinnerungen warf.

Plötzlich schien sie selbst in das verstrickt zu sein, was hier Schreckliches geschah. Sie und ihre Vergangenheit.

Anahit versteckte das Handy im eingebauten Kleiderschrank in einem winzigen Spalt hinter dem eingebauten Tresor für persönliche Dinge. Sie kannte dieses Versteck aus ihrer eigenen Kabine. Sie ließ das Handy eingeschaltet, da sie den Code nicht kannte. Wenn ihre Flucht fehlschlagen sollte, würde das Handy vielleicht noch einmal von großem Nutzen für sie sein. Dann verschwand sie im Nebel an Deck.

Aus dem Innern der SEA WASP erschütterten die Schläge, mit denen die Platte zertrümmert wurde, das Schiff unter ihr. Vom Heck aus senkte Anahit so geräuschlos wie möglich das Zodiac vor der Bordwand in den Nebel. Sie tastete sich mit den Füßen voran, bis sie den Gummiwulst unter sich spürte, dann ließ sie sich langsam hineingleiten.

Die ersten Meter schob sie sich geräuschlos mit den Händen an der Backbordseite der SEA WASP entlang. Leichter Wind ließ den Nebel über dem Meer zerfließen. Plötzlich tauchte aus den Schwaden etwas auf. Anahit traute ihren Augen nicht. War sie vollends in eine Sphäre der Fieberträume geraten? Direkt vor ihr trieb über der Meeresoberfläche der schemenhafte Umriss eines Doppelstockbusses, wie sie ihn von älteren Bildern aus London kannte. Im Innern der Silhouette leuchteten zwei Fensterreihen.

Sie schüttelte das Bild ab, das wie ein Irrlicht im Nebel hinter ihr versank, als sie sich mit einem kräftigen Schwung von der Bordwand der SEA WASP abstieß, um lautlos in den heraufdämmernden Morgen zu gleiten. Sie war voller Schuldgefühle, die Crew ihrem Schicksal zu überlassen. Schon bald war von dem Schiff nichts mehr zu sehen, von allen Seiten umgab sie der Nebel.

Anahit fröstelte. Sie schloss den Reißverschluss ihrer roten, dick gefütterten Jacke bis oben hin, bevor sie den Motor startete und ihn langsam hochdrehte. Wenn alles gut ging, könnte sie die Küste Georgiens in fünf Stunden erreichen. Danach allerdings stand ihr die schwierigste Reise bevor, die sie jemals unternommen hatte: die Erkundung ihrer Vergangenheit.

Noch in dieser Sekunde schwor sich Anahit, alles, und sei es ihr Leben, aufs Spiel zu setzen, um zu klären, welche Schuld die entlegene Welt ihrer eigenen Kindheit an dem schrecklichen Ende Jons und dem ungewissen Schicksal der restlichen Crew trug.

Die beiden Gestalten, die Jon auf dem Gewissen hatten und dabei waren, das Fundstück aus dem vierzehnten Jahrhundert zu zertrümmern, hatten in dem von Anahit belauschten Gespräch ein vergessenes Wort ihrer Kindheit gebraucht.

»Keine Eile«, hatte die unbekannte Frau gesagt, »wir haben viel Zeit, bis wir zurück in Lusavank erwartet werden.« Lusavank. Der Name des märchenhaften Gartens, in dem die Puppen lebendig wurden.

MADONNA

3. August
England

Robert spürte, dass jemand unterhalb des Gerüstes im undurchdringlichen Dunkel der frühen Morgenstunden stand und ihn beobachtete. Er hielt in seiner Arbeit inne. Plötzlich nahm er den Geruch nach feuchtem Putz und dem Rauch erloschener Kerzen wahr, der ihn schon die ganze Zeit umgab. Wenn er den Kopf aus dem Lichtkegel nahm, würde er besser sehen können, aber er musste noch einige Handgriffe beenden.

»Robert Casty?«, fragte der Schatten tief unter ihm in der Parish Church von Pickering im Norden Englands mit der Stimme eines alten Mannes. Gegen das Licht seiner Arbeitslampen konnte Robert den Schatten eines Mannes mittlerer Größe erkennen, dessen Kopf von einer Mähne weißer Haare umgeben wurde, durch die das Morgenlicht aus dem Portal der Kirche schimmerte.

Direkt vor Roberts Gesicht saß das Jesuskind auf der Schulter eines Riesen. Was sie hier vor sechshundert Jahren in der Kirche angerichtet hatten, war eine Schande. Was falsch gemacht werden konnte, hatten sie falsch gemacht.

Robert trug fleckenweise den rauen *arricciato* über den kleinen Ankerstäben auf, die er in die Wand eingebracht hatte, um die Reste der farbtragenden Putzschichten zu stabilisieren. Nach dessen Trocknen musste die feine Putzschicht des *intonaco* feucht aufgetragen werden, wonach dann genau eine Stunde Zeit blieb, um die riesige Hand des heiligen Christopherus zu erneuern, die sich um einen Baum schloss.

Die Fundamente der Kirche hatten sich gesenkt, ihre Wände hatten Risse bekommen, und Feuchtigkeit war eingedrungen. Abgedichtete Belüftungsöffnungen unter dem Dach erzeugten ein Mikroklima für Pilze, aber nicht für Fresken. Der unbekannte Meister des fünfzehnten Jahrhunderts hatte nicht beherzigt, was das Wesen der Freskomalerei ausmachte – das vollständige Bild in jeder Einzelheit vor Beginn der Arbeiten vorliegen zu haben, weil sonst in den großflächigen Detaillierungen der Überblick hoffnungslos verloren ging. Bei Fehlern erlaubte die Freskotechnik keine nachträglichen Korrekturen, niemand konnte es sich leisten, den teuren Putz wieder abzuschlagen. Der alte Meister hatte auf Teufel komm raus korrigiert und dazu nachträglich Farben *al secco* aufgetragen, die schon vor langer Zeit abgeblättert waren.

Auf den Brettern des Gerüstes liegend, feuchte Farbe im rechten Ärmel, verspürte Robert nicht die geringste Lust, seine Position wegen einer ausgedehnten Unterhaltung auch nur eine Minute länger als nötig einzunehmen.

»Sie haben vor sechs Jahren aufgehört zu malen und schlagen sich seither mit minderwertigen Arbeiten durch«, tönte die Stimme zu ihm herauf. »Sie befinden sich auf der Flucht, Sie verstecken sich in feuchten Ecken. Haben Sie sich nicht irgendwann einmal gewünscht, Ihr Atelier in London wieder aufzubauen?«

Robert schaltete die Scheinwerfer aus. Mit der Rückkehr der Dämmerung in die Kirche drang die Erinnerung an das Feuer in sein Bewusstsein, das ihm fast das Leben gekostet und sein Atelier zerstört hatte. Fünfzig seiner besten Gemälde, von Galerien und Sammlern aus aller Welt geliehen, wurden in einer Nacht vernichtet. Eine Versicherung, die jede Zahlung ablehnte. Forderungen Geschädigter ohne jedes Maß. Der Zusammenbruch. Die Flucht.

Lange war es Robert gelungen, erfolgreich zu verdrängen, warum er unter Ausschluss jeder Öffentlichkeit arbeiten musste. Bis jetzt.

»Überlegen Sie es sich. Es gibt eine einmalige Chance für Sie.« Die Stimme unter ihm hatte einen ausländischen Akzent. Robert wusste, dass er die Stimme noch niemals gehört hatte, dennoch kam sie ihm auf seltsame Art vertraut vor.

»Wer sind Sie?«, fragte er.

»Ihr Galerist Albert Dencer wird Ihnen ein Angebot machen. Es eilt. Wenn Sie Näheres dazu wissen möchten, sollen Sie sich heute Abend in seinem Haus in London zum Dinner einfinden.«

Der Schatten, dessen Gesicht Robert nicht erkennen konnte, schien seine Gedanken gelesen zu haben.

»Er weiß, dass Sie nicht mehr im Geschäft sind, er weiß, dass Sie Grund haben, die kunstinteressierte Öffentlichkeit zu meiden. Aber es geht nicht um Ihre eigenen Bilder. Es geht um die Suche nach einem unbekannten Maler der Renaissance namens Visus. Und um sehr viel Geld.« Der Schatten verschwand in Richtung des Kirchenportals im Gegenlicht.

Robert beendete die Arbeit an der Putzschicht unter der Hand des heiligen Christopherus. Fresken waren für ihn die richtige Kunst, hatte er dabei entdeckt. Dauerhaft wie Standbilder, flexibel wie Gemälde, steinern wie Städte, bunt wie das Leben. Eines Tages würde er eine Wand für sich finden, bei der alles stimmte.

Als Robert wenige Minuten später die Kirche verließ, war in keinem der drei Treppenzugänge, die durch die umliegenden Häuserzeilen von Pickering auf die Kirche führten, noch eine Spur von dem Besucher zu sehen.

★

Aus einer Dekantierkaraffe, die einem altrömischen Original nachempfunden war, floss der 1999er Barolo in einen Kelch aus hauchzartem Muranoglas vom Ende des neunzehnten Jahrhunderts.

»Ich habe einen Klienten«, sagte der Kunsthändler Albert Dencer, während er den Wein mit kreisförmigen Bewegungen in dem Glas schwenkte, »der bereit ist, für eine Information, die aus einem Foto und einer genauen Ortsangabe besteht, einen erheblichen Betrag auf den Tisch zu legen.« Er nahm einen Schluck, bevor er sich bedächtig an das kurzgebratene Chateaubriand machte.

Robert, der Dencer zum ersten Mal nach langer Zeit wieder in dessen Haus gegenübersaß, blickte an die in vier Meter Höhe mit Stuck verzierte Decke. Er fühlte sich nicht sonderlich wohl. Wie lange war es her, dass er ein Jackett getragen hatte?

Durch die weit geöffneten Fensterflügel der ersten Etage des Stadthauses in der Half Moon Street 27 drang die erfrischende Luft des Spätsommerabends vom Green Park herüber. Bereits seit zwei Stunden lauschte Robert den Ausführungen über die Malerei der italienischen Renaissance wie früher so oft anlässlich der Dinner-Einladungen im Haus des Kunsthändlers.

Heute kostete es ihn übermenschliche Kraft, sich an diesem Thema zu beteiligen. Er schnitt sich einen Teil seines Bratens ab. »Was sucht Ihr Klient?«

»Die Malerei der italienischen Renaissance hat der Menschheit die Augen geöffnet«, antwortete der weißhaarige alte Herr. »Reale Menschen mit realen Gesichtern tauchen auf. Die Landschaften, die Gebäude, in denen sich die Menschen bewegen, erhalten eine Perspektive. Die Welt wird nicht mehr dargestellt, wie Gott sie ordnen wollte, sondern so, wie sie dem Auge erscheint. Erstmals erhält Gott ein gleichberechtigtes Gegenüber. Den Betrachter.«

»Und?«, fragte Robert ungeduldig. Das alles hatte er

schon früher gehört. Es würde unweigerlich bei den Preisen enden, die man mit Bildern dieser Periode heute auf dem internationalen Kunstmarkt erzielen konnte. Aber der Markt war klein. Die Bilder waren bekannt. Eine Chance bestand nur darin, bislang unbekannte Maler der damaligen Zeit günstig einzukaufen, sie bekannt zu machen und dann zu veräußern. Damit ließen sich Handelsspannen von mehr als tausend Prozent erzielen.

Dencer setzte seine Rede fort, nachdem er einen weiteren Schluck von dem Barolo genossen hatte.

»Die italienischen Meister, die ab dem frühen fünfzehnten Jahrhundert die großen Neuerungen in die Malerei eingeführt haben, könnten einen bisher unbekannten Vorgänger haben.« Er sah Robert mit großen Augen an. »Der bereits Jahrzehnte vorher Ähnliches schuf.«

Robert sah das Potenzial, das in dieser Aussage steckte. Zweistellige Millionenbeträge wären mit einem solchen Bild erzielbar, vorausgesetzt, es hatte die notwendige Qualität und befand sich in erträglichem Zustand.

»Es soll einen armenischen Maler gegeben haben, der einige Jahre in Italien gelebt hat und sich Visus nannte. Er soll lange vor Fra Angelico, Uccello, Pisanello oder Francesca Bilder ähnlicher Qualität geschaffen haben. Sein größtes Werk ist alle vierzig Jahre am fünfzehnten August Mittelpunkt einer feierlichen Prozession – irgendwo tief im Kaukasus in einem armenischen Kloster namens Lusavank.« Dencer lehnte sich zurück. »Das Problem ist, dass niemand weiß, wo dieses Kloster liegt. Kein Kunstkenner. Nicht die armenische Kirche. Jean-Pierre Basteau, ein französischer Spezialist, den ich mit der Aufgabe, das Bild ausfindig zu machen, nach Yerevan geschickt habe, hat seit Tagen nichts von sich hören lassen. Allmählich mache ich mir Sorgen. Es gelingt mir einfach nicht, zu ihm Kontakt aufzunehmen.«

Lusavank? Robert spürte dem Klang des Namens nach. Wie konnte Dencer auf die Idee kommen, ausgerechnet ihn auf eine Reise in den Kaukasus zu schicken? Seit den Ereignissen vor sechs Jahren hatte Robert sich nicht bei ihm sehen lassen. Irgendwann später war der Punkt gekommen, wo es keine Erklärung mehr für ein so langes Schweigen gab, wo sich kein Anlass mehr finden ließ, der ungewöhnlich genug war, um neu zu beginnen.

»Welche Abmachung schlagen Sie vor?«, fragte er.

Dencer legte die Stirn in Falten. »Wenn Sie mir bis zum fünfzehnten August mitteilen, wo sich das Bild befindet, und mir ein Foto davon bringen, haben Sie eine Million Pfund verdient. Damit könnten Sie die an Sie gerichteten Forderungen begleichen, Ihr Atelier aufbauen und wieder mit der Arbeit beginnen. Meine internationalen Kunden warten darauf.« Er sah Robert an. »Und ich wäre auch nicht traurig darüber.«

Plötzlich verspürte Robert das dringende Bedürfnis, seinem Atelier einen Besuch abzustatten. Auf einer Reise zurück zu sich selbst, auch wenn sie den Umweg über den Kaukasus einschloss, wollte er sein Skizzenbuch dabeihaben. Vorausgesetzt, es existierten überhaupt noch Reste des alten Fabrikgebäudes, in dem sich sein Atelier befunden hatte,.

»Wer hat mich heute früh um fünf Uhr morgens in Pickering aufgesucht?«, fragte er.

»Ich musste einen Boten aussenden, der Sie aufgespürt hat.« Dencer machte ein gleichgültiges Gesicht. »Anders war Ihnen nicht beizukommen, so wie Sie sich in den letzten Jahren vergraben hatten.«

Die Blicke des Kunsthändlers folgten den Bewegungen der jungen Haushälterin, die das Geschirr abräumte. Als sie den Raum verlassen hatte, nahm er einen Briefumschlag zur Hand, auf dem als Absender eine Adresse in Yerevan notiert war: Tumanyanstraße 1, Aufgang IV, Apartment 108.

»Mein Gewährsmann berichtete mir in unserem letzten Telefongespräch von seiner Vermutung, beschattet zu werden. Mit schriftlichen Meldungen wollte er sich zurückhalten, um nicht die Konkurrenz auf die Spur des Gemäldes zu bringen. Den ersten und einzigen Brief habe ich gestern erhalten.« Er hielt Robert den leeren Umschlag hin. Robert nahm ihn in die Hand.

»War das alles?«, fragte er. »Kein Inhalt?«

Dencer zuckte mit den Schultern.

»Immerhin eine Adresse. Das ist doch etwas, oder?« Ganz offensichtlich maß er dem Fehlen eines Schreibens keine große Bedeutung bei. Von einem kleinen Barocktisch neben der Tafel nahm er ein formell aussehendes DIN-A4-Blatt. Er schob seine Brille in die Stirn und schien den Text zu prüfen.

»Ich habe hier einen Vertragstext über die Lieferung der beschriebenen Informationen bis zum fünfzehnten August, mittags zwölf Uhr an mich. Sowie über meine Verpflichtung, im Anschluss daran innerhalb von vier Tagen eine Million Pfund an ...«, er setzte mit seinem Füllfederhalter Roberts Namen ein und fuhr in seiner Rede fort, »... Robert Casty zu überweisen.« Er unterschrieb das Papier und reichte es Robert.

»Wenn Sie den Vertrag bis morgen Abend bei mir unterschreiben, haben Sie den Auftrag. Wenn nicht, werde ich mich beeilen, jemand anders zu finden.«

Eine Million Pfund – was für eine Summe. Plötzlich eröffnete sich Robert eine Chance, die einzige Chance, die er in der ansonsten tristen Zukunft sah, seinem Leben als Maler die Wende zu geben, die er im Innersten herbeisehnte.

Die Zeit in Pickering hatte nicht nur ihre trostlosen Seiten gehabt, er hatte auch eine Technik gelernt, der die Kunstgeschichte ihre dauerhaftesten Gemälde verdankte. Sie war nur deshalb ausgestorben, weil es niemanden mehr gab, der sich jahrhundertelang um die Erhaltung einer Wand kümmern konnte. Ich werde eine Wand kaufen und eine Stiftung gründen, die sie erhält, dachte Robert. Ich werde *der* Freskenmaler des einundzwanzigsten Jahrhunderts. Niemals wieder würde er vor dem Wandgemälde eines anderen Künstlers auf einem Gerüst liegen.

Nein, er brauchte keine Bedenkzeit. Wortlos zog er den Vertrag zu sich herüber und setzte seinen Namen darunter.

Halbinsel Krim, Ukraine

Seit seine Frau vor drei Jahren ums Leben gekommen war, hatte sich Dr. Michail Trenko, Leiter des Instituts für Tropenmedizin der Taruga-Universität von Simferopol und Chefarzt des städtischen Krankenhauses in Feodosia, der alten Hafenstadt auf der Krim, niemals so ratlos gefühlt wie jetzt, was den weiteren Lebensweg seiner Tochter Kristina anging. Sie lebte in seinem Haus, war Anfang zwanzig und, wie er fand, eine schlanke blonde Schönheit, die alles im Leben erreichen konnte, was sie nur wollte.

Heute hatte sie ihr Geigenstudium geschmissen und nicht die geringste Vorstellung von dem, was sie stattdessen künftig tun wollte. Nur eins war ihr klar: dass sie nicht einen einzigen Tag mehr Geige studieren würde.

»Soll ich mein Geld später mit der Geige im Arm, eine Konservendose vor mir, auf den Straßen von Paris verdienen? Wenn es mir nicht gelingt, die Konzertsäle zu beherrschen, studiere ich für eine Alkoholikerkarriere.«

In seinem Arbeitszimmer im Krankenhaus saß sie zusammengesunken auf der Couch zwischen den Glasschränken.

»Und die Konzertsäle der Welt werde ich niemals beherrschen«, sagte sie und brach in Tränen aus.

Im nächsten Moment begann das gelbe Lämpchen an seinem schweren Telefon auf dem Arbeitstisch zu blinken. Trenko ignorierte es. Er setzte sich zu seiner Tochter und legte ihr den Arm um die Schulter.

»Wir werden etwas für dich finden, Tinjuschka«, sagte er und dachte: Vielleicht wird es ja doch noch etwas mit dem Medizinstudium. Schließlich hatte er sie schon mehrfach dazu gebracht, in der Urlaubszeit als Praktikantin im Krankenhaus auszuhelfen. Und immerhin fiel sie nicht in Ohnmacht, wenn sie Blut sah.

Sie schluchzte hemmungslos, den Kopf an seine Schulter gelegt.

»Geh an dein Telefon«, schniefte sie laut, »irgendwo stirbt sonst jemand.« Noch schlimmeres Schluchzen. Er gab ihr einen flüchtigen Kuss auf die Wange und nahm den Hörer auf. Mit der Hand bedeutete er ihr, sitzen zu bleiben.

Die Miliz war am Apparat. Neben einem Versteck von Hunderten von Gewehren und Handgranaten auf dem Friedhof hinter dem Busbahnhof hatte man eine nackte männliche Leiche entdeckt. Sie war überall an Körper und Gesicht von flächigen schwarzen und roten Flecken bedeckt, die Augen waren voller eingetrocknetem Blut, aus dem Mund war ein inzwischen ebenfalls eingetrockneter, stinkender, blutig schwarzer Brei gelaufen. Der Mann war vorher bereits verschiedenen Passanten als extrem erkältet aufgefallen. Er hatte gebrüllt, dass er verbrenne. Man hatte ihn für betrunken gehalten, weil er sich mehrfach übergab.

»Der Name des Mannes ist Michail Bogaschwili«, sagte der Leiter der Miliz. »Sie müssen sofort herkommen und den Leichnam untersuchen.«

»Gibt es irgendein Erkennungszeichen, anhand dessen wir Personen auffordern können, sich zu melden, wenn sie Kontakt zu ihm hatten?«

»Eine Stalin-Tätowierung auf dem rechten Unterarm. Ein übler Zeitgenosse, nicht schade, dass er tot ist.«

»Geben Sie ein Bild der Tätowierung an die Presse, vielleicht meldet sich jemand, der etwas über seinen Aufenthalt in der letzten Zeit weiß. Ich mache mich auf den Weg zu Ihnen, bis dahin achten Sie bitte darauf, dass niemand den

Toten berührt. Den Symptomen nach, die Sie beschrieben haben, besteht ein Risiko für die gesamte Stadt.« Er hielt inne und sah seine Tochter an, die ihn erschrocken anblickte.

»Der Fundort muss abgeriegelt werden. Alarmieren Sie die medizinischen Spezialeinheiten des Militärs. Sagen Sie ihnen unter der Auflage absoluter Verschwiegenheit, wir haben möglicherweise einen Fall einer hochansteckenden tropischen Krankheit in der Stadt.

Wir brauchen Plastikzelte und hermetisch schließende Säcke. Niemand, weder die Polizei noch sonst wer, darf sich dem Ort ohne entsprechende Schutzmaßnahmen nähern. Ich werde eine Station im Institut in Simferopol zur Obduktion vorbereiten lassen. Danach mache ich mich sofort auf den Weg zum Friedhof.«

Er führte noch einige Telefonate, dann blieb er kurz vor seiner Tochter stehen.

»Du gehst jetzt zu Fuß nach Hause und bleibst dort, bis ich komme. Egal was passiert, gehe heute nicht mehr vor die Tür.«

Durch eine warme Spätsommernacht ging Robert in Richtung Victoria Station. Der Green Park war bereits geschlossen, sodass er den Weg über den Grosvenor Place nahm.

Noch immer verströmten Bäume und Rasen den Duft des Sommers, auch wenn bereits das erste trockene Laub unter den Füßen knisterte.

Robert beschleunigte seine Schritte. Am Ende des Carlisle Plaza bog er in den Durchgang zu dem wild bewachsenen Grundstück mit den Resten der ehemaligen Fabrik ein, in deren oberen Etagen sich sein Atelier befunden hatte.

An seinem Ende war der Durchgang von einem drei

Meter hohen Bauzaun verschlossen, der zudem mit einem daraufgenagelten Stacheldraht gesichert war. Von Carlisle Plaza her näherte sich ein Mann im schwarzen Blouson, der einen Hund an der Leine führte. Robert verließ den Durchgang wieder und wartete auf der Straße davor, bis der Mann verschwunden war.

Selbst nach der langen Zeit seiner Abwesenheit kannte er das alte Fabrikgelände im Schlaf. Schließlich hatte er fast zwölf Jahre darin gelebt.

Im Erdgeschoss eines der Häuser in der Francis Street befanden sich ein thailändisches Restaurant und ein Geschäft für Bäderbedarf. Wer sich das Gebäude aus Klinkersteinen genauer ansah, konnte unschwer erkennen, dass dieses Haus früher als Verkaufs- und Ausstellungsgebäude zu der dahinterliegenden Fabrik gehört hatte. »Winston & Bratley – Toolmaking and Manufacturing« stand in verblichener Schrift auf den Ziegeln über dem Geschäft für Bäderbearf.

Robert betrat das spärlich gefüllte Thai-Restaurant, in dem man sich auf den Feierabend vorbereitete. An der Theke steckte er einige Streichholzbriefchen ein und bestellte ein Mineralwasser, das er sofort bezahlte. Mit einem entschuldigenden Lächeln ging er auf die Toilette, wo er sich mit seiner vollgepackten Reisetasche durch ein Fenster zwängte und auf den Hof fallen ließ.

Die Tür zu dem Keller, aus dem es nach verdorbenem Fleisch roch, war nur angelehnt. Robert entzündete ein Streichholz. Sämtliche Zwischentüren der Kelleranlage waren in geöffnetem Zustand eingerostet, sodass er in Richtung der Fabrik gut vorankam. Mit jedem Schritt wirbelte er uralten Kohlenstaub auf. Nach einhundert Metern stand er in der verschmolzenen alten Heizungsanlage des Gebäudes, von der aus sich das Feuer angeblich ausgebreitet hatte. Darüber lagen die Gemäuer des ausgebrannten Gebäudes.

Robert gelangte in die Reste des ehemaligen Lagerraums, der vor sechs Jahren für wenige Stunden als Galerie gedient hatte, bevor er so ausgebrannt war, dass jetzt der Himmel sein Dach bildete. Auf dem Fußboden dehnten sich Wasserlachen aus, bergeweise lagerte Elektroschrott neueren Datums in einer Ecke, dumpfer Geruch nach Feuchtigkeit drang aus dem durchgebrochenen Fußboden, Ahornschösslinge hatten sich angesiedelt. Das erste Stockwerk des anschließenden Verwaltungstraktes, in dem sich sein Atelier befunden hatte, existierte als schwarzes Mauerwerk über in Klinkern gemauertem Fußboden. Da auch die Decke gemauert war, hatte auch sie den Brand überlebt. Fenster gab es nicht mehr, die Metalltüren hingen schief in den Angeln. In den letzten Jahren mussten Generationen von Obdachlosen in dem Raum gehaust haben, die einen zähen Gestank nach altem Rauch und verpilzte Matratzenlager hinterlassen hatten. Wasserlachen auch hier, Wälder leerer Flaschen. Rascheln. Trippelnde Schritte in den Wänden. Robert trat auf den Kadaver einer katzengroßen Ratte, als er hinauf an die in Bögen aus Ziegelsteinen gemauerte Decke zu den geschwärzten Resten der von ihm selbst konstruierten Beleuchtungstechnik blickte. Die Bündel zusammengeschalteter Leuchtröhren hatten vor langer Zeit in seinem Atelier das ruhige Licht eines hellen Februarnachmittags erzeugt.

Im Widerschein des Lichts, das aus Fenstern gegenüberliegender Häuser fiel, stieß er mit dem Fuß an den verrosteten Spezialsitz, auf dem er in perfekter Position stundenlang arbeitend gesessen und die große Leinwand mit dem Antippen eines Fingers horizontal und vertikal bewegt hatte.

Bei seinem Aufstieg in die Gilde international anerkannter Maler hatte Robert gelernt, dass die Voraussetzungen für eine professionelle Arbeit mit allergrößter Konsequenz geschaffen werden mussten. Fluchtpunktgeometrien seiner Bilder hatte er mit Hilfe von Raytracing-Programmen konstruiert, wie sie für die Erzeugung künstlicher Welten in computeranimierten Filmen entwickelt worden waren. Bis heute hielt er die spezifischen Details seiner Farbrezepturen,

Grundierungen und Untermalungen geheim, auch wenn er seit vielen Jahren keinen Gebrauch mehr von seinen Kenntnissen gemacht hatte. Er behielt das Wissen um seine mathematischen und technischen Hilfsmittel für sich, wie die Künstler der Antike die Formel des Goldenen Schnittes für sich behalten hatten.

Vorsichtig warf er einen Blick aus dem Fenster. Das Haus war direkt an seinen Außenmauern von einem Zaun aus Maschendraht umgeben. Irgendwo bellte ein Hund, ein Schatten bewegte sich auf dem Grundstück vor seinem Fenster. Vorsichtig auf seine Füße achtend, schob Robert sich weiter durch die weite, von Müll bedeckte stinkende Fläche seines ehemaligen Lebenszentrums. Schließlich stand er vor der Wand, deretwegen er gekommen war.

Der schrankgroße Tresor des Unternehmens Winston & Bratley hatte seinen Platz in der vier Meter dicken Ziegelwand nicht verlassen. Verkohlt, voller Graffiti, rostig und zerkratzt, aber immer noch vorhanden.

Als Robert seine Hände an den kühlen Stahl legte, kannte er plötzlich die vier Blöcke vierstelliger Zahlen, deren bloße Existenz er vollständig vergessen hatte. In diesem Augenblick waren sie da. Flüchtig. Wenn er den Moment verstreichen ließ, würde der Zugang für immer verloren sein. Daher gab er den Code sofort ein. 4245 – 4323 – 3424 – 4748. Die Tür ließ sich öffnen.

In noch immer perfektem Zustand lag ein Stapel Kataloge vor ihm. »Robert Casty: Quarters of the Mind«. Robert nahm einen der farbig gedruckten Bände in die Hand. Er sah die Reproduktionen der wandgroßen Bilder, vor denen er Jahre seines Lebens zugebracht hatte. Er empfand sich geradezu als ein Bewohner der Städte, die er selbst geschaffen hatte und die in einer Feuersbrunst versunken waren wie eine mythische Stadt der Antike.

»Robert Casty, ein Moderner mit altmeisterlich perfektionierter Technik«, las er, »wurde vor achtundvierzig Jahren in Mailand geboren. Bevor er sich vollständig der Malerei widmete, absolvierte er eine Ausbildung als Geometer und Architekt. Seine großformatigen Ausschnitte einer Stadtwelt des neunzehnten Jahrhunderts, die den ganzen Planeten zu bedecken scheint, sind so real, dass man sie für Fotografien halten könnte.«

Unversehrt lag das großformatige Skizzenbuch in seiner Hand, als hätte er es soeben erst weggelegt. Er blätterte darin. Blocks, Häuserschluchten, Dachansichten. Perspektiven, glänzende Fenster, Tordurchsichten, Straßenzüge. Ausgetrocknete Kanäle. Kein Wasser. Kein Leben.

Wieder bellte ein Hund, diesmal ganz nah. Robert packte einen Katalog und das Skizzenbuch in seine Tasche. Um vier Uhr morgens verschwand er durch den Keller. Er kletterte von außen in die verwaiste Toilette des Thai-Restaurants, um sich zu waschen und neu einzukleiden. Über eine Stunde später sprang er zurück in den Hof und stopfte die vom Kohlenstaub ruinierten Sachen in eine Mülltonne. Auf dem Carlisle Plaza kündigte ein erster blasser Schimmer auf dem schmalen Streifen Himmel den vierten August an.

4. August

Als Ibrahim Al Haazur in seiner Wohnung in der Clarke Street in Kensington aufwachte, war es fünf Uhr dreiundvierzig. Er streckte seine Hand aus, um sich zu vergewissern, dass Cherry neben ihm lag. Sie atmete ruhig, ihre Haut war warm, ihre blonden Haare breiteten sich weit um ihren Kopf auf den Kissen aus.

Er spürte, dass eine dicke Erkältung in ihm steckte. Sein Kopf fühlte sich heiß an, seine Augen brannten, Kehle und Rachen waren so rau und ausgetrocknet, als hätte er die ganze Nacht geschnarcht. Er stand auf, um im Bad einige

Aspirin zu schlucken. Als er vor dem Spiegel stand, zog er seine unteren Augenlider herunter und betrachtete sich aus blutunterlaufenen Augen. Er fand nicht, dass er heute gut aussah.

Es hatte gestern Abend damit begonnen, dass er während des Dinners mit Cherry von einem Augenblick auf den anderen plötzlich seine Haut zu spüren begann – oder besser, seine Haut begann, jeden Lufthauch von Berührung zu spüren.

Nach dem dringenden Treffen nachher würde er zusehen, dass er wieder nach Hause kam, und sich für ein paar Tage ins Bett legen.

Um sieben Uhr schlief Cherry noch immer, aber die Hitze in seinem Kopf war nicht besser geworden. Irgendwo hatte er sich gestern etwas Unangenehmes aufgelesen.

Er bereitete sich einen Tee. Als er wenig später die Tasse an die Lippen setzte, brannte allein schon der heiße Dampf aus der Tasse in seinem Schlund so höllisch, als hätte er sich den Tee aus Chilischoten aufgebrüht.

Um elf Uhr würde er sich mit einem Verbindungsmann treffen, der ein größeres Geschäft mit einem usbekischen Clan vermitteln konnte. Eintausend in China nachgebaute Kalaschnikows und einhundert Kisten Munition aus Tschechien.

Er hustete. Kehle und Rachen waren wund. Die Hitze nahm zu. Um sieben Uhr dreißig nahm er eine kalte Dusche.

In der Wohnung war es nicht mehr auszuhalten. Die Aussicht auf die Kühle in den Straßen Kensingtons am Morgen war zu verlockend.

Er zog weite seidene schwarze Hosen an, die möglichst wenig seine Haut berührten, auf der nach dem Duschen rosafarbene Pusteln aufgetaucht waren, sowie ein weites schwarzes T-Shirt. Die Armbanduhr nahm er ab und steckte sie zu Handy und Geldbörse in die Tasche. Die goldene

Halskette, die ihm seine Frau daheim in Rabat vor zwei Jahren geschenkt hatte, nahm er ebenfalls ab.

Cherry schlief noch fest, als er die Wohnung um acht Uhr fünfzehn verließ. Bei Allah, was hatten sie gestern den ganzen Tag über für einen herrlich verbotenen Sex gehabt. Er hatte sie gevögelt, als wären die letzten Tage seines Lebens gekommen.

Von der Straße aus ging er kurz in seinen Laden, über dem in goldenen Buchstaben stand: »Import – Al Haazur – Export«. Er nahm ein Schild von seinem Ladentisch und hängte es in die Tür: »Wegen Warenannahme geschlossen.«

Es war jetzt fast neun Uhr. Ein Hustenanfall schüttelte ihn, trotz der dünnen Bekleidung stand ihm der Schweiß auf der Stirn.

Er fasste den Beschluss, deutlich früher als verabredet zum Treffpunkt zu gehen. Sobald sich das London Eye in Bewegung setzte, würde er darin seine Runden drehen, bis sein Partner hinzustieg. Er hatte ihm sein eigenes Aussehen hinreichend beschrieben, er selbst kannte ihn nicht. Offenbar wollte der andere sichergehen und ihn eine Weile ungestört beobachten.

Ibrahim liebte diesen Ort, der immer wieder wie ein Wunder für ihn war. Vor vielen Jahren hatte er in London für einige Semester technische Mechanik studiert, was ihm den Einstieg in seine Waffengeschäfte erheblich erleichtert hatte. Vor allem aber hatte es ihm die Ehrfurcht vor den Verzwicktheiten mechanischer Bewegungen vermittelt. Wenn er in einer Gondel des London Eye stand und versuchte, von dort heraus die Bewegung zu beschreiben, deren Teil er war, erwies sich das als unendlich kompliziert. Die scheinbar feststehenden stählernen Bögen vor ihm, die plötzlich ihre Proportionen änderten; eine Brücke, die sich unter ihm als Reisendem verschob, ohne sich wirklich zu bewegen; das Heraufziehen der nachfolgenden Gondel, der Berg aus Stahl, der sich bei aller Bewegungslosigkeit zuerst vor, dann hinter ihm befand. Verwirrend. Wie einfach war alles, wenn man es von außen, aus der Position des Allwissenden betrachtete. Eine Drehung, die so einfach war wie die Drehung der Erde im All. Nicht mehr.

Als er jetzt in der Ferne das gigantische Riesenrad sah, erschien es ihm wie die Welt unter dem Blickwinkel Allahs, von dem aus man alles verstehen konnte.

Neun Uhr dreißig. Er stützte sich an eine Hauswand, um sich zu übergeben. Die Menschen auf der Straße rückten beiseite. Die reine gelbe Galle brach aus ihm heraus. Die Pusteln auf seiner Haut hatten sich in flächige Blasen verwandelt.

Er sprang in ein Taxi. Der Taxifahrer war froh, als er den für diesen frischen Morgen so unpassend leicht gekleideten, übel stinkenden, hustenden und rotzenden Fahrgast vor dem London Eye wieder loswurde.

Als sich das Riesenrad um zehn Uhr in Bewegung setzte, betrat Ibrahim Al Haazur eine Gondel, die er mit keinem zu teilen brauchte. Über der Dachhöhe der Häuser angekommen, konnte ihn niemand mehr daran hindern, sich nackt auszuziehen, um sich abzukühlen. Wie erfrischend das war, dennoch schien er von innen her weiter zu verbrennen. Die Haut war übersät mit blutig roten Flecken, die in ihrem Zentrum schwarz geworden waren. Er lehnte sich an die gläserne Wand der Gondel. Er hustete, nieste und übergab sich zugleich. Aus allen Körperöffnungen strömte das Blut und verteilte sich über die Scheiben und auf dem Boden. In der nachfolgenden Gondel, die jetzt hinter ihm über dem Horizont aus Stahlrohren aufging, sahen zwei Frauen entsetzt zu ihm herüber.

Etwas geschah mit ihm, was er nur von diesem Blickwinkel Allahs aus verstehen konnte. Aus großer Ferne gesehen musste sich jetzt eine der Perlen am Kranz des London Eye in einen geflammten Smaragd verwandelt haben.

Er strengte sich an, seine Gedanken zu konzentrieren,

aber es wollte ihm nicht mehr gelingen, weil ihn mit dem schwarzen stinkenden Schleim, den er erbrach, das Leben verließ.

Das Victoria Hotel in der Charleston Street unweit des Carlisle Plaza bot Robert bereits um diese frühe Zeit einen angenehmen Ort, die Reisevorbereitungen voranzubringen.

Er saß bei einer großen Tasse schwarzem Kaffee vor seinem aufgeklappten Laptop und betrachtete eine Landkarte Armeniens, die er sich aus dem Netz heruntergeladen hatte. Es war ein so kleines Land, warum sollte es so schwierig sein, darin ein Kloster zu finden, das seit dem fünfzehnten Jahrhundert existierte?

Ein Blick in die Ankunftsanzeige des Yerevaner Flughafens Zvartnots zeigte, dass die günstigste Verbindung mit Austrian Airlines von Wien aus bestand. Abflug war heute Nacht, zweiundzwanzig Uhr. Dazu passte ein Easyjet-Flug, der London-Stansted um sechzehn Uhr verlassen und Wien um neunzehn Uhr Ortszeit erreichen würde.

Robert buchte alle Flüge. Die Rückflüge würde er danach festlegen, wie er mit seinen Ermittlungen vorankam.

Für drei Tage mietete er ein Zimmer im Hotel Yerevan, das zu der holländischen Lizenzkette Golden Tulip gehörte und auf den Bildern im Internet einen passablen Eindruck hinterließ.

Für zehn Uhr dreißig war er mit Christian Nock verabredet, einem Software-Spezialisten, dem die Londoner Firma Brainlight gehörte, mit der er bei den Raytracing-Programmen für seine Bilder lange zusammengearbeitet hatte und zu dem er nach den Jahren der Abwesenheit den Kontakt wieder aufnehmen wollte.

Ohne irgendeine Begrüßung saß Nock ihm plötzlich in

dem Sessel gegenüber. Er war ein kleiner schmaler Bursche voller Fantasie und unglaublicher Energie, die er durch Kettenrauchen aufzuladen schien. Seit Robert ihn kannte, war sein Gesicht von unzähligen Falten zerfurcht, die vermutlich dadurch entstanden waren, dass er sein Gesicht in Momenten der Konzentration gequält zu verziehen pflegte. Nock hatte notorisch wenig Zeit.

»Hallo«, sagte er, »schön, dich zu sehen. Wo hast du die letzten hundert Jahre gesteckt?«

»Ich war gezwungen, mich unsichtbar zu machen.« Robert fühlte sich unbehaglich. Er wusste, dass es Nocks Stärke war, Fragen ohne Rücksicht auf Befindlichkeiten zu stellen. Nock zog die Augenbrauen hoch.

»Hast du jemanden ermordet?«, fragte er.

»Höchstens mich selbst«, sagte Robert. »Ich durfte die Hunde meiner Gläubiger durch kein einziges Bild anlocken, dessen Spur sich irgendwo zu mir zurückverfolgen ließe.«

Nock stöhnte. »Und jetzt? Was hat sich geändert? Wo liegt dein Problem?« Er steckte sich ein Zigarillo an, ohne auf die Rauchverbotsregeln des Hotels zu achten.

»Ich habe einen verrückten Auftrag angenommen«, erzählte Robert, »der mich zuerst einmal weit weg von allen Gläubigern führt und von den Leuten, denen sie ihre Forderungen verkauft haben.« Robert legte Nock den Umschlag auf den Tisch. »Und der mir eine Menge Geld bringen soll.«

»Weißt du nach all den Jahren als armer Restaurator überhaupt noch, was man mit Geld anfängt?«, fragte Nock skeptisch.

»Ich werde eine Wand kaufen«, erklärte Robert und wedelte den Rauch aus Nocks Zigarillo beiseite.

»Eine Wand?« Nock machte keinen Hehl aus seiner Verblüffung. »Was für eine Wand? Ich hätte vermutet, du würdest dein Atelier wieder aufbauen.«

»Eine große Wand, auf der es sich lohnt, ein Fresko

unterzubringen. Du musst nichts weiter tun, als für mich herauszufinden, was es mit diesem Umschlag auf sich hat. Dann habe ich die Chance, das notwendige Geld zusammenzubringen.«

Nock besah sich den leeren Umschlag. »Eine Botschaft, die von jemandem aus Yerevan geschickt wurde«, erklärte er, »der argwöhnt, dass seine Botschaften mitgelesen werden. Was tut er dort?« Nock kniff die Augen zusammen, sein Gesicht legte sich in die gewohnten Falten. »Ist er Armenier?«

»Er ist ein Franzose, der im Auftrag meines ehemaligen Galeristen in Armenien nach einem wertvollen Bild eines unbekannten Renaissancemalers mit dem Pseudonym Visus sucht. Er befürchtet, Konkurrenten könnten ihm zuvorkommen.«

»Hm«, machte Nock, »wird er dich als Konkurrenten sehen, wenn du dort aufkreuzt?« Er tat einen tiefen Zug, der seine Lunge bis in die letzten Bläschen ausräuchern musste. »Visus«, murmelte er. »Wenn ich mich nicht irre, ist es ein Begriff, den Augenärzte verwenden. Es könnte Sehschärfe bedeuten, die Fähigkeit, Einzelheiten zu unterscheiden. Nicht unpassend für einen Maler.«

Eine Weile hüllte er sich in Rauch und Schweigen und musterte mit sämtlichen Konzentrationsfalten im Gesicht den leeren Briefumschlag.

»Es ist nicht viel«, sagte er schließlich. »Im Grunde ist es nichts außer einer Adresse. Vielleicht sollst du dorthin kommen, um nach dem Rechten zu sehen. Mehr gab es für den Mann wohl nicht zu sagen. Wobei ich das Gefühl habe, dass dieser Brief niemals von einem Franzosen kam. Sie reden mehr, als es der Absender offenbar tut. Für mich sieht es sogar so aus, als könnte der Absender nicht einmal Englisch. Geschweige denn Französisch. Gar nicht zu reden davon, dass er selbst ein Franzose ist.«

Ein Kellner machte Nock flüsternd auf sein Zigarillo aufmerksam. Nock entschuldigte sich eifrig, drückte es in dem Aschenbecher aus, den der Kellner in der Hand hielt, und schob sich danach den kalten Stummel zwischen die Lippen.

»Lass mich darüber nachdenken«, stöhnte er. »Vielleicht fällt mir in den nächsten Tagen dazu noch etwas Stichhaltiges ein.«

Im Taxi hörte Robert in den Zwölf-Uhr-dreißig-Nachrichten, dass es einen Anschlag auf das London Eye gegeben hatte, bei dem ein Mensch ums Leben gekommen war. Von nun an musste er auf seinem Weg zum Flughafen mit zusätzlichen Sicherheitsmaßnahmen rechnen.

Die Suche nach dem Meisterwerk des unbekannten Renaissancegenies Visus würde er genau dort beginnen, wo die letzte Spur abgebrochen war. In Yerevan, in der Tumanyanstraße 1, Aufgang IV, Apartment 108.

Hawaii Island

Seit mehreren Tagen schüttete der Himmel pausenlos Wasser über Big Island aus, der südlichen großen Insel des Archipels von Hawaii. Es fiel auf die tropischen Waldregionen in der Mitte der nördlichen Küste, es fiel in den noch aktiven Vulkan Mauna Loa im Süden und kehrte als Strom von Dampfwolken von den heißen Steinen unmittelbar in die Wolken über der Insel zurück.

Am Ende eines mehrstündigen Fußmarsches durch den Regen traf Mark Jackson, bepackt mit seinen Kletterseilen von einer Viertagestour durch die Kaumanahöhlen im Norden Big Islands, morgens um zwei Uhr vor seinem Haus ein, das hinter den Regenwänden wie ein beleuchtetes Schiff auftauchte. Zu Jacksons Überraschung stand daneben ein Hubschrauber der US Army, dessen Motoren er durch das Rauschen des Wassers hören konnte.

Jemand saß darin und wartete hinter der gebogenen Glaskuppel des McDonnel Douglas MD500 Defenders. Der Helikopter hatte Scheinwerferstrahlen wie das Gerippe eines nutzlosen Regenschirms um sich aufgespannt.

»Einer Ihrer Leute ist tot. Steigen Sie ein«, rief der Pilot. Jackson war es gewohnt, Anweisungen, die ihm mit solchem Aufwand übermittelt wurden, zu folgen, ohne lange Fragen zu stellen. Als er seine Ausrüstung verfrachtet und im Fluggerät Platz genommen hatte, schloss der Pilot fluchend die Kabinentür. Wenige Augenblicke später waren sie in der Luft auf dem Weg zum militärischen Teil des Keahole-Kona-International-Airports.

Jackson studierte auf dem Flug die Akte zum Tod des Waffenhändlers Al Haazur. Als operativer Leiter von MIDAC, der in Istanbul ansässigen Middle East Anti Terror Cooperation, einer im Jahr 2002 von den Regierungen der beteiligten Staaten eingerichteten Koordinationsgruppe für die gemeinsame Terrorbekämpfung der NATO mit Russland, einigen früheren Sowjetrepubliken und verschiedenen Ländern des Mittleren Ostens, verfolgte er seit zwei Jahren Al Haazurs Kontakte in der Region. Ihn unter Beobachtung zu halten, statt ihn festzunehmen, hatte MIDAC viele verdeckte Zugriffe ermöglicht.

Die Unterbrechung seines Urlaubs verdankte Jackson seiner intimen Kenntnis des Toten. Ein Stapel Fotos zeigte Details der ersten Untersuchungen.

Die abmontierte Gondel des London Eye stand in einem Londoner Biohazard-Labor unter einem Plastikzelt. Eine langmähnige blondierte Schönheit befand sich als Kontaktperson in Quarantäne. Es gab eine Großaufnahme von dem Gesicht des Toten und von seinen Innereien nach der Obduktion. Er schien mit schwarzer Jauche gefüllt zu sein.

Jackson schob die Bilder zurück in die Tüte. Eine Diagnose lag noch nicht vor. Hatte Al Haazur versucht, mit den falschen Leuten Geschäfte mit den falschen Waffen zu machen? Wenn so die neue Waffe aussieht, die in Al Haazurs Vertriebswegen auftaucht, dachte Jackson, dann gute Nacht.

Er würde den Piloten zu einem Umweg nach Oahu veranlassen. Es gab jemanden, den er mit auf den Weg nach London nehmen musste.

Waimanolo Beach, Oahu Island; Hawaii

Es war eine warme Nacht am Strand der Insel Oahu, der nördlichen großen Insel des Archipels, wie man von ihr unter den Reisenden in aller Welt träumte. Es ging ein leichter Wind, der kaum zu spüren war. Das Geräusch der Wellen ließ keinen anderen Gedanken zu als den an einen großen geduldigen Nachbarn, der sich nur flüsternd unterhalten wollte.

»Du hast meinen Geburtstag in diesem Jahr übersehen«, sagte Seena O'Leary, die lange nach Mitternacht neben ihrem Mann Arran im Sand des Strandes lag. »Das ist nicht besonders tragisch, aber ich darf dich bei der Gelegenheit erinnern, dass ich jetzt vielleicht noch vier Jahre Zeit für ein Baby habe, wenn ich nicht als Monstermutter zur medizinischen Kuriosität werden will. Warum gelingt uns nicht, was meinen Vorfahren bei ihrer Besiedlung Polynesiens auf jeder Insel, in jedem Boot gelungen ist?«

Neben ihnen im Sand vor dem Haus stand ein neunzehn Meter langes, handgearbeitetes, hölzernes Doppelrumpfkanu. Es hatte Seena ihr Leben lang auf der Insel begleitet.

Seit sie sich erinnern konnte, waren ihre polynesische Mutter und ihr Vater, der in den sechziger Jahren seine kleine Schiffswerft in Cornwall verkauft hatte, um sich den Traum eines Lebens auf Hawaii zu erfüllen, mit dem

Handwerk befasst, die alte polynesische Kunst des Baus von hochseetüchtigen Kanus wiederzubeleben. In Kanus der verschiedensten Größen hatte sie alles erlebt, was ein Mensch in seinem Leben erleben kann. Bis sie vor vielen Jahren hatte mit ansehen müssen, wie ihr im Ozean zwischen Tahiti und Hawaii ertrunkener Vater in der Begleitung von Dutzenden kleiner Boote in seinem großen Kanu zurückgebracht wurde, das seither *Mohana uhane*, Seele des Ozeans, hieß und jetzt als dunkler Schatten vor der Milchstraße lag.

Arran kannte diese Diskussion um die Schwangerschaft, die wie die Energie des Vakuums bei der Abwesenheit anderer drängender Themen aus heiterem Himmel im Raum entstand. Es würde eine Diskussion werden, von der jede Phase schon geübt war. Er konnte sich nicht helfen, aber das Eindringen der zänkischen Realität in die traumhafte Chance dieser Nacht erboste ihn bis aufs Blut.

»Vielleicht ist deine Besessenheit von einer Schwangerschaft das einzige wirkliche Hindernis, sie wirklich zu erreichen. Die Instrumentenliebe, die Kalenderliebe, die Berater- und Betreuer- und Besamerliebe, die Dosierungs-, die Verschreibungs-, die Temperaturvermessungsliebe. Ich komme mir vor wie im Vorstand eines Technologiemultis, bei dem Observatorien und Ovulationen aufeinanderfolgende Tagesordnungspunkte sind.«

»Ist dir jemals aufgefallen«, sagte Seena, »dass du ausgerechnet zu der Zeit auf die Idee gekommen bist, die Erde sei aus dem Weltall mit Leben befruchtet worden, als sich herausgestellt hatte, dass es an dir liegt, dass ich nicht schwanger werde?«

Arrans Wut war verraucht, er kannte diese Unterhaltungen einfach zu gut. Es gab keinen Grund, sich zu dieser Bösartigkeit zu äußern. In ein paar Stunden würde es ihr wie üblich leidtun, alles darauf angelegt zu haben, ihn niederzumachen.

Weil sie wusste, dass er sich innerlich schon in der nächsten Unterhaltung befand, in der sie sich unweigerlich entschuldigen würde, legte sie nach.

»Wenn wir dafür in jeder Lebenslage miteinander schlafen würden«, sagte sie, »hätten wir wenigstens Spaß an unserer Erfolglosigkeit, aber du bist und bleibst ein Beobachter.«

Es war einer der seltenen langen Abende, die sie gemeinsam hatten. Und sie nutzten ihn, um sich möglichst schwer zu verletzen. Seena war zum Heulen zumute. Sie liebte Arran. Er war ein wunderbarer, zurückhaltender, großzügiger Mann, dessen Geist in unerfindlichen Gefilden Beachtliches vollbrachte. Wie aber sollten sie jemals aus ihren verschiedenen Welten zusammenkommen?

Diesen Abend, der so schön hätte sein können, hatte sie klar auf dem Gewissen. Aber sie konnte nicht anders. Wenn all das Gift, das sich in ihr angesammelt hatte, nicht herauskam, würde es sie umbringen.

Das Schöne an Arran war, dass er nach einer liebevoll vorgebrachten Entschuldigung so froh sein konnte und sie so warm in den Arm nahm, als hätten sie sich niemals gestritten.

Sie war sicher, dass er nichts davon ahnte, dass sie hin und wieder ihre Leidenschaft an Liebschaften schärfte, die sich irgendwo ergaben. Es war eine verzweifelte Suche nach der Bodenhaftung, die sie so vermisste.

Wie immer, wenn sie ihrem Frust auf diese bittere, destruktive Weise Luft gemacht hatte, verspürte sie das dringende Bedürfnis, sich mit Arran schnellstmöglich zu vertragen. Der Frust war nicht verraucht, aber an die Stelle der Wut war wieder die schicksalsergebene Müdigkeit getreten, an die sie sich gewöhnt hatte, die sie ohne Arrans Geborgenheit aber nicht ertrug. Niemand konnte ihr so wunderbar von den Sternen erzählen. Als sie wortlos seine Hand nahm, lehnte er sich herüber und küsste sie.

»Wir müssen mehr für uns kämpfen«, flüsterte sie in sein Ohr.

»Ich verspreche dir«, sagte er leise, »dich auf deiner nächsten Tour zu begleiten, wohin auch immer sie führt, und an dir zu haften wie eine Klette.« Obwohl sie schon vor langer Zeit gelernt hatte, auf solche Versprechungen nicht allzu viel zu geben, erwiderte sie seinen Kuss mit zärtlicher, wenn auch nicht leidenschaftlicher Hingabe.

Als sie eine Stunde später gemeinsam vor den offenen Terrassentüren des großen Wohnraumes standen, jeder ein fast leeres Glas kalifornischen Chardonnay in der Hand, meldete sich ihr Handy.

Sie sah entschuldigend zu Arran hinüber, der ergeben mit den Schultern zuckte.

Mark Jackson war am Apparat.

»Es scheint den Einsatz einer Biowaffe im Zentrum von London gegeben zu haben«, war seine erste Bemerkung. Seena lehnte sich an die Wand. Ihr Pulsschlag verschloss ihr die Kehle. Jackson. Das letzte Treffen vor acht Jahren, von dem sie damals nicht ahnten, dass es das letzte sein würde, und dann ihre abrupte Mitteilung an ihn, dass Schluss mit der Beziehung sei. Eine Schwangerschaft, die sich als Irrtum erwies – aber es blieb bei dem Ende, ohne dass sie es bedauert hätte.

Das letzte Treffen in der bereits geschlossenen Bar des Ramada Inn nach einer Konferenz in Santa Monica. Die Angst, entdeckt zu werden, die bis in die Morgenstunden verschlossenen Türen, die müden Ventilatoren, die heiße Liebe einer ganzen Nacht. Jetzt war Jackson plötzlich wieder da, auf dem Weg nach London, wo er ihre Hilfe brauchte. In einer Stunde würde sein Helikopter am Strand vor ihrem Haus landen und sie zu einem gecharterten Learjet der CIA-eigenen Aurora Airlines bringen. Es ist die reine Freundschaft, sagte sie sich, die Neugier, die fachliche Hilfe. Weiter nichts. Auf keinen Fall.

Als sie wenig später mit ihrer Tasche die Treppe wieder hinunterging, stand ihr Arran gegenüber, in der Hand eine vollgestopfte olivgrüne Reisetasche.

»Ich meine es ernst«, sagte er.

Schwarzes Meer

Das Meer lag wie ein polierter schwarzer Spiegel in der windstillen Nacht. Von allen Seiten von Sternen umgeben, schwebte darin die Autofähre PAMJATJ MERKURIJA. An Deck lehnten an der Reling ein Mann in einem hellen Leinenanzug mit schwarz gefärbten Haaren über einem alten Gesicht und eine zierliche weißhaarige Frau von etwa siebzig Jahren, die ein hochgeschlossenes türkisfarbenes Sommerkleid trug, das am Hals mit einer silbernen Anstecknadel verschlossen war. Gegen den Sternenhimmel hob sich die dunkle Silhouette eines großen Doppelstockbusses ab.

Ein Schiff ohne Positionslichter oder Deckscheinwerfer näherte sich, das sich bald als ein mittelgroßer Sardellenfischer erwies, wie sie seit dem dramatischen Verfall der Fangquoten im Schwarzen Meer an der adsharischen Küste billig zu haben waren.

Als der Kutter beilegte, wimmelte es an seinem Deck plötzlich von Menschen. Das Licht des Sternenhimmels und ein abnehmender Mond reichten aus, um zu erkennen, dass dort ausschließlich Frauen an Deck standen, Frauen in Sommerkleidern, Frauen in leichten Hosen, mit dünnen Pullovern oder offenen Jacken bekleidet und alle im Alter zwischen dreißig und sechzig Jahren. Sie sprachen nur wenig miteinander, hin und wieder erklang leise ein angespanntes Lachen.

Der Mann und die ältere Frau halfen den ersten Frauen

an Bord der Fähre. Kurze Zeit später flammte Licht hinter den Fensterreihen des Busses auf. Eine nach der anderen gingen die Frauen auf den Bus zu, dabei scheuchten sie Vögel auf, die sich auf dem Bus niedergelassen hatten. Einige der Frauen wedelten mit den Händen, bevor sie den Bus betraten, um lästige Fliegen abzuwehren.

Noch bevor sie den Bus betreten hatten, begann die Erste von ihnen, ihre Kleider abzulegen. Die ältere Frau, die von dem Mann, den sie Toros nannte, Kyra genannt wurde, begleitete sie in das Innere des Busses, von wo ihnen ein Geruch nach brackigem Seewasser entgegenschlug.

Als sie nach einigen Minuten herauskam, war die Nächste bereit, während sich die Erste, nachdem sie angekleidet war, auf ein vorbereitetes Lager aus einfachen Baumwolldecken legte und einschlief. Ebenso geschah es mit allen weiteren Frauen.

Bald lagen zwanzig Frauen schlafend auf dem weiten Deck der unbeleuchteten Fähre, neben der ebenso dunkel der Fischkutter trieb.

Mark Jackson arbeitete im Flieger an seinem Laptop. Auf der anderen Seite des Ganges war Seena mit dem Lesen der Unterlagen beschäftigt, die sie von ihm erhalten hatte. In unbeobachteten Momenten blickte sie zu Jackson hinüber.

Er war ein mittelgroßer schmaler Mann mit vollem dunkelbraunem Haar und grünen Augen, dem man seine athletischen Fähigkeiten nicht ansah, weil sie mehr auf seiner Reaktionsschnelligkeit und seiner Ausdauer beruhten als auf der Größe seiner Muskeln. Insbesondere sein Händedruck zeigte, dass Zupacken und Festhalten zu seinen Wesensmerkmalen gehörten. Sie würde seine Hände niemals vergessen.

Aus ihrer Zeit mit ihm wusste sie, dass sein Vater, ein ehemaliger Autohändler, eines Tages beschlossen hatte, sein Geld in Filmproduktionen zu stecken, und fünf Jahre später entdeckte, dass sich damit besser planen ließ, wenn man die Produktionen selbst organisierte. Seine Firma Moving Spot spezialisierte sich auf actionbetonte Werbefilme und lief über viele Jahre nicht schlecht. Die meisten Stunts der Firma musste sein Sohn Mark übernehmen. Jeder Handgriff konnte dabei über Tod oder Leben entscheiden. Wenn Seena ihn begrüßte, hatte sie immer den Eindruck, dass er mit seinem Handschlag die Absicherung vor einem Sprung prüfen wollte.

Irgendwo über dem Pazifik vor der Westküste der Vereinigten Staaten tippte Jackson ihr an die Schulter.

»Ich muss euch für die Sicherheitsfreigabe bei Carson Genna persönlich anmelden. Genna untersteht als Gründer und Präsident von MIDAC direkt dem Chef der CIA. Hast du in den letzten Jahren noch mehr anzubieten als die Leitung des WHO-Schwerpunktprogrammes für hochinfektiöse Krankheiten im pazifischen Raum, die Leitung des Institutes für virale Krankheiten an der Universität von Hawaii in Honolulu und die Leitung verschiedener Exkursionen im Auftrag der WHO zu Ausbrüchen der Marburg-Erreger 2000 in Südafrika und Ebola 2001 in Uganda?« Jackson lehnte sich zurück in seinen Sitz, um seinen Bericht weiterzuschreiben. Kurz darauf meldete er sich wieder.

»Bei Arran als Astronom fällt es mir schwerer.«

»Er hat die Theorie vertreten, dass die Spanische Grippe von 1918 von Viren ausgelöst wurde, die mit Staub aus dem All auf die Erde rieseln.« Bei ihrer Antwort hatte Seena nicht von ihren Unterlagen aufgesehen. »Melde ihn als Experten der Ausbreitungsdynamik historischer Seuchen an.« Neben ihr schlief Arran tief und fest. Jackson zog den Unterkiefer nach unten und die Augenbrauen hoch.

Nach einer Weile erhob sich Seena von ihrem Sessel, um

zu der kleinen Bordtoilette zu gehen. Sofort legte Jackson Stift und Bericht aus der Hand und folgte ihr.

Sie trug eng anliegende braune Hosen und ein dunkelbraunes, fast schwarzes Jackett über einer hellbraunen dünnen Bluse, die auf den Ton genau zu ihrem gebräunten Gesicht mit den blauen Augen und den schwarzen, leicht welligen kurzen Haaren passte. Sie drehte sich zu ihm um.

»Wofür bist du Spezialist?«, fragte sie leise.

»Für dich«, sagte er und berührte mit seinen Lippen ihren Mund. Unverhoffterweise legte sie ihre Arme um ihn und presste ihn für einen kurzen, aber leidenschaftlichen Kuss an sich. Dann löste sich Seena abrupt von ihm und sah ihm fest in die Augen.

»Das war das letzte Mal, Mark Jackson«, sagte sie mit entschlossenem Lächeln. »Dieser Kuss war noch als Flaschenpost aus alten Zeiten unterwegs.« Hinter ihr schloss sich die kleine Tür.

Jackson ging zurück an seinen Platz. Kurz darauf wurde ein Telefongespräch zu ihm durchgestellt. Er nahm den Hörer auf, der in die Armlehne seines Sessels integriert war.

»Carson Genna«, sagte eine Stimme. Üblicherweise mischte Genna sich nicht in das operative Geschäft ein. Seine Stärke war die Vernetzung in den Washingtoner Zirkeln der Macht, die seit zwanzig Jahren von keinem politischen Machtwechsel ernsthaft gestört worden war. Genna war weit über MIDAC hinaus eine große Nummer hinter den Kulissen. Regelmäßig war er auf Reisen durch die Länder der ehemaligen Sowjetunion, in den Mittleren Osten und nach Russland.

»Können Sie mich verstehen?«

»Jawohl, Sir«, sagte Jackson.

»Dann hören Sie gut zu. Ich habe das Gefühl, dass hinter dem Vorfall in London ein Unfall mit einer neuen Biowaffe steckt. Sollten Sie ernsthafte Pläne hegen, sich irgendwann beruflich zurück an die Ostküste zu bewegen, haben Sie jetzt die einmalige Chance, Punkte zu sammeln. Finden Sie heraus, was es mit dieser Sache auf sich hat. Wenn tatsächlich eine Waffe existiert, ein bisher unbekanntes Wirtslebewesen oder eine Technologie mit der Fähigkeit, das Killervirus so unmittelbar aus heiterem Himmel auftreten zu lassen, dann sollten wir diejenigen sein, die sie kontrollieren. Ich will hier keinen neuen Kalten Krieg herbeireden, aber ich traue weder den Russen noch unseren Verbündeten das nötige Verantwortungsbewusstsein zu. Wenn Sie die Waffe für uns aufspüren und beschaffen, Jackson, bekommen Sie zehn Punkte.«

»Verstanden, Sir«, sagte Jackson. »Wie viele Punkte benötige ich denn, um an die Ostküste zu kommen?«

»Nicht schlecht«, sagte Genna, »zehn Punkte, Jackson. Für jedes Ziel, das Sie erreichen wollen, brauchen Sie zehn Punkte.«

5. August

Aus dem Sternenmuster über dem nächtlichen Schwarzen Meer löste sich ein Dreigestirn, das sich mit lautem Motorengeräusch näherte. Bald war klar, dass es sich um ein Boot der georgischen Küstenschutzpolizei handelte, das seine Scheinwerfer voll aufgeblendet hatte.

Kaum wurden die PAMJATJ MERKURIJA und der neben ihr treibende Fischkutter von den Scheinwerfern des Schnellbootes erfasst, stoben die Vögel in Wolken vom Deck in die klare Nacht.

Toros und Kyra blieben ruhig an der Reling stehen, bis das Polizeischiff mit der Bezeichnung G-1022 sich steuerbords längs legte.

Ein junger Mann in Uniform kletterte an Bord und verlangte die Schiffsdokumente zu sehen. Toros geleitete ihn so in den Führerstand des Schiffes, dass ihm die im Schatten an Deck schlafenden Frauen nicht auffallen konnten. Das Licht in der kleinen Kanzel, die hoch über dem Wasser in der Nacht schwebte, flammte nach einer Anordnung des Polizisten ebenso auf wie die vorschriftsmäßige Positionsbeleuchtung des Schiffes.

Der Polizist verließ die Kanzel. Er schnüffelte in der Luft, dann gab er dem Offizier, der drüben auf dem Polizeischiff hinter dem Steuer der G-1022 die Szene beobachtete, Handzeichen. Wenig später machte dieser Anstalten, mit einem Deutschen Schäferhund an einer eng gehaltenen Leine auf die Fähre zu klettern. Kyra reichte ihm die Hand, allem Anschein nach, um ihm an Bord zu helfen. Doch im nächsten Moment ergriff sie mit beiden Händen den Unterarm des Polizisten und brach ihn mit einer knappen Bewegung. Noch bevor sich ein Entsetzensschrei aus seiner Brust befreien konnte, packte sie seinen Kopf. Ein Knirschen, das in einem markerschütternden Schrei unterging, und sein Genick war gebrochen.

Der Hund befreite sich von der Hand des toten Polizisten und sprang auf die Frau zu. Er schnappte wild nach ihren Beinen, doch immer wieder schaffte sie es, ihn mit Fußtritten abzuwehren. Schließlich verbiss er sich in ihren linken Unterschenkel, dass ihm das Blut über die Schnauze lief.

Kyra schleppte sich, den Hund am Bein hinter sich herziehend, an die Reling. Dort angekommen, hielt sie sich mit einer Hand fest, mit der anderen umfasste sie den Kopf des Hundes. Unter dem bloßen Druck ihrer Hand zerbrach der Schädel, aus dem nun stoßweise das Blut hervorschoss. Dann zog sie nacheinander Unter- und Oberkiefer des noch immer um sich schlagenden Tieres aus ihrem Bein. Mit einer Bewegung des unverletzten Beines schob sie den blutigen Kadaver unter dem Geländer der Reling hindurch ins Meer.

Auf der Rückseite des Busses bedrohte der Polizist, der

die große Anzahl schlafender Frauen entdeckt hatte, Toros mit seiner Waffe. Ohne zu zögern näherte sich Kyra, die aus ihrem Bein blutete, dem Polizisten, der sie offenbar nicht als eine Gefahr wahrnahm. Als sie ihn erreicht hatte, war es zu spät für ihn. Mit einem blitzschnellen Schlag ihrer rechten Hand brach sie ihm den Kehlkopf. Ein erstickter Schrei. Noch bevor er zu Boden sackte, drehte sie ihm mit beiden Händen das Gesicht auf den Rücken. Dann schleifte sie ihn an seinen Füßen hinter sich her.

Sie lud sich die beiden Männer auf, als wären sie Kissen. Mit einem federleichten Sprung brachte sie die beiden zurück auf das Küstenmotorschiff. Mehrere Minuten machte sie sich im Motorraum und am Tank des Schiffes zu schaffen. Schließlich starb das Geräusch des Dieselmotors und alle Lichter erloschen. Wie tot lag das Schiff neben der ebenfalls wieder stillen, dunklen Fähre und dem Kutter.

Nachdem Kyra an Bord der PAMJATJ MERKURIJA zurückgekehrt war, ließ Toros den Motor an und die Fähre bewegte sich mit dem Kutter im Schlepptau weiter hinaus auf die See. Zwanzig Minuten später gab es eine Explosion. Sie standen an Deck und beobachteten aus der Ferne, wie das Küstenschiff nach einem kurzen heftigen Brand in die toten Wasserschichten am Grund des Schwarzen Meeres sank. Kyra blutete nicht mehr.

»Wir haben noch über eine Woche auf See vor uns«, sagte Toros, »bevor wir uns mit dem Bus auf den Weg machen können. Am besten, wir halten uns in den internationalen Gewässern in der Mitte des Meeres auf.«

»Das hängt vom Wind ab«, erwiderte Kyra, »bei höherem Seegang würde die Fähre sinken. Das darf niemals wieder passieren.«

Sie sahen in die Schwärme von Vögeln, die nach und nach aufs Deck zurückkehrten. Das Geräusch eines Telefons ertönte. Kyra ging zurück zu dem Bus und nahm ihr Handy zur Hand.

»Ich muss noch einmal zurück. Der Ratsvorsitzende wünscht, dass ich in Yerevan eine Frau ausfindig mache und ins Kloster bringe. In acht Tagen möchte er von uns auf dem Flughafen in Yerevan abgeholt werden«, teilte sie Toros mit, bevor sie mit zwei der Frauen zurück auf den Fischkutter stieg.

Am hellen Vormittag lief der Kutter im Hafen von Batumi ein. Direkt an der Mole wartete ein schwarzer Lexus GX 470 mit Allradantrieb, zu dem der Vermieter Kyra die Schlüssel aushändigte. Kyra und die beiden Schwestern, die inzwischen die hochgeschlossene schwarze Schwesterntracht trugen, die sie auf Zypern in Empfang genommen hatten, stiegen ein.

Eine Schwester mit einem breiten Gesicht unter blonden Haaren setzte sich ans Steuer. Nach einigen Probehandgriffen und Einstellungen von Sitz und Spiegeln ließ sie den Motor an. Wenig später rollten sie auf der Mole zurück in Richtung des Hafens, in dessen Gewühl sie bald darauf verschwanden.

Yerevan

Die ersten Lichtstrahlen des Tages begleiteten Robert am frühen Morgen auf der Fahrt vom Flughafen Zvartnots in das Zentrum der Stadt. Irgendwo in dem dunstigen Labyrinth aus grauen Wohnblöcken war der französische Kunst- und Antiquitätenexperte Jean-Pierre Basteau verschwunden und nicht mehr auffindbar. Robert hoffte, dass es ihm gelingen würde, zu Basteau Kontakt aufzunehmen, sonst war seine Reise beendet, bevor sie begonnen hatte.

Er checkte im Hotel Yerevan ein, einem restaurierten Altbau in der Bauform eines florentinischen Palastes, der in der Stadtmitte gegenüber dem pompösen Kino Moskva aus den fünfziger Jahren, lag.

Nachdem er geduscht und sich ein frisches graues T-Shirt und ein Paar schwarze Jeans angezogen hatte, versuchte Robert, eine zuverlässige Hilfe vor Ort aufzutreiben. In einem Reisebüro schräg gegenüber reservierte er sich einen Wagen mit Fahrer, der etwas Englisch sprechen konnte. Danach legte er sich ins Bett, um den Schlaf der letzten Nächte nachzuholen.

Im warmen Dunst des frühen Abends fuhren Robert und sein Fahrer, Hayk Sherian, der darauf bestand, beim Vornamen genannt zu werden, die Tumanyanstraße im Stadtzentrum von Yerevan entlang. Hayk war in der Sowjetarmee zum Scharfschützen ausgebildet worden. Mit Unterstützung alter Freunde aus der Roten Armee hatte er Waffen nach Bergkarabach transportiert und dort im Krieg gegen Aserbaidschan gekämpft. Jetzt verdiente er seinen Unterhalt in der Tourismusbranche, indem er Reisen nach Armenien organisierte.

Die Häuser links und rechts der Straße stammten aus den vierziger und frühen fünfziger Jahren. Große Flächen des Sandstein imitierenden Putzes waren abgebröselt, die blassgelben Ziegelsteine darunter lösten sich in Sand auf.

An der Rückseite des Hauses waren Gestelle angebracht, an denen die Wäsche trocknete. Als sie den Hof betraten, überfiel sie der Geruch nach dem heißen Dampf aus frischer Wäsche, der sich mit dem Geruch nach gekochtem Fleisch mischte.

Im Aufgang IV funktionierte die Beleuchtung nicht. Hayk hielt eine Taschenlampe in der Hand. Die Wohnung Nummer 108 lag in der ersten Etage. Sie war verschlossen, ein Name stand nicht an der Tür. Als Hayk den Klingelknopf betätigte, konnte man den Ton einer aufdringlichen Klingel hören, die offenbar innen direkt neben der Tür angebracht war. Nichts rührte sich. Noch einmal. Keine Antwort.

Er drückte die Klingel der Nachbarwohnung, auf deren Schild ein Name in armenischen Zeichen stand.

Ein kleines Mädchen öffnete die Tür. Es sah die beiden mit Taschenlampen bewaffneten Männer aus großen Augen und ohne jede Angst an.

Ohne dass ihr jemand etwas erklärte, zeigte die Kleine auf die obere Kante des Türsturzes. Robert stellte sich auf die Zehenspitzen und ertastete einen flachen Sicherheitsschlüssel.

Hayk öffnete ohne weitere Umstände die Tür. Ein überwältigender Gestank nach verdorbenem Fleisch schlug ihnen entgegen, aus einem Raum hörte man das aufgeschreckte Summen von Fliegen.

★

An der Rezeption des Hotels Yerevan stand eine ältere Dame mit weißen Haaren in einem leichten türkisfarbenen Sommerkleid, das dicht am Halsansatz mit einer silbernen Nadel verschlossen war. Sie verbreitete einen leichten Duft nach Kokosmilch. Geduldig wartete sie, bis sich die junge Frau hinter der Empfangstheke ihr zuwandte.

»Sie haben einen Gast namens Robert Casty«, sagte sie. Es war keine Frage. »Ich habe eine Nachricht für ihn.«

Sie übergab der jungen Frau einen farbig gedruckten Prospekt.

»Es ist sehr wichtig für ihn«, sagte die Frau in Hellblau. »Er muss es heute bei seiner Rückkehr in seinem Zimmer finden.« Sie gab der jungen Frau einen 5000-Dram-Schein, der ebenso schnell verschwand, wie er aufgetaucht war.

»Am besten, sie legen ihm den Prospekt in seinem Zimmer aufs Bett, dann kann er ihn nicht übersehen.« Sie blieb stehen und lächelte.

»Ich meine, jetzt gleich, ich werde hier warten.«

Die Frau an der Rezeption nahm einen Schlüssel vom Bord und verschwand mit dem Papier. Als sie zurückkehrte, sah sie die Frau im Sommerkleid das Hotel verlassen.

★

Das Mädchen aus der Nachbarwohnung hielt sich am Türrahmen fest und gab ein Geräusch des Ekels von sich. Jetzt war es zwischen Angst und Neugier hin- und hergerissen. Hayk stürmte mit seiner Taschenlampe voran in die Wohnung. Blitzschnell betätigte er alle möglichen Schalter im Flur, um das Licht einzuschalten. Vergeblich.

Die Taschenlampe in der einen, die Klinke der ersten der drei Türen in der anderen Hand, sah er Robert an. Der nickte.

Mit einer schnellen Bewegung öffnete er die Tür, seine Lampe dabei wie eine Waffe haltend. Das Bad. Ebenfalls kein Licht. Es roch nach defekter Kanalisation.

»Das Bad ist lange nicht benutzt worden«, stellte Hayk fest. »Das Wasser in den Krümmern ist verdunstet, deshalb dringt der Gestank aus ganz Yerevan ein.«

Das Bad enthielt keinerlei persönliche Dinge. Überhaupt machte die ganze Wohnung einen leergeräumten Eindruck.

Die nächste Tür führte in die Küche, auch in ihr gab es kein Licht. Mit dem Fuß hob Hayk leicht den Deckel eines Abfalleimers an. Darin brodelte es von Fliegen, eine Wolke von Gestank drang in Roberts Lunge.

Ansonsten gab es in der Küche nichts von Interesse – keine Papiere, keine Tasche, keine Notizen.

Auf eine genauere Untersuchung des Abfalleimers verzichteten sie lieber. Auf dem Fußboden fiel ihnen eine helle quadratische Stelle auf, als hätte dort etwas gestanden, was entfernt worden war. In der Ferne war die Sirene eines Polizeiautos zu vernehmen.

»Das letzte Zimmer«, sagte Hayk, als er die dem Eingang gegenüberliegende Tür öffnete. »Der Wohnraum.«

Auch hier gab es wie überall sonst kein Licht. Dabei war die winzige Gasse, auf die die beiden Fenster des Zimmers führten, so schmal, dass auch tagsüber Licht in dem Zimmer hätte brennen müssen.

Von unten leuchtete Hayk in die grauen gläsernen Schalen des dreischaligen Deckenleuchters.

»Keine Glühbirnen«, sagte er. Der Raum war weniger als zwanzig Quadratmeter groß. Darin befanden sich ein Tisch mit zwei Stühlen und ein Schrank mit Spiegeltür. Durch die Fenster fiel flackerndes grünes Licht von dem Amstel-Beer-Schild der auf der anderen Seite der schmalen Gasse liegenden Bar. Links neben der Tür stand der Kühlschrank, der in der Küche fehlte. Hayk öffnete ihn. Sofort schlug er die Tür wieder zu und keuchte. Robert trat neben ihn.

Als Hayk seine Fassung wiedergefunden hatte, wischte er mit einem Tuch aus seiner Tasche sorgfältig den Griff der Kühlschranktür ab. Dann zog er die Tür noch einmal langsam auf. Robert sah die Leiche eines Mannes, den offenbar jemand regelrecht dort hineingepresst hatte. Sämtliche Knochen mussten mehrfach gebrochen sein. Robert rannte ins Bad, um sich zu übergeben.

»Ich hoffe nur, er war vorher schon tot«, flüsterte Hayk.

Sobald sie sich dazu in der Lage fühlten, durchkämmten sie weitere Minuten die Wohnung. Ohne Erfolg. Es gab nichts, was irgendeinen weiteren Hinweis auf den Bewohner, seine Erkenntnisse oder Kontakte hätte geben können.

Sie sahen in den Kleiderschrank hinter der Spiegeltür, sie spähten sogar in die Taschen des Jacketts, soweit dies möglich war, ohne mit dem Blut in Berührung zu kommen. Unter dem Schrank entdeckten sie ein Taschentuch. Die Hand mit Toilettenpapier aus dem Bad umwickelt, angelte Hayk es vom Boden und wedelte sich seinen Geruch zu. Anschließend hielt er es Robert hin. Das Tuch verströmte einen Hauch von Kokosmilch. Sie sahen sich überrascht an.

»Eine Frau?« Hayk ließ Kamm und Tuch fallen. Robert zuckte mit den Schultern. Noch einmal leuchteten sie alle Zimmer ab. Die Polizeisirene war näher gekommen, ihr auf- und abschwellender Ton verharrte in der Nähe.

»Nichts«, sagte Hayk. »Vielleicht kennen Sie eine andere Adresse, bei der wir nachsehen können.« Robert musste ihn enttäuschen. Was sie eben durchsucht hatten, war alles, was er für seine Eine-Million-Pfund-Nachforschung in Armenien in der Hand hatte.

Während der Schein von Hayks Lampe verschwand, stand Robert in der Mitte des Zimmers und atmete flach durch den Mund. Was ihn umgab, war nicht einfach nur eine Wohnung, in der sich eine furchtbare Gewalttat ereignet hatte. Es gab mehrere verschlüsselte Hinweise darin. Nur was bedeuteten sie?

Alles hatte mit dem leeren Brief und der Adresse dieser Wohnung als Absender darauf begonnen. Die Merkwürdigkeit setzte sich damit fort, dass ein französischer Spezialist für die Jagd auf hoch dotierte Kunstwerke unmöglich in einer Wohnung wie dieser absteigen würde. Weder war sie bewohnt worden noch überhaupt jemals dafür gedacht gewesen. Welchen Zweck hatte die Wohnung also dann? War sie etwa ein weiterer Briefumschlag? Wo aber war dann der Inhalt? Hatte jemand Basteau hier abgefangen, als er eine Nachricht hinterlassen wollte, und ihn umgebracht, um zu verhindern, dass das Kloster entdeckt und das Bild gefunden wurde?

Wenn diese Wohnung wirklich ein Briefkasten war, was war dann die besondere Eigenschaft, der sie ihre Auswahl verdankte?

Von der Wohnungstür her vernahm Robert Stimmen. Der aus der Wohnung strömende Gestank hatte die Leute im Hausflur angelockt. Einige von ihnen standen vor dem Eingang und redeten lautstark auf Hayk ein.

Das grüne Licht der Amstel-Werbung flackerte weiter an den Wänden. Licht! Das war es. Die Wohnung war ausgesucht worden, weil sie dunkel war. Den ganzen Tag über war künstliche Beleuchtung nötig, die vorsätzlich überall abgestellt worden war. Jemand hatte alle Glühbirnen entfernt.

Es gab eine einzige Lichtquelle, die Tag und Nacht gebraucht wurde. Den Kühlschrank. Dass er jetzt neben dem Bett stand und nicht in der Küche, hatte einen einzigen Grund. Sein Licht.

»Wir müssen verschwinden. Sie haben die Polizei alarmiert«, rief Hayk laut, nachdem er die Tür geschlossen hatte. Das Geplapper aus dem Treppenhaus wurde immer aufgeregter.

Robert öffnete den Kühlschrank. Er musste den Körper daraus entfernen, auch wenn sich ihm dabei das Innerste nach außen kehrte. Er folgte Hayks Beispiel. Die Hand dick mit Toilettenpapier umwickelt, zog er an einem Fuß. Zudem schloss er, soweit es ging, die Augen und hielt die Luft an. Und versuchte, an nichts zu denken als an das grüne Licht an den Wänden.

Der Körper musste in dem engen Raum unter Spannung gestanden haben, denn das schwache Ziehen, das Robert zustande brachte, reichte aus, um den Körper aus dem Schrank fallen zu lassen wie eine Reihe von Säcken, die an einem Seil hingen. Eine kalte Wolke unerträglichen Gestanks breitete sich aus. In einer Form, die nichts Menschliches mehr an sich hatte, bedeckte der Tote vor ihm den Boden.

Der Anblick weckte bei Robert eine lang verschüttete Erinnerung. Er musste vierzehn Jahre alt gewesen sein, als seine Klasse einen Tag lang die Kunstwerke des Mailänder Doms erklärt bekam. Für den ersten Kuss seines Lebens hatte er sich mit Antonia, einer kleinen, nicht sonderlich hübschen, aber gierigen Mitschülerin, in den Schatten einer Statue zurückgezogen. Sie küssten sich, als hätten sie die vierzehn

Jahre ihres Lebens auf nichts anderes gewartet. Noch jetzt konnte er sich an sein Staunen über den heißen feuchten Geschmack ihres Mundes und die sofortige heftige Regung unter ihrer auf seine Hose gepressten Hand erinnern. Und an den Schock, als sein Blick die Statue über ihnen erfasste. Ein Mann, der seine Haut über den Rücken geworfen hatte wie einen leeren Sack. Sein Körper zeigte das rohe blutige Fleisch, sein Gesicht hing ihm in Hüfthöhe wie ein Beutel auf dem Rücken. Der heilige Bartholomäus. Gehäutet zur Strafe für seine unbotmäßige Lust.

Wie die leere Haut aus den Alpträumen seiner Jugend lag der tote Körper vor ihm. Robert hielt erneut die Luft an und blickte sich um.

Das Kühlschranklicht fiel auf die große Spiegeltür des Kleiderschrankes und von dort als matter Schimmer auf die gegenüberliegende Wand neben dem Kühlschrank. Genau dort zeigte die Tapete eine Wölbung.

Hayk kam hereingestürzt, um Robert am Arm aus der Wohnung zu zerren. »Wir bekommen großen Ärger«, rief er, »man wird uns alles anhängen, was hier passiert ist. Ich werde verschwinden!« Damit rannte er hinaus.

In dem grünen Flackerlicht fühlte sich Robert für eine Sekunde in seiner Unschlüssigkeit gefangen wie unter Wasser in den Ranken einer Schlingpflanze. Mit einem innerlichen Ruck befreite er sich, ging zur Wand und riss die Tapete auf. Dahinter steckte ein brauner DIN-A5-Umschlag mit der Aufschrift »Ap. 108«. Robert steckte ihn ein, ohne ihn näher zu betrachten, und stürzte Hayk hinterher.

Sie drängten sich die Treppe hinunter durch die Menge der laut schimpfenden Bewohner. Mehrfach riss ihn Hayk unter noch lauteren Schimpfkanonaden aus dem Handgemenge heraus. Derweil näherten sich vom Hof her zwei gelangweilt wirkende Polizisten. Auf der Straße angekommen, entfernten sich Robert und Hayk ohne jedes Anzeichen von Hast in dem endlosen Strom der Passanten.

Erst als er in den Polstern von Hayks hochbeinigem 98er Lada Niva mit Allradantrieb saß, erlaubte sich Robert ein erleichtertes Ausatmen. Gleichzeitig meldete sich das dringende Bedürfnis, im Hotel für Stunden ein Bad zu nehmen. Während Hayk sich in den dichten Verkehr einfädelte, öffnete Robert den Umschlag.

★

Nachdem Robert ausgiebig geduscht, sich dann im Wellnessbereich des Hotels eine Massage mit anschließender Sauna gegönnt hatte und im Pool auf dem Dach des Hotels noch mehrere Bahnen geschwommen war, saß er in einem geflochtenen Sessel auf der Terrasse und genoss den weiten Blick über die in der warmen Nacht auflebenden Lichter der Stadt.

Aus dem Gedächtnis füllte er einige Seiten in seinem Skizzenbuch, um die unter ihm liegende Stadt festzuhalten, so wie er sie auf seinen Wegen durch die Straßen gesehen hatte.

Noch einmal nahm er den Umschlag in die Hand, den er in dem schrecklichen Apartment gefunden hatte. Der Inhalt bestand aus einem Schwarzweißfoto und vier dünnen Blättern der doppelseitigen Kopie eines alten Manuskripts in armenischen Schriftzeichen. Robert blätterte die wenigen Seiten durch, aber er konnte kein Armenisch, weshalb er sich jemanden würde suchen müssen, der ihm den Text übersetzen konnte. Er legte die beschriebenen Seiten weg und nahm das Foto in die Hand. Auf der Rückseite stand mit dünner Bleistiftschrift: »Lusavank 1966«.

Doch aus der Fotografie wurde Robert nicht schlau. Den Vordergrund bildete ein kleiner Ausschnitt aus dem Gesicht eines Mannes, der in Richtung des Fotografen blickte. Dahinter und weitgehend im Dunkeln sah man die Köpfe vieler Menschen, die in die Gegenrichtung gewandt waren, sodass im Wesentlichen ihre Haarschöpfe sichtbar waren. Das war alles.

Mehr gab es nicht in dem Umschlag, für dessen Versteck eigens eine Wohnung angemietet worden war und der, wie es aussah, dem französischen Kunstjäger das Leben gekostet hatte.

Zum wiederholten Male nahm Robert die kleine Lupe zur Hand, die er im Andenkenladen des Hotels erstanden hatte. Ein lächerlicher Schlüsselanhänger, bestenfalls für Briefmarkensammler geeignet, aber nicht, um die Suche in einem Ein-Million-Pfund-Auftrag voranzubringen.

Ein wesentlicher Teil des Bildes war das linke Auge in dem Gesichtsausschnitt des abgebildeten Mannes. Was zum Teufel sollte ihm dieses Bild bringen?

Immer und immer wieder tastete Robert das Foto mit seiner winzigen Lupe ab. Schließlich fiel ihm etwas auf. Er erhob sich und ging auf der Dachterrasse des Hotels umher.

Um ihren Porträts Lebendigkeit zu verleihen, versehen die Maler seit der Antike ihre Darstellung von Augen mit winzigen weißen Lichtreflexen. Da die Porträts der großen europäischen Maler in Ateliers entstanden, reflektiert die halbkugelförmige Cornea, die transparente Hornhaut, die das Auge abdeckt, bei den porträtierten Personen in den alten Gemälden das durch die Fenster des Ateliers fallende Licht. Daraus leiten sich die kleinen kissenförmigen Quadrate bei Darstellungen glänzender Augen in einfachen Zeichnungen oder Comics her – noch heute erscheinen dort die Atelierfenster der alten Meister.

Viel genauer arbeitete Dürer in seinem Selbstporträt aus dem Jahr 1500, mit dem es ein Künstler erstmals wagte, sich in einer Pose darzustellen, die zuvor Jesus Christus vorbehalten war: frontal, das Bild füllend, die Augen unter einer Pracht lang herabfallender Locken direkt auf den Beobachter gerichtet. Vergrößert man Dürers Augen aus diesem Porträt, sieht man in den Reflexionen auf der Cornea die Sprossenteilung des Fensters, in das er blickte, während er das Bild schuf. Wenn man sich Mühe gibt, erkennt man dahinter im Freien die Schemen kahler Bäume im ruhigen Licht eines Februartages.

In dem vor ihm liegenden Foto entdeckte Robert einen Reflex im Auge, der unbekannte Details ahnen ließ. Auf der Hornhaut des Auges war eingefangen, was der Mann in dem Augenblick betrachtet hatte, als er fotografiert worden war.

Robert setzte sich wieder und ließ den Blick über die Stadt schweifen. Im Norden der Stadt erstrahlte auf der umgebenden Hügelkette ein Heldendenkmal im Licht. Zu ihm führte eine breite beleuchtete Treppenanlage ungeheurer Dimension, hell beleuchtet wie eine Landebahn. Während er seinen Blick fasziniert darauf gerichtet hielt, erinnerte er sich an ein Gespräch mit Nock.

Der hatte ihm von Viewtrace berichtet, einer Software, die seine Firma gegenwärtig für den Einsatz bei der Analyse von Bildern aus Überwachungskameras in sensiblen Einsatzbereichen entwickelte. Dabei wurde von den aufgenommenen Personen nichts anderes bewertet als die Reflexionen in deren Augen. Mit Hilfe eines komplexen Algorithmus wurde die durch die Krümmung der Hornhaut bedingte Verzerrung korrigiert, und man erhielt in erstaunlicher Qualität Bilder dessen, was die jeweiligen Personen tatsächlich in diesem Augenblick fixiert hatten. Selbst bei der Analyse alter Fotografien ließen sich mit der Methode unglaubliche Ergebnisse erzielen.

Robert war entschlossen, den Abzug hochauflösend abtasten und von Nock auswerten zu lassen. Vielleicht ließe sich herausfinden, was das fotografierte Auge, das auf einen Punkt rechts hinter dem Fotografen gerichtet zu sein schien, tatsächlich im Blick hatte.

Dreiundzwanzig Uhr, das hieß, es war jetzt neunzehn Uhr Londoner Zeit. Robert hatte keine Zeit zu verlieren.

Das Problem war, dass er weder mit seinem Handy noch mit dem Mobilfunkmodul seines Laptops eine Verbindung bekam. Ebenso waren die E-Mail-Verbindungen im Business-Center des Hotels für ernsthafte Arbeit nicht brauchbar. Hayk hatte ihm geraten, nur über die bis spät in die Nacht geöffneten privaten Internetclubs ins Netz zu gehen, da sie über eigene Verkabelungen verfügten und deutlich verlässlichere und schnellere Verbindungen garantierten.

Auf dem frisch für die Nacht eingerichteten Bett in seinem Hotelzimmer fand er wie von freundlicher Geisterhand dort platziert die Werbung des Internetclubs Webcity. Er beschloss, sich umgehend dorthin auf den Weg zu machen, um herauszufinden, was sich im Auge des vor vierzig Jahren in Lusavank fotografierten Mannes widergespiegelt hatte. Was er im Unterschied zu allen anderen Menschen, die ihn damals umgaben, betrachtet hatte.

★

Der Internetclub Webcity befand sich in der Ladenpassage am Fuß der Kaskade, der riesigen Treppenanlage, die von den im Norden liegenden Hängen hinab in Yerevans Innenstadt führte und eine Mischung aus leerstehender Einkaufsmeile, Nahverkehrssystem, in dem Rolltreppenanlagen den Norden mit dem Stadtzentrum verbanden, und sozialistischem Großkunstwerk mit hängenden Gärten und Fontänen darstellte. Paradoxerweise wurde die Kaskade gegenwärtig mit dem Geld einer amerikanischen Stiftung saniert.

Um zehn Uhr nachts betrat Robert den Club, und sofort wurde sein Blick von der dunkelhaarigen Betreuerin gefangen genommen, deren auffallende Schönheit ihn beinahe den Grund seines Kommens vergessen ließ. Das irritierende Gefühl, sie längst zu kennen, zog ihn geradezu magnetisch an.

Über einer roten Bluse trug sie ein schwarzes Jackett, an

dessen Revers ein winziger silberner Leuchtturm steckte. Um sich zu fassen, betrachtete Robert einen Moment lang die filigrane Anstecknadel, bis er sich auf den Zweck seines Besuches besann. Er legte das Foto auf die kleine Theke, hinter der sie saß, und fragte nach einem möglichst hoch auflösenden Scanner, wobei es ihm nach wie vor nicht gelang, den Blick von ihr zu lassen.

»Ich will dieses Foto per Mail verschicken.«

»Ich werde es für Sie einscannen«, sagte sie mit einem entwaffnenden Lächeln, »wenn Ihnen fünfundzwanzig Punkte pro Millimeter und zweihundertsechsundfünfzig Grauwerte ausreichen.«

»Muss ja wohl«, sagte Robert abwesend.

»Wie gefällt Ihnen Yerevan?«, fragte sie, während sie das Foto mit der Bildseite nach unten auf den Scanner legte.

»Ich habe noch nicht viel davon gesehen, oder, wenn ich ehrlich bin, ich habe etwas gesehen, was mir überhaupt nicht gefallen hat.« Sie schob das Bild zurecht, wobei sie die Schrift auf der Rückseite entdeckte. Sie wurde sichtlich blass.

Sie nahm das Bild noch einmal auf, um ein imaginäres Staubteilchen fortzublasen. Sie klappte die Abdeckung herunter und startete den Scanvorgang. Während sich das Licht unter der Klappe entlangschob, warf sie einen längeren Blick auf Robert, als wollte sie etwas fragen. Er konnte deutlich fühlen, wie sehr sie das Bild und seine Rückseite elektrisiert hatte.

Robert ging zu seinem Platz und begann, seine E-Mail an Nock zu schreiben. Benötigte er nicht eine Hilfe bei der Übersetzung des armenischen Manuskriptes aus dem Apartment? Damit bot sich ein hervorragender Anlass, sie kennenzulernen, zumal sie weiterhin ständig in seine Richtung blickte und dann wegsah, als würde sie wegen irgendwas mit sich ringen.

Nach den ersten geradezu unglaublichen Erfolgen mit

seinen Gemälden hatte Robert in puncto Frauen eine sehr exzessive Phase gehabt. Er hatte damals über viel mehr Geld verfügt als über Zeit, sinnvoll damit umzugehen. Er erinnerte sich an viele Morgen, an denen er voller Widerwillen registrierte, neben wem er diesmal wieder aufgewacht war. Das einzig tiefsitzende Gefühl von damals war die traurige Gewissheit, in keine einzige der Frauen auch nur im Entferntesten verliebt gewesen zu sein. Dabei wäre er so gern einer Frau begegnet, derentwillen er zumindest für einige Zeit die Unruhe verloren hätte, von der er durch seine leblosen Städte getrieben wurde.

Kaum hatte Robert die Nachricht an Nock abgeschickt, ging eine Antwort bei ihm ein.

»Du hast Glück. Wir arbeiten zurzeit mit dem Programm. Es dauert nur fünfzehn Minuten. Sieht interessant aus. Gibt es Neuigkeiten zu dem Apartment? Gruß Nock.«

Plötzlich stand die junge Frau neben ihm. Sie musste sich offenbar einen Ruck geben, ihn anzusprechen.

»Entschuldigen Sie bitte meine Neugier«, sagte sie schließlich, als sie ihm den Speicherstick aushändigte und das Foto zurückgab. »Mein Name ist Anahit Sarian. Wir sind zwar angehalten, unsere Kunden nicht über Einzelheiten ihrer Aufträge auszufragen, aber es interessiert mich brennend, woher Sie dieses Foto haben.«

Robert blickte sie genau an. Auch wenn er sich davor scheute, Menschen in seinen Bildern unterzubringen, weil sie ein eigenes Beziehungsgeflecht der Blickrichtungen, der Gesten und Haltungen erforderten, das die Aufmerksamkeit von den Perspektiven in seinen Städten ablenkte, so besaß er doch ein gut geschultes Auge. Diese Frau hatte etwas Leises und Starkes an sich, das weit über die einfache Aufgabe hinausführte, die sie hier zu erfüllen hatte, was sie mit großer Umsicht und Schnelligkeit auch tat. Ihrer Schönheit haftete nichts Präsentiertes an, eher war es die äußere Ansicht einer Balance in ihrem Innern. Allerdings zeigten tiefere Schatten unter ihren Augen, dass sie etwas mit sich herumtrug, eine Belastung aus früherer Zeit, eine Erinnerung, die ihr alle Energie abzuverlangen schien, nicht aus dem inneren Gleichgewicht in einen Abgrund der Verzweiflung zu stürzen. Da war etwas, aber nichts, was in Frage stellte, dass er ihr vollauf vertrauen konnte.

Es saßen nur noch wenige Kunden an den Computern, von den dreißig Plätzen waren gerade mal vier besetzt. Robert stellte sich vor und gab ihr seine Karte. Davon offenbar ermutigt, zog sich die schwarzhaarige Betreuerin des Ladens einen der Drehstühle zu sich heran und setzte sich neben ihn.

»Wenn ich es selbst wüsste«, antwortete er, »wäre ich einen Schritt weiter. Ich weiß weder, wer das Bild fotografiert hat, noch, wen es darstellt, und schon gar nicht, von wem genau ich es eigentlich bekommen habe.« Robert verschwendete keinen Gedanken daran, ob es klug war, dieser Fremden zu erklären, was er vorhatte.

»Licht hat nichts Flüchtiges. Bilder hören nicht auf, zu existieren«, fuhr er nach kurzer Pause fort. »Schon die Genies der Renaissance waren überzeugt davon, dass die Welt allgegenwärtig von niemals verschwindenden Bildern durchzogen ist. Wie in dieser alten Fotografie, bei der ich hoffe, wenigstens herauszufinden, was der Mann auf dem Bild gerade betrachtet hat, als er fotografiert wurde. Was hat das Bild an sich, das Sie so fasziniert?«

Anahit nahm das Bild in die Hand und hielt Robert seine Rückseite hin.

»Lusavank«, las sie vor und sah ihn ernst an. »Ich habe in meiner Kindheit eine Geschichte darüber gehört und dachte, es wäre ein Ort aus einem Märchen. Dann musste ich erfahren, dass es offenbar ein realer Ort ist, zu dem eine Bande von Verbrechern unterwegs ist. Seitdem suche ich diesen Ort, aber niemand kennt ihn, und jetzt sehe ich dieses Foto vor mir. Was wissen Sie von Lusavank?«

Wie kann es sein, fragte sich Robert, dass ein Kloster, in dem der Millionenschatz eines unentdeckten Kunstwerkes vor sich hin dämmern soll, aller Welt bekannt ist – aber niemand weiß, wo es liegt? Er wollte gerade berichten, warum er selbst nach dem Kloster suchte, als sich auf dem Terminal eine eingehende Nachricht ankündigte. Die Meldung von Nock war kurz:

»In der Anlage findest du das Ergebnis. Die Analyse war eine unserer leichteren Übungen. Gruß Nock.

PS: Irgendwie passt der Name deines Malers dazu – VISUS bezeichnet tatsächlich die Sehschärfe und ist ein Maß der Winkelauflösung des Auges. Man hat einen Visus von 1, wenn man zwei Punkte noch unterscheiden kann, die nur einen Winkel von einer Bogenminute auseinanderliegen.«

Welch eine Ironie, dachte Robert, die Spur eines Renaissancemalers, dessen Name inzwischen diese Bedeutung angenommen hatte, ausgerechnet in der Reflexion auf der Hornhaut eines Auges zu suchen. Das Schwarzweißfoto der Reflektion war übermäßig vergrößert und daher wolkenhaft verschwommen, aber doch erkennbar. Eine große Gestalt. Links und rechts von zwei kleineren Figuren eingefasst. Ein Gemälde? War es *das* Gemälde?

Robert wählte eine geringere Vergrößerung, sodass die Struktur des Bildes klarer hervortrat, dennoch blieb es nur wie durch einen dichten Nebel sichtbar.

»Eine Figur steht unter einem Baldachin oder hinter einem geöffneten Vorhang«, sagte Anahit. Ihr Gesicht war seinem ganz nah. Robert konnte ihre Wärme auf seiner Haut spüren.

»Es ist eine Madonna«, erklärte er. »Und die ganze Welt kennt sie.«

Er schob das Fenster mit der Vergrößerung an den Bildschirmrand und rief eine Suchmaschine auf. Nach wenigen Sekunden hatte er gefunden, was er suchte, und klickte es an.

Auf der linken Seite des Bildschirms sahen sie jetzt das

verschwommene Muster aus dem Schwarzweißfoto der sechziger Jahre, angeblich aufgenommen in dem armenischen Kloster Lusavank; auf der rechten Seite prangte in prachtvollen Farben die im Jahr 2001 vollkommen restaurierte Version – die unglaubliche *Madonna del Parto* des italienischen Renaissancegenies Piero della Francesca.

»Es ist dasselbe Bild«, konstatierte sie. Sie las die wenigen Zeilen der Beschreibung unter dem Bild aus dem Internet. »Hat der Mann auf dem Foto sich das Bild in Italien angesehen?«, fragte sie.

»Vielleicht gibt es Unterschiede im Detail«, sagte Robert, »vielleicht ist es eine Kopie.« Er stand auf und ging einige Schritte umher. Unterwegs betrachtete er immer wieder seine neue Verbündete. Anahit Sarian war zierlich, fast zart gebaut, strahlte jedoch trotz ihrer eher melancholischen Augen eine zuversichtliche Energie aus, die Robert noch niemals begegnet war. Sie wirkte auf ihn, als würde sie hinter allem, was geschah, noch eine zweite Wahrheit kennen, die ihr diese innere Kraft verlieh.

»Wir müssen sehen, dass wir mehr herausfinden«, stellte er fest.

»Was sollte das sein?«

»Wenn ich nachweisen kann, dass das Foto in Italien aufgenommen worden ist, wäre meine Suche beendet und ich hätte eine illusionäre Legende beerdigt. Kann ich es aber ausschließen, weil das italienische Fresko sich zu keinem Zeitpunkt in einem Raum befand, in dem ein Foto wie dieses entstehen konnte, bin ich mir sicher. Dann muss es eine Spur von Italien zurück nach Armenien geben – weil zwei einander so ähnliche Bilder kein Zufall sein können. Dann komme ich vielleicht in Italien auf die Spur dieses Bildes und des Klosters.

Dazu muss ich wissen, wie groß das betrachtete Gemälde tatsächlich ist und wo der Betrachter im Verhältnis zum Bild stand: wie weit weg und in welchem Winkel. Nur so können wir herausfinden, ob es diese Position in der Ausstellung in Italien überhaupt gegeben haben kann.«

Anahit sah ihn an, beeindruckt von seiner Zielstrebigkeit in für sie verwirrenden Details.

»Ich möchte morgen einen besonderen Test machen«, sagte er. »Gibt es in der Kaskade große leere Räume, die wir dazu nutzen könnten?«

»Vielleicht«, erwiderte Anahit, »ich werde mich danach umhören.«

Robert entnahm seiner Tasche den Umschlag, den er hinter der Tapete im Zimmer des französischen Kunstjägers gefunden hatte. Er entfaltete die Kopie des Manuskripts und gab sie Anahit. Sie hielt das Papier in den Händen und las dessen mehrzeiligen Titel vor. Robert stand so dicht neben ihr, dass sich ihre Arme berührten.

»Bericht über die Wunder der Blauen Jungfrau im Kloster Lusavank und die dortige Heilung seines kleinen Sohnes Harut von der Pest, aufgezeichnet von Victor Malyan nach der Rückkehr von seiner Reise und dem schrecklichen Tod seines Sohnes im Jahre des Herrn 1348.«

London

Für zweiundzwanzig Uhr war der Besuch des Premierministers angekündigt. Um den großen Tisch im Krisenzentrum im siebten Stock des MI-5-Gebäudes am südwestlichen Ufer der Themse saßen zehn Personen.

»Bis zum Beweis des Gegenteils«, erklärte General Lincoln McFadden, Chef des militärischen Kommandos für die Abwehr von B- und C-Angriffen, »gehen wir von einem terroristischen Angriff aus, auch wenn kein Bekennerschreiben von einer der einschlägigen Gruppierungen vorliegt. Bevor ich dem PM berichte«, fuhr er mit ruhiger Stimme fort,

»möchte ich genau wissen, wo die Maßnahmen in London stehen. George.«

Ein kleiner rundköpfiger Mann mit dicker Brille und feuchter Aussprache erhob sich. George Mervin, Leiter des medizinischen Dienstes der britischen Armee und Spezialist für Infektionskrankheiten. Er überwachte die Quarantänemaßnahmen im Großraum London. Er trat neben den auf die Leinwand projizierten Londoner Stadtplan.

»Wir haben Al Haazurs Weg durch London seit seiner Ankunft vor zwei Tagen in Heathrow verfolgt.« Eine rote Linie schlängelte sich vom Flughafen bis zum London Eye durch die Stadt. Wo er sich länger aufgehalten hatte, wurde sie dicker.

Mervin holte ein riesiges gewürfeltes Taschentuch heraus und schnäuzte sich geräuschvoll.

»Soweit wir in Erfahrung bringen konnten, war Al Haazur weder in der British-Airways-Maschine von Istanbul noch bei seiner Ankunft auf dem Flughafen irgendwie auffällig. Insgesamt haben wir zum jetzigen Zeitpunkt dreiundfünfzig potenzielle Kontaktpersonen, darunter seine Freundin Miss Dellon, Taxifahrer, Kellner, die gesamte Mannschaft vom London Eye und einige Touristen, sowie Polizisten und Ärzte, die am Riesenrad Erste Hilfe leisten. Alle befinden sich in normaler stationärer Beobachtung und einfacher Kontaktisolation. Sobald ihre Temperatur 38 Grad übersteigt, werden sie in Isolationsstationen höchster Biosicherheitsklasse verlegt. Wir lassen dafür Kapazitäten für bis zu einhundert Patienten schaffen. Bisher haben wir keinen weiteren Krankheitsfall. Die Wahrscheinlichkeit, dass es Cherry Dellon trifft, ist hoch, auch wenn es ihr jetzt noch gut zu gehen scheint. Der männliche Samen ist in vergleichbaren Fällen überaus infektiös.«

Das Bild auf der Projektion zeigte eine in einem weißen Plastiksessel sitzende üppige Blondine, die eine Zeitschrift las und in die Kamera winkte.

»Obwohl wir das Virus identifiziert haben, ist es vor dem Tod des Infizierten kaum in seinem Körper nachzuweisen, seine Vermehrung in Kulturen dauert zu lange, um einen schnellen Nachweis zu liefern.

Um die entscheidende Frage zu beantworten, ab wann Al Haazur andere infizieren konnte – die Antwort wird entscheiden, ob wir es mit Hunderten oder Tausenden von Fällen Erkrankter zu tun haben werden –, haben wir eine ältere Dame aus Mexico City in Quarantäne genommen, die Frau, die am ersten August neben Al Haazur in der Business-Class des British-Airways-Fluges BA 431 von Istanbul nach London saß. Wir wollen sie künftig als Patientin A bezeichnen.

Sollte sie erkranken, heißt das, sie wurde über die Luft zu einer Zeit angesteckt, als Al Haazur noch keine Symptome zeigte und selbst von seiner Erkrankung nichts ahnte. Patientin A hat sich bereit erklärt, sich rund um die Uhr beobachten zu lassen. Wir analysieren in regelmäßigen, kurzen Abständen ihr Blut und messen ihre Temperatur.

Sobald die Ansteckung erwiesen ist, wissen wir, womit wir unsere Simulationsrechnungen über die Zahl zu erwartender Opfer füttern müssen, in welchen Schüben ihre Zahl steigen wird und welche Dimensionen künftige Quarantänemaßnahmen annehmen müssen.«

»Und was wäre im schlimmstmöglichen Fall?« Im Grunde wusste McFadden genau, was dann sein würde. Nur wollte er es dem PM gern als einhellige Expertenmeinung referieren.

»Wenn wir von einem Infektionsmuster wie bei der Influenza ausgehen, hätten wir für die achtundvierzig Stunden von Al Haazurs Aufenthalt in London alle Verteiler-Personen isolieren müssen, denen er begegnet ist – Polizisten, Verkäuferinnen, alle, zu denen er in Bussen, U-Bahnen oder Flughäfen Kontakt hatte. Wir haben auf dem EpiSims-Rechner in Los Alamos eine Simulation unter derartigen Randbedingungen errechnen lassen und sind unter der Voraussetzung der schärfsten Quarantänepolitik, einschließlich der Sperrung sämtlicher Flughäfen, auf 162 Tote und 35 000 zu Isolierende gekommen, bevor die nächste Welle der Erkrankungen kommt. ›Schärfste Quarantäne‹ ist allerdings nicht das, was wir jetzt tun, sondern erst das, was wir tun können, wenn wir wissen, was wir wirklich vor uns haben.«

Er setzte sich hin und wischte seine Brille mit der gelb gepunkteten Krawatte ab. »Um zusammenfassend zu antworten, Sir, im schlimmsten Fall wäre Pandoras Box seit zwei Tagen sperrangelweit geöffnet.«

»Wie viel wissen wir über das Virus?«, fragte der General in das entsetzte Schweigen.

Ein dandyhafter Mann meldete sich zu Wort. Seena kannte Peter Joburgh, Professor für Virologie an der London University, seit vielen Jahren als äußerst scharfsinnigen Denker. Selbst wenn man ihn noch nicht sah, roch man die Duftwolke, die ihn umgab. Er war mittelgroß, etwa sechzig Jahre alt, und seine Kleidung war stets perfekt, fast zu präzise aufeinander abgestimmt. Er leitete die biologische und medizinische Diagnose bei diesem Fall, was bedeutete, dass er die persönliche Verantwortung für die Sicherheit der getroffenen Maßnahmen für alle beteiligten Menschen trug. Seena arbeitete in seinem Team.

»Die Infektion«, begann er mit sanfter Stimme, »trägt alle Anzeichen eines hämorrhagischen Fiebers. Hohe Temperatur, Blutungen, Auflösung der inneren Organe, schneller Tod nach Auftreten der Symptome. Hämorrhagische Fieber wie dieses führen zu Sterblichkeitsraten zwischen dreißig und neunzig Prozent der Betroffenen. Es existieren keine Impfstoffe dagegen, und ihre extreme Aggressivität ist nach wie vor ein Rätsel.

Wir haben Proben in Biosicherheitslabors in England und den Niederlanden und an das Galveston National Laboratory der University of Texas in Austin gesandt. Sie haben dort mit ultraschnellen Sequenziermaschinen nach den DNA-Sequenzen von allem gesucht, was wir in dieser Richtung kennen – Ebola, Marburg, Lassa-Fieber, Hanta-Fieber.

Seit wenigen Stunden haben wir einen ersten Hinweis.«

»Und?«

»Wir haben lange Abschnitte eines alten Bekannten in dem untersuchten Material gefunden. Crimean-Congo-Hemorrhagic-Fever, kurz CCHF. Zuerst aufgetaucht im Zweiten Weltkrieg auf der Krim, danach 1956 in Belgisch-Kongo. Üblicherweise wird CCHF durch den Biss von Zecken der Art *Hyalomma* übertragen. Seine Letalitätsrate liegt bei etwa dreißig Prozent. Er ist ein hochgefährliches Virus, weil es durch die Luft übertragen werden kann. Im Jahr 2001 gab es an die zweihundert Fälle in Pakistan und dem Iran, wo fünfzig Quarantänelager eingerichtet wurden, 2002 gab es Fälle in Bulgarien und Griechenland, 2006 zwanzig Tote in der Türkei. Diagnosemöglichkeiten bestehen über Virusisolation in Zellkulturen, was ein quälend langsamer Weg ist. Es gibt Anzeichen dafür, dass man mit dem Hepatitis-C-Mittel Ribavirin gewisse Heilungschancen erzielen kann, wirklich nachgewiesen ist es nicht.«

Joburgh fuhr sich mit einem Kamm, den er aus seiner Jackettasche zutage gefördert hatte, sorgfältig durch die akkurat geschnittenen Haare.

»Seit wir das Virus identifiziert haben, versuchen wir, mit Bernard Colbert Kontakt aufzunehmen, dem wichtigsten Spezialisten für CCHF im Strategic Health Operations Center der WHO in Genf. Unglücklicherweise haben wir es mit einer Variante zu tun, die wesentlich aggressiver ist als die bekannten Stämme. Seine Entdecker in Austin haben ihm den Namen London Hemorrhagic Fever oder kurz LHF gegeben. Es unterscheidet sich in seinem genetischen Code so stark von CCHF, dass sich die Vermutung aufdrängt, es könnte sich um das Resultat einer gezielten Entwicklung handeln.«

»Eine Waffe aus einem Biolabor?« General McFadden

zog seine Uniformjacke um die Schultern, als wäre es plötzlich kalt geworden.

»Die ersten Krankheitssymptome erscheinen bei CCHF zwischen fünf und fünfzehn Tagen nach der Infektion«, fuhr Joburgh fort. »Das kann bei der jetzt in London aufgetauchten Variante völlig anders sein. Es gibt nur einen Weg, die genaue Inkubationszeit zu bestimmen: Wir müssen den Infizierten finden, der Al Haazur angesteckt hat. Nach allen Erfahrungen mit viralen hämorrhagischen Fiebern müssen wir dazu mindestens drei Wochen zurück in die Vergangenheit des Toten gehen und jede seiner Bewegungen rekonstruieren.«

General McFadden war blass geworden. Der Alptraum, der so lange schon durch die Planspiele der Sicherheitsdienste geisterte, war jetzt in der Millionenstadt London unter seiner Verantwortung zur Realität geworden. LHF – der erste Fall von Bioterrorismus.

Der General sah Jackson an. »Was für ein Mensch war dieser Al Haazur, Mark?«

Jackson gab dem Assistenten einen Wink, und in der Projektion erschien eine Karte Europas.

»Al Haazur war ein skrupelloser Händler und Geschäftemacher der mittleren Preisklasse«, sagte er. »Er liebte es, Geld zu haben und wichtig zu sein. Er hat mit Sicherheit nichts in Angriff genommen, wofür er sein eigenes Leben hätte opfern müssen. Einen Selbstmordanschlag können Sie ausschließen. Eher war es ein Mordanschlag oder gar ein Unfall mit einer neuen Waffe. Al Haazurs Operationsgebiet waren der Nahe und Mittlere Osten und die unruhigen Länder aus der Hinterlassenschaft der Sowjetunion.« Mehrere Ovale überschnitten sich auf der Karte.

Der Assistent des Generals hielt Zwiesprache mit einem Mikrofon am Revers. Der Premierminister war auf dem Weg. Jackson fasste seine wichtigste bisherige Erkenntnis zusammen.

»Die Spur des Toten in die Vergangenheit verliert sich am 31. Juli in Istanbul. Wir sind gegenwärtig dabei, seine Handyprofile in der Türkei auszuwerten. Ich habe dazu MIDAC, das Koordinationszentrum für die gemeinsame Terrorbekämpfung im Mittleren Osten, aktiviert.« An der Tür kam plötzlich Unruhe auf, als die Sekretärin des Generals einen verschlossenen Umschlag in den Raum reichte und nach Jackson fragte. Er hob die Hand. Als der Premierminister in Begleitung seines Sicherheitsberaters und des Innenministers den Raum betrat, öffnete Jackson den Umschlag. Er lehnte sich hinüber zu Seena, während er den darin enthaltenen Zettel dem General hinüberschob.

»Nach dieser Sitzung brechen wir auf«, flüsterte Jackson ihr zu. »Wir haben einen zweiten Fall in Istanbul.«

6. August

Während des Frühstücks im Hotel Yerevan wurde Robert das Gefühl nicht los, beobachtet zu werden. Es waren allerdings zu viele Gäste in dem Restaurant, um das Gefühl einem der anwesenden Menschen zuordnen zu können.

Er trank einen scheußlich verkochten schwarzen Kaffee. Vor sich auf dem Tisch lag das aufgeschlagene Buch über die Maler der italienischen Renaissance. Im Augenblick interessierte sich Robert für eine einzige Information.

Das Original des Freskos der *Madonna del Parto*, 1465 innerhalb von sieben Arbeitstagen von Piero della Francesca in dem kleinen toskanischen Ort Monterchi auf den Putz in der Kapelle Santa Maria a Momentana aufgetragen und inzwischen dort herausgenommen, restauriert und in einem eigenen Museum im gleichen Ort untergebracht, ist 260 Zentimeter hoch und 203 Zentimeter breit.

Robert musste dringend eine Nachricht an Nock schicken. Er hoffte, dass für eine einzelne Nachricht ohne großen Dateianhang auch die schlechte Technik des hoteleigenen E-Mail-Zugangs ausreichen würde. Als Robert das Foto noch einmal aus dem Umschlag nahm, den er in dem Apartment entdeckt hatte, fiel ihm ein Negativ im altmodischen Rollfilmformat 6 × 9 entgegen, das er offenbar übersehen hatte. Er hielt es gegen das Licht. Das Schwarzweißfoto aus dem Umschlag war eine Ausschnittvergrößerung dieses Negativs. Er würde nachher im Business-Center einen großformatigen Abzug davon machen lassen. Gegen acht Uhr wollte ihn Hayk abholen kommen, um ihn zu einem Gespräch mit dem Büro des Katholikos, des Oberhirten der eigenständigen armenischen Kirche, zu bringen. Bis dahin waren noch einige Minuten Zeit.

Bevor Robert sich vom Frühstückstisch erhob, sah er sich um. Das Gefühl, beobachtet zu werden, war verschwunden, die Zahl der Gäste hatte sich erheblich reduziert. Unschlüssig ging er an den Tischen vorbei, die hinter seinem Rücken lagen und jetzt frei geworden waren. An einem Tisch hatte eine in ein hochgeschlossenes Sommerkleid gekleidete ältere Frau gesessen, an deren Gesicht sich Robert nicht mehr erinnern konnte. Aus irgendeinem Antrieb tat er, als müsste er dort eine Stoffserviette zurechtlegen. Dabei wedelte er damit und sog die Luft durch die Nase. Der Duft nach Kokosmilch war dezent, aber unverkennbar.

Im Business-Center gab er einen DIN-A4-großen Abzug vom Negativ in Auftrag und sandte seine Frage an Nock.

»In welcher Entfernung von dem fotografierten Mann befindet sich das von ihm betrachtete Bild, wenn dessen Maße 260 × 203 cm sind? Vielen Dank. Robert.«

Nock musste es aus dem Winkel ermitteln können, den das reflektierte Bild auf der gewölbten Oberfläche des Auges bedeckte.

In der Lobby wartete Hayk, um ihn nach Echmiadzin, im

Südwesten Yerevans, in das Büro des Katholikos zu bringen.

Dort angekommen, vertrieb Robert sich die Zeit damit, einige Skizzen von der Anlage des »armenischen Vatikans« zu zeichnen und sich im Museum der großen Kirche des Katholikos die Reliquie eines Holzsplitters der Arche Noah anzusehen, die der Legende nach am Ende der Sintflut in der Bergwelt Armeniens gestrandet sein sollte.

Nach einer Stunde wurde er in das Büro des Patriarchen gebeten. Sein Gesprächspartner hatte noch niemals etwas von einem Kloster Lusavank gehört. Jedenfalls nicht in Armenien.

»Wissen Sie«, sagte der junge Mann, der in eine bis auf den Boden reichende schwarze Soutane gekleidet war, »nur ein einziges Mal in seiner Geschichte, um achtzig vor Christus, war Armenien unter Tigran dem Großen für kurze Zeit ein nennenswertes Reich, das sich von den Küsten des Kaspischen Meeres bis zu denen des Mittelmeeres erstreckte. Teile der heutigen Türkei, Aserbaidschans, Georgiens, des Irans und Syriens gehörten damals zu Armenien. Nach den Überfällen Tamerlans existierte Armenien seit den neunziger Jahren des vierzehnten Jahrhunderts für die nächsten fünfhundert Jahre nicht mehr. In dieser Zeit gab es eine armenische Kirche mit einigen verstreuten Klöstern und eine armenische Schrift, die sonst niemand verwendete. Demnach ist es sehr gut möglich«, er erhob sich bei diesen Worten, um anzudeuten, dass sich die Audienz dem Ende zuneigte, »ja es ist sogar wahrscheinlich, wenn man die Größe der Fläche der verlorenen Gebiete berücksichtigt, dass das von Ihnen gesuchte Kloster irgendwo in der Türkei, in Aserbaidschan oder in Syrien als ein vergessenes Gemäuer existiert.«

»Es könnte sein, dass uns jemand folgt«, sagte Hayk auf der Rückfahrt, als sie versuchten, irgendwo in der Stadt einen Projektor für Roberts Laptop aufzutreiben. Er sah sich mehrfach um. »Ein schwarzer Lexus GX 470.«

Robert musste an den Kokosduft denken, vor allem aber daran, dass das Foto, das den französischen Experten das Leben gekostet hatte, jetzt in seinem eigenen Besitz war. Wer immer Interesse daran hatte, kannte nun eine neue Adresse, bei der er versuchen könnte, seine Verhandlungsmethoden aus dem Apartment 108 einzusetzen, um sich in den Besitz des Fotos zu bringen.

Istanbul

Trotz seines italienischen Namens war Konstantin Petrocchi sämtliche dreiundvierzig Jahre seines Lebens griechischer Staatsbürger und seit Jahren hauptberuflich Skipper der Motoryacht SUNRISE in der Setur Kalamis Marina auf der asiatischen Seite von Istanbul. Im Laufe des heutigen Tages war er in dem noblen Yachthafen durch seinen Geruch aufgefallen.

Seena stand mit zwei Spezialisten der Istanbuler Universitätsklinik in aufgeblähten hellgrünen Sicherheitsmonturen mit Sichthelmen, Atemschlauch und Luftversorgungspack auf dem desinfizierten Deck der SUNRISE, die an einen einsamen Platz am Rand der Marina geschleppt worden war.

Petrocchi hatte offenbar ständig in der Kajüte des Bootes gelebt. Jetzt lag er im Zentrum einer Riesensauerei. Seena spürte, wie ein Brechreiz in ihr hochstieg.

Sie entnahm der schwarzen Masse, die Petrocchi beim Herumkriechen in seiner Kabine verbreitet hatte, Proben, die sie in Glasröhren füllte und anschließend in dampfende, mit Trockeneis gefüllte Thermosbehälter verstaute.

»Haben wir irgendwelche Anhaltspunkte?«, fragte sie. Ein türkischer Kollege hielt einen Leinenbeutel und ein Buch, beides in einem Plastikbeutel verpackt, in der Hand.

»Einige Halbedelsteine, die wahrscheinlich aus einem

Diebstahl stammen, und das Logbuch. Danach war er die letzten drei Wochen ausschließlich auf See«, sagte er, »vorausgesetzt, das Logbuch sagt die Wahrheit.«

Die Mediziner verpackten Petrocchi in einen doppelwandigen schwarzen Gummisack. Seena schloss sich ihnen auf dem Weg in die Universitätsklinik an, wo sie Petrocchi in einem Labor der höchsten Sicherheitsstufe obduzieren würden.

★

Jackson ging auf die kleine Bar gegenüber dem unscheinbaren Bürohaus aus den achtziger Jahren zu, in dem sich die Zentrale der Antiterrorkooperation MIDAC befand. An einem Tisch im Freien saß der Astronom und genoss den lauen Sommerabend bei einem Whisky und verschiedenen Papieren, auf denen Jackson etwas von »Vorstufen des Lebens in Kometenwolken« las. Er selbst hatte einen Tag der Auswertungen von Telefongesprächen, Fingerabdrücken und Satellitenfotos im MIDAC-Büro hinter sich. Demnächst würden sie sich mit Seena in der Bar des Intercontinental Hotels treffen. Er setzte sich zu Arran und bestellte sich einen Buzbag, einen kräftigen Rotwein aus Elazig in Südost-Anatolien, den er bereits mehrfach getrunken hatte. Er musterte Arran aus den Augenwinkeln. Immerhin war Seena vor acht Jahren, als sie ihre Affäre hatten, bereits mit Arran verheiratet gewesen.

»Es gibt etwas Neues«, teilte er dem Astronomen nach dem ersten Schluck mit. Arran blickte von seiner Lektüre auf, was Jackson zum Weiterreden ermutigte. »Anhand der gefundenen Fingerabdrücke wissen wir, dass drei Männer auf der SUNRISE waren. Zwei sind tot, Al Haazur und Petrocchi. Den dritten haben die Ukrainer vorgestern in Feodosia auf der Krim gefunden, nackt auf einem Friedhof verreckt.« Jackson legte ein großes Foto auf den Tisch. »In seiner Wohnung haben sie einen Hinweis auf dieses Schiff gefunden, das seit Wochen aus unerfindlichen Gründen an ein und derselben Stelle des Schwarzen Meeres seine Position hält.« Er deutete auf eins von zwei Schiffen, die auf dem Satellitenbild nebeneinanderlagen.

»Es scheint eine Art von Spezialschiff zu sein«, äußerte er seine Vermutung, »ausgeprägte Deckaufbauten, etwa fünfzig Meter lang.« Der Name war auf dem Foto nicht erkennbar, aber auf einem kleinen Aufkleber vermerkt, den die Luftbildaufklärer der MIDAC freundlicherweise beigefügt hatten. »SEA WASP«, las Arran. »Ein Frachtschiff?« Jackson zuckte mit den Achseln.

»Laut Aussage der Ukrainer und Russen geht aus dem letzten Eintrag im Logbuch der SEA WASP hervor, dass sie die Männer der SUNRISE in der Nacht vom 22. auf den 23. Juli bei einer Havarie für einige Stunden an Bord hatten.«

Arran blickte ihn aufmerksam an. »Dann haben wir ein Datum«, sagte er. Er nahm die Rückseite eines Artikels mit dem Titel »Kosmische Transportwege organischen Materials« und zeichnete mit einem Stift aus der Brusttasche seines kurzärmligen Hemdes einen Strich quer übers Blatt. »Egal was dort genau passiert ist, wir haben das bisher einzige auffallende Ereignis am 23. Juli.« Er schrieb das Datum an den linken Rand der Linie. Dann folgten »auf See« und »Hafen Istanbul« und weiter »Feodosia/Krim«, am Ende schließlich das Datum »3. August«.

»Am dritten August gab es den ersten Toten auf der Krim.«

»Damit liegt der Zeitpunkt, an dem sich die Wahrheit herausstellen wird, elf Tage nach der Infektion«, stellte Jackson fest. »Vorausgesetzt, dass alle Beteiligten vor dem ominösen Treffen auf dem Meer noch gesund waren, rechnen wir elf Tage in die Zukunft.« Er bestellte ein weiteres Glas von dem Buzbag und schrieb groß auf Arrans Papier: »V-Day: 14. August.«

»Der 14. August wird also der Tag der Wahrheit sein«, konstatierte er. »An diesem Tag werden im schlimmsten Fall alle, die Ibrahim Al Haazur von der SUNRISE auf seinem Weg durch Istanbul und London angesteckt hat, die Symptome von LHF zeigen. An diesem Tag werden wir Patientin A nicht aus den Augen lassen und hoffen, dass sie gesund bleibt.« Jackson nahm einen großen Schluck von dem Wein und ließ ihn im Mund kreisen.

Auf der Straße schob sich ein Schwarm Jugendlicher an ihnen vorbei. Erst jetzt, mitten in der Nacht, schien das Leben in der Stadt am Bosporus richtig aufzublühen. Am 14. August könnte es sich erweisen, dass Al Haazurs Krankheit seit fast zwei Wochen durch die Luft verbreitet worden war. In Istanbul. Auf seiner Reise. In London. Sollte dies der Fall sein, würde es Istanbul am schwersten treffen. Von einem Tag auf den anderen würden sich Hunderte in der Stadt als infiziert herausstellen. Ab Ende des Monats würden es allein in dieser Stadt schon Zehntausende sein, angesteckt von Menschen, die sich für gesund hielten. Reges Leben, wie es jetzt auf den Straßen herrschte, würde zur nostalgischen Erinnerung.

»Wie können die Ukrainer und Russen Einblick in das Logbuch haben?«, fragte Arran. Jackson deutete auf das andere Schiff. Es war einhundertzwanzig Meter lang und mit durchgehend weißem Anstrich versehen. An Deck gab es ein riesiges rotes Kreuz neben einem Schriftzug in kyrillischen Buchstaben.

»Sie haben eine Riesennummer gestartet«, sagte er. »Sie sind mit einem Lazarettschiff angereist.«

»Sieht aus wie ОДЕССА«, sagte Arran, »was immer das heißen soll.«

»Nach seinem Ursprungshafen Sewastopol auf der Krim zu urteilen«, stellte Jackson fest, »heißt das Schiff ODESSA. Seit vierundzwanzig Stunden kennen die Russen die Quelle der Seuche. Bald werden wir ebenfalls wissen, was dort los ist.«

Sechs Stunden später kämpfte sich ein Sikorsky S-61 Sea King der türkischen NATO-Seestreitkräfte mit ihnen an Bord durch den Nordweststurm über dem Schwarzen Meer. Das Faxgerät des Helikopters spuckte stapelweise Dokumente in russischer Sprache aus. Sie waren der Beweis, dass es Jackson in seinen endlosen Telefongesprächen mit Washington, Kiew und Moskau gelungen war, alle an Bord des Lazarettschiffes ODESSA laufenden Antiterrorermittlungen der Koordination durch MIDAC zu unterstellen und damit in seine Hand zu bekommen.

Als Robert um zehn Uhr abends das Webcity betrat, herrschte dort Hochbetrieb. Anahit hatte alle Hände voll zu tun. In seiner Mailbox lag eine Antwort von Nock.

»Die Reflexion nimmt auf der Oberfläche des Auges einen Raumwinkel von achtzehn Grad ein, was auf dem Foto einer tatsächlichen Größe von eins mal eins Millimeter entspricht. Das Bild befand sich damit in elf Metern Entfernung, wahrscheinlich in einer Höhe von zwei Metern über Augenhöhe. Weitere Anfragen können erst später beantwortet werden, da ich für einige Tage abwesend bin. Gruß Nock.«

Elf Meter. Der Mann befand sich also mit den anderen Menschen, die ihn umgaben, in einem sehr großen Raum. Die Kirche eines Klosters?

Nachdem sie das Webcity abgeschlossen hatte, nahm Anahit ihre Tasche über die Schulter, Robert trug seinen Laptop im Rucksack sowie einen gemieteten Projektor und eine gekaufte Kabeltrommel. Er kam sich vor wie für eine Bergsteigertour gerüstet.

Vor der Tür wartete ein dicker Mann, der sich in einen dunkelgrünen Overall gezwängt hatte. Anahit stellte ihn als Davit vor. Er war der Wachmann der Gartenbaufirma, die auf der Kaskade für die Pflege und Erhaltung der Rabatte und Beete zuständig war, und verfügte über einen Generalschlüssel für alle zwölf Terrassenebenen der Anlage. Auf dem Weg nach oben redete er ununterbrochen auf Anahit ein. Robert war glücklich, dass er kein Wort verstand.

Davit führte sie nicht durch den inneren Schacht über die endlosen Rolltreppenabschnitte, sondern über die äußere, frisch mit amerikanischem Geld renovierte Sandsteintreppe bis hoch zum zehnten Absatz, auf dem sich ein kleiner Bauwagen und eine elektrische Bauschalttafel befanden. Im Innern der Anlage betraten sie einen Raum im Rohbauzustand, der Roberts Ansprüchen genügte.

Der Raum erstreckte sich über zwanzig Meter Länge mit einer sechs Meter hohen Glasfront auf die restaurierte Terrasse hoch über der Stadt. Bestimmt würde Davit von Zeit zu Zeit vorn an den großen Scheiben auftauchen und von draußen nach dem Rechten sehen. Die Erlebnisse in Basteaus Wohnung hatten Roberts Sicherheitsparanoia geweckt.

Davit schaltete an einem kleinen einachsigen Bauwagen, in dem er anscheinend sein Quartier aufgeschlagen hatte, eine Außensteckdose frei, Robert entrollte sein Kabel. Einige Zeit später prangte Francescas *Madonna del Parto*, wie Robert es geplant hatte, zwei Meter sechzig hoch, in vier Metern Höhe an der hangseitigen Wand des großen Raumes direkt neben der langen Glasfront, leuchtend wie ein Kirchenfenster, durch das gerade die Sonne schien.

Anahit setzte sich auf einen Sack Blumenerde. Sie sah Robert zu, wie er Entfernungen abschritt, die Höhe schätzte, die Projektoreinstellungen korrigierte und herauszufinden versuchte, von welchem Punkt aus das Foto aufgenommen sein konnte.

Schließlich kam er zur Ruhe, setzte sich neben sie auf einen weiteren Sack und lehnte sich zurück.

»In einer Klosterkirche irgendwo in Armenien«, erzählte

er, »bereiten sie sich jetzt auf ein Fest vor, das alle vierzig Jahre diesem Bild gilt. Am fünfzehnten August soll es so weit sein. Nur dann soll man das Bild sehen können. Stellen Sie sich das vor: die Gesänge, die Kerzen, der Rauch und dieses Gemälde.« Sie schwiegen eine Weile und betrachteten die in der Dunkelheit leuchtende Projektion. Irgendwo tief im Innern des Hügels liefen Motoren an. *Eine Rolltreppe?*

»Warum dieses Bild?«, fragte Anahit.

»Sie ist schwanger«, sagte Robert. »Dieses vielleicht neunzehnjährige schwangere, selbstbewusste, schöne Mädchen aus der Toskana des Jahres 1465 ist Schutzheilige der Fruchtbarkeit.«

Hatte Davit nicht gesagt, er würde die Rolltreppenanlage wie jede Nacht um ein Uhr abschließen? Jetzt war es ein Uhr zwanzig, und trotzdem liefen die Treppenmotoren.

Eine Weile blickten sie schweigend auf das Bild.

»Uns verbindet, dass wir beide diesen Ort Lusavank finden wollen«, stellte Robert flüsternd fest, »von dem jeder von uns etwas weiß, aber nicht genug, um den Weg dorthin zu finden. Wir sollten unser Wissen zusammentun, vielleicht ergibt sich etwas, was uns weiterhilft.« Er hatte völliges Vertrauen zu dieser Frau gefasst, als verströme sie eine unbekannte Chemikalie, die aufkeimende Zweifel eingehen ließ.

»In meiner Kindheit habe ich eine Gutenachtgeschichte über einen märchenhaften Garten gehört, in dem Puppen zu lebendigen Wesen wurden. Der Name dieses Gartens war Lusavank. Daran erinnert habe ich mich erst vor kurzem. Ich war den Sommer über als Historikerin auf einem Bergungsschiff beschäftigt, das plötzlich überfallen wurde. Unter den Angreifern war eine Frau, die Lusavank als Reiseziel ihrer Bande genannt hat. Sie haben Freunde von mir umgebracht und ein sensationelles Kunstwerk zerstört, das wir vom Meeresgrund geborgen hatten. Vielleicht haben sie auch Teile davon geraubt. Es war schrecklich.« In der

Erschütterung dieser Erlebnisse schwieg Anahit eine Weile. Robert sagte nichts, er wusste, dass sie noch nicht am Ende ihres Berichtes war. »Ich fühle mich«, fuhr sie mit Zögern in der Stimme fort, »als wäre ein Trupp von Mördern auf dem Weg zurück in meine Kindheit.«

»Kunstwerk«, sagte Robert nachdenklich. »Ich suche nach einem Kunstwerk, einem Renaissancegemälde, das in einem Kloster namens Lusavank verborgen sein soll. Jemand hat sehr viel Geld dafür ausgelobt, eine Information über dieses Bild zu erhalten. Ob es eine Verbindung gibt?«

Anahit begann in ihrer Tasche zu kramen und förderte einen Artikel zutage, den sie offenbar aus einer Zeitung gerissen hatte.

»Wer hatte Kontakt zu diesem Mann?«, las sie die Überschrift einer kleinen zweispaltigen Notiz vor. Abgebildet war darin eine auffallende Tätowierung. »Dieser Mann ist vor einigen Tagen an einer unbekannten Krankheit gestorben. Ich kenne die Tätowierung. Wir haben den Mann in Seenot zusammen mit zwei anderen auf dem Bergungsschiff aufgenommen. Alle hielten ihn für einen Waffen- oder Rauschgifthändler.«

»Wir wissen noch nicht genug«, stellte Robert nach einer Pause längeren Nachdenkens fest.

Anahit nickte in Richtung der leuchtenden Madonna.

»Ob sie uns helfen kann? Was bedeuten die Engel in dem Bild?« Dieses einfache und geradezu naiv schöne Bild hoch über ihrer nächtlichen Stadt wie in einer eigenen Kirche zu betrachten, schien ihr ein Gefühl von Geborgenheit zu vermitteln. Vielleicht lag es an diesem Gefühl, dass sie es mit ihm, dem so viel älteren Mann, hier so gelöst und geduldig auszuhalten schien.

Im Innern des Hügels war inzwischen Stille eingekehrt. Roberts Herzschläge zählten die Schritte, die jemand brauchte, bis er vom ersten Abschnitt der Rolltreppe den zweiten erreicht haben würde. Dann müsste erneut, diesmal etwas näher, ein Motor anlaufen. Anahit hatte es offenbar noch nicht bemerkt. Vielleicht hatte er sich auch geirrt.

»Engel sind Überbringer der göttlichen Botschaft, sie symbolisieren das Licht. Diese beiden sind spiegelbildlich identisch, Piero hat sie nach derselben Schablone gemalt. Flügel und Strümpfe des einen sind rot, sein Gewand ist grün, beim anderen ist es umgekehrt. Auch die Heiligenscheine aller drei Figuren spiegeln etwas wider.« Robert ging nach vorn und zeigte auf die seltsamen quadratischen Strukturen in den Heiligenscheinen. »Es könnte die Spiegelung der quadratischen inneren Pelzauskleidungen des Baldachins sein, unter dem alle drei stehen. Wenn man den Winkel berücksichtigt, den die Flächen der Heiligenscheine über den Köpfen bilden, ist es aber wahrscheinlicher, dass sie den Fußboden der ersten Kapelle widerspiegeln, in der das Gemälde entstand.« Robert hielt inne. Ihm fiel auf, dass etwas an dem Bild, das er aus dem Auge des Mannes auf dem Foto gewonnen hatte, nicht stimmen konnte.

Er ging zu seinem Laptop und teilte die Projektionsfläche zwischen Francescas *Madonna* und der anderen Vergrößerung auf. Anschließend brachte er beide auf dasselbe Format – soweit es sich bei der grauen unscharfen Wolke aus der Reflektion des Fotos sinnvoll machen ließ – und schob beide Bilder übereinander.

Wieder lief ein Motor an.

»Sie sind identisch«, flüsterte Anahit.

»Gerade das ist das Verrückte«, sagte Robert. »Sie dürfen nicht identisch sein.«

Es gab keinen Zweifel, es näherte sich jemand über die eigentlich außer Betrieb gestellten Rolltreppen. Für eine Sekunde wünschte sich Robert, den kampferprobten Lada-Fahrer Hayk dabeizuhaben.

Er hatte genug gesehen. Er ließ die farbige Madonna wieder allein von der Wand leuchten.

Wieder war es still. Sollte sich noch ein einziges Mal eine

der Treppen in Bewegung setzen, würde er schnellstens mit Anahit verschwinden. Jetzt war er sicher, auf der anderen Seite der Glaswand einen Schatten gesehen zu haben.

»Ich werde seit meiner Ankunft von jemandem verfolgt, der hinter dem Foto her ist, das Sie gesehen haben. Der frühere Besitzer musste dafür sterben.« Er legte den Zeigefinger auf den Mund. Wieder lief ein Motor an.

»Wir verschwinden sofort«, sagte er und zog Anahit an der Hand auf die Terrasse. Die Lichter und Geräusche der Stadt unter ihnen erschienen ihnen hoffnungslos fern.

»Der Bauwagen«, sagte sie, »vielleicht ist Davit dort.« Leise gingen sie an der Elektroanlage vorbei zu dem Wagen. Er war offen und dunkel. Leise gingen sie hinein und tasteten nach einer freien Stelle, wo sie sich niederlassen konnten.

»Wir warten auf ihn«, flüsterte Anahit. Sie hatte nicht die geringste Scheu, mit diesem fremden Menschen auf so engem Raum zusammen zu sein. War es die gemeinsame Suche, die sie verband? Sie lehnte sich an das große Kissen zurück, das vor der Wand des Wagens in ihrem Rücken lag. Es war hart und fühlte sich kalt an. Sie versuchte, es in der Dunkelheit mit dem Rücken wegzuschieben, aber es rührte sich nicht von der Stelle. Als sie ihre Hand zu Hilfe nahm, griff sie in ein Gesicht.

Anahit schrie auf, und auch Robert fuhr zurück. Er hatte sich auf einen Haarschopf gestützt. Mit beiden Füßen stieß Anahit die Tür auf, sodass ein Schimmer der hellen Stadt in den Wagen fiel. Hinter ihnen an der Innenwand des Wagens lag Davit. Sein verzerrtes Gesicht stand über seinem Rücken in der Haltung einer Puppe, deren Gliedmaßen falsch zusammengesetzt waren. Offenbar war ihm mit unglaublicher Kraft das Genick umgedreht worden.

Robert rang nach Luft. Und sah im nächsten Moment draußen ein Licht blinken. Die Schalttafel! Die Treppen waren von hier aus geschaltet worden. Niemand hatte sich genähert. Jemand war die ganze Zeit in ihrer Nähe gewesen.

Im hinteren Teil des Wageninneren bewegte sich etwas. Langsam. Ein Geräusch. Und dann auf einmal roch er es: In der Luft hing ein Hauch von Kokos.

★

Hand in Hand rannten sie wieder hinüber in die Treppenanlage, deren Tür weit offen stand. Sie liefen die Rolltreppe hinunter zur nächsttieferen Terrasse. Plötzlich begannen alle Treppen, über die sie nach unten laufen konnten, nach oben zu fahren. So schnell sie konnten, rannten sie gegen die Richtung, schließlich sprangen sie über die Seitenwand hinunter auf den Absatz und stürzten übereinander. Für die Länge eines Wimpernschlages lagen sie eng beieinander. Beide atmeten schwer.

»Weiter«, rief Robert, »nach unten.«

Rechts von ihnen öffnete sich ein Gang, der in eine der im Bau befindlichen Ladenstraßen führte und vollgestellt war mit Farbkübeln und Klempnermaterial. Sie liefen hinein, bewegten sich von Raum zu Raum. Überall standen und lagen die Utensilien für die über Nacht unterbrochenen Renovierungsarbeiten: Rohre, Farbeimer, Plastikfolien, Absperrpfosten. Je tiefer sie in den Gang vordrangen, desto undurchdringlicher wurde die Dunkelheit.

Für einen Moment hielten sie inne, um zu hören, ob sie verfolgt wurden. Schritte. Das Geräusch der Rolltreppen. Lärm umgestoßener Metalleimer.

Schließlich stießen Robert und Anahit an eine Trittleiter, die zu einer Klimaanlage führte. Sie kletterten hoch und schlüpften durch die abgehängte Decke in einen doppelt mannshohen Hohlraum darüber, der offenbar für den Ausbau einer vollständigen weiteren Etage vorbereitet worden war und nun der Lagerung von Verpackungsmaterial diente.

Robert gab der Leiter unter ihnen einen Tritt, damit sie

zu Boden stürzte. Anschließend deckten sie die Zugangsluke ab und versuchten, möglichst geräuschlos zu atmen. Ihre Herzen klopften wie wild, Robert meinte, man müsse es meilenweit hören können. Anahit flüsterte etwas, und als Robert sie nicht verstand, rückte sie in der Dunkelheit näher. Als ihre Lippen nahe an seinen Wangen waren, wandte er sich ihr zu. Ihre Lippen berührten sich.

Mit einem Schlag verdunkelte diese Berührung die Welt, die Robert kannte. Er wurde von der Erkenntnis überwältigt, dass nicht die Atemlosigkeit des Glücksgefühls, nicht die Gewissheit, dass Anahit in diesem Moment dasselbe empfand wie er, ihn wie eine Welle überrollte, sondern die Aussicht auf die endlose Tristesse, die von dieser Sekunde an über allem lag, was er künftig ohne Anahit erleben würde.

Fiebernde Angst und klopfendes Blut konzentrierten sich in diesem einen Punkt der Berührung. Robert fühlte die Schläge seines Herzens bis in die Spitzen seiner Finger. Anahit vergaß, was sie sagen wollte. Statt sich auf die Gefahr zu konzentrieren, die durch die unsichtbaren Verfolger drohte, küssten sie sich. Zunächst ängstlich, Schutz suchend. Er spürte ihre kleine feste Zunge. Tastend. Ihre Lippen, weich und voll wachsender Entdeckungsfreude. Sein ganzer Körper fühlte sich an, als würde er nachts bei Gewitter im Meer schwimmen.

Sie ließen sich auf einem Stapel von Decken nieder. Ihre heißen Gesichter lagen aneinander, sie bedeckten einander mit weiteren Küssen. Anahit konnte nicht begreifen, was mit ihr geschah.

»Es sind mehrere«, flüsterte Robert. »Sie warten.« Ihre Hände wuchsen ineinander fest und sie umarmten sich.

Robert hielt Anahits zierliche Gestalt und fühlte sich auf eine Art vollständig, die er bisher nicht gekannt hatte. Alles, was er brauchte, fand sich in dieser Umarmung.

»Ich habe dich vermisst«, flüsterte er, »ohne es zu wissen.«

»Halt mich fest«, sagte sie so leise, dass er ihre Worte mehr spürte als hörte. Und dann begann sie zu zittern und zu weinen und zu schluchzen, ohne ein Ende finden zu können. Sie nahm seine Hände und legte sie so fest um sich, wie sie konnte. Im nächsten Augenblick stürzte ein leeres Regal um. Beide hielten die Luft an, während es polterte, und horchten anschließend in die Stille. Als niemand zu hören war, machten sie weiter, wo sie unterbrochen worden waren. Ihre Hände hatten es eilig, sich gegenseitg von ihrer Kleidung zu befreien. Ungeachtet der prekären Lage warfen sie alles achtlos zu Boden. All ihre Sinne waren allein darauf ausgerichtet, die Haut des anderen zu erkunden, nicht einen Millimeter voneinander zu versäumen, keine Sekunde ihrer Zeit zu verlieren.

»Wir müssen uns kennen«, flüsterte Anahit zwischen den Küssen in sein heißes, nasses Gesicht. »Wie könnten wir sonst tun, was wir tun?«

Er wollte ihren Duft, ihren Geschmack spüren. Plötzlich wirkte sie auf Robert viel weniger zerbrechlich. Stattdessen war sie jetzt voller Kraft und Entschlossenheit. Jeder Millimeter ihrer Haut schien ihm entgegenzufiebern, jeder Muskel zog ihn heran, jeder Atemzug, jedes Herzklopfen, jeder Pulsschlag zwischen ihnen fand denselben Rhythmus, Hunderte von winzigen und großen Rädern in ihnen, die im gleichen Takt mit immer größerer Geschwindigkeit den Berg hinunterrasten, an dessen Fuß sie erschöpft und schweigend nebeneinander zur Ruhe kamen und schließlich in dem dunklen Zwischengeschoss eng aneinandergeschmiegt einschliefen.

Gegen fünf Uhr früh ließ sich Robert aus der geöffneten Luke hinab. Er stellte die Leiter an und half Anahit herunter. Anschließend nahm er sie in die Arme, unfähig, sie gleich wieder loszulassen.

Schließlich begleitete er sie zum Webcity am Eingang

zu der Kaskade, wo sie sich noch einmal küssten und sich schließlich für halb eins im Hotel Yerevan verabredeten, um ihre weitere gemeinsame Suche nach dem Kloster zu besprechen.

»Falls wir uns jemals verlieren sollten«, flüsterte sie, »ich warte in Lusavank.« Er lächelte ihr zu und winkte ein Taxi für sie heran, das sie nach Hause brachte.

Robert blickte dem Taxi nach, bis es aus seinem Blickfeld verschwunden war, und bestieg noch einmal die Sandsteinstufen der Kaskade, um seinen Laptop und den Projektor einzusammeln.

Auf den Treppen standen drei Schwestern in hochgeschlossener schwarzer Tracht. Die Frauen waren wie zum Gebet in den Anblick versunken, der sich jetzt Robert bot. In dem großen Fenster auf dem obersten Absatz der Treppenanlage schwebte Francescas *Madonna del Parto* schemenhaft und unwirklich in der Morgendämmerung über der grauen Stadt Yerevan.

7. August

Als Anahit am frühen Morgen ihr winziges Haus in der Kristaporistraße 34 betreten wollte, sprachen sie zwei Männer an, die aus einem geschlossenen gelben Obsttransporter stiegen.

»Anahit Sarian?«, fragte der Jüngere der beiden, ein dürrer Bursche mit einem unangenehmen Pickel im rechten Mundwinkel. In der Brusttasche seines braunen Poloshirts steckte eine Packung Zigaretten. Sie nickte irritiert.

»Sie sind im Juli von Bord der SEA WASP geflohen?«, fragte der andere, ein kleiner schwitzender Kerl mit grauen Haaren. Sie nickte wieder. Worauf lief das hinaus? Sie blickte um sich. Die Straße war noch leer.

»Das Schiff steht unter Quarantäne«, fuhr der Ältere fort. »Dort ist eine ansteckende Krankheit ausgebrochen. Sie müssen sich einer Untersuchung unterziehen.«

Er zeigte ihr seine Legitimation, auf der ein rotes Kreuz zu sehen war. Anahit war nicht sonderlich beeindruckt.

»Ich werde jetzt in meine Wohnung gehen«, sagte sie, »einige Telefongespräche führen und ein paar Sachen zusammenpacken.«

»Genau das werden Sie nicht«, versetzte der Jüngere ziemlich unfreundlich.

»Das können wir leider nicht zulassen«, sagte der Ältere mit bekümmerter Miene. Damit packten sie Anahit und schoben sie mit der Übung von Leuten, die Fälle wie diesen täglich abwickelten, in den Lieferwagen. Jede Gegenwehr war zwecklos.

»Wohin wollen Sie mich bringen?«, rief Anahit, deren Mund von der verschwitzten Hand des Kleineren bedeckt war. Nicht gerade die Behandlung, die sie bei einer Quarantäne erwartet hätte.

»Dorthin, wo man Ihnen besser zuhört, als wir es können.« Der dürre Kerl lachte tonlos. Die Türen waren noch nicht ganz zu, als sie schon losfuhren.

★

Schon ab zwölf Uhr saß Robert in der Lobby des Yerevan und nutzte die Zeit, bis Anahit eintreffen würde, um sich mit den Werken und dem Leben des Renaissancemalers und Mathematikers Piero della Francesca zu beschäftigen und mit der Frage, wie ein Bild von ihm in ein armenisches Kloster gelangt sein konnte.

Eins war klar, das Bild hatte Robert in einer Spiegelung in dem fotografierten Auge entdeckt. Wenn es Francescas *Madonna* gewesen wäre und der Mann sie tatsächlich in Italien betrachtet hätte, hätte die Reflektion seitenverkehrt sein müssen. Das war sie aber nicht. Handelte es sich doch um das armenische Bild? Um eine spiegelverkehrte Version?

Die Antwort musste in dem Bild der *Madonna* und möglicherweise in dem Leben Piero della Francescas liegen. Es gab nur einen Weg, dies herauszufinden. Robert musste nach Italien reisen. Am nächsten Tag gab es um zwanzig Uhr eine Verbindung von Yerevan über Rom nach Florenz, die er über den Concierge-Service des Hotels buchte.

★

Die ältere Frau auf dem Beifahrersitz des schwarzen Lexus gab die Vorwahlnummer Italiens in ihr Handy ein. Sie musste eine Weile warten, bis sie verbunden wurde.

»Den Ratsvorsitzenden bitte«, sagte sie. Nach kurzer Zeit wurde sie durchgestellt.

»Habt ihr sie?«, fragte die Stimme des Mannes am anderen Ende.

»Wir haben es einmal vergeblich versucht und werden es auch nicht mehr schaffen können«, sagte sie leise, »sie wurde von zwei Männern entführt. Der Maler macht sich auf den Weg nach Italien. Er hat für morgen ein Flugticket nach Florenz gebucht. Aber zumindest haben wir erfolgreich die Verbindung zwischen beiden hergestellt. Es könnte sein, dass wir mit diesem Teil des Plans Erfolg haben.«

»Ihr habt alles versucht«, sagte der Mann in Italien. »Lass alle Umsicht walten, solange du in Yerevan wartest, bis ihr mich am dreizehnten August am Flughafen abholt und nach Lusavank begleitet. Wir sind auf deine Kenntnis angewiesen, die Schwestern kennen den Weg dorthin so wenig, wie ich ihn kenne.« Die ältere Frau antwortete nicht. Ihr Schweigen würde Bestätigung genug sein. Es gab eine Pause, in der es schien, als verzögerten sich die Signale auf der Entfernung zwischen ihnen. Nach einer Weile fügte der Mann hinzu: »Um den Maler werde ich mich in Italien kümmern.« Danach legten beide ohne ein weiteres Wort auf.

★

Robert wartete bis Viertel nach eins, wobei er alle paar Minuten nachfragte, ob ein Anruf für ihn angekommen sei. Gegen zwei fuhr er mit dem Taxi zu Webcity, um sich dort nach Anahit zu erkundigen. Dort teilte man ihm mit, dass sie erst ab fünfzehn Uhr eingeteilt war. Er beschloss, draußen auf den Treppen zu warten, doch um halb vier gab es noch immer keine Spur von Anahit. Auch seine zahlreichen Versuche, sie per Handy zu erreichen, blieben erfolglos.

Um sechzehn Uhr stand er mit Hayk vor ihrem Haus. Niemand hatte sie gesehen.

»Sie hat bestimmt eine Nachricht hinterlassen«, sagte Hayk und fügte dann mit finsterer Miene hinzu: »Wenn sie dazu noch Gelegenheit hatte.« Er lief nach unten zu seinem Lada und tauchte wenige Momente später mit einer Hand voller Werkzeuge wieder auf.

Das Haus, zurückgesetzt im Garten einer Siedlung gelegen, bestand aus einem Erdgeschoss, in dem sich eine Küche, ein WC und ein winziges fensterloses Schlafzimmer befanden. Unter der Dachschräge in dem Stockwerk darüber gab es nur ein einziges großes Wohnzimmer mit heller Sitzlandschaft um einen alten ovalen Tisch mit einer polierten Platte aus dunklem Holz. An der Wand hingen Reproduktionen verschiedener antiker Meereskarten, in einem Bücherregal stapelten sich Kopien von Aufsätzen und Bücher. Und überall herrschte ein einzigartiges Chaos. Alles war durchsucht worden, selbst in dem kleinen Bad war jedes Stück Seife einmal durchgeschnitten worden. Jemand hatte etwas sehr Kleines gesucht.

Auf dem Weg nach draußen forderte Hayk Robert auf,

sich bei ihm zu melden, falls er bei einem neuen Besuch in Yerevan Hilfe benötigen sollte.

»Ich bin zwar oft mit meinen Kunden unterwegs«, sagte Hayk. »Aber wenn Sie mich nicht erreichen, besuchen Sie mich einfach zu Hause. Meine Mutter geht niemals ans Telefon, weil sie schwer hört, aber sie ist immer dort, und sie weiß, wie sie mich erreichen kann.« Vor dem Hotel verabschiedete er sich. Robert ging zur Rezeption, aber es gab noch immer keine Nachricht von Anahit.

Sie hatte gesagt, sie werde in Lusavank auf ihn warten. Der Schlüssel, um das Kloster zu finden, musste in dem Reflex im Auge des fotografierten Mannes liegen, oder besser, im Fresko der *Madonna del Parto*, vielleicht auch in der Biografie Piero della Francescas. In jedem Fall führte der Weg nach Lusavank, der Weg zu dem unbekannten Renaissancebild in Armenien, über Italien.

Am Nachmittag des achten August verließ Robert gegen halb sechs das Hotel Yerevan und nahm sich ein Taxi zum Flughafen.

ANAHIT

8. August

Das kleine Schnellboot, auf dem Anahit die letzten dreieinhalb Stunden im Sturm auf dem tobenden Meer verbracht hatte, wurde von den grellen Strahlen zweier Scheinwerfer erfasst. Der Motor lief unter verminderter Last, das Heck stieg hoch, die Wellen warfen das Boot vor einer weißen Wand auf und nieder, an der ein rotes Kreuz von der doppelten Größe des Bootes prangte.

Anahit zog die viel zu große gelbe Jacke enger um ihren Oberkörper zusammen. Seit sie vor ihrem Haus in Yerevan in einen Kleinbus verladen worden war, hatte niemand mehr mit ihr gesprochen. Niemand hatte sie medizinisch untersucht, man hatte sie nicht in Quarantäne genommen und ihr nichts weiter mitgeteilt als den auf der Straße hingeworfenen Satz, dass auf dem Schiff ihrer ehemaligen Crew eine Krankheit ausgebrochen sei. Auf der ganzen Reise bot ihr niemand die geringste Erklärung für das, was mit ihr geschah. Nicht auf der sich quälend hinziehenden Tour zu einem Stützpunkt der armenischen Streitkräfte vor den Toren Yerevans, nicht auf dem Flug in einem dröhnenden stinkenden Hubschrauber zu einem russischen Marinestützpunkt irgendwo an der abchasischen Küste und nicht auf der ganzen zermürbenden Fahrt mit dem Schnellboot, bei der es die Besatzung darauf angelegt hatte, das Boot derartig in die Wellentäler zu schmettern, dass es ihr alle Knochen im Leib brechen musste.

Abgesehen davon, dass sie zwar ständig Wodka, aber kaum je etwas Vernünftiges zu essen oder zu trinken auf dem kleinen Schnellboot angeboten bekommen hatte, und abgesehen davon, dass sie sich auf der gesamten Fahrt der versuchten Handgreiflichkeiten der drei männlichen Crewmitglieder erwehren musste, sobald sie zu schlafen probierte, ging es ihr zurzeit gut. Sie fühlte sich schmutzig und ungewaschen, Hunger zerfraß ihre Eingeweide, sie war völlig übermüdet und musste einen grässlichen Anblick bieten, die besten Voraussetzungen, um auf dem riesigen Schiff, dessen Wand jetzt vor ihr aufragte, in Ruhe gelassen zu werden.

Seltsam, dachte sie, Lazarettschiffe erfreuten sich seit der Genfer Konvention bei nationalen Marineverbänden keiner großen Beliebtheit mehr. Das Schiff musste sich in einem internationalen Einsatz befinden. Vielleicht bestand die Hoffnung, an Bord nicht nur auf Russen oder Ukrainer, sondern auch auf Teilnehmer aus anderen Ländern zu treffen, vielleicht sogar aus westlichen Ländern, die über eine funktionierende Zivilgesellschaft verfügten. Vielleicht konnte sie mit deren Hilfe freikommen oder wenigstens eine Nachricht an Robert absetzen. Er musste von diesem Irrsinn wissen. Vielleicht konnte er Hilfe organisieren.

Die Wellen hoben das kleine Schnellboot wie mit einem Aufzug in Sekundenbruchteilen vor der weißen Bordwand zehn Meter in die Höhe und senkten es wieder ab. In die Höhe und herab.

Ein Mann der Crew, der nach Tabak und Wodka stank, legte ihr einen Dreiecksgurt an, in dem sie wie in einer überdimensionalen Badehose steckte. Er konnte es nicht lassen, dabei an ihr herumzufummeln, wofür sie sich mit einem Lächeln und einem scharfen Tritt auf seine Fußspitze bedankte.

Von oben senkte sich aus der Dämmerung ein Stahlseil mit einem großen Karabinerhaken herab. Der Mann klinkte sie ein. Als sie schon in der Luft pendelte, griff er ihr zum

Abschied noch einmal fest zwischen die Beine. Um Haaresbreite verfehlten ihre Schuhe sein Gesicht.

Nicht weit entfernt wurde aus der Höhe in der schwer gehenden See ein anderes Schiff sichtbar, das Anahit nur allzu gut kannte. Die SEA WASP, auf deren taghell erleuchtetem Deck sich Gestalten in hellblauen Schutzanzügen bewegten. Hunderte von Vögeln aller Art versuchten, sich auf der SEA WASP niederzulassen, obwohl deren Deck bereits vollständig mit Vögeln bedeckt war. Einen Augenblick später war das Schiff wieder hinter den Wellen verschwunden.

Anahit schwebte über einem riesigen roten Kreuz und dem in kyrillischer Schrift geschriebenen Wort ODESSA. Im flachen Vorschiff senkte sich eine Plattform unter die Ebene des Decks. Seile, die von dem Drahtseil herabhingen, an dem sie schwebte, wurden von zwei Männern an Deck erfasst. Gezielt dirigierten sie sie in Richtung der Plattform.

Sobald sie stand, sprangen die beiden Männer zu ihr herunter auf die Plattform, klinkten das Seil aus und nahmen ihr den Dreiecksgurt ab.

»Willkommen auf der ODESSA«, sagte einer der beiden, der einen olivgrünen Armeepullover trug, auf Russisch. Als dritte Begleitung sprang eine Frau auf die Plattform, die vielleicht zehn Jahre älter war als Anahit, eine exotische Erscheinung mit ihrem dunklen Teint, den welligen schwarzen Haaren und dem auffallenden Gesicht einer Polynesierin, aus dem sich Anahit von dunkelblauen Augen aufmerksam gemustert sah.

Sie fuhren auf der Plattform in die Tiefe des Schiffes. Die Deckklappe entfernte sich immer weiter nach oben und schloss sich schließlich vollständig über ihnen. Der Boden der Plattform, auf der sie standen, war mit einer schwammigen, von einer Flüssigkeit getränkten Matte belegt. Es roch nach einem Desinfektionsmittel.

»Was ist mit dem Schiff dort drüben geschehen?« Anahit öffnete die gelbe Windjacke. Niemand antwortete. Schließlich bequemte sich der Mann mit dem olivgrünen Armeepullover.

»Das Schiff dort drüben ist bis an den Rand mit Fliegen gefüllt und an Deck von Vögeln besetzt. Was sonst da drüben ist, ist tot.« Mehr war nicht aus ihm herauszuholen. Die Frau streckte ihr die Hand entgegen.

»Seena O'Leary. Ich arbeite als Virologin im Auftrag der Weltgesundheitsorganisation. Nachher werde ich Sie untersuchen.« Weltgesundheitsorganisation hörte sich gut an, fand Anahit. Sehr gut sogar.

»Meine Entführer haben mich bestens auf Ihre Untersuchung vorbereitet und mir zwei Tage nichts zu essen gegeben.« Sie gab der Frau die Hand.

»Ich werde dafür sorgen, dass Sie etwas bekommen.« Die Virologin lächelte sie beruhigend an.

Die Plattform kam vor einer Stahlwand zum Stillstand, die sich quer über das Innere des Schiffes erstreckte. Hinter dicken Fenstern sah Anahit zwei blaugraue Container auf einer Stahlgitterplattform in der Mitte einer ausgedehnten Halle schweben, in deren Mitte ein einsamer Gittersteg als einziger Zugang zu den Containern führte.

»Ein Sicherheitsbereich für die schlimmsten Infektionskrankheiten«, erklärte die Virologin, »wie die, mit der wir es jetzt zu tun haben.« Sie gingen in Richtung des Hecks einen breiten Mittelgang tiefer ins Schiffsinnere hinein. Die Luft war angefüllt von den schnarrenden Geräuschen eines mobilen Bordfunksystems, das mit voller Lautstärke betrieben wurde. Es roch nach Desinfektionsmitteln und heiß gelaufenen elektronischen Geräten, darunter lag ein Dunst von altem Stahl, Dieselöl und den Weichmachern billiger Plastikverkleidungen.

Anahit dachte an die Zeit, als sie mit vierzehn Jahren auf sich allein gestellt in Yerevan lebte und gezwungen war, sich in einer unübersehbar komplexen und ihr feindlich erscheinenden Welt zurechtzufinden. Damals hatte sie sich angewöhnt, in unbekannten Situationen stets als Erstes einen Überblick über mögliche Auswege zu gewinnen. Wie damals sog sie jetzt alles, was sie auf dem Weg durchs Schiff aufnehmen konnte, in sich hinein. Vor einer Informationstafel in einem großen zentralen Treppenhaus knickte sie absichtlich ein und hielt sich eine Weile mit schmerzverzerrtem Gesicht das Bein. Unterdessen prägte sie sich ein, was sie erkennen konnte – die Halle mit den Hochsicherheitslabors und eine Verbrennungsanlage für Tierkadaver im Vorschiff, mittschiffs andere Laboratorien und ein Block, der sich über alle Etagen zog und in dem Anahit mit den wenigen Kenntnissen, die sie noch von der Geschichte großer Mannschaftstransportschiffe besaß, Dieselmotoren, Stromgeneratoren und Antriebs- und Getriebetechnik vermutete. Dem schlossen sich fünf Etagen von Krankensälen, Versorgungsbereiche im Heck, Büros, Parkdecks für einen kleinen Helikopter und zwei Beiboote an.

Obwohl es bereits kurz vor neun Uhr abends war, herrschte an Bord reger Betrieb. Die etagenhohen Dieselmotoren arbeiteten mit aller Kraft, um den Bug des Lazarettschiffes in Richtung der heranrollenden Wellen zu halten. In den grell erleuchteten Gängen herrschte emsige Geschäftigkeit. Überall standen Geräte, die ausgepackt und in Richtung des Vorschiffes geschoben wurden, Pfeilen folgend, die das Biohazard-Symbol zeigten.

Dutzende von Menschen begegneten ihnen oder saßen in fensterlosen Konferenzräumen oder Laboratorien, an denen sie vorübereilten. Anahit hatte den Eindruck, dass sie sich in einem spezialisierten riesigen Krankenhaus im Aufbau befand und nicht in der Unterbringung einer temporären polizeilichen Untersuchung. Jemand, der hier das Sagen hatte, schien zu ahnen, dass es der höchsten Kraftanstrengungen bedurfte, um sich auf etwas vorzubereiten, was erst am Horizont sichtbar war.

Die Gänge wurden schmaler.

»Hier befinden sich die normal zugänglichen Labors«, erklärte die Virologin. Von einem Gang in Richtung des Hecks zweigten links und rechts fensterlose Laboratorien ab, in denen weiß bekittelte Männer und Frauen an Computern arbeiteten. Das war der richtige Ort. Von hier aus gab es mit Sicherheit Internetverbindungen, über die sich vielleicht eine Nachricht absetzen ließ, vorausgesetzt natürlich, dass sie sich jemals frei auf dem Schiff bewegen konnte. In anderen Labors hantierten Techniker an Geräten, die Anahit nicht zuzuordnen wusste. Es gab Aggregate, aus deren Tieftemperaturbehältern dichte weiße Nebel stiegen, runde Edelstahlbottiche, in denen Unmengen von Glasröhrchen mit irgendeiner Flüssigkeit drin sanft geschüttelt wurden, Wärmeschränke, in denen Horden mit flachen Glasschalen voll braunem Gelee verschwanden, Brutschränke, aus denen Eier entnommen wurden. Der Geruch nach alter Fleischsoße stieg Anahit in die Nase.

Vor der Tür zu einer Toilette blieben sie unvermittelt im Gang stehen. Aus einem Labor rollte ein kleiner Mann mit einem breiten Gesicht zwischen zwei auffallenden Abstehohren auf seinem Laborstuhl heraus, um einige Worte mit der Virologin zu wechseln. Anahit bemerkte in seinem Labor ein Regal voller kleiner Milchflaschen, in denen sich Fliegen tummelten. Viele davon.

Links vor der Tür zur Toilette stand ein kleiner Rollwagen mit einem Satz frischer weißer Laborkleidung und einem Paar leichter weißer Leinenschuhe. Am Wagen hing ein durchsichtiger Plastiksack, an dem ein Schild mit ihrem Namen befestigt war.

»Es geht leider nicht anders«, sagte die Virologin entschuldigend, »immerhin haben wir hier Toiletten, in die eine Dusche eingebaut ist. Sie haben jetzt die Gelegenheit, sich frisch zu machen. Nehmen Sie die neuen Sachen und werfen Sie Ihr altes Zeug in den Plastiksack, so gründlich keimfrei gemacht werden Sie sie noch nie zurückerhalten haben.«

Anahit schob den Wagen in die Toilette. Die beiden Bewacher warteten im Gang, während die Virologin ihre Unterhaltung mit dem Mann mit den Abstehohren fortsetzte, der noch immer im Gang in seinem Laborstuhl hin und her rollte.

Endlich mit sich allein, riss Anahit sich ihre Kleidung vom Leib und sprang unter die Dusche, die in einem telefonzellengroßen Winkel zwischen mit weißer Ölfarbe gestrichenen Stahlwänden eingezwängt war.

Ihre Lebensgeister erwachten, als sie sich ausgiebig heiß und kalt geduscht und mit einem quaderförmigen Stück Seife die Haare gewaschen hatte. Sie trocknete sich mit einem dünnen, harten Handtuch ab und nahm sich danach ihre Schuhe vor. Sie löste die inneren Sohlen heraus. Darunter kamen zwei dünne Plastikfolien von Papiertaschentuchpäckchen zum Vorschein, in jede von ihnen zwei dünne, eng beschriebene Blätter der Kopie des alten armenischen Manuskriptes gefaltet, das Robert ihr in Yerevan gegeben hatte.

Sie strich die Verpackungen glatt, löste die Innensohlen der neuen Leinenschuhe von ihrem Untergrund und schob die verpackten Blätter dort wieder hinein. Sie würde sie so schnell wie möglich lesen, möglicherweise befand sich darin ein Hinweis auf die Lage des Klosters, das sie suchte. Vielleicht war Lusavank der Ort, an dem sie Robert wiedersehen würde.

Sie streckte sich vor dem Toilettenspiegel. Es geht aufwärts, der Dreck ist weg, und ich bin in der Nähe normaler Menschen, redete sie sich gut zu.

Sorgfältig entfernte sie von ihrem schwarzen, inzwischen arg in Mitleidenschaft gezogenen Jackett, das sie die ganze Zeit getragen hatte, die kleine silberne Anstecknadel in der Form eines Leuchtturms. Sie hatte sie zu ihrem zehnten Geburtstag von dem Vermessungsflieger erhalten, der sie nach dem Erdbeben aus dem versinkenden Haus ihrer Pflegeeltern gerettet hatte. Zehn Jahre hatte sie bei dessen Mutter gelebt. Sie steckte den silbernen Leuchtturm an das Revers der weißen Leinenjacke, die sie über das weiße T-Shirt aus dem Packen neuer Wäsche zog.

Ihr altes Zeug einschließlich der gelben Regenjacke stopfte sie in den durchsichtigen Plastikbeutel. Mit dem Beutel in der Hand und ihrer Umhängetasche über der Schulter, völlig in Weiß gekleidet, als gehöre sie zu den Labormannschaften auf dem Schiff, ging sie hinaus auf den Gang.

Um neun Uhr abends betraten sie das Nachbarlabor neben dem des Mannes mit den Segelohren. Ihre beiden Bewacher warteten geduldig auf dem Flur.

Es gab einen lauten Knall. Einer der beiden Bewacher hatte mit der Hand eine Fliege an der Wand erschlagen.

»Sie sind hier«, sagte er. »Vierhundert Meter von dem Geisterschiff da drüben entfernt, und sie spaziert hier trotz der täglichen Desinfektionen friedlich an der Wand herum.« Er schnippte den schwarzen Fleck von der Hand.

»Bernard«, rief die Virologin in das Nachbarlabor hinüber, »halten Sie Ihre Fliegen zusammen, sie werden eine nach der anderen umgebracht.«

»Ich werde mir Mühe geben«, tönte es aus dem anderen Raum, »aber sie sind neugierige Biester.«

Anahit lag auf der Liege, den linken Arm ausgestreckt und die Augen geschlossen.

»Sie sind Armenierin?« Es war eher eine Feststellung als eine Frage. Es war klar, dass die Virologin informiert war. Wahrscheinlich existiert ein vollständiges Dossier über mich, das jeder hier an Bord gelesen hat, vermutete Anahit.

»Ist das etwas Besonderes?«, fragte sie zurück.

»Ich stamme von Hawaii«, sagte die Virologin, während sie ihr eine Nadel in die Armbeuge stach, »für mich ist Armenien so exotisch wie für Sie wahrscheinlich Polynesien.«

»Polynesien ist für jemanden, der sich mit maritimer Geschichte befasst, nicht exotisch. Gibt es von hier die Möglichkeit, ein Telefonat zu führen? Man hat mir mein Handy abgenommen.« Beide warteten darauf, dass das Blut aus ihrer Vene abfloss.

»Ich fürchte, nicht«, sagte die Virologin. »Ich fürchte, hier gelten die strengsten Sicherheitsmaßnahmen, die Sie sich vorstellen können.« Sie füllte ein weiteres Röhrchen. »Aber ich gehe davon aus, dass Sie das Schiff nach der Auswertung der Untersuchung und dem Abschluss der Befragungen verlassen können.«

»Ich bin Ihnen so dankbar«, sagte Anahit, »dass es mir nach einer Entführung ohne jede Chance, irgendwen über mein Schicksal zu informieren, erlaubt sein könnte, irgendwann meinen Käfig zu verlassen.«

»Es tut mir leid.« Nachdem mehrere Röhrchen gefüllt waren, zog sie die Nadel aus Anahits Arm und beschriftete die Röhrchen sorgfältig. Anahit sah sich von ihrer Liege aus in dem Labor der Virologin um.

Auf dem gekachelten Labortisch stand unübersehbar eine hermetisch abgedichtete Glasbox, einen Meter lang, vielleicht einen halben Meter hoch und etwas tiefer. Aus runden, stahlverschraubten Löchern ragten dicke schwarze Gummihandschuhe in die Box, in der einige chirurgische Instrumente und ein kleiner toter Vogel lagen. Sein Gefieder war bunt, am Schwanz und unter den Augen orangefarben, auf dem Rücken braun und weiß gemustert, an der Kehle und dem Bauch weiß. Sein Bauch war geschwollen.

Die Virologin nahm eine Speichelprobe von Anahit. Sie bemerkte ihren Blick auf den Vogel.

»Man hat ihn an Bord der SEA WASP gefunden, in einem riesigen Laderaum, der mit den Trümmern einer antiken Steinplatte gefüllt ist.« Anahit verstand noch immer nicht, was um alles in der Welt auf der SEA WASP nach ihrer Flucht geschehen war.

Die Virologin maß die Temperatur und brachte verschiedene Sensoren an ihr an, die ihre Daten an die Geräte in dem Labor übertrugen.

»Er war der einzige der tausend Vögel auf dem Schiff, der es geschafft hat, bis in den Laderaum vorzudringen. Es ist ihm nicht gut bekommen.« Sie nahm den Blick von den Messgeräten und legte einen Ausdruck in eine Mappe mit einem Satz von Papieren.

»Die Seuche, von der meine Entführer berichtet haben?«, fragte Anahit. Sie hatte große Schwierigkeiten, sich wach zu halten.

»Nein. Das Merkwürdige ist, dass dieser Vogel das einzige höhere Lebewesen ist, das in dem schrecklichen Schiff nicht an der Seuche gestorben ist. Ich frage mich, woran ist er dann gestorben? Gibt es außer der Seuche etwa noch ein weiteres Problem?« Der Genetiker aus dem Nachbarlabor rollte auf seinem Stuhl in die Tür.

»Bernard Colbert«, stellte er sich vor. *Nicht an der Seuche gestorben?* Waren alle ihre Freunde auf der SEA WASP an der gleichen Krankheit verreckt wie der finstere Georgier mit der Tätowierung? Sie hatte auf dem Schiff in der Nacht des Überfalles Mord gesehen und Zerstörung – aber eine Seuche? Woher sollte die gekommen sein? Wenn der Georgier und seine Kumpane sie eingeschleppt hatten, warum lebte sie dann noch?

Anahit streckte ihm von der Liege die Hand entgegen, auf der sie noch einen Moment ausruhen musste. »Kommen Sie für einen Moment in mein Labor, Seena. Ich muss Ihnen auf meinem Monitor etwas äußerst Ungewöhnliches zeigen, was wir aus dem anderen Schiff geborgen haben und in der Biohazard-Zone im Vorschiff aufbewahren.« Er rollte voran in sein Labor. Die Virologin folgte ihm. Von den beiden Männern vor der Labortür weiterhin bewacht, fiel Anahit auf ihrer Liege in einen Schlaf der Erschöpfung.

★

Die Virologin weckte sie auf, viel Zeit konnte nicht vergangen sein.

»Haben Sie nicht gesagt, dass Sie hungrig sind? Bernard Colbert und ich werden einen kleinen Nachtimbiss nehmen. Kommen Sie mit uns und stören Sie sich nicht daran, dass uns Ihre Bewacher begleiten, ich würde sonst Ärger mit Vitali Shirov bekommen.«

»Shirov?« Schläfrig setzte sich Anahit auf.

»Er leitet die Ermittlungen an Bord. Ich glaube, Sie haben es ihm zu verdanken, dass Sie hier sind. Er wird sich morgen früh bei Ihnen melden, um Sie zu befragen.«

Die Kantine befand sich neben dem zentralen Treppenhaus an der Backbordseite des Schiffes. Der Wind hatte weiter aufgefrischt. Anahit musste sich, während sie auf ihrem Stuhl saß, mit beiden Füßen fest auf den Boden stemmen, um fortwährend das Gleichgewicht auszubalancieren. Vor den kleinen Fenstern in den Aussparungen der nach Plastik riechenden Bordwandverkleidung tobte die See. Gelegentlich trieb die SEA WASP durch das Blickfeld, die mit erleuchtetem Deck gegen die Wellen ankämpfte.

Vor sich hatte Anahit einen Teller mit dunklen Brotscheiben, die mit fettem Schinken und dicken Käsescheiben belegt waren. Die Virologin, die darauf bestand, von Anahit Seena genannt zu werden, und Bernard Colbert saßen mit ihr am Tisch. Die beiden Bewacher unterhielten sich am Nebentisch auf Russisch über eine Nachtbar im Hafen von Sewastopol auf der Krim, von der sie soeben festgestellt hatten, dass sie sie beide kannten.

Ein hochgewachsener blonder Mann in den Fünfzigern gesellte sich zu ihnen, in der Hand einen Kaffeepott, der bestimmt einen halben Liter fasste.

»Michail Trenko«, stellte er sich vor. »Ich bin der medizinische Leiter des Schiffes. Endlich haben wir die Obduktionen der Toten von drüben bei uns abgeschlossen.« Er stieß hörbar die Luft aus und streckte seine Beine weit von sich.

»Und?«, fragte Colbert.

»Fragen Sie sie.« Trenko nickte Seena zu.

»Nichts Neues«, sagte Seena, »überall dasselbe, in London, in Istanbul, auf der Krim, hier. Und den ersten Infizierten, den massiven Virenausscheider, den Erkrankten, von dem alles seinen Ausgang nahm, haben wir noch immer nicht entdeckt. Sie alle hier sind zur gleichen Zeit erkrankt.« Anahit blickte von einem zum anderen.

»Was ist auf der SEA WASP geschehen?«, fragte sie. Vielleicht würde sie jetzt eine Antwort erhalten. Als einzige Überlebende, fand sie, hatte sie ein Recht darauf.

»Die SEA WASP ist ein Geisterschiff.« Trenko schien sich keine Sorgen darüber zu machen, den Chefermittler zu verärgern, indem er einer Verdächtigen Informationen zukommen ließ. »Sie dürften die Einzige sein, die überlebt hat. Einer, der Koch, wird vermisst, zwei wurden ermordet, sechs Crewmitglieder hat man in einem verschlossenen Kielraum unter dem Laderaum entdeckt, wo sie anscheinend seit zwei Wochen eingesperrt waren. Dort drin war es zwar eng und heiß, aber es gab genügend Nahrungsmittel und hinreichend Trinkwasser.«

»Was ist mit ihnen geschehen?« Anahit war plötzlich flau zumute. Wollte sie die Antwort wirklich wissen?

»Nachdem die Männer zehn Tage in dem Kielraum zugebracht hatten, ist die Krankheit ausgebrochen. Sechs weitere Tote. Sie sollten wirklich darauf verzichten, sich Bilder davon anzusehen.« Trenko legte beide Hände um seinen riesigen Kaffeebecher. Er knabberte an einigen Keksen herum und kramte eine Packung Zigaretten hervor.

»Hat jemand was dagegen?«, fragte er, nachdem er sich eine angezündet hatte.

»Etwas wie auf den Bildern von da drüben habe ich bisher nur ein einziges Mal gesehen.« Seena holte sich die Glaskanne aus einem Kaffeeautomaten und goss sich heißen Kaffee nach. »2001 bei einem Ebola-Ausbruch im Osten der Zentralafrikanischen Republik sind wir in Yalinga auf ein Dutzend Tote in einem verlassenen Gefängnis gestoßen. In dem geschlossenen Raum hatte es verzweifelte Kämpfe gegeben. Jeder der Männer versuchte, den größtmöglichen Abstand zu den anderen zu halten, bis es schließlich jeden von ihnen erwischt hat.« Anahit konnte es nicht ertragen. Sie wollte so lange schlafen, bis alle Alpträume aus ihrem Leben verschwunden waren. Aber sie wurde von der Befürchtung gequält, dass das, was sie hier hörte, erst der Anfang war. Ihr graute vor der Vorstellung, jemals wieder auf der SEA WASP sein zu müssen.

Colbert schob Trenko aus einer roten Mappe zwei farbige Ausdrucke über den Tisch.

»Wissenschaftler der US-Army haben in Fort Detrick das Virus mit dem Elektronenmikroskop fotografiert und eine Grafik davon erstellt«, sagte er. »Ein hübscher Kerl, finden Sie nicht?«

Trenko blies seinen Zigarettenrauch an die Decke. Er betrachtete die Bilder sehr eingehend, dann legte er sie so auf den Tisch, dass alle sie sehen konnten. Die Computergrafik zeigte eine Kugel, deren Oberfläche von geometrischen Zapfen und Noppen überzogen war. In ihrem Innern waren drei Spirallinien zu erkennen, die in einem unvollkommenen Kreis angeordnet waren.

»London Hemorrhagic Fever«, sagte Colbert, »einhundertzehn Nanometer Durchmesser. Im Innern eine einsträngige RNA. Wir haben in dem Material, das wir auf der SEA WASP eingesammelt haben, nach den Nukleotidsequenzen dieses Ungeheuers gesucht und sind fündig geworden. Und zwar mehr, als wir befürchtet hatten.«

»Ich würde gern verstehen, was auf dem Schiff geschehen ist, wenn ich zu meinem Aufenthalt dort befragt werde. Vielleicht ist mir etwas aufgefallen, was ich sonst für unwichtig halte.« Anahit nahm einen weiteren Bissen von dem Käsebrot. Je länger sie es kaute, desto besser schmeckte es ihr. Auf ihre Frage hin sahen die anderen Trenko an, der müde nickte.

»Dieses Virus ist ein in Proteine verpacktes Stück RNA wie die Viren von HIV oder Influenza. In der Gestalt, die die Grafik zeigt, schwebt es durch die Luft, sitzt in Speicheltröpfchen und dringt über die Atemwege oder durch den Stich einer Zecke in die Blutbahn oder schließlich in die einzelne Zelle ein. Dann zwingt es die Zelle, mit der Produktion seiner Kopien zu beginnen, bis sie platzt und Hunderte neuer Viren verbreitet. So haben wir es in dem Schleim aus den aufgelösten inneren Organen und in den Körperflüssigkeiten der sechs Toten gefunden.« Er schob ihr die Grafik des LHF-Virus hinüber.

Seena blickte starr in ihren Kaffee. Vor den Bordfenstern rollten Wellen heran, die aussahen, als würden sie das Schiff überfluten. Die ODESSA stieg hoch und stürzte herab, bis die nächste Welle hoch über ihr zu schweben schien.

Anahit verstand einfach nicht, was plötzlich über ihre Freunde hereingebrochen war. War der Überfall der Auslöser, oder war mit ihnen das Gleiche geschehen wie vor 640 Jahren mit den Menschen an Bord der CATHERINE? Sie schob das Bild zurück über den Tisch.

»Das ist die Ursache?«, fragte sie. »Etwas wie eine gewöhnliche Influenza?«

»RNA-Viren haben noch ein völlig anderes Gesicht. Im lysogenen Zyklus ihrer Vermehrung kopieren sie sich in die DNA ihrer Wirtszelle und bleiben darin für Tage, Wochen oder werden über Generationen weitervererbt. So haben wir die Seuche überall gefunden, als reinen Code, Buchstabe für Buchstabe, Element für Element umkopiert in eine spiegelbildliche DNA-Folge von 19 862 Basenpaaren, eingeschrieben in die genetischen Codes der Fliegen, der Algen und einiger Bakterien. Das gesamte Leben auf dem anderen Schiff ist von LHF genetisch vollkommen durchtränkt.«

»Und sie bleiben so lange in den Erbanlagen versteckt,

ohne irgendeine Krankheit auszulösen, bis ein besonderer Reiz sie freisetzt.« Seena trank den Rest des kalt gewordenen Kaffees. Sie schien es eilig zu haben, das Thema zum Abschluss zu bringen. »Dann beginnt scheinbar aus heiterem Himmel alles von vorn, sie kopieren sich um, werden in der Gestalt produziert, wie sie auf dem Bild zu sehen sind, und verbreiten sich neu.«

»Aber woher kommt die erste Ansteckung? Woher ist die Seuche aufgetaucht, jetzt, dort auf dem Schiff, auf dem ich den Sommer verbracht habe? Woher kommt das erste Virus?« Die völlig unzureichende Erklärung der Wissenschaftler für das, was Anahits Sommer auf dem Meer heimgesucht hatte wie das Erdbeben von 1982 ihre Jugend, ließ sie verzweifeln.

»Das ist die große Frage«, sagte Colbert, »niemand weiß es. Den Beginn von allem, den ersten großen Virenausscheider, haben wir noch immer nicht gefunden.«

Anahit konnte erkennen, dass Trenko genug davon hatte, das Thema auch noch in der letzten Ruhepause seines Tages zu wälzen. Es schien ohnehin keiner der Experten zu wissen, was eigentlich geschehen war, geschweige denn eine Lösung in petto zu haben.

»Wo haben Sie Ihren Mann gelassen?« Trenko blickte Seena an. »Wahrscheinlich ist er der einzige Astronom, der jemals auf diesem Schiff war.«

»Ihm geht es schlecht«, antwortete Seena. »Er verträgt die See einfach nicht. Er leidet wie ein Hund.« Trenko drehte den Kopf zur Seite, um Seena nicht mit dem Rauch zu stören, den er genussvoll ausblies.

»Oh«, sagte er. »Ich hoffe, er bedauert nicht, dass er mitgekommen ist. Vielleicht finde ich die Zeit, einmal mit ihm zu reden. Seit meinem Astronomie-Unterricht in der Schule beschäftigt mich die Frage, ob anderswo wohl Leben existiert, und wenn ja, ob es völlig anders aussieht als bei uns. Ich meine chemisch anders.« Er lehnte sich zurück und schien sich zu entspannen, während er große Wolken in die Luft paffte.

»Ich bin sicher«, sagte Seena mit einem Unterton von Gereiztheit, der Anahit nicht entging, »dass Arran Ihnen begeisterte Vorträge darüber halten könnte.« Trenko sah auf die Uhr.

»Gut. Im Grunde verstehen wir ja noch nicht mal das Leben, das sich bei uns ausbreitet, auf jeden Fall bereitet es uns genug Probleme. Es geht weiter. Ich nehme an, Sie gehen ins Bett.« Damit stand er auf.

»Ich glaube, wir sind noch ein Stündchen im Labor«, sagte Colbert. Alle erhoben sich. Anahit verabschiedete sich von Seena und folgte den beiden Bewachern in Richtung des Hecks. Sie gingen um den mittschiffs gelegenen Block der Antriebstechnik herum, bis sie auf einen breiten Mittelgang stießen, der zu den weiter hinten gelegenen Versorgungseinheiten führte. Vom Mittelgang aus betraten sie neben einer größeren Fahrstuhlanlage, die für den Transport fahrbarer Betten gedacht war, ein Treppenhaus, in dem sie zwei Etagen nach unten stiegen. Auf der anderen Seite des Schiffes lieferten die Bewacher sie schließlich in einer Kabine ab, die anscheinend für zwei Mitglieder des Schiffspersonals gedacht war. Sie verschlossen die Tür und ließen den Schlüssel von außen stecken. Endlich nach so langer Zeit war Anahit allein. Sie warf sich mit ihrer Kleidung auf eines der beiden Betten und war eingeschlafen, noch ehe sie die Schuhe ablegen konnte.

★

Obwohl vollkommen übermüdet, folgte Seena Bernard Colbert zu den Containern im Vorschiff ins biologische Hochsicherheitslabor. Vor zwölf Stunden waren sie, aus Istanbul kommend, auf der ODESSA gelandet. Jackson hatte Wert darauf gelegt, sie sofort in alle Untersuchungen einzubinden, um den Anspruch zu unterstreichen, dass die Ermittlungen zu den terroristischen Hintergründen der Seuche von nun an unter seiner Führung koordiniert würden. Stunden hatte sie mit den Obduktionen der toten Forscher von der SEA WASP zugebracht. Seit ihrem letzten normalen Schlaf in einem Bett waren sogar schon vierundzwanzig Stunden vergangen.

»Das Ding ist zu groß, um es in einer Box zu untersuchen.« Colbert marschierte zügig voran in Richtung des Vorschiffes. Die Biohazard-Zeichen häuften sich.

Mit einer Chipkarte an seinem Laborkittel öffnete er die Tür zu einer Garderobe. Zuerst kleidete Colbert sich um und Seena wartete. Als er die Garderobe auf der anderen Seite verließ, trat sie in den kleinen Raum. Sie legte ihre Kleidung ab und zog sich weiche Baumwollunterwäsche an, die sie aus einem verschweißten Paket entnahm. Gekleidet in die weiße, den ganzen Körper bedeckende Unterwäsche, betrat sie von der Garderobe aus den Zugang zu der großen Halle, in deren Mitte die beiden Container mit dem Hochsicherheitslabor aufgeständert waren. Colbert wartete auf sie. In etwa vier Metern Höhe oberhalb des Hallenbodens gingen sie über den Gittersteg, bis sie die im ersten Container untergebrachte Schleusenanlage betraten. Sie zogen die hellblauen Schutzanzüge an, überprüften gegenseitig die Verschlüsse an Helm, Luftschläuchen und Handschuhen und legten den Druck an, der die Anzüge aufblähte, um das Eindringen von Keimen auch in dem Fall zu verhindern, dass der Anzug undicht werden sollte. Messinstrumente am Ausgang der Schleuse zeigten an, dass es keinen Druckabfall in ihren Anzügen gab. Sie betraten das Labor, in dem noch einige Laboranten und Spezialisten in ihren Schutzanzügen bei der Arbeit waren.

In einer gläsernen Sicherheitsbox tummelten sich normale, nicht infizierte Fliegen, die für Versuche bereitgehalten wurden, in kleinen Milchflaschen auf Nährboden aus Hefe und Maisbrei. Hinter einem einfachen Abzug lag ein Objekt von Größe und Aussehen eines verfaulten, dicht bewachsenen Baumstumpfes.

»Ein ins Extreme gewachsener Biofilm«, sagte Colbert. Die Laboranten traten hinzu. Colbert dankte ihnen für die Arbeit der letzten Stunden. »Üblicherweise kennt man diese Verbünde miteinander kooperierender Bakterien, Algen, Pilze und auch Kleinlebewesen wie Milben oder bestimmter Larven als schleimige Belege von höchstens einigen Millimetern Dicke. Wir haben die Mutter aller Biofilme aufgeschnitten.« Ein Laborant machte sich an dem riesigen Ding zu schaffen. Seine Kollegin suchte auf einem Monitor nach der Wiedergabe einer Videoaufzeichnung. Kurz leuchtete der Bildschirmschoner auf, das Foto einer siebenköpfigen Familie in Wanderausrüstung auf einer sonnigen Wiese, hinter der die Gipfel eines Hochgebirges aufragten.

»Stopp«, sagte Seena. Das Bild blieb stehen. »Sind das alles Ihre?« – »Man kann es niemals genau wissen«, antwortete Colbert, »aber meine Ohren sind ein hervorragender Marker meiner Urheberschaft. Alle fünf sind damit gesegnet. Besonders meine drei Töchter haben mich dafür verflucht.« Er lachte.

»Ich beneide Sie«, sagte Seena. »Bei mir hat es irgendwie nie geklappt.«

»Meine Frau wird schon schwanger, wenn wir uns nur ansehen«, sagte Colbert. »Irgendwann hat sie mich ermuntert, länger abwesend zu sein. Sie meinte, wir könnten es uns nicht mehr leisten, wenn ich zu oft in ihrer Nähe wäre. Seien Sie vorsichtig in meiner Gegenwart, Seena. Meine Ohren verbreiten sich durch bloße Berührung.«

»Wie gut, dass Sie in Ihrem Anzug stecken, Bernard. Jetzt weiß ich, warum ich mich hier sicher fühle.« Sie war zum Umfallen müde.

Auf dem Monitor lief die Aufzeichnung der Untersuchung. Sie sahen, wie der Laborant mit einem chirurgischen Skalpell durch den weichen Schleim- und Pilzgeflechtbrocken schnitt. Es wurde in den Kern gezoomt, in dem das Skalpell auf einen Widerstand stieß. Ein Stück Glas, schien es, als alle Beläge abgeschabt waren. Ende der Aufzeichnung.

Colbert deutete auf ein verschmolzenes Glasröhrchen, das auf einem Tisch daneben lag. Darin befand sich ein fingernagelgroßer Splitter eines milchigen Glases.

»Dieses unscheinbare Ding muss die Ursache für die Bildung des größten Biofilms des Planeten gewesen sein. Fragen Sie mich nicht, wie das geschehen ist.« Das ist alles?, fragte sich Seena enttäuscht. Dieses lächerliche Ding? Vielleicht war es ein Zufall, und es hatte lediglich als ein Kristallisationskern für besonders günstige Wachstumsbedingungen gedient.

Plötzlich wies ein Loborant aufgeregt auf den Glasbehälter, in dem sich die Fliegen in offenen Milchflaschen bewegten. An dem Behälter heftete ein Schild mit der Aufschrift: *»Drosophila melanogaster 10x32«*. Zehn Flaschen mit jeweils zweiunddreißig Exemplaren der Haus-und-Hof-Fliege von Genetikern in aller Welt. Der Behälter stand in unmittelbarer Nähe des Glasröhrchens mit dem Splitter und war hermetisch und keimfrei abgeschlossen, um die für weitere Tests vorbereiteten Fliegen frei von jeder Kontamination zu halten.

Doch in der Flasche, auf die der Laborant so hektisch deutete, befanden sich mit Sicherheit nicht nur zweiunddreißig Fliegen. Es waren eher fünhundert und ebenso viele Maden und Tausende von Eiern. Und alle Fliegen, die aus dieser einen Flasche in den Behälter quollen und sich darin bereits in Sekunden vollständig ausgebreitet hatten, waren mit nichts anderem beschäftigt, als weitere Eier zu legen.

Colbert war hinter der Schutzscheibe seines Anzuges alles Blut aus dem Gesicht gewichen. Er blätterte in einem Laborbuch neben der Box und murmelte Zeiten, Temperaturen und Zahlen vor sich hin, der Laborant holte die Angaben einer Liste auf den Monitor.

»In sämtlichen Flaschen sind ausschließlich unbefruchtete Weibchen«, stellte Colbert mit Blick auf den Monitor fest. »Nicht eine einzige hätte Eier legen dürfen. Zehn mal zweiunddreißig unbefruchtete Weibchen.« Er richtete sich von dem Monitor auf. Seena hatte ihn noch nie so ernst gesehen. »Die Abluft dieses Raumes wird durch N-3100-Flanders-Filter gejagt, die nur Teilchen durchlassen, die fünfundachtzigmal kleiner sind als die kleinsten Viren, aber die Glasbox mit den Fliegen ist hermetisch abgeschlossen. Nichts, kein Molekül, kein Atom kann dort aus dem Labor eindringen, geschweige denn ein Virus. Nur eins kann hindurch.« Er nahm das Laborbuch, klappte es auf und stellte es als einen Sichtschutz vor das Glasröhrchen mit dem wie Milchglas aussehenden Splitter darin. »Licht.«

»Das bleibt exakt so stehen«, sagte er sehr laut, »bis der Splitter, von flüssigem Stickstoff gekühlt in einem Stahlcontainer, gesichert ist.« Seena war unklar, was hier ablief. Sie wusste nur, dass sie Zeuge einer unglaublichen parthogenetischen Vermehrungsexplosion bei hermetisch isolierten Fliegen geworden war, für die sie keine Erklärung geben konnte.

»Wir sind am Kern unseres Problems angelangt«, sagte Colbert, »und es ist unglaublich viel größer, als wir bisher gedacht haben. Wir brauchen noch jetzt in der Nacht eine Konferenz aller Beteiligten. Ich glaube, es sind ein paar grundsätzliche Entscheidungen zu treffen.«

Er bat die Laboranten, Trenko unter der höchsten Dringlichkeit zu erreichen und für vierundzwanzig Uhr eine Konferenz einberufen zu lassen, weil sich alarmierende Erkenntnisse ergeben hätten. Er bat sie außerdem, am nächsten Morgen frühestmöglich eine Genanalyse der neugeborenen Fliegen in der Box durchzuführen. Dann marschierte er eilig in Richtung des Ausgangs. Seena folgte ihm schweigend.

Sie standen nebeneinander in der Desinfektionsanlage, als Colbert zu reden begann.

»Die Frage ist so groß wie dieses Schiff«, stellte er fest. »Was ist dort im Labor in dem Container geschehen? Haben Sie eine Idee?«

»Ich kann mir nichts davon erklären«, sagte Seena, »außer dass es eine Verunreinigung, einen Stoff in der Box mit den Fliegen gegeben haben muss, der nichts mit dem Splitter zu tun hatte. Eine andere Möglichkeit sehe ich überhaupt nicht.«

»Vielleicht ist es Licht«, sagte Colbert vorsichtig. »Licht, das auf die Folgen von Basenpaaren wirkt, das die chemischen Schalter umlegt, die die Ausreifung unbefruchteter Eier freigeben. Licht, das vielleicht auch die Sequenzen der Basenpaare verändert, als hätte sich etwas in die Erbanlagen eingeschrieben.« Während er den Ausgang der Desinfektionskammer betrat, hörte Seena ihn weiterreden. »Ich pflege üblicherweise zu verschweigen, dass ich vor mehr als zwanzig Jahren mit einem esoterischen Experiment als Optophysiker in die Genetik eingestiegen bin. Es hat meinem wissenschaftlichen Ruf nicht gerade gutgetan, zu versuchen, das Experiment von Kasnatschajew aus dem Jahr 1972 zu wiederholen.«

Jetzt waren beide in dem Raum angekommen, in dem sie die Schutzanzüge auszogen. In der den ganzen Körper bedeckenden weißen Baumwollunterwäsche traten sie auf den Gittersteg hinaus, der auf halber Höhe in der Halle schwebte.

»Worum ging es bei dem Experiment?«, fragte Seena.

»Infiziertes Gewebe überträgt seine Infektion durch Lichteinwirkung auf gesundes Gewebe.« Seena hielt in der Mitte des Steges inne. Sie sah ihn an, als stünde er nicht in weißer, den ganzen Körper bedeckender Unterwäsche neben ihr auf dem Gitterrost in der Mitte der Halle, sondern als hätte er sich einen schwarzen Umhang umgelegt und einen spitzen Hut mit silbernen Sternen auf den Kopf gesetzt.

»Mit Licht? Wollen Sie allen Ernstes behaupten, dass sich

eine Krankheit per Licht überträgt?«, fragte Seena irritiert. »Warum weiß sonst niemand davon?«

»Vor den Untersuchungen Antonie van Leeuwenhoeks 1675 wusste auch niemand, dass Krankheiten durch unsichtbar winzige Lebewesen verursacht und übertragen werden können, die man später als Bakterien bezeichnete. Vor den Arbeiten Dimitri Ivanovskys 1892 ahnte niemand, dass es noch weitaus kleinere Einheiten gab – nicht einmal richtige Lebewesen, eher besonderen Zuckerkristallen ähnelnd, nicht viel mehr als Vererbungsprogramme, wie wir heute wissen –, die Krankheiten verursachen und übertragen können. Später nannte man sie Viren. Stanley Prusiner wurde lange für verrückt erklärt, als er 1982 behauptete, dass es noch einmal weit einfachere Teile gibt, reine Eiweiße ohne jede Erbinformation, die nicht einmal übertragen werden müssen, sondern sich spontan bilden können, aber Krankheiten verursachen, übertragen und verbreiten. Als er viel später dafür den Nobelpreis bekam, waren sie als Prione bekannt. Meinen Sie wirklich, wir haben das Ende der Erkenntnisse erreicht? Inzwischen sind Messungen tausendfach wiederholt worden, dass insbesondere das DNA-Molekül Lichtpartikel aussendet und auf deren Aufnahme reagiert. Vielleicht stehen wir am Beginn einer völlig neuen Zeit.« Colbert grinste nicht, als er Seena schweigend ansah. Sie setzten sich auf dem Gittersteg in der Mitte der Halle wieder in Bewegung.

»Wenn die Ursachen von Krankheit in immer esoterischeren Regionen liegen, was ist dann Leben überhaupt? Ein Muster von Licht?«

»Sie sind ein verrückter Bursche, Bernard«, sagte Seena, bevor sie nacheinander in der Garderobe verschwanden, um sich wieder anzukleiden, »aber vielleicht sind Sie der Richtige, um mit dieser verrückten Situation fertig zu werden.«

★

Seena betrat den niedrigen und fensterlosen ehemaligen Krankensaal im zweiten Stock der Decksaufbauten, der jetzt als Lagezentrum diente. Von hier aus wurden die Ermittlungen auf der SEA WASP gesteuert. Die Luft aus Zigarettenrauch und dem Schweiß hemdsärmliger Männer war zum Schneiden dick.

An den Seiten des Raums befanden sich jeweils fünf große Monitore, die jetzt nicht eingeschaltet waren. Einige Männer unterhielten sich leise in kleineren Gruppen, einer telefonierte, einige saßen an einem Tisch in der Mitte, dessen Platte außer einer angestrahlten Leinwand der einzig beleuchtete Fleck im Raum war, und lasen in Papieren, die ein Drucker auf den Tisch warf. Als alle anwesend waren, gab Jackson eine einleitende Stellungnahme ab. Seena kannte ihn gut. Sie wusste, dass er, egal um was es gegangen wäre, als Erster das Wort ergriffen hätte, um seine Rolle an Bord der ODESSA für alle sichtbar auszufüllen. Sie blickte hinüber zu Trenko, er hatte offenbar denselben Eindruck, trug aber ein geduldiges Lächeln im Gesicht. In dieser Sekunde begriff sie, dass Trenko die Nervosität der LHF-Situation vor allem dazu genutzt hatte, sich ein traumhaftes Spezialkrankenhaus zu schaffen, das er für die Hilfe seiner Landsleute auf der Krim einsetzen würde, wenn das Schlimmste eintreten sollte – womit er zu rechnen schien. Die Aufklärung der terroristischen Hintergründe interessierte den Mediziner herzlich wenig.

»Bernard hat uns wegen neuer Erkenntnisse zu dieser Nachtsitzung zusammengerufen«, begann Jackson, der in dem leeren bläulichen Licht des Beamers vor der Leinwand stand. »Ich möchte überaus klar daran erinnern, was unser besonderer Auftrag hier an Bord ist, damit wir uns nicht in wissenschaftlichen Streitgesprächen verlieren. Wir sind nicht hier, um Kranke zu heilen, um Diagnosemöglichkeiten zu entwickeln oder um einen Impfstoff gegen die Seuche zu finden, die der LHF-Erreger verursacht. Daran arbeiten

Hunderte von Labors fieberhaft rund um die Welt. Die Arbeiten auf diesem Schiff sind Teil einer Antiterroroperation. Ich habe von den Präsidenten der MIDAC-Staaten den Auftrag, die folgenden Fragen zu beantworten: Sind wir Opfer eines Angriffes geworden, und wer ist es, der uns angreift? Woher kommt die Waffe? Wie schlagen wir zurück? Alles, was wir hier an Bord tun werden, ist, die Antworten auf diese Fragen zu finden.« Er trat einen Schritt zurück ins Dunkel neben einem der Monitore, wobei er mit dem Rücken Seenas Brust berührte. Wie angewurzelt blieb sie stehen, von der Sorge gepackt, jeder müsse hören können, wie ihr Atem lauter wurde. Auch Jackson hielt im Moment der Berührung inne.

Colbert trat vor die Projektionswand. Seena versuchte sich zu erinnern, wo sie ihm zum ersten Mal begegnet war. Es musste im Jahr 2003 gewesen sein, in einem völlig verwanzten Hotel in Kampala, als sie dabei waren, im Auftrag der WHO einen Ausbruch von Lassa-Fieber im Westen Ugandas zu untersuchen. Bernard Colbert, Frankoschweizer und Experte des Genfer Strategic Health Operations Center der WHO, ließ sie damals in dem Landrover vor dem Eingang zum Hotel warten, bis Seena schließlich den Auftrag erhielt, in seinem Zimmer nach dem Rechten zu sehen. Sie fand ihn im Tiefschlaf auf einem Holzstuhl in der Mitte des Zimmers sitzend vor, seine Füße wie auch die Beine des Stuhls in Schüsseln mit Wasser stehend.

»Bis ich hierherkam, hielt ich es für eine klare Sache. Ein bioterroristischer Angriff mit abgewandelten CCHF-Viren. Seit zwei Stunden weiß ich, dass nichts mehr so einfach ist, wie es vor einem Tag noch schien.« Auf ein Zeichen von ihm erschien vor ihnen ein Schnittbild der SEA WASP. Colbert deutete auf einen großen Laderaum unter dem flachen Heckteil des Schiffes. »Quadratmeterweise überziehen Biofilme die Stahlwände dieses Laderaums, als hätte das Schiff die letzten Jahrhunderte nicht in der toten Zone des Schwarzen Meeres, sondern in einem flachen warmen Teich in den Tropen zugebracht. In die Biofilme haben die Fliegen ihre Eier gelegt, in denen sich nun ihre Larven entwickeln. Deshalb kommen wir mit Desinfektionsmitteln nicht dagegen an. Deshalb gibt es dort viel zu viele Fliegen. Massenhaft Fliegen. Massenhaft Eier. Massenhaft Maden. Es scheint, als ob die ganze Welt des Lebens dort aus den Fugen geraten ist.«

Das Motiv des nächsten Bildes sah aus wie ein kniehoher Torfbatzen aus einem Hochmoor. Seena erkannte das Ding aus dem Labor.

»Ein vollkommen entarteter Biofilm«, erläuterte Colbert, »eine Ansammlung von Trilliarden symbiotisch lebender Algen, Bakterien, Mikroben, Viren und Milben.«

Jackson rückte näher. Seena schaffte es nicht, sich dem Druck seines Körpers auf ihre Brust zu entziehen. Sie lehnte sich leicht gegen ihn, sodass ihre Oberschenkel sich berührten. Sie fühlte seine Wärme und seine Hand an ihrer Seite.

»Ich muss dich heute Nacht an Deck sprechen«, flüsterte er.

»Gut«, flüsterte sie möglichst unauffällig zurück und wusste in diesem Moment, dass es ein Fehler war.

»Irgendetwas spielt auf der SEA WASP verrückt«, sagte Colbert, »seit zwei Stunden haben wir die Vermutung, dass zumindest für die Vermehrungsexplosion der Fliegen dieses Ding verantwortlich ist.« Es erschien das Bild des kleinen Splitters. »Vielleicht ein Splitter von einem der Steine aus dem Mosaik. Vielleicht ist er für mehr verantwortlich. Vielleicht für alles.« Colbert erklärte, was sie im Labor gesehen hatten.

»Sind die Fliegen mit der Seuche infiziert?«, fragte Jackson. Vermehrungsraten schienen ihn nicht zu interessieren. Er sah seinen Auftrag einzig und allein darin, eine Spur zu zu den Terroristen zu finden. »Ich habe eine Genanalyse der Fliegen in Auftrag gegeben«, teilte Colbert mit. »Wir werden es morgen wissen.«

Seena ertrug die Berührung nicht länger; sie raubte ihr jede Konzentration und überschwemmte sie mit Emotionen. Sie ging einige Schritte nach vorn, sodass sie sich jetzt in dem Kreis der anderen befand.

»Die SEA WASP ist eine Zeitbombe«, sagte sie, »die DNA der Fliegen, die wir drüben gefunden haben, enthält die Sequenzen von LHF. Sobald ein Schlüsselreiz wirkt, werden die Körperzellen der Fliegen explosionsartig mit der Produktion des Virus beginnen, unter dem entstehenden Druck platzen und die Viren zu Millionen verbreiten.«

Im nächsten Moment sprang die volle Raumbeleuchtung an, und alle kniffen die Augen gegen das blendende Licht zusammen. Ein kompakter Mann mit kurz geschnittenen blonden Haaren, der eine Brille mit stark positiven Dioptrien trug, stand neben dem Lichtschalter, Vitali Shirov, ehemaliger Chef der Hafenpolizei von Rostow am Don und Chefermittler auf der ODESSA. Er hielt einen Stapel Dokumente in der Hand. Es gab einen lauten Knall, als er mit dem Papier auf die Tischplatte schlug, ein Glas Wasser stürzte zu Boden. Er hielt das Papier hoch. Eine Fliege klebte daran.

»Die verdammten Fliegen sind auf der ODESSA.«

Trenko stieß eine kalte Zigarette in den Aschenbecher.

»Wir werden die SEA WASP versenken«, erwiderte er.

Shirov blickte auf die Fliege, die an dem zusammengefalteten Papier klebte, mit dem er sie erschlagen hatte. »Wir sollten nichts überstürzen, die Ermittlungen sind nicht abgeschlossen. Das Schiff steckt voller Spuren, die wir nicht vernichten dürfen, wenn wir ernsthaft vorhaben, die Frage nach dem Angreifer zu beantworten.

Warum haben die Angreifer den Aufwand getrieben, das Mosaik zu zerstören? Nach dem, was wir inzwischen gehört haben, müssen wir vermuten, dass es besondere Steine in dem Mosaik gab, denen der Überfall galt. Welche waren das? In welchem Kontext standen sie in dem Mosaik, und wie viele kann es davon gegeben haben? Um nachträglich aus dem Zusammenhang zu erkennen, was entfernt wurde, werden wir die Trümmerstücke vollständig erfassen und das Mosaik in einer Simulation rekonstruieren. All das braucht Zeit.«

»Im Rahmen der Zeit, die bis zur Versenkung bleibt, werden wir die Ermittlungen auf der SEA WASP abschließen müssen«, sagte Trenko.

»Solange wir nicht wirklich verstanden haben, was der Splitter mit lebender Materie tut, sollten wir die SEA WASP nicht versenken«, meldete sich Colbert, »zumindest so lange, bis wir sicher sein können, dass nicht Hunderte weiterer winziger Splitter dort drüben liegen, die dann auf unkontrollierbare Weise das Meer verändern.«

Die ausufernde Komplexität der Situation verursachte Seena Kopfschmerzen. Je mehr sie erfuhren, desto weniger verstanden sie.

»Der Splitter stammt von einem Stein aus dem Mosaik?«, stellte Jackson die rhetorische Frage.

»Wir vermuten es«, sagte Colbert.

»Kommt das Mosaik nicht aus dem Meer?«, fragte Jackson weiter, »wo es siebenhundert Jahre friedlich vor sich hin gedämmert hat?«

»Wir werden den Laderaum für alle Zeiten versiegeln«, entschied Trenko, um endlosen Diskussionen vorzubeugen. »Wir füllen die SEA WASP mit Beton, bis sie versinkt. Die Vorbereitungen dazu beginnen nach dem Ende dieser Konferenz.«

Anahit schrak hoch. Ihre Augen brannten. Sie hatte das Gefühl, erst vor wenigen Minuten in ihrer schmalen Kabine eingeschlafen zu sein. Noch immer beschäftigten sie dieselben Gedanken, die sie vor dem Einschlafen gewälzt hatte. Der Stuhl wurde lautstark mit der Tür in den Raum geschoben, eine Hand fuhr durch den Spalt und schaltete die grelle Kabinenbeleuchtung ein.

»Aufstehen«, rief eine Stimme, die so unangenehm grob war, dass sie hervorragend zu der behaarten Hand passte, die sie jetzt durch den geöffneten Türspalt sah. »Machen Sie sich fertig für Ihre Vernehmung.«

Anahits Gedanken kamen quälend langsam in Gang. Noch war sie meilenweit von dem entfernt, was hier auf sie einstürzte. Wie konnte sie es schaffen, Robert eine Nachricht zu übermitteln? Der Gedanke, er könnte glauben, sie habe sich aus dem Staub gemacht, war ihr unerträglich.

Sie wusch sich mit Wasser aus dem winzigen Waschbecken in der Toilette der Kabine abwechselnd heiß und kalt, bis sie sich halbwegs wach fühlte, und schlüpfte zurück in ihre Kleidung, in der sie die Nacht über wie eine Tote geschlafen hatte. Dann erst öffnete sie die Tür. Der große Bewacher von gestern und der Mann in dem dunkelgrünen Armeepullover nahmen sie in die Mitte. Im Gehen registrierte sie aufmerksam, dass der Schlüssel zu ihrer Kabine von außen stecken blieb.

Die Männer führten sie in einen großen fensterlosen Raum unter einer niedrigen Decke irgendwo im Innern des Schiffes. Zehn an den Seiten des Raumes leuchtende Monitore erzeugten in der abgestandenen Luft eine geisterhaft bewegte Dämmerung. In der Mitte stand ein Tisch, an dem ein Mann hinter einer grellen Lampe saß, die ihren Lichtkegel auf die Tischplatte warf. Außer seinen Brillengläsern konnte sie nicht viel von ihm erkennen. Er bot ihr einen Stuhl an.

»Vitali Shirov. Ich bin der Ermittler in den Fällen, die ich Ihnen jetzt zeigen werde«, sagte er. »Wissen Sie, wo Sie hier sind?« Er deutete auf die Bildschirme. Anahit schwieg.

»Wir blicken in die Räume der SEA WASP, in denen wir gegenwärtig unsere Ermittlungen vornehmen.« Er stand auf, ein kompakter Mann im schwarzen Anzug mit fest gebundener Krawatte. Seine blonden Haare waren so kurz geschnitten, dass sie nicht an seinem Kopf lagen, sondern in alle Richtungen stachen, als stünde sein Körper unter elektrischer Spannung. Sein Gesicht war für den Körper zu groß. Alles daran erweckte den Eindruck, als habe er seit seiner Geburt eine zu eng geschnürte Krawatte getragen. Anahit zögerte. »Kommen Sie schon. Sehen Sie sich an, was Sie da drüben hinterlassen haben.« Sie folgte ihm durch den Raum.

»Wollen Sie mir einen Strick daraus drehen, dass ich noch lebe?«, fragte sie.

»Vielleicht«, sagte Shirov, »Sie wären nicht die Erste. Überleben wollen ist eines der gängigen Verbrechensmotive. Ist Ihnen das neu?«

Sie bemerkte, dass der Raum sich hinter den aufgereihten Monitoren weiter erstreckte. Sie meinte, dort Reihen leerer Krankenbetten zu erkennen. Im Dunkel hinter den Bildschirmen hatten sich die beiden Männer, die sie abgeholt hatten, links und rechts neben dem Eingang postiert. Im Eiltempo marschierte Shirov zu dem ersten Monitor.

»In der Kabine des Expeditionsleiters«, sagte Shirov, »fanden wir Jon Wengren, Tauchspezialist.« Anahit sah eine vollkommen verweste Leiche, von der sie nichts mehr erkennen konnte. Eine Welle der Übelkeit stieg in ihr hoch. Shirov stand bereits vor einem anderen Monitor. »Die Messe mit André Vossgut, Marinebiologe.« Andrés Lippen waren von Maden abgefressen, nichts von der Person, die sie gekannt hatte, war mehr zu erkennen. Shirov ging weiter. Der Monitor zeigte einen Raum, in dessen Stahlwänden die Reihen der Nieten offen lagen. Anahit sah auf den ersten Blick, dass es der Raum unter dem Laderaum war, von dessen Existenz sie erst am Tag des Überfalls erfahren hatte.

»Der Kielraum«, sagte Shirov. »Das ist der Anblick der Seuche.« Sie erkannte sechs schrecklich zugerichtete Körper in dem grell ausgeleuchteten Raum. Es gab keine Ausnahme, keiner hatte überlebt. Schwarzer Schleim, sumpfige Pfützen von Blut, erbrochene Innereien. Es war ein Blick in die Hölle. Anahit lief zu dem Tisch im Licht, um sich in einen Papierkorb zu erbrechen.

Sie spürte den kalten nassen Geruch des Todes als pelzigen Belag auf der Zunge. Sie befand sich in dem Haus im Wasser, in dem die Toten trieben, in dem ihre Pflegeeltern an die Wände klopften, bis alles in der Stille des Wassers versank. Überall, wo sie war, kam in dem Wasser der Tod. In ihrer Jugend dort in dem Plattenbau. Zuletzt auf diesem Schiff, das jetzt auf den Monitoren, die sie umgaben, arrangiert war wie eine Konferenzschaltung aus dem Jenseits. Schließlich das Schiff, auf dem sie sich augenblicklich befand. Wieder kein Halt, wieder kein Ausweg, wieder der Tod. Stärker als je zuvor.

Obwohl sie ihre Augen weit aufgerissen hatte, herrschte nasse Schwärze um sie her. Nicht der Hauch eines Lichtes war zu sehen. Keine Dämmerung. Nichts.

Sie tastete nach der Wasserflasche, die sie auf dem Tisch gesehen hatte, und trank gierig daraus. Erschüttert schloss sie die Augen. Was war da geschehen? Welchem Unheil war sie damals im Juli entkommen? Der Boden unter ihr sackte in zwei aufeinanderfolgende Wellentäler. Oder war sie noch auf der WASP? War es eine schreckliche Vision, durch die Monitore in die Zukunft der Räume auf dem Schiff zu blicken, in dem sie sich noch immer befand? Stand all das, was sie eben gesehen hatte, erst noch bevor?

Sie hörte Shirov im Hintergrund zwischen den Betten des stillgelegten Krankensaales rumoren. Er rief von hinten aus dem Dunkel. Sie schüttelte die Alpträume ab und öffnete die Augen. Niemand war zu sehen.

Ihr Blick wanderte über die Bilder der anderen Monitore. Auf einem erkannte sie den Laderaum, in dem die Steinscheibe aus der CATHERINE aufbewahrt worden war. Jetzt füllte ein Trümmerhaufen den Raum, Bruchstücke der wertvollen Mosaikoberfläche wurden von Männern in Schutzanzügen auf eine weiße Plane gelegt und mit Spezialkameras vermessen. Die aufgenommenen Bilder liefen über einen Bildstreifen am Rand.

Halt. Ein Bruchstück des Plattenrands. Teile von Zeichen darauf. Anahit erinnerte sich, den Teil einer Inschrift erkannt zu haben, als sie nach der Bergung der Platte mit dem Wasserschlauch in der Hand versucht hatte, sie zu reinigen.

»Berichten Sie mir, was in der Nacht des Überfalls auf der SEA WASP genau geschah«, rief Shirov aus der Dunkelheit.

»Ich lag wach in meiner Kabine«, sagte Anahit. »Mir ging es nicht gut.« Sie versuchte herauszufinden, wo er stand. Sie drehte sich in die Richtung, aus der seine Stimme kam.

»Wieso?«, fragte er.

»Frauensachen«, sagte Anahit. Warum sollte sie ihn mit ihrer Lebensgeschichte belasten?

»Sind Sie schwanger?«

»Ich bin nicht schwanger.« Anahit setzte sich an den Tisch.

»Gut«, erklang es von hinten. »Sie waren also nicht schwanger, aber irgendwie war Ihnen schlecht. Sie lagen auf dem Bett und starrten an die Decke.«

»So ähnlich.« Was tat er da hinten in der Finsternis?, fragte sich Anahit. Wollte er großes Theater spielen? Das Band der farbigen Mosaikstücke lief weiter über den Rand des Bildes.

Halt! Dort war etwas. Ein Teil des Randes. Sie hatte sich

nicht geirrt, ein Bruchstück mit zwei lateinischen Zeichen. **VA**.

»Was geschah dann?«

»Ich hörte Hilferufe, Kampfgeräusche und dann für eine längere Zeit dieses Hämmern. Sie haben auf die Steinplatte eingeschlagen, die wir wenige Stunden vorher vom Meeresboden geborgen hatten. Ich wollte an Deck gehen, als ein Mann und eine Frau in der Tür meiner Kabine standen. Sie sahen sich um und gingen davon.«

»Sie sahen sich um und gingen davon?« Plötzlich lag der Raum in grellem Licht. Anahit war geblendet. Shirov hatte das Licht eingeschaltet. Er war damit beschäftigt, die grauen Wolldecken von den Betten zu reißen.

»Sie können heute keine Decken mehr zusammenlegen«, brüllte er, »es ist ein Skandal. Das Rechtwinklige, das Klare, die Disziplin haben ausgedient.« Mit wenigen Handgriffen legte er eine Decke wie mit dem Lineal gezogen zusammen. Wütend riss er weitere Decken herunter.

»Sind Sie nicht Spezialistin für maritime Historie?«, rief er. »Wissen Sie, was ein Hafen ist? Haben Sie eine Ahnung? Ein Hafen ist die Berührung des Chaos mit der Ordnung, ein Augiasstall. Das meiste Unglück der Welt hat in Häfen begonnen. Die Pest. Die Syphilis. Die amerikanische Unabhängigkeit.« Er warf eine Decke hoch, nahm sie auf und legte sie mit wenigen Griffen zusammen.

Anahit war mit ihren Gedanken weit entfernt. **VA**? Konnte das Lusa**VA**nk bedeuten? Sollte sich ein Hinweis auf die Lage des Klosters in der Inschrift vom Rand der Platte befunden haben?

»So wird gearbeitet«, brüllte Shirov weiter. »Mit messerscharfen Kanten. So arbeite ich im Hafen von Rostow am Don. So arbeite ich hier. Verarschen Sie mich bitte nicht, sondern antworten Sie trennscharf und wahrheitsgemäß. Warum sollten diejenigen, die gerade zwei andere erschlagen hatten, einfach so aus Ihrer Kabine verschwinden? Ohne sich um Sie zu kümmern? Vielleicht weil Sie dazugehörten? Nicht verletzt. Nicht erkrankt. Rechtzeitig verschwunden. Gott ist mein Zeuge, es ist ein Wunder.«

»Ich saß in meinem Schrank«, antwortete Anahit widerwillig. »Ich hatte einen Panikanfall und habe die Nacht im Schrank zugebracht.«

»Natürlich. Sie saßen im Schrank. Und dann?«

»An Deck war dichter Nebel. Man konnte seine Hand nicht vor Augen sehen. Die beiden sind zurückgekommen. Ich habe mich in der Kabine des Kapitäns versteckt. An Bord gab es nur noch die Geräusche der Zertrümmerung im Laderaum. Von der Mannschaft war nichts mehr zu hören. In der Kabine sah ich Jon Wengren, den Taucher. Er hatte eine Schädelwunde. Er war tot.«

Anahit machte eine Pause. »Eine der beiden Personen war eine Frau. Weder auf der SEA WASP noch auf der havarierten SUNRISE gab es außer mir eine Frau. Sie muss mit einem weiteren Schiff gekommen sein. Die andere Person kannte ich. Es war der Koch, Toros, ein unheimlicher Bursche, der mich wenige Stunden zuvor bereits bedroht hatte.«

Shirov ging nicht näher darauf ein, stattdessen fragte er: »Haben die beiden etwas gesagt?«

»Sie suchten nach mir und den Männern von der SUNRISE.«

»Ist Ihnen bei Ihrer Flucht etwas aufgefallen? Vielleicht ein Schiff, das Sie nicht kannten?« Anahit schüttelte den Kopf.

»Es war undurchdringlicher Nebel, man konnte die Hand nicht vor Augen sehen.« Sie verzichtete darauf, den Doppelstockbus zu erwähnen. Sie hatte nicht die Absicht, noch verrückter zu erscheinen als bisher schon.

»Also nicht.« Shirov saß auf einem der Betten und machte sich Notizen in ein Buch mit karierten Seiten. »Gut. Erzählen Sie von sich. Wie sind Sie zur Crew der Unterwasserforscher gestoßen?«

»Vor zwei Jahren lag eine Werbung in meinem Fach in der Universität, und ich habe mich beworben.« Er kehrte aus dem Hintergrund zwischen die Monitore zurück und sah sie durchdringend an.

Anahit blickte an ihm vorbei, auf den Monitor, in dem die Arbeiten im Laderaum der SEA WASP gezeigt wurden. LusaVAnk! Sie war wild entschlossen, die Inschrift auf dem Rand der Platte zu rekonstruieren, auch wenn sie noch keine Idee hatte, wie. Auf jeden Fall musste sie die Bilder in ihren Besitz bringen, die unaufhörlich in dem Streifen hinter Shirovs Rücken über den Bildschirm liefen.

Er ging zum Ausgang.

»Morgen früh werden Sie pünktlich um fünf Uhr abgeholt, um uns auf die SEA WASP zu begleiten und vor Ort weitere Fragen zu beantworten.« Er verließ den Raum, gefolgt von dem großen Bewacher, der ebenfalls einen schwarzen Anzug trug.

Der Mann im grünen Pullover war kalkweiß im Gesicht. Unschlüssig stand er Anahit gegenüber. Plötzlich gab er würgende Geräusche von sich und schoss davon. Er verschloss die Eingangstür und verschwand in die Dunkelheit des ehemaligen Krankensaals, auf der verzweifelten Suche nach einer Toilette.

Das war der Moment, den sie nutzen musste, dachte Anahit. Jeder der Monitore war an einen eigenen PC angeschlossen, der am Netz der ODESSA hing. Die Chance, Robert eine Nachricht zu senden, lag offen vor ihr.

Anahit öffnete den Internet-Explorer des Systems. Das offene Internet. In Hintergrund hörte sie Türen klappen. Schwere Schritte näherten sich. Shirovs Helfer meldete sich von der Toilette zurück.

Einen E-Mail-Server anwählen. Negativ. WEB. AOL. ICQ. MSN. Keiner der ihr bekannten Hosts brachte Erfolg. Der Außenkontakt war offensichtlich blockiert.

Als Shirovs Helfer eintraf, saß Anahit am Tisch, den Kopf auf die Platte gelegt, als würde sie schlafen. Unsanft wurde sie am Arm hochgerissen. Der Mann in dem dunkelgrünen Armeepullover stank nach Erbrochenem. Wie gut, dass ich nicht attraktiver rieche, dachte Anahit, und dass er mit seinem Leiden beschäftigt ist. Er führte sie zurück durch die Irrgänge des Schiffes und schob sie in ihre Kabine, die er von außen wieder verschloss.

Lange Zeit verbrachte sie vor dem winzigen Waschbecken, sie wusch sich die Haare, sie spülte sich den Mund, aber das Gefühl, die Toten zu berühren, die sie eben gesehen hatte, wollte sie nicht verlassen. Die Gesichter der Toten verdrängten die Gesichter der Freunde aus dem Sommer auf dem Meer, an die sie sich bis heute erinnert hatte. Sie wälzte sich im Bett. Sie war zu müde, um einzuschlafen. Es würde noch viel schlimmer werden. Sie musste hinüber in die SEA WASP. Zurück. Alle schönen Erinnerungen an den Sommer auf dem Schiff würden von den Bildern der schrecklichen Zustände gefressen werden, die inzwischen dort drüben herrschten. Vielleicht ergab sich wenigstens die Chance, Robert eine Nachricht zu senden. Wenn das Satelliten-Handy sich noch an dem Platz befand, an dem sie es versteckt hatte. Und sein Akku noch den Rest einer Ladung besaß.

Ein unvergleichlicher Tag empfing Robert auf dem Boden seiner Heimat, als er um elf Uhr die aus Rom kommende Alitalia-Maschine auf dem Flughafen Amerigo Vespucci im Süden von Florenz verließ. Warmer Wind führte den Geruch von ausgedörrtem Gras heran, die vertrauten Laute der italienischen Sprache umgaben ihn unter der heißen Sonne am blau leuchtenden Himmel wie leichte Spiele von Licht und Schatten.

Robert fühlte sich in die Zeit seiner Jugend versetzt, als er noch seinen Geburtsnamen Roberto Casti getragen hatte. Für den Hauch dieses vergänglichen Augenblicks spürte er die Erwartung einer großen Zukunft als Maler, so wie sie ihn vor vielen Jahren in Italien ausgefüllt hatte. Inzwischen lag diese Zukunft als ein Trümmerhaufen auf einem verwahrlosten Grundstück in London. Vielleicht würde ihm die Erfüllung seines Auftrages die Rückkehr nach Italien ermöglichen.

Wenig später fädelte er sich mit einem gemieteten Lancia Thema in den Verkehr, der auf der Autobahn nach Süden in Richtung Arezzo unterwegs war.

Wie er auf dem Flughafen in Erfahrung gebracht hatte, war das Museum in der kleinen toskanischen Stadt Monterchi, in dem Piero della Francescas *Madonna del Parto* gezeigt wurde, am heutigen Tag ab Mittag geschlossen. Den Rest des Tages konnte er dazu nutzen, sich auf dem Weg dorthin eines von Francescas berühmtesten Werken, das Fresko über die *Legende vom wahren Kreuz,* in der Kirche San Francesco in Arezzo anzusehen.

Am blauen Himmel ließen sich erste Wolken erkennen, die von Süden her weiß über den Horizont quollen. Unter andauerndem Summen füllte sich sein Handy mit Nachrichten, die ihn in Yerevan nicht erreicht hatten.

Es gab einen Anruf seines Auftraggebers Dencer, der in Erwartung von Roberts kommenden Einnahmen um die Zustimmung bat, endgültig für ihn die Eigentumsrechte an dem verkommenen Fabrikgelände in London zu sichern, auf dem sich einmal sein Atelier befunden hatte. Bevor seine Aufgabe nicht erledigt war, wollte Robert nichts davon wissen. Er war froh, dass ihn Dencer nicht erreicht hatte. Ähnliches galt für die meisten anderen Anrufe.

Rätselhafter war eine Nachricht, die Christian Nock auf seinem Anrufbeantworter hinterlassen hatte.

»Hallo«, erklang Nocks Stimme in der Freisprechanlage,

»ich habe mir die Adresse in Yerevan genauer angesehen, die du mir vor deiner Abreise in London gezeigt hast. Es kann keinen Zweifel daran geben, dass sie eine Botschaft enthält. Mehr darüber in einer E-Mail, die ich dir geschickt habe. Gruß Nock.«

Eine Botschaft in der Adresse?, fragte sich Robert. Tumanyanstraße? Bedeutete das irgendetwas, was ihn weiterbringen konnte?

Während der Lancia die vor ihm liegende Straße in sich hineinfraß, fühlte Robert am Beginn seines Weges zu Anahit, dass er sich endlos weiter von ihr entfernte. Wie sollten ihn Details aus dem Leben und dem Werk eines Meisters der italienischen Renaissance an den Ort eines Klosters im armenischen Kaukasus führen? Es war ein hoffnungsloses Unterfangen, für dessen Erledigung ihm noch sechs Tage Zeit blieben, ganz zu schweigen von der Frage, die ihn mit jedem Kilometer, den er in seine alte Heimat vordrang, tiefer beunruhigte. Wohin war Anahit so plötzlich verschwunden?

Auf der Höhe von Incisa zog ein weißer 5er BMW mit deutlich überhöhter Geschwindigkeit an ihm vorbei und verschwand in einer Kurve, die in eine Steigung führte, als würde er zu einer der winzigen weißen Wolken.

★

Singend flog Lucia di Lammermoor mit einhundertdreißig Stundenkilometern im weißen 5er die Europaautobahn E 35 von Florenz in Richtung Arezzo. Jean-Pierre Basteau hatte die Luxus-Hifi-Anlage auf einen satten, klaren Sound eingeregelt. Er liebte dieses Duett von Lucia und Edgardo. *»Es wird dir meine Seufzer der Zephir übertragen ...«* Fröhlich legte er sich in eine sanfte Kurve. Welch göttlicher Klang!, dachte er.

Basteau hatte die Oper dreimal sehen müssen, um Donizettis Musik lieben zu lernen. Jetzt kam er nicht mehr davon los.

Er war eine elegante Erscheinung, mittelgroß, schlank, vielleicht vierzig Jahre alt, volles schwarzes Haar, das ein wenig zu sehr nach Gel glänzte. Er trug ein hellblaues offenes Hemd über grauen Flanellhosen und reiste mit zwei braunen Reisetaschen aus weichem Kalbsleder. Sein schwarzes Jackett hing auf einem Bügel über der Tür hinter dem Fahrersitz.

Sein Handy summte. Mit einem Knopfdruck stoppte er die Musik, eine Stimme erklang aus der Freisprechanlage.

»Monsieur Basteau?«, fragte eine junge Frau.

»Gibt es etwas Neues in Paris?«, fragte er.

»Die Herren wollen sich nicht weiter vertrösten lassen«, sagte sie, »die Kanzlei teilt in einem Brief mit, dass sie für den sechzehnten August ein letztes Zahlungsziel angesetzt haben.«

»Die sollen froh sein, dass ich noch lebe. Andernfalls wäre es für sie viel teurer geworden. Was sagt meine Frau?« Basteau kratzte sich am Kinn.

An einer Baustelle auf der Höhe von San Giovanni verengte sich die Fahrbahn. Basteau überholte mit unverminderter Geschwindigkeit einen Tanklastzug, als sich auf der Gegenfahrbahn ein Langholztransporter näherte.

»Das ist die schlechte Nachricht, Monsieur Basteau«, sagte die Stimme seiner Assistentin. »Ihre Frau hat die Angelegenheit an eine Kanzlei übergeben, die für sie eine endgültige Gütertrennung anstrebt.«

»*Merde*«, fluchte Basteau. In Zentimeterarbeit zog er den schweren Wagen zwischen den beiden Lastwagen hindurch.

»Ich kann nicht vernünftig fahren, Charlene, wenn ich die Musik nicht höre. Wir müssen für den Moment beenden. Richten Sie den Herren aus, dass ich in drei Wochen ein bisher unbekanntes Renaissancegemälde in meinem Zugriff haben werde, das mehr neue Sicherheiten bedeutet, als sie von allen anderen Kunden zusammen im August erhalten werden.«

»Seien Sie vorsichtig, Monsieur Basteau«, sagte Charlene, »ich hoffe, es kommt Ihnen nichts dazwischen.«

»Es gibt einen anderen Interessenten, mit dem ich fertig werden muss. Er hat den Auftrag, alles an die große Glocke zu hängen«, sagte er. »Aber sagen Sie's nicht weiter. Adieu.«

Als er Lucia singen hörte: *»Du hörst im Meer, das murmelnd braust, das Echo meiner Klagen ...«*, war es für ihn, als würde er sich mit dem BMW in den blauen Himmel der Toskana schwingen.

★

Innerhalb kürzester Zeit hatte sich der Himmel bezogen, inzwischen schüttete es, was die tief liegenden Wolken hergaben. Seinen gewonnenen Tag hatte sich Robert in Arezzo anders vorgestellt. Zu allem Unglück hatte er seinen Lancia auf dem kommunalen Parkplatz der Stadt außerhalb der alten Stadtmauer geparkt. Von der Kirche San Francesco, in der er jetzt stand, würde er auf dem Weg zurück dorthin bis auf die Knochen durchweichen.

Die Kirche war leer. Außer einem Mann mittleren Alters im offenen hellblauen Hemd, der sich leise auf Französisch mit einer Führerin über die prachtvoll restaurierten Fresken der *Legende des wahren Kreuzes* unterhielt, war niemand zugegen.

Robert stand in der Hauptkapelle ganz am Ende der aus dem dreizehnten Jahrhundert stammenden, einschiffigen Kirche. Er war umgeben von den nach ihrer Restaurierung wie neu leuchtenden, farbenfrohen Fresken, die Francesca in den Jahren zwischen 1450 und 1464 im Auftrag der reichen Bacci-Familie geschaffen hatte.

Die *Legende des wahren Kreuzes* handelte von einem legendären Objekt, dem Kreuz, das die Geschicke der Menschheit seit den Zeiten Adams durch die Jahrhunderte hindurch bis zur endgültigen Erlangung des Heils bestimmte. Francesca erwies sich in dessen Darstellung nicht nur als genialer Maler, sondern auch als unvergleichlicher Arrangeur einer Bildergeschichte.

Eine kleine Gruppe englischer Collegestudenten strömte in die Kapelle.

»Piero della Francesca wurde irgendwann zwischen 1412 und 1418 geboren«, erklärte ihr Führer, »sein Vater, ein wohlhabender Tuchhändler aus Sansepolcro, adoptierte ihn aus einem Waisenhaus, über seine Mutter ist nichts bekannt. Francesca gilt inzwischen als einer der wichtigsten Maler der italienischen Renaissance und zugleich als großer Mathematiker seiner Zeit.« Robert blickte sich um. Der Franzose hatte die Kirche verlassen.

»Auf der Suche nach dem wahren Kreuz werden auf diesem Bild vor den Toren Jerusalems drei Kreuze aus dem Boden gegraben«, setzte der Führer seine Erklärung fort. Die Collegestudenten schrieben auf ihren gelben Blöcken mit. »Das echte Kreuz offenbart sich, wie es hier auf der rechten Seite des Freskos gezeigt wird, weil seine Berührung einen Toten wieder zum Leben erweckt.«

Robert fror. Er musste irgendwo einen heißen Kaffee und einen warmen Platz zum Sitzen finden.

Noch immer stürzten Wassermassen vom Himmel. Er verließ die Kirche. Er lief nach links durch den Regen die Via Cavour hinunter, wo er auf dem Hinweg ein exklusives kleines Hotel in einem Stadtpalais gesehen hatte. In der kleinen Lobby des Viersternehotels bestellte er bei einer verblühten Schönheit einen Cappuccino. Als er in einem mit goldenen Streifen gemusterten Sessel saß, seine Hände um die von einem Berg Milchschaum bedeckte Tasse gelegt, kehrten seine Lebensgeister zurück.

Eine Botschaft in der Adresse Tumanyanstraße in Yerevan?, fragte er sich, was konnte Nock damit gemeint haben? Er hatte noch nicht einmal die Nachricht verstanden, die er in der schrecklichen Wohnung unter der angegebenen Adresse hinter der Tapete gefunden hatte, geschweige denn eine Idee, welche Botschaft sich in der Adresse selbst verstecken sollte.

Der Regen ließ nicht nach. Weitere Zeit mit Warten auf besseres Wetter zu vertun, hielt Robert nicht für angebracht. An der Rezeption bezahlte er seinen Kaffee und fragte die Frau hinter dem Tresen nach einem vergleichbar individuellen Hotel in der Nähe Sansepolcros, da er es leider nicht einrichten könne, in Arezzo zu bleiben.

»Das Palazzo di Luglio in den Hügeln nördlich von Sansepolcro ist ein wunderbarer Ort«, sagte sie, »selbst bei einem Wetter wie diesem.« Sie reservierte ihm dort ein Zimmer. Robert bedankte sich mit einem guten Trinkgeld.

Nach kurzem Zögern trat er hinaus, sein Skizzenbuch unter dem Hemd eng an den Körper gedrückt. Im Laufschritt ging er die Via Andrea Cesalpino nach Osten, durchquerte den Palazzo Vescoville, nahm die Treppen hinunter zum kommunalen Parkplatz und ließ sich schließlich klatschnass, aber erleichtert in den Lancia fallen.

Das Auto sprang nicht an. Robert versuchte es wieder. Und wieder. Der Anlasser zeigte nicht die geringste Regung. Die Elektrik des Wagens musste durch den Regen feucht geworden sein.

Nach einigen weiteren Versuchen gab er auf. Der Vermieter sollte das Auto hier abholen, wo es liegen geblieben war.

Durch die beschlagenen Scheiben versuchte er, sein Umfeld zu erkennen. Der Parkplatz war weitgehend leer. Von dem Hügel, der hinauf zur alten Stadtmauer führte, liefen schlammige gelbe Bäche herab, die über den Parkplatz strömten. Ein Mann im hellblauen Hemd sprang über sie hinweg, um einen in Roberts Nähe parkenden BMW zu erreichen.

Robert stieg aus seinem Wagen. In großen Sätzen überquerte er die Schlammpfützen. Der BMW stieß zurück, der Fahrer schlug die vorderen Räder ein. Langsam setzte er sich in Bewegung, um den Parkplatz zu verlassen. Robert klopfte ans Fenster.

Der Fahrer stoppte, er ließ die Scheibe einen winzigen Spalt herunter, ein mürrischer Blick traf Robert. Um sein Gespräch aus dieser Position führen zu können, musste Robert mit beiden Füßen in kaltem gelbem Schlamm stehen.

»Mein Auto ist liegen geblieben«, sagte er, »es wäre nett, wenn Sie mich zu einem Taxistand mitnehmen könnten.«

»Wohin wollen Sie?«, fragte der Mann, ohne die Scheibe einen Millimeter weiter herunterzulassen. In seiner vorgebeugten Haltung bot Robert dem Regen jede Gelegenheit, in seinen Kragen zu laufen.

»Nach Sansepolcro«, sagte er.

Der Fahrer langte nach hinten. Die hintere Tür öffnete sich.

»Achten Sie auf mein Jackett«, sagte der Fahrer mit angewiderter Miene. Jetzt fiel Robert sein französischer Akzent auf. Der Mann aus der Kirche San Francesco.

Direkt neben dem Lancia stieg Robert kurz aus, um sein Gepäck umzuladen. Der andere hielt ihm die Hand hin, als Robert sich auf den Beifahrersitz setzte.

»Mein Weg führt auch nach Sansepolcro. Sie haben Glück.« Er drückte auf einen Knopf. Ein gewaltiger Chor erfüllte den Wagen: *»Leuchte Wahrheit in grässlichem Feuer, wie des Blitzes verderbendes Licht …«* Der Regen schien nicht mehr aufhören zu wollen.

★

Die Heizung war aufgedreht. Um die Scheiben klar zu halten, lief die Lüftung auf vollen Touren. Der Fahrer schaltete die Musik ab, weil die Klimaanlage seinen Kunstgenuss störte.

»Donizetti hat es geschafft, die Oper in sechs Wochen zu schreiben«, erklärte er. »Das Entmutigende für uns Normalsterbliche ist, dass Genies schnell und gut zugleich arbeiten. Wie Piero della Francesca. Ich glaube, ich habe Sie dort seine Fresken bewundern sehen.«

»Ich restauriere Fresken aus dem fünfzehnten Jahrhundert in England«, antwortete Robert, »ich habe die Arbeit meiner italienischen Kollegen bewundert.«

»In England?« Der Fahrer atmete tief aus. »Müsste ich die englischen Renaissancefresken kennen? Jean-Pierre Basteau«, stellte er sich vor, »Kunstexperte. Gelegentlich arbeite ich für Sotheby's in London.«

»Basteau?« Robert traute seinen Ohren nicht.

»Genau«, bestätigte der Franzose. Aus einer Auffahrt raste direkt vor ihnen ein Porsche auf die Nationalstraße 73. Er schnitt ihnen den Weg ab, eine Flut von Wasser bedeckte die Frontscheibe. Basteau bremste scharf ab. Sie schleuderten auf die Gegenseite. Roberts Knöchel traten an der rechten Hand, mit der er sich an dem Griff über der Tür festhielt, weiß hervor. In einer Schleppe von Wasser verschwand der Porsche vor ihnen.

»Weshalb interessieren Sie sich für Francesca?«, fragte Robert. In seinem Kopf herrschte so wenig Übersicht wie auf der Straße vor ihnen. Offenbar war der Tote im Apartment 108 jemand anders. Vielleicht ein Informant, mit dem Basteau dort verabredet gewesen war. Ob er selbst für dessen Tod gesorgt hatte, um einen Konkurrenten auszuschalten? Robert beschloss, sicherheitshalber von nun an auf der Hut zu sein. Was wusste Basteau? Weshalb war er hier? Niemals würde sich ein Mann seiner Profession eine Sensation wie die Entdeckung eines unbekannten Renaissancemeisterwerkes entgehen lassen.

Der Basteau, den Robert bisher in seinem Kopf hatte, war ein, wenn auch toter, Verbündeter, der eine Botschaft hinterlassen hatte, die Robert nur zu entschlüsseln brauchte, um sein Ziel zu erreichen. Der Basteau, der jetzt neben ihm saß, war ein Konkurrent, der etwas wusste, aber offenbar nicht alles, weshalb er nicht in Armenien auf der Suche war, sondern sich in Italien herumtrieb. Die Tatsache, dass er bei Dencer nichts mehr hatte von sich hören lassen, sprach dafür, dass er jetzt auf eigene Rechnung arbeitete.

»Ich bereite eine Expertise über ihn vor, die mir einiges einbringen soll. Dazu ist es gut, nicht nur Bücher zu lesen. Ihren Namen hatte ich leider nicht verstanden.« Basteau lehnte sich zurück. Er nestelte aus der kleinen Tasche seines Jacketts eine Visitenkarte.

Robert steckte die Karte ein.

»Robert Casty«, sagte er.

»Der Maler?«, fragte Basteau. »Sie haben diese unglaublichen Städte gemalt? Ich dachte, Sie wären tot.« Der Franzose blickte kurz zur Seite. »Sie müssen mich entschuldigen. Ihr Verschwinden aus der Kunstszene war erstaunlich. Weite Kreise fanden Ihre Bilder sensationell, und plötzlich hören Sie auf.«

»Ich hatte Probleme«, sagte Robert.

»Wer hätte die nicht?« Basteau lachte. »Jetzt, wo ich weiß, dass Sie leben, sollte ich dafür sorgen, dass Sie gesund bleiben. Sagen Sie mir, wohin ich Sie fahren soll, ich kann es nicht verantworten, Sie erneut länger im Regen herumirren zu lassen. Sie könnten sich eine böse Erkältung einhandeln.«

»*Palazzo di Luglio*«, sagte Robert, »in den Hügeln nördlich von Sansepolcro. Sehr nett von Ihnen, wenn Sie mich dort absetzen.«

★

Das Hotel bestand aus einer Gruppe modernisierter Gebäude, die ein reicher Olivenbauer Anfang des neunzehnten Jahrhunderts inmitten eines Olivenhains auf dem Gipfel eines Hügels über der Stadt errichtet hatte. Der Kies knirschte unter den Reifen des BMW, als sie vor dem Eingang des dreistöckigen Haupthauses ausrollten.

»Ein schöner Platz«, stellte Basteau fest. »Wenn Sie keine Einwände haben, werde ich mich nach einem freien Zimmer erkundigen.«

Er weiß, wer ich bin, dachte Robert, und er weiß, weshalb ich mich für Francesca interessiere.

Die Suite »La Quercia« im ersten Stock war ein riesiger Raum mit einer Decke aus mächtigen Eichenbalken in vier Metern Höhe, der sich in der Ecke des Hauses befand. Zwei Fenster, die bis auf den Boden reichten, gaben Robert den, wenn im Moment auch regenverschleierten, Blick südlich und westlich des Hauses frei. Es war kurz nach sieben. Robert verspürte Hunger nach einem üppigen italienischen Menü. Er nahm die Visitenkarte zur Hand, die Basteau ihm gegeben hatte. Von seinem Handy rief er auf dessen Handy an und verabredete sich mit ihm für zwanzig Uhr in dem kleinen *salette enoteca* im Erdgeschoss zu einem gemeinsamen Abendessen.

Dann stellte er sich unter eine heiße Dusche, aus der er von Dampfwolken umhüllt zehn Minuten später wieder zum Vorschein kam, um sich im Bademantel auf das überdimensionale Sofa zu legen und in dem Hotelprospekt zu blättern.

Der Besitzer warb darin mit der »wunderschönen Toskana« und der Nähe des Hotels zu den Wirkungsstätten der großen Künstler Francesca, Michelangelo und Vasari. Auf der Innenseite des Deckblattes war groß und farbig eine Reproduktion des Francesca-Gemäldes *La Resurrezione* – die Auferstehung – abgedruckt. Es war ein eigentümliches Fresko, das sich im Museum der Stadt Sansepolcro befand. Ein dem Irdischen entrückter Jesus steigt in triumphaler

Haltung hinter einer Gruppe schlafender römischer Soldaten aus seinem Grab. Hinter ihm liegt eine Landschaft, die auf der rechten Seite das blühende Leben ist, auf der linken jedoch vollkommen tot.

Vitali Shirov saß in seinem provisorisch eingerichteten Büro in einem kleinen Raum neben dem großen ehemaligen Krankensaal auf der ODESSA. Seine Füße lagen auf einem Arbeitstisch, dessen Fläche mit mehreren Lagen eines Reinigungstuches abgedeckt war. Außer seinen Füßen befand sich auf dem Tisch nichts als ein großer Flachbildmonitor. Der Bildschirm zeigte das Gesicht eines Mannes von unbestimmbarem Alter. Die Haut sah verwittert aus, von hellen Linien durchzogen, als habe er sich nach einer intensiven Bräunung einer Operation zur Straffung der Gesichtshaut unterzogen. Seine Augen blickten den Betrachter kalt und wach an. Seine Haare waren pechschwarz.

Wäre nicht schlecht, diesen Mann in der Ermittlertruppe im Hafen von Rostow zu haben, dachte er.

Shirov beschlich das unerfreuliche Gefühl, die Dinge nicht mehr unter Kontrolle zu haben. Zu viel war in der letzten Zeit auf ihn eingestürzt. Er hatte zu wenig geschlafen. Er ahnte, dass den immer komplizierter werdenden Problemen an Bord der ODESSA nicht mit der Methode des rechten Winkels beizukommen war.

In seinem Rücken war ein Geräusch. Er fühlte, dass jemand hinter ihm stand. Ein Duft nach sonnengebräunter Haut, nach einem Parfüm, das frisch aufgelegt war. Eine Frau? Die Virologin.

»Mrs O'Leary«, sagte er, ohne sich umzudrehen. »Auf dem Weg an Deck können Sie eine Pause einlegen, um mir zu helfen. Vielleicht kennen Sie sich als Frau besser aus.« Unschlüssig verharrte Seena in der Tür.

»Setzen Sie sich«, sagte Shirov. »Um diese Zeit beiße ich nicht.« Seena ließ sich in einen Drehstuhl fallen. Sie stöhnte.

»Es ist zu viel«, sagte sie, »ich habe meine Familie hierher mitgebracht.«

»Eine Familie zu haben ist ein Problem für sich.« Shirov wandte seinen Blick nicht von dem Gesicht vor ihm auf dem Bildschirm. »Aber wer käme auf die Idee, sie an einen Platz wie diesen zu bringen?«

»Das eigentlich Verrückte ist, dass ich gar keine Familie habe«, sagte Seena. »Ich habe lediglich meinen Mann und meinen Exliebhaber dabei. Weiter nichts.« Sie machte eine längere Pause. »Wen betrachten Sie da? Ihren Liebhaber?« Shirov drehte sich in seinem Sessel und sah sie eine Weile wortlos an.

»Dieser Mann ist ein übler Mörder«, beantwortete er schließlich die Frage. »Und er ist ein Rätsel, hinter das ich nicht komme.«

»Wieso?« Seena rückte etwas näher an den Hafenpolizisten heran. Zu ihrer Überraschung verströmte er einen Geruch nach Haarwasser und nach vornehm duftender Seife. Shirov vergrößerte einen Ausschnitt, der Toros' Haar zeigte.

»Was regt Sie so auf?«, fragte er indiskret.

Seena hatte schon zu viel erzählt. Sie würde nicht darüber sprechen. Nicht mit diesem homosexuellen Ordnungsfanatiker, der vielleicht kein so unmöglicher Kerl war, wie er gerne sein wollte. Nicht mit irgendjemand sonst. Es war zu verrückt, zu sinnlos, was sie vorhatte. Und es ließ sie vor Aufregung zittern.

Den Bildschirm füllte jetzt eine Vergrößerung des Bildes, die nur Haare zeigte. Ein anderes Bild. Ein Ausschnitt aus einem Laborreport über die Ergebnisse der forensischen Untersuchungen. Untersucht wurde Material aus der Kabine des Kochs der SEA WASP. Barthaare, Kopfhaare, Blutspuren an der Rasierklinge, Fingerabdrücke.

Jetzt erschien auf dem Bildschirm ein einziges großes Haar in dreihundertfacher Vergrößerung.

»So etwas wie dieses Haar darf es nicht geben«, sagte er. »Von der Wurzel bis zur Länge von etwa drei Zentimetern entspricht es in seiner Stärke, seiner Farbe, im Epithel, im Schaft dem Haar eines etwa vierzigjährigen Mannes. Der letzte Zentimeter vor der Spitze sieht ganz anders aus, dünner, brüchig, grau, uralt. Dieser Abschnitt wurde gefärbt. Wie kann das sein? Das ältere Haar wuchs in der Vergangenheit auf seinem Kopf, das jugendlichere seither. Hat sich die Zeit umgedreht?«

Seena wollte an Deck. Sie musste einen Absprung finden, Shirovs Probleme und sein Büro hinter sich zu lassen.

»Unseren Schätzungen nach liegt der Zeitpunkt, an dem sich das Haar verändert hat, etwa drei Monate zurück.«

Seena hörte nicht hin. Auf den kleinen Zeilen am rechten Bildrand des vergrößerten Laborreports sah sie die Ergebnisse der Blutanalyse. Sie bat Shirov, den Teil des Berichtes zu vergrößern.

»Wessen Blut haben Sie untersucht?«, fragte sie.

»Es ist der Laborreport für den Koch. In allen Angaben.«

»Unmöglich«, sagte Seena. Jeder Gedanke an ihre Verabredung an Deck war für diesen Moment verflogen.

»Toros Berkunian«, las Shirov vor, »Koch auf der SEA WASP. Gegenwärtig flüchtig, von LHF in stinkenden schwarzen Brei verwandelt oder auf dem Grund des Meeres liegend.«

»Aber es ist ein Irrtum. Sehen Sie die Zeile ß-HCG?«

»Und? Was bedeutet das?«

»Humanes Choriongonadotropin. HCG. Es kann auf ein beginnendes Hodenkarzinom hindeuten.« Seena kannte sich aus. »Normalerweise aber zeigt es etwas anderes.«

»Es ist ein Wert angegeben«, stellte Shirov fest, der inzwischen seine Brille wieder auf die Nase gesetzt hatte. »120. Was soll das bedeuten?«

Jahrelang hatte Seena vergeblich versucht, bei Tests diesen Blutwert zu erzeugen.

»Die Person, von der das Blut stammt, ist eine Frau. Sie ist seit zwölf Wochen schwanger.«

★

Die ODESSA lag bewegungslos auf dem Meer. Seena stieg die weiß gestrichenen Stahltreppen hoch bis auf das oberste Deck. Vor ihr lag das flache Vorschiff mit dem roten Kreuz unter einem aufgehenden Halbmond. Sie setzte sich, den Rücken an die versiegelte Rolle eines Rettungsbootes gelehnt. Ohne ein Wort zu sagen, setzte sich Jackson neben sie.

»Heute war ein furchtbarer Tag«, sagte sie, »ich habe Schwäne getötet, Hunderte Möwen, Raben, eine Eule. Die Welt ist aus den Fugen geraten.« Jackson legte seinen Arm um ihre Schulter. »Ich glaube, ich kann es nicht«, flüsterte sie, »weil es einfach nicht sein darf.«

»Der Verstand spielt jetzt keine Rolle.« Jackson zog sie eng an sich, sie legte ihren Kopf an ihn und schloss die Augen. Sie wusste, dass er recht hatte. Zwischen ihnen herrschte etwas, dem der Verstand nur Gründe dafür lieferte, dass alles richtig war, was jetzt geschehen würde. Sie versuchte, der Welle zu entgehen, die in ihrem Inneren heranrollte, und setzte sich wieder aufrecht hin.

»Was ist in die Vögel gefahren, die aus aller Welt hierherfliegen, um auf dem schrecklichen Schiff dort drüben zu sein?«

»Vielleicht geht es ihnen ähnlich wie uns«, sagte Jackson. Seena spürte seine Wärme, und in ihrem Körper pochte ein Fieber. Ein Fieber, nach dem sie sich so lange gesehnt hatte, das sie gefürchtet hatte, weil sie wusste, dass sie darin vergehen konnte. Nach dem Kuss im Flugzeug hatte sie sich vorgenommen, dass es die letzte intime Berührung mit Jackson sein sollte. Arran hatte sie begleitet, weil er sie liebte, obwohl sie ihn gelegentlich zum Wahnsinn trieb. Ihretwegen war er hier an einem Ort, der so ziemlich alle Eigenschaften besaß, die er verabscheute. Sie konnte unmöglich alles wieder aufreißen. Sie rückte ein Stück von Jackson ab.

»Im Ernst. Was treibt die Vögel hierher?«, machte sie einen zaghaften Versuch, wieder auf neutraleres Terrain vorzudringen. »Was suchen sie? Es ist die pure Unvernunft. Der reine Selbstmord.«

Sie merkte, dass sie von sich selbst redete. In dem Moment lehnte sich Jackson zu ihr herüber und küsste sie auf den Mund. Sie zögerte. Niemals würde sie mit ihm schlafen. Sie hatte es sich geschworen, nachdem sie ihn im Flieger nach Europa geküsst hatte. Sie schob ihn von sich weg, als ginge es ihr wirklich einzig und allein um das verrückte Verhalten der Vögel.

Jackson legte seine Hand unter ihren Pullover. Sie spürte ihre Brust unter seiner Hand. Festgehalten. Geborgen. Gewollt. In einer klaren einfachen Absicht gepackt.

Jacksons Haut roch nach Sonne, nach den Anstrengungen eines Tages, nach einem Hauch von Rasierwasser. All das zerrte an ihrem Willen, schien ihn ohne die geringste Anstrengung zu brechen. Was, verdammt, war los mit ihr?

»Komm mit«, flüsterte er. »Ich will dich nackt spüren. Jede Faser. Alles.« Ohne jeden Widerspruch ließ sie sich von ihm hochziehen, als gehorchte sie einem inneren Befehl, der allen Verstand außer Kraft gesetzt hatte.

Getrennt, als müssten sie zu einer eilig anberaumten Konferenz, liefen sie über das Deck, umgeben von den Sternen und der vollkommenen Stille des Meeres. Aus einem Labor kam leise Musik. Irgendwo Gespräche. Sie verband ein klarer Wille, eine gemeinsame Absicht, ein einfaches Ziel. Nicht für die Ewigkeit. Für jetzt. Sie wollte ihn spüren. Das war alles.

Sie stiegen eine Nottreppe hinab, die über zwei Stockwerke direkt in den leerstehenden Krankensaal führte. Jackson ging voran, sie folgte ihm. Das Licht blieb ausgeschaltet. Ein matter Schimmer fiel aus den Milchglastüren, die auf jedem Stockwerk ins Innere des Schiffes führten.

Jackson blieb auf dem Weg hinab mehrere Stufen unter ihr auf der Treppe stehen. Er drehte sich um, er küsste sie auf den Bauch, er legte seine Hände auf ihren Hintern und drückte sie an sich. Seena lehnte sich zurück. Jackson öffnete ihre Jeans. Sie half ihm, sie herunterzustreifen. Seine kräftigen Hände unter ihrem Hintern hoben sie an und ließen sie sanft wieder herab. Langsam glitt er tief in sie hinein. Als irgendwo oben auf der Treppe ein Geräusch ertönte, lösten sie sich voneinander und stiegen weiter hinab. Seena spürte, dass ihr Gesicht glühte.

Die letzte Reihe des leeren Krankensaales lag im Dunkel hinter dem blässlichen Licht aus den Monitoren. Sie legten die graublauen Decken übereinander auf den Boden, und Seena ließ sich von Jackson ausziehen.

Jackson presste sich an ihren Körper, und beide stöhnten und flüsterten, was sie vor acht Jahren geflüstert hatten. Seena kam es vor, als hätten sie sich nur einen sehr langen Tag nicht gesehen.

Anschließend lagen sie noch eine halbe Stunde beisammen, nass von Schweiß, Sperma und den Tränen, die Seena widerwillig vergossen hatte.

»Es ist besser, wenn man uns nicht zusammen sieht«, sagte Jackson, während er sich anzog. »Lass also ein paar Minuten verstreichen, bevor du hochkommst.« Damit ging er zu der Treppe, über die sie gekommen waren.

Seena blieb noch eine Viertelstunde liegen. In ihr legte sich ein Unwetter, das sich in den letzten zehn Jahren zusammengebraut hatte. Ein anderes Unwetter zog herauf. Es ist so widersinnig, dachte sie.

Als sie aufstand und die Decken zusammenlegte, bemerkte sie, dass jemand in dem erleuchteten Raum zwischen den Monitoren saß. Sie fuhr sich mit den Händen durch die Haare. Sie ging zum Ausgang. In einem Drehstuhl, schweigend, wie in einem Aquarium im Dämmerlicht, wartete Arran.

Jean-Pierre Basteau wurde in dem weißen Bademantel des Palazzo di Luglio in seiner Suite »Fiemile« von dem warmen Strom der Gewissheit erfüllt, dass das Schicksal es gut mit ihm meinte.

Bereits im Alter von fünfundzwanzig Jahren hatte er eine Sternstunde, als er mit der Tochter eines Pariser Herstellers von Zigarettenautomaten eine Bekanntschaft begann. In ihr fand er die Frau, die beides mitbrachte, Geld und das Verständnis für Mäzenatentum in der Kunst. Nach der Heirat brach Basteau sein Jurastudium ab, um sich ganz dem Aufbau von Kontaktnetzwerken zwischen den Sammlern und den Händlern von Kunst zu widmen. Inzwischen sprach ihm niemand ein profundes Wissen ab, schätzten viele seine weltmännische Beweglichkeit zwischen allen Facetten eines gediegenen Lebensstils. Niemand ahnte seine verborgene Skrupellosigkeit, die gelegentlich erschreckende Brutalität im Geschäftsgebaren und nicht selten im häuslichen Umfeld. Hierin lag die tiefere Ursache seiner gewaltigen finanziellen Schwierigkeiten. Nach und nach entzog ihm seine Frau die Verfügungsgewalt über die beträchtlichen Ressourcen ihres Vermögens.

Allerdings kannte er keinen anderen Weg, seine Netzwerke zu pflegen, als in der bisher gewohnten Weise des Lebensstils auf höchstem Niveau, wofür ihm seit einem Jahr jegliche Basis fehlte.

Heute hatte das Schicksal sich seiner wieder angenommen. Robert Casty war hier, um das Bild aus dem armenischen Kloster aufzutreiben, nachdem Basteau selbst ausgestiegen war. Dencer war sein Galerist, er hatte Hunderttausende an Robert Casty verdient und ihm den Auftrag gegeben, sich an seiner – Basteaus – Stelle um das armenische Bild zu kümmern.

Der Franzose hievte sich aus seinem bequemen Sessel. Er hatte großen Hunger, und einige Gläser toskanischen Rotweins zum Essen würden ebenfalls nicht schaden, beschied er. Er legte sich einen lockeren dunkelgelben Pullover über die Schultern. In diesen italienischen Landhäusern fror man üblicherweise, selbst wenn einem das Kaminfeuer das Gesicht verbrannte.

Basteau war sicher, dass Robert Casty wusste, wen er heute Abend vor sich hatte. Zwei aus dem Reich des Vergessens Auferstandene, dachte er, die sich einander belauern, bis der Zeitpunkt gekommen ist, an dem jeder versuchen wird, dem anderen zur Rückkehr ins Jenseits zu verhelfen.

Der Besitzer des Palazzo di Luglio, ein stämmiger älterer Herr mit Glatze, servierte den ersten Gang, eine Gemüsesuppe, die in großen bunten Tellern gereicht wurde. Dazu schlug er seinen Hauswein vor, einen offenen Vernaccia aus der Gegend um Siena.

»Auf die Rückkehr aus dem Reich der Toten«, sagte Basteau mit erhobenem Glas.

»Und auf die arme Seele, die dafür in Yerevan geopfert wurde«, erwiderte Robert. Sie saßen sich an einem rustikalen Tisch auf zwei Stühlen mit hohen Lehnen gegenüber. Der Wein war vorzüglich. Er ließ eine angenehm würzige Fülle im Gaumen zurück.

»Ich habe mich gefragt, warum ein französischer Kunstexperte in einer Absteige wie dem Apartment 108 logieren sollte«, sagte Robert.

»Dencer hatte mir die Adresse gegeben. Ich wollte mich dort mit einem armenischen Informanten treffen, der behauptete, vor längerer Zeit einmal in dem Kloster gelebt zu haben.« Basteau legte den Löffel zur Seite und tupfte sich sorgfältig den Mund ab.

»Wie haben Sie ihn ausfindig gemacht?« Robert ließ sich Zeit, seine Suppe zu genießen.

»Wir sollten von Beginn an ehrlich zueinander sein«, sagte Basteau. »Wir wissen zum Beispiel, dass keiner von uns die Lage dieses Klosters kennt. Wir haben nur dann eine Chance, herauszufinden, wo es liegt, wenn wir teilen, was wir wissen.« Er nahm einen tiefen Zug aus dem Glas.

»Was hat er Ihnen mitteilen können, bevor er umgebracht wurde?«, fragte Robert. Basteau schien nichts von dem Brief zu ahnen, den Robert im Apartment 108 hinter der Tapete gefunden hatte.

»Ich schlage Ihnen ein Spiel mit klaren Regeln vor.« Der Franzose sah ihn über den erhobenen Weißwein an. »Eine brauchbare Information von mir gegen eine von Ihnen. Ich weiß mehr von Ihnen als Sie von mir, weil ich Ihre Bilder kenne. Ich vertraue Ihnen. Hier ist mein Angebot.« Er legte seinen Pullover fester um die Schultern.

»Der Informant hat mir gesagt, dass ein in Größe und Motiv identisches Bild zur *Madonna del Parto*, gemalt in Tempera auf eine Holztafel, seit Jahrhunderten am Tag der Heiligen Jungfrau Maria, dem fünfzehnten August, im Zentrum eines Fruchtbarkeitsfestes steht – in dem Kloster irgendwo im Süden Armeniens.«

Der Chef des Hauses räumte die Teller ab. Er legte ein Zwischengericht vor, selbstgemachte *Manicotti,* gefüllt mit Ricottakäse und Schinken und mit einem Hauch von Olivenöl darüber, von dem er stolz bemerkte, dass es eigener Ernte und Verarbeitung entstammte. Dazu stellte er eine Schüssel geriebenen Parmesankäse auf den Tisch.

Robert fragte sich, was er bereits alles über das Kloster wusste, auf das er in Italien so verzweifelt Hinweise zu finden versuchte. Niemand kannte das versteckte Kloster in den Bergen Armeniens, nicht einmal die armenische Kirche, dennoch wurde ein Informant, der Basteau dazu Näheres berichten wollte, ermordet.

Es gab Menschen, wie die nach Kokosmilch duftende Frau, die offenbar alles unternahmen, um die Lage des Klosters geheim zu halten. Mit einer Bande von Verbrechern war sie dorthin unterwegs. Robert wagte nicht, daran zu denken, wie es Anahit jetzt gehen mochte, wenn sie in den Händen der Bande war. Armenien war ein winziges Land, von Yerevan aus war man in wenigen Stunden im äußersten Süden. Wenn Anahit von der Bande entführt worden war, befand sie sich längst in Lusavank.

Einen unschlüssigen Moment lang blickte er auf die Nudeln auf seinem Teller. Wenn sie kalt wurden, war niemandem gedient.

Sie waren köstlich. Er liebte gut gemachte Nudeln aus eigener Hand. Die Haushälterin seines Stiefvaters, des Antiquitätenhändlers Benvenuto Casti, bei dem er in Mailand aufwuchs, nachdem seine Mutter bei seiner Geburt verstorben war, pflegte hervorragende *Cappelletti* zu machen, gefüllte Nudeln, die wie kleine Hütchen aussahen. Am besten schmeckten sie ihm, wenn nichts daran war als gutes Olivenöl, etwas Salz und geriebener Parmesan.

»Der Maler des Bildes heißt Visus«, gab er seinen Einsatz in Basteaus Spiel.

»Visus«, wiederholte der Franzose. Er schmeckte das Wort mit einem Schluck Vernaccia ab. »Könnte so etwas bedeuten wie Gesicht oder Blick, vielleicht auch Erscheinung.« Er dachte nach. »Alles wäre einfach zu verstehen, wenn es einen Maler gegeben hätte, der Italien nach 1465 verließ, als Francescas *Madonna* bereits fertiggestellt war, und das Bild in Armenien kopierte.«

»Es heißt aber, das Bild im Kaukasus ist älter als das Fresko aus Monterchi«, sagte Robert, »dadurch wird die Sache schwierig. Hat Francesca etwa selbst eine Reise nach Armenien unternommen?«

»Motive einer Madonna hinter einem von Engeln geöffneten Vorhang waren verbreitet.« Basteau stocherte in seinen Nudeln herum. Als Hauptgang servierte der Besitzer ihnen in der *enoteca* ein Kalbsbries mit schwarzen und weißen Bohnen. Dazu einen Montepulciano aus der Gegend südlich von Arezzo.

Sie aßen mit großem Vergnügen, Robert, weil er die gute Küche seiner Heimat lange vermisst hatte, Basteau, weil er alles genießen konnte, was er tat. Insbesondere wenn es ein einfaches, aber hervorragendes Menü zu der Eröffnungspartie eines Spieles war, von dem nur er wusste, dass es schließlich auf Leben und Tod gehen würde.

Auf eine Einladung des Besitzers hin, das Abendessen vor dem Kamin ausklingen zu lassen, nahmen sie nach dem letzten Gang ihren Wein in die Hand. Vor einem mannshohen Kamin, in dem das Feuer loderte, nahm Basteau in einem Ohrensessel Platz. Robert ging für einige Schritte vor die Tür. In der Halle neben dem Kaminzimmer hielt sich die Familie des Hotelbesitzers auf, Frau, Sohn, Schwiegertochter und zwei kleinere Mädchen. Sie saßen in Sesseln, jeder einen Teller Nudeln auf dem Schoß. Im Fernsehen liefen Nachrichten.

»… Todesfall durch eine unbekannte Viruserkrankung in Istanbul. In Zusammenarbeit mit der Weltgesundheitsbehörde haben die örtlichen Behörden alle notwendigen Vorkehrungen getroffen …«

Robert musste an den tätowierten Waffenhändler denken, den Anahits Crew auf der SEA WASP aus Seenot gerettet hatte. Er war an einer Seuche gestorben. Bestand ein Zusammenhang? Er musste unbedingt klären, ob Anahit sich inzwischen wieder gemeldet hatte.

Vor dem Haus sog er die frisch vom Regen gewaschene Luft ein. Noch einmal konnte er den Geruch nach der dampfenden Erde des Sommers spüren, bevor der Herbst Einzug halten würde.

Er rief die Handynummer an, die er von Hayk in Yerevan erhalten hatte. Er erreichte niemanden, hinterließ aber seine eigene Nummer und die Bitte, Hayk möge sich gelegentlich bei Webcity nach Anahit oder einer Nachricht von ihr erkundigen.

Anschließend kehrte er zurück ins Kaminzimmer.

»Es hat aufgehört zu regnen«, sagte er, »man kann einen herrlichen Blick von den Hügeln auf die Stadt genießen.«

Basteau schwenkte sein Glas. Sein Gesicht war gerötet.

»Wenn man sich in die Zeit der vierziger Jahre des fünfzehnten Jahrhunderts versetzt, ging es in diesen Hügeln wenig friedlich zu. Drei damalige Großmächte kämpften hier unaufhörlich um die Vorherrschaft, die Herzöge Mailands, die Stadt Florenz und der Papst. Im Juni 1440 tobte, wo wir jetzt sitzen, die Schlacht von Anghiari, in deren Verlauf die Heere von Papst Eugen IV. und der Stadt Florenz die Mailänder Truppen schlugen, Monterchi wurde in der Folge florentinisch. Als Francesca seine *Madonna* schuf, lag die Kapelle Santa Maria di Momentana genau auf der Grenze zwischen dem Kirchenstaat und Florenz.

Bei seinen Arbeiten bewegte sich Piero in einem fortwährend veränderlichen lokalen Spannungsfeld. Sansepolcro, Monterchi, Florenz, Rom. Auf seinem Fresko in der Kirche San Francesco stellte er, wie Sie wahrscheinlich wissen, Jerusalem als die Stadt Arezzo dar. Er war ein Kind seiner Zeit in dieser Gegend. Aus dem, was er kannte, holte er die Vorbilder, mit denen er seine Geschichten erzählte.« Basteau erhob sich, um mit einem eisernen Haken in der Glut zu stochern. Funken stoben auf.

»Umso mehr frage ich mich«, sagte er, ohne den Blick von der Glut zu nehmen, »warum er in demselben Fresko der aus Kreuzrittertagen stammenden *Legende vom wahren Kreuz* dieses eine irritierende Detail eingebaut hat.« Er drehte sich zu Robert um.

»In der Szene zeigt Francesca, wie König Salomon von der Königin von Saba erfährt, dass sie das Holz des wahren Kreuzes als den Teil einer Brücke entdeckt hat. Überall in dem Fresko finden sich Anspielungen und Zitate aus Francescas zeitgenössischer italienischer Umgebung. Politiker, Landschaften, Kleidung, Gebäude. Mit einer Ausnahme.« Basteau nahm seinen gelben Pullover vom Sessel und legte ihn um die Schultern. »Es gibt keinen Zweifel daran. In seinem Palast in der Stadt Jerusalem, in der man Francescas Heimatstadt Arezzo wiedererkennt, empfängt König Salomon auf dem weltberühmten Fresko die Königin von Saba im Gewand eines Bischofs der armenischen Kirche.« Nach dieser Bemerkung verließ der Franzose grußlos den Raum.

10. August

Leise klopfte es an die Tür. Erschrocken fuhr Anahit aus dem Schlaf.

»Bitte?«, sagte sie. Die Tür wurde aufgeschlossen, stieß aber gegen den Stuhl, den sie unter den Knauf geklemmt hatte. Wer immer dort draußen war, musste mit ihr reden.

»Hier ist Seena O'Leary«, erklang eine leise Stimme, »ich brauche Ihre Hilfe.«

Anahit sprang vom Bett und öffnete die Tür. Sofort fiel ihr eine völlig aufgelöste Seena in die Arme. Anahit führte die deutlich größere Virologin, den Arm um sie gelegt, zu dem zweiten Bett an der Wand gegenüber und half ihr, sich hinzusetzen.

Seena war bestimmt zehn Jahre älter als sie, doch jetzt schluchzte sie in ihren Armen wie ein Kind. In Wellen schüttelte das Weinen ihren Körper. Sie wollte Anahits Hand nicht mehr loslassen. Anahit setzte sich neben sie, kurz darauf spürte sie Seenas Kopf auf ihrer Schulter. So saßen sie eine ganze Weile stumm da.

»Kann ich die Nacht über in Ihrer Kabine schlafen?«, fragte Seena schließlich.

»Gern«, sagte Anahit. »Wenn man Sie anderswo nicht vermisst und Alarm schlägt.«

»Ich weiß nicht, ob mich jemand vermissen wird«, sagte sie, »es ist zu furchtbar.«

Anahit war müde. Bei allem Verständnis, das sie für die Virologin aufbrachte, verspürte sie dennoch keine Neigung, sich ein weiteres Problem aufzuladen. Sie hatte weiß Gott genug eigene.

Sie schüttelte die Decken auf. Mit sanftem Druck brachte sie Seena dazu, sich hinzulegen. Noch immer wurde sie von Weinkrämpfen geschüttelt. Welche aufgestauten Leiden brachen da aus ihrem Körper? Anahit zwang sich dazu, es nicht wissen zu wollen, nicht zu fragen, was geschehen war. Sie wusste, dann würde es eine endlose Nacht werden.

Sie nahm Seena die Schuhe ab, deckte sie zu, löschte das Licht in der Kabine und legte sich selbst in ihr Bett. Diese Frau war zu schön für einen Mann, der berufsmäßig in die Sterne blickte, sich am falschen Ort aufhielt und zu Seekrankheit neigte.

»Was ist passiert?«, fragte sie leise. Es kam keine Antwort. Seena war eingeschlafen.

Anahit setzte sich kerzengerade auf. Dies war die Chance, die so schnell nicht wiederkommen würde. Barfuß schlich sie im Dunkeln zur Tür, die noch immer unverschlossen war, öffnete sie vorsichtig und blickte hinaus auf den Gang, in dem eine Notbeleuchtung gelbliches Licht verbreitete. Neben ihr und gegenüber gingen Türen zu einem Dutzend weiterer Kabinen ab. Einige Schritte den Gang hinunter gab es eine Tür, in der ebenfalls von außen ein Schlüssel steckte. Anahit lief dorthin. Vorsichtig, ohne das leiseste Geräusch, zog sie den Schlüssel ab. Er passte in das Schlüsselloch ihrer Tür, auch wenn sich das Schloss damit nicht bewegen ließ. Auf den ersten Blick musste es aussehen, als wäre alles in Ordnung.

Anahit zog die Tür wieder zu. Den Schlüssel fest in der

Hand, legte sie sich auf ihr Bett. Sie musste Seena irgendwie loswerden, dann konnte sie sich bis morgens früh um fünf Uhr frei auf dem Schiff bewegen und irgendwo eine Nachricht an Robert abschicken. Sie musste nur wach sein, wenn Seena verschwand.

Jetzt war die richtige Zeit, endlich das Manuskipt zu lesen, das sie von Robert erhalten hatte.

Sie nahm die beiden Teile des Manuskripts aus den Folienumschlägen in ihren Schuhen. Sorgfältig faltete sie die dünnen Blätter der Kopie auseinander und begann darin zu lesen.

Bericht über die Wunder der Blauen Jungfrau im Kloster des Lichtes und die dortige Heilung seines kleinen Sohnes Harut von der Pest, aufgezeichnet von **Victor Malyan** nach der Rückkehr von seiner Reise und dem schrecklichen Tod seines Sohnes im Jahre des Herrn 1348

Ich, Victor Malyan, Baumeister in der Stadt Ani, bin im Jahr des Herrn 1310 in ebendieser Stadt als Sohn des Steinmetzen Arman Malyan geboren worden, der in den Jahren 1323 und 1331 die vorzüglichen Standbilder im Kloster Goschawank geschaffen hat. Ich lege diese Zeilen nieder, um von dem Segen und dem furchtbaren Fluch der Wunder der Blauen Madonna im Kloster Lusavank zu berichten, die meinen kleinen Sohn Harut auf so wunderbare Weise geheilt und mit so entsetzlichem Leiden wieder genommen hat.

Als sich die ersten Anzeichen der Krankheit meines Sohnes zeigten, war ich in Selim mit dem Bau einer Karawanenherberge befasst. Ich erfuhr durch einen Boten davon, der meinen Sohn bei sich trug. Da ich einige Jahre zuvor, als ich meinem Vater bei seinem Werk im Kloster Hagarzin zur Hand ging, bei dem Überfall einer seldschukischen Horde dem Prior des Klosters, Bruder Gregorius, das Leben gerettet hatte, ritt ich eine ganze Tagereise mit meinem Sohn dorthin in der Hoffnung, dass er Hilfe wüsste.

Nach einiger Zeit des Nachdenkens und wohl auch der Zwiesprache mit anderen seines Vertrauens oder mit Gott machte er mir den Vorschlag, mich bis zu einem Punkt in den Bergen des Kaukasus zu begleiten, an dem mich Mönche des Klosters Lusavank abholen würden.

Inzwischen war mein Sohn in ein heißes Fieber gefallen. Auf seiner Haut erschienen winzige rote Flecken, die sich rasch vergrößerten. Ich machte mich mit Bruder Gregorius von Kloster Hagarzin aus auf den Weg und wusste, dass mir wenig Zeit bleiben würde, um das Leben meines Sohnes zu retten.

Vor der Tür war ein Geräusch. Kamen sie, um ihre Kabine zu durchsuchen? In hektischer Eile stopfte Anahit die Manuskriptseiten ohne Rücksicht auf ihre Reihenfolge in die kleinen Plastikumschläge und schob diese unter die innere dünne Einlage der weißen Leinenschuhe – sortieren konnte sie die Seiten später immer noch – und stellte sich schlafend. Die Heilung von der Pest, dachte sie, so viel verstehe ich. Aber was für ein schreckliches Ende mochte wohl von der Blauen Madonna ausgegangen sein?

★

Seena wusste nicht, wovon sie aufgewacht war. Sie setzte sich im Bett auf, das sich offenbar in einer fremden Kabine befand.

Es klopfte an der Tür.

Wo war sie? Auf der anderen Seite der Kabine lag eine Gestalt unter einer Decke, deren lange schwarze Haare aus dem Bett flossen. Anahit Sarian, die Letzte aus dem Team der SEA WASP. Zu ihr war sie gestern Nacht in die Kabine gegangen, weil sie die Anwesenheit Arrans nicht ertragen konnte. Wie sollte sie ihm jemals gegenübertreten?

Wieder klopfte es. Sie schlug die Decke zurück. Auf Zehenspitzen schlich sie zur Tür. Hörte sie etwas wispern? Sie legte das Ohr an das Schlüsselloch.

»Seena«, hörte sie, »ich bin es. Bitte komm zu mir.« Arran. Er stand dort vor der Tür. Wie lange wollte er dort stehen? Wie viele Türen hatte er in der Nacht schon probiert?

Leise ging sie zurück ins Bett. Eine Welle des Schmerzes rollte in ihr hoch. Erneut brach tiefsitzendes Schluchzen aus ihr hervor. Was sie getan hatte, war so vollkommen sinnlos gewesen.

Sie spürte, dass Arran noch immer dort stand. Er wusste, dass sie hier war, und er wusste, dass sie wach war. Da hatte sie keinen Zweifel.

Erneut stand sie auf, um die Tür zu öffnen. Im anderen Bett wälzte sich die schöne Armenierin in einem unruhigen Schlaf. Sie schien unberührt von der Angst vor der drohenden Katastrophe, die auf dem Schiff herrschte, als wäre sie nicht von dieser Welt.

Kaum hatte Seena die Tür geöffnet, nahm Arran sie in den Arm.

»Komm zu mir in unsere Kabine zurück. Bitte.« Seena schüttelte ihn ab, drohte aber gleich wieder in sich zusammenzufallen.

»Ich werde nichts sagen«, versprach er, »ich möchte dich nur bei mir haben.« Seena schluchzte, nahm aber ihre Schuhe in die Hand und hauchte ein »Danke« in Richtung der schlafenden Anahit, bevor sie lautlos die Tür von außen einklinkte.

★

Nachdem Anahit lange genug gewartet hatte, ob die verzweifelte Virologin wieder zurückkehren würde, sprang sie aus dem Bett. Sie schloss die Tür ab und ließ den falschen Schlüssel stecken. Von außen sah alles aus wie immer.

Die Gänge im Innern der ODESSA waren spärlich beleuchtet. Es herrschte so gut wie kein Seegang, weshalb sie schnell und geräuschlos vorankam. Das Treppenhaus, zwei Etagen nach oben, auf die andere Seite des großen Antriebsblockes in der Mitte, das zentrale Treppenhaus. Alles war still. Das Schiff schien völlig ausgestorben zu sein. Anahit lief auf Zehenspitzen, dennoch hatte sie das Gefühl, jeder ihrer Schritte musste die Schlafenden im Schiff aus ihren Betten treiben. Endlich, kurz vor Morgengrauen, schien Ruhe eingekehrt zu sein. Selbst die eifrigsten Wissenschaftler und Mediziner mussten sich irgendwann ausruhen. Wie gut, dass sie selbst den ganzen Tag über geschlafen hatte.

Die Informationstafel. Die Labors. Dort hatte sie die meisten Bildschirme gesehen, dort würde die Chance am größten sein, einen Computer zu finden, der noch eingeschaltet war.

★

Erschrocken fuhr Bernard Colbert in seinem Drehstuhl herum. Er blinzelte in die Dunkelheit, noch geblendet von dem grellen Arbeitslicht, das auf eine winzige Fläche seines Tisches konzentriert war. Er hielt den kleinen Kasten, an dem er gearbeitet hatte, fest in beiden Händen. Jemand stand dort.

Es war die junge Armenierin. Ihre langen schwarzen Haare waren zu einem Pferdeschwanz gebunden, am Revers ihrer weißen Jacke steckte ein winziger silberner Leuchtturm, der ihm nicht aufgefallen war, als er sie nachts in der Kantine zum ersten Mal gesehen hatte.

Die letzte Überlebende der SEA-WASP-Mannschaft sah nicht besonders gefährlich aus. Eher verzweifelt, gehetzt, auf der Suche nach Hilfe. Sie schien ebenso erschrocken, um diese Zeit jemanden in den Labors anzutreffen, wie er. In der Hand trug sie nichts als einen Schlüssel. Für einen Moment sahen sich beide schweigend an.

»Ich bin entführt worden. Seit Tagen weiß niemand, wo ich bin, ich brauche eine Möglichkeit, eine Nachricht zu senden.« Colbert sah sie längere Zeit schweigend an. War sie wirklich die unschuldig Naive, als die sie ihm jetzt erschien?

»In diesem Punkt sind die Antiterrorleute, die hier das Sagen haben, sehr eigen«, erwiderte er schließlich. Er zuckte mit den Schultern. »Nichts wird durchgelassen. Ich fürchte, Sie haben keine Chance, Ihren Geheimnisverrat zu begehen.« Sein Lachen berührte beide Ohren. Anahit stand zögernd im Dunkel. Colbert musterte aufmerksam ihre Anstecknadel.

»Ein Leuchtturm?«, fragte er. »Vielleicht sollten Sie Lichtsignale geben.« Trotz Colberts Grinsen fand Anahit die Bemerkung nicht sonderlich witzig. Sie war aus ihrer Welt gerissen worden, niemand wusste, wo sie steckte, und dieser grinsende Kerl machte sich lustig über sie.

»Sie wissen sicher viel von Armenien«, sagte sie bissig. »Der Leuchtturm ist eine Erinnerung an meine Kindheit, die ich irgendwo an einer Küste verbracht haben muss, weil ich mich an das unaufhörliche Geräusch einer Brandung erinnere. Das Problem ist, dass wir Armenier seit siebenhundert Jahren keine Küste mehr besitzen, an der es eine Brandung geben könnte. Eins der vielen Rätsel, die ich mit mir herumtrage.« Anahit strich über die kleine Anstecknadel. Colbert machte ein betretenes Gesicht.

»Es tut mir aufrichtig leid, ich wollte Sie nicht ärgern. Wir Schweizer können Ihnen leider auch mit keiner Brandung dienen.«

Anahit konnte nicht umhin, nun ihrerseits zu grinsen. Allmählich entspannte sie sich etwas. Colbert rollte mit seinem Stuhl hin und her und schien nach Möglichkeiten zu suchen, ihre nächtliche Gegenwart noch ein bisschen in die Länge zu ziehen. Wahrscheinlich führen Wissenschaftler ein einsames Leben, dachte Anahit.

»Wie sonst kann ich Ihnen helfen?«, fragte Colbert.

Anahit dachte nach. Wenn sie schon keine Nachricht senden durfte, wollte sie wenigstens versuchen, dem kleinsten Hinweis nachzugehen, der sie nach Lusavank führen konnte.

»Da wir schon über die Geschichte meines Landes reden, es gibt auf dem anderen Schiff einen Trümmerhaufen, der gewisse Ähnlichkeiten damit hat.«

»Ähnlichkeit mit der Geschichte Armeniens?« Colbert schien diese Unterhaltung immer verrückter zu finden, aber es war unverkennbar, dass er trotzdem gesteigertes Vergnügen dabei empfand. Er rollte näher an sie heran.

»Allerdings bisher nur zusammenhanglose Bruchstücke«, sagte Anahit mit Überzeugung, »und nichts als eine Schrift, die alles zusammenhält.«

»Eine Schrift?«

»Holen Sie den Laderaum der SEA WASP auf ihren Monitor. Ich zeige es Ihnen. Um den Rand der zertrümmerten Scheibe lief eine Inschrift.«

Colbert überlegte einen Moment, dann schob er ihr mit dem Fuß einen Stuhl hinüber. Anahit setzte sich.

Er drückte ihr den kleinen Kasten in die Hand, den er die ganze Zeit gehalten hatte.

»Passen Sie auf damit. Es muss noch einige Minuten fixiert werden.« Anahit bemühte sich, herauszufinden, was sie da in der Hand hielt. Es war ein länglicher Kasten aus Holz und Glas, der von vielen Klebekanten zusammengehalten wurde. Colbert setzte sich an die Tastatur seines Computers. Nach kurzer Zeit hatte er alle Kamerabilder der SEA WASP auf dem Schirm.

»Sie haben sicher keine Kinder«, fragte er, »oder?«

»Nein.«

»Ich habe fünf. Wissen Sie, was das bedeutet?« Sie schwieg. Er navigierte mit schnellen Mausbewegungen durch die verschiedenen Portale des Bordnetzes. »Es bedeutet, dass ich bankrott bin. Bei sieben Familienmitgliedern hat laufend jemand Geburtstag. Ich muss meine Geburtstagsgeschenke selbst bauen. Sie halten gerade eines in der Hand. Lassen Sie es bloß nicht fallen.« Er hatte den Laderaum gefunden. Auch um diese Zeit waren Gestalten in Schutzanzügen dabei, die Teile auszusondern und zu vermessen.

»Was bauen Sie?«, fragte Anahit.

»Kaleidoskope«, war seine Antwort. »Sie verwandeln Splitter in Kreise und lassen aus buntem Abfall unglaubliche Muster entstehen. Nur durch Kopien, Drehungen, Spiegelungen oder Wiederholungen.« Er rollte mit seinem Stuhl ein Stück zurück, um einen besseren Überblick über die Szene um den großen Schutthaufen im Laderaum der SEA WASP zu haben. »Da ist Ihr Bild.«

Anahit schob ihre Haare mit beiden Händen hinter ihre Ohren.

»Eine Schrift.« Sie deutete auf die Reihe der über den Rand laufenden Bilder von Trümmerstücken des Mosaiks. »Es gibt Bruchstücke vom Rand der Scheibe, auf denen man Muster erkennt, die Zeichenfolgen waren. Ich versuche herauszufinden, was die Inschrift bedeutet hat, die einmal um den Rand der Scheibe lief.«

»Und aus dem Schutt wollen Sie die Inschrift rekonstruieren?« Colbert massierte sein Gesicht.

»Ich brauche nur alle Bilder von den Randstücken der Scheibe«, sagte Anahit kleinlaut, »dann wird es mir irgendwann gelingen.«

»Sie werden es niemals schaffen.« Colbert machte erneut eine Pause.

Anahit schmerzte die Hand vom Pressen des geklebten Kaleidoskops.

»Was ist das Besondere an diesem Kaleidoskop?«, fragte sie.

»Sie können es loslassen«, sagte Colbert. »Es müsste in Ordnung sein. Ich habe es für meine siebenjährige Tochter Florentine gebaut. Ich nenne sie ›Flower‹. Schauen Sie es sich an.« Er rief auf seinem Rechner ein Programm auf. Während er das tat, speicherte er mit schnellen Bewegungen der Maus Bilder von Trümmerstücken. IP war auf einem Stein zu erkennen, ein beschädigtes Q auf einem anderen. Colbert warf einen Blick auf den Kasten in Anahits Händen.

»Sie müssen es ins Licht halten.«

Anahit drehte den geschlossenen Kasten, der an verschiedenen Stellen von Milchglasflächen bedeckt war, so, dass der Schein der Deckenbeleuchtung hineinfiel. An einer Seite gab es ein Loch. Sie legte das Auge daran. Sie sah ein achtzehnstrahliges Blütenmuster, in dem sich farbige kristalline Blätter mit schwarzen abwechselten, die sie ansahen. Die schwarzen Blätter glänzten lebendig. Sie zwinkerten ihr zu. Sie trugen lange seidige Wimpern wie die Blätter fleischfressender Pflanzen. Ihre eigenen Augen bildeten in diesem Kasten eine lebende Blüte. Was für ein seltsames Spielzeug, dachte sie.

»Sie werden es niemals schaffen, die Inschrift zu entziffern«, sagte Colbert erneut, »aber ich kann es schaffen, weil es nichts anderes ist als die Aufgabe, Codefolgen miteinander zu vergleichen. Wir Genetiker benutzen dazu hochentwickelte Code-Matching-Programme.« Anahit setzte das Kaleidoskop auf den Tisch.

»Wie groß war die Scheibe?«, fragte er. »Wie dick war der Rand?« Anahit überlegte. Sie hatte den Durchmesser der Scheibe selbst vermessen.

»Der Rand ist ein Reifen, der einen Umfang von vierzehn Metern und eine Höhe von vielleicht vierzig Zentimetern hat.« Colbert hatte Feuer gefangen. Das war eine Aufgabe nach seinem Geschmack. Er würde sie mit den Hochleistungsrechnern der Sequencer problemlos lösen können.

»Ich werde den Reifen in vierhundert Ringe von einem Millimeter Stärke und vierzehn Metern Umfang zerlegen«, verkündete er, »auf denen die Linienabschnitte von Buchstaben als schwarze und die Abstände zwischen ihnen als weiße Abschnitte erscheinen. Wie Teile eines besonders einfachen genetischen Codes, in dem nur die Basen Schwarz und Weiß existieren. Zusätzlich werde ich den Reifen in vierzehntausend senkrecht stehende Stränge teilen, die alle vierhundert Millimeter lang sind. Sie stellen ebenfalls besonders einfache Nukleotidsequenzen aus Schwarz und Weiß dar. Zurzeit habe ich die Daten von dreißig Steinbrocken. Wie viele mögen es insgesamt sein?«

»Vermutlich Hunderte«, erwiderte Anahit. »Ich werde alles versuchen, an die Bilder der fehlenden Trümmerstücke zu kommen.«

Auf dem Monitor tanzten die ersten Brocken. Zunächst reihte Colbert wahllos alle Teile nebeneinander, deren obere oder untere Kante eindeutig erkennbar waren. Der erste feine Ring legte sich herum. Schon der zweite vertauschte einige der Stücke, bis die schwarzen Teile des ersten Ringes zu denen des zweiten passten. Der dritte Ring sortierte das nächste kleinere Bruchstück neu ein. So ging es quälend langsam weiter.

»Das Programm läuft automatisch. Sie brauchen sich nicht darum zu kümmern.« Colbert lehne sich in dem Sessel zurück. »Es wird dauern, bis die Ringe und die Stränge sämtliche Trümmerstücke so geordnet haben, dass die Zeichen wieder erkennbar werden, aber ohne die fehlenden Teile werden wir keine großen Erkenntnisse gewinnen können.«

Die ARCTIC QUEEN verdankte ihre Existenz der besonderen chemischen Eigenart des Zements, im angemischten Zustand nicht länger als fünf Stunden verarbeitbar zu sein, selbst wenn er in rotierenden Behältern aufbewahrt wurde. Mit der Zugabe teurer Zusatzstoffe kam man vielleicht auf zehn Stunden, aber auch das reichte nicht für Aufgaben wie die, mit der sie jetzt beauftragt war.

An Land existierte eine ausgefeilte Logistik, speziellen Transportbeton in zentralen Fabriken zu produzieren und mit Hilfe von fahrenden Mischern, die den flüssigen Beton in Bewegung hielten, um ihn nicht mineralisieren zu lassen, an die Baustellen zu transportieren, wo er über Pumpsysteme und Rohrverteiler bis in die oberen Etagen von Hochhäusern geliefert werden konnte. Das ganze System beruhte darauf, dass Erzeuger und Verarbeiter des Betons niemals weiter als einhundert Kilometer auf der Straße voneinander entfernt sein durften.

Auf dem Wasser jedoch bestand keine vernünftige Chance, mit angemischtem Beton eine nennenswerte Entfernung zurückzulegen.

Im Jahr 1992 ließ die norwegische Reederei Arctic Enterprises einen Fischtrawler zu einer schwimmenden Betonfabrik umbauen, um Betonierarbeiten auf Bohrinseln im Nordmeer zu beschleunigen. Nachdem die ersten Projekte abgearbeitet waren, wurde es härter für die ARCTIC QUEEN. In den letzten Jahren beteiligte sie sich an Wettbewerben für Betonlieferungen bei küstennahen Projekten in Häfen des Mittelmeeres und des Schwarzen Meeres. Für den Kapitän und neuen Eigner der QUEEN, Stavros Oliannos aus Saloniki, war der Erfolg mäßig.

Inzwischen sah man der ARCTIC QUEEN die Sparmaßnahmen und die Zeiten längeren Stillstandes an. Die Crew war preiswert, und auch das spürte man.

Der Auftrag, den er nun aus heiterem Himmel bekommen hatte, war ein Geschenk Gottes. Geld spielte keine Rolle,

Fragen wurden nicht gestellt, das Wetter war hervorragend. Für diesen Auftrag kam nur die QUEEN in Frage. Und das hieß, sie brauchten ihn.

Oliannos stand am Gitter des kleinen Podestes vor seiner Brücke. Für ihn war es keine Schwierigkeit, in der Stunde einhundert Kubikmeter Beton zu produzieren und die verlangten vierhundert Kubikmeter mit den beiden Pumpen über zwei Hochdruckrohre zu fördern.

Kein Problem, dachte er, die Aktion bis spätestens heute Mittag abgeschlossen zu haben. Wie seine Auftraggeber ihm mitgeteilt hatten, war für die Zeit danach ein Sturmtief angekündigt, das für die nächsten achtundvierzig Stunden Regen und schwere Stürme von Windstärken oberhalb von zehn mit sich bringen würde. Dieser Zeitdruck war sein bester Verbündeter bei den Preisverhandlungen gewesen. Er faltete seine irgendwie zu kurz aussehenden Arme über seinem Bauch, die Falten unter seinem Kinn schienen das gut gelaunte Lächeln zu wiederholen, das um seinen Mund lag.

Eine militärische Übung hieß es, bei der die Versenkung eines radioaktiv kontaminierten Schiffes erprobt werden sollte.

Meinetwegen, dachte Oliannos. Dieser Auftrag würde ihm die Chance bieten, aus dem trostlosen Geschäft auszusteigen. Vielleicht würde sich nach diesem Erfolg ja jemand finden, der die QUEEN übernehmen wollte.

Noch etwa zwei Stunden bis zum vereinbarten Ort. Seit Mitternacht waren seine Leute dabei, in den Mischanlagen Beton zu produzieren.

Noch immer hielt Anahit das Kaleidoskop in der Hand. Vorsichtig legte sie es zurück auf den Tisch.

»Wissen Sie, was ich glaube?«, fragte Colbert. »Ich glaube, dass ich in wenigen Tagen meiner Familie raten werde, sich in unser winziges Haus bei Chamoson in den Walliser Alpen zurückzuziehen. Ich finde, es sieht nicht gut aus.«

Auf dem rechten der beiden Flachbildschirme, zwischen denen der kleine Frankoschweizer in seinem Bürostuhl hin- und herrollte, fanden zwei Steintrümmer zueinander. **MD**, las Anahit.

»Was wird geschehen?«, fragte sie.

»Ich erwarte, dass es ab dem vierzehnten August weitere Erkrankte und weitere Tote geben wird«, bemerkte er düster. »Nicht wenige wie bisher, sondern Hunderte. Die Leute werden panische Angst vor der Zeit nach weiteren elf Tagen bekommen, wenn es Zehntausende sein werden.«

»Kann es keine Immunität dagegen geben?«, fragte Anahit und bemühte sich, die Aufregung in ihrer Stimme zu unterdrücken.

»Es gibt immer einige Fälle, die nicht mehr spüren als eine leichte Erkältung. Selbst bei den schlimmsten Virusausbrüchen, die ich gesehen habe, erwiesen sich ein paar Prozent als immun. Haben Sie Angst, Sie könnten …?« Colbert sah sie aufmerksam an. Er ahnte also, dass sie von sich selbst gesprochen hatte.

»Was wissen Sie über die Seuche, was die anderen noch nicht wissen?«, fragte Anahit in der Absicht, von sich persönlich abzulenken.

Colbert klopfte an den linken Flachbildschirm, über den in endlosen Kolonnen immer neue Anordnungen der Buchstaben **C – G – A – T** liefen.

»Das ist der Code des Virus LHF, alle 19 862 Zeichen aus einem Alphabet mit vier Buchstaben.« Er hielt das Kaleidoskop an sein Auge, während er weitersprach.

»Um es vorwegzunehmen, ich habe den Beweis, dass LHF kein Designer-Virus ist. Es ist so wenig ein genetisches Monster aus dem Labor eines Bioterroristen wie die Blume mit den Blättern aus Augen, die mich aus diesem Kästchen ansieht.« Er setzte das Kaleidoskop ab. »Leider ist das keine gute, sondern eine schlechte Nachricht.«

Auf dem rechten Bildschirm begann Colberts Code-Matching-Programm endlich damit, den Steinbrocken einzupassen, auf dem die Zeichen **VA** zu sehen waren. Anahit sah auf die Uhr. Mehr als zehn Minuten konnte sie nicht mehr warten. Inständig hoffte sie, noch einen der benachbarten Buchstaben zu sehen.

»Wie kann man das beweisen?«, fragte sie.

»Wir sind beide Spezialisten in der Wissenschaft des Kopierens von Dokumenten. Ermitteln Sie als Historikerin nicht das wahre Alter des Inhalts von Manuskripten, indem Sie die Fehler vergleichen, die sich darin über die Jahrhunderte aus der Tätigkeit verschiedener Kopisten angesammelt haben? Ich bin ähnlich vorgegangen.« Jetzt drehte er sich zu ihr um und blickte sie an. Anahit verstand erst jetzt, dass sein ständiges Grinsen nichts mit Humor zu tun hatte, sondern seine Art war, sich zu konzentrieren.

»Der LHF-Erreger gehört wie der verwandte Erreger des Krim-Kongo-Fiebers zu der Gruppe der Nairoviren, die nach einer Tierkrankheit in Nairobi benannt wurden und von denen es in aller Welt Dutzende verschiedener Typen gibt. Ich habe die Sequenzen von zwanzig bekannten Nairoviren mit LHF verglichen, ich habe die Stammbäume der Unterschiede zwischen den Codes der Viren erstellt, aus denen sich eine Abstammungsfolge ergibt. LHF zeigt zwar sehr große Unterschiede zu allen Nairoviren, es unterscheidet sich aber von jedem von ihnen an einer anderen Stelle seines Codes. Dafür gibt es einen Grund. Es ist der Vorfahre. Sie alle stammen von ihm ab.« Colbert lehnte sich in seinem Stuhl zurück und verschränkte die Arme hinter seinem Kopf. Anahit spürte seinen Stolz über diese Erkenntnis, auch wenn sie nicht genau absehen konnte, welche Konsequenzen sich daraus ergaben.

»*London Hemorrhagic Fever*, kurz LHF, ist der Urvater

aller Nairovirenstämme, der Vorfahre des Krim-Kongo-Fiebers, der Vorfahre von Hazara-, Dugbe-, Zirqa-, Puffin-, Island-, Sakhalin- und Tiafora-Fieber und Dutzenden anderer hämorrhagischer viraler Fieber in aller Welt, die von Nairoviren verursacht werden.«

Anahit blieben nur wenige Minuten. An die Folge **VA** lagerte sich ein weiterer Stein vom Rand der Scheibe an. Ein weiteres Zeichen, eine senkrechte Linie, ein schräger Winkel nach unten.

»Warum ist das eine schlechte Nachricht?«, fragte sie.

»Sieht man sich an, wie schnell sich Nairoviren, wie wir sie heute kennen, verändern, müsste sich für LHF ein Alter von zehntausend Jahren ergeben. Nur woher sollte plötzlich aus heiterem Himmel ein Virus auftauchen, das sich seit zehntausend Jahren nicht verändert hat?«

Der rechte Monitor zeigte zwei Steine, die sich zu einem **VAN** ergänzten. Lusavank? Enthielt die Inschrift auf dem Rand des Mosaiks tatsächlich einen Hinweis auf das Kloster? Ihre Gedanken hetzten weiter zu ihren toten Freunden, zu dem Unglück der SEA WASP, auf der sich das Unglück der CATHERINE wiederholt zu haben schien.

»Das Virus ist nicht aus heiterem Himmel gekommen«, sagte sie im Gehen, »es kommt aus einem Wrack vom Grund des Schwarzen Meeres und ist genau sechshundertvierzig Jahre alt.«

»*Das* ist die zweite schlechte Nachricht«, sagte Colbert. »Es muss eine Phase gegeben haben, in der es verbreiteter war als heute, in der es millionenfach mehr Exemplare davon gab, in der es sich viel schneller verändert hat als heute. Es muss einen Ausbruch gegeben haben, der es über die Welt verstreut hat. In seinem ersten Leben war LHF eine weltweite Pandemie.« Anahit rannte los.

Als sie in den Gang vor der Tür zu ihrer Kabine einbog, sah sie Shirovs bullige Helfer bereits von der anderen Seite her nahen. Sie sprang zurück hinter die Ecke. Noch hatten sie nichts bemerkt. Verzweifelt blickte sie sich um. Sie lief zurück an eine Stelle, an der sie eine Klappe in der Wand gesehen hatte. Die Sicherungen.

Sie öffnete den Kasten. Sicherung um Sicherung schraubte sie heraus, bis das Licht im Gang erlosch. Aus vielen Kabinen ertönten laute Rufe. Sie stürzte im Dunkel voran. Die Ecke. Die undurchdringliche Schwärze des Ganges vor ihr, irgendwo darin die Flüche der beiden Helfer des russischen Polizisten. Menschen strömten aus ihren Kabinen. Sie prallte gegen eine schimpfende Frau. Bald würde jemand den Sicherungskasten gefunden haben. Die fünfte Tür. Sie tastete sich voran, voller Angst, plötzlich die Hand eines der beiden Kerle zu berühren. Sie tastete nach der Ziffer auf der Tür. 21. Laut fluchend kamen die beiden näher. Anahit öffnete ihre Kabinentür. Den richtigen Zimmerschlüssel ließ sie von außen stecken und zog die Tür hinter sich zu. Als sie auf dem Bett lag, bemühte sie sich, ihren Atem zu beruhigen. Sekunden später wurde sie abgeholt, um sich in der Sicherheitsschleuse der ODESSA für den Ausflug auf die SEA WASP umzukleiden. Anahit wurde den Gedanken nicht mehr los, sich in ihrem Schutzanzug auf eine Reise ins Mittelalter zu begeben. Nicht die sonnige SEA WASP, sondern das verrottete Geisterschiff der CATHERINE schien das Ziel der Exkursion zu sein, zu der sie in den frühen Morgenstunden aufbrachen.

★

Jackson war es gelungen, unter der Kommandobrücke einen leeren Konferenzraum zu finden, in dem sich ein Fenster auf das Vorschiff zur Seite schieben ließ. Die schwüle Hitze der Nacht legte sich in den Raum.

Auf einem silbernen Aluminiumkasten neben Jacksons Stuhl stand eine Flasche *Aluschta* aus dem Weingut Massandra in Jalta auf der Krim, ein Cabernet Sauvignon, trocken und höchst genießbar. Eine gewendelte Schnur lief aus dem Kasten in einen Hörer, der neben ihm auf dem Konferenztisch lag.

Jackson goss sein Glas so voll, wie es die ruhigen Bewegungen des Schiffes in der windstillen Nacht erlaubten. Drüben war das Deck der SEA WASP wie in jeder Nacht in gleißendes Licht getaucht. In einer Ecke des flachen Achterdecks stapelten sich blaue Plastiksäcke, die mit den Vogelkadavern gefüllt waren.

Jackson nahm das Blatt zur Hand, das vor ihm auf dem Tisch lag. Eine Karte der Lookout Mountains südlich von Chattanooga, auf der Grenze zwischen den Bundesstaaten Georgia und Alabama. Die fantastischen State Line Caves in den Fox Mountains, weltberühmte Höhlen mit vierhundert Meter tiefen Kaminen, die er noch nicht kannte, nur eine Flugstunde von Washington entfernt. Wenn er es schaffen würde, schon ab dem nächsten Sommer in Washington …

Das Telefon klingelte. Jackson nahm den Hörer auf. Dieses ist eine der bestgesicherten Verbindungen der Welt, dachte er. Genna wird sich keinen Zwang antun, wenn er mit mir redet.

»Jackson«, meldete er sich.

»Genna«, ertönte es. »Gehen wir die Themen durch. Was ist das für ein Kristall? Haben wir den Zugriff?« Jackson bemühte sich, ihm geduldig zu erklären, wo sie mit den Ermittlungen standen.

Gennas Stimme hörte sich an, als würde er Jackson bei jedem seiner Worte einen Tritt in den Hintern verpassen. »Kommen Sie endlich auf den Punkt, Jackson. Der Splitter ist eine Waffe. Gut. Wir sichern uns diesen Splitter. Tun Sie, was Sie wollen, im schlimmsten Fall entschuldigen wir uns später dafür und entlassen Sie fristlos. Sie verstehen, was ich meine?«

»Ja, Sir. Ich verstehe. Ich werde diesen verdammten Splitter für Langley sicherstellen. Egal was geschieht.«

Gennas Stimme blieb kalt.

»Es ist Ihre Fahrkarte an die Ostküste. Wenn wir später den Stein auftreiben, von dem der Splitter stammt, können wir den Russen den Splitter immer noch mit tausend Entschuldigungen übergeben.«

Jackson wusste, dass er es von nun an mit der Gier und der Unzuverlässigkeit seiner Bürokraten in Washington zu tun hatte.

»Setzen Sie alles ein, um für uns den Splitter zu sichern und danach den Stein zu finden. Und halten Sie die anderen so weit wie möglich raus.« Es entstand eine Pause. »Fangen Sie damit an, wenn dieses Gespräch beendet ist.«

»Okay, Sir«, sagte Jackson und warf den Hörer aus der Hand, als wäre er mit dem Bakterienschleim aus der SEA WASP überzogen. Anschließend ging er zum Fenster und lehnte sich weit hinaus, um die warme Meerluft einzuatmen.

Das Einfachste würde sein, sich auf der SEA WASP umzusehen, bevor sie versenkt würde, um einen weiteren Splitter aufzutreiben. Das schien der einzige Weg, den Auftrag zu erfüllen, ohne Verwicklungen zu verursachen, für deren Bereinigung auf den Fluren Washingtons kein besseres Bauernopfer gehandelt werden würde als er selbst.

★

Nur wenige Wolken zogen mit hoher Geschwindigkeit über den im Westen noch dunklen Himmel, Vorboten des angekündigten Unwetters. Auf dem Meer trieb ein dichter Teppich toter Fliegen. Hinter der SEA WASP stand die klobige Silhouette eines weiteren Schiffes im faden Morgenlicht. Zwischen den Rostfahnen, die von der Stahlreling die Bugwand herunterliefen, konnte Anahit den Namen erkennen. ARCTIC QUEEN.

Der zähe Lärm schwerer Motoren, die sich anhörten, als würden sie flüssigen Beton verfeuern, erstarb gerade in dem Moment, als Anahit in dem Plastikgeruch des Schutzanzuges an Deck der SEA WASP stieg. An Deck der QUEEN sprangen Scheinwerfer an, der Lärm sich drehender Mischtrommeln drang herüber. Sie war deutlich größer als das Schiff der Archäologen, auf das sie jetzt zurückgekehrt war, trug deutlich höhere Aufbauten und zeigte sich in einem weit heruntergewirtschaftetem Zustand. Zwischen den staubig grauen Deckaufbauten begannen mehrere Männer, aktiv zu werden. Sie vertäuten Bug und Heck der QUEEN mit der SEA WASP.

Nicht weit von der Stelle, wo Anahit vor zwei Wochen auf einem Poller sitzend einen weißen Schmetterling beobachtet hatte, zogen zwei Männer an Deck gelbe Rohre hinter sich her. Aus den Schutzanzügen blickten Anahit ihre verschwitzten Gesichter entgegen. Wie sie erfahren hatte, würde die ARCTIC QUEEN in spätestens zwei Stunden damit beginnen, durch diese Rohre Beton in die SEA WASP zu pumpen.

Sie stiegen die Treppe von Deck hinunter in den Laderaum, wo sich ihren Augen ein erschütterndes Bild bot. Das grelle Licht im Laderaum flackerte unstet. In seinem Schein bewegten sich Gestalten in Schutzanzügen durch den Raum, der von einem Trümmerberg angefüllt war. Mit jeder ihrer Bewegungen stoben Wolken von Fliegen auf wie in einem tropischen Sumpfgebiet. Zwei Männer versprühten an langen Stangen unaufhörlich feinen Nebel eines Desinfektionsmittels, das auf allen Oberflächen einen fettigen Glanz hinterließ. Dennoch wurden die Fliegen nicht weniger, immer neue schlüpften aus den an allen Stahlwänden haftenden Belägen.

Shirovs kleine Gestalt tauchte neben Anahit auf. Er tippte sie an.

»Wenn Sie uns bitte folgen wollen, Miss Sarian.« Mit einem seiner beiden Gefolgsleute ging er zu der offenen Luke, die in den Kielraum führte.

Einer der Wissenschaftler schob sich dazwischen und stieg ebenfalls hinunter. Offenbar verwechselte Shirovs Helfer sie und stieg noch vor Anahit die Treppe hinab.

Anahit nutzte die kleine Wartepause, um sich den Laderaum, den sie so gut kannte, noch einmal anzusehen. Sie versuchte, das Bild des Sommers aus ihrer Erinnerung zurückzuholen, aber es wollte ihr nicht gelingen. Die SEA WASP war ein Geisterschiff wie die CATHERINE geworden.

Schuldgefühle machten sich in ihr breit, als Einzige die Katastrophe überlebt zu haben. Grelles weißes Licht, Desinfektionsnebel und die sich taucherhaft bewegenden Gestalten dominierten den Raum, von dem sie wusste, dass er eigentlich anders aussehen sollte, dass er ein Wunderwerk der Kunstgeschichte, einen unermesslichen Schatz beherbergen sollte, der mit unendlichen Mühen und unglaublichem Aufwand gesucht und geborgen worden war. Sie konnte sich des Gefühls nicht erwehren, Spezialkräften bei der Reinigung ihres eigenen Gewissens zuzusehen, einer Armee von Beobachtern, die jedes Taschentuch umdrehten und jede Minute ihres Aufenthaltes rekonstruierten, ebenso wie sie es mit dem Mosaik taten.

Niemand beachtete sie, als sie langsam, sorgfältig bemüht, nicht aufzufallen, die Klappe in den Raum nach unten hinter Shirov und seinem Helfer schloss und verriegelte. Niemand würde sie je dazu bringen, die Hölle dort unten zu betreten. Ein Bild davon gesehen zu haben, würde ihr bis ans Ende ihres Lebens zu schaffen machen.

Auf dem Weg zu den Kabinen des Archäologenteams im Vorschiff griff sie sich einen leeren Edelstahlzylinder, den sich einer der Wissenschaftler für den Transport kontaminierter Proben im Laderaum zurechtgelegt hatte. Sie durchquerte den Laderaum, sie passierte das Schott ins Vorschiff und schloss es sorgsam hinter sich. Ihre eigene Kabine lag jetzt vor ihr, wie sie sie in der Nebelnacht des Überfalls auf die SEA WASP im Juli überstürzt verlassen hatte.

Für einen vergänglichen Moment verharrte Anahit in dem aufgeblähten Schutzanzug zwischen ihren persönlichen Dingen aus einem Sommer, der zu einer anderen Zeitrechnung zu gehören schien. Sie nahm eines der Bücher in die Hand, in dem sie damals gelesen hatte – »Mythologie des Kaukasus und des Schwarzmeergebietes«. Sie schaute in den Schrank. Alles war noch da: ihre rote Bluse, ihre flachen hellgrünen Sommerschuhe. Im Bad sah sie die Kette mit dem linsenförmig geschliffenen Lapislazulistück in einer Silberfassung, die sie vor Jahren in Yerevan von einem französischen Historiker geschenkt bekommen hatte. Wahrscheinlich hatte er sich damals mehr von seiner Investition versprochen, dennoch liebte Anahit das Stück. Die Versuchung war groß, die Kette in dem Probenbehälter verschwinden zu lassen. Sie ließ sie unangetastet liegen.

Penfields Kabine. Verschanzt hinter großen Platten, damit ihre Schutzanzüge nicht von den sprühenden Funken beschädigt wurden, erledigten zwei Männer Schweißarbeiten am Tresor in der Kabine. Anahit nahmen sie nicht wahr.

Sie hockte sich hinter den Sessel, in dem sie Jons Leiche gesehen hatte. Langsam schob sie ihn in Richtung Schrank. In seinen von Desinfektionsmitteln getränkten Polstern verzischten die glühenden Funken.

Es gab keine andere Möglichkeit, sie musste sich unter den Sessel zwängen und in seinem Schutz nach dem Handy tasten, das sie hinter dem kleinen Tresor im untersten Fach des Schranks versteckt hatte.

Das Funksprechgerät in ihrem Helm meldete sich aufgeregt. Shirov und seine Leute riefen um Hilfe, um aus ihrem Verlies befreit zu werden. Sie forderten Anahit lautstark auf, sich sofort am Eingang zum Kielraum zu melden.

Konnte überhaupt eine Chance bestehen, dass die Batterie des Handys noch eine Spur von Energie enthielt? Sie erreichte den Schrank. Der kleine Tresor. Das Handy lag dahinter, wie sie es in der Nacht des Überfalls abgelegt hatte. Es war noch immer in Betrieb, wenngleich der Füllstand des doppelten Akkus nur einen haarfeinen Strich anzeigte. Sie hoffte, dass er lange genug durchhielt, um ihre Nachricht an Robert auf den Weg zu bringen.

»Dringende Suche nach Miss Sarian«, schrie es aus ihrem Helm, »sie ist flüchtig.« Alle an Bord wurden aufgefordert, sich an der Suche zu beteiligen.

Von allen Seiten näherten sich Schritte, die Schweißer stellten ihre Arbeiten ein. Mühsam richteten sie sich hinter ihren Schutzwänden auf. In der Stahlwand glomm die Schweißspur um den herausgelösten Tresor.

Anahit war klar, dass sie es nicht mehr schaffen konnte, deshalb ließ sie das Handy in den Probenbehälter fallen und verschraubte ihn. Durch eine Nottreppe, die links von Penfields Kabine direkt hinauf an Deck führte, glitt sie nach oben. Unbemerkt mischte sie sich unter die Gestalten, die mit dem Einsammeln der Vogelkadaver beschäftigt waren.

In Ornithologie war Anahit nicht sonderlich bewandert, aber dass Raben, Tauben und kleinere bunte Vögel unter all den Möwen an diesem Ort nichts verloren hatten, war ihr klar. Sie hatten sich nicht gegen das Gift gewehrt, das aus Düsen an langen Rohren auf sie versprüht worden war, sie waren einfach gestorben, anscheinend glücklich darüber, einen Platz an Deck ergattert zu haben. Jetzt wurden sie zusammengeschoben, in mehrlagigen Säcken verpackt und auf die ODESSA zur fachgerechten Verbrennung gebracht. Es war ein schrecklicher Ort. Anahit kehrte zurück in den Laderaum unter Deck.

»Michail Trenko«, sagte Anahits Helmlautsprecher. »Bevor ich Sie an die Ermittler übergebe, die äußerst aufgebracht darüber sind, von Ihnen im Kielraum eingesperrt worden zu sein, muss ich Ihnen selbst noch einige Fragen stellen. Ich glaube, wir haben uns bisher zu wenig mit der

Geschichte des Wracks befasst, aus dem die Steinscheibe geborgen wurde. Die ODESSA ist mittlerweile das dritte Schiff in Folge, dessen Mannschaft sich mit dem Mosaik befasst, den beiden anderen scheint es nicht gut bekommen zu sein.« Er stand so dicht neben ihr, dass sie sein Gesicht sehen konnte. »Ich möchte, dass Sie mir von dem Schiff berichten, das an dieser Stelle gesunken ist.«

Anahit besah sich den Mann. Er blickte sie angesichts der prekären Situation unerwartet freundlich und neugierig an. Daher entspannte sie sich und gab ausführlich Antwort. Endlich jemand, der sich für das zu interessieren schien, was sie wusste.

»Vor sechshundertvierzig Jahren herrschte an diesem Ort einer der üblichen Novemberstürme. Die Steinscheibe des Mosaiks durchschlug die Bordwand der CATHERINE, das Schiff lief voll und versank augenblicklich.« Anahit schloss für einen Moment die Augen, plötzlich überwältigt von der Situation, die damals an Bord geherrscht haben musste. »Es war ein Schiff des Königs von Zypern, seine treueste, seine erfahrenste Mannschaft, viele von ihnen ehemalige armenische Piraten von der östlichen Küste des Mittelmeers. Warum tat niemand an Bord was dagegen, als man merkte, dass die Platte in der schweren See ins Rutschen kam?« Anahit kümmerte sich nicht darum, dass alle sie über das Funksystem der Schutzanzüge hören konnten. »Dafür gab es einen guten Grund, oder vielmehr einen schrecklichen: Alle waren tot. Männer. Frauen. Kinder. Pferde. Sie waren tot, bevor das Schiff sank. Es hatte von der Insel Zypern kommend eine lange Reise hinter sich. Pierre I war unmittelbar vor dem Ablegen getötet worden, an Bord gab es nur seinen Sohn, Guy de Lusignan, der damals zehn Jahre alt war und keine starke Führung ausgeübt haben dürfte. Als die CATHERINE im November 1369 diesen Ort im Schwarzen Meer erreichte, hatte sie eine sechswöchige Reise hinter sich. Nur aus einem einzigen Grund konnte man auf den

Meeren der damaligen Welt einem Totenschiff begegnen.« Sie fixierte Trenkos Gesicht durch die Schutzscheiben der Anzüge. »Die Pest. Aber der Schwarze Tod des Mittelalters erledigte sein Werk üblicherweise viel schneller als erst nach sechs Wochen. Die Seuche kann noch nicht an Bord gewesen sein, als die CATHERINE den Hafen von Kyrinea verließ, das Schiff wäre niemals bis ins Schwarze Meer gelangt. Was also ist damals unterwegs an Bord geschehen?«

★

Die Männer an dem Trümmerhaufen in der Mitte des Laderaumes beendeten einer nach dem anderen ihre Arbeit. Shirov und seine Leute ließen nichts mehr von sich hören, als hätten sie bereits das Schiff verlassen. Anahit begann damit, Brocken zu sortieren, die Teile der Inschrift erkennen ließen. Zwischen den anderen auf der SEA WASP lief eine Unterhaltung, die jeder mit anhörte.

»Warum sind Sie mit derart großem Aufwand mit der ODESSA angerückt, Michail?«, fragte eine Frauenstimme. »Kein anderer war so schnell und gründlich vorbereitet.«

»Meine Heimatstadt auf der Krim trug einmal den Namen Kaffa. Sie war der Hafen, von dem die Pest in Europa ihren Ausgang nahm. Vielleicht ist das mein Trauma.« Trenko stand noch immer in Anahits Nähe. »Hat nicht jemand etwas, was man in diesen verdammten Anzügen rauchen kann«, unterbrach er seinen Gedankengang, »irgendetwas, was diesen Gummi-, Öl- und Plastikgestank durch ehrlichen Qualm ersetzt?« Er bekam keine Antwort. »Vielleicht ist aber auch meine Tochter der Grund.«

»Wo ist Ihre Tochter?«, fragte Colbert und richtete sich von seinen Arbeiten an dem Trümmerberg auf.

»Sie hat ihr Musikstudium in Simferopol auf der Krim abgebrochen«, sagte Trenko, »ich möchte sie dazu überreden, Medizin zu studieren. Vielleicht verspüre ich jetzt den verrückten Drang, vorher noch aufzuräumen.« Er gab ein trockenes Raucherlachen von sich.

»Als wir das Mosaik an Bord geholt haben, habe ich Teile einer Inschrift gesehen, die um den Rand der Scheibe lief«, sagte Anahit zu Trenko, »möglicherweise kann sie Aufschluss über die Ursache dessen geben, was damals an Bord der CATHERINE geschehen ist. Die Männer, die hier die Teile des Mosaiks erfassen, achten nicht auf die Randsteine. Helfen Sie mir bitte, die Bruchstücke zu erfassen. Ich will wissen, was in den Zeiten der Kreuzzüge so wichtig war, dass es auf der Scheibe für alle Zeiten festgehalten werden musste. Vielleicht war es eine Warnung vor der Pest.«

Trenko schien zu überlegen. Schließlich instruierte er einen der Schutzanzugträger, Anahit mit einer digitalen Vermessungskamera zu unterstützen.

»Die Pest kann es nicht gewesen sein«, sagte er, »sie wird von einem Bakterium hervorgerufen, das hier nirgendwo gefunden wurde.« Trenko verließ seinen Platz, um einigen Männern zu helfen, einen weißen Leichensack aus dem Kielraum des Schiffes über die Treppe an Deck zu schleppen. Der Laderaum leerte sich. Für eine ganze Weile wurde nicht mehr geredet. Colbert und Jackson durchsuchten weiter die Trümmer und besahen sich jeden einzelnen der bewachsenen Steinbrocken.

★

Die Zeit drängte. In den sperrigen Schutzanzügen fanden nur jeweils sechs Personen Platz in dem Beiboot der ODESSA, das unaufhörlich über die dreißig Meter Distanz zwischen den beiden Schiffen hin- und herpendelte, um die SEA WASP zu räumen. Wegen der Desinfizierung, die bereits beim Einstieg auf der SEA WASP begann, war das Übersetzen von einem auf das andere Schiff außerordentlich zeitaufwendig.

Der Mann im Schutzanzug, in dessen Sichtscheibe sich die Sonne spiegelte, hatte eine Sicherung im elektrischen Bordnetz der SEA WASP entfernt, um weitere Bildübertragungen aus dem Laderaum zu verhindern. Jetzt konnte er handeln und verhindern, dass der Splitter in falsche Hände geriet. In dem abgehörten Gespräch, dessen Protokoll er gelesen hatte, hatten die Amerikaner bewiesen, dass sie in dieser Frage keine Skrupel kannten. Jackson hatte den Auftrag erhalten, den Splitter zu stehlen. Gut. Dann hatte er es verdient, mit der WASP auf dem Meeresgrund geschickt zu werden.

Mit aller Kraft presste er sein ganzes Gewicht auf den roten Schlagknopf und schob sich in die Gruppe der anderen fünf Gestalten im Beiboot. Als das Boot ablegte, sahen alle die gelben Rundumleuchten an den Rändern und Ecken der SEA WASP flackern. Schneller und schneller. *Warnung. Nicht mehr betreten. Schiff ist bereit zur Versenkung.*

Sämtliche Scheinwerfer an Deck der SEA WASP erloschen, als das elektrische Bordnetz sich abschaltete. Die batteriegespeisten gelben Leuchten flackerten wie Feuer im Morgendunst.

Von Deck des Betontransporters heulte eine durchdringende Sirene, als sich das Beiboot mit seinen sechs Insassen der weißen Bordwand der ODESSA näherte. Am Zucken der gelben Rohre konnten alle erkennen, dass die Betonpumpen ihre Arbeit aufgenommen hatten.

★

Die gleißend hellen Deckenstrahler erloschen. An den Wänden des Lagerraumes sprangen die batteriebetriebenen Notbeleuchtungen an. Die SEA WASP wurde von Erschütterungen in Schwingungen versetzt, die ihre Quelle tief im Innern des Schiffes hatten. Jackson und Colbert nahmen den Blick vom Boden.

Die Erschütterungen hörten sich an, als würde stoßweise Wasser eindringen. Wie hereingepumpt.

Verblüfft sahen sie einander an. Im nächsten Moment stürzten sie zur Treppe, die hinauf an Deck führte. Der Aufgang war dunkel, er musste versperrt sein.

Colbert stieg in seinem Schutzanzug voran. Aus dem Innern drang weiter das Pumpgeräusch. Plötzlich kam ein deutlich näheres Geräusch dazu, wie das Heranrollen einer Wasserflut. Kurz darauf schoss ihnen Colbert entgegen, gefolgt von einem Strom zäher grauer Masse.

Colbert rappelte sich auf. Jackson rüttelte an der anderen Tür, die in das Innere des Vorschiffes führte. Sie ließ sich keinen Zentimeter mehr öffnen. Dahinter stand die graue Masse bereits höher als im Laderaum.

Die Erkenntnis traf sie wie ein Schlag: Das Schiff wurde mit Beton verfüllt. Unaufhaltsam strömte der tödliche Brei in die Halle.

»Es gibt keinen Strom mehr an Bord«, stellte Jackson fest. Er wanderte ruhelos umher. Klopfte an die Wände. Betätigte Schalter. »Wir müssen eine Wand bauen. Wir müssen den Brei kanalisieren wie Lava auf Hawaii.«

Anahit nahm ihre Kamera zur Hand.

»Egal was passiert, ich werde das tun, weshalb ich gekommen bin. Ich werde die Steintrümmer vermessen, die den Rand der Scheibe bilden. Irgendwann wird sich eine Gelegenheit ergeben, die Inschrift zu entschlüsseln.«

Sie machte sich an die Arbeit. Stück für Stück trug sie in aller Ruhe die ausgewählten Brocken in eine Ecke, wo sie möglichst lange von dem Beton verschont waren.

Jackson und Colbert beschäftigten sich damit, aus schweren Steinbrocken eine Art Flussumrandung zu bauen, um den Beton zunächst in den tiefer gelegenen Raum zu leiten, in dem die Toten entdeckt worden waren.

»Noch zwei Stunden«, sagte Jackson. »Ersticken oder am Fieber verrecken. Eine traumhafte Alternative.«

Mit ihren Arbeiten waren sie länger als eine Stunde beschäftigt, ohne dass sich ein Anlass für neue Hoffnung ergeben hätte.

»An Bord der ODESSA wird jemand feststellen, dass wir fehlen«, meinte Colbert, »spätestens wenn drei Schutzanzüge nicht zurückgebracht werden.« Viel Hoffnung verband er nicht mit dieser Feststellung.

»Jemand hat nachgeholfen«, war Jackson überzeugt, »er wird dafür sorgen, dass unsere Abwesenheit nicht auffällt.«

★

»Wie lange trägt das Schiff?«, fragte Anahit. Stein für Stein nahm sie sorgfältig von jeweils drei Seiten auf. Dabei hoffte sie inständig, dass die Batterien der Kamera für die Erfassung aller Steine ausreichten. Batterie!, dachte sie plötzlich. Dass sie auf die naheliegendste Lösung nicht früher gekommen war!

»Es gibt eine Chance«, sagte sie, ohne ihre Arbeiten zu unterbrechen. Erstaunt über die scheinbare Gelassenheit der Armenierin angesichts der tödlichen Gefahr, hielten Jackson und Colbert neben dem von ihnen gebauten Kanal, durch den der Beton in den Kielraum strömte, in ihren Bewegungen inne.

»Und die wäre?«, fragte Jackson.

»Ich habe ein Satellitenhandy. Ich benötige nur eine Nummer auf dem Schiff.«

Jackson und Colbert sahen sie an, als hätte Anahit soeben einen Reiter aus dem vierzehnten Jahrhundert im Laderaum erscheinen lassen.

»Eine Nummer auf dem Schiff?«, fragte Jackson stumpf. »Auf welchem Schiff?«

»Auf welchem Schiff!«, rief Colbert. »Sicher nicht auf diesem. Auf dem verfluchten Betonmischer ARCTIC QUEEN oder auf der ODESSA.«

Anahit zog das Telefon aus dem Behälter. In den ungelenken Fingern ihres Schutzanzuges hielt sie es von sich gestreckt. Das Display zeigte eine Netzverbindung, obwohl der Anzeigebalken unverändert eine leere Batterie anzeigte. Wenn es noch für eine Nachricht an Robert ausreichen sollte, kam ein Anruf nicht in Frage.

»Die Batterieladung reicht höchstens für eine SMS«, sagte sie.

»Auf keinen Fall eins der Schiffe«, rief Jackson, »das wir hier in der Falle sitzen, ist kein Unfall. Wir müssen über Langley gehen. Es ist dort jetzt sieben Uhr früh. Man rasiert sich oder sitzt im Auto auf dem Weg ins Büro. Es gibt einen 24-Stunden-Dienst, Most Urgent Messages, mit einer eigenen Nummer. Von dort aus sind sie mit allen Entscheidern vernetzt.«

»Diktieren Sie mir die Nachricht«, sagte Anahit. »Schnell.«

»Code red. MIDAC. MAJ«, sagte Jackson. »Operation ODESSA, Schwarzes Meer. Versenkung SEA WASP sofort abbrechen. 3 Agenten eingeschlossen. Notfall. Mayday.«

»Die Nummer«, sagte Anahit. Er diktierte ihr eine Nummer.

Sie betätigte die Sendetaste und stellte sich vor, dass ein Satellit hoch über ihnen das Fünkchen an Signal auf der Mitte des Schwarzen Meeres erkennen und an die andere Seite der Erde weiterleiten musste, bevor eine unbekannte Bürokratie von dort aus jemanden in nur einhundert Metern Entfernung von ihnen dazu bringen konnte, seine Betonpumpe abzuschalten und sie herauszuholen.

Das Display zeigte die Meldung: »Batterie leer. Das Gerät wird abgeschaltet.« Nein!, dachte Anahit, das darf nicht sein. Ich brauche es noch. In die tote Anzeige hinein erschien der Text: »Meldung gesendet.«

Sie erinnerte sich, dass sie in ihrer Kindheit *krahir* gespielt hatten, ein Spiel, bei dem die Kinder anhand kleiner unbekannter Details aus ihrem Leben erkennen mussten, wer von ihnen gemeint war. Wer merkte, dass es um ihn selbst ging, war dabei. Immer blieb sie bei diesem Spiel als Letzte übrig, weil keines der anderen Kinder nähere Details aus ihrem Leben kannte, so wie sie nichts Näheres von den anderen Kindern hatte wissen wollen. Sie war immer allein gewesen und wollte es auch bis vor kurzem noch sein. Als sie das Handy zum ersten Mal in der Nacht des Überfalls auf die WASP in größter Angst in der Hand hielt, hatte sie niemanden gewusst, den sie hätte anrufen können. Sollte dieser eine unterlassene Anruf, dieses eine gesparte Quäntchen Energie, gewonnen aus ihrer hoffnungslosen Einsamkeit, ihr jetzt das Leben retten? Vielleicht bekam ihre lebenslange Einzelgängerei durch dieses eine gesparte Fünkchen so spät noch einen lebensrettenden Sinn.

»Tot«, sagte sie. »Die Batterie ist leer.« Sie ließ den Apparat in den Beton sinken und setzte ihre Arbeit mit der Kamera fort. Mehr als zweihundert Teile hatte sie vermessen, an die einhundert blieben noch.

★

Die SEA WASP hatte schwere Schlagseite. Anahit schwitzte am ganzen Körper, die Luft im Anzug bewegte sich nicht mehr. Die Notleuchten begannen, unstet zu glimmen. Fliegenschwärme, die das letzte Licht suchten, umgaben sie. Die Stahlwände glänzten feucht von einer hauchdünnen Schicht aus Bakterien.

Anahit atmete flach. Sie bemühte sich, so wenig Luft wie möglich zu verbrauchen. Fünf Stunden steckten sie jetzt in ihren Anzügen, aber bestimmt gab es Reserven. Es gab immer Reserven.

»Was haben wir bewirkt?«, fragte Jackson. »Wenn unser Leben ungeplant abbricht, was haben wir bisher aufzuweisen?«

»Ich habe überlebt«, sagte Anahit. »Ich glaube, das war meine größte Leistung – und meine größte Schuld.«

»Dann haben wir uns die richtige Begleitung ausgesucht«, sagte Colbert. »Die Schuld, zu überleben, nehme ich gerne auf mich. Ich habe fünf Kinder. Für mich stellt sich die Frage nicht. Und Sie, Jackson?«

»Ich bin in brennender Kluft von einem Hubschrauber in Wing-Over-Position ohne Sicherung auf einen anderen gesprungen«, sagte Jackson. »Ein Wahnsinnstrip, den mir bis heute kaum einer nachgemacht hat.« Es gab einen Ruck. Sie hielten sich an ihren Sitzen fest und stemmten die Füße auf den Boden. Anahit hielt die Vermessungskamera fest im Arm. Sämtliche Fotos waren darin gespeichert.

Das Schiff lag so schräg, dass die graue Soße aus der Bodenluke in den Laderaum schwappte. Schnell breitete sich ein Betonfladen zu ihren Füßen aus. Mit einem lauten Knall zerplatzte die Tür ins Vorschiff. Eine zähe Flut ergoss sich auch von dort in den Raum. Durch die Gewichtsverlagerung krängte das Schiff wieder zurück in die andere Richtung.

»Wenigstens gehen die Fliegen und ihre Seuche mit uns auf den Grund«, sagte Jackson, »auch wenn wir noch immer nicht wissen, woher sie kommt.«

»Seit gestern Nacht wissen wir, dass das Virus in die DNA aller frisch geschlüpften Fliegen eingebaut ist, deren Eltern in einen Lichtreflex des Splitters geraten sind. Der erste massive Virenausscheider, nach dem wir die ganze Zeit gesucht haben – ist der Splitter. Er hat das Virus in die Welt gesetzt. Jetzt holt es keiner mehr zurück.«

»Mit Licht?«, fragte Anahit. »Was ist dieses Kristall, und wie ist der König von Zypern daran gekommen?«

»Vielleicht ist es ein natürliches Phänomen«, vermutete Colbert. »Wie Bernstein. Denken Sie an seine rätselhafte Anziehungskraft, die man in der Antike an einigen seltenen Steinen beobachtet hatte – der erste geisterhafte Schatten einer Kraft, die später eine Weltzivilisation begründete. Die Elektrizität.«

»Und dieser Splitter«, sagte Jackson, »soll für die Manipulation des Lebens sein, was Bernstein für die Elektrizität war?«

»Der geisterhafte Schatten einer Wirkung von Licht auf lebende Materie«, erwiderte Colbert.

»Und woher kommt das Ding Ihrer Ansicht nach? Wer hat es erfunden?« Jackson schien an Colberts Theorie zu zweifeln.

»Es ist vielleicht unter Bedingungen entstanden, die so extrem waren wie bei der Entstehung von Bernstein oder Diamant. Irgendwo weit draußen im All hat es sich über Jahrmillionen gebildet, ist schließlich in einem Meteoriten auf die Erde gelangt, in grauer Vorzeit gefunden und in ein magisches Mosaik eingebaut worden. Irgendwie so muss es gelaufen sein.«

»Bullshit«, widersprach Jackson. »Das Ding war der Deal zwischen den Waffenhändlern und ihren Lieferanten. Das Mosaik hat nichts mit dem Splitter zu tun. Die SEA WASP war zur falschen Zeit am falschen Ort. Was wir haben, ist eine Biowaffe des einundzwanzigsten Jahrhunderts. Tödlich und steuerbar. Meinetwegen über Licht.« Er machte eine Pause, bevor er sich weiter ereiferte. »Haben wir einen Angriff? Ja. Haben wir die Waffe? Ja. Verstehen wir, wie sie wirkt? Ja. Haben wir den Gegner? Wissen wir, was wir tun müssen? Zweimal nein.« Er keuchte. Schweißperlen traten auf sein kalkweißes Gesicht. Es fiel ihm schwer, sich zu bewegen. Der Betonmorast bedeckte seine Füße.

»Werden wir überleben?«, fragte Colbert.

»Dreimal nein«, korrigierte Jackson.

Am Morgen trafen Robert und Basteau in Monterchi vor der ehemaligen Schule ein, die man zu einem Museum für ein einziges Bild umgebaut hatte.

Das Museum lag südlich unterhalb des Hügels der Altstadt, leicht zurückgesetzt an der Gabelung der Straße nach Padonchia. Es war ein schlichtes Gebäude. Es würde sehr schwer sein, sich darin räumliche Dimensionen vorzustellen, wie sie das Foto aus dem Apartment 108 verlangte.

Sie betraten das Museum durch einen kleinen Flur, in dem an der Kasse eine junge Frau mit kurzen schwarzen Haaren saß, die damit beschäftigt war, zu telefonieren. Ohne ihnen einen Blick zu schenken, verkaufte sie ihnen zwei Eintrittskarten.

Der Ausstellungsraum auf der linken Seite war dunkel. Das Licht flammte erst auf, als sie eintraten.

Der Raum war höher als üblicherweise ein Klassenzimmer in einer Schule auf dem Land, vielleicht fünf Meter. An den Wänden waren Monitore und Stellwände aufgereiht, auf denen die Stationen der Geschichte des Freskos und seiner Restaurierung gezeigt wurden. Rechts neben der Tür, durch die sie eingetreten waren, stand eine einzelne Sitzbank. Ihr gegenüber in der Mitte des Raums befand sich die *Madonna*.

Das große Stück Kirchenwand schwebte in geisterhaftem Licht im Raum, als sei es nicht von dieser Welt. Es war in all seiner Größe und Mächtigkeit auf einem schwarzen Sockel aufgestellt, der mit dem Dunkel des umgebenden Raumes verschmolz. Ein gläserner Kasten umgab das Stück verputztes und bemaltes Mauerwerk, er entrückte die *Madonna* in schneewittchenhafter Zeitlosigkeit in eine Welt ewiger Schönheit.

Der milchig raue Untergrund des frischen Putzes, die den Farben in der Restaurierung 1992/93 durch die Experten von Studio Chimenti e Menci Associati neu verliehene Leuchtkraft sowie die spezielle Beleuchtung erzeugten in der kleinen Landschule eine Atmosphäre der Unnahbarkeit.

Basteau warf nur kurze Blicke auf das Original vor ihnen.

»Das Tragische ist«, sagte er vor Robert stehend, der ergriffen auf der Bank saß, »dass man Bilder heutzutage auf den Reproduktionen in Büchern oder auf DVD ungleich besser in Augenschein nehmen kann als bei den im Vergleich dazu oft enttäuschenden Originalen.«

Er trat vor das Haus. Auf einer Bank saß die an den beiden Besuchern wenig interessierte junge Museumsbetreuerin in der Sonne. Basteau verwickelte sie in ein Gespräch, dessen Inhalt Robert von seinem Platz auf der Bank im Ausstellungsraum nicht verstehen konnte. Alle drei Minuten erlosch das Licht, und er war gezwungen, mit der Hand zu winken, um es wieder einzuschalten. Als es erneut erlosch, blieb Robert unbeweglich im Dunkel sitzen.

Für einen Moment stellte er sich das Bild aufgehängt im Innern einer Klosterkirche vor. Hunderte von Gläubigen, Sonnenstrahlen, die durch ein Fenster in den dunklen, von Weihrauchdunst und Gesängen erfüllten Saal fallen. Sie bringen das Bild über den Köpfen der Menge zum Leuchten. Es ist ein Ereignis, das nur wenige unter ihnen zweimal erleben, manche niemals. Nach dem diesjährigen Tag der Jungfrau Maria, dem fünfzehnten August, wird es erst in vierzig Jahren wieder stattfinden, dann, wenn die Kinder, die es jetzt erleben, zu Großeltern geworden sind. Eine Kultur der Verborgenheit und des Geheimnisses muss um dieses Bild entstanden sein.

Robert bewegte sich, und der Bewegungsmelder schaltete das Licht ein. Er brauchte sein Bandmaß nicht aus dem Rucksack zu holen. Es war offensichtlich, dass das Foto nicht in dem kleinen Museum mit nur einem Ausstellungsstück und einem Besucher aufgenommen sein konnte. Der fotografierte Beobachter des Bildes hätte auf dem Boden liegen müssen, damit sich der von Nock abgeschätzte Abstand zur Madonna ergeben hätte.

Noch einmal, Detail für Detail, führte sich Robert das Bild vor Augen.

In einem runden Zelt, innen gefüttert mit ziegelartig aneinandergelegten quadratischen Eichhörnchenpelzen, außen aus wertvollem Brokat, bestickt mit Mustern aufgesprungener Granatäpfel, steht lebensgroß die junge Frau in einem geschlossenen blauen Kleid, ganz nach der schlichten Mode der Zeit in von links einfallendem Licht. An einem feinen Spalt öffnet sich das Kleid und gibt den Blick auf das weiße Unterkleid frei, unter dem sich der Bauch der Schwangeren bereits zu wölben beginnt. Auch unter der linken Achsel ist das Kleid wegen der beginnenden Schwangerschaft leicht geöffnet. Die rechte Hand Marias liegt schützend auf ihrem Bauch, die andere ist wie zur Entlastung ihrer aufrechten Haltung in die Seite gestemmt.

Diese beiden feinen weißen Streifen sind alles, was auf die herannahende Geburt Christi hinweist – wie der geöffnete Vorhang des Zeltes, den zwei kleine spiegelsymmetrische Engel halten. Nur für einen Moment scheinen sie den Blick auf die Madonna freigeben zu wollen und dabei zu sagen: »Seht her. Nutzt die seltene Gelegenheit, einen Blick auf sie zu werfen.«

Marias Gesicht ist selbstbewusst, in sich versunken, leicht asymmetrisch. Sie ist eine junge schöne Frau, die aus einem Ort in der Umgebung der Kapelle kommen könnte, und zugleich gehört sie, wie ihr Heiligenschein zeigt, zu der überirdischen Welt der Engel an ihren Seiten. Kaum je hatte Robert ein Bild gesehen, das wie dieses die Spannung zwischen Zugänglichkeit und Unzugänglichkeit zeigt und auch nach langer Betrachtung behält.

Es ist ein Bild, das die Hoffnung auf Wiedergeburt darstellt, dachte er, ein Bild, das Zuversicht und Entspannung für die schwangeren Frauen brachte, die sich jahrhundertelang in seinen Schutz begaben.

In diesem Moment überfiel Robert die Gewissheit, dass es etwas in dem Bild gab, was er, was Basteau, was alle übersehen hatten, von denen er etwas über das Bild gelesen hatte. Etwas war darin. Eine Botschaft. Er wusste es. Er sah es. Aber er erkannte es nicht.

Die Museumsbetreuerin drängte Robert, seine Besichtigung zu unterbrechen, sie habe einen Amtsgang zu absolvieren und müsse das Museum bis zum frühen Nachmittag schließen. Robert skizzierte die Anordnung des Freskos im Raum, dann bewegte er sich durch die Darstellungen der Historie des Bildes auf den Monitorwänden, wobei er sich Notizen machte, ungeduldig beobachtet von der jungen Frau. Als er vor dem kleinen Verkaufstresen stand, sah er, dass draußen ein junger Mann in einem gelben Peugeot wartete, dessen Motor noch lief. Robert kaufte ein umfangreiches Werk über Francescas Leben und seine Bilder. Basteau war weit und breit nicht mehr zu sehen.

Wenige Schritte rechts vom Museum, einen Weg hinauf, der sich zu einer mittelalterlichen Tordurchfahrt emporwand, befand sich oberhalb des Museums das Restaurant Fra Pacifico, das den Wahlspruch »Pane, Vino e Companatico« in seinem Wappen führte.

Robert setzte sich an einen freien Tisch. Er bestellte sich ein Mineralwasser und eine Portion Bruschetta. Die Bruschetta al pomodoro waren auf gerösteten Weißbrotscheiben statt auf Baguettescheiben angerichtet und wunderbar knusprig und würzig.

Robert lehnte sich zurück, sodass sich sein Kopf im Schatten eines Sonnenschirms befand, und begann zu zeichnen.

Neben sich spürte er den Duft der frisch gewaschenen Haare einer Frau, die Wärme ihrer Anwesenheit und einen Hauch von Schweiß nach einer zurückliegenden Anstrengung. Er blickte auf. Die junge Frau aus dem Museum setzte sich zu ihm an den Tisch.

»Ich muss mich bei Ihnen entschuldigen«, sagte sie, »Sie haben einen falschen Eindruck von mir bekommen.«

»Ich habe einen Eindruck bekommen«, sagte Robert, »ob er falsch ist, kann ich nicht wissen.«

»Ich studiere, um Lehrerin für Kunstgeschichte zu werden«, sagte sie, »ich kann Ihnen viel mehr über die Madonna berichten, als Sie mir zugetraut haben.« Sie lächelte ihn an. »Ich hatte einen Termin auf dem Standesamt.«

»Herzlichen Glückwunsch«, sagte Robert. »Wonach hat sich mein Kollege bei Ihnen erkundigt?«

»Er wollte wissen, wo hinterlassene Zeichnungen oder Schriften Francescas aufbewahrt werden.«

»Und was war Ihre Antwort?«, fragte Robert.

»Einige seiner mathematischen Schriften befinden sich in dem herzöglichen Archiv in Urbino. Viel mehr gibt es nicht.

Ihr Kollege hat nach Beständen gefragt, die vielleicht bei Francescas Familie oder den Familien seiner Auftraggeber liegen könnten. Es gibt jedoch nichts, was bekannt wäre. Francescas Familie existiert seit dem siebzehnten Jahrhundert nicht mehr, die Familien der Malatesta oder der Bacci sind heute so verzweigt, dass es Jahrzehnte brauchen würde, um dort etwas zu finden. Wonach suchen Sie denn?«

»Ich brauche genaue Informationen, wo das Fresko im Verlauf der letzten fünfzig Jahre überall gezeigt wurde.«

»Die meiste Zeit war es in der Kapelle drüben am anderen Ende des Ortes. Sie sollten dort nachfragen. Dort gab es jahrhundertelang einen Fruchtbarkeitsritus um das Bild der Madonna, der bis weit ins zwanzigste Jahrhundert hinein existierte. Die Frauen Monterchis weigerten sich zweimal erfolgreich, das Bild anderswo zeigen zu lassen. 1954 verhinderten sie den Verleih nach Florenz, 1983 nach New York. Sie wollten keinen Augenblick den Schutz der *Ma-*

donna für ihre Schwangerschaften verlieren.« Ihr Gesicht glühte.

Robert zahlte seine Rechnung. Er würde sich zu der Kapelle auf den Weg machen, auch wenn jetzt eine unbewegliche Hitze über der Stadt lag. Der Regen schien vom Boden völlig aufgesogen worden zu sein. Ein späteres Gewitter kündigte sich an.

»Fruchtbarkeitsritus«, wiederholte er. »Sie haben einen großartigen Job am richtigen Ort. Aber nehmen Sie sich in Acht.«

»Zu spät«, sagte sie und lachte vergnügt in die Sonne, die auf ihr Gesicht schien.

Das Heck sackte ab, der flüssige Beton lief aus den Ecken des Lagerraumes nach. Die leichte Luftströmung in Anahits Anzug verebbte, sofort fiel der Überdruck darin ab, und überall legte sich die Folie direkt auf ihren Körper. Sie bewegte sich müde. In dem Pack auf ihrem Rücken sprang ein Motor an. Der Anzug blähte sich erneut auf, aber die Luft darin wurde nicht besser. Sie keuchte. Ihre Lungen arbeiteten wie verrückt, um aus der ständig wieder umgewälzten Luft noch Sauerstoff zu gewinnen. Das Bild der Umgebung löste sich in Raster auf, in bunte Flocken, die immer gröber wurden. Sie zwang sich dazu, die Augen weit aufzureißen.

Aber um sie her wurde alles schwarz.

Endlich konnte sie sich der Dunkelheit hingeben, die nach ihr griff. So weit sie die Augen auch öffnete, nichts als die Dunkelheit umgab sie, das schwarze Wasser, der sich verfestigende Beton.

Jetzt ist sie in der Wohnung unter dem Wasser, in dem Geruch nach nassem Beton, in dem Schwappen des Wassers, der Kälte, der Hoffnungslosigkeit. Sie hört das Klopfen von der Decke darüber, die kleine Anahit, die nicht helfen kann, lebt dort oben. Sie, die große Anahit, ist endlich dort angekommen, wo ihr Gewissen sie haben will. Unten. In der schweren Tiefe.

Bald wird sie dort sein können, wo endlich ihre Schuldgefühle verschwinden. Tief in der Schwärze. Im Wasser. Bei den anderen, die sie damals im Stich gelassen hat. Sie geht den Schritt in den Morast aus Beton. Sie beginnt zu versinken. Bald ist sie an ihrem Ziel, in der angenehmen Dunkelheit des endgültigen Vergessens.

Plötzlich musste sie an das Satellitentelefon im Beton denken. Auf Ewigkeiten würde es neben ihr im Stein ruhen, sie unerreichbar daran erinnern, dass eine Botschaft an Robert auf ewig ungesendet bleiben würde.

Sie riss sich los. Mit Bewegungen, die ihr ins Unendliche gedehnt vorkamen, weil sie schon tief in dem flüssigen Beton steckte, prüfte sie ihren Schutzanzug. Verzweifelt tastete sie nach allem, was sich in der undurchdringlichen Schwärze des Laderaumes bot. Die Kabel des Laufkrans. Es gelang ihr, sich ein Stück aus dem Beton zu ziehen, aber es floss immer neuer Beton aus dem vorderen Teil des Schiffes und aus dem nun schräg über ihr hängenden Rohr. Es gab nur eine Chance, zu entkommen.

Sie hatte den Alptraum der Vergangenheit bezwungen, zumindest fürs Erste. Es lohnte sich, mit einem völlig neuen Gefühl in die Zukunft zu blicken, wenn die Last aus ihrer Jugendzeit in Beton versiegelt auf dem Meeresboden lag. Immer wieder hatte sie überlebt, zuletzt, weil sie als eine unter hundert offenbar immun gegen die Seuche war. Das war erst recht eine Verpflichtung, auch weiterhin zu überleben.

Sie löste die Handschuhe ihres Schutzanzuges. Mit einem Ruck öffnete sie den Verschluss. Sie riss den Helm von den Schultern und zog sich in einer einzigen Bewegung mit der neuen Kraft des frischen Sauerstoffs, der in ihre Lungen strömte, aus dem Schutzanzug, der durch das Gewicht des Atempacks im Morast versank. Die Schuhe, dachte sie. Sie musste die Schuhe anbehalten. Ihr linker Schuh blieb mit dem Anzug im Beton. Ein Teil des alten Manuskriptes mit dem Bericht über das Kloster Lusavank würde für ewige Zeiten am Grund des Meeres liegen.

Ein Hauch von Licht lag in der Schwärze. Anahit hielt ihre Augen krampfhaft aufgerissen. War es eine Täuschung aus dem Innern ihrer Augen? Ein Schleier von Licht, der kaum zu erahnen war, ging von den Wänden aus, von allen Flächen außer dem Beton. Überall. Die Biofilme!

Je länger es dauerte, desto deutlicher sah sie, wie alles um sie her leuchtete. Ein Regen von Funken ergoss sich auf den Beton. Fantasierte sie?

Ein Strom glühender Tropfen floss von einem Punkt aus der Stahldecke herab. Ein zweiter Funkenstrom. Ein dritter. Auf ihren instabilen Podesten, um die der Beton jetzt fast zwei Meter hoch stand, mussten sich Jackson und Colbert zur Seite lehnen, damit ihre Schutzanzüge nicht getroffen wurden. An fünf Stellen wurde das Deck gleichzeitig aufgeschweißt.

Noch war nichts gewonnen. Die Bewegungen des in der Schräge ansteigenden Betons, des abtauchenden Hecks und der in der Stahldecke ihres Gefängnisses aufeinander zulaufenden Spuren des brennenden Metalls hypnotisierten Anahits betäubten Geist. Eine Stahlplatte von zwei Quadratmetern Größe segelte herab. Mit lautem Zischen bohrte sie sich in den Beton.

Erneut riss Anahit die Augen weit auf. Durch die Öffnung des Decks strömten Fluten warmen Regens. Ein Tragekorb senkte sich von oben herab. Jackson griff zu und ließ sich in seinem aufgeblähten Schutzanzug in die Höhe ziehen. Colbert zog sich in den zweiten Korb.

Die Inschrift am Rand der Platte durfte nicht für immer verloren gehen. Anahit warf Colbert die Kamera zu, er verschwand damit nach oben. Sie musste sich darauf konzentrieren, nicht im Beton zu versinken. Ein dritter Korb kam.

Doch er wurde nicht mehr nach oben gezogen. Das Schiff stand bereits zu schräg, die Mannschaft an Deck hatte sich in Sicherheit gebracht.

Als stünde die Zeit still, verharrte das Schiff in einem unwirklichen Gleichgewicht. Die aufgeschweißte Öffnung lag schräg über ihr in Griffweite, die Oberfläche des Betons befand sich in ihrem äußersten Winkel bereits dicht darunter.

Mit einem Ruck zog Anahit sich an den Kabeln hoch. Sie wälzte sich über den Schweißrand an Deck direkt in den schwarzen Himmel, aus dem dichter Regen fiel. Die glühend heiße Kante fraß sich in ihren Bauch, alles in derselben Bewegung, mit der sie von Deck ins Wasser rutschte. Mit heftigen Stößen schwamm sie davon. Völlig geräuschlos fiel der Regen aus den niedrig hängenden schwarzen Wolken. Sie konnte keinen Meter weit sehen.

Es schienen Stunden vergangen, als vor ihr die Wand eines Schiffes stand, grau, streifig braun von Rostfahnen. Im Dunst des Regens entzifferte sie einen Namen. ARCTIC QUEEN.

Die Bordwand vor ihr sah auf einer Seite einer der Rostfahnen heller und frischer aus als auf der anderen. Jedenfalls bis auf halbe Höhe. Offenbar hatten sie die Bordwand zu streichen begonnen und die Arbeit unterbrochen. Was sie für eine Rostfahne gehalten hatte, erwies sich als eine Strickleiter, die den Eindruck machte, als hinge sie schon seit Wochen dort. Anahit schwamm auf sie zu. Als ihre rechte Hand die unterste Sprosse erreichte, liefen die Motoren der ARCTIC QUEEN hoch, und das Schiff begann Fahrt aufzunehmen.

Michail Trenko ging hinunter in das medizinische Lagezentrum der Seuchenbekämpfung, das sich im allgemein zugänglichen Labortrakt unter dem Vorschiff befand. Zwei junge Wissenschaftler aus seinem Team führten Gespräche mit Partnern in Russland und England. Sie saßen zwischen Reihen von Telefonen unter einer zentralen Bildwand, auf der die ersten LHF-Fälle und beteiligte Untersuchungslabors in aller Welt eingetragen waren. Ein Überwachungsmonitor zeigte die Patientin Cherry Dellon. Sie saß vor einem beeindruckend großen Fernsehbildschirm, auf den Knien verschiedene Zeitschriften und am Ohr ein Telefon. Ihre Körpertemperatur lag bei 37,2 Grad.

Trenko öffnete eine frische Packung Cigarronne, eine modernisierte Version der Papyrosi, bei der das hohle Pappmundstück genauso lang war wie der mit Tabak gefüllte Teil. Er zündete die erste Zigarette an und sog den Rauch tief ein. Einer der Wissenschaftler wedelte den Rauch mit einem Mousepad aus seinem Gesicht. Trenko störte sich nicht weiter daran. Ihm ging nicht aus dem Kopf, was die armenische Historikerin über das Schicksal der CATHERINE im vierzehnten Jahrhundert gesagt hatte. Er nahm eine Verbindung ins Internet auf und gab das Stichwort »Kaffa« ein. Sofort wurden Hunderte von Quellen angezeigt. Trenko rief einige von ihnen auf. Eine Belagerung durch die Mongolen. Das Jahr 1346. Ein Hinweis führte auf den nächsten und ergab weitere Stichworte. Island. Eyam in England. Trenko ließ Artikel für Artikel auf dem angeschlossenen Laserdrucker ausgeben. Wenn es stimmte, was er las, ergab sich eine völlig neue Bewertung der Situation. Und die war keineswegs beruhigender.

Was er fand, bestärkte ihn darin, für die ODESSA volle Fahrt zurück auf die Krim angeordnet zu haben. Die SEA WASP existierte nicht mehr. Für die ODESSA bestand nicht der geringste Grund, an diesem Fleck des Schwarzen Meeres zu bleiben. Wenn sich bewahrheitete, was er befürchtete, gab es keine Minute zu verlieren. Jackson hatte mit allen Präsidenten seiner Antiterrororganisation gedroht, er hatte herumgebrüllt, dass die Aufgabe an Bord der ODESSA nichts mit Luftschleusen und Blutanalysen, mit Quarantäne und Schutzanzügen zu tun hätte, sondern Teil einer Antiterroroperation war. Wenn Trenko sein Schiff nehmen und zurück auf die Krim fahren würde, würde er den verdammten Splitter von dem verdammten Mosaik für MIDAC mitnehmen. Als Resultat der lautstarken Diskussion hielt die ODESSA Kurs auf die Krim, der Splitter war an Bord, und Jackson wollte sich etwas einfallen lassen, um das Problem zu lösen.

Trenko zerknüllte die leere Schachtel Cigarronne, als er mit einem dicken Packen Unterlagen den Raum verließ. Er war entschlossen, dahinterzukommen, was der CATHERINE und der SEA WASP wirklich widerfahren war. Trotz der Morde wuchsen seine Zweifel an einem terroristischen Anschlag. Und wenn es doch einer war, musste alles viel komplizierter sein, als sie gedacht hatten.

Auf seinem Fußweg zur Kapelle Santa Maria di Momentana umrundete Robert den Hügel, auf dem die Altstadt thronte. Es war ein schwüler Tag, über dem die graue Ruhe des frühen Nachmittags lag. In einem Restaurant, in dem man mit den Vorbereitungen für eine Hochzeitsfeier beschäftigt war, fragte er nach dem Weg.

Links der Nationalstraße 221 ging ein von alten Zypressen gesäumter Weg leicht bergan, bis auf seiner linken Seite der helle Bau der Kapelle auftauchte.

Bauarbeiter waren damit beschäftigt, einige Grabmale auf dem Friedhof zu restaurieren und neuen Platz in der Anlage für Urnenbestattungen zu schaffen. Ein Priester unterhielt sich mit ihnen.

Robert fragte ihn nach der Geschichte der Kapelle. Der Priester hatte offensichtlich Erfahrung im Umgang mit neugierigen Besuchern. »Wollen Sie die kurze oder die lange Version?«, fragte er.

»Die lange bitte.«

Der Priester lachte erfreut und verschränkte die Hände hinter dem Rücken, offenbar das Zeichen, dass nun sein Vortrag begann. »Der Bau vor Ihnen«, sagte er in die Sonne blinzelnd, »hat mit der ursprünglichen Kapelle aus dem Jahr 1230 nicht viel mehr gemein als den Namen. Damals war der Bau fünf Meter breit, zwölf Meter lang und von West nach Ost ausgerichtet. Über dem Hauptaltar im Osten befand sich das Wandbild einer Maria mit dem Jesuskind. 1465 schuf Francesca sein Fresko der schwangeren *Madonna*. Die Lichtstrahlen fielen durch ein rundes Fenster über dem Eingang direkt auf das Bild und ließen den Raum im Halbdunkel.« Der kleine magere Priester begann umherzuwandern. Robert folgte ihm an die Ostseite der Kapelle, wo er dort in die Luft zeigte, wo er das frühere Fenster vermutete.

»Eine christliche Madonna in einem Zustand zu zeigen, in dem die Welt noch nicht christlich sein konnte, weil Christus noch nicht geboren war, entsprach während der Gegenreformation im sechzehnten Jahrhundert nicht mehr der offiziellen Linie der Kirche. Alle Spendenmittel flossen von nun an einer hölzernen Statue der Maria mit Kind zu, die sich im nördlichen Seitenaltar befand. Im Jahr 1785 beschloss man den Abriss der Kirche, um Platz für die Verlegung des Friedhofes der Gemeinde hierher zu schaffen. Eher zufällig blieb das vordere Drittel der Kirche als Friedhofskapelle übrig.« Er schlug mit der flachen Hand gegen die Wand der Kapelle.

»Mehr als vierhundert Jahre nach seiner Entstehung wurde das Fresko erst im Jahr 1889 als ein großes Kunstwerk wiederentdeckt. Kurze Zeit später wurde es aus der Wand gelöst, restauriert und gerahmt.

Anfang des zwanzigsten Jahrhunderts gab man die *Madonna* während eines Erdbebens für zwei Jahre zu einer Familie, danach für drei Jahre in ein Museum.« Der kleine Priester blickte hoch zu Robert. Helle Schläge eines Hammers auf einen Eisenpflock klangen von den Handwerkern herüber und schwebten eine Weile in der klaren Luft.

»Während des Zweiten Weltkrieges wurde die *Madonna* zum Schutz in der Kapelle eingemauert und danach wieder freigelegt«, sagte der Priester. Er war auf seinem Rundgang wieder am Eingang angekommen. »Im Jahr 1956 wurde das Fresko ausgelagert, als man damit begann, Santa Maria di Momentana völlig umzubauen. Die Orientierung der Kapelle wurde gedreht, der Raum mit dem Bild nach Süden verlängert und ein eigener Eingang angelegt, der seither das Betreten von außerhalb des Friedhofs erlaubt. Von 1956 bis 1967 wurde die *Madonna* im Museum in Sansepolcro gezeigt. Seit 1992, als man mit der professionellen Restaurierung des Originals begann, hängt diese klägliche Kopie in einem dunklen Raum, der viel zu klein ist, fast ein Sarg.«

Fehlanzeige, dachte Robert. Zu dem Zeitpunkt, als irgendwo auf der Welt das Foto mit der Aufschrift »Lusavank, 1966« aufgenommen wurde, befand sich Francescas Original im Museum in Sansepolcro. Also musste er dort als Nächstes hin. Um die Abmessungen der Kapelle brauchte er sich nicht mehr zu kümmern.

Nur mit halbem Ohr hörte er den restlichen Ausführungen zu. Als der Priester gegangen war, setzte sich Robert auf die Seitenmauer der Treppe, die zu dem mit einem Gitter abgesperrten Altarraum führte. Irgendwo über den ausgedörrten Grasfeldern auf der anderen Seite der von Zypressen gesäumten Zufahrt zur Kapelle stimmte eine Nachtigall ihren Gesang an. Jede Nachtigall, die er hörte, brachte alle anderen, die er jemals zuvor gehört hatte, wieder zum Singen. Und vielleicht auch all jene, die in den Jahrhunderten zuvor in diesen Hängen gesungen hatten. Vielleicht konnte sie ihn in die Zeit zurückversetzen, in der an diesem verschlafenen Ort die rätselhafte Beziehung der *Madonna* zu einem Renaissancebild im fernen Kaukasus ihren Ausgang genommen hatte.

Aber die Träume brachten ihn der Lösung seines Problems nicht näher. Vielleicht würde ihn Nocks E-Mail auf andere Gedanken bringen. Robert holte seinen Laptop aus dem Rucksack, und nach kurzer Zeit hatte er über eine GSM-Verbindung Zugriff auf seine elektronischen Nachrichten.

»Die Adresse in Yerevan, Tumanyanstraße Nr. 1, Aufgang IV, Apt 108, enthält die Folge 1, 4, 108, der ein einfaches Bildungsgesetz zugrunde liegt«, schrieb Nock. »Die Folge ergibt sich aus den Potenzen 1 hoch 1 (= 1) mal 2 hoch 2 (= 4) mal 3 hoch 3 (= 108).

Die Adresse dient anscheinend allein dem Hinweis auf die Zahl 108, die im Islam eine der Bezeichnungen für Gott ist und auch darüber hinaus merkwürdige Eigenschaften besitzt.

Der Abstand der Sonne von der Erde ist das 108-fache des Sonnendurchmessers und der Abstand des Mondes zur Erde das 108-fache des Monddurchmessers. Eine seltsame Koinzidenz, deretwegen Mond und Sonne am Himmel als gleich groß erscheinen. Außerdem ist 108 als das Produkt der neun Planeten mit den zwölf Tierkreiszeichen die Grundlage der Astrologie.

Wahrscheinlich aber ist die Botschaft viel einfacher. Vor allem stehen 108 Grad für das Winkelmaß jeder Ecke eines gleichseitigen Fünfecks. Einen Zufall halte ich für ausgeschlossen. Mit der Länge einer Seitenlinie und dem Winkel von 108 Grad ist ein gleichseitiges Pentagon vollständig beschrieben. Vielleicht solltest du einfach von jetzt an Ausschau nach einem Winkel von 108 Grad halten. Gruß Nock.«

Robert ließ den Laptop auf der Treppenbegrenzung der

kleinen Friedhofskapelle in der Sonne stehen. Er lief die Treppenstufen hoch, um die Kopie der *Madonna* hinter der Gitterabsperrung im Dunkel des Altars in Augenschein zu nehmen. Es fiel ihm wie Schuppen von den Augen. Es war so offensichtlich, aber was sollte es bedeuten?

Arme und Beine eng an ihren Körper gezogen, hockte Anahit im strömenden Regen an Deck. Quer über ihren Bauch lief eine schwere Brandverletzung, in der ihre Haut und der Stoff des weißen Overalls, den sie unter dem Schutzanzug getragen hatte, miteinander verschmolzen waren. Die Wunde ging tief bis in den Bauchfellmuskel, die Schmerzen nahmen ihr die Luft. Es fühlte sich an, als stecke die glühende Schweißkante noch in ihr. Mit dem Abklingen der Aufregung, die sie in Bewegung gehalten hatte, um ihr Leben zu retten, brachen die Blockaden, die sie bisher vor den Signalen aus ihrem Körper verschont hatten, dennoch konnte sie keinen anderen Gedanken fassen als den letzten, der sie in der SEA WASP beschäftigt hatte. Sie musste um jeden Preis an ein Handy gelangen. Als sie sich erhob, hatte sie das Gefühl, die Schmerzen rissen ihren Körper entzwei.

An Deck kam sie in Richtung des Hecks an einem runden Aufbau vorbei. Der Betonmischer? Sie überquerte eine Reihe von Silodeckeln für Wasser, Zement, Sand und andere Zuschlagstoffe, die in den Laderäumen unter Deck gelagert waren, bis sie endlich vor den hinteren Deckaufbauten stand. Hier mussten die Mannschaften untergebracht sein.

Sie öffnete die Tür, die in einen Gang nach innen führte. Es stank nach Rauch und Schnaps. Irgendwo hörte sie einen Fernseher laufen und Männer, die sich lautstark unterhielten. Für einen Augenblick hielt sie die Luft an, um den Gestank nicht einatmen zu müssen.

An der Seite des Ganges befand sich eine Holzbank, unter der schwarze Gummistiefel aufgereiht standen, wie sie sie auch in ihrem Verschlag gesehen hatte. Darüber war eine Leiste mit Garderobenhaken an die Wand geschraubt, an denen gelbe Regenjacken hingen. Sie tastete die Taschen ab. Aus dem Raum, in den eine offen stehende Tür neben ihr führte, ertönte lautes Lachen. Geräusche von Flaschen, die aneinanderstießen.

In einer der Taschen steckte ein Schokoriegel. Anahit biss mit Heißhunger hinein und schob den Rest in einem Stück hinterher. Kein Handy. Die nächste Jacke.

»Ich geh pissen«, sagte eine Stimme.

Anahit schlich zur Tür und schob sich zurück in den Regen. Nach wenigen Augenblicken stand sie wieder im Gang. In der dritten Jacke, die sie durchsuchte, hatte tatsächlich jemand sein Handy vergessen. Blinkend suchte es nach einem Netz.

Sie stopfte es sich in die Tasche und tastete die anderen Jacken nach etwas Essbarem ab. Alles, was sie fand, war ein Apfel.

Schritte näherten sich, der Mann kam zurück. Geräuschlos verschwand Anahit im Regen. Sie lief an den Siloabdeckungen und dem Mischerturm vorbei, wobei sie Biss um Biss den Apfel verschlang.

Direkt hinter der zum Bug hin ansteigenden Bordwand der QUEEN gab es einen Decksaufbau aus Wellblech. Das Blech fühlte sich warm an. Sie stieß auf eine provisorische Tür, die mit einem unverschlossenen Riegel arretiert war. Als sie sich in den Verschlag zwängte, verhakte sich eine Kante des Wellblechs an ihrem Bauch. Der Schmerz schlug wie ein Blitz durch ihren Körper. Es roch nach Diesel und frischem Beton, aber die zwei großen Betonpumpen in dem Verschlag strahlten eine angenehme Wärme aus.

Anahit krampfte die Beine dicht an den Bauch, beide Hände um das Handy geschlossen. Irgendwann, wenn sie nahe genug an der Küste war, würde das Gerät in ihren Händen lebendig werden. Obwohl die Schmerzen sich unaufhörlich in ihren Bauch fraßen, fiel sie schließlich im eintönigen Hämmern des Regens in den Schlaf der Erschöpfung.

Eidechsen flossen lautlos in der Sonne heran. Robert saß im Halbschatten an die Kapelle gelehnt. Rufe der Bauarbeiter verhallten unter dem weiten Himmel.

Nach stundenlanger Suche im Internet stellte die Batterie des Laptops ihren Dienst ein. Roberts Hände waren damit beschäftigt, die Umgebung in seinem Skizzenbuch festzuhalten, den Weg, den in der Ferne liegenden Festungsberg von Monterchi, die Zypressen des Friedhofs, die Fluchten der Marmorwände mit Urnen. Seine Gedanken waren bei der *Madonna del Parto* in der Kapelle in seinem Rücken.

Das Motiv der Madonna unter einem Baldachin, der von zwei Engeln geöffnet wird, spielte in der italienischen und insbesondere in der florentinischen Kunst offenbar seit langem und in immer neuen Variationen eine Rolle. Ein Detail jedoch unterschied Francescas *Madonna* von beispielsweise der florentinischen *Madonna*, die Rossolo di Jacopo Franchi 1420 malte. Dessen Bild zeigt eine Madonna in einem geöffneten Vorhang, der von zwei schwebenden Engeln auseinandergehalten wird. Der Vorhang öffnet sich von der Spitze der Öffnung zu den haltenden Händen der Engel im Winkel von 60 Grad. Oder die Skulptur einer Madonna unter einem Zelt im Dom von Orvieto aus dem Jahr 1310 von Lorenzo Maifani. Zwei Engel, die die Größe der Madonna selbst haben, halten zu beiden Seiten die Öffnung des Zeltes – in einem Winkel von 130 Grad. Die Gesamtkomposition der *Madonna del Parto* hingegen ist von genialer mathematischer Einfachheit. Der Öffnungswinkel des Zeltes: 108 Grad. Der Winkel zwischen der Öffnung des Zeltes und den Armen der kleinen Engel, die es halten: 108

Grad. Der Winkel der Beine der Engel zu der Horizontale des Bodens, auf dem sie stehen: 108 Grad.

Robert löste ein Blatt aus seinem Skizzenbuch. Freihändig zeichnete er ein Pentagon. Er drehte das Zeichen in alle Richtungen, korrigierte es immer wieder, bis es vollkommen symmetrisch als gleichseitiges Fünfeck auf dem Papier stand. Er falzte das Papier entlang der Seitenlinien des Pentagons in scharfen Kanten, an denen er es schließlich aus dem Bogen riss. Er legte die Schablone an den Abdruck der *Madonna* in seinem Buch. Es passte.

Er blickte in den Himmel. Ein Gewitter zog herauf.

»Der Intellekt ist unfähig, die Wahrheit ohne die Hilfe von Linien zu erkennen«, hatte Francesca als Mathematiker und Künstler postuliert. Das galt nicht nur für die Konstruktionsanleitung eines Pentagons, die er nach den Regeln Euklids in seinem Standardwerk *De prospectiva pingendi* über die Mathematik der Perspektive im Detail ausführte, sondern ebenso für seine Kunstwerke. Robert kam der Satz vor wie eine Anleitung zur Dechiffrierung von Francescas Bildern.

Die Linienabschnitte im Bild der Madonna, ob sie Zeltbahnen, Gliedmaßen von Engeln oder Abstände zwischen den Knien der Engel betreffen, waren gleich. Das Fresko an der Wand der Kapelle in seinem Rücken war als reguläres Fünfeck geschaffen worden, in dessen Zentrum sich der Nabel der schwangeren Jungfrau befindet, das Christuskind wartet in einem Pentagon auf seine Geburt.

Doch was hatte ein Pentagon in einem christlichen Madonnenbild zu bedeuten?

In dem Augenblick, als sich eine kleine Trauergesellschaft zur Bestattung einer Urne vor einer der marmornen Wände versammelte, fiel ein Platzregen vom Himmel, dem bald ein Gewitter folgen würde.

In größter Hast raffte Robert seine Sachen zusammen. Es war aussichtslos, weit und breit gab es keinen Platz, an dem er sich hätte unterstellen können. Sein Handy fiel ihm aus der Hand, es rollte den kleinen Kapellenhügel hinab und verschwand in einer gelben Schlammpfütze, die der niederprasselnde Regen schnell füllte. Robert drängte sich unter den winzigen Vorsprung über dem Eingang zum Altarraum. Das Handy würde ihm dort, wo es jetzt gelandet war, nicht verloren gehen, funktionieren würde es ohnehin nicht mehr.

Das Absperrgitter gab nach. Es war nicht verschlossen, sondern schien nur eingerostet und sehr schwer bewegbar zu sein. Robert zog sich fünf Meter tief in das Innere der Kapelle zurück. Tropfend lehnte er sich mit dem Rücken an den kleinen Altar vor dem Bild.

Wäre die schwangere Madonna in der Friedhofskapelle ein Einzelfall gewesen, hätte das Pentagon die Laune eines Künstlers sein können, der die Wirkung mathematischer Strukturen in seinen Bildern erprobt. Es gab jedoch eine weitere Madonna Francescas, die *Madonna della Misericordia*, die wie eine altägyptische Gottheit dargestellte »Schutzmantelmadonna«, die vor der Pest, dem schrecklichen Schwarzen Tod des Mittelalters, behüten sollte. Die einflussreiche Bruderschaft Misericordia hatte sie im Jahr 1445 bei Francesca beauftragt. Ein Mitglied der Bruderschaft ist unter den weiten Armen der überlebensgroßen Madonna zu sehen – im schwarzen Umhang unter spitzer schwarzer Kapuze, der Kleidung, in der die Bruderschaft dem Gewerbe nachging, dem sie hundert Jahre zuvor ihre Verbreitung verdankte – der Beseitigung der Pestleichen, die in den Städten Italiens die Straßen verstopften.

Wieder besteht ein wesentlicher Unterschied zu den Vorgängerbildern dieser damals populären Mariendarstellung wie der 1330 entstandenen *Madonna della Misericordia* von Niccolo di Segna. Diese spreizt ihre Arme, unter denen die Mitglieder der Bruderschaft Schutz suchen, im Winkel von 100 Grad, während die Arme der Schwarzen Madonna

Francescas in einem Winkel von exakt 108 Grad ausgebreitet sind. Setzt man Linien in der Länge der Arme weiter im Winkel von 108 Grad an, schließt sich ein perfektes Pentagon, in dessen Mittelpunkt sich der Nabel der Madonna befindet und damit auch der noch ungeborene Christus.

Francesca hatte also die Jungfrauengeburt, den Schutz vor der Pest und die Empfängnis Christi ins Zentrum eines Pentagons gestellt. Welche Botschaft wollte er damit vermitteln? Und für wen war die Botschaft gedacht?

Das Gewitter hatte Monterchi erreicht. Aus tief hängenden Wolken zuckten Blitze, von endlosem Donnergrollen und Strömen von Regen begleitet. Langsam brach die Dämmerung ein.

Erstaunlich, mit welcher Wut sich Shirov auf die Rekonstruktion des Mosaiks gestürzt hatte, fand Seena. Widersprach es seinem Ordnungstrieb, in einem Trümmerhaufen ein Rätsel zu hinterlassen, einen Stein unerkannt, von dem ein Splitter abgeplatzt war, der eine Seuche verbreitete – selbst wenn niemand genau wusste, wie das geschah? Colberts Laborerkenntnisse ließen keinen Zweifel daran.

Wahrscheinlich tat Shirov das Richtige, wahrscheinlich war diese Rekonstruktion der einzig gangbare Weg, etwas über den Stein herauszufinden, dem die Welt das Desaster von LHF verdankte. Shirovs Männer hatten in den letzten Stunden auf der ODESSA große Anstrengungen unternommen, das Rätsel des zerstörten Mosaiks zu lösen. Im Lagezentrum des Lazarettschiffes waren alle Monitore, die früher die Räume der SEA WASP gezeigt hatten, tot. Auf mehrere Stuhlreihen verteilt saßen all die Leute, deren Zeit es irgendwie erlaubte, sich von ihren Aufgaben zu entfernen.

»Wir haben die Bilddateien von über zehntausend Trümmerstücken des Mosaiks im Umfang von mehr als achthundert Gigabyte an das Hochleistungsrechenzentrum der Moskauer Militärakademie übermittelt und dort verarbeiten lassen«, verkündete Shirov. »Vor einer Stunde haben wir das Ergebnis erhalten.«

Er betätigte eine Taste. Vor ihnen an der Leinwand erschien zunächst das schwarzweiße Netzwerk eines Puzzles aus Tausenden von Brocken und Splittern, die sich perfekt ineinanderfügten. Aus dem Raster wurde ein bunter Nebel. Schicht für Schicht legten sich weitere Bildebenen über den riesigen Kreis, mit jedem Schritt zeichnete sich deutlicher ab, was aus dem Haufen bewachsener Steintrümmer in der Simulation rekonstruiert worden war – ein Ungeheuer, das sich Seena aus dem Nebel und dem Chaos der Zerstörung wieder unversehrt zu nähern schien. Sosehr sie die Leistung der Ermittler und Analytiker im Hintergrund auch bewunderte, so unheimlich war es für Seena, die Wiederauferstehung eines Wesens mitzuerleben, das in einer noch unverständlichen Weise den Tod Tausender Menschen fordern würde.

Vor ihr leuchtete das Bild eines erstaunlichen Kunstwerkes und eines monströsen Mischwesens von der Wand – Körper und Kopf einer Frau, getragen von riesenhaften Fledermausflügeln, gestützt auf Beine, die in aufgerollte Schlangenkörper übergingen.

»Das Mosaik ist ein Kreis mit einem Durchmesser von vier Metern«, erklärte Shirov, »auf seiner Fläche sind mehr als eine Million Halbedelsteine verarbeitet worden. Wir haben uns auf diejenigen Steine konzentriert, denen in dem Bild eine besondere Bedeutung zukommt.«

Ein Ausschnitt wanderte über das in der Simulation rekonstruierte Mosaik. Er zeigte das Gesicht des Mischwesens, seine Hände, die Spitzen der Flügel und die beiden Schlangenkörper, einige Sterne und Muster im Hintergrund. Schließlich blieb er auf den Augen haften.

Seena warf einen Blick auf Jackson, der nicht weit von ihr entfernt saß. Der Unfall bei der Versenkung der SEA WASP hatte ihn verändert. Grund dafür war nicht der Tod der jungen Armenierin, die Jackson nach allem, was Seena mitbekommen hatte, endgültig dem Kreis der Verschwörer zugeschlagen hatte. Es musste sein eigener naher Tod gewesen sein, dem er in nahezu vollkommener Passivität hatte entgegensehen müssen. Keine Sprünge, die ihn retten konnten, keine Flammenmeere, die durchquert werden mussten. Nur das Warten auf den Tod. Vielleicht hatte er sich der Frage nach seinem Leben gegenübergesehen. Während Shirov redete, beobachtete sie Jackson weiter aus den Augenwinkeln.

»Wir haben festgestellt, dass die beiden Augen der dargestellten Chimäre von den größten Steinen gebildet wurden, jeder für sich etwa so groß wie ein Brillenglas«, sagte Shirov gerade und sah sich triumphierend um. »Sie fehlen.« Ein Raunen ging durch den Raum.

Seena kannte Jackson, sie wusste, dass in seinem Inneren Kämpfe stattfanden, wenn er das steinerne Gesicht zeigte, das sie jetzt sah. Und Arran?

»Den Unterlagen der Archäologen an Bord ihres Schiffes haben wir entnommen, dass man das Mosaik im Mittelalter das ›Auge Gottes‹ nannte. Wir gehen davon aus, dass der Splitter, den wir gefunden haben, von einem dieser beiden verschwundenen Steine stammt.«

Die Augen Gottes, dachte Seena, zwei Steine aus einem Mosaik des Mittelalters, die uns mit einer Seuche schlagen wie mit einem schrecklichen Fluch.

Seena lächelte Arran zu und legte ihre Hand auf seine. Seit der schrecklichen Nacht hatte er nicht mehr mit ihr darüber gesprochen. Bestimmt bemühte er sich, diese Nacht zu vergessen, und konzentrierte sich ganz auf die Freude darüber, dass Seena die Versenkung des anderen Schiffes überlebt hatte.

Bei der Berührung seiner Hand meinte sie zu fühlen, wie sehr er es bedauerte, dass Jackson nicht einbetoniert auf dem Meeresgrund lag.

»Wo können die Steine inzwischen sein?«, fragte Shirov. »Welches Unheil richten sie an? Wie viele Splitter davon kann es geben?« Jackson meldete sich zu Wort.

»Es wird klarer, was geschehen ist«, sagte er. »Eine Bande von Waffenhändlern und Terroristen, durch die armenische Historikerin über die Wirkung der Steine an Bord des versunkenen Schiffes aus dem Mittelalter informiert, hat beschlossen, sich die Steine zu sichern und in Gänze oder in einzelnen Splittern in ihre Vertriebskanäle aufzunehmen. Al Haazur und die Männer von der SUNSRISE sind einer Verabredung gefolgt, als sie bei der SEA WASP eintrafen, und als Erste draufgegangen.« Er machte eine Pause und sah sich mit einem Gesichtsausdruck um, als hätte er eine Ansammlung von Feinden vor sich.

Seena musste sich eingestehen, dass hinter der Gier auf Jackson, die sie vollkommen unter sich begraben hatte, eine Liebe stand, die sie ablehnte. Die bloße Erinnerung an die lustvolle Zusammenkunft ließ sie erschrecken.

Sie hielt den Blick starr auf Shirov gerichtet, aber ihr Kopf fühlte sich an, als würde eine Flüssigkeit eingefüllt, die nichts an der präzisen Funktion ihres Gehirns änderte, aber den Verstand ausschließlich auf die Erfüllung ihrer Begierden ansetzte. Es war wie das immer schnellere Rollen eines Steines einen Abhang hinunter, an dessen Ende ihre grenzenlose Bereitschaft wartete, etwas zu empfangen. Ihr wurde ganz heiß im Gesicht, als das Verstehen einsetzte, als sie begriff, was wirklich mit ihr los war. Nicht dem erhofften Orgasmus galt ihre Gier, sondern der dringend gewollten Schwangerschaft. Es war so viel wichtiger, wirklich am Leben zu sein als bei Verstand.

»Die Frage ist«, setzte Jackson gerade seine Rede fort, »haben Al Haazur und seine Leute die Steine inzwischen weiterverkauft. Vagabundieren inzwischen winzige Teile davon auf den Schwarzmärkten von Hightech-Terrorwaffen herum? Haben wir eine Chance, unseren Auftrag zu erledigen, wenn wir die SUNRISE und alles, was mit der Armenierin oder den Waffenhändlern zu tun hatte, noch einmal durchsuchen?«

Wie die Augen eines blinden Wesens waren allein die beiden leeren Augenhöhlen im Kopf der geflügelten Chimäre milchig hell hervorgehoben, während alles andere wie ein bunter Nebel im Hintergrund dargestellt war.

Colbert meldete sich zu Wort. »Wenn es nur diese beiden Steine waren, warum haben sich dann, so frage ich mich, die Waffenhändler der Mühe unterzogen, die ganze riesige Platte aus Stein zu zertrümmern? Wenn zudem die beiden Steine aus den Augen des Fabelwesens wirklich die Eigenschaften besäßen, die wir an dem gefundenen Splitter festgestellt haben, müsste Miss Sarian, die bereits bei der Bergung des Mosaiks auf der SEA WASP anwesend war, sicher etwas Besonderes bemerkt haben.« Er machte eine Pause. »Fliegen. Stickige Luft, einen dünnen Film bakterieller Matten auf allen Stahloberflächen des Laderaumes. Sie haben sicher bei Ihren Vernehmungen Berichte von ihr darüber erhalten, oder?« Colbert blickte Shirov an. Der zuckte mit den Schultern.

»Ob oder ob nicht«, sagte Shirov, »wir wissen jetzt, dass wir zwei Steine suchen, zusammen nicht größer als eine Brille. Wir kennen ihre Farbe und ihre Form. Ob beide die Eigenschaften des Splitters haben, ist noch unklar. Wir werden die internationalen Hehlerkanäle nach ihnen durchkämmen.« Er gab ein Zeichen, dass die Konferenz beendet sei. Colbert hob die Hand zu einem Einspruch.

»Ich habe aus den von Miss Sarian gespeicherten digitalisierten Bildern der Steintrümmer vom Rand der Steinscheibe etwas ermittelt, was alles, was wir bisher vermutet haben, über den Haufen wirft.«

Ohne Shirov um Erlaubnis zu bitten, steckte er den Anschluss des Projektors in seinen Laptop. Während sich ein Bild aufbaute, sprach er weiter.

»Wie einige von Ihnen wissen, war Miss Sarian als Historikerin besonders an einem Spruch interessiert, von dem sie glaubte, dass er um den gesamten Umfang der Scheibe laufen würde. Ich habe ihr zu Beginn dabei geholfen, die Anordnung der Steinbrocken vom Rand zu rekonstruieren. Nachdem ich die Kamera mit den gespeicherten Bildern der Trümmer vom Rand der Scheibe aus dem Schiff retten konnte, habe ich die Rekonstruktion des Randes mit den Daten aller Bruchstücke abgeschlossen.«

Auf einen Tastendruck hin erschien an der Wand ein schmales kreisrundes Band, das im Raum zu schweben schien, darauf ein Text in lateinischer Sprache:

◆SICVT ENIM IN SPECVLO
OMNIA QVAE CORAM IPSO SVNT
RADIANT SIC IN ◆SANCTA DIVINITATE
OMNIA OPERA EIVS SINE ETATE TEMPORVM
APPARVERVNT◆ NAM QVEMADMODVM ETIAM
RADIVS CVIVSQVE LVMINIS QVAMQVE FORMAM
◆CREATVRAE PER VMBRAM OSTENDIT SIC PVRA
PRESCIENTIA DEI OMNEM FORMATIONEM◆
CREATVRARVM ANTEQVAM
INCORPORATAE ESSENT
INTVEBATVR◆

»Leider habe ich bisher niemanden gefunden, dessen Latein noch lebendig genug wäre, um das hier übersetzen zu können. Auffallend ist, dass ungefähr alle dreiundsechzig Zeichen ein Abstandzeichen eingebracht ist – sechs Zeichen, die fünf gleiche Abstände auf dem Rand der Scheibe markieren.« Colbert gab einige Befehle in den Laptop ein. Auf der Leinwand drehte sich der Streifen am Rand der Platte wie ein riesiges Rad und füllte sich schrittweise mit den realen Formen der digitalisierten Trümmerstücke.

»Wegen dieser Abstände kam ich auf die Idee, den äußeren Rand der Platte von oben zu betrachten. Sehen Sie sich an, was sich daraus ergibt.«

Der Ring aus Steinbrocken kippte nach oben, bis er senkrecht vor ihnen stand wie ein aufrecht stehendes Rad – allerdings ein Rad mit einem Hohlraum. Colbert hielt es nicht mehr auf seinem Sitz, er ging vor an die Leinwand.

»Wie Sie sehen, enthielt die Scheibe eine fünf Zentimeter tiefe Aussparung, die die gesamte Fläche der Scheibe einnahm. Darin befand sich ein Objekt von mehr als drei Metern Durchmesser. Es dürfte dieses Objekt sein, von dem wir einen Splitter gefunden haben. Dieses Objekt dürfte das Ziel des Überfalls gewesen sein, denn jetzt fehlt es. Und aller Wahrscheinlichkeit nach ist es auch der Grund dafür, dass die Steinplatte im Mittelalter überhaupt konstruiert wurde.« Er machte eine längere Pause.

»Die Bedrohung, mit der wir es wirklich zu tun haben«, setzte er schließlich seine Rede fort, »kommt nicht aus dem winzigen Splitter in unserem Labor, sie kommt nicht aus zwei Steinen, groß wie die Gläser einer Brille, sondern aus diesem Objekt. Wenn ich den Splitter und seine Wirkung mit einem Stück Bernstein verglichen habe, der die Elektrizität als den Keim einer neuen Kraft zeigt, dann wissen wir jetzt, dass wir es nicht mit der Kraft eines Bernsteinsplitters, sondern mit den Gigawattleistungen eines riesigen Kraftwerks zu tun haben.«

Colbert drückte einige Tasten. In einer Simulation wurde der Hohlraum gefüllt, die Steine vom Rand der Platte verblassten zu Schatten. Ein wie Milchglas irisierendes Objekt in der Form eines regulären Pentagons von zwei Meter Kantenlänge schwebte im Raum.

Viele Herzschläge lang legte sich ein bedrücktes Schweigen über alle Anwesenden.

»Ich werde den nationalen Sicherheitsrat der USA unterrichten.« Jackson war plötzlich heiser geworden. »Was immer dieses Ding ist, wir werden es finden. Alle Seiten haben jetzt Gelegenheit, ihre Regierungen zu informieren.«

Das Gewitter setzte sich über Monterchi fest, die Wolken bewegten sich keinen Meter von der Stelle. Hätte Robert nicht den Laptop, das Buch und seinen Skizzenblock bei sich gehabt, wäre er bereits vor langer Zeit in den Regen aufgebrochen, um irgendwo ein Taxi oder zumindest ein Telefon zu finden. Inzwischen war es stockdunkel. Schon jetzt fühlte er aus den Wänden und dem hereinwehenden Wasserstaub eine schwere Erkältung in seine Knochen dringen, dennoch gab es keine andere Chance, als die Nacht mit der Kopie der *Madonna* in der winzigen Kapelle zuzubringen. Er würde bis Tagesanbruch hierbleiben. Er musste sein Telefon wiederfinden, nur unter dieser Nummer war er für Anahit erreichbar.

Er lehnte sich an seinen Rucksack, den er zu Füßen der *Madonna* an die Wand gelehnt hatte. Eine Nacht auf einem Friedhof im Regen zuzubringen, wäre ihm in den letzten zehn Jahren nicht im Traum eingefallen.

Die Beerdigung seines Vaters fand an einem strahlenden Herbsttag statt, an dem der Geruch des Laubes über den verschlungenen Wegen des Friedhofs und den riesigen Grabmälern lag, die allen zeigten, welche mächtigen Institutionen Familien darstellen konnten. Unter den mitfühlenden Gesichtern so vieler Menschen, die er nicht kannte, traf er die trauernde Schwester seines Vaters, eine starke, herb aussehende, gut gekleidete Dame von sechzig Jahren.

Er erkundigte sich bei ihr, wo er unter den einhundertzwanzig Teilnehmern die Angehörigen von Seiten seiner

Mutter finden würde. Sie versuchte, der Antwort auszuweichen, zeigte vage auf den einen oder anderen, doch wen immer Robert daraufhin befragte, verneinte. Während der Predigt und der kirchlichen Zeremonien machte sich bei ihm ein bedrückendes Gefühl der Vereinsamung breit, als habe die ganze Veranstaltung nichts mit seinem Leben zu tun.

Ein Windzug brachte einen Schwall von Regen bis in die Ecke unter der *Madonna*, in die Robert sich zurückgezogen hatte. Ein Kälteschauer lief über seinen Körper.

Auch in keinem der weiteren Gespräche während der Beerdigung erfuhr er etwas über seine Mutter, die wenige Wochen nach seiner Geburt gestorben war. Als der Sarg in die Erde gesenkt wurde, wanderte sein Blick über die Namen des Familiengrabes. Es gab eine Inschrift mit dem Namen seiner Mutter, Teresa Luisa, es gab auch die richtigen Todesdaten darunter. Nur das Geburtsdatum konnte nicht stimmen, seine Mutter hätte danach bei seiner Geburt zweiundsiebzig Jahre alt gewesen sein müssen. Er erinnerte sich, dass er damals den Friedhof mit dem Gefühl verlassen hatte, hoffnungslos auf sich allein gestellt zu sein. Wie er später feststellte, war die Inschrift seiner Großmutter, der Mutter seines Vaters, gewidmet. Was mit seiner Mutter geschehen war, wusste er bis heute nicht.

Noch vier Stunden, bis der Morgen anbrechen würde und er sein Handy einsammeln konnte.

Was hatte es mit dem Zeichen des Pentagons in Francescas Bildern auf sich? Bei der Schwarzen Madonna wurde das Pentagon durch ihren Körper selbst gebildet. Die Struktur könnte eine einfache Folge ihrer besonderen Körperhaltung sein – auch wenn man sich fragen musste, warum Francesca im Unterschied zu allen seinen Vorgängern ausgerechnet die Haltung dargestellt hatte, bei der sie die Arme in einem

Winkel von 108 Grad ausbreitete. Bei der *Madonna del Parto* hingegen wurde das Pentagon von Mustern gebildet, die die Madonna umgaben. Nicht ein einziger Teil ihres Körpers war daran beteiligt. Nein, das war ganz sicher kein Zufall. Das Pentagon hatte eine Bedeutung, die Robert nur noch nicht verstand.

Er fühlte sich hundeelend, dennoch schlief er irgendwann ein.

Als die Morgendämmerung anbrach, hatte der Regen aufgehört. Robert begann, in dem Schlammloch unterhalb der Treppe der kleinen Kapelle nach dem Handy zu suchen. Nach einigem Stochern mit einem abgebrochenen Ast fand er es schließlich, vollkommen verdreckt und unbenutzbar. Er steckte es ein. Später würde er sich ein neues Gerät beschaffen und die alte Chipkarte dort einsetzen. Sie stellte die einzige Brücke dar, die noch zu Anahit bestand. Er musste seine alte Handynummer wieder zum Leben erwecken, wenn er für sie erreichbar bleiben wollte.

Er packte seine Sachen und marschierte zurück auf die Nationalstraße 221. In der Ortschaft Monterchi begegnete er den Gästen einer Hochzeitsveranstaltung, die ihm ein vorbestelltes Taxi überließen.

11. August

Als Robert fiebrig gegen zwei Uhr morgens im Palazzio eintraf, fand er Basteau schlafend in einem Sessel vor dem Kamin, in dem das Holz noch glühte.

»Haben Sie etwas herausgefunden?«, fragte er.

Basteau schrak hoch. Im ersten Moment schien er nicht zu wissen, wo er sich befand. Als er Robert sah, rieb er sich die Augen.

»Sind Sie wahnsinnig, so spät zu kommen?«, fragte er, als setze er eine Unterhaltung aus dem Traum fort. »Ich dachte schon, Sie hätten des Rätsels Lösung gefunden und würden mich hier allein zurücklassen.« Er blickte ihn treuherzig an und nahm einen großen Schluck aus einem noch halb gefüllten Glas Rotwein. Robert setzte sich in einen anderen Sessel. Es gelang ihm kaum, die Augen offen zu halten.

»Wenn es Sie beruhigt«, sagte er, »ich habe nichts gefunden, was Ihre Befürchtungen wahr werden lassen könnte. Aber vielleicht wissen Sie etwas, was zum Ziel führt, wenn wir es mit dem kombinieren, was ich weiß.« Basteau nickte wortlos und verschwand in Richtung Toilette. Als er wenige Minuten später zurückkam, hatte er sich offenbar den Schlaf aus den Augen gewaschen. Sein Blick zeigte wieder die gewohnte Arroganz.

»Gut«, sagte er, »ich weiß nicht genug, aber ein wenig mehr. Piero della Francesca arbeitete zu Beginn des Jahres 1439 mit seinem Lehrer Domenico Veneziano, der übrigens ein gebürtiger Armenier war, an Fresken von Sankt Egidio in Florenz. Im Herbst 1439 machte er sich im Auftrag von Papst Eugen IV. von dort auf eine Reise in den Kaukasus, von der er erst im Sommer 1440 zurückkehrte. Ein Bruder der Misericordia hat ihn begleitet.«

Basteau lächelte tiefgründig. »Es gibt noch einen weiteren Anhaltspunkt für eine Verbindung Francescas mit Armenien. Das 1470 entstandene Gemälde *cita ideale*, seine Vision einer Idealstadt. Sie können es sich in der Nähe in Urbino ansehen. In der linken und rechten oberen Ecke finden sich winzige Inschriften, Buchstaben und Zahlen. Dabei folgen die Zahlen III und 38 auf ein armenisches B. Es gibt keine andere Möglichkeit, Francesca war für einige Zeit in Armenien.«

»Woher wissen Sie das so genau?«, krächzte Robert aus wundem Hals. Das Schlucken fiel ihm immer schwerer, und sein Kopf brannte.

»Ich habe Zahlungsbelege der Picchi-Familie studiert«, antwortete Basteau mit wissendem Lächeln, »die die künstlerischen Aufträge der Bruderschaft finanziert hat. Sie mussten eine erste Zahlung von fünfzehn Florin für ein Altarbild in Sansepolcro verschieben, weil Francesca wegen der Reise bis in den September 1440 erst später mit seinen Arbeiten beginnen konnte.«

»Und wohin ist er gereist?«, fragte Robert.

»Ha«, machte Basteau, »wenn ich das wüsste, säße ich nicht hier. Sie glauben ja nicht, wie froh ich bin, dass auch Sie hier sind.«

Robert stand auf, das Fieber flackerte in seinem ganzen Körper. Plötzlich war alles recht hoffnungslos. Dieser unerträglich arrogante Kunstagent schien ihm uneinholbar weit voraus zu sein.

»Wenn Sie in den Archiven der Picchi-Familie suchen konnten«, fragte er, »warum haben Sie nicht bei der Bruderschaft Misericordia nachgefragt?«

»Ich habe es mit allen Mitteln auf allen Kanälen versucht, die mir zugänglich sind«, sagte Basteau. »Vergeblich.«

Als Robert in seinem Zimmer ankam, fiel er erschöpft aufs Bett. Vielleicht lag seine Chance gerade in dem Kontakt zu der Bruderschaft Misericordia, der Basteau nicht gelungen war. Es gab sie in jeder Stadt Italiens, sicher auch in Sansepolcro. Er hatte eine genaue Vorstellung davon, mit welcher Nachricht er zu den Brüdern der Barmherzigkeit Verbindung aufnehmen würde. Es war eine Nachricht, die nach allem, was er bisher wusste, Basteau noch unbekannt war.

Sie sehen unglücklich aus, Arran«, stellte Colbert beim Frühstück fest. Der Astronom verteidigte krampfhaft seinen Pfefferminztee gegen die Schwankungen des Schiffes.

In der anderen Hand hielt er eine Scheibe hellbraunen Toast, ohne davon zu essen.

»So?«, fragte der, »tue ich das? Dann wird es wohl so sein.« Sein Gesicht zeigte, dass ihm von dem schwankenden Untergrund hundeübel war, aber das Unglück, das aus seinen Augen sprach, schien eine andere Ursache zu haben.

»Ihre Frau?« Colbert beließ es bei dieser Andeutung, er wollte dem Astronomen nicht zu nahe treten. Bei Iren musste man da vorsichtig sein, hatte er gehört.

»Ich hätte sie nicht hierher begleiten sollen«, begann Arran dann doch, sein Herz auszuschütten. »Bisher habe ich diese Ehe überlebt, weil ich keine Fantasie besitze. Hier bin ich so nah, dass ich keine Fantasie benötige. Ich muss nur beobachten, und das ist unglücklicherweise genau das, was ich gelernt habe.« Er schien sich einen inneren Ruck zu geben. »Aber machen Sie sich keine Sorgen, Bernard. Ich bin in verschiedenen Dingen erfahren, die dazugehören, eine Ehe am Leben zu erhalten – wie zum Beispiel zur Tagesordnung überzugehen.« Er knabberte mit spitzen Zähnen an dem Toast. »Also wechsle ich jetzt lieber das Thema und erkläre Ihnen etwas.« Colbert zeigte sich überrascht.

»Droht ein Kometenabsturz?«

Arran ignorierte die Bemerkung. »Seit wir wissen, dass es die Form eines Pentagons hat, trifft Ihre Theorie über das Objekt nicht mehr zu, Bernard. Es kann niemals in einem natürlichen Kristallisationsprozess entstanden sein.«

Colbert schob die letzte Gabel mit Rührei in den Mund. »Sie sollten von diesem Ei probieren, Arran. Es ist hervorragend gewürzt und gebraten, es wird Ihren Appetit so anregen, dass er Sie aus Ihrer Misere zieht. Es wird Ihnen bekommen, ich garantiere es.« Arran sah ihn unwillig an. Das schien nicht das Thema zu sein, das ihn interessierte. »Gut«, lenkte Colbert ein. »Das Ding ist ungewöhnlich groß, aber kann es nicht in einer Umgebung geringer Schwerkraft auskristallisiert sein – über Millionen von Jahren?«

»Nein. Nirgends kann es auskristallisiert sein, über wie lange Zeit auch immer. Es gibt nur vierzehn mögliche verschiedene Anordnungen von Punkten im Raum, die auf sieben verschiedene mögliche Kristallgitter führen. Dreistrahlig-, vierstrahlig-, sechsstrahlig-symmetrische Kristallgitter. Natürliche Kristalle mit fünfachsiger Symmetrie existieren nicht, weil man mit Pentagonen keine Flächen lückenfrei füllen kann. Es gibt sie nirgendwo in diesem Universum, weil sie mathematisch unmöglich sind.«

»Wollen Sie behaupten, das Ding ist künstlich?«

»Es gibt keine andere Möglichkeit. Es muss künstlich sein – das Produkt einer intelligenten Aktivität. Es ist das, wonach man seit Jahren in der Radioastronomie sucht – das Signal einer anderen Intelligenz.«

Colbert sah ihn fassungslos an. Was zum Teufel war es, in das sie hier hineinschlitterten? Er musste sich eingestehen, dass er sich bisher keinerlei Gedanken über den Ursprung des Objektes gemacht hatte, das sich als die Quelle aller Probleme erwiesen hatte. Was der Astronom hier behauptete, war keine Antwort, es war die Öffnung einer Büchse mit tausend neuen Fragen, obenauf die Frage nach dem Zweck des riesigen Objekts. Colbert stand auf.

»Wenn dieses Ding künstlich ist – was ist sein Zweck? Es kommt von irgendwo aus dem Anfang der Zeit, aus dem ewigen Eis zwischen den Sternen, von anderen Galaxien – um uns mit einem Nairovirus aus dem Mittelalter zu plagen? Meinen Sie wirklich, das ist sein Sinn? Kommen Sie, Arran. Wir gehen in mein Labor, wo wir in Ruhe überlegen können, was Ihre Entdeckung bedeutet.«

Unter Deck sah Arran Jackson aus der Schleusenanlage des Hochsicherheitslabors kommen. Im gleichen Moment spürte er, wie eine Welle in seinem Körper hochstieg. Das Meer war definitiv nichts für ihn. Während Jackson näher kam, sah Arran, dass er einen von kalten Tautropfen bedeckten Edelstahlzylinder in der Hand hielt, groß wie eine

Thermosflasche mit verschraubtem und versiegeltem Kopf, wie sie der Aufbewahrung kontaminierter Proben diente.

Jackson trug den Behälter so auffallend lässig, als sei er eine unwichtige, leere Verpackung.

Wie auf Knopfdruck machte sich Arrans ganze aufgestaute Wut bemerkbar, und es begann in ihm zu rumoren. Seit wann trug dieser Militärschädel denn biologische Proben spazieren?, dachte er voller Verachtung. Was hatte er überhaupt hier zu suchen? Vielleicht war es letztlich die Art, wie dieser Mann ihm entgegengeschlendert kam, die Arran den Drang verspüren ließ, seine offene Rechnung mit ihm sofort und auf der Stelle zu begleichen. Arran griff zu, als sie auf genau gleicher Höhe waren und Jackson ihm geistesabwesend zunickte.

Jacksons Gesichtszüge erstarrten, sein Herz schien einen Schlag auszusetzen, so entsetzt sah er Arran an.

Als er den Edelstahl in seiner Hand spürte, wusste Arran plötzlich, was geschehen war. Jackson hatte den Splitter an sich gebracht, um allein darüber zu bestimmen, was weiter mit ihm geschah. Vielleicht hatte er den Behälter ausgetauscht oder behauptet, er wolle ihn in ein anderes Labor bringen. Vielleicht hat er auch mit all seinen militärischen Vollmachten als Chef der MIDAC zugegriffen.

Doch niemals durfte dieses Objekt in den Waffenlabors eines Geheimdienstes verschwinden, schwor sich Arran. Es gehörte der internationalen Gemeinschaft aller Wissenschaftler. Selbst wenn es fünfzig Jahre lang erforscht werden würde und nur dafür die ODESSA an diesem Ort auf dem Schwarzen Meer im politischen Schwebezustand erhalten bleiben musste – es wäre jeden einzelnen Dollar wert.

Arran rannte zurück an Deck, verfolgt von einem tobenden Jackson.

»Ich brauche einen leeren Behälter«, rief Arran, während er versuchte, sich vor Jackson in Sicherheit zu bringen, »warum regen Sie sich so auf?«

»Das Ding ist nicht leer«, brüllte Jackson, »darin ist ein hochinfektiöses Präparat. Geben Sie es sofort zurück, Sie großer irischer Vollidiot.«

Arran drehte sich um. Das Deck war nicht groß genug, als dass er einen ernsthaften Vorsprung hätte gewinnen können. Zwei Helikopter schwebten in der Mitte über dem Deck. Alle schienen innezuhalten und zu beobachten, was da an Deck vor sich ging.

Jackson rannte, was seine Beine hergaben, sein Jackett flatterte hinter ihm her. An seinem Gürtel war ein Halfter mit einer Pistole befestigt. Arran hatte sich bisher nie klargemacht, dass Jackson bewaffnet war. Das vereinfachte die Situation nicht.

»Es ist der Splitter«, rief er. Jackson kam immer näher. Arran drückte sich an die Reling, streckte seinen rechten Arm weit aus und hielt den Behälter über das bewegte Wasser.

»Ein Schritt noch und das hier fliegt ins Meer«, rief er. Sofort blieb Jackson stehen.

»Was soll das, Idiot?«, brüllte er mit kaum noch beherrschter Stimme. »Arbeiten Sie für die Russen?«

»Ich arbeite nicht für die Russen«, antwortete Arran. »Ich arbeite für die Menschheit.«

Jackson brach in wieherndes Gelächter aus. »Zeigen Sie mir die Menschheit«, rief er zurück, »ich möchte mich mit ihr unterhalten.«

»Ich weiß, dass Sie beschränkt und egoistisch sind, Jackson. Sie haben es oft genug bewiesen. Wir haben mit dem großen Objekt etwas völlig Neues vor uns.« Er hielt den Behälter so weit über die Reling, wie er nur konnte. Mannschaften aus der MIDAC-Truppe machten sich auf Jacksons Wink daran, ein Schlauchboot zu Wasser zu lassen.

»Reden Sie nur, Sterndeuter«, sagte Jackson.

»Das Ding hat die Form eines Pentagons. Natürliche Kristalle dieser Form gibt es so wenig, wie Sie pentagonförmige

Fußbodenkacheln kaufen können, Sie Ignorant, weil man mit ihnen keine Fläche auslegen kann, ohne jede Menge Lücken zu hinterlassen.«

»Verdammter Klugscheißer«, schrie Jackson. Die MIDAC-Männer stiegen hinunter in das Schlauchboot und hangelten sich an der Bordwand weiter, um es unterhalb von Arrans Position in Stellung zu bringen.

»Das Ding ist das Produkt einer intelligenten Aktivität«, brüllte Arran, dass ihm die Schlagadern am Hals dick anschwollen. »Ihre Geheimdienstmafia ist ungeeignet, den Splitter eines Objektes zu kontrollieren, das den Beweis erbringt, dass wir nicht allein im All sind. Es rückt die Menschheit aus dem Zentrum des Universums, wie bereits Erde und Sonne aus dessen Zentrum verschwinden mussten. Es ist das größte Ereignis seit der Entdeckung des Feuers.« Der Ire wurde von Minute zu Minute aufgeregter.

»Bullshit. Bullshit. Bullshit.« Jackson lief wie ein gefangener Tiger vor Arran an Deck auf und ab. Er wartete, bis seine Männer die richtige Position eingenommen hatten, um den Behälter aufzufangen, wenn Arran so wahnsinnig sein sollte, ihn tatsächlich ins Meer zu werfen. »Ihnen dürfte entgangen sein, dass jemand mit Hilfe von diesem Ding eine Seuche produziert, der Tausende von Menschen zum Opfer fallen können. Es ist unsere Pflicht, weitere Opfer zu verhindern. Geben Sie das Ding heraus, sonst werden Sie ebenfalls aus dem Zentrum verschwinden.« Damit zog er seine Pistole und entsicherte sie.

Während Arran weiter den Behälter über die Reling hielt, trat Jackson Schritt für Schritt auf ihn zu. Das Schlauchboot war nur noch wenige Meter entfernt.

»Sie retten sich in Ihren galaktischen Kram, O'Leary, weil Sie die Themen am Boden nicht in den Griff bekommen. Ihre Frau wird von Hinz und Kunz gevögelt, aber Sie sehen in die Sterne und reden über die Befruchtung aus dem All.«

Arran zitterte vor Wut. Es war ihm egal, was mit ihm,

was mit dem Splitter passierte, nur eines war wichtig: Jackson musste die Niederlage seines Lebens erleiden. Er wich zurück, bis er mit dem Rücken an der Stahlwand der Vorbauten stand. Unter ihm musste das Boot erneut einige Meter zurücklegen. Aus dem Augenwinkel sah er Seena in der Tür stehen, die ins Schiffsinnere führte. Ihr Blick schien starr vor Entsetzen.

Jackson redete weiter. »In dem Behälter in Ihrer Hand ist nichts als ein kontaminiertes Präparat. Sie veranstalten das Theater, um zu verschleiern, dass die Armenierin bereits mit dem Splitter auf der Flucht ist.«

Arran flog ein Fetzen Schaum von einem sich überschlagenden Wellenkamm ins Gesicht. In einem Reflex, um sich zu schützen, nahm er die rechte Hand mit dem Behälter ans Gesicht.

Noch im selben Moment fiel der Schuss. Arran brach an Deck zusammen. Seena stieß einen markerschütternden Schrei aus.

Neben Arran rollte der Behälter übers Deck. Jackson warf sich in voller Länge hin, um danach zu greifen. Vor Arrans linkem Fuß kam der Behälter zur Ruhe. Mit einer ausholenden Bewegung trat der verwundete Ire gegen den Stahlzylinder, dass er quer über das Deck und unter dem Gitter der Reling hindurch in weitem Bogen ins Meer flog.

Am Morgen spannte sich ein weiter blauer Himmel über den Hügeln nördlich von Sansepolcro. Robert wachte gegen sieben Uhr mit Kopfschmerzen auf. Nachdem er zunächst heiß und dann kalt geduscht und einige Aspirin zu sich genommen hatte, fühlte er sich etwas besser, doch er wusste, dass das Fieber im Laufe des Nachmittags zurückkehren würde.

An der Rezeption seines kleinen Hotels kaufte er sich

einen Kalender mit zwölf Gemälden Francescas. Er musste sich näher mit dessen Werken umgeben, um dahinterzukommen, welche Botschaften darin verborgen sein konnten.

Eins nach dem anderen riss er die Blätter ab und legte sie wie die Zahlen einer Uhr um sich auf den Boden. Er war von Wundern umgeben, dem Wunder der Jungfrauengeburt, dem Wunder der Heilung, dem Wunder der Auferstehung und der Verwandlung einer toten Landschaft in eine des Lebens. Konnten darin Fingerzeige auf einen Ort in Armenien enthalten sein – oder dachte er viel zu einfach? Sein Blick blieb an der *Auferstehung* haften. Er hatte das Gefühl, dass in dem Bild etwas enthalten war, was er noch nicht verstand. Nachher im Museum in Sansepolcro würde er sich das Original des Bildes vornehmen.

Als ihm das Frühstück an einem Tisch vor dem Hotel serviert wurde, bot sich ihm ein traumhafter Blick über die Hügellandschaft und die Stadt. Trotz des schönen Ausblicks wollte er sich nicht zu viel Zeit nehmen, er hatte keine Lust, Basteau zu begegnen. Beizeiten stieg er in ein Taxi, das er unweit des Marktplatzes vor einem Postamt verließ. In einem Telefonbuch fand er die Adresse der Bruderschaft in der Via Giovanni Buttoni 27. Bevor er das Postamt verließ, kaufte er ein neues Handy, einen dicken Filzstift und einen kleinen Winkelmesser aus Plastik für den Schulunterricht. Er suchte in dem Postkartenständer nach dem für seine Zwecke geeigneten Bild, konnte es aber nicht finden.

Als er hinüber zu dem Stadtmuseum am Piazza Garibaldi ging, hatte er für einen kurzen Augenblick den Eindruck, Basteaus schweren BMW gesehen zu haben.

Bei einem jungen Mann in der Information fragte er nach dem Raum, in dem man bis 1967 das Fresco aus Monterchi ausgestellt hatte. Eine ältere Dame, die ankommende Lieferungen auspackte, erinnerte sich genau, dass die *Madonna* in dem ehemaligen Ratssaal gezeigt wurde, in dem man auch *La Resurrezione* bewundern kann.

»Damals war ich schwanger«, sagte sie. »Die *Madonna* hat mir geholfen.« Sie legte dem jungen Mann die Hand auf den Arm. »Mein Enkel«, sagte sie stolz.

Als er im Museumsladen vor dem Ständer mit Postkarten stand, hörte Robert eine bekannte Stimme in seinem Rücken.

»Sollte eines von Francescas Gemälden einen Hinweis enthalten, den ich nicht kenne?«, sagte Basteau.

»Wie schön, dass Sie auch hier sind«, begrüßte Robert ihn, »vielleicht gelingt es uns gemeinsam, etwas herauszufinden.«

Er ging voran. Ihnen schloss sich ein jüngerer Mann an, dessen Haare sich an den Seiten seines Gesichts in auffallend langen Koteletten fortsetzten. Basteau stellte ihn als Matteo vor. Welche Rolle er spielte, erschloss sich Robert nicht. An den Exponaten des Museums war er jedenfalls nicht interessiert.

Wenn er die beiden schon nicht loswerden konnte, wollte Robert die Zeit nutzen, eine Vorstellung von dem Raum zu gewinnen, in dem die *Madonna* 1966 tatsächlich ausgestellt gewesen war.

Er sah es mit einem Blick. Dieser Raum könnte es gewesen sein. Möglichst unauffällig schritt er ihn ab. Er war gute sechs Meter hoch und an die vierzehn Meter lang. Also sprach nichts dagegen, dass das Foto genau hier, wo er jetzt stand, vor vierzig Jahren aufgenommen worden war.

Ist damit der Auftrag erledigt?, fragte er sich. Existiert in Wahrheit nur ein einziges Bild, das jetzt nicht weit von hier in einem kleinen Schulhaus hängt und sich 1966 in diesem Raum befand? Jemand ist dabei fotografiert worden, wie er das Bild betrachtete. Anlass war ein Empfang, deshalb all die anderen Gäste. Punkt. Ende der Forschung. Die Lösung des Rätsels.

Wohl kaum! Keine Sekunde glaubte Robert ernsthaft an diese Theorie. Stattdessen wanderte er weiter ruhelos in dem Raum umher, obwohl er ihn bereits drei Runden zuvor vollständig mit seinen Schritten ausgemessen hatte.

Wie konnte Basteau so sicher sein, dass eine Kopie der *Madonna* in Armenien existierte? Und vor allem, warum war das Bild aus dem Foto spiegelverkehrt? Einfach nur ein seitenverkehrter Abzug oder steckte mehr dahinter? Robert würde mit weiteren Erkenntnissen warten müssen, bis er in Yerevan den Abzug des Originalnegativs in Händen hielt.

Er fühlte sich erschöpft. Plötzlich spürte er, wie sein Fieber über die Augen in seinen Körper zurückkehrte.

Basteau stand vor der *Auferstehung* und kümmerte sich nicht um Robert. Das Fresko war 1467 an die Stirnwand des Ratssaales des ehemaligen Rathauses gemalt worden. Der spätere Einbau eines Gewölbes im sechzehnten Jahrhundert ließ es zwischen zwei Gewölbebögen etwas bedrängt erscheinen. Über Jahrhunderte hing es im Zentrum der Aufmerksamkeit der Bürgerschaft der Stadt Sansepolcro.

»Pieros *Auferstehung* ist fast so etwas wie die Kopie eines Bildes, das Andrea del Castagno in Florenz gemalt hat«, erklärte Basteau, »darin steigt Jesus ebenfalls in triumphaler Pose aus einem marmornen Grab, vor dem römische Soldaten in Schlaf versunken sind. Im Arm trägt er auch dort eine weiße Fahne mit rotem Kreuz.« Der Mann mit den Koteletten war auf einer seiner Runden, die er gelangweilt durch das Museum drehte, aus dem Raum verschwunden. Robert trat neben Basteau.

»Francescas zwanzig Jahre später entstandenes Bild«, ergänzte Robert, »ist aber eine ungleich raffiniertere Komposition. Seine *Auferstehung* ist aus verschiedenen Blickwinkeln dargestellt, mit zwei verschiedenen Fluchtpunkten. Den ersten erkennt man in der Fortsetzung der Linienführung aus den quadratischen Grundplatten der beiden Säulen, die das Bild einrahmen. Er liegt im Vordergrund in der Mitte auf der Kante des Grabes. Dieser Fluchtpunkt gilt in der realen Welt der schlafenden römischen Soldaten. Dieser Logik folgend, werden die Soldaten von unten gezeigt.«

Robert fiel etwas anderes in dem Bild auf. Es war unglaublich. Einer der römischen Soldaten stützte sich im Schlaf auf eine Lanze, die er mit dem hinteren Ende schräg in den Boden gerammt hatte. Sie ragte über den Rand des Grabes hinaus, bis sie etwa auf halber Höhe des Bildes einen Baum in dem Punkt überdeckte, in dem dieser die Kontur eines dahinterliegenden Hügels schnitt. Etwas daran war äußerst ungewöhnlich.

Basteau trat näher an das Fresko heran.

»Der zweite Fluchtpunkt befindet sich hinter dem Kopf Christi, weit in der Ferne einer mythischen Welt«, erklärte Robert weiter, während er sich auf das konzentrierte, was er soeben entdeckt hatte. »Obwohl Christus über den Soldaten aus dem Grab steigt, blickt man auf die *Oberseite* seines Fußes. Je höher der Blick in Richtung des Kopfes von Jesus geht, desto höher scheint auch die Position des Beobachters zu sein – bis man in sein Gesicht blickt, als stünde man ihm gegenüber. Obwohl es sich in vier Metern Höhe befindet. Mit Christus gemeinsam scheint sich der Beobachter bei der Betrachtung des Bildes aus der irdischen Welt zu erheben.« Robert trat einige Schritte zurück und setzte sich auf eine kleine Bank. Basteau blickte auf seine Uhr. Ruhelos machte er sich auf die Suche nach seinem Partner, wobei er versuchte, Robert nicht aus den Augen zu lassen.

Ein Meisterwerk, dachte Robert. Es dürfte für Jahrhunderte niemanden mehr gegeben haben, der in der Lage war, so mit der Wahrnehmung der Perspektive und den Blickwinkeln zu spielen – und damit seinen Bildern trotz des Naturalismus ihrer Darstellung einen so unerklärlichen Hauch des Überirdischen zu verleihen.

Und außerdem ist es ein Vexierbild, dachte er. Wenn man das gesuchte Muster einmal erkannt hat, kann man es nicht mehr übersehen. Er achtete darauf, dass Basteau nicht bemerkte, wie er seine Schablone eines Pentagons auf die Reproduktion des Bildes in seinem Buch legte. Basteau kehrte zurück.

»Man sieht, dass dieser Jesus von überlegener physischer und intellektueller Stärke ist«, sagte er. »Aldous Huxley hielt dieses Bild für das beste Gemälde der Welt. Er war der Ansicht, Francescas Figuren sähen aus wie aus hartem Stein geformte Statuen ägyptischer Götter.«

Robert hielt sein Buch auf den Knien und legte den gerade erworbenen Winkelmesser auf das Bild. Mit der Oberkante von Jesus steinernem Grab bildet die Lanze des römischen Soldaten einen Winkel von exakt 108 Grad. Die Seitenlänge wird durch den Abschnitt der Lanze zwischen Grab und Baum vorgegeben. Diese Länge wiederholt sich zwischen der Lanze und dem Kopf des übernächsten Soldaten und zwischen dessen Kopf und einem toten Baum auf der linken Seite. Ein Pentagon. Seine Spitze liegt über Jesus Kopf, sein Zentrum im Nabel Christi.

Jungfrauenempfängnis, Schutz vor der Pest, Auferstehung von den Toten. Jesus entsteigt nicht einem Grab, er kommt aus dem Zentrum eines mannshohen Pentagons, das im Hintergrund ein Tor aus der Landschaft des Todes in die des Lebens bildet.

Nur wenige Besucher schlenderten durch den Saal. Der von Basteau als Matteo vorgestellte Mann lehnte gelangweilt in einer Tür, den Blick auf Robert gerichtet.

In keinem der Bücher, die Robert inzwischen gelesen hatte, in keiner Abhandlung im Netz wurde diese Botschaft des Bildes enthüllt. Mit Sicherheit war es keine Botschaft des Christentums. Welche Botschaft aber war es dann?

Zwölf Uhr. Offenbar hatten Basteau und sein Begleiter begriffen, dass Robert nichts anderes tat, als ihre Zeit zu verschwenden. Sie flüsterten miteinander. Nach einem Blick auf seine Uhr verließ Basteau grußlos das Museum, gefolgt von dem Mann mit den unappetitlichen Koteletten.

Endlich kam Robert dazu, seinen Plan in die Tat umzusetzen. Im Museumsshop kaufte er eine Postkarte der *Madonna della Misericordia*. Mit perfekten Linien zog er das von der Madonna aufgespannte Pentagon rot nach.

Das Haus der Bruderschaft war in die Straßenfront der Via Giovanni Buttoni eingegliedert. Zu ebener Erde gab es einen kleinen Eingang zu einem Büro, das den Eindruck einer Sozialstation machte. Hier schien ein gewisser Publikumsverkehr zu herrschen. Auf einem Treppenabsatz oberhalb der Straße gab es einen anderen Eingang mit einem übermannshohen Eichenportal, neben dem ein kleines poliertes Bronzeschild das Signum der Bruderschaft zeigte, ein F und ein M, die ein Kreuz umrahmten, darunter die Aufschrift »Sansepolcro«.

Robert klopfte an. Im Innern blieb es lange still, bis die Tür schließlich von einer älteren Frau geöffnet wurde.

»Ja?«, fragte sie.

Es schien äußerst ungewöhnlich zu sein, dass an dieser Tür unangemeldete Besucher vorsprachen.

»Ich möchte den Leiter der Bruderschaft sprechen«, sagte Robert, »in einer äußerst wichtigen Angelegenheit.« Sie sah ihn mürrisch an, als sei er weitere Erklärungen schuldig.

»Es ist niemand da«, sagte sie schließlich.

»Sie werden großen Ärger mit den *fratres* bekommen, wenn Sie nicht sofort weiterleiten, was ich Ihnen jetzt gebe«, sagte er. Plötzlich erschien ihm seine Idee von geradezu abenteuerlicher Lächerlichkeit zu sein. Der Verband aller Bruderschaften war heutzutage eine Organisation, die in vierzig Ländern vertreten war, zehntausend von ihnen hatten eine Audienz beim Papst erhalten. Da gab es kaum eine reale Chance, irgendwo mit seiner Nachricht, geschweige denn mit seinen Fragen zu landen. Dennoch schrieb er seinen Namen und seine Handynummer auf die Rückseite der Karte.

»Es geht um Leben und Tod«, sagte er, als er ihr die Karte übergab. Immerhin nahm sie sie entgegen.

»Wenn sich bis mittags zwölf Uhr niemand bei Ihnen gemeldet hat«, verkündete sie, »sehen Sie bitte von weiteren Besuchen ab.« Mit diesen Worten schloss sie die Tür.

Als Robert hinunterging, sah er Basteau auf der anderen Straßenseite.

»Ich hatte schon gestern Nacht den Eindruck, dass Sie es bestimmt hier versuchen würden«, sagte Basteau. »Das Ergebnis habe ich soeben erlebt.«

Robert war mit dem Gedanken beschäftigt, dass er für Anahit noch immer nicht zu erreichen war. Für Basteau konnte er im Augenblick kein großes Mitgefühl aufbringen.

Es war kurz nach acht. Vor zehn Uhr war in keinem Fall mit einer Reaktion der Bruderschaft zu rechnen, wenn sie denn überhaupt jemals kam.

Als er mit Basteau die Straße in Richtung des Marktes zurückging, warf er einen Blick zurück auf das Haus, das er soeben verlassen hatte. Er schöpfte neue Hoffnung.

Neben den neuen, elektrisch beleuchteten Häusernummern in der Straße waren ältere Emailleschilder erhalten geblieben, die eine frühere Nummerierung der Straße zeigten. Der Nachbarbau auf der Linken trug die Nummer 94, das Haus auf der Rechten die 120. Über dem Eingang, von dem er gerade abgewiesen worden war, hing neben der modernen Nummer 27 ein schmutziges Emailschild mit der Hausnummer 108.

Zum ersten Mal, seit er auf der ODESSA war, freute es Jackson, sich in das Büro zurückziehen zu können, das sie ihm an Bord zugeteilt hatten. Es hätte einem Generalsekretär der KPdSU alle Ehre gemacht. Wenn er ehrlich war, war eine solch edle Hütte auch das Mindeste, was er brauchte, um sein Selbstbewusstsein nach der Wahnsinnstat des verrückten Astronomen wieder in den Griff zu bekommen. Von seinem Platz im dritten Stockwerk der Deckaufbauten genoss er einen Blick über das Heck des weißen Riesenschiffes aufs Meer. Wie er gehört hatte, war das Büro normalerweise für den leitenden Chirurgen an Bord gedacht. Holzgetäfelt, von innen gepolsterte Türen, ein Vorzimmer, in dem er die gesamte MIDAC-Dienststelle in Istanbul unterbringen konnte, und ein Schreibtisch mit dazugehörigem Konferenztisch für sechs Personen, der die Landebahn für ein Kleinflugzeug hätte abgeben können.

Nur wenige Dinge bevölkerten die Landebahn. Dicht vor ihm, auf einer kleinen, mit Spitzenmustern versehenen Decke, stand ein großer Teller mit herrlich duftendem Schweinebraten und Kartoffeln, daneben ein ebenso großer Teller mit einem Berg von geraspeltem Gemüse unter einer dicken Schicht Sahne.

Es fühlte sich an, als hätten der Hunger und die erlittene Niederlage eine Höhle in seinen Körper gefressen, die größer war als er selbst. Neben dem Braten stand eine offene Flasche des roten ukrainischen Aluschta, den er bereits kannte, und auf dem Konferenztisch thronte wie ein roboterhafter Gast der silberne Kasten mit dem Telefonhörer an der gewendelten Schnur. Jackson hatte um einen dringenden Telefontermin mit Genna gebeten.

Er schnitt sich ein saftiges Stück von dem Braten ab. Deftiges zu essen, hing mit Selbstbewusstsein zusammen, fand er. Eigentlich war heute ein Tag, an dem alles mit Selbstbewusstsein zusammenhing. Erst kam der Körper, dann die Seele, dann der Geist. Wer dies verdrehte, versuchte auf den Händen durch die Welt zu marschieren.

Das Telefon klingelte und erinnerte ihn an die Wichtigkeit seines Auftrags. Jackson schob das Kinn vor und beschloss, dass es keinen Grund gab, nicht mit sich im Reinen zu sein. Es war zwar vieles schiefgegangen, aber er hatte auf alles eine Antwort.

»Jackson«, meldete er sich.

»Was ist das für ein Ding, Jackson, das Sie in der Steinplatte gefunden haben?«, legte Genna wie immer gleich los, als hätte er alle freundlichen Einleitungen bereits eine halbe Stunde lang vorher im Büro vor dem Spiegel mit sich selbst abgehakt.

»Wir haben das Ding nicht«, sagte Jackson, »wir haben nur den Beweis, dass es dort war. Ein monströses Ding. Niemand versteht wirklich, was es ist. In jedem Falle ist es eine Gefahr für die nationale Sicherheit, wenn nicht für die ganze Menschheit. Das Einzige, was wir wissen: Es hat die Form eines Pentagons.«

»Sehr komisch, Jackson«, stöhnte Genna. »Ich werde diese Beschreibung an meine Kollegen im amerikanischen Verteidigungsministerium weiterleiten. ›Ein monströses Ding, das keiner versteht, das eine Gefahr für die Menschheit darstellt und aussieht wie ein Pentagon.‹«

»Es ist verdammter, beschissener, tödlicher Ernst, Sir.« Jackson wandte sich genervt vom Mikrofon ab und nahm einen tiefen Zug aus seinem Glas. Ihm wurde übel, wenn er an die arrogante Ignoranz der Typen in Washington dachte.

»Was ist mit dem Splitter davon? Haben wir den, Jackson?«

»Nein, Sir.«

»Sind Sie wahnsinnig? Es gibt dieses Riesending, mit dem Terroristen durch die Gegend ziehen, und Sie sind nicht einmal in der Lage, einen Splitter davon sicherzustellen? Geschweige denn zu wissen, wohin das große Ding gebracht wird.«

»Die verdächtige Armenierin ist mit dem Splitter verschwunden. Die ganze Zeit über ist sie auf der sinkenden SEA WASP mit einem Behälter für kontaminiertes Material in der Hand herumgelaufen. Ich war dabei, als sie plötzlich in der Stunde der höchsten Not ein Satellitentelefon hervorzauberte, das sie vor zwei Wochen auf der SEA WASP versteckt hatte. Alles war geplant. Sie hat den Unfall arrangiert, bei dem ich fast selbst draufgegangen wäre, und sie konnte sich absetzen, weil sie als Einzige das Schiff in jedem Detail kannte. Wir fahnden nach ihr.«

»Gut«, sagte Genna, »da haben wir wenigstens etwas in der Hand. Fassen Sie sie und quetschen sie aus. Nach allen Regeln der Kunst, am besten in ihrem Heimatland Armenien oder irgendwo, wohin Anwälte aus den Staaten keine Direktflüge erhalten.«

»Das Schiff, auf dem wir uns befinden, Sir, fährt zurück auf die Krim. MIDAC braucht ein neues Lagezentrum.«

»Sie haben mich doch gehört, Jackson. Kommen nicht die beiden einzigen Verdächtigen aus Armenien? Also, was wollen Sie noch? Richten Sie es in Armenien ein. In Yerevan. Wir haben da eine Botschaft, die größer ist als Langley.«

»MIDAC ist gelegentlich gezwungen, die anderen Mitglieder nach ihrer Meinung zu fragen«, warf Jackson vorsichtig ein. Er konnte dem Drang nicht widerstehen, noch einmal ein großes Stück von dem Braten in seinem Mund verschwinden zu lassen. Er würde Genna eine Weile das Reden überlassen.

»Dann richten Sie es auf dem Flughafen ein, es muss dort einen militärischen Teil geben. Sie erhalten eine weitere Chance, Ihr Ticket an die Ostküste zu verdienen, Jackson, auch wenn Sie fast alles in diesem Fall versiebt haben, was ich Ihnen aufgetragen hatte. Treiben Sie das große Ding auf und holen Sie es ab. Für uns. Alle anderen sollen es sich abschminken, dass wir das Teil irgendwem sonst überlassen.« Jackson würgte den letzten Bissen herunter, um etwas erwidern zu können, doch Genna kam ihm zuvor.

»Sobald Sie fertig gespeist und Ihren Verdauungsschlaf absolviert haben, veranlassen Sie alles Nötige«, drang die

Stimme aus dem Lautsprecher. »In vierundzwanzig Stunden werde ich in dem neuen Headquarter sein, um selbst nach dem Rechten zu sehen.«

Das Gespräch war beendet. Für eine halbe Stunde, beschloss Jackson, würde er weiter Generalsekretär spielen. Es war genau das, was er jetzt brauchte.

★

Seena fuhr mit den Händen in die Manschetten aus dickem schwarzem Gummi, um den Vogel in dem kleinen Sicherheitsbehälter in ihrem Labor zu obduzieren. Sie legte ihn auf den Rücken und trennte mit dem Skalpell vorsichtig den Bauch auf. Ein Bluttest hatte zwar ergeben, dass das kleine Tier keine Spur von LHF zeigte, aber der Vogel hatte immerhin lange Zeit in der völlig verseuchten Atmosphäre des Laderaums auf der SEA WASP zugebracht, und es galt die klare Bestimmung, bei derartigen Untersuchungen auf Nummer sicher zu gehen.

Es war erstaunlich, wie gut der Vogel noch erhalten war, es zeigten sich noch keine Spuren von Maden- oder Käferfraß, also war das Tier höchstens zwei Tage vor Ankunft der ODESSA gestorben. Auf der anderen Seite hatten die Leute der ODESSA bei ihrem ersten Besuch auf der SEA WASP den Laderaum von Beginn an verschlossen vorgefunden, damit hatte die letzte Gelegenheit für den Vogel, in den Laderaum vorzudringen, während des Überfalles bestanden. Der kleine Bursche musste also in dem schrecklichen Raum mindestens zehn Tage überlebt haben, bevor er starb. Aber woran war er gestorben? Verhungert war er ganz sicher nicht. So viele Fliegen und Maden dürfte er in seinem ganzen Leben noch nicht gefunden haben.

Mit zwei chirurgischen Klammern hielt Seena den Bauch des Vogels offen. Sie hatte sich im Internet genauer über *oenanthe xanthoprymna* informiert und wusste, dass sie ein

Weibchen vor sich hatte. Vier kleine, bis zu zwanzig Millimeter große hellblaue Eier waren schon weitgehend ausgereift. Die Größe stimmte, die Farbe. Alles sah normal aus. Woran also war das Tier gestorben?

Seena präparierte die Eier heraus und legte sie mit einem Greifer vorsichtig in eine Glasschale. Dann schnitt sie das Ei auf. Mit seiner Schale hörte die Normalität auf.

Es gab nichts, was wie ein Dotter aussah. Das zartblaue Ei war angefüllt mit einer Art milchig aussehendem Eiweiß, in dem – sie zählte genau nach – vierzehn kleine lederne Eier schwammen. Dieser Inhalt hatte nichts mit einem Rostbürzelschmätzer-Gelege zu tun, nichts mit der Art *oenanthe xanthoprymna* und nicht einmal etwas mit einem Vogel.

Seena kroch eine Gänsehaut über den Rücken, als sie sich die Frage stellte, was es gewesen sein mochte, das da von dem Vogel ausgebrütet werden wollte. Und woher es gekommen war.

Robert ging erneut hinüber in die Via Giovanni Buttoni. Er klopfte an der großen Tür. Vergeblich. Offenbar hatte die Hausdame bereits ihren Feierabend angetreten.

Von der oberen Plattform der Treppe vor dem Haus blickte er in beide Richtungen die Straße hinunter. Basteau war nirgends zu sehen. Als er sich umdrehte, um die Treppe hinabzugehen, stand die Tür offen. Ein mittelgroßer Mann, der nur wenige Jahre älter sein konnte als Robert, stand in der Tür. Er trug einen hochgeschlossenen schwarzen Mantel mit Stehbündchen und so langen Ärmeln, dass nur seine Fingerspitzen aus den Ärmeln hervorsahen. Unter dünnen blonden Haaren blickte Robert ein schmales Gesicht an, dem blasse blaue Augen einen Ausdruck von Entschlossenheit verliehen, die dem Gewand der mildtätigen Bruderschaft zu widersprechen schien. Er streckte die Hand aus.

»Giuseppe Landino«, stellte er sich vor. Er bat Robert einzutreten und ging durch eine große Eingangshalle voran.

»Dieses Haus wurde von Umberto Picchi im Jahr 1326 als Hauptsitz seines Tuchgeschäftes errichtet. Dreißig Jahre später wurde es von seinen Nachkommen der Bruderschaft in der Zeit ihrer größten Bewährung gestiftet. Seitdem sind wir hier. Und glauben Sie mir«, fügte er hinzu, ohne sich umzudrehen, »es braucht Übung, eine Antiquität zu bewohnen.«

Decke und Wände waren mit gotischem Schnitzwerk bedeckt, in Renaissanceart idealisierte Landschaften aus christlichen Legenden zierten ausgesparte Paneele in den Wänden.

Sie überquerten einen von Licht durchfluteten Innenhof, an dessen Seite eine offene Steintreppe in den ersten Stock führte. Dort betraten sie eine Bibliothek, in der verzierte Holzregale in den Wänden über drei Ebenen rund um den Raum liefen. An jeder Wand erlaubte eine schmale hölzerne Wendeltreppe, die höher gelegenen Ebenen zu erreichen.

In der Raummitte stand ein großer Tisch, um den zehn Sessel gruppiert waren. Vor einem der Sessel an der Stirnseite des Tisches lag Roberts Postkarte. Genau dorthin setzte sich Landino. Nach einem kurzen Blick darauf schob er sie Robert hin.

»Was, meinen Sie, haben Sie entdeckt?«, fragte er.

»In Armenien soll ein Gemälde von Piero della Francesca existieren. In verschiedenen Bildern hat er Zeichen untergebracht, die damit im Zusammenhang stehen. Geben diese Zeichen Hinweise darauf, wo sich das Bild im Kaukasus befindet? Falls ja, verstehe ich sie nicht.«

»Und Sie möchten dieses Bild sehen und die Information darüber an einen Käufer geben«, fragte er, »weil Sie das Geld unbedingt benötigen? Ist das richtig?«

Im Wesentlichen war es richtig, fand Robert. Und es hörte sich in dieser Umgebung geradezu lächerlich irrelevant an.

»Ich werde Ihnen helfen, Francescas Botschaft zu verstehen. Und ich werde Ihnen sagen, was von dem Zeitpunkt an, wo Sie die Botschaft kennen, Ihre Aufgabe sein wird. Wenn Sie wissen wollen, worum es geht, müssen Sie mir versprechen, diese Aufgabe auch anzunehmen. Ich fürchte, danach wird sich das Bild als Nebensache erweisen. Ich fürchte, Sie müssen sich jetzt sofort entscheiden.«

Robert wollte das Gemälde finden und sich von der Belohnung eine Wand kaufen. Das war der Plan. Ihn interessierten nur Informationen, die ihn zu dem Bild und vor allem zu dem Kloster führten, in dem er Anahit wiederzutreffen hoffte. Was es aus Sicht der Bruderschaft sonst noch Wichtiges geben mochte, kümmerte ihn herzlich wenig.

»Worum geht's, wenn nicht um das Wunder eines Renaissancegemäldes in einem armenischen Kloster?«

»Auf die Spur des Bildes können Sie nur gelangen«, erwiderte Landino, »wenn Sie wissen, warum es dort ist. Und dieses Wissen wird das Bild als solches zur Bedeutungslosigkeit degradieren. Das ist das Problem.«

»Warum sollte ich plötzlich meinen Auftrag, das Bild zu finden, ignorieren?«, fragte er.

Landino sah ihn mit vollkommen unbeteiligtem Blick an. »Weil es um Wichtigeres geht. Um das Schicksal der Welt. Um Ihr eigenes Leben. Vielleicht um die Rettung einer Liebe.« Robert dachte an Anahit. Durch seine flach auf der Tischoberfläche liegenden Hände schien sein Fieber das kühle Möbelstück zu erhitzen. Er fragte sich, ob er wirklich gezwungen war, sich an ein Versprechen zu halten. Ein Versprechen war schließlich kein Schwur. Jedenfalls schien es im Augenblick keinen anderen Weg zu dem Gemälde zu geben, als es für potenziell unwichtig zu erklären. Sollte er sich später eines Besseren belehrt sehen – wer wollte es ihm verdenken, wenn er neu entschied?

»Gut«, sagte er, »wenn das, was dahintersteht, von so viel größerer Bedeutung ist, werde ich mich den Aufgaben stellen, die damit verbunden sind. Ich nehme dabei an«, setzte er nach einem Blick in Landinos Gesicht hinzu, »dass mich diese Aufgaben, wie schwierig sie auch sein mögen, an denselben Ort führen werden …«

»… den wir jedoch nicht kennen«, ergänzte Landino.

Robert rieb sich mit den Handrücken die Augen. Sie schienen in seinem Kopf zu stecken wie heruntergebrannte Kerzenstümpfe.

»In den vierziger Jahren des vierzehnten Jahrhunderts erlebte Europa eine Katastrophe von derart schrecklichem, unbegreiflichem Ausmaß wie niemals zuvor oder jemals danach«, begann Landino seinen Bericht. »Die Pest begann im Juli 1347 auf Sizilien, einige Jahre später waren dreißig Prozent der damaligen Bevölkerung Europas vernichtet, fünfzig Millionen Menschen.« Er machte eine Pause. Für einen langen Moment blickte er auf die Postkarte, die er von Robert erhalten hatte.

»Der schlimmste Begleiter des Todes war das Misstrauen«, sagte er. Er legte das Bild der Schwarzen Madonna sorgfältig ausgerichtet vor sich hin. »Alle Bande der Freundschaft, der Familie, des Glaubens zerbrachen unter dem Druck der Angst, die jeder davor hatte, dass seine Nächsten, seine Liebsten, seine Eltern oder Kinder ihm in weniger als zwei Wochen den Tod bringen würden.

Auf wen oder was sollten die Menschen noch vertrauen? Auf Gott? Wie konnte er zulassen, was geschah? Sollte die menschliche Zivilisation diese Zeit überleben, musste wider alle Vernunft, die in Egoismus und Isolation ihre Sicherheit suchte, eine Kraft des Vertrauens wirksam werden. Eine Gemeinschaft, die auch im Angesicht des Todes das unternahm, was getan werden musste – ohne Rücksicht auf das eigene Leben.

Die Bruderschaft der Barmherzigkeit, seit dem dreizehnten Jahrhundert in verschiedenen Städten Italiens existent, nahm sich dieser Aufgabe an. Die *fratres misericordia* verrichteten die Arbeit der Maden, der Schmeißfliegen, der niedersten Tiere. Sie schafften die Pesttoten weg. Sie räumten die Straßen und die Häuser frei, sie übergaben die Toten dem Feuer. Millionen von Toten.« Er stand auf, um an das große Fenster in seinem Rücken zu gehen, und blickte kurz hinaus.

»Ich weiß nicht, ob die Menschen der Moderne sich das Ausmaß des Leids und der Verzweiflung, das Gefühl der Ohnmacht und die Dimension der Aufgabe überhaupt noch vorstellen können, die damals vor der Bruderschaft stand.«

Aus einem der Regale holte er einen großen, in Leder gebundenen Folianten. Er schlug ihn an einer Stelle auf, die eine mittelalterliche Karte zeigte.

»Seit den Zeiten der Kreuzfahrer bestanden rege Kontakte zwischen den Kirchen Roms und Armeniens. Italien spielte für die Künstler Armeniens eine besondere Rolle, Venedig beherbergte über Hunderte von Jahren die größte armenische Gemeinde außerhalb des Siedlungsgebietes der Armenier.

So drangen Legenden in das von der Pest geplagte Italien. Einige dieser Legenden besagten, dass es irgendwo im armenischen Kaukasus ein Kloster gebe, in dem man von der Pest geheilt werden könne.« Mit der Hand beschrieb er einen großen Kreis über den Gebirgsregionen zwischen Schwarzem und Kaspischem Meer.

»Niemals verstummten die Legenden, niemals führten sie in der Zeit der Not in Italien zu irgendwelchen Unternehmungen. Bis im Jahr 1439 auf dem Konzil von Florenz die Vereinigung der Kirchen des Ostens mit der Kirche Roms beschlossen wurde. Im Auftrag von Papst Eugen IV. trat man eine Reise in den Kaukasus an, deren Durchführung in die Verantwortung der Bruderschaft von Sansepolcro gegeben wurde. Als ein Zeichen der Verbundenheit sollte Piero della

Francesca, der damals in Florenz arbeitete, nach genauen Angaben für die Kirche des armenischen Klosters ein Tafelbild schaffen. Wegen der beabsichtigten Größe des Bildes und der Unsicherheit des Weges sah man davon ab, ein Bild aus Italien nach Armenien zu transportieren. Ausgestattet mit allem notwendigen Material machte sich Francesca im Herbst 1439 auf die lange Reise.«

»Kennen Sie den Namen des Klosters?«, fragte Robert. Er kannte die Antwort.

»Es gab damals einen großen Streit mit Rom, ob man es bei dem ›Kloster des Lichts‹ nicht mit einem versprengten Rest der Gnosis in Armenien zu tun hatte. Schließlich setzte sich die Bruderschaft mit dem Ziel durch, der Legende von der Heilung der Pest auf den Grund zu gehen. Das ist die Geschichte.« Landino stellte den Folianten wieder an seinen Platz in dem Regal.

»Aber wo liegt das Kloster?«, fragte Robert. »Wenn die Reise eine so hochpolitische offizielle Angelegenheit war, muss es doch Hinweise darauf geben.«

»Ich bin sicher, dass es sie gibt«, sagte Landino. Er machte Anstalten, eine der Wendeltreppen zu erklimmen. »Nur, wir kennen sie nicht. Oder wir verstehen sie nicht.«

»Aber was war dann das Ergebnis der Reise?« Robert konnte nicht fassen, dass alles so einfach im Sand der Geschichte verlaufen sein sollte. Er folgte Landino, dessen Schopf von dünnen blonden Haaren über dem schwarzen Kragenbund nur einmal in jeder Wendel der Treppe sichtbar wurde.

»Es gab eine einzige Botschaft«, klang es aus der Höhe herunter, »die von den Teilnehmern der Reise für die Bruderschaft festgehalten wurde, über die ich Ihnen zum Schluss berichten werde. Das einzige andere Ergebnis war, dass von dieser Zeit an in Francescas Werken ein Pentagon auftauchte – manchmal in geradezu gotteslästerlicher Weise.«

Landino stellte sich auf der obersten Ebene auf seine Zehenspitzen, sodass lange schwarze Socken sichtbar wurden. Schließlich schien er gefunden zu haben, was er suchte.

»Francesca hat ein Skizzenbuch auf der Reise mitgeführt, das ich Ihnen zeigen möchte.« Mit einem Buch in der Hand stieg er die Treppe wieder herab.

Am Fuß der mit reichen Schnitzereien verzierten Treppe hing ein überdimensionaler Pinsel aus Pferdehaar. Als Landino unten ankam, wedelte er mit dem Pinsel den Staub von dem in graues Leder gebundenen, nicht sehr dicken, aber großformatigen Buch.

»Sehen Sie nach, ob Sie daraus etwas entnehmen können«, sagte er, »ich lasse Sie eine Weile allein.«

Bevor Robert das Skizzenbuch aufschlug, in dem vor fast sechshundert Jahren Piero della Francesca geblättert hatte, trat er an das große Fenster, das einen Blick auf die Straße vor dem Haus freigab. An dem Tisch eines Straßencafés gegenüber saß Basteau, ins Gespräch vertieft mit dem anderen Mann, wobei er mit dem Kopf gelegentlich in Richtung des Palazzo deutete, in dem Robert sich gerade befand.

Die ODESSA hatte volle Fahrt aufgenommen, die Gischt der Bugwelle warf Schwaden von Wasserdunst über den Helikopter und die Männer auf dem Vorschiff, die ihn mit blaugrauen Kisten beluden. Zur Besprechung der letzten Details vor dem Aufbruch hatte Trenko sie in sein Büro eingeladen, das in der Größe Jacksons Büro auf der Heckseite glich.

Jackson vermied es, Seena anzusehen. Zum Glück war ihr verrückter Mann nicht anwesend, Jackson hätte nicht garantieren können, sich zurückzuhalten.

Was immer Trenko zu verkünden hatte, dürfte für seinen eigenen Auftrag kaum von Belang sein. Der ließ sich nach wie vor in einem Satz zusammenfassen: Finde das große

Ding, schaffe es nach Langley, und sieh zu, dass du jeden, der dich daran hindern will, ausschaltest. Jede Minute, die das hier länger dauerte, würde ihn die ODESSA weiter in die falsche Richtung bringen.

Auf Trenkos Schreibtisch befanden sich alle möglichen Fotos, keins stach Jackson so ins Auge wie das einer jungen blonden Schönheit mit Modelfigur. Jackson war sicher, dass es sich um Trenkos Tochter handelte. Um andere Schönheiten an seiner Seite halten zu können, fehlte dem Mediziner die Zeit, wovon das nur notdürftig geordnete Feldbett an der Schmalseite des Raumes gegenüber dem Schreibtisch beredtes Zeugnis ablegte.

Keiner wusste so recht, wo er sich hinsetzen sollte, weil keiner groß genug war, um über die Papierstapel auf dem Konferenztisch hinwegzublicken. Trenko schob alle Stühle in die Mitte des Raumes, wo sie sich in einen lockeren Kreis setzten, als würde sogleich eine therapeutische Befragung zu ihren sexuellen Fantasien beginnen.

»Wir bekommen Probleme, wenn wir noch lange warten«, sagte Jackson. »Der Treibstoff wird nicht für den geplanten Flug von hier nach Yerevan reichen.« Er wandte sich an Trenko. »Sie sollten die Fahrt der ODESSA für eine Stunde unterbrechen.«

»Wie Sie bald sehen werden, haben wir nicht eine Minute zu verschenken«, erwiderte Trenko kurz, bevor er sich an alle wandte, beide Hände wie immer um eine große Tasse Kaffee gelegt.

»Ich werde Ihnen eine wahre Begebenheit erzählen. In den Straßen meiner Stadt läuft ein todkranker Mann umher. Blutiger Speichel rinnt aus seinem Mund, schwarzes Blut strömt aus seiner Nase. Er verbreitet bestialischen süßlichen Gestank. Mitten auf der Straße zieht er sich nackt aus, man kann zusehen, wie die entzündeten blutigen Fladen auf seiner Haut hart und schwarz werden. Er schreit, dass er von innen verbrennt, er sucht einen Brunnen, er ruft nach Wasser, er torkelt umher, als wäre er betrunken. Als er stürzt, erbricht er schwarzen Schleim, bis er verendet.«

Trenko machte eine Pause. »Ich nehme an, dass es bei den LHF-Opfern in London oder Istanbul ähnlich war?« Die anderen nickten.

»Es ist die Beschreibung eines Sterbenden in meiner Stadt, als sie noch den Namen Kaffa trug und eine genuesische Handelsmetropole war, die im Jahr 1346 seit drei Jahren von den Mongolen belagert wurde. Zwei Jahre später war ganz Europa von dem verwüstet, was diesem Mann widerfuhr und was man später den ›Schwarzen Tod‹ nannte.« Trenko zog eine Packung Cigarronne heraus und zündete sich eine an.

Jackson konnte aus dem Fenster des Büros sehen, wie der CH 46 Sea Knight auf dem Vordeck von Shirovs Männern abgeriegelt wurde. Die Männer richteten eine Sperre ein, stellten Tische auf und begannen nach einigen Verhandlungen, bereits verladenes Gepäck wieder aus dem Hubschrauber auszuladen und zu durchsuchen. Wonach suchen sie?, fragte sich Jackson. Sollten die Russen aufgewacht sein?

»Aber die Pest kann es nicht sein«, stellte Seena fest, »die Pest ist *Yersinia pestis*, ein Bakterium, das wir nirgendwo gefunden haben.«

»Der Schwarze Tod hat von seinem ersten Auftreten fünfhundert Jahre vor Christus in Athen bis zum sechzehnten Jahrhundert in England immer wieder auf entsetzliche Weise neben den Menschen auch Rinder, Esel, Schafe und Pferde getötet. Auf der CATHERINE, die das Elend aus dem Mittelalter in unsere Zeit getragen hat, sind Pferde und Menschen verreckt, bevor das Schiff versank. An *Yersinia pestis*, an der Pest, erkranken diese Tiere nicht.« Trenko wedelte den aufsteigenden Rauch vor seinem Gesicht in die Luft.

Jackson blickte unruhig auf die Uhr, er konnte förmlich spüren, wie ihn jede Minute weiter von dem Ziel entfernte, um das er sich zu kümmern hatte – von dem unglaublichen

Objekt, das inzwischen sogar Gegenstand einer geheimen Anweisung des Präsidenten war, seiner Zielvorgabe.

»Wozu der Streit?«, fragte er ungeduldig. »Egal ob Pest oder nicht, in ein paar Tagen, am 14. August, werden wir spätestens wissen, wie warm wir uns für LHF anziehen müssen.«

»Wenn wir schon heute wissen, was uns blüht, können wir auch heute schon mit der Vorbereitung auf das Schlimmstmögliche beginnen«, sagte Trenko müde. »Jeder Tag früher wird Tausende von Geretteten bedeuten.«

Jackson machte eine wegwerfende Handbewegung und lehnte sich ergeben zurück.

»Als man das Blut heute lebender Nachkommen von Überlebenden einer Epidemie des Schwarzen Todes 1665 in England genetisch analysierte, fand man eine Mutation, die ihren Besitzern eine vererbbare Immunität gegen RNA-Viren wie zum Beispiel HIV verschafft.« Er klopfte mit einer Zigarette unruhig auf die Tischplatte. »Der Schwarze Tod war nicht die Pest!« Trenko zählte die verbliebenen Cigarronne in der Packung, als würde er versuchen, sich die Zeit bis zum Ende gut einzuteilen.

»Der Erreger des Schwarzen Todes war ein RNA-Virus wie die Blutfieber der Tropen. Es verschwand, als es sich im Lauf der Zeit in die Gruppe der Nairoviren verwandelte. Jetzt ist das Virus aus dem Wrack zurückgekehrt und hat in London, in Istanbul und auf der Krim die ersten Opfer gefunden. *LHF ist der Schwarze Tod des Mittelalters.* Mit allem Unheil, das jetzt auf uns zukommen wird.« Jackson sprang auf.

»Gut«, sagte er, »reisen wir ab. Ich begreife zwar nicht, was der Unterschied ist, wenn das LHF-Virus in Wahrheit die Pest ist oder nicht, aber so sei es. Wir haben den Schwarzen Tod vor uns.« Die anderen erhoben sich auch.

Trenko blickte aus dem Fenster auf den wartenden Hubschrauber.

»Der Unterschied ist, dass der Schwarze Tod wie eine hundsgemeine Influenza über die Luft verbreitet wird. Der Unterschied ist, dass er allein in Europa zwanzig Millionen Tote fordern wird. Der Unterschied ist, dass wir Hunderttausende isolieren müssen. Der Unterschied ist, dass wir uns auf den Weiterbetrieb der öffentlichen Ordnung vorbereiten müssen, wenn auf den Straßen, in den Geschäften und in den Wohnungen die Menschen zu Hunderten und Tausenden sterben, wenn der Personentransport eingestellt werden muss, wenn die wesentlichen öffentlichen Dienstleistungen zusammenbrechen – einschließlich der medizinischen Versorgung.«

Trenko inhalierte kräftig den Rauch seiner Cigarronne und sah einen nach dem anderen aus zusammengekniffenen Augen an, wie um sicherzugehen, dass jeder verstanden hatte, was jetzt auf sie zukam.

»Ich werde endlich die ODESSA nach Hause bringen. Sie muss dort helfen, wo sie hingehört. Diese Operation hier ist damit beendet.« Als würde er sich auf eine Zeit vorbereiten, in der man ohne Abschiede auskommen musste, verließ Trenko den Raum ohne weiteren Gruß.

Umgeben von den Büchern aus siebenhundert Jahren, blätterte Robert in Francescas Skizzenbuch aus den Jahren 1439 und 1440. Neben vielen Studien zu Gesichtern und Körperformen, zu Perspektivdarstellungen von Gebäuden und idealisierten Landschaften fand Robert Skizzen von Gewändern, Hüten, dem Faltenwurf von Kleidungsstücken und verschiedenen Schmuckutensilien. Darunter waren Muster stilisierter Blumenornamente, die später im armenischen Ornat des Königs Salomon auf dem Fresko in Arezzo wieder auftauchen sollten. Ein Lageplan oder auch nur die Ansicht eines Klosters fanden sich nicht.

Versteckt in den letzten, unbenutzten Seiten, war eine Doppelseite mit einer Silberstiftskizze gefüllt worden. Die Skizze zeigte eine Version der *cita ideale*, der Idealstadt, die einige Experten Francesca zuschrieben – allerdings dreißig Jahre früher, als das fertige Gemälde datiert wurde. Die Skizze war ein direkter Entwurf des bekannten Tafelbildes. In der rechten und linken oberen Ecke der Skizze waren jeweils dieselben Zeichen in winziger Schrift eingetragen. Robert erinnerte sich an Basteaus Schilderung. Das jeweils erste Zeichen musste ein armenisches B sein. **Բ III 38.** Was konnte das bedeuten? Ein Datum? Wohl kaum. Eher wohl eine Stelle in der Bibel. Robert fiel kein Buch der Bibel ein, das mit einem B abgekürzt worden wäre. Er beschloss, Landino danach zu fragen.

Warum befand sich diese typisch italienische Idealvorstellung einer Stadt der Renaissance in dem Tagebuch von Francescas Reise nach Armenien? Mehr als die Hälfte aller Seiten des Buches waren leer, was dafür sprach, dass es nach Beendigung der Reise als abgeschlossen zur Seite gelegt worden war. Also musste die Skizze in Armenien entstanden sein.

Der interessanteste Eintrag erstreckte sich über die Mehrzahl der benutzten Seiten. Dabei handelte es sich um eine Serie technischer Zeichnungen, die offenbar die präzise Konstruktion des Rahmens für das in Armenien in Auftrag gegebene Gemälde enthielten. Dieser Rahmen folgte in seiner pentagonalen Form der *Madonna del Parto*. Er war beeindruckend: reich verziert, die Holme fast einen halben Meter breit.

Eine der ersten Zeichnungen zeigte die Gesamtansicht des Gemäldes der Madonna. Das riesige Pentagon von einem Bild war an einer Wand in großer Höhe zwischen den Säulen einer Kirche befestigt. Das war der Raum, den Robert suchte, der Raum, der sich aus der Analyse des Fotos ergab.

Seite für Seite folgte jede Einzelheit der Konstruktion. Verzapfungen an den Ecken, ein zweiter und ein dritter

Rahmen in diesem ersten, Rollen und Seile, mechanische Klinken, Zahnräder und Schneckenantriebe. Die Zeichnungen waren sehr schwer zu interpretieren, da über die Blätter verstreut Berechnungen von Hebelwirkungen, der Dimensionierung von Rollen oder Details der Befestigung von Gewichten eingefügt waren. Auf einigen der sorgfältig gezeichneten Teile tauchten in winziger Schrift die Zeichenfolgen **VISVS** und **Ω III** 38 auf. Sowenig sich deren Bedeutung erschloss, so unmöglich war es, aus den Zeichnungen den Zweck des gesamten Mechanismus zu erkennen, den Francesca in Armenien konstruiert hatte.

Langsam legte sich die Dämmerung über Sansepolcro. Robert ging einige Schritte umher, um sich zu entspannen. Er nahm sein neues Handy aus der Tasche. Es funktionierte noch immer nicht. Er öffnete es, nahm den Chip des alten Gerätes heraus, rieb ihn zum wiederholten Mal an seinem Hemd trocken und setzte ihn wieder ein. Vergeblich, wie es schien.

Als er erneut aus dem Fenster der Bibliothek blickte, sah er Basteau und den anderen Mann noch immer beim Wein sitzen, inzwischen an einem Tisch im Innern des Restaurants. Basteau las in einem Buch, der andere Mann hatte sich so hingesetzt, dass er den Ausgang des Palazzo im Blick hatte. Er konzentrierte sich auf den Rauch, der von seiner Zigarette nach oben stieg.

Landino betrat die Bibliothek. Er trug inzwischen einen dunkelgrauen Pullover, aus dem der Kragen eines weißen Hemdes ragte.

Robert zeigte ihm das aufgeschlagene Skizzenbuch mit der Zeichenfolge **Ω III** 38.

»Ich habe diesen Code in der Skizze von Francescas Idealstadt gesehen, und ich finde ihn auf vielen Teilzeichnungen seines merkwürdigen Mechanismus. Kann er ein Hinweis auf den Ort des Klosters sein?« Robert sah Landino fragend an. »Haben Sie eine Ahnung, was es bedeutet?«

»In der Bruderschaft wurde lange darüber gerätselt«, antwortete Landino. »Ich werde Ihnen später erklären, was es bedeutet. Folgen Sie mir.« Er ging voran.

Am Ende eines breiten, mit Holz getäfelten Ganges traten sie in einen Raum, an dessen rechter Seite lediglich ein kleiner Erker erleuchtet war. Auf einem Tisch zwischen zwei Sesseln lag etwas unter einer dunkelroten Decke verborgen.

Landino hielt Robert ein Exemplar des Buches hin, das er selbst seit dem Kauf im Museumsladen in Monterchi in seinem Rucksack den ganzen Tag mit sich herumtrug.

»Sie haben nach der Botschaft Francescas gefragt«, stellte er fest, »seit so langer Zeit haben Tausende, vielleicht Millionen von Menschen sie in Arezzo oder in den Reproduktionen der *Legende vom wahren Kreuz* gesehen – und nicht verstanden.«

Das Buch war bei einer Darstellung der Szene von der Identifizierung des wahren Kreuzes aufgeschlagen. Mit einer Handbewegung, die Robert nicht missverstehen konnte, lud Landino ihn ein, sich die Szene näher anzusehen.

Dicht an die Aufbauten der ODESSA gelehnt, bemühte sich Colbert, den Windschatten nicht zu verlassen. Trenko hatte ihm für die letzte Minute an Bord sein Satellitenhandy gegen das heilige Versprechen gegeben, seiner Frau unter keinen Umständen den Grund für das zu nennen, was er ihr jetzt dringend empfehlen musste.

Er wählte die Nummer seiner Wohnung in Genf und hörte das Freizeichen. Wieder und wieder. Nimm ab, bitte nimm ab, dachte er, es wird die einzige Chance für uns sein, etwas zu retten.

»Elise Colbert«, hörte er endlich die Stimme seiner Frau. Colbert blieb die Stimme weg. Er schluckte. Plötzlich war es ihm unmöglich zu sprechen, ohne in Schluchzen auszubrechen. Er musste das Gespräch anders beginnen, als er es vorgehabt hatte.

»Bernard«, meldete er sich schließlich. »Ich küsse dich, Elise. Ich denke auf diesem unmöglichen Schiff an dich und die Kinder. Wie geht es euch?«

»Francois liegt noch im Krankenhaus, aber es geht ihm schon besser. Er war vor allem aufgebracht, dass er seinen Blinddarm nicht in einem Glas in einer Flüssigkeit mit nach Hause nehmen konnte. Er hatte es seinen Kumpels versprochen. Flower freut sich sehr auf ihren Geburtstag. Sie plant eine große Party in unserer Wohnung. Überall liegt das Zeug herum. Du weißt ja, wie das ist.«

Einen Moment trat Stille ein, dann war eine Kinderstimme am Telefon. »Papa? Ich habe allen versprochen, dass du Geige spielst.« Das Telefon wechselte den Besitzer, bevor er antworten konnte.

»Ist etwas?«, fragte seine Frau. »Hast du Probleme, zu ihrem Geburtstag zu Hause zu sein? Sie wäre sehr traurig.«

»Ich glaube, es ist schlimmer. Ihre Party muss ausfallen«, sagte er. Über das entsetzte Schweigen auf der anderen Seite kam er schweren Herzens, aber mit neuer Entschlossenheit, zu dem Grund seines Anrufs: »Elise, bitte höre mir jetzt nur zu. Frag bitte nicht, was los ist. Höre mir zu und tu genau, was ich sage. Und zwar von der Sekunde an, wenn du den Hörer auflegst.«

Er holte Atem. Das Schluchzen stieg wieder in seiner Kehle hoch. Colbert ballte die Hände mit aller Kraft zusammen, es half für einen Moment, die Ruhe zurückzugewinnen.

»Du wirst als Erstes alle Kinder einsammeln, egal wo sie sind. Gib ihnen was, damit sie einschlafen, erzähle Lügen im Krankenhaus, aber verfrachte alle in einen Kleinbus oder besser einen kleinen Laster, den du sofort mieten wirst. Hebe bitte alles Geld ab, das sich lockermachen lässt, ohne Aufsehen zu erregen. Räume alle Konten, kümmer dich nicht um ausstehende Zahlungen oder sonstigen Formalkram. Alles Geld. In bar. Wenn jemand fragt, erfinde irgendwas.«

»Bernard«, unterbrach ihn seine Frau. Weiter sagte sie nichts.

»Hast du mich bisher verstanden?«, fragte er.

»Ja«, kam die tränenerstickte Antwort.

»Hör bitte weiter zu. Du fährst mit dem gemieteten Wagen hinauf in das Haus in Chamoson. Unterwegs kaufst du in verschiedenen Supermärkten immer wieder dasselbe. Kanister mit Diesel für das Notstromaggregat und Benzin fürs Auto. Jede Menge Batterien. Taschenlampen. Am besten solche mit kleinen Generatoren darin. Massen von Kerzen und Konserven, Kohlenanzünder. Alles, was man für alle von uns braucht. Für ein Jahr.« Er hörte, wie sie in ein Schluchzen ausbrach, das tief aus ihrem Körper kam.

Bernard Colbert sah alles voraus, die Panik, die den Zusammenbruch der Ordnung bringen würde, die Explosion des Egoismus. Derweil hörte er im Hintergrund die Kinder, die inzwischen bemerkt hatten, dass ihre Mutter weinte. Was sollte er nur tun?

»Ich versuche alles, um, so schnell es geht, von Yerevan zu euch zu kommen, bevor allgemein bekannt ist, was passieren wird. Noch haben wir einen kleinen Vorsprung. Ich bete für uns.« Es ließ sich nicht mehr aufhalten. Zum ersten Mal seit sie sich kannten, musste er hemmungslos weinen. Alle Schleusen öffneten sich, und all die Angst, die er so lange unter seinem wissenschaftlichen Eifer versteckt hatte, schoss sturzbachartig aus ihm heraus.

Es ist kein Abschied, sagte er sich nach einer Weile, um sich wieder zu fassen, es ist eine Information. Eine sehr frühe Information.

»Kaufe bitte Munition für mein Armeegewehr«, bat er seine Frau zum Abschluss. Wie falsch war es, das jetzt zu sagen? Es konnte wichtig werden, bewaffnet zu sein. Womöglich würden sie sich schützen müssen. Aber vielleicht machte er seiner Frau damit nur noch mehr Angst. Colbert schüttelte resigniert den Kopf. Er wusste längst nicht mehr, was jetzt richtig und was falsch war. Wahrscheinlich gab es nur Falsches in dieser Lage. Plötzlich schaffte er es nicht mehr, weiterzureden.

»Ich liebe dich, Bernard«, sagte Elise, wie um ihn zu erlösen. »Sei vorsichtig mit dem, was du unternimmst.« Die Verbindung war beendet, bevor Colbert in der Lage war, etwas zu erwidern.

Er blickte auf das kleine Kaleidoskop in seiner Hand. Er richtete es gegen den hellgrauen Himmel und blickte hindurch. Alle Augen, die in dem kleinen Kasten gefangen waren, weinten.

★

»Du großer, unbeherrschter irischer Dummkopf«, sagte Seena gerade zu Arran, als Colbert zu ihnen stieß, um mit ihnen im breiten Hauptgang der ODESSA auf den Einstieg in den Helikopter zu warten. Sie hatte die Hand auf die Stirn ihres Mannes gelegt. »Was für einen Unsinn stellst du an, wenn du mit irdischem Kram allein gelassen wirst?«

»Es war ein Unfall«, sagte er.

»Ich habe den Unfall miterlebt«, sagte sie. »Ich habe allen bestätigt, die mich gefragt haben, dass es einer war.« Sie sah ihn lange an. In diesem Moment wussten beide, wie sehr sie aneinander hingen, in einer verqueren Liebe wie die von Bergen zu Tälern, die niemals möglich erschien und doch ewig Bestand haben würde.

»Hier wird sich alles auflösen«, sagte Seena. »Es wird eine neue Kommandozentrale am Flughafen von Yerevan geben. Trenko wird die ODESSA zurück in ihren Heimathafen Sewastopol auf der Krim bringen. Die Drähte zwischen den Regierungen laufen heiß, man wartet auf ein Ereignis, das man der Öffentlichkeit als den Anlass für die Maßnahmen präsentieren kann, die gegenwärtig vorbereitet werden. Vermutlich wird ihn die Patientin A in den nächsten vierundzwanzig Stunden liefern.« Arran drückte seine Hand auf den Verband an seiner Seite.

»Eine Fleischwunde«, stellte Seena fest. »Du hattest Glück.« Sie legte ein feuchtes Tuch auf seine Stirn. »Bereits jetzt laufen Maßnahmen, an denen die Öffentlichkeit merken wird, dass sich etwas ändern wird.« Arran lächelte matt.

»Man wird Massenveranstaltungen absagen und Schulen schließen. In allen Großstädten muss man die Stadien vorbereiten«, fuhr sie fort. »Und man wird millionenfache Bestellungen von Medikamenten, von Betten, von Schutzkleidung, von Spritzen und Atemfiltern in die Wege leiten. Es wird sich nicht mehr lange verheimlichen lassen. Aber es ist ohnehin nicht mehr lange Zeit.« Sie schwieg für einen Moment.

»Was werden wir tun, wenn alles sich auflöst?«, fragte sie.

»Ich werde sehen, dass es mir noch gelingt, einen der letzten Flieger nach Hause zu bekommen«, teilte Colbert ihnen mit. »Wohin werden Sie von dort aus gehen, wo Sie der Helikopter absetzt?«

Für uns kann es keinen Zweifel geben«, sagte Seena, »Arran und ich werden uns auf den Weg in den Zangezour begeben.«

»Wohin?«, fragte Colbert verblüfft.

»Und wenn es mich das Leben kostet«, meldete sich Arran aus seinem Rollstuhl, »ich will das Ding mit meinen eigenen Augen sehen, das die Menschheit aus dem Zentrum des Universums rückt. Damit ich wirklich glauben kann, dass es existiert. Ich will es fotografieren. Ich will dafür sorgen, dass es nicht in den Kellern der Geheimdienste verschwindet.«

Colbert sah Seena weiter fragend an.

»Zangezour ist ein Gebirgszug des kleinen Kaukasus im Süden Armeniens.«

»Wie um Gottes willen kommen Sie darauf?« Schrittweise rückten sie auf den Helikopter vor.

»Mir hat der kleine Vogel keine Ruhe gelassen, der an dem gestorben ist, was in ihm heranwachsen wollte.« Seena schob Arrans Rollstuhl weiter.

»Der Rostbürzelschmätzer«, stellte Colbert fest. »Sie wollten herausfinden, warum es ausgerechnet ihn getroffen hat.«

»Ich glaube, es hängt mit seiner geografischen Herkunft zusammen. Obwohl er ein Langstreckenflieger ist, der oft die Winter in Afrika verbringt, lebt er in einigen Regionen in den trockenen Klippen der Hochgebirge das ganze Jahr über – wie in der Bergkette des Zangezour.«

»Wie führt das zum Tod im Laderaum der SEA WASP?«, ließ Colbert nicht locker. Sie befanden sich inzwischen bereits an Deck, nicht mehr weit von dem Kontrollpunkt, den die Russen vor dem im Regen wartenden Helikopter eingerichtet hatten.

»Er – oder besser sie – gehörte nicht aufs Meer. Sie musste einen sehr weiten Weg zurücklegen, wie so viele der anderen Vögel auch, nur *oenanthe xanthoprymna* fand als Einzige von ihnen den Weg in den Laderaum. Vielleicht haben alle Vögel etwas hinter sich, was sie auf diesen Weg getrieben hat. Vielleicht kommen sie alle von demselben Ort.« Seena achtete darauf, dass Arran mit seinem Rollstuhl nicht in den Regen geriet.

»Der Koch zeigte in seinen Haaren und in seinem Blut Auffälligkeiten, die die Vermutung nahelegen, dass es irgendwo etwas gibt, was so ähnlich wirkt wie das Objekt, das wir kennen. Warum nicht an dem einzigen auffälligen Ort, dort, woher die Vögel kommen und vielleicht auch der Koch. Arran und ich sind überzeugt, dass das Objekt aus dem Mosaik dorthin gebracht wird, an einen Ort im Zangezour im Süden Armeniens. Dorthin werden wir reisen.«

★

An Deck waren Schritte zu hören. Sie verstummten vor Anahits Wellblechverschlag. Jemand prüfte das Schloss.

Anahit rutschte tief unter die öligen Decken in eine Ecke, die man durch den Spalt neben den Pumpstutzen nicht einsehen konnte. Jemand blickte durch den Spalt.

In diesem Augenblick meldete sich das Handy mit dem penetranten Geläut eines alten Küchenweckers. Anahit warf sich darauf. Warum um alles in der Welt hatte sie vergessen, es lautlos zu stellen?, beschimpfte sie sich innerlich. Jetzt saß sie unter Garantie in der Falle.

»Hier ist nichts«, sagte eine Stimme draußen zu anderen Männern, deren Stimmen Anahit nicht verstehen konnte. »Es ist abgeschlossen und leer. Wir gehen in die Laderäume.«

Anahit schlug das Herz bis in den Hals. Unmöglich, dass der Mann, der durch den Spalt geblickt hatte, das Klingeln nicht gehört hatte. Doch was bedeutete dann seine Reaktion? Suchte man nach ihr, und der Finder wollte sich die Prämie allein verdienen?

Egal. Was immer später sein würde, jetzt wollte sie endlich ihre SMS senden. Sorgfältig tippte sie den Text in die winzige beleuchtete Tastatur.

Wurde entführt. Bin auf der Flucht, verletzt. Versuche in 1 Stunde im Hafen von Batumi an Land zu gehen. Wir müssen uns treffen. Ab 14. 9. werden Reisen unmöglich. Ich liebe dich. Anahit

Gesendet. Endlich. Bald wusste Robert über alles Bescheid.

Nun musste sie schnellstens aus dem Verschlag verschwinden. Sie löschte die gesendete Nachricht sowie die abgespeicherte Nummer und legte das Handy auf die Decken.

Durch den Spalt zwängte sie sich an Deck, den Plastikumschlag mit den Blättern des Manuskriptes in den Zwischensohlen ihres verbliebenen Schuhes. Wohin sollte sie jetzt? Wo sollte sie sich verstecken? Bis in den Hafen von Batumi war es noch gut eine halbe Stunde.

Die Auffindung und Prüfung des wahren Kreuzes«, sagte Landino, »befindet sich in der Hauptkapelle der Kirche San Francesco in Arezzo in der Mitte der linken Wand. Hintergrund der dargestellten Geschichte ist die aus Kreuzfahrerzeiten stammende *legenda aurea* von Jacopo da Varazze aus dem dreizehnten Jahrhundert. Diese Legende besagt, dass Adam vor seinem Tod einen Samen von dem Baum der Erkenntnis aus dem Paradies erhielt, aus dem später ein neuer Baum wuchs. Dessen Holz war das Holz des Kreuzes, an dem Jesus Christus starb. Immer wieder ging das Kreuz verloren, immer wieder entfaltete es wundertätige Wirkungen. Als man das Holz dreier Kreuze aus den Resten eines heidnischen Tempels barg, konnte man das richtige Kreuz schließlich dadurch identifizieren, dass durch seine Berührung ein Verstorbener wieder zum Leben erweckt wurde.«

Landino beugte sich herüber und deutete auf die Szene in dem Buch. Robert sah es sofort.

Es ergibt sich aus dem schräg nach vorn gehaltenen Schaft des wahren Kreuzes von dem Punkt, an dem der Querbalken ansetzt bis an die Schulter der Frau, die es hält, und aus dessen Winkel zu dem blauen Gewand der Frau, dann am Saum des Gewandes über den Winkel zu der Unterkante der Bahre des Toten bis zum roten Gewand eines gegenüberstehenden Mannes. Dann in einer nach rechts aufsteigenden Falte und einer anschließend nach links aufsteigenden weiteren Falte in dem roten Gewand. Fünf gleich lange Strecken. Fünfmal 108 Grad. Im Zentrum das Herz des wiederauferstandenen Toten.

»Das Objekt, das durch die Jahrtausende die Geschicke der Menschheit begleitet hat, das sie auf dem Weg zum Heil führen wird, obwohl es immer wieder verloren geht, das in immer neuer Gestalt wahrgenommen wird und immer aufs Neue seine Wirkungen entfaltet ...«, Landino hielt inne, »... das ist die ketzerische Botschaft Francescas.« Erneut machte er eine Pause. »Führen Sie sich die damalige Zeit vor Augen. Die Kirche ist eine Großmacht. Alle Kunst ist nichts ohne die Motive und Legenden der christlichen Religion, alle Bildersprache ist christlich.«

Robert dachte darüber nach, sagte aber nichts.

»Sie haben mich nach der Bedeutung des Wortes ›Visus‹ und nach der Bedeutung der Zeichen *B III 38* gefragt.« Landino griff in ein Fach unter dem Tisch und zog ein dickes Buch in rotem Halbledereinband hervor.

»Eine lateinische Bibel, wie sie überall in der katholischen Welt verwendet wird«, sagte er. »Diese Ausgabe zeichnet sich dadurch aus, dass sie auch die Apokryphen enthält, Bücher der Bibel, die nicht in dem verbindlichen Kanon enthalten sind. Nur dort gibt es ein Buch, das mit B beginnt. Das Buch Baruch. Kapitel 3, Vers 38.« Er zeigte Robert die Stelle.

»Post haec in terris visus est et cum hominibus conversatus est. *Schließlich kam die Weisheit selbst auf die Erde und weilte unter den Menschen*«, übersetzte Landino. Die Weisheit?, dachte Robert. *Sie kam selbst auf die Erde?*

»Die Legende des wahren Kreuzes ist eine Geschichte, die sich durch alle Epochen des Alten und des Neuen Testaments und durch die Geschichte der Welt danach zieht.« Landino hielt die lateinische Bibel noch immer offen vor sich. »Dann kommt in Francescas Bilderzyklus schließlich der eine Moment, in dem das Objekt identifiziert wird, das das Schicksal der Welt bestimmt. Doch dieses Objekt ist nicht das

Kreuz. Francesca stellt ein Kreuz dar, aber tatsächlich zeigt er etwas anderes, was keinen Platz in den christlichen Überlieferungen hat. Es ist kein abendländisches Zeichen, kein christliches Symbol. Es ist überhaupt kein Symbol. Es ist ein reales Objekt. **VISUS**. Es hat die Gestalt eines Pentagons.«

Landino klappte das Buch zu. Während er weitersprach, zog er die rote Decke von dem Tisch.

Unter einer großen Glasglocke mit einem gläsernen Knauf auf dem Scheitelpunkt befand sich ein unglaubliches Objekt aus poliertem Holz. Es sah aus, als wäre es eben erst gefertigt worden. Landino hob die Glashaube ab.

»Ab dem Jahr 1686 machte es sich einer unserer Brüder zur Lebensaufgabe, die Konstruktion aus Francescas Skizzenbuch zu verstehen. Er hat die Zeichnungen studiert und Detail für Detail in ein Modell im Maßstab 10:1 umgesetzt.« Voller Stolz sah er Robert an. »Es funktioniert, Sie dürfen es berühren. Wozu genau es dienen sollte, wissen wir bis heute nicht.«

Robert nahm das hölzerne Pentagon vorsichtig in die Hände. Es bestand aus drei verschiedenen Rahmen, von denen zwei voneinander unabhängig Bewegungen in verschiedene Richtungen ausführen konnten. Basis war ein fest stehender Rahmen, der mit starken Metallklammern in einer Wand befestigt werden konnte. Vor diesem bewegte sich der stärkste, für die schwerste Belastung konzipierte Rahmen aus geschmiedetem Eisen auf und nieder, geführt über kurze Schienen an Seilen, die auf Trommeln gewickelt werden konnten. Es existierten Arretierungsklinken, die ihrerseits mit Hilfe von Haken an der Wand angebracht werden konnten. Aus der Größe der Trommeln zu schließen, waren zwei sehr lange Seile für die Auf- und Abwärtsbewegung vorgesehen.

Der eiserne Rahmen war schmucklos, aber etwas war in seine Holme geprägt worden. Robert holte die Spielzeuglupe aus seinem Rucksack, die er im Hotel Yerevan erstanden hatte. Es waren Zeichen. Lateinische Zeichen. In vier Holme des Rahmens war das Wort **VISVS** geprägt, in den waagerecht liegenden unteren Holm die Zeichen Ꝑ **III** 38. Kein Künstler würde jemals auf diese Weise sein Signet unterbringen. VISUS. Die Weisheit? *Schließlich kam sie selbst auf die Erde und weilte unter den Menschen?*

»Im Maßstab zehn zu eins?«, fragte Robert.

Er nahm sein Handy aus der Tasche. Immerhin funktionierte es inzwischen so weit, dass es nach einem Netz suchte, auch wenn es noch keine Verbindung gefunden hatte, über die ihn eine Nachricht von Anahit hätte erreichen können. Landino nickte.

»Dann ist das Original vier Meter hoch«, stellte Robert fest. Was um Himmels willen konnte es sein, fragte er sich, das von dem Metallrahmen gehalten worden war und die Form eines Pentagons von zwei Metern Kantenlänge in einer Stärke von nicht mehr als vier Zentimetern besaß? Oder noch immer besitzt?

Der vordere Rahmen war als einziger mit Schnitzereien verziert und mit Blattgold belegt. Er ließ sich nach links auf Schienen verschieben, die er bei seiner Bewegung selbst weiter mit hinausschob, ähnlich wie bei den Schubkörben in Geschirrspülern. Dieser Rahmen könnte die Holztafel mit dem Bild der Madonna enthalten haben, dachte Robert. Vorsichtig stellte er das Holzmodell des Rahmens wieder zurück.

»Es ist ein Meisterwerk«, sagte er.

Landino deckte die gläserne Haube wieder darüber. »Francesca erhielt von den Leuten aus dem Kloster die Maße. Sie gaben ihm vor, einen Rahmen in genau dieser Form zu bauen – und Francesca entschloss sich, ein Bild genau so zu entwerfen, dass es einen solchen Rahmen ausfüllte. Die Kopie, die er von diesem Bild fünfundzwanzig Jahre später anfertigte, existiert noch heute – in genau dem Arrangement und der Größe, in der das Original beauftragt worden war, als Fresko, ganz hier in der Nähe, in dem kleinen Museum in Monterchi.«

Es war dunkel geworden. Vorsichtig setzte Landino das hölzerne Modell mit der Glasglocke auf seinem Arbeitstisch ab. Aus dem Dunkel des Raumes holte er zwei Gläser und eine Flasche eines schweren Five Roses aus Apulien. Er stellte beide Gläser vor sich hin und goss ein.

»Was wir wissen«, sagte er, während er in einem Leuchter aus spiralförmig rot und weiß gestreiftem Muranoglas eine Kerze entzündete, »ist, dass ein Ding, das von Francesca in den Zusammenhang mit Jungfrauenempfängnis, Wiederauferstehung von den Toten und Schutz vor der Pest gebracht wurde, irgendwo in Armenien an einem Ort existiert, der sich Lusavank, also Kloster des Lichts, nennt. Es wird dort von einem Bild der *Madonna del Parto* abgedeckt und wahrscheinlich alle vierzig Jahre einmal gezeigt.« Er nahm einen weiteren Schluck.

»Im Jahr 1440 brachten unsere Brüder die Nachricht von der Reise in den Kaukasus mit, dass irgendwo ein zweites Objekt dieser Art existiert.« Er lehnte sich zurück, sodass für Robert nur noch seine Hand mit dem Weinglas sichtbar war.

»Alle sind von der Furcht davor beherrscht: die Bewohner des Klosters, unsere Brüder, die die Nachricht von dort mitbrachten, wir. Was immer unsere Bruderschaft an Unheil in ihrer nun neunhundertjährigen Geschichte gesehen hat, wird nichts gegen das sein, was über die Menschen hereinbricht, wenn die beiden Objekte zueinanderkommen.«

Robert nahm einen kräftigen Schluck. Der Wein war schwer und süß. Er legte sich wie flüssiges Fieber in den Magen. Landino lehnte sich kurz vor, als er trank.

»Teuflische Wesen werden als Schatten aus Steinen kriechen, sich über die Welt verbreiten und Tod und Vernichtung bringen, Frauen und Männer werden schwanger mit Ungeheuern und den Toten vergangener Zeitalter, Krankheiten der Apokalypse werden sich wie eine Feuersbrunst durch die Menschheit, die Tierwelt und das Pflanzenreich fressen. Es wird der Jüngste Tag sein. Danach wird niemand mehr existieren, der davon berichten könnte.«

Landino setzte sich ins Licht, in seiner Hand lag ein aufgeschlagenes Buch.

»Im Jahr der Rückkehr unserer Brüder von ihrer Reise in den Kaukasus, also 1440, schuf der spanische Maler mit dem Namen Meister von Arguis ein Bild über den Jüngsten Tag: *Der heilige Michael besiegt den Antichrist*. Dieses Gemälde stellt den Antichristen dar, wie er in dem apokalyptischen Endkampf der Menschheit von dem Altar gestürzt wird, von dem er gepredigt hat.« Landino hielt Robert das Bild hin. Der Altar des Antichristen hatte die Form eines aus dem Stein wachsenden Pentagons. Landino sah Robert lange an.

»Die Tatsache, dass Sie an unsere Tür geklopft haben, zeigt, dass etwas begonnen hat. Wir glauben, dass größte Gefahr besteht. Sie müssen alles tun, um die Ankunft des zweiten Objektes in dem Kloster zu verhindern.«

»Aber wo ist dieses Kloster?«, fragte Robert.

»Wir wissen es nicht«, sagte Landino. »Die Bruderschaft sucht seit Jahrhunderten danach. Niemals haben wir einen Hinweis auf den Ort gefunden, an dem sich das ›Kloster des Lichtes‹ befindet. Es gibt einen Schwur aller, die jemals dort waren, niemals und unter keinen vorstellbaren Umständen durch irgendeinen Hinweis den Standort des Klosters zu verraten. Damit es bis ans Ende der Zeit keinem gelingt, das zweite Objekt dorthin zu bringen.«

Damit stand Robert mit seiner Suche so gut wie am Anfang.

»Vielleicht aber gibt es dennoch eine Möglichkeit, es herauszufinden«, setzte Landino seine Rede fort. Er drehte an seinem großen Siegelring, dann erhob er sich und führte Robert im Halbdunkel des großen Raums zu einer Tür in der Wandverkleidung.

»Vor zwanzig Jahren ist in Arezzo ein Mann namens Salvatore di Constanto im Alter von 86 Jahren verstorben.« Mit einem kleinen Schlüssel öffnete er die Tür, während er sprach. »Er war der Letzte eines in Arezzo lebenden Zweiges der Familie di Bacci und hat große Teile seines Nachlasses der Bruderschaft vermacht, darunter ein ungeordnetes Konvolut mit Papieren Piero della Francescas, der viele seiner Werke im Auftrag der Familie di Bacci geschaffen hatte.«

Robert schlug das Herz bis in den Hals. Eine Reise in den Kaukasus war für einen Künstler im fünfzehnten Jahrhundert ein so unvergleichliches Ereignis, dass dazu einfach viel mehr Spuren in seinen Aufzeichnungen existieren mussten.

Landino öffnete einen tiefen Wandschrank, aus dem es nach altem Holz und Staub roch. Darin stand eine schmucklose Holzkiste im Format eines großen Reisekoffers. Mit einiger Anstrengung zog Landino sie heraus. Ihr Deckel war leicht gewölbt. Sie zeigte die Spuren vieler Transporte zu einer Zeit, als Reisen dem Gepäck und seinem Besitzer noch viel abverlangten. An einer kleinen geschmiedeten Lasche, die die Kiste verschloss, war ein neueres Siegel angebracht.

»Niemand hat jemals in diesen Unterlagen nach dem gesucht, was Sie jetzt beschäftigt«, sagte Landino. Ohne weiter zu zögern, brach er das Siegel auf. Er nickte Robert zu, der mit klopfendem Herzen den Deckel öffnete. Rollen von Skizzen, lose Blätter, Mappen, Skizzenbücher – Robert stand vor einem kunsthistorischen Schatz von Millionenwert. Er würde Tage oder Wochen dazu brauchen, alles durchzusehen.

Vielleicht kann ich wenigstens einen einzigen weiteren Tag darin suchen, dachte er, dann habe ich immer noch eineinhalb Tage, um zu dem Kloster in die Berge Armeniens zu reisen – ein Tag, wenn er wusste, wohin es gehen sollte. Dann würde er noch immer eine Nacht und einen Morgen haben, um sich in dem Kloster umzusehen, bevor das Fest begann. Es war ein riskantes Spiel. Wenn er nichts fand, würde er dastehen wie jetzt, nur mit noch weniger Zeit. Andererseits, ohne jede Idee, wie er an weitere Informationen kommen konnte, half ihm auch der zusätzliche Tag wenig. Das Ganze war ein aussichtsloses Unterfangen. Die einzige Chance, die überhaupt bestand, das Kloster zu finden, befand sich in dieser Kiste. Er würde sich ab sofort die Nacht und den Tag Zeit dafür nehmen, Francescas Hinterlassenschaft zu studieren.

Sein Handy meldete sich mit einer leisen Tonfolge. Es war tatsächlich eine Nachricht eingegangen.

Vorsichtig legte Robert eine der Mappen zurück in die Kiste, ohne sie geöffnet zu haben. Von dem Tisch, an dem sie bis vor kurzem gesessen hatten, holte Landino die Kerze.

Robert blickte auf sein Handy. Seit vier Tagen war Anahit jetzt mittlerweile spurlos verschwunden. Er schloss die Augen und betete, dass die SMS von ihr war.

Seine Freude über den Absender wurde schon bald durch den Inhalt der Nachricht getrübt. Anahit war in Gefahr. Erst entführt und nun hilflos irgendwo auf dem Schwarzen Meer? Wer um alles in der Welt hatte sie dorthin verschleppt?

Roberts Konzentration war mit einem Schlag dahin. Ebenso wie sein Interesse an irgendwelchen Bildern oder Objekten und Klöstern. Zwar war er erleichtert, dass Anahit endlich ein Lebenszeichen von sich gegeben hatte. Doch der Ort, an dem sie sich befand, war schlimmer als alles, was er befürchtet hatte.

War sie dorthin gebracht worden, wo sie im Sommer schon überfallen worden war? War sie denen in die Hände geraten, denen sie zuvor zweimal entkommen war? Auf der Flucht. Verletzt.

Landino hatte recht. Es ging nicht um das Bild, es ging um viel mehr. Robert musste Anahit zu Hilfe kommen, sie war in höchster Not. Aber wie sollte er so schnell nach Batumi gelangen? Wo genau lag das überhaupt? Die Meldung war um zweiundzwanzig Uhr vier abgesandt worden, bei dem dreistündigen Zeitunterschied zu Italien – vor zwei Minuten! Es gab keinen Zweifel daran, er musste zu ihr.

»Ich benötige Ihre Hilfe«, sagte er zu Landino. Der zog erstaunt die blonden Augenbrauen hoch. »Haben Sie die nicht bereits?«

»In einer anderen Angelegenheit«, erwiderte Robert. »Eine junge Frau, die mir sehr viel bedeutet, ist in höchster Gefahr.«

»Wie lautet ihr Name?«, fragte Landino. »Wo ist sie?«

»Sie ist Armenierin, Anahit Sarian. Zu dieser Stunde versucht sie, von einem Schiff vor dem Hafen von Batumi an Land zu kommen.«

»Batumi«, wiederholte Landino, »am Schwarzen Meer.« Er rieb sich mit beiden Händen die Schläfen. »Eine Stadt an der Küste Abchasiens in Georgien, wenn ich mich nicht irre.«

»Sie braucht Hilfe. Jetzt. Zu dieser Stunde.« Robert stand unbeweglich vor Landino. Er allein hatte nicht die winzigste Chance, Anahit rechtzeitig beizustehen. Tausende von Kilometern. Sie war einfach viel zu weit weg von ihm.

»Und was sollen wir tun?«

»Die Bruderschaft? Die katholische Kirche? Vielleicht gibt es Kontakte dorthin, die Sie nutzen können. Sobald ich dort bin, kann ich für alles bezahlen, was an Aufwand entstanden sein sollte.«

Robert stellte fest, dass er sich soeben entschieden hatte. So schnell es irgend ging, würde er nach Batumi reisen. Georgien? Dann musste er wahrscheinlich über Rom nach Tiflis fliegen. Es würde einen vollen Tag beanspruchen. Trotzdem – etwas anderes kam nicht in Frage. Er würde den verbliebenen Tag für Anahit einsetzen, nicht für Piero. Und er würde nach diesem Tag so wenig wissen wie jetzt. Lusavank kam ihm zwar geografisch näher, entfernte sich jedoch bis zur Unerreichbarkeit von ihm.

Landino trug die Kerze zurück zu dem Tisch, an dem sie gesessen hatten. Er goss von dem Wein nach. Seine Stimme ließ erkennen, dass er eine andere Rolle als die des freundlichen Gastgebers einnehmen konnte.

»Sie sind auf der Jagd nach einem Bild hierhergekommen.« Aus der Schublade unter dem Tisch holte er eine Stange roten Siegellack. »Ich habe Ihnen erklärt, welche rätselhaften Dinge sich seit Jahrhunderten in dem Kloster in Armenien tun, in dem das Bild hängt. Sie haben von mir erfahren, was es damit auf sich hat und welche entsetzlichen Gefahren von dort drohen. Sie haben versprochen zu helfen, das Schlimmste zu verhindern, sollten Sie das Kloster, dessen Lage niemand kennt, finden können. Dieses Versprechen nehmen wir sehr ernst, weil wir angetreten sind, Not, Verzweiflung und Elend überall auf der Welt zu lindern. Wir sind darauf angewiesen, dass Versprechen wie dieses gehalten werden.« Jetzt erst nahm er den Blick seiner hellblauen Augen von Robert.

»Ich erkenne«, fuhr er fort, »dass Ihnen diese Frau, Anahit Sarian, am Herzen liegt. Ich glaube auch, dass wir über genügend gute Kontakte nach Batumi verfügen, um ihr zu helfen, bis Sie hier Ihre Arbeit erledigt haben, aus Pieros Unterlagen herauszufinden, wo das Kloster liegt, das Sie suchen. Das ist die Abmachung, die wir treffen können. Um Bezahlung von Aufwendungen geht es dabei nicht.«

»Ich muss sofort aufbrechen«, erwiderte Robert, »es ist eine so langwierige Reise, dass ich keine Zeit verlieren darf.« Seine Augen brannten, als würden sie die Übermüdung vorwegnehmen, die vor ihm stand. »Ich weiß, wo sie ist. Wenn Sie ihr helfen, werde ich sie dort treffen. Danach will ich alles in meiner Macht Stehende tun, um die anstehenden Aufgaben zu erledigen.«

Er musste zu Anahit. Darüber, wie er seine Zusage einhalten konnte, würde er sich später Gedanken machen.

Landino streifte seinen Siegelring vom Finger. Er legte

ihn neben den Siegellack und die brennende Kerze. Auf dem Rücken seiner rechten Hand wurde dabei ein Muttermal in Gestalt eines umgedrehten Y sichtbar.

»Ihre Zusage reicht nicht«, sagte er kalt. »Aber ich akzeptiere, dass Sie nicht ohne diese Frau sein wollen.« Er schob die in rotes Leder gebundene lateinische Bibel in die Mitte des Tisches. »Dafür werden Sie gemeinsam mit ihr die Verpflichtung eingehen, uns zu helfen. Es steht zu viel auf dem Spiel.« Irritiert sah Robert ihn an. In einer seltsamen Weise hatte sich plötzlich alles verschoben, die Rollen waren vertauscht, selbst die Farben schienen erst jetzt in sein Blickfeld zu geraten, das Rot des Weines, der Bibel, des Siegellacks, der Decke über dem Holzmodell von Pieros Konstruktion.

Landino ergriff seine Hand und legte sie auf die Bibel.

»Schwören Sie mir«, sagte er ohne weitere Umschweife: »Ich schwöre, dass ich gemeinsam mit Anahit Sarian nach dem Kloster Lusavank suchen werde. Sobald ich es gefunden habe, werde ich in dem Kloster gemeinsam mit Anahit Sarian das schreckliche Unheil, das von dort seinen Ausgang zu nehmen droht, unter Einsatz aller Kräfte zu verhindern versuchen. So wahr mir Gott helfe. Sprechen Sie mir nach.«

Mit allem Befremden, das diese Situation in ihm erzeugte, sagte Robert: »Ich schwöre es, so wahr mir Gott helfe.«

Landino erhitzte den Siegellack. Er ging hinüber an den Wandschrank, verschloss die Kiste mit Francescas Unterlagen und versiegelte sie mit dem Abdruck seines Ringes.

»Verlassen Sie sich auf uns«, sagte Landino, »in einer Stunde ist die junge Frau in Batumi in Sicherheit. Wir verlassen uns auch auf Sie.«

Sie durchquerten das Haus. Zurück in der Bibliothek, nutzte Robert die Gelegenheit, noch einmal aus dem Fenster auf die Straße zu blicken. Basteau und sein Helfer waren nirgends zu sehen. Wie ausgestorben erstreckte sich die Straße unter ihm. Entschlossen trat er kurze Zeit später vor die Tür.

Jackson legte seinen schwarzen Pilotenkoffer aus festem Nylongewebe auf den Tisch, neben dem Shirov, vom Nieselregen durch die vorspringenden Deckaufbauten geschützt, mit unbeweglichem Gesicht an der Absperrung wartete.

»Bitte öffnen«, sagte er.

Jackson zog den Reißverschluss um den Deckel des Koffers auf. Mit geübten Griffen fasste Shirov hinein, hob die Wäsche an, tastete die Dicke der Wände ab, schob seine rotblond behaarten Wurstfinger in alle Lücken und Öffnungen.

Irgendwie obszön, fand Jackson. Wahrscheinlich tat Shirov im Hafen von Rostow am Don den ganzen Tag nichts anderes.

»Meinen Sie wirklich, ich versuche, den Splitter zu stehlen? Sie wissen es besser als jeder andere: Die Armenierin, nach der Sie fahnden, hat ihn vor vierundzwanzig Stunden an sich gebracht. Viele von uns haben gesehen, dass sie auf der WASP den Behälter in der Hand hatte.« Aus den vergrößerten Augen traf ihn ein vernichtender Blick.

Der Pilot des Hubschraubers machte hektische Gesten, sich zu beeilen. Für einen Moment, auf den er sich länger schon gefreut zu haben schien, nahm Shirov sich die Zeit, Jackson geradewegs in die Augen zu blicken.

»Wir haben sie, Jackson.« Jackson war damit beschäftigt, seinen Koffer von dem Tisch zu hieven.

»Wir haben die Armenierin gefunden«, wiederholte Shirov seine Rede. »Sie lebt, und wir werden sie schnappen.« Jackson sah ihn erschrocken an. »Von einem auf der

ARCTIC QUEEN als gestohlen gemeldeten Handy ist um zweiundzwanzig Uhr vier eine Meldung abgesendet worden, als die QUEEN noch auf hoher See war«, berichtete Shirov. »Sie wird in Kürze im Hafen von Batumi festmachen.«

»Und?«, fragte Jackson, »wohin ging die Meldung?«

»An eine im Norden Englands registrierte Mobilfunknummer, die sich gegenwärtig in Italien bewegt«, antwortete Shirov. »Wir überwachen beide Telefone rund um die Uhr. Sobald die Armenierin zu irgendwem Kontakt aufnimmt oder der Mann aus Italien hier aufkreuzt, um sie zu treffen, haben wir sie in der Hand.«

»Schnappen Sie sie, Vitali«, sagte Jackson. »Sie haben den Beweis, dass sie gefährlich ist. Bringen Sie sie zum Reden.« Er folgte Colbert, Seena und dem in einem Rollstuhl sitzenden Astronomen durch den Nieselregen in den Sea Knight, der sie in das neue Lagezentrum auf dem Flughafen Yerevan bringen sollte. Bevor Jackson in Richtung Hubschrauber verschwand, drehte er sich noch einmal um. Er sprach so leise, dass es nur Shirov hören konnte. »Oder zum Schweigen.«

Dann zogen die beiden großen Rotoren die langgestreckte Maschine in die Luft und ließen die ODESSA wie einen schmutzigen Eisberg in warmen Regenströmen unter sich zurück.

★

Dies war nicht sein Morgen. Umständlich angelte Kapitän Oliannos den Schlüssel für das Vorhängeschloss aus der Tasche. Das Handy, nach dem die halbe Welt verrückt war, hatte in dem Pumpenhaus geklingelt. Es gab eine Frau, nach der die halbe Welt verrückt war. Flüchtig oder vermisst – was wusste er schon.

Wie schön wäre es gewesen, jetzt danach zu sehen, wer da in seiner Falle saß, wenn er sich nach dem nächtlichen Gelage nicht so erbärmlich fühlen würde. Weder die ARCTIC QUEEN noch ihre Crew taugten für ein Wetter wie dieses. Mit Beton auf der Hochsee herumzufahren – wo hatte es seit den Trips in der Nordsee so etwas je wieder gegeben? An der Küste von Hafen zu Hafen zu kriechen, das war sein Geschäft. Die Zeiten der Arbeit an Bohrplattformen waren lange vorbei, und wenn es nach ihm ginge, würden sie nach den Erfahrungen der letzten Tage auch für ihn niemals wiederkommen.

Er hakte das Schloss auf. Er hatte den Preis für die Leistung der QUEEN viel zu niedrig gesetzt. Das war der einzig wirklich wichtige Punkt.

Der Verschlag war leer. Es gab ein Lager aus Lappen, auf dem einsam das Handy lag. Gut gemacht, dachte er. Ein Sturztrunkener, der sich ins Warme zurückzieht, um seinen Rausch auszuschlafen, und dabei sein Handy verliert. Nicht schlecht. Pech nur, dass der Besitzer des Handys, Jim Khieu, ein rattenhafter Vietnamese, der für die Wartung der Mischanlage zuständig war, die ganze Zeit über mit Durchfall im Bett lag.

Sie war hier. Irgendwo hatte sie sich verkrochen. Er würde sie finden und sich dann am versprochenen Honigtopf bedienen. Mit dieser Aussicht ging es ihm schon bedeutend besser.

Nur noch mit Mühe konnte sich Anahit an ihrem Platz halten, in der Strickleiter direkt über der Wasserfläche hängend. Die Schmerzen hatten ihren ganzen Leib erfasst, die Wunde roch nach Eiter. Der Pulsschlag ihres Blutes hämmerte in ihren Ohren.

Die QUEEN fuhr in den nachtschwarzen Hafen von Batumi ein. Es waren vielleicht dreihundert Meter zu den ersten Yachten, die in großer Zahl im Hafen lagen, als Anahit sich in das schmutzige Wasser fallen ließ.

ROBERT

12. August

In den guten Zeiten, die mehr als siebzehn Jahre zurücklagen, diente das Reduta als Sanatorium der sowjetischen Raketenstreitkräfte. Entsprechend exklusiv war seine Lage an einer kleinen Landzunge der adsharischen Küste wenige Kilometer östlich von Batumi mit einem atemberaubenden Blick nach Westen auf das still in der warmen Nacht liegende Meer. Für die wenigen Stunden seines Aufenthaltes bewohnte Robert bis in den Morgen ein komplettes Apartment aus Flur und Bad, Schlafzimmer und Wohnzimmer mit Meerblick. Mit den empfindlichen Sinnen des Übermüdeten nahm er den Schimmelgeruch wahr. Das Parkett war poliert, aber die Laken geflickt, und auf der Toilette gab es weder Papier noch Seife.

Vor seinem Balkon in der Nacht bewegten sich die Wellen wie etwas Großes, das draußen in der Dunkelheit lebte. Über dem Meer stand ein Vollmond, den Robert nicht allein ertragen konnte. Er beschloss, hinunter auf die Terrasse des Hotels zu gehen, die sich über der Strandpromenade erstreckte.

Die Tür zur Terrasse war weit offen, ausgeblichene Vorhänge wehten in der warmen Luft vom Meer. Draußen standen einige Tische mit jeweils vier Stühlen. Keiner war belegt. Direkt vor der Wand des Hotels stand ein weißer Flügel auf den Presssteinplatten der Terrasse, der aus den guten Tagen übrig geblieben war. Am Flügel saß ein Mann mit sorgfältig gepflegten silbergrauen Haaren, die ihm bis auf die Schultern fielen. Über einem weißen Hemd trug er einen makellosen weißen Anzug, an dem ein großer Orden prangte, unter den Kragen hatte er eine Fliege gebunden. Im Kontrast zu den weißen Haaren standen schwarze buschige Brauen über alten Augen, die sich wie die Augen einer Schildkröte bewegten.

Der Flügel war geschlossen. Der Mann saß dort, als habe er gerade gespielt. Er trank Weißwein aus einem großen Glas, an dessen Außenseite die Tauperlen herabliefen. Nachdem er getrunken hatte, setzte er das Glas auf einem Deckchen ab, das auf dem Flügel lag.

Robert setzte sich an einen der Tische, den Blick auf das Meer gerichtet. Er bestellte sich ebenfalls einen gekühlten Weißwein, wobei er die junge Kellnerin auf das Getränk des Mannes am Flügel verwies.

»Der General«, sagte sie mit einer Mischung aus Spott und Hochachtung in einem leidlichen Englisch. »Er lebt hier.«

Wenig später brachte sie den Wein an Roberts Tisch. Er schmeckte frisch, ein wenig erdig, aber voll und herzhaft. Als er das Glas absetzte, sprach ihn der Mann am Flügel an.

»Georgischer Wein wird jetzt von Franzosen gemacht.« Robert drehte sich zu ihm um.

»Er schmeckt hervorragend«, sagte er, »das Richtige für einen Abend wie diesen.« Er sah sich den Orden auf dem weißen Anzug des Mannes genauer an. Die Symbole der Sowjetunion: Hammer und Sichel, darüber ein fünfzackiger Stern.

Robert schüttete einen vollen Zug des kühlen georgischen Weins hinunter.

»Wofür haben Sie den Orden erhalten?«, fragte er.

»Man hat ihn mir für besondere Leistungen in der Führung sowjetischer Spezialeinsatzkräfte verliehen«, erklärte der Alte im weißen Anzug. »Vor zwanzig Jahren.« Als die

Welt noch in Ordnung war, hätte Robert hinzufügen können. »Bis zu meinem achtzigsten Lebensjahr habe ich danach Spezialeinheiten der georgischen Armee ausgebildet«, fügte er mit Stolz in der Stimme hinzu.

Roter Stern, dachte Robert. Wie eigentlich war das Pentagramm in die Fahne der verblichenen Weltmacht geraten?

Auf der Promenade am Meer unter ihnen raschelte es trocken, als würden große Eidechsen vorüberziehen. Zwei ältere Frauen in den weißen Kitteln des ehemaligen Sanatoriums fegten emsig die Betonplatten am Strand, die Straße und den Weg vor dem Eingang.

Robert musste an das riesige pentagonförmige Ding denken, nach dessen Form Piero della Francesca ein Bild entworfen und einen Rahmen konstruiert hatte, ein Pentagramm war der Stern aus den Diagonalen des Pentagons. Wenn er es genau nahm, war er nach dem Schwur, zu dem er sich hatte hinreißen lassen, hinter diesem großen Ding her, das sie in dem Kloster »die Weisheit« nannten. Hinter nichts anderem.

Er deutete auf den Orden des Alten.

»Wissen Sie etwas über die Entstehung der Symbole der Sowjetunion?«, fragte er direkt. Es war, als wäre ein Programm bei dem Mann am Flügel abgerufen worden, mit dem er schon sehr lange nicht mehr gefordert war. Zum ersten Mal sahen seine Augen nicht durch Robert hindurch in eine ferne Vergangenheit, sondern nahmen ihn wirklich wahr.

»Mein Vater war einer der ersten Männer der Revolution in Transkaukasien.« Er nahm einen neuen Schluck. Die Insekten versetzten die Luft mit ihren schrillen Gesängen in zitternde Nervosität. »Hammer und Sichel hatten für die Männer hinter den Gründern der Sowjetunion nichts mit Arbeitern und Bauern zu tun. Sie waren gedacht als die transformierten Symbole Kreuz und Halbmond für ein neues osmanisches Reich, das die Welt umspannen sollte.«

»Und die Herkunft des Sowjetsterns?«, fragte er. »Woher

kam dieses Symbol? Die fünf Finger einer Hand? Die Arbeiter der fünf Kontinente?«

»Das erste gelb umrandete Pentagramm auf rotem Grund, also der erste rote Stern auf einer staatlichen Fahne der UdSSR, tauchte 1922 auf der Flagge der Transkaukasischen Sozialistischen Sowjetrepublik auf, zu der damals die heutigen Staaten Georgien, Aserbaidschan und Armenien gehörten.« Er lehnte sich an den Flügel. »Mein Vater war Georgier wie Stalin. Er war einer der Gründerväter der neuen Republik.«

Robert meinte seinen Ohren nicht trauen zu können. Stammte der rote Stern der Sowjetunion letztlich aus Armenien? Er trank von seinem Wein und sog die Luft der lauen Sommernacht tief ein. Unglaublich, wenn es wirklich einen direkten Zusammenhang gab.

»Sie werden mich fragen, wie die Männer um meinen Vater auf den roten Stern kamen«, sagte der grauhaarige General. Mit gedämpfter Stimme fuhr er fort: »Die transkaukasischen Revolutionäre wurden nach dem Ersten Weltkrieg von einer Gruppe beherrscht, deren Mitglieder sich Biokosmisten nannten. Obwohl sie antireligiös waren, glaubten sie an die Unsterblichkeit und daran, dass die Menschheit sich schließlich in einen *Sobornost*, einen Chor unsterblicher Seelen im All, fortentwickeln werde. Sie veröffentlichten Aufrufe im Namen des Immortalismus und Interplanetarismus und wollten der sowjetischen Gesellschaft das Trinken von Mineralwasser verordnen. Der Schriftsteller Gorki, der Raketenpionier Ziolkowski und der Filmregisseur Eisenstein gehörten zu ihnen. Es hört sich verrückt an, aber in der damaligen Zeit gab es keine Grenzen der menschlichen Vorstellungskraft. Die Biokosmisten haben das Pentagramm eingeführt.«

Robert hatte also richtig gehört.

»Erst im Jahr 1938 wurde der rote Stern in gelber Umrandung auf rotem Grund zum offiziellen Symbol der Sowjetunion.« Der Alte stand auf, um mit dem Weinglas in der Hand an den Rand der Terrasse zu gehen. Robert glaubte, einen feuchten Glanz in seinen Augen wahrgenommen zu haben. Was über fünfzig Jahre lang der Welt zumindest Respekt eingeflößt hatte, war in seinen Anfängen abenteuerlich abstrus. Biokosmisten, dachte Robert – nicht zu fassen! Aber wahrscheinlich waren die von Landino im Zusammenhang mit dem »Kloster des Lichts« erwähnten Gnostiker des Mittelalters auch keine rationaleren Zeitgenossen gewesen als die revolutionären russischen Spinner. Konnte man rational bleiben, wenn man tatsächlich ein Objekt gesehen hatte, das so wirkte, wie es in Francescas Bildern dargestellt war? Wenn es Robert auch wie ein verrückter Zufall erschienen war, sogleich bei seiner Rückkehr in einen der hinterbliebenen Staaten der alten Sowjetunion auf ein Echo der legendären Wirkungen des Objektes zu stoßen – möglicherweise war es ja eher ein Zeichen dafür, dass dieses unglaubliche Objekt überall, in allen Legenden, seine Spuren hinterlassen hatte. Wahrscheinlich führte jede Frage nach dem Ursprung des Pentagramms in den Fahnen der Welt auf ähnliche Geschichten.

Leise verließ Robert seinen Platz auf der Terrasse, ohne sich zu verabschieden. Der General schien längst wieder in eine Welt versunken, in der Robert ohnehin nicht vorkam. Als er auf seinem Balkon stand, meldete sich sein Handy mit einer Nachricht. Die vereinbarte Meldung. Jetzt endlich würde er erfahren, wo genau Anahit gegenwärtig untergebracht war.

13. August

Das Wasser schmeckt nach Öl. Ein toter Fisch streift mit seinem Bauch ihre Hand. Die weiße Bordwand vor ihr, am Heck eine Trittleiter aus Aluminium. Sie hält sich daran fest. Sie zieht sich hoch, sie kriecht an Deck. Sie wird von Gestalten umringt, die aus einem Alptraum kommen müssen. Bärtige, zerlumpte Männer, Frauen ohne Zähne im Mund. Sie spürt fauligen Atem, als sie sich zu ihr herunterbeugen. Es sind drei, vier, ein Dutzend. Zertretene Schuhe, verkrustete Beine, stinkende Hosen und Röcke. Sie wälzt sich, sie schreit, als die Hände nach ihr greifen.

Anahit fuhr schweißgebadet hoch. Verwirrt sah sie sich um. Sie lag in einem Bett, das mit weißer Wäsche bezogen war. Decke und Kissen hatte sie in dem Traum zu Ballen zusammengeschoben. Ihren Bauch deckte ein straff gebundener frischer Verband ab.

Ein schmuckloses, einfaches Zimmer umgab sie, kühle, weiß gestrichene Wände, ein kleiner Tisch, auf dem ein Schraubglas mit Tabletten und Becher mit Wasser standen, ein Fenster, das ein weißer Vorhang verdeckte, und ein Stuhl, über dessen Lehne frische Kleidung hing. An der Wand über ihrem Bett war ein Kruzifix befestigt. Sie schien irgendwo angekommen zu sein, wo man ihr helfen wollte, gesund zu werden. Was war das für ein schrecklicher Traum gewesen? Vorsichtig stützte sie sich im Bett auf.

Es dauerte eine Weile, bis sie begriff, dass es kein Traum, sondern ihre Erinnerung war. Eine ungewöhnliche Erinnerung, wie Anahit sie nicht gehabt hatte, solange sie denken konnte. Die schrecklichen Schuldgefühle, weil die kleine Anahit den im Stockwerk unter ihr um das Leben kämpfenden Pflegeeltern nicht helfen konnte, waren mit der betongefüllten SEA WASP versunken. Mit dem Schutzanzug musste sie eine unsichtbare Haut abgestreift haben, in der sie bis dahin gefangen gewesen war. Sie hoffte inständig, dass sie mit ihrer Vermutung recht hatte, gegen die Seuche immun zu sein, und dass sie sich in dem süßlich faulen Gestank des Laderaums nicht einen Alptraum eingehandelt hatte, der sich in einigen Tagen bei ihr als ein Fieber bemerkbar machen und für alle, die ihr zu nahe kamen, eine tödliche Gefahr darstellen würde.

Sie lehnte sich aus dem Bett, um an die Flasche mit dem Wasser zu gelangen. Sie goss sich ein und trank zwei Gläser hintereinander. Trotz der Furcht vor dem, was kommen konnte, spürte sie so etwas wie eine Leichtigkeit, die sie bisher nicht gekannt hatte, wenn sie an ihre Jugendzeit dachte. In nächster Zeit würde sie sich zurück nach Yerevan auf den Weg machen. Dabei würde Achurijan auf dem Weg liegen, der Ort, an dem sie bei ihren Pflegeeltern gelebt hatte. Sie fühlte sich stark, als sie sich leichten Herzens vornahm, den Ort nach vierundzwanzig Jahren zum ersten Mal wieder aufzusuchen.

Sie hatte versprochen, Robert anzurufen. Sie brauchte ein Telefon. Mühsam erhob sie sich aus dem Bett, dabei trafen sie die Schmerzen wie ein Schlag in den Bauch. Sie wankte hinüber zu dem kleinen Tisch, bemüht, das Kleingedruckte auf dem Glas mit Tabletten zu lesen. Schmerzmittel. Sie schluckte zwei davon und spülte sie mit gierigen Schlucken aus dem Glas hinunter. Das Wasser tropfte ihr über das Kinn auf die Brust. Noch ehe sie sich den Mund abwischen konnte, wurde die Tür geöffnet.

★

Shirov saß unter einem weißen Zelt, vor sich ein Glas mit gekühltem Wasser. Keine Eiswürfel. Eiswürfel entstanden üblicherweise völlig außerhalb aller hygienischen Vorschriften, die für Gaststätten galten. Die einzige Flüssigkeit, mit der man die Wirkung von Eiswürfeln kompensieren konnte, war kalter Wodka. Er wartete in der leichten auflandigen Brise, in der sich Akazien und Zitronenbäume neben ihm bewegten.

Vor ihm in der kleinen Bucht richteten sich Sonnenhungrige auf den harten Pritschen im Sand ein. Eine dicke Frau streckte ihre Gliedmaßen wie ein flugunfähiger Vogel.

Shirov blickte auf das Treiben im benachbarten Hafen. Er sah die Fischverkäufer, die ihren Fang aus Stapeln roter Plastikkisten verkauften. Er sah die einlaufenden Öltanker, die in den großen Rohöltanklagern mit dem Öl des Kaspischen Meeres befüllt wurden.

Hafenstädte, dachte er. Er hasste sie und liebte sie wie seine eigene Seele. Beide waren niemals in den Griff zu bekommen. Sosehr die Ordnung immer wieder von Land her vordringen mochte, strömte aus dem Meer ewig das Chaos herein.

Zwei Männer setzten sich an seinen Tisch. Der jüngere trug ein hellgrünes Poloshirt, in dessen Brusttasche eine Packung Zigaretten spannte. Er bekam beim Sprechen kaum die Lippen auseinander, weil in einem Mundwinkel ein hässlicher Pickel saß. Der andere im hellen Leinenhemd mit kurzen Ärmeln und weit offenem Kragen war ein älterer schmaler Bursche mit dünnen grauen Haaren. Sein Hemd war mit Schweißflecken übersät. Auf Bitten von MIDAC hatte sie das armenische Innenministerium vor einigen Tagen für die Einvernahme der kleinen Armenierin zur Verfügung gestellt. Ihr Erfolg hatte Shirov dazu veranlasst, sie weiterhin einzusetzen.

»Wir haben ihn«, sagte der Jüngere im Poloshirt und legte ein Foto auf den Tisch. »Robert Casty, ehemals Roberto Casti, Italiener, Restaurateur antiker Kunstwerke, wohnhaft in Pickering im Norden von England.«

Der Kellner kam. Der Mann mit dem Pickel bestellte sich eine große Cola mit viel Eis.

»Gestern Abend gegen zwanzig Uhr hat sich das Handy von Robert Casty am Flughafen von Tiflis am Netz angemeldet«, erklärte der Ältere. »Mit Hilfe der Amerikaner haben wir es verfolgt. Er ist im Reduta abgestiegen, einer Hotelanlage, die zwanzig Kilometer östlich von Batumi liegt. Gestern Nacht hat er eine SMS erhalten, vor etwa einer Stunde hat er das Hotel verlassen.«

»Was stand in der Nachricht?«

Der Jüngere reichte ihm einen Zettel.

»Uliza Sankt Grigorij 45«, las er den Text mit spitzem Mund, um seinen Mundwinkel nicht zu strapazieren, »die Nummer des Absenders war unterdrückt.«

»Warum steht dort keiner vor der Tür und wartet auf ihn?«, fragte Shirov. Angewidert sah er zu, wie der Jüngere im Poloshirt den Mund voll Eiswürfel nahm.

Er wandte sich dem Älteren zu. »Du übernimmst die Rechnung. Wir gehen in die Uliza Sankt Grigorij. Benehmt euch professioneller als gestern.«

Der Ältere mit den Schweißflecken kramte in seiner Hosentasche nach Geld.

»Sie lag wie tot auf der Yacht. Sie war vollkommen erledigt. Als wir mit dem Auto zurückkamen, war sie verschwunden. Sie muss Helfer haben.« Er zahlte. Mürrisch fügte er hinzu: »Es hieß, sie ist allein und kennt sich nicht aus.«

»Schon gut«, sagte Shirov und marschierte los. Schwere Gewitterwolken zogen mit hoher Geschwindigkeit heran.

★

Das Haus in der Uliza Sankt Grigorij lag im Schatten großer Zypressen und wuchtiger Magnolienbäume. Es war mit den quadratischen rosa Tuffsteinplatten aus den Steinbrüchen des Kaukasus verkleidet.

Als erste Regentropfen aus den niedrig hängenden Wolken fielen, schlug Robert mit einem Bronzeklopfer gegen die Tür. Ein großer Mann mit einem Raubvogelgesicht, in dem freundliche wache Augen unter einem schmalen grauen Haarkranz glänzten, öffnete sie.

»Wir haben Sie erwartet«, sagte er, »die Brüder der Misericordia haben Sie angekündigt.«

»Anahit?«, fragte Robert. Er drängte sich ins Innere, den Rucksack in der Hand.

»Es ist alles in Ordnung«, sagte der Mann, »sie ist schwach. Sie ist verletzt. Sie hat schwere Entzündungen und große Schmerzen. Es sind mindestens zwei Wochen Betreuung und Ruhe nötig, um sie wieder gesund werden zu lassen.« Er ging voran durch die große kühle Eingangshalle, in der es nach Reinigungsmitteln roch. Sie durchquerten einen schattigen Hof, bis sie einen alten Flügel des Hauses auf der anderen Seite betraten. Dieser Teil musste Hunderte von Jahren alt sein, er war aus großen Sandsteinquadern gesetzt.

Sie gingen weiter. Schließlich blieben sie vor einer Tür aus rohem Holz stehen.

»Ich lasse Ihnen etwas Zeit«, sagte er, »danach braucht sie Ruhe.«

»Wie haben Sie sie gefunden?«, fragte Robert. Der Mann mit den wachen Raubvogelaugen drehte sich im Gehen noch einmal um.

»Wir betreiben eine tägliche Speisung der Obdachlosen. Es gibt viele davon im Hafen. Wir haben sie gebeten, uns einen Dienst zu erweisen, und sie haben sich als frohe Helfer gezeigt.« Mit großen Schritten ging er davon.

Robert öffnete die Tür. Anahit stand ihm gegenüber, und er sah sofort, dass sie verwundet war.

Die Tage in Italien hatte Robert ununterbrochen an Anahit denken müssen. An ihre Stimme im Dunkel ganz nah an seinem Ohr, an das Gefühl, sie in den Armen zu halten, an die gemeinsame Angst, an den Gleichtakt zwischen ihnen auf der Flucht. Vor allem hatte er an den Blick aus ihren Augen denken müssen, die so nah an seinen Augen gewesen waren, dass seine ganze Welt an diesem frischen Morgen, als das frühe Licht auf die unglaubliche Treppe über der Stadt Yerevan fiel, nur aus ihren Augen bestanden hatte. Sie waren zusammen in Gefahr geraten und gemeinsam geflohen. Sie waren sich in der Angst nahe gekommen. Sie hatten miteinander geschlafen. Aber in der letzten Zeit hatte er tagelang auf eine Nachricht von ihr gewartet und Angst um sie gehabt und erst dabei verstanden, dass er nicht mehr ohne sie sein wollte.

Sie flossen sich so selbstverständlich in die Arme, als hätten sie an den Tagen, an denen Robert nur aus der Ferne an sie denken konnte, jede einzelne Minute miteinander verbracht. Er spürte ihren zarten Körper in seiner Umarmung, den Duft ihrer Haare nach der einfachen, aber guten Betreuung, die sie in den letzten Stunden genossen hatte. Gleichzeitig hatte er Sorge, durch die körperliche Nähe den Druck auf ihre Verletzung zu verstärken.

Sie küssten sich. Für einen Augenblick schien sie so stark zu sein, wie er sie in Erinnerung hatte, im nächsten Moment sackte sie bewusstlos zu Boden.

Robert legte sie aufs Bett. Er ging zu dem winzigen Fenster in der meterdicken Mauer und schob den Vorhang beiseite. Draußen regnete es so stark, dass nicht einmal die andere Seite der Straße zu erkennen war. Als Robert das Fenster öffnete, war das kleine Zimmer erfüllt von einem stetigen Rauschen.

Er wusste, dass es keine zwei Wochen Zeit für ihre Genesung gab. In achtundvierzig Stunden mussten sie wissen, wo das Kloster lag, es erreichen und dort verstehen, worum es ging. Er musste herausfinden, was zu tun war, um die Katastrophe zu verhindern, wie er dem Mann der Bruderschaft versprochen hatte. Es war aussichtslos.

Sie durften keine Zeit verlieren, er musste ihren weiteren Weg planen. Robert nahm die Straßenkarte zur Hand, die er am Morgen gekauft hatte. Von Batumi aus würden sie die transkaukasische Straße A 306 bis nach Yerevan nehmen. Vierhundert Kilometer. Von dort war jeder Ort Armeniens in wenigen Stunden erreichbar.

★

Nach einiger Zeit öffnete sie die Augen und lächelte ihn an. Robert hielt ihre Hand und wartete geduldig, bis sie einigermaßen aufnahmefähig schien.

»Wir sind in etwas hineingeraten«, sagte er leise, »das weit über alles hinausgeht, was wir uns jemals vorgestellt haben. Und ich glaube, wir können nicht mehr zurück.« Sie lächelte, als würde alles, was er ihr an Schrecklichem eröffnen könnte, gegen das Glück verblassen, dem schrecklichen Schiff entkommen zu sein und ihn jetzt in dieser fremden Umgebung auf scheinbar magische Weise zu treffen.

Robert kniete sich neben ihrem Bett auf den Boden und küsste sie. Viele Atemzüge lang sog er den Duft ihrer Hände ein.

Nach einiger Zeit holte er das Buch mit Francescas Bildern aus seinem Rucksack und berichtete Anahit, was er in Italien herausgefunden hatte.

»Es geht nicht mehr nur um ein Bild, es geht nicht mehr nur um Kindheitserinnerungen. Eher scheint es um etwas zu gehen, was seit Jahrhunderten in Lusavank Wunder vollbringt.«

Robert verstaute das Buch wieder und hielt ihre Hände fest in seinen. Sie würden hier nicht die Ruhe finden, die Anahit brauchte, um gesund zu werden. Er sehnte sich nach einer tagelangen Pause, aber schon jetzt lief ihnen die Zeit davon.

»Vielleicht finden wir eine Erklärung in dem Manuskript«, sagte sie, »du solltest es kennen.«

»Es ist in Armenisch geschrieben.«

»Ich übersetze es dir.« Sie deutete auf einen Schuh, der getrocknet unter ihrem Bett stand. Robert hob die inneren Sohlen des einfachen Leinenschuhes ab. Darunter kam ein dünner Plastikumschlag zum Vorschein, in dem einige Blätter eng zusammengefaltet lagen. Vorsichtig entnahm er sie ihren Hüllen und faltete sie auseinander.

Anahit streckte die Hand aus. Robert setzte sich neben sie auf das Bett, als sie leise begann, zu übersetzen.

Nach zwei Tagesreisen brannte der kleine Körper meines Jungen, seine Haut war voller schwarzer Flecke. Sooft ich konnte, legte ich ihm kalte nasse Tücher auf seine Haut, weil er fantasierte, er werde von innen her verbrennen.

Am Rande des Hochgebirges kamen wir an einen winzigen See, nicht größer als das Grundstück meines Hauses in Ani.

»Hier wirst du warten«, bedeutete mir Bruder Gregorius. »Wann immer du durstig bist, trinke von der Quelle, die in den See zu deinen Füßen fließt. Du wirst sehen, es ist ein Wunder, wie du es noch niemals geschmeckt hast.« Es war früher Morgen, die Sonne schien durch die Baumwipfel in das Tal, in dem wir uns befanden.

Nach einiger Zeit plagte mich der Durst. Mit beiden Händen schöpfte ich von dem klaren, leicht gewärmten Wasser, das aus den Felsen floss. Ich trank davon. Welch ein wunderbarer, prickelnder, lebhafter und so reiner Geschmack.

In meinem Rücken hörte ich Schritte. Ich fuhr herum. Mir gegenüber stand eine Frau in der Tracht der Schwestern eines Klosters. Sie blickte mich aus ruhigen Augen an.

Sie hob die Hand, als sie mich begrüßte, und forderte mich auf, ihr zu folgen. Meinen Sohn Harut hob ich auf seiner kleinen Trage, die ich hatte bauen lassen, auf das Pferd. Bevor ich es am Zügel nahm, um ihr zu folgen, schöpfte ich erneut mit einem Becher aus der Quelle und gab Harut zu trinken. Gierig sog er alles auf.

Wir erreichten die weitläufige Anlage des Klosters nach einem kurzen Weg, bei dem wir noch nicht einen Fuß in die Höhe der Berge gesetzt hatten. Ich zählte elf große Gebäude, zwischen denen reges Treiben herrschte. Es war nun gegen Mittag, die Sonne schien mit aller Kraft auf den großen Klosterhof, der eng mit Steinen belegt war. Trotz des emsigen Treibens, über dem der Geist der Vorbereitung auf ein großes Ereignis zu liegen schien, regte sich kein übermäßig lautes Geräusch. Keine Glocken läuteten, kein Geschrei irgendwelcher Tiere ertönte, keine Opferlämmer, die herangetrieben wurden.

In der Mitte des Klosterhofes lag eine runde Kapelle, zu der mich die Schwester führte, die sich als Suren vorgestellt hatte.

Ich hielt Harut in meinen Armen. Wir stiegen die wenigen Stufen zum Eingang der Kapelle empor. In der Mitte des Raumes im Innern perlte zu Füßen eines großen, bis an die Decke ragenden Kruzifixes eine weitere Quelle des köstlichen Wassers. Ich setzte mich auf eine der Bänke, auf denen bereits viele Pilger in aller Stille saßen, und betete für das Leben meines Sohnes. Ich spürte, wie sein kleiner Körper bereits den Geruch des Todes zu verströmen begann.

Nach einigen Stunden kam Schwester Suren erneut. Sie gab mir und Harut einen Trank zur Stärkung für den beschwerlichen Weg, der nun vor uns lag.

Wie viel Zeit verstrichen war, weiß ich nicht. Ich wachte im Innern einer Halle auf, die gewiss ein Dutzend mal dreißig Schritte maß. Allein aus einem runden Durchlass oben am Rand der schmalen Seite der niedrigen, aus dem nackten Felsen herausgearbeiteten Halle fiel ein schräger Lichtstrahl vor die Wand am anderen Ende, in der ein hölzernes Tor bis zur Decke reichte und so groß war, als wäre es für den Einzug aller Pilger in eine Kathedrale erbaut. Es gab kein Licht aus Kerzen. Es gab keinen Weihrauch. Die Luft war erstaunlich klar für einen

Raum mit so vielen Menschen darin. Es roch nach dem salzigen Dunst über einem still daliegenden Meer.

Fliegen tanzten in dem Sonnenfleck des Strahles, der auf dem Fußboden direkt vor dem Tor lag und ihm langsam entgegenkroch. Bald würde er auf dem Tor liegen.

Vor dem Tor war ein Lager auf dem Boden bereitet, auf dem von Tüchern bedeckt mein kleiner Sohn lag. Sein Atem ging schwer und rasselnd. Er stöhnte. Manchmal schrie er vor innerem Schmerz und Feuer. Schwester Suren führte mich an das Ende der Halle, wo sich im Dunkel wohl an die hundert Menschen befanden und ins Gebet versunken warteten. Es waren kranke, versehrte und verkrüppelte Gestalten, deren Gesichter voller Demut und Hoffnung waren. Schwestern gingen umher und gaben ihnen Becher mit dem einzigartigen Wasser zu trinken.

Aus der Menge fing ich Stücke der Gespräche der Anwesenden auf. Manche unter ihnen waren jahrelang aus fernen Gebieten der armenischen Diaspora in Asien oder Europa zu Fuß hierhergepilgert.

Ich hörte erstaunliche Geschichten. Von dem Licht eines aufrecht stehenden silbernen Sees, von der uralten Statue der Madonna, die sich im Licht der Sonne während der Gesänge der Pilger ein blaues Kleid anlegen würde, von einem Auge Gottes, das im Kloster tief unten im Felsen aufbewahrt würde und das nur einmal, nur heute, den Gläubigen gezeigt würde. Von geflügelten Chimären, die zur Verteidigung des Klosters wie Schatten aus den Steinen wuchsen und tote Soldaten wieder zum Leben erwecken konnten. Von dem großen Monolithen, mit dem bei Beginn des Festes jeder Zugang zum Kloster versperrt wurde.

Ich saß auf einer reich mit Schnitzwerk verzierten Bank zwischen zwei Statuen schrecklich anzusehender geflügelter Chimären inmitten der anderen, die Hilfe suchten. Ich bemühte mich, die anderen Menschen mit ihrer Not nicht anzusehen.

Es gab ein Geräusch in der Wand, als hätte sich darin etwas bewegt. Eine große Last, wie ein Wagen, der darin fuhr. Stille. Schwester Suren schlug die dünne Decke über dem Körper meines Sohnes zurück, dass man die blutigen und schwarzen Flecken auf seinem nackten Leib sah. Durch nichts mehr geschützt, lag Harut da.

Ein neues Geräusch. Die Flügel des Tores wurden von der Schwester geöffnet. Ich lehnte mich vor. Mein Sohn lag in einem hellen Lichtschein, der aus dem geöffneten Tor kam. Hinter dem Tor musste sich eine Fläche befinden, spiegelnd und glitzernd, wie die aufrecht stehende Oberfläche eines stillen, in der Sonne liegenden Sees.

Dessen Reflexion tauchte die gesamte Halle in ein unwirkliches Licht, als sei ein Tor in den Tag geöffnet worden, der draußen herrschte. Das Licht wanderte über die Gemälde und ließ die Geschichten darin lebendig werden, Fliegen schwebten im Licht, als seien sie aus den Landschaften in den Bildern gestiegen. Die Atmung meines Sohnes wurde ruhiger.

Die Schwester kam, wickelte meinen Sohn in frische Tücher und gab ihn mir in die Arme. Nun kamen die anderen Wartenden aus dem Dunkel. Eine alte Frau, die sich vor Gicht nicht allein bewegen konnte und von einem Jungen geführt wurde. Ein jüngerer Mann, der schwer verletzt auf einer Trage gebracht wurde. Mehrere Kinder und ihre Mutter, die Glieder von Wundbrand zerfressen. Eine junge Frau, deren Arme verkrüppelt waren. Es war ein endloser Zug.

Sie alle zogen sich aus, legten sich für einige Atemzüge in das Licht, wurden von der Schwester mit frischen Tüchern bedeckt und setzten sich in meine Nähe ins Dunkel, um in ein Gebet zu versinken. Zuletzt entledigte sich die Schwester selbst ihrer Kleidung, hüllte sich in ein Tuch und stellte sich, das Tuch dem Licht weit geöffnet, vor das Tor. So ging die Zeit dahin.

Der Raum wurde dunkel, als der Lichtstrahl das geöffnete Tor nicht mehr berührte. Schwester Suren schloss die Flügel des Tores.

Im Dämmerschein der Kerzen kam sie zu mir.

»Dein Sohn wird einige Zeit schlafen«, sagte sie. »In wenigen Augenblicken beginnt in der Kirche über dem Felsenraum, in dem wir uns jetzt befinden, das große Fest zum Wunder der Blauen Madonna. Es ist alle vierzig Jahre das größte Ereignis im Leben des Klosters Lusavank. Du bist ein glücklicher Mensch, dass es dir vergönnt ist, dies seltene Ereignis zu erleben. Folge mir jetzt zu dem größten Wunder der christlichen Welt.«

★

Knapp eine Seite vor Ende des Manuskripts hatte die erschöpfte Anahit eine Pause eingelegt. Bevor sie weiterlesen konnte, war sie eingeschlafen. Sie atmete ruhig, während Robert die Blätter in seinem Rucksack verstaute. Dem Schluss des Manuskripts würden sie sich später widmen. Das bisher Gelesene war sensationell genug.

Das übermannsgroße Objekt, für das Piero della Francesca im fünfzehnten Jahrhundert einen Rahmen konstruiert hatte, musste demnach ein riesiger Spiegel sein. Und das zu einer Zeit, als Spiegel, die größer als ein Handteller waren, nicht vorstellbar erschienen. Unfassbar! Für die Auswertung des Fotos aus dem Jahr 1966 ergab sich damit ein völlig neuer Aspekt. Francescas Gemälde erschien aus dem Grunde seitenverkehrt, weil die Kamera in die spiegelnde Fläche gerichtet war. Der Mann im Foto blickte in das Objekt, das ein Spiegel war.

Warum sah er nicht dorthin, wohin die Aufmerksamkeit aller anderen gerichtet war und wo auch die Kamera sich befand? Bisher hatte Robert geglaubt, er habe sich umgewandt, um in die Kamera zu sehen, aber jetzt war klar, dass er sich von der Kamera abgewandt hatte. Ging es nur darum, den Reflex von Francescas *Madonna* in seinem Auge festzuhalten? War das Foto bereits von Beginn an vor vierzig Jahren als eine Botschaft arrangiert worden? Aber eine Botschaft für wen?

Robert musste mehr darüber erfahren. Im Hotel Yerevan wartete der Abzug des Originalnegativs von dem Foto aus Apartment 108 auf ihn. Er wusste, dass mehr darauf zu sehen war als auf dem Foto, das er kannte. Er würde nicht vergessen, es in Yerevan abzuholen.

Der Mann mit dem Raubvogelgesicht betrat den Raum.

»Ich kann Sie nicht länger bei uns behalten«, sagte er. »Es sind Männer im Haus, die nach Ihnen suchen.«

Sanft weckte Robert Anahit auf. Sie zog die einfache Kleidung an, die sie über ihrem Stuhl hängend vorgefunden hatte, und schlüpfte in ein Paar einfache Stoffschuhe, die für sie bereitstanden.

Als sie sich ankleidete, nur diese wenigen Sekunden, nahm Robert in der Ecke des Zimmers sein Skizzenbuch in die Hand und skizzierte ihre Bewegungen, ihren schlanken Körper, die Beine, mit denen sie das Gleichgewicht hielt, die über den Kopf erhobenen Arme, die Konzentration auf ihre Bewegungen in ihrem Gesicht, als sie sich unbeobachtet fühlte, das Lächeln, als sie bemerkte, dass er sie mit wenigen Strichen des weichen Stiftes auf seinen Skizzenblättern verewigte.

Er packte alles zusammen und steckte es in den Rucksack. Anahit warf das Glas mit den Schmerztabletten mit hinein. Sie traten durch die Tür auf den Flur.

Der Mann mit dem Raubvogelgesicht führte sie durch einen Keller auf einen anderen Hof, in den sich Fluten von Wasser aus dem Himmel ergossen. Nachdem sie durch eine kleine Pforte gegangen waren, standen sie plötzlich in einer orthodoxen Kirche. Vor dem Kirchenportal stürzte der Regen in undurchdringlichen Fluten herab. Robert zog Anahit mit sich hinaus. Hand in Hand liefen sie auf die Straße, innerhalb weniger Sekunden waren sie bis auf die Haut durchnässt und die Kirche hinter ihnen im Regen versunken.

Es konnte nur ein Ziel für sie geben, sie mussten nach Yerevan, wo Anahit sich auskannte und Robert die Hilfe von Hayk in Anspruch nehmen würde, dessen Umsicht er bei ihrem Besuch in dem Apartment 108 schätzen gelernt hatte.

Eine Weile liefen sie gegen die den Hügel am Rand der Stadt herablaufenden Flüsse des Regenwassers, bevor sie sich an einer Ausfallstraße nach Süden in dem unvollendeten Rohbau eines Bürohauses unterstellten. Sie breiteten die Sachen aus, die ihnen geblieben waren. Darunter das Handy – ihre einzige Verbindung zur Außenwelt. Es war eingeschaltet.

»Es war das Handy«, sagte Anahit, »es verrät uns.« Als ein türkischer Lastzug an ihnen vorbeifuhr, warf sie es zwischen die lebenden Ziegen auf seiner Ladefläche.

Einige Zeit später hielt ein grellgelber Lastzug mit der Aufschrift »Tbilissi Tea & Fruit«, der Orangen aus Adsharien in den Iran transportierte, um sie mitzunehmen. Etwa einhundert Meter weiter die Straße hinunter setzte sich ein dunkelbrauner Peugeot in Bewegung, der ihnen folgte.

Mit den Satellitenaufnahmen decken wir jeden Quadratmeter Armeniens ab«, stellte Jackson fest. Sie standen in der MIDAC-Kommandozentrale, einer halbrunden Leichtmetallhalle auf dem militärischen Teil des Yerevaner Flughafens Zvartnots vor einer Projektion von Luftaufnahmen.

Dicht neben der Halle rollte ein Galaxy-Militärtransporter aus, der weitere Mannschaften und eine von Genna für ihren Einsatz angeforderte General-Atomics-Aufklärungs- und Kampfdrohne mit dem Namen Predator und die dazugehörende Mannschaft aus vier Spezialisten brachte, die den unbemannten Flieger vom Boden aus steuern würden.

In der riesigen Halle, in der Dutzende Männer ihre Lager aufbauten, herrschte ein infernalischer Lärm. Der Wind rüttelte an Blechteilen, die noch nicht fest verschraubt waren, irgendwo rollte ein Behälter über den Boden, der aus dicht über dem Grund des Flugfeldes aufgeständerten Blechplanken zusammengesetzt war. Unter ihnen würde das Regenwasser abfließen können, wenn es wirklich zu dem für später angekündigten Gewitter kommen sollte.

Es war brütend heiß und stickig unter dem Dach. Seena liebte die Hitze in der Sonne, die Hitze der Bewegung, der Erregung, aber diese Hitze der stickigen Luft, der Überanstrengung, der Achtlosigkeit und Übermüdung verabscheute sie. In großen Bächen lief ihr der Schweiß über den Körper.

Ein Soldat in einem leichten Kampfanzug stellte einige Stühle zusammen. Nach den Strapazen des stundenlangen Helikopterfluges von der ODESSA hierher war sie froh, sich neben Arran in einen Stuhl setzen zu können, der sich nicht mehr bewegte. Carson Genna, ein eher kleiner Mann mit einem massigen Schädel, auf dem ihm ein Kranz schwarzer Haare geblieben war, trat nach vorn. Seena schätzte ihn auf Mitte bis Ende vierzig. Wenn er in diesem Alter bereits die Position in den Washingtoner Hierarchien erobert hatte, die er offenbar einnahm, musste er von erheblichem Ehrgeiz getrieben sein, der sicherlich nach mehr verlangte. Er würde dazu verurteilt sein, diesen Einsatz zu einem Erfolg werden zu lassen.

Genna stellte sich vor die Projektionswand, auf der noch die Aufnahmen der Luftaufklärung zu sehen waren.

»Wir starten hier die größte und aufwendigste Jagd nach Terroristen, die MIDAC jemals unternommen hat. Vierunddreißig Mann Spezialeinsatzkräfte der US Army, sechzig Mann von Omon, der Spezialeinheit des russischen Innenministeriums. Alles Männer, die sich ›Berater‹ nennen und hier in der Halle in Zivil ihre Ausrüstungen zusammenstellen. Dazu kommen in allen Diensten der Operation an die zweihundert Männer der armenischen Streitkräfte, eine Hercules in Bereitschaft, um den armenischen Freunden beim Abtransport von etwas zu helfen, was noch keiner kennt. Je zwei schwere militärische Einsatz- und Transporthubschrauber MIL 26 und Sikorsky UH-60 Blackhawk, dazu die entsprechend ausgebildeten Soldaten für Boden- und Luftlandeeinsatz. Alle auf dem Sprung. Aus aller Welt zusammengezogen. Alle mühsam von General Voylev und mir, ihren Präsidenten, aus dem Kreuz geleiert.« Genna war bei der Rede umhergelaufen wie ein Tennisspieler auf der Jagd nach Bällen, die er von einer imaginären anderen Seite erwartete.

»Wo stehen wir gegenwärtig mit den Ermittlungen, die uns auf die Spur der Terroristen führen sollen? Ich hoffe, dass mir danach jemand erklären kann, womit wir es bei dem Objekt, hinter dem wir her sind, eigentlich zu tun haben.« Er trat aus dem Licht der Projektion.

Vitali Shirov erhob sich. Sein Gesicht war rot und glänzte vor Schweiß, dennoch rückte er seine Krawatte zurecht. Er war Seena noch immer ein Rätsel. Die Schweißperlen auf seiner Haut schienen nicht der Hitze geschuldet, sondern von einem hohen Innendruck durch die Haut gepresst zu werden.

»Es gibt zwei Flüchtige, die Armenierin und ein italienischer Komplize, Robert Casty, der vor einigen Tagen bereits einmal in Yerevan war und inzwischen wieder eingereist ist. Als seine Kontakte in Armenien haben wir zwei Männer identifiziert, einen Touristenführer in Yerevan, Hayk Sherian, den meine Männer gegenwärtig bearbeiten, und einen Mann«, sagte er heiser, »der mit Casty mehrere Tage in Italien war. Er gibt sich als französischer Kunstexperte aus. Wir haben ihn festgesetzt und werden uns um ihn kümmern, wenn wir mit dem Touristenführer fertig sind. Beide wissen etwas, und wir werden herausfinden, was.« Er griff nach einem Glas Wasser und schüttete es herunter. »Die anderen Ermittlungen haben ergeben, dass hinter der Gesellschaft Mareology Inc., der die SEA WASP gehörte, eine Gruppe von Londoner Banken steht, die sich auf die Beteiligung an Kunst- und Antiquitätenversicherungen spezialisiert hat. Dahinter verliert sich die Spur, die so weit nichts Außergewöhnliches zutage gefördert hat.

Die Suche nach dem Zodiac, mit dem die flüchtige Armenierin allein oder gemeinsam mit dem weiterhin verschwundenen Koch des Schiffes geflohen ist, haben wir eingestellt, seit die Größe des Objektes bekannt ist, um das es geht. Es muss ein anderes Schiff gegeben haben, mit dem eine Gruppe der Terroristen angekommen ist und mit dem das große Objekt nach dem Überfall abtransportiert wurde.«

»Ein Schiff?«, fragte Genna. »Meinen Sie, das Ding befindet sich noch auf einem Schiff irgendwo auf dem Schwarzen Meer?«

»Durchaus möglich«, vermutete Shirov, »die Größe des Objektes würde wegen Überbreite an Land einen Spezialtransport erfordern.«

»Sie meinen Blaulichter vorn und hinten, gelbes Rundumlicht, Absperrungen – das ganze Zeug?« Shirov nickte. Genna wandte sich an die Luftbildspezialisten.

»Haben wir das auf unseren Bildern?«

»Nein, Sir«, war die Antwort. »Die einzigen Spezialtransporte, die wir in unseren Analysen für ganz Armenien in den letzten Tagen ausmachen konnten, waren Transporte von Turbinenteilen und Dampfdruckkesseln für einen Kraftwerksneubau im Osten sowie einige Schiffstransporte vom Sevan-See in Richtung der georgischen Küste.«

»Schiff«, murmelte Genna, »vielleicht ist das Ding noch immer auf hoher See. Sind hier Experten anwesend?«

Eine neue Gruppe von zwanzig Kämpfern in voller Montur betrat laut redend die Halle. Schnell wurden sie in eine Ecke verfrachtet, wo sie sich an ihre großen grünen Gepäcksäcke lehnten und zu einer leisen Unterhaltung wechselten, die im allgemeinen Geräuschpegel unterging. Genna nutzte die Unterbrechung, um sich mit einem weißen Tuch den Schweiß von dem kahlen Teil seines Schädels zu tupfen.

Während er redete, behielt Genna alle Vorgänge in der Halle im Blick bis hin zu einigen Telefongesprächen, die parallel liefen. Seena erhob sich.

»Sie sind die Expertin? Gut.« Genna zupfte die Ärmel seines völlig fehl am Platz wirkenden Nadelstreifenanzuges zurecht. »Kann es sein, dass wir mit der Suche nach einem Schwertransport auf dem Holzweg sind, weil die Terroristen das Ding zu Splittern zermahlen haben, die sie in alle Welt verstreuen wollen? Würde das aus Sicht der Terroristen einen Sinn ergeben?«

»Ich glaube, dass wir mit der Seuche LHF bereits jetzt die schlimmsten Wirkungen spüren, die ein Splitter haben kann«, sagte Seena. Ihr Blick war allein auf Genna gerichtet. »Viren werden in ihrer Verbreitungsfähigkeit durch nichts übertroffen. Weitere Splitter würden wenig zusätzlichen Effekt bringen. Was auf der anderen Seite das große Ding ausrichten kann, Sir«, Seena warf einen kurzen Blick auf Jackson, der wie versteinert vorn neben Genna stand, »entzieht sich vollständig meiner Fantasie.«

»Okay«, sagte Genna, »Splitter bringen nichts. Einverstanden. Wo ist das große Ding?« Ohrenbetäubender Lärm einer startenden Maschine übertönte seine Rede. »Wohin wollen die das Ding bringen?«, brüllte er in den Lärm und schlug mit dem Zeigestock an die Luftbilder. »Warum tun die Terroristen nicht das, was sie tun wollen, irgendwo auf dem Meer? Was bringt das große Ding für sie zusätzlich, was nicht schon der Splitter gebracht hat? Ist diese verdammte Krankheit, von der alle reden, nicht schon genug?«

»Wir haben ein Haar von einem der Terroristen untersucht, Sir«, meldete sich Seena noch einmal. »Dabei haben wir festgestellt, dass es in der Entwicklung dieses Haares vor drei Monaten einen Sprung zu einer Art Verjüngung gegeben hat. Der Mann ist achtzig Jahre alt, doch plötzlich, seit drei Monaten, wächst auf seinem Kopf das Haar eines Dreißigjährigen. Wir haben einen derartigen Effekt bisher nur ein einziges Mal beobachtet – bei der enormen Aktivierung des Metabolismus lebender Zellen durch den von uns untersuchten Splitter. Uns ist nichts sonst bekannt, was einen solchen Effekt hätte.« Sie ließ den Blick lange auf Gennas schütterem Haupthaar ruhen. »Man hätte mit Sicherheit davon gehört.«

»Und?«, fragte Genna. Peinlich berührt strich er sich über den Kopf. »Was bringt das verdammte Haar für unsere Frage? Verplempern Sie nicht meine Zeit.«

»Das Problem ist«, sagte Seena so leise, dass es im Lärm in der Halle kaum zu vernehmen war, »dass das große Ding, von dem der Splitter stammt, seit dem Mittelalter in einem Stein eingeschlossen unter Wasser lag. Auch vor drei Monaten noch. Der Koch muss mit etwas anderem in Kontakt gekommen sein.«

Plötzlich waren alle hellwach. Jackson sah aus, als stünde er vor einem Herzinfarkt. Sein Gesicht war weiß und schweißnass. Die ganze Unternehmung bekam durch Seenas Mitteilung eine Dimension, die alles in den Schatten stellte, was er jemals an seine Vorgesetzten berichtet hatte. Er musste wie ein Idiot dastehen, der keine Ermittlungen organisieren konnte. Selbst Arran war fassungslos, was Seena daran erkannte, dass er seine Nase nicht mehr losließ. Sie hatte das Gefühl, dass sie die Einzige war, die sich wirklich für die Laborergebnisse der kriminaltechnischen Untersuchungen interessiert hatte.

»Was wollen Sie damit sagen?«, fragte Genna.

»In einer Blutanalyse des Kochs haben wir eine weitere

Veränderung gefunden, wie sie bisher nur von dem Objekt an Bord des Schiffes bei männlichen Lebewesen verursacht wurde. Auch sie muss vor etwa drei Monaten ausgelöst worden sein. Ich glaube deshalb, Sir, dass es ein zweites dieser Dinger gibt und dass die Terroristen, oder wer immer diese Leute sind, von dort kommen, wo es sich befindet. Und ich glaube, dass sie das Ding aus dem Schiffswrack zu dem anderen bringen wollen.« Sie blickte in die Runde. »Wozu? Fragen Sie mich nicht, ich weiß es nicht. Aber ich habe kein gutes Gefühl dabei.«

Jackson blickte mit fahlem Gesicht zu Boden. Diese verdammte Erkenntnis hätte seine Nachricht sein müssen, um die mit dem Verlust des Splitters erlittene Schlappe wettzumachen. Warum hatte Seena ihm nichts von ihrer Vermutung erzählt? Offensichtlich war sie endgültig auf die Seite ihres verrückten Mannes übergelaufen.

»Wo kann dieses andere verdammte Ding versteckt sein?« Genna war sichtlich beeindruckt. Er sah Jackson mit leicht angeekeltem Gesichtsausdruck an. Seena hatte sich noch nicht wieder hingesetzt.

»Wir haben an Bord der ODESSA Veränderungen bei *oenanthe xanthoprymna* gefunden, einem Vogel, der als Insektenfresser normalerweise an Klippen in Hochgebirgen lebt, sich aber wie Hunderte anderer Vögel auf das Archäologenschiff verirrt hatte. Die Veränderungen an dem Tier lassen vermuten, dass auch dieser Vogel bereits vor einiger Zeit den Auswirkungen eines anderen Objektes ausgesetzt war.« Seena kostete ihren Informationsvorsprung mit einer Pause aus. Mit einem kalten Blick fixierte sie Jackson, während sie sprach. »Seine Heimat ist der Zangezour, ein Gebirgszug im Süden Armeniens.«

»Süden«, rief Genna. Er winkte die Luftbildauswerter zusammen. »Gibt es südlich von Yerevan Auffälligkeiten, die wir uns näher ansehen sollten?«

Ein Offizier der armenischen Luftwaffe zog einen roten

Kreis um einen Berg in der Nähe des Selim-Passes. »Hier. Und hier.« Vier weitere rote Kreise nördlich, westlich und südlich vom Massiv des Mount Vardenis folgten. »Hier. Hier. Hier.« Er zeichnete immer neue Kreise bei Artavan, bei Arevis, bei Dastakert. Insgesamt markierte er vierundzwanzig Regionen.

»Was ist dort?«, fragte Genna.

»Alle auffällig«, sagte der Offizier, »aus dem einen oder anderen Grund. Gärten, zu denen keine Straßen oder Wege führen. Zuwege zu Orten, die nicht existieren. Straßen, die im Nichts enden, stillgelegte Fabriken, die niemand überwacht.«

»Wir haben ›Zangezour‹ gehört, Jackson«, sagte Genna, »ein Hinweis, der Ihnen die eigene Denkarbeit ersetzt. Kümmern Sie sich um die Aufklärung. Gehen Sie den verrücktesten Spuren nach. Treffen Sie parallel Vorbereitungen für den Zugriff. Ich kümmere mich mit unseren armenischen und russischen Kollegen um die Organisation des späteren Abtransportes der beiden Objekte. Der muss spätestens morgen Abend erfolgen. Bis zwanzig Uhr will ich die Meldung erhalten, wo unser Ziel liegt.«

Georgien ohne größere Grenzkontrolle zu verlassen, kostete Robert einhundert Dollar, nach Armenien einzureisen an der Grenze noch einmal einhundert. Für fünfzig Dollar verließ der Fahrer von Tbilissi Fruit & Tea die weiter nach Yerevan führende A 306 und bog links in eine Landstraße nach Achurijan ab, wo Anahit im Haus ihrer Pflegeeltern ihre Kindheit verbracht hatte, bevor es in einem vom Erdbeben aufgestauten See versank.

Nach einigen Kilometern erreichten sie eine schmale Straße, die neben einem kleinen Fluss den Berg hinaufführte. Je höher sie kamen, desto tiefer wurde die Schlucht, die der

Fluss in den Felsen geschnitten hatte. Fortwährend strich sich Anahit ihre langen Haare aus dem Gesicht. Die Rückkehr in das beklemmende Ende ihrer Kindheit setzte sie sichtlich unter Druck.

»Wann warst du zum letzten Mal hier?«, fragte Robert.

»Als mich ein Vermessungsflieger vom Dach des Hauses im See rettete«, sagte sie, »vor vierundzwanzig Jahren.«

Weitere fünf Minuten später erreichten sie die Kuppe eines Plateaus, auf dessen voller Länge bis zu der weiter ansteigenden Bergkette in einigen Kilometern Entfernung sich ein See erstreckte. Ein grauer warmer Tag lag über dem Wasser, leichter Wind bewegte die Oberfläche und die Blätter einiger Pappeln, die aus einer vielfach von Wurzeln durchbrochenen Asphaltdecke wuchsen. Anahit stieg aus, Robert drückte dem Fahrer das Geld in die Hand. Wenig später, als der bunte Lastzug verschwunden war, kehrte die Stille zurück.

Das Ufer zeigte Spuren nächtlicher Nutzung, leere Flaschen, Reste von Feuerstellen, Zigarettenkippen, Papier. Wortlos deutete Anahit auf einen Punkt in etwa einhundert Metern Entfernung vom Ufer im See. Dort wuchs mitten im Wasser eine Birke, so schien es. Als Robert genauer hinsah, bemerkte er, dass sie auf einer schräg ansteigenden Betonplatte stand. Das Dach eines Wohnblocks. Hier hatte die Siedlung gelegen, in der Anahit aufgewachsen war. Im Schatten eines dicht stehenden Haines von Walnussbäumen lehnten sie sich an den Stumpf einer abgeholzten Pappel.

Anahit schmiegte sich an ihn, und er legte den Arm um ihre Schulter. Nach einer Weile küsste er sie und nahm plötzlich, mit der Wachheit, die sich warm in ihm ausbreitete, die Umgebung wahr, in der sie sich befanden – die Streifen heißer und kühler Luft, den sommerlichen Duft, die ersten schon aufplatzenden Walnüsse, das Summen der Insekten und ferne Stimmen von Vögeln. Anahit küsste sein Gesicht, sie schob ihre Hände unter sein Hemd und legte sie auf seine Brust.

Noch immer konnte Robert nicht begreifen, dass diese Frau ihn wirklich begehrte. Erneut spürte er mit seinem ganzen Körper, dass er sie kannte, dass alles, was es mit ihr zu entdecken gab, auf eine unerklärliche Weise die Wiederentdeckung von Gemeinsamkeiten sein würde.

Sie zuckte zusammen, als seine Hand ihren Bauch berührte.

Robert rückte etwas von ihr ab, um ihr nicht wehzutun. Aus der kleinen Entfernung genoss er das Vergnügen, zu betrachten, wie die Sonne auf ihr Gesicht schien.

»Bei welchen deiner alten Freundschaften in Yerevan werden wir die Nacht verbringen können, ohne dass man uns findet?«, fragte er leichthin, während er sein Skizzenbuch zur Hand nahm und sie zu zeichnen begann – ihr für armenische Frauen kleines Gesicht, die schmale und eher kurze Nase, die starken schwarzen Augenbrauen, die viel eleganter geschwungen waren und nicht seitlich der Augen in einen Bogen nach unten ausliefen wie bei den Mädchen und Frauen, die er in Yerevan gesehen hatte, der vielleicht etwas zu große Mund, die schwarzen Augen. Sie dachte nach.

»Ich habe zwanzig Jahre in Yerevan gelebt, jetzt muss ich mich fragen, wo die verlässlichen Menschen und die sicheren Orte sind, die ich in dieser Zeit gewonnen habe. Das Ergebnis ist niederschmetternd, es gibt sie nicht. Nicht die Freunde, nicht die Orte.«

Robert zeichnete ihren zarten Körper, die Haare, die wie ein Schatten ins Gras flossen, ihre Hand, die unter ihrem Gesicht lag, ihr Lächeln, das sich mit der Erinnerung verdüsterte.

»Aber es muss jemanden geben, dem du vertraust«, sagte er, »jemanden, der sich freut, dir helfen zu können. Irgendwen. Es ist deine Heimat. Es kann nicht anders sein.«

»Hier ist es anders«, sagte Anahit, »wir sind nicht in der Gesellschaft der Netzwerke. Wir sind in einer Gesellschaft der Familie – die ich nicht habe. Und in einer Gesellschaft der Inseln, der Klöster, der Verstecke. Mein Leben ist in dem See nicht durch Nähe gerettet worden, Nähe ist dort gescheitert. Ich wurde durch Distanz gerettet. Der Luftbildvermesser, der mich gerettet hat, hat mich nur deshalb gesehen, weil er weit entfernt, nicht weil er nah war. Du verdankst die Liebe einer so viel jüngeren Frau der Tatsache, dass sie den Abstand liebt und nicht die Nähe.« Sie brach in Tränen aus. Als Robert ihr den Arm um die Schulter legen wollte, schüttelte sie ihn ab.

Sie lief hinunter ans Ufer des Sees, warf ihre Kleidung ab und watete in das schwarze Wasser. Zuerst verschwand ihr weiß leuchtender Verband, dann ihr gesamter Körper unter der glatten Oberfläche. Robert konnte bald nur noch ihren Kopf erkennen, als sie weit hinausschwamm, bis sie schließlich auf den letzten sichtbaren Winkel des Plattenbaus kletterte, auf dem die Birke wuchs, die man vom Ufer sehen konnte.

Lange Zeit regte sich nichts, vom Ufer aus konnte Robert nicht erkennen, was geschah. Er wusste, dass sie allein sein wollte, und widerstand der Versuchung, hinterherzuschwimmen.

Nach einiger Zeit brach die Sonne durch die Wolken, ihre Strahlen beleuchteten die Mitte des Sees. Robert sah, wie Anahit sich in das sonnenglitzernde Wasser gleiten ließ und zurückgeschwommen kam.

Er zog seinen Pullover aus, um sie vorsichtig abzutrocknen, als sie schließlich zitternd vor Kälte und Schmerzen vor ihm stand. Vorsichtig tupfte er auf den nassen Verband um den Bauch, der den Ausflug ins Wasser unbeschadet überstanden hatte.

Anahit sah ihn nicht an, sie schien sich tief in ihrem Inneren aufzuhalten und löste sich aus seiner Umarmung. Ihre Sachen in der Hand, lief sie zu einem Walnussbaum im Sonnenlicht, um sich daran angelehnt anzuziehen. Dann ließ sie sich in der Sonne im Gras unter dem Baum nieder, die Knie eng am Bauch, die Arme um die Beine geschlungen. Im Augenblick schien es für Robert keinen Weg zu geben, zu ihr vorzudringen.

Wie ein autistisches Kind wiegte sie sich in der Sonne hin und her, auch noch, als Robert sich neben sie setzte. Als er den Arm um sie legte, ließ sie es geschehen, ohne mit ihrer Bewegung aufzuhören.

»Wir müssen uns trennen«, sagte sie, »unsere Wege sind verschieden.«

Der Satz, gesprochen in einem fast beiläufigen und sachlichen Ton, traf ihn wie ein Stich ins Herz. Was war dort drüben in der Mitte des Sees auf dem Dach des Hauses geschehen, in dem sie in ihrer Jugend eine so schreckliche Zeit erlebt hatte?

»Was hat sich geändert?«, fragte er leise, weil ihm die Stimme versagte.

Anahit schwieg lange. Zusammengekrümmt und mit hochgezogenen Schultern saß sie da und starrte in die Ferne, als wäre sie gerade auf einer inneren Reise. Robert traute sich nicht, sie bei dieser Reise zu unterbrechen. Stattdessen beobachtete er sie aus den Augenwinkeln, ohne sie mit musternden Blicken unter Druck zu setzen. Ganz langsam schien die Wärme der Sonne zu ihr durchzudringen, er spürte, wie sich die Verspannung ihrer Muskeln lockerte. Schließlich öffnete Anahit den Mund, doch sie sprach wie zu sich selbst, als müsse sie sich zum Eingeständnis einer Erkenntnis vorarbeiten, die auszusprechen sie sich scheute.

»Auf der Ruine hat das Gespenst einer Erinnerung auf mich gewartet. Es wäre so viel einfacher gewesen, wenn ich am Ufer geblieben wäre.« Für einen Moment legte sie ihren Kopf an seine Schulter, wie um ihm zu versichern, dass ihre Verbindung noch bestand.

»Ich kann nicht davon reden, wenn du nichts tust als mir zuzuhören«, sagte sie dann. »Vielleicht kannst du zeichnen, während ich spreche, und mich nicht ansehen.«

Robert holte das Skizzenbuch aus seinem Rucksack und nahm eine dicke Zeichenkohle zur Hand. Anahit redete unzusammenhängend mit geschlossenen Augen vor sich hin.

»Der Garten ist kein Paradies. Die Mauer darum ist unendlich hoch. Man sieht die Wipfel uralter Baumriesen darüber, tote Äste, wildes Gewucher von Grün, Geschrei von Vögeln, die unsichtbar bleiben. Nur selten scheint die Sonne in den Garten. Er ist feucht und dunkel.«

Roberts Hand flog über das Papier, eine schwarze Welt entstand. Anahit sah mit kurzen Blicken darauf und redete weiter.

»Es gibt ein Wesen darin. Ein Kind brachte ein Spielzeug in Gestalt einer geflügelten Chimäre in den Garten. Lebendig wurde es zu einem Ungeheuer, das den Garten nie mehr verließ. Niemand bekommt es zu Gesicht. Von nun an kommen kaum Kinder je wieder aus dem Garten zurück, einige bringen Teile ihrer Puppen als zerfetzte Teile lebender Wesen. Obwohl er seine rätselhafte Kraft behält, verfällt der Garten, der nun Schrecken verbreitet. Das Mädchen, das nach dem Garten sucht, darf niemals wieder dorthin zurückkehren.«

Anahit hielt inne. Der letzte Satz war unversehens aus ihrem Mund gekommen, wie ein Wesen, das unerkannt in ihr gelebt hatte. Sie sah lange auf das Bild eines düsteren verborgenen Gartens hinter himmelhohen Mauern, das in Roberts Skizzenbuch entstanden war, und kroch tiefer in seine Umarmung hinein.

»Ich weiß nicht, was es ist, wer vor wem geschützt werden muss, aber es gibt ein Verbot.« Ein kurzes Schweigen. »Ich erinnere mich mit vollkommener Klarheit daran.« Erneutes Schweigen. »›Niemals. Niemals. Niemals‹, hatte mir meine Mutter gesagt, ›darfst du in diesen Garten zurückkehren. Es würde schrecklich sein für dich. Es wäre entsetzlich für die Welt. Solange du dem Garten fernbleibst, gibt es eine Chance, dass die geflügelten Chimären nie in die Welt außerhalb des Gartens vordringen. Solltest du ihn jemals betreten, haben sie alles, was nötig ist, um auszubrechen.‹«

Anahit verschränkte die Arme eng vor ihrem Körper. »Das Verbot schützt nicht mich«, schluchzte sie. »Es schützt die Welt vor mir. Unsere Wege müssen sich trennen. Ich kann nicht anders.«

Nach diesen erschütternden Worten sah sie ihn fragend mit verweinten Augen an, als wüsste Robert, was hinter dem Verbot stecken konnte. Er spürte, wie sie in seinen Augen nach einer Antwort suchte, aber er hatte keine.

Robert tastete nach ihrer Hand. Sie wehrte sich nicht.

»Es ist eine Kindergeschichte«, sagte er. »Ein schreckliches Märchen ohne Bedeutung. Vielleicht ist die Erinnerung auch falsch.«

Er wusste, dass es nicht so war, und Anahit schien es ebenfalls zu wissen. Sie tat, als hätte er nichts gesagt. Was sollte jetzt werden? Wohin wollte sie, wenn sie nicht weiter bei ihm bleiben durfte? Wohin sollte er? Aus einem gemeinsamen, wenn auch unbekannten Ziel war eine in Einzelteile zerbrochene Welt geworden.

Robert nahm sein Skizzenbuch und ging hinunter an das Ufer des Sees, auf dem inzwischen ein Schatten lag, der erste Fäden kalter feuchter Strömungen fühlen ließ. Er zeichnete weiter. Unterhalb der Mauern des Gartens erstreckte sich der schwarz vor ihm liegende See, in dessen Mitte aus einem Stein ein Baum wuchs.

Die Frage, die Anahit so lange umgetrieben hatte – die Frage, warum sie von ihrer Mutter für eine Adoption freigegeben worden war –, war beantwortet. Doch die Antwort auf die Frage war viel schlimmer als das Problem selbst. Die Ablehnung ihrer Mutter betraf jetzt nicht mehr ein einzelnes Ereignis ihrer Vergangenheit, sie erstreckte sich grenzenlos in die Zukunft und, solange Anahit nicht wusste, wo das Kloster lag, auch undefinierbar über das ganze Land.

Anahit trat zu Robert ans Ufer und lehnte sich an ihn. Sie

blickte auf die Kohleskizze in seinem Buch, in der sie die Bedrohungen ihrer Kindheit und ihrer Zukuft vereint sah.

»Würde meine Anwesenheit in dem Kloster das auslösen, was du verhindern sollst?«, fragte sie mit einem Seufzer der Verzweiflung. »Kann man sich ein verrückteres, getrennteres Liebespaar vorstellen?«

Robert würde alles unternehmen, um den Schwur zu erfüllen, den er abgelegt hatte, damit Anahit in Batumi vor ihren Verfolgern gerettet werden konnte. Und er würde mit Sicherheit alles in seiner Macht Stehende tun, um sie bei sich zu behalten. Auf eine vage, wenn auch bilderreiche Erinnerung, die gut das Resultat von Erschöpfung oder Wundfieber sein konnte, würde er keine Rücksicht nehmen. Er würde das Verbot ignorieren, solange es ging. Was auch sollte diese atemberaubend schöne Frau, die er so unfassbar selbstverständlich liebte, der Welt antun können?

Sie wussten nicht, wo das Kloster lag, wie konnte dann das Verbot ein Problem sein, sich dem Kloster zu nähern? Von keinem Meter, den sie zurücklegen würden, konnten sie sicher sein, dass er sie näher an ihr Ziel brachte.

Robert nahm die Seite mit dem Bild aus dem Skizzenbuch und zerriss es in winzige Schnipsel.

»Sobald wir wissen, wo das Kloster liegt«, sagte er, »können wir über deinen Weg entscheiden. Vorher gibt es keinen Grund, dass wir uns trennen.« Er warf die weißen Papierfetzen aufs Wasser. Träge trieben sie auf dem glatten schwarzen See dahin, einem lebenden Gedächtnis, einem bösartigen Wesen, das seine Erinnerungen nur in Verfolgung eigener Absichten freizugeben schien. Anahit weinte. Beide wussten, dass ihre Trennung nur aufgeschoben war. Sie gab ihm einen flüchtigen Kuss, bevor sie unter den Walnussbaum in der Sonne zurückkehrten.

★

»Es gibt noch ein letztes Blatt des Manuskripts«, sagte Robert. »Du bist eingeschlafen, bevor du es mir übersetzen konntest. Vielleicht sollten wir alles davon wissen, bevor wir den abschließenden Teil unserer Reise in Angriff nehmen.« Robert reichte ihr die Blätter aus seinem Rucksack und nahm das neue Handy in die Hand, das er sich auf der Fahrt hierher an einer Tankstelle zugelegt hatte. Niemand konnte ihn anhand dessen identifizieren.

»Ich werde versuchen, Hayk zu erreichen«, verkündete er, machte aber schon bald ein resigniertes Gesicht. Wieder kein Erfolg. Er wählte die Nummer erneut und sprach diesmal auf den Anrufbeantworter.

Anahit sah die Seiten durch, die sie noch nicht gelesen hatte.

»Der Bericht über das Fest der Blauen Madonna fehlt. Er liegt in meinem Schuh in Beton am Grund des Schwarzen Meeres. Hier auf der letzten Seite geht es um das Schicksal des kleinen Jungen, als er nach der Wunderheilung im Kloster wieder zu Hause ist.«

Sie strich sich die Haare aus dem Gesicht und begann wieder, die armenischen Worte, die sie las, zu möglichst flüssigen englischen Sätzen zu formen, während die Sonne ihre letzten Strahlen über der stillen Wasserfläche vor ihnen ausbreitete.

Zurück in meinem Heim in der Stadt Ani, widmete ich alle Zeit, die ich erübrigen konnte, meinem Sohn. Es dauerte nur wenige Tage, bis alle Merkmale des Schwarzen Todes von seiner Haut verschwanden. Bald verschwand auch der süßlich-faulige Geruch des Todes, als Letztes verschwand sein Fieber. Harut schlief viel und war bald vollkommen gesundet.

Er war gesund, aber er war ein gänzlich anderes Kind geworden. War er vorher eher ruhig und neigte zu stillen, grüblerischen Phasen, so war er nun lebendig, war in allen Spielen mit seinen Kameraden dabei und führte ihre Unternehmungen an. Stets, sobald ich nach einigen Tagen der Abwesenheit nach Hause zurückkehrte, wollte er seine Kräfte mit mir messen. Mich erschütterte die Erkenntnis, dass er in allem, was er tat, wesentlich schneller und auch deutlich stärker war als ich. Aber nicht nur das. Aus seinen kleinen Kinderhänden entstanden Bilder von Landschaften und Menschen unserer Umgebung von meisterlicher Qualität. Er lernte in wenigen Tagen die Schriften des Alten und Neuen Testaments lesen, egal ob sie in den Schriften des armenischen oder lateinischen Alphabets verfasst waren.

Ich ließ ihn seine Muskelkraft an einem Säulenkapitell aus Sandstein erproben, das ich selbst nur mit größter Anstrengung zu heben vermochte. Auch er schaffte es, den Stein zu heben, der bestimmt das Dreifache seines eigenen Gewichtes besaß. Ich verlegte mich darauf, nicht nur seine Stärke zu prüfen. Bald gelangte ich zu dem Schluss, dass er allgemein in der Schnelligkeit des Denkens, in der Fähigkeit, sich Zahlen zu merken und sich in Bildern und Schrift zu äußern, mir noch weit überlegener war als auf körperlichem Gebiet.

Zwei Monate nach unserer Rückkehr begann er, über Schmerzen im Bauch zu klagen, die von Tag zu Tag schlimmer wurden. In der zehnten Woche nach unserer Rückkehr war sein Bauch fühlbar von einem darin befindlichen Geschwür aufgebläht. Die Schmerzen ließen ihn keine Nacht mehr schlafen und machten ihn angriffslustig. Er attackierte alles, was ihn umgab. Er traktierte unsere Tiere mit Schlägen und Steinwürfen, einen unserer Knechte verletzte er schwer. Manche Nächte mussten drei Männer kommen, um ihn festzuhalten, wenn er sich vor Schmerzen im Bett aufbäumte.

Es gab nur wenige Tage, an denen er trotz der Schmerzen eine erstaunliche Friedfertigkeit, ja eine glückliche Ausgeglichenheit an den Tag legte.

Schließlich, in einer Nacht, nachdem zwei Monate und drei Wochen seit unserer Rückkehr vergangen waren, bekam er einen Anfall, bei dem er Blut erbrach. Von dem Druck des Geschwürs müssen die Organe in seinem Bauch geplatzt sein. Der Medikus des Klosters Goschawank sagte später, Harut sei im Innern seines Körpers verblutet. In meinem Schmerz bat ich ihn, den kleinen toten Körper vor seiner Bestattung einer Untersuchung zu unterziehen.

Als Andacht und Totenmahl vorüber waren, berichtete er mir, was seine Untersuchung ergeben hatte.

»Niemals«, so sagte er, »habe ich etwas Derartiges je gesehen, und ich hoffe, es niemals wieder zu sehen. Ein Leben hat das andere ausgelöscht.« Ich verstand ihn nicht. »Das Geschwür in seinem Bauch war ein ungeborenes Wesen.«

Täglich bete ich seither, dass das Leben, welches ihn getötet hat, ein göttliches Zeichen der Blauen Madonna war und nicht eines der entsetzlich anzusehenden geflügelten Chimären.

★

Allmählich wurde es kalt im Gras unter den Walnussbäumen. Nach den Anstrengungen des Übersetzens wurde Anahit von Schmerzen geschüttelt. Sie verharrte eine Weile in krampfartig gebückter Haltung, ihre Stirn glänzte vor kaltem Schweiß. Robert stützte sie. Langsam, sehr langsam entspannte sie sich. Die Krämpfe würden wiederkommen, wusste Robert, die schwere Verletzung von der Flucht aus der versinkenden SEA WASP war bei Weitem nicht verheilt. Es war furchtbar, da es keine Möglichkeit geben würde, in Yerevan einen Arzt oder ein Krankenhaus aufzusuchen. Sie waren hinter ihnen her, weil sie in Anahit einen Sündenbock für etwas gefunden hatten, was er nicht überblicken konnte.

»Was geschieht dort Entsetzliches?«, fragte Anahit. »Welchem furchtbaren Schicksal vertrauen sich die Menschen an, um für einige Zeit von ihrem Elend geheilt zu werden? Und was will wider alle Natur mit solcher Gewalt das Licht der Welt erblicken?« Sie lehnte sich eng an ihn. Robert fühlte deutlich, dass sie mehr denn je entschlossen war, dem Verbot ihrer Mutter aus ihrer Kindheit Folge zu leisten und das Kloster zu meiden, was auch immer geschehen mochte. Er war sich nicht sicher, wann es am besten war, ihr davon zu erzählen, dass er bei der Bruderschaft Misericordia einen Schwur abgelegt hatte, sie in das Kloster zu bringen, um mit ihr gemeinsam das Unheil abzuwenden, das sich dort zusammenbraute.

»Haben wir wirklich nichts in der Hand, was uns den Weg nach Lusavank zeigen kann?«, fragte er. Sie mussten sich schleunigst Gedanken machen, wohin es gehen sollte. Bis zum Beginn des Festes im Kloster blieben ihnen weniger als zwei Tage. »Vielleicht gibt es einen winzigen Hinweis, auch wenn ich nicht sicher bin, ob ich ihm wirklich vertrauen kann. In Italien habe ich einen französischen Kunstexperten getroffen, der ebenfalls auf der Jagd nach dem Bild im Kloster Lusavank ist. Er meinte, es liegt im Süden Armeniens.«

»Dann bewegen wir uns in die richtige Himmelsrichtung, wenn wir nach Yerevan fahren«, meinte Anahit. Anschließend rief sie mit dem Handy ein Taxi aus dem nahen Gyumri herbei.

Sie wanderten umher, um sich warm zu halten, als Streifen kühlerer Luft von den nahen Bergen einströmten. Anahit öffnete frische, noch weiche Walnüsse mit einem Stein. Als das Taxi kam, zog sie sorgfältig das zarte bittere Häutchen von dem weißen Fleisch einer Nuss und schob Robert einen Teil zwischen die Lippen.

»Gut«, sagte Robert, »fahren wir zu Hayk. Seine Mutter wird zu Hause sein.«

★

Sie fanden Hayks Wohnung in der Lambronstraße in einem Plattenbau aus den sechziger Jahren, die in Yerevan den Namen Chruschtschownika erhalten hatten. Am Eingang zur Nummer 87 schoben sie sich durch eine Gruppe Jugendlicher ins Treppenhaus. Die Wohnung im obersten Stock war aufgebrochen, es gab Spuren von Kämpfen darin, umgestoßene Möbel, zerbrochene Lampen – aber keine Bewohner. Weder von Hayk noch von seiner Mutter war eine Spur zu sehen. Sie achteten darauf, mit nichts in Berührung zu kommen, als sie den Flur wieder verließen.

Ohne auffällige Eile zu zeigen, verließen sie das Gebäude. Auf der Straße fanden sie ein Taxi. Noch ohne zu wissen, wohin sie fahren sollten, stiegen sie ein. Es war inzwischen dunkel, über der Stadt stand drückende Luft, jeden Moment konnte ein Gewitter hereinbrechen. Als sie wenig später am Abovian-Kinderpark vorüberfuhren, kurbelte Robert die Scheibe herunter und warf das ausgeschaltete Handy im hohen Bogen in die Büsche.

»Sie haben Hayks Nummer überwacht«, stöhnte Robert. »Lass uns zum Yerevan fahren, dort wartet noch eine Sendung auf mich. Danach sehen wir weiter.«

Nach einigen Minuten drehte sich der Fahrer um, als sei ihm plötzlich ein Gedanke gekommen. Robert traf ein flüchtiger Blick, der auch Anahit streifte. In dem Blick stand ein Ausdruck, den Robert nicht deuten konnte – als habe der Fahrer Angst vor ihnen.

Er murmelte etwas für Robert Unverständliches und zog sich einen an einem Gummizug um seinen Hals baumelnden Gazefilter vor Mund und Nase.

»Was hat er?«, fragte Robert.

»Er behauptet, er wäre erkältet. Er will uns nicht anstecken.« Sie sahen sich skeptisch an, der Fahrer beschleunigte den Wagen.

Mit Macht fiel das Gewitter über die Stadt herein. Wände von Regen stürzten herab, die der Sturm durch die Abovyanstraße fegte. Vor einem aus den fünfziger Jahren stammenden Kinopalast ließen sie das Taxi unter der Leuchtschrift »Moskva« halten.

Anahits Blick fiel auf die Zeitung, die auf dem Beifahrersitz lag. Darunter ragte ein Blatt hervor, von dem sie nur einige in großer Schrift gedruckte Zeilen erkennen konnte. Sie erschrak.

Sofort riss sie die Tür auf und zog Robert heraus. Der Wagen schob eine Welle von Wasser vor sich her, als er in einer großen Kurve verschwand.

»Der Taxifahrer hat uns die Fahrt geschenkt«, sagte Anahit. »Niemand tut so etwas in Armenien. Er hatte Angst. Auf seinem Beifahrersitz lag ein Fahndungsbild, das jedes Taxi, jeder Polizist, jedes Hotel haben wird. Man sucht uns als zwei mit einer ansteckenden Krankheit Infizierte, die sich der Quarantäne entzogen haben. Es wird niemanden geben, der uns verstecken möchte.« Robert nahm Anahit in den Arm. In ihrem Rücken lagen die Lichter des Hotels Yerevan.

»Ich werde ins Hotel hinübergehen und den Umschlag holen, der dort auf mich wartet«, sagte Robert. »Danach sehen wir weiter.«

»Wir wissen beide, dass das Hotel überwacht wird. Lass mich gehen, im Yerevan suchen sie hauptsächlich nach dir. Außerdem fällt jemand, der weder armenisch aussieht noch armenisch spricht, den Sicherheitsleuten des Hotels eher auf.« Sie griff nach seiner Brieftasche und nahm sich eine Zwanzig-Dollar-Note heraus. Ehe Robert etwas einwenden konnte, war sie im Regen verschwunden.

Als sie durch die Flügeltür des Yerevan trat, besaß sie keinen trockenen Faden mehr am Leib. Ohne sich länger aufzuhalten, bewegte sie sich zügig durch die Lobby und an der Bar vorbei zu dem kleinen Raum, an dessen Tür in goldener Schrift die Worte Business-Center prangten. Ein junger Mann händigte ihr den großen Umschlag aus. Anahit quittierte den Empfang, nachdem sie fünf Dollar bezahlt hatte.

Aus den Augenwinkeln bemerkte sie in der Lobby, dass in einem der gläsernen Fahrstühle Personen nach unten glitten, die sie sehr gut kannte. Arran und Seena, der Astronom und seine lebenshungrige Frau. Sie waren hier abgestiegen. Wahrscheinlich waren noch andere in dem Hotel, die sie kannte, vielleicht der schreckliche russische Polizist. Auf dem Tisch des Concierge sah sie den Fahndungsbogen liegen. Sie musste, so schnell es ging, verschwinden. Das Yerevan war kein Ort, an dem sie diese Nacht ausruhen konnten.

Unauffällig verließ Anahit das Hotel. Die Tür schwang zu, als sie draußen in den Regen tauchte. Sie hatte instinktiv das Gefühl, dass bereits jemand in dem Hotel nach ihr Ausschau gehalten hatte.

Sie schlug einen weiten Bogen ein, um zurück zu Robert zu gelangen. Plötzlich tauchte im strömenden Regen vor ihr eine Form auf, die sie zuletzt im Nebel über dem Schwarzen Meer treiben gesehen hatte – ein Doppelstockbus. Sie lief weiter, bis sie Robert unter dem Vordach des geschlossenen Kinopalastes erreichte. Robert packte den Umschlag ungeöffnet in den Rucksack. In dem unter das Vordach wehenden Regen und der vollkommenen Ratlosigkeit fielen sie sich in die Arme.

»Wir müssen etwas Wichtiges übersehen haben«, sagte er nach einer Weile. »Es muss einen Hinweis geben, den wir schon lange kennen. Jemand hilft uns, warum sollte er uns nicht alle Hinweise gegeben haben, die wir kennen müssen? Wir verstehen noch immer nicht, was eigentlich mit uns geschieht.«

Was immer sie überlegen mussten, sie würden es irgendwo im Freien tun müssen, denn eine Idee, wo sie die Nacht sicher verbringen konnten, hatten sie nicht.

★

Mit großen Schritten durchquerte Shirov das zehnte Stockwerk des Betonkolosses, der einmal der zentrale Bau des sowjetischen Allunionsinstitutes für petrografische Forschung werden sollte. Als einziger Teil der Ruine wurde die zehnte Etage gelegentlich für Trainingszwecke der Sondereinsatzkräfte des armenischen Innenministeriums genutzt.

Umringt von sechs stillgelegten Fahrstuhlschächten, stand in der Mitte der ansonsten leeren Etage ein Stuhl, an dem ein Mann festgebunden war. Ihm gegenüber saßen Shirovs jüngerer und älterer Handlanger für Arbeiten wie diese auf einem hellgrünen Sofa.

»Wir haben ihn seit drei Stunden.« Der Jüngere tupfte mit einem Zipfel seines Hemdes an seinem Mundwinkel. Er deutete mit einem Kopfnicken auf den Mann auf dem Stuhl, dem der Kopf auf eine Schulter gesackt war. Sein Gesicht war geschwollen, die Augen blutunterlaufen.

»Ihr habt nicht gut gearbeitet. Bei dem Touristenführer habt ihr eine Sauerei veranstaltet, wenn auch wenigstens nicht in seiner Wohnung.« Shirov zuckte mit den Achseln. Es ging nicht darum, mit den beiden die Freizeit zu verbringen.

»Jean-Pierre Basteau«, las er aus einem Papier vor, das ihm einer der Männer unter die Augen hielt. »Sie behaupten, Sie wären nach Armenien gekommen, um ein Bild zu stehlen. Bravo. Ein ehrlicher Mann.« Shirov wanderte umher. Er wollte es vermeiden, sich auf dem speckigen grünen Sofa niederzulassen.

»Ich habe eine einzige Frage an Sie«, sagte er auf Englisch, »wenn Sie die ebenso ehrlich beantworten, können

Sie gehen. An Bilderdieben ist keiner von uns interessiert. Hören Sie mich?« Es erfolgte keine Reaktion.

Einer der Männer riss Basteaus Kopf an den Haaren zurück.

»Verstanden«, murmelte Basteau in kaum verständlicher Sprache. Die Männer hatten ihm die Zähne ausgeschlagen.

»Die Frage lautet: Wohin ist Ihr Partner Casty unterwegs? Ich bitte um eine sehr genaue Ortsangabe.« Shirov wanderte umher. Was er hier tun musste, machte keinen Spaß. Es würde allerdings noch weniger Spaß machen, ohne greifbare Ergebnisse bei diesem Jackson anzurücken.

Es erfolgte keine Reaktion. Shirov trat näher und betrachtete Basteaus gefesselte Hände. Ohne hinzusehen, streckte er die Hand nach einem der Männer auf dem Sofa aus, der ihm Basteaus Pass reichte.

»Nach dem Bild in Ihrem Ausweis zu urteilen, sind Sie ein attraktiver Mann, Basteau«, stellte Shirov fest. »Das mit den Zähnen und den Blutergüssen bekommen Sie wieder hin. Aber die Hände ... Es wird ein echtes Problem, wenn die Finger fehlen. Der Mann mit den toten Lederhänden. Ekelhaft. Sie stehen vor der Entscheidung.«

Basteau bemühte sich zu sprechen, Blut quoll aus seinem Mund, er krümmte sich vor Schmerzen.

»Macht ihn los«, sagte Shirov. Die Männer banden ihn los. »Gebt ihm was zu trinken, er will etwas sagen.«

Gierig sog Basteau das Wasser in sich hinein. Dann flüsterte er etwas, was jedoch nicht zu verstehen war. Shirov gab ihm einen Zettel und einen Kugelschreiber

»Es ist ein Kloster«, las er kurz darauf. »Es heißt Lusavank und steht irgendwo in den Bergen, südlich von hier. In zwei Tagen soll es dort ein Fest geben, das nur alle vierzig Jahre einmal stattfindet.« Der Stift rollte auf den Betonboden.

Shirov wusste, dass Basteau reif war, seine Aussagen zu machen. Was er sagte, war der Satz auf dem Boden des Topfes, es war alles, was er wusste, erfinden würde er jetzt nichts mehr. Basteau langte erneut nach dem Stift. Shirov hob ihn vom Boden auf und drückte ihn Basteau in die Hand.

»Bei allem, was ich liebe, schwöre ich, dass ich nicht weiß, wo das Kloster ist. Ich folge Casty auf dem Weg dorthin.« Auf ein Nicken Shirovs hin bekam er ein neues Glas Wasser.

»Casty weiß, wo es ist.« Basteaus Kopf sackte nach vorn, er rutschte vom Stuhl und blieb liegen.

Shirov holte ein Handy hervor.

»Wir werden Castys Verfolgung aufnehmen, Basteau, und Sie werden uns dabei begleiten. Vielleicht fallen Ihnen unterwegs ein paar Details dazu ein.« Während er eine Nummer auf seinem Handy wählte, gab er seinen beiden Helfern eine Anweisung. »Es wird in die Berge gehen, besorgen Sie uns alles, was wir dort brauchen, um voranzukommen. Seile, Steigeisen, was weiß ich. Ich will an keiner Wand stehen und hören, dass wir das Falsche eingepackt haben.« Die Verbindung stand.

»Waren Sie erfolgreich, Shirov?«, fragte Jackson mit lauter Stimme gegen den Fluglärm in seiner Umgebung.

»Das Ding ist wahrscheinlich in einem Kloster namens Lusavank«, verkündete Shirov. »Irgendwo im Süden. Casty und die Armenierin sind dorthin unterwegs. In zwei Tagen findet dort ein Fest statt. Sie müssen es aus der Luft finden können. Wir versuchen weiter, uns die Armenierin und diesen Casty zu greifen.«

Shirov stopfte das Telefon in seine Tasche.

»Wo beginnen wir mit der Verfolgung? Habt ihr etwas von dem Touristenführer erfahren, damit sich wenigstens gelohnt hat, was ihr veranstaltet habt?«

Er lief in der kahlen Betonetage aufgeregt umher. Der Ältere der beiden, von dem Shirov nur wusste, dass er einer der schlimmsten Vernehmungsspezialisten des hiesigen Innenministeriums war, wollte etwas sagen.

»Ich glaube, er wusste wirklich nicht, wohin Casty will.« Der Ältere lächelte, als sei er deshalb besonders stolz auf seine Leistung. »Er hat uns zum Schluss alles erzählt, was er überhaupt von dem Italiener gehört hat. Er war mit ihm in einer Wohnung in der Tumanyanstraße, die sie fluchtartig verlassen mussten, weil sie dort auf einen Toten gestoßen sind.«

»Eine Wohnung«, murmelte Shirov. »Sicher von der Polizei inzwischen versiegelt, was sie nur noch mehr zu einem unverdächtigen Schlupfloch macht. Zwar nicht besonders anheimelnd, aber trocken. Welche Wohnung ist es?«

Der Ältere kramte ein kleines braunes Notizbuch aus einer teuer aussehenden braunen Aktentasche.

»Tumanyanstraße 1, Aufgang IV, Apt 108«, las er ab.

»Da wir nichts Besseres wissen«, entschied Shirov, »werden wir dort nachsehen.« Er deutete auf Basteau. »Er kommt mit. Vielleicht fällt ihm ja noch was ein.«

★

Anahit und Robert hielten sich eng an der Wand des Kinopalastes. Äste, die der Sturm von den Bäumen an der Abovyanstraße riss, flogen durch den schwankenden Lichtschein der Straßenbeleuchtung.

Hand in Hand liefen sie die menschenleere Straße durch den strömenden Regen in Richtung des nördlich von ihnen gelegenen Ringparkes, der die Stadt wie eine Sichel auf der östlichen Seite umschloss.

Unter dem Vordach eines zum Abbruch freigegebenen Hotels blieben sie stehen. Der Regen schlug ihnen ins Gesicht. Robert drückte sich vor Anahit an die verrammelte Tür der Hotelruine, aus der es dumpf nach Schutt und feuchtem Zement roch. Es gab keine trockenen Fasern mehr an ihrer Kleidung. Wohin sollten sie jetzt?

Nichts, was Robert von Yerevan kannte, schien in Frage

zu kommen. Die Treppenanlage, die auf die höher gelegenen Stadtteile im Norden führte, war ein einziger Alptraum. Webcity und Anahits Wohnung wurden überwacht, das schreckliche Apartment, in das er mit Hayk eingedrungen war, war als Schauplatz eines Verbrechens mit Sicherheit von der Polizei versiegelt worden.

Ein Donnerschlag erschütterte die Straße, als wäre ein Haus eingestürzt, gleichzeitig rollte in langsamer Fahrt ein großer Bus durch den Regen heran. Auf seinem Dach hatten sich Vögel festgekrallt, andere flogen in niedriger Höhe hinterher.

Es gab nichts, wohin sie konnten. Nicht jetzt im Regen, und auch für den kommenden Morgen kannten sie noch kein Ziel.

Eng an Robert gepresst, hielt Anahit die Augen gegen die immer öfter zuckenden Blitze geschlossen. Immer wieder lang anhaltender Donner. Neue Blitze. Wellen weiteren Donners.

Robert drückte mit dem Fuß an den Sperrholzverschlag. Die Tür des stillgelegten Hotels gab wenige Zentimeter nach. Vielleicht ließ sich darin ein trockener Platz finden, an dem sie die Nacht über ausruhen konnten.

Anahit schob sich als Erste durch den entstandenen Spalt, Robert reichte ihr den Rucksack und zwängte sich schließlich selbst hindurch. Irgendwo im feuchten Dunkel dahinter regte sich etwas. Ratten. Sie standen in der undurchdringlichen Finsternis, alle Sinne angespannt. Im stetigen Zugwind begannen sie zu frieren.

»Was ist es, das wir übersehen haben?«, flüsterte Anahit.

»Ich weiß es nicht«, antwortete Robert. »Uns erreichen Botschaften, die schwer zu verstehen sind. Irgendwer gibt Zeichen und Hinweise. Welche Organisation auch immer dahintersteht, es muss eine Gruppe von Menschen sein, die sich gebunden fühlen, die Lage des Klosters nicht zu verraten, und die uns dennoch eine Nachricht zukommen lassen wollen. Vielleicht leben sie in dem Kloster?« Er horchte in die Dunkelheit. Das Trippeln der Ratten war verstummt. Warum? Ein Blitz warf seinen Widerschein durch leere Fensterhöhlen und durch die aufgerissenen Stockwerke in das mit Schutt gefüllte Erdgeschoss, in dem zwei nach feuchtem Zement riechende Zementmischer standen.

»Niemand schickt uns einfach die Kopie einer Karte mit einem Kreuz darauf, neben dem ›Lusavank‹ steht. Es gibt keinen Brief mit einer Wegbeschreibung, kein Foto, nicht einmal eine Zeichnung des Ortes. Nichts. Und dennoch gibt es seit Jahrhunderten Botschaften.«

Anahit hustete. Für eine Weile schienen ihr die Schmerzen die Sprache zu rauben. Sie hielt sich den Bauch.

»In den Jahren 1439 bis 1465 entstehen die Bilder Francescas«, setzte Robert seine Überlegung fort. »Seine Bilder sind die deutlichsten, die am meisten verbreiteten Botschaften. Sie sind so etwas wie ein Aufschrei in einer Welt der christlichen Symbole. Die ganze Welt sieht sie, aber keiner versteht, was sie bedeuten.«

Es war eindeutig, im Hintergrund des Gebäudes waren Schritte zu hören. Der Schein einer Lampe. Das Bellen eines Hundes.

»Im Jahr 1966 macht jemand ein Foto«, hauchte er so leise, dass beinahe nur er selbst es hören konnte, »das er von Anfang an als eine Botschaft für spätere Zeiten arrangiert.«

Eine Fliege setzte sich auf seine Stirn. Es gab einen Hauch von faulendem Seetang. Anahit ergriff Roberts Hände.

»Das Ding aus der SEA WASP ist hier.« Die Aufregung schnürte ihr die Kehle ab. »Ich kenne den Geruch von dem untergehenden Schiff. Wir wissen, dass es riesengroß ist. Es wird in dem Londoner Bus transportiert, den ich im Regen gesehen habe. Wir müssen schleunigst weg, egal wohin.« Anahit keuchte trocken, um einen Hustenanfall zu unterdrücken.

Robert musste den Gedanken, der ihn gepackt hatte, weiterverfolgen. Er fieberte dem Ergebnis entgegen. Es war nur noch einen Millimeter von der Erkenntnis entfernt. Er hielt Anahit fest, die am ganzen Körper zitterte, weil die Erinnerungen sie überwältigten.

»Vierzig Jahre später schiebt jemand das Foto als eine Nachricht im Apartment 108 unter die Tapete.«

Noch kamen die Schritte nicht näher. Ein zweiter Hund. Anahit klammerte sich eng an Robert.

»Sie wissen, dass wir uns hier versteckt haben«, flüsterte sie, »aber sie haben Angst, weil sie glauben, wir sind infiziert. Sie warten, bis alle Hunde da sind.« Er spürte, wie sehr Anahit zitterte.

»108 war für mich zu Beginn nur eine Zahl, eine Adresse, eine Wohnung. Jetzt weiß ich, dass es um einen Winkel geht, der auf Botschaften in Bildern hinweist«, flüsterte er Anahit zu, die ihn kaum noch hören konnte. »108 ist ein Winkel an der Peripherie eines Pentagons. Wir wollen ins Zentrum vordringen.« Das war die Lösung. Das Herz des Pentagons.

Plötzlich spürte Robert den Geruch nach frischem Putz. Mit elementarer Gewalt überfiel ihn eine Vision, die jede Bewegung lähmte.

Er ist in einer Stadt, in der sich schwarz gekleidete Männer in Umhängen und spitzen Kapuzen bewegen. Sie kommen aus den geöffneten Häusern und tragen Pestleichen heraus.

Tausende Männer der schwarzen Bruderschaft reinigen die Stadt. Die Sonne hat den kalten Februar in einen Monat brennender Hitze verwandelt, es stinkt so sehr nach Verwesung, dass man kaum Atem holen kann.

Er sucht das Land außerhalb der Stadt, Quartier um Quartier, endlos. Schließlich offenes Land, in das die Straßen auslaufen. Die Häuser am Rand haben nur graue Wände, keine Fenster, keine Portale, rundum die verwitterten Wände. Leichter Nieselregen setzt ein.

Er kratzt mit seinen Fingern in dem Putz einer Wand, schält alte Schichten ab. Darunter kommt blütenweißer feuchter *intonaco* zum Vorschein. Ganze Flächen. Die ganze Wand. Alle Häuserblöcke. Vorbereitet für Fresken in Tausenden von Tagewerken.

Er wird das bunte Leben in die Stadt zurückbringen. In diese Wände, in denen es so lange warten wird, wie die Stadt besteht. Und dann leben.

Er schüttelt die Vision von sich. Im Hintergrund der Ruine beginnt die Jagd. Hunde, die von der Leine gelassen sind, Dutzende von Lichtkegeln starker Lampen im staubigen Dunst. Die Rufe vieler Männer. Der Schatten einer Frau.

Ein greller Blitz zuckt in die Ruine. Jeder Fleck, der leere Schacht des etagenlosen, ausgeschlachteten Gebäudes, jedes der leeren Fenster, jedes Gerüst, jeder Hund, jeder Mann, Anahit und er selbst – alle werden von dem kalten Licht im Teil einer Sekunde eingefroren. Überall im Gebäude stehen Frauen, einige von ihnen in nasser Sommerkleidung, andere in der schwarzen Tracht von Ordensschwestern, manche in Gruppen, andere allein. Zehn. Ein Dutzend. Fünfzehn. Achtzehn.

Robert sammelt sich. Er ergreift Anahits Hand und zieht sie auf eine Jagd durch den Bau. Außer ihrem eigenen Atem und den Geräuschen umstürzender Werkzeuge hören sie nur die Hunde. Anschlagen. Kläffen. Winseln. Jaulen. Nach Geräuschen, die wie das Abbrechen trockener Äste klingen, verstummte einer nach dem anderen.

Robert merkte, dass nicht er im Zentrum dieses Kampfes stand, der im Dunklen tobte. Oft sah er sich mehreren Frauen gegenüber, ohne die geringste Beachtung zu finden. Sie waren auf der Jagd nach Anahit, die sich hinter ihm in einer Nische versteckt hielt. Er hob sie in die Öffnung eines leeren, auf Rollen montierten Betonmischers. Bei dem

Licht eines Blitzes visierte er die Bretterstege an, die von den Bauarbeitern zum Ausgang verlegt worden waren. Mit der größten Kraftanstrengung, zu der er fähig war, schob Robert den Mischer über die Bretterlage und mit voller Gewalt gegen die halb versperrte Bautür, durch die sie gekommen waren. Sie brachen hindurch.

Auf der Straße zog Robert Anahit, die vor Schmerzen aufschrie und der Bewusstlosigkeit nahe war, aus dem Mischer. Brösel getrockneten Zements bedeckten sie. In der gleichen Bewegung, mit der sie sich auf der Straße nach dem Durchbrechen der Tür wieder fingen, sprangen sie in ein Taxi, das langsam und mit eingeschalteter Innenbeleuchtung durch die im Regen versinkende Straße fuhr.

»Bitte übersetze ihm, wohin er uns bringen soll«, sagte er. Anahit sah ihn ratlos und mit schmerzverzerrtem Gesicht an.

»Tumanyanstraße 1«, sagte Robert, »ich habe das Wichtigste übersehen.« Dann lehnte er sich zurück, um mit geschlossenen Augen in das Unwetter zu horchen.

★

In der menschenleeren Tumanyanstraße verließen Robert und Anahit das Taxi vor dem Eingang zu Haus Nr. 1. Der Hof lag wie ausgestorben in dem herabstürzenden Regen, in keinem der Fenster brannte Licht.

»Was suchen wir hier?«, fragte Anahit, die zögerte, Aufgang IV zu betreten.

»Als ich das erste Mal hier war, wusste ich nicht, dass 108 keine Adresse ist, sondern eine Botschaft«, sagte Robert.

»Und nun?« Anahit betrat hinter Robert den stockdunklen Flur.

»Es gibt zwei Apartments. Wer weiß, dass 108 den Winkel eines Pentagons meint«, flüsterte er, »muss das zweite Apartment unter einer Nummer suchen, auf die nur jemand kommen kann, der diesen Zusammenhang kennt.« Er ging tiefer voran in das dunkle Treppenhaus. Eine einzelne Glühbirne an der Decke flammte auf.

»Wir bleiben im Erdgeschoss«, sagte er. Vor einer Tür am Ende des Flurs, an der ein Schild mit der Nummer 72 heftete, blieb er stehen.

»Hier muss es sein«, sagte Robert, »es gibt keine andere Möglichkeit. 108 Grad sind die Ecken des Pentagons, 72 Grad die Innenwinkel in seinem Zentrum. Wir betreten das Herz der Botschaft, die an uns gerichtet ist.« Er reckte sich, um auf dem Türrahmen nach einem Schlüssel zu suchen. Dort lag tatsächlich einer. Und er passte ins Schloss.

Der Geruch frischer Blumen erwartete sie. Verblüfft tastete Anahit nach dem Lichtschalter.

Draußen tobte das Unwetter, an die von innen abgedunkelten Fenster der Wohnung peitschte der Regen. Das gesamte Apartment machte den Eindruck, als existiere es nur für diese eine Nacht, nur für sie beide, und als habe es niemals einem anderen Zweck gedient. Es gab einen winzigen Flur und ein Schlafzimmer, in dem sie jetzt standen. Ein Wohnzimmer existierte nicht.

Ein mit duftender Wäsche frisch bezogenes großes Bett, ein großer Leuchter mit drei Kerzen darin und ein weißer Krug, der mit weißen und gelben Rosen gefüllt war, standen auf dem Fußboden aus blank abgezogenen Holzdielen. Anahit warf ihre Schuhe in die Ecke.

»Diese Wohnung wurde von einer Frau eingerichtet«, stellte sie fest. »Kein Zweifel.«

In dem einzigen Schrank im Zimmer fanden sie frische Kleidung in ihren Größen. Unterwäsche, Jeans, T-Shirts, Pullover, Regenjacken. Unter den Schrank waren feste Wanderschuhe geschoben, ebenfalls genau in ihren Größen. Robert ließ sich auf das Bett fallen.

Der Kühlschrank in der winzigen Küche war vollgepackt mit frischem Obst, mit Tomaten, Gurken und Käse und einer 1,5-Liter-Flasche Mineralwasser, in einem Fach in der Tür stand eine Flasche Weißwein.

Anahit holte aus dem Rucksack das Glas mit den Schmerztabletten. Sie warf sich drei in den Mund und spülte mit einem Glas Wasser aus der Mineralwasserflasche nach.

»Ist es eine Falle?«, fragte sie. »Aufgestellt von jemandem, der uns beobachtet?«

»Ich glaube nicht, dass es eine Falle ist. Jemand hilft uns, unser Ziel zu erreichen.«

»Aber was ist unser Ziel?« Anahit ließ sich auf einen Stuhl in der Küche fallen, die Beine so von sich gestreckt, dass sie keine Muskeln an ihrem Bauch anspannen musste. Sie atmete tief durch, jede Bewegung verursachte ihr Schmerzen.

»Die Frau, die diese Wohnung pflegt, kann niemand anders sein als meine Mutter – obwohl sie nicht wissen kann, was exakt meine Schuhgröße ist, ganz zu schweigen von deiner. Verwirrend.« Robert durchstreifte die Wohnung auf der Suche nach einer Nachricht für sie. Nur sie konnten diese Wohnung finden, alles war für sie eingerichtet, alles wurde täglich für sie gepflegt. Es musste eine Nachricht für sie geben, aber er fand keine.

Als er wieder in die Küche zurückkehrte, war Anahit mit ihren Überlegungen noch nicht am Ende.

»Nehmen wir an, es ist meine Mutter – lebt sie in Yerevan? Warum legt sie dann nicht einen Zettel in die Wohnung, auf dem ihre Telefonnummer steht? Diese Wohnung steckt in den Details so voller Liebe, dass ich weiß, dass sie mich liebt. Diese Wohnung nimmt uns an, in all dem Chaos, das draußen hereinbricht, in dem Land, das von Quarantänelagern bedeckt sein wird, von Verfolgungsjagden, um die Leute dort hineinzutreiben. Aber es gibt keine Nachricht von ihr. Was kann das zu bedeuten haben?«

»Es heißt, dass sie in Lusavank lebt«, vermutete Robert, »dort, wo du deine Kindheit verbracht hast …«

»… und das ich niemals, niemals, niemals wieder betreten

darf. Also niemals zu ihr zurück. Niemals, niemals, niemals. Warum dann diese Hilfe? Was will sie plötzlich nach all den Jahren von mir?« Sie war den Tränen nahe. Robert brachte ihr aus der Toilette ein paar Kosmetiktücher, mit denen sie sich die Nase putzte.

»Außer der Wohnung selbst kann ich keine Hilfe erkennen, das Kloster zu finden. Vielleicht ist die Wohnung dafür gedacht, dass du hier auf mich wartest, bis ich von dort wieder zurückgekommen bin.« Er versuchte, sie in den Arm zu nehmen.

»Wenn du weißt, wo *dort* ist?« Sie drehte sich aus seiner Umarmung und küsste ihn flüchtig auf die Wange. »Es gibt jetzt wichtige Dinge, Essen, ein Bad und den Rest der Nacht endlich ein Bett.«

Sie machte sich daran, zwei große Lavash-Fladen mit dem Käse und dem Gemüse zu füllen, die sie im Kühlschrank fanden, und rollte sie zusammen. Jeder nahm eine der Rollen in die Hand.

Noch einmal ging Robert durch die Wohnung, sein zusammengerolltes Lavash in der Hand, von dem er kräftige Bissen aß. Noch einmal durchsuchte er den Schrank, die Kleidung, das Bad, den Kühlschrank. Nichts. Er tastete über die Tapete. Nichts.

»Es gibt keine Nachricht für uns«, sagte er zu Anahit, während er die Temperatur des eingelaufenen Badewassers prüfte. »Warum?«

»Vielleicht ist *das* die Nachricht«, sagte Anahit. Vorsichtig stieg sie nackt in die Wanne, den von den Brüdern der Misericordia in Batumi angelegten Verband um den Bauch. Er zeigte große Flecken eingetrockneten Blutes. »Wer immer das für uns tut, will uns sagen: Alles, was nötig ist, wisst ihr bereits.« Der Leuchter aus dem Schlafzimmer verbreitete warmes Licht im Badezimmer, als Robert zu ihr in die Wanne stieg. Wenn ihr auch jede Bewegung Schmerzen bereitete, wie Robert erkennen konnte, so schien es Anahit schließlich doch zu genießen, in dem warmen duftenden Wasser zu liegen, in dem sich ihre Verbände langsam lösten.

»Es ist beängstigend«, sagte sie mit geschlossenen Augen, »derselbe Duft, den ich zu Hause benutze.«

Robert beugte sich hinüber. Er küsste sie auf den Mund, ohne sich auf sie abzustützen, was bei dem glatten Wannenrand nicht leicht war. Dennoch wurde ihr Kuss intensiver, er verlor sich darin, und gemeinsam spürten sie der heranrollenden Gier aufeinander nach. Jeder einzelne Herzschlag war ein Schritt tiefer ins Meer.

In einer unkontrollierten Bewegung verlor er den Halt und rutschte ganz ins Wasser. Anahit schrie, weil ihr Körper aufzuckte, um ihn zu halten. Eine Wasserwelle. Anahit weinte vor Schmerzen, dann lachte sie unter Tränen. Robert hob sie aus der Wanne.

Im dämmrigen Widerschein der Kerzen aus dem Bad setzten sie sich aufs Bett. Anahit trug ein Handtuch eng um die Wunde in ihrem Bauch gelegt. Sonst waren beide nackt.

»Ich liebe dich«, sagte sie, »auch in der schrecklichen Zeit, die vor uns liegt.« Sie streichelten sich so sanft, dass sie sich kaum berührten. Robert küsste ausgiebig jeden Zentimeter ihrer Haut.

Er stopfte ihr alle Kissen in den Rücken, die er auf dem Bett finden konnte, anschließend suchte er im Bad nach einem frischen Verband. Vergeblich. Wer immer diese Wohnung für sie hergerichtet hatte, kannte sie zwar beide genau, bis hin zu Anahits bevorzugtem Badeduft, aber er hatte sie niemals in den letzten Tagen beobachtet. Er wusste nicht, dass Anahit verletzt war.

Aus der leer gelaufenen Badewanne sammelte Robert den Verband, um ihn in der Küche in einem Topf mit Wasser und Badeseife auszukochen. Für das, was ihnen bevorstand, würde Anahit einen frischen Verband benötigen.

Aus dem Kühlschrank griff er sich die Flasche Weißwein und vom Küchentisch die einzigen beiden Gläser der

Wohnung. Mit den gefüllten Gläsern in der Hand setzte er sich neben Anahit aufs Bett. Sie tranken in dem Bewusstsein, dass mit diesem Hochgefühl des Glücks etwas zu Ende ging.

Als sie eingeschlafen war, stand er auf. Aus dem Topf in der Küche nahm er den ausgekochten Verband. Er trocknete ihn, so gut es ging, mit den Handtüchern und hängte ihn im Bad in großen Girlanden auf. Für einen kurzen Augenblick dachte er daran, sich dem Abzug des Fotos zu widmen, den Anahit für ihn aus dem Hotel geholt hatte, entschied sich dann aber anders. Er löschte die Kerzen, bevor er sich zu Anahit ins Bett schob, so eng, dass er ihren Herzschlag auf seiner Haut spüren konnte.

14. August
Atlantik

Seit mehr als sechs Tagen ging die Sonne Hubert Machland so auf die Nerven, dass er es nur nachts an Deck aushielt. Jetzt, einhundert Meilen vor der spanischen Küste im Atlantik, wurde es schlimmer, weil eine endlose Flaute hinzukam, in der die CARRIBEAN NIGHT sich nicht einen Zentimeter vorwärtsbewegte.

Er saß neben der Pinne, die in seiner Hand lag, so schlaff wie sein eigener Pimmel, der regungslos von seinem Körper baumelte. Das Einzige mit Charakter war die eisgekühlte Büchse Miller an seinen Lippen.

Er liebte es, aus Dosen zu trinken, weil sie auf See noch eine ganze Weile an der Oberfläche schwammen, wenn er sie über Bord warf. Sie verwandeln sich in reines Mineral zurück, dachte er, das dem Salzwasser wieder zugeführt wird. Aluminiumoxid, Aluminiumchlorid, Meerwasser. Kreislauf der Natur.

Alles hatte seine Ordnung. Auch ich bin nichts als ein Werkzeug des Kreislaufes der Chemie, dachte er, als er sich erhob, um über Bord zu pinkeln. Es gab sicher schönere Dinge, als bei brennender Hitze und Flaute mit dem Boot in seiner eigenen Pisse zu dümpeln, aber was half es. Hey ho, dachte er.

Stella, ihre Freundin Joanne und sein Kumpel Joseph schliefen in der Kajüte, er hatte sich gar nicht erst hingelegt. Er fühlte sich nicht besonders gut. Er hatte sich durch die endlose Sauferei, das Baden oder das Vögeln mit einer der beiden Bräute, die sie zu genau diesem Zweck auf ihre kleine Atlantiktour mitgenommen hatten, überanstrengt. Es konnte nicht anders sein. Immerhin ging es schon so, seit sie vor elf Tagen im Hafen von Istanbul mit dem Ziel Rio gestartet waren. Eine Wahnsinnstour in der CARRIBEAN NIGHT, ein großer Spaß für große Jungs, den sich Joseph und er über zehn Jahre zusammengespart hatten. Vier Jahre als Skipper und Bootsbetreuer im Schwarzen Meer und in den Häfen der Türkei und Griechenlands, zuletzt in Istanbul, eine unglaubliche Abschiedsfeier in der Setur Kalamis Marina in Istanbul mit dem Skipper der SUNRISE, der durch irgendwelche Geschäfte zu viel Geld gekommen war und dann *up and away*. Vorbei mit der Quälerei. Jetzt waren sie an der Reihe, hey ho.

Es war Fieber. Da war er mittlerweile sicher. Alles an ihm fühlte sich heiß an, obwohl es jetzt in der Nacht kühl war. Seine Kehle war heiß. Er konnte kaum genug Miller nachschütten.

Er goss sich das Bier aus einer Dose über den Schädel. Das war es. Er sah die Sterne durch einen Schleier von eiskaltem Miller. Welch ein Genuss wäre es gewesen, wenn er nicht an allen anderen Stellen seines Körpers so vor Fieber kochen würde.

Er blickte auf seine Arme. Brennende Pusteln besiedelten seine Haut. Gab es Viehzeug an Bord? Moskitos? Oder hatte eine der beiden Puppen eine Geschlechtskrankheit an Bord geschleppt?

Seine Augen brannten, seine Kehle brannte, sein Penis brannte, seine Haut brannte. Er musste husten.

Länger als eine Stunde dämmerte er vor sich hin, von Husten geschüttelt, bis ihn Blutflecken auf seinen weißen Marineshorts aufschreckten. Sein Mund war wund, Speichel lief darin zusammen. Er spuckte aus. Blut. Was zum Teufel geschah mit ihm?

Es war zu heiß, er musste ins Wasser. Das war der Ausweg. Dass er darauf nicht gekommen war! Nur dort ließ es sich aushalten.

Mit einem großen Sprung verschwand er nackt im Meer. Welch eine wunderbare Kühle umgab ihn. Er spürte nicht das geringste Verlangen, jemals wieder an Deck in der Hitze zu sein.

Etwas Schwarzes floss aus seinem Mund. Der Husten hörte nicht auf, plötzlich schien es auch im Wasser heiß zu sein. Blut und dieses schwarze Zeug.

Ein riesiger Schatten tauchte im Meer neben ihm auf. Ob sein Blut das Vieh angelockt hatte? Als Hubert mit dem Schlag eines schrecklichen Schmerzes sein rechtes Bein verlor, fühlte er fast so etwas wie Erleichterung.

Hinter den Regenschleiern ragte der abgewirtschaftete Wohnblock auf, in dem die beiden verschwunden waren. Ich werde an ihnen haften, dachte Matteo, bis ich eine neue Anordnung von Basteau erhalte. Er wunderte sich, dass er vierundzwanzig Stunden nichts von ihm gehört hatte. Die Nacht über war er nicht im Marriott zu erreichen gewesen.

Der einzige Mensch in Matteo Costacchis Leben, von dem er jemals einen Vertrauensvorschuss erhalten hatte, war Jean-Pierre Basteau. Vor dreizehn Jahren. So lange arbeitete er jetzt schon für ihn und bereute keine einzige Sekunde davon.

Als Sohn eines Fischhändlers in Neapel war er nach fünfzehn Jahren in unteren Rängen der Polizei schließlich mit seiner Fähigkeit, auf einfache Weise Probleme aus dem Weg zu schaffen, in die neue Welt von Raubgrabungen, Antiquitätenschmuggel und Kunsthandel eingestiegen. Dort half ihm eines Tages Basteau aus der Klemme seines Lebens, als ihn vor Gericht als Belastungszeuge eines Mordes plötzlich die Erinnerung verließ.

Auch jetzt, in diesen unaufhörlichen Unwettern am Ende der Welt – Georgien, Armenien, Yerevan –, bereute er nicht, für Basteau unterwegs zu sein.

In seinem braunen Peugeot 504 folgte er dem Pärchen, seit der Italiener in Georgien gelandet war, auf Schritt und Tritt. Nun lag in der Tumanyanstraße eine schreckliche Nacht im Auto vor ihm. Aber Warten war Teil seiner Profession, bei dem er sein Blut so kalt halten musste, wie die Umgebung war. Von allen Instrumenten beherrschte er das Messer am besten. Neben Kaltblütigkeit verlangte es vor allem schnelle Reaktionen. Das bin ich, dachte er. Ein Krokodil, kalt wie seine Umgebung und schnell wie ein Blitz.

Ein dunkelblauer BMW fiel ihm auf, weil sich von Zeit zu Zeit seine Scheibenwischer bewegten, obwohl er stumm in der Tumanyanstraße parkte.

Es war eine Selbstverständlichkeit, dass man bei der Beschattung niemals die Scheibenwischer betätigen sollte. Matteo hatte die Scheibe seines Wagens mit einer aufgeschnittenen Zwiebel abgerieben, das reichte für klare Sicht.

Mit einem schwarzen Regenschirm ausgestattet, trat er in den Regen. Der Sturm trieb ihn die Tumanyanstraße hinauf. Nur wenig später kam er an dem BMW vorüber, dessen Scheibenwischer sich in dem Moment bewegten, als er genau auf dessen Höhe war.

Auf einem der hinteren Sitze saß ein übel zugerichteter

Basteau in sich zusammengesunken, der Kopf auf die Brust gesackt. Matteo erkannte ihn an dem dunklen Haarschopf und der kahlen Stelle am Hinterkopf. Sein hellblaues Hemd war von dunklen Flecken übersät. Sie hatten ihn nach allen Regeln der Kunst in die Mangel genommen.

Matteo hatte seinen Wagen noch nicht erreicht, als er beobachtete, dass einer der Männer aus dem BMW in das Haus lief, das sie seit Stunden beobachteten, und wenig später wieder herauskam. Keine drei Minuten später fuhr der BMW davon. Sie hatten aufgegeben.

Offenbar wussten die Insassen im Gegensatz zu Matteo nicht, dass der Kerl aus Italien und seine Freundin definitiv in dem Haus verschwunden waren – in welchem Apartment auch immer sie sich die Nacht amüsierten. Für Matteo war das nicht von Bedeutung. Sein Auftrag war die Beobachtung, mehr nicht. Für alle Entscheidungen war Jean-Pierre Basteau zuständig.

Und jetzt kam Matteos Problem. Er ließ den Peugeot langsam anrollen. Er musste sich entscheiden, und er entschied sich dafür, Basteaus Handlungsfähigkeit wiederherzustellen. Offenbar besaß er die gegenwärtig nicht, und ohne die gab es keine Aufträge für ihn.

Der Morgen war noch nicht wirklich in Sicht, als der braune Peugeot dem BMW durch die leeren Straßen Yerevans folgte.

★

»Bevor ich mich zum Flughafen aufmache«, sagte Colbert, als Seena zu ihm in das winzige Office Center des Hotels Yerevan am Ende eines Flures neben der Bar trat, »muss ich wissen, ob mein Flieger starten wird wie geplant.« Er saß vor einem Monitor, auf dem sich unendlich langsam ein Portal ins Internet aufbaute. Seine Datenleiste zeigte das Datum. Der vierzehnte August. Heute würde sich für alle die Wahrheit über die Seuche herausstellen. Colberts Informationsvorsprung war eine Sache von Stunden. Bald würde Panik in der Luft liegen.

Er wählte sich mit seinem Passwort in das weltweite Labornetzwerk der LHF-Forscher ein. Es dauerte nicht lange, bis sie einen Einblick in ein leeres Krankenzimmer bekamen. Am Rand des Bildes wurde eine Datenleiste eingeblendet. 6.24 Uhr am Morgen, Greenwich-Zeit.

»Patientin A«, sagte Colbert, »die ganze Welt beobachtet, wie es ihr geht, und sie hat gerade ihr Zimmer verlassen.«

»36,9 Grad«, las Seena nach einem Blick über seine Schulter vor. »Sie ist gesund«, stellte Colbert fest, »gute Chancen, dass mein Flug Yerevan planmäßig verlässt.« Er verließ das Netz, der Monitor erlosch.

Hinter dem Platz der Republik schwenkte das Taxi in die Tsovakal Isakovi Avenue in Richtung Südwesten zum Flughafen ein. Nach einigen Kilometern passierten sie die amerikanische Botschaft, groß wie ein befestigtes Stadtviertel.

Es war noch viel Zeit, Grund zur Eile bestand nicht, dennoch schlug Colberts Herz wie wild. Er wusste, dass gegen ihn eine Zeit lief, die im Körper der Patientin A gefangen war. Sobald sichtbar wurde, dass der Körper dieser alten Mexikanerin seinen Kampf verlieren würde, begann es für ihn eng zu werden. Überall auf der Welt würden die Regierungen Verkehrsströme unterbinden und die vorbereiteten Lager füllen.

Jetzt am frühen Morgen war die Stadt frisch, kühl, vom Regen sauber gewaschen, schattig. Die Sonne stand noch tief. In den Grauzonen der Stadt aus der Zeit des alten Sowjetimperiums brachen die farbigen Blüten der neuen Welt auf, Läden, Werbeflächen, bunte Lastwagen auf der Durchreise. Der Strom der Fahrzeuge floss ruhig dahin. Es gab keine Anzeichen, dass irgendetwas anders sein könnte als an jedem anderen Sommermorgen in Yerevan.

Seena und Arran mieteten sich einen dieselbetriebenen Toyota Landcruiser mit Navigationssystem, mit dem sie als Erstes zu einer umfangreichen Einkaufstour aufbrachen. In einem zweistöckigen Supermarkt deckten sie sich mit Batterien von Kühltaschen ein, die sie mit Lebensmitteln und Mineralwasser füllten. Es folgten Campingutensilien, Brennspiritus und mehrere leere Kanister, die sie an der nächsten Tankstelle mit Diesel füllen wollten.

»Wir wissen nicht, wie lange wir in diesem Land ausharren müssen«, sagte Arran, der wegen seiner Schussverletzung nichts tragen konnte, aber sonst wieder wohlauf war. Ein Helfer aus dem Supermarkt schleppte für ihn auf der Schulter ein Trekkingzelt in versiegelter Verpackung. »Aber wir wissen, was in Supermärkten wie diesem abgehen wird, wenn die Leute Angst vor der Seuche bekommen und die Transportwege für neue Waren abgeriegelt werden.« Noch strömten nur wenige Kunden durch den Supermarkt. Für ihre scheinbar wahllosen Einkäufe ernteten Arran und Seena mitleidige Blicke.

Arran bestand darauf, umfangreiche Videogerätschaften zu beschaffen. Sie brauchten eine halbe Stunde, um in der Innenstadt eine große Elektronikfachhandlung zu finden, die über einen eigenen Parkplatz verfügte. Arran kaufte vier funkgesteuerte handgroße Infrarotkameras Miricle 307K der Firma Thermoteknix, die kompakteste und beste Technik, die er auftreiben konnte. Dazu kamen zwei funkgesteuerte Hochleistungsmikrofone und alle Kabel- und Übertragungsmodule, die zu deren Betrieb notwendig waren, ein Notstromaggregat, mehrere Stablampen mit weißen LED-Strahlern und eine sehr teure Leiter aus einer leichten Magnesiumlegierung, die sich bis auf sechs Meter ausziehen ließ und in einem eigenem Rucksack verpackt war. Seena hatte ihn lange nicht mehr so vor Energie strotzen sehen.

Als sie schließlich ihre Einkäufe erledigt hatten, kamen sie auf dem Weg nach Süden am Rand der Innenstadt an einem Internetcafé vorbei. Seena bat Arran, für einen Moment zu halten.

Sie sprang aus dem Wagen. Mit ihrem Passwort klinkte sie sich in das Labornetz der LHF-Forscher ein und ging auf die Suche nach Patientin A. Diesmal war die ältere Dame anwesend. Sie saß in ihrem Sessel und telefonierte – nur sah das Zimmer völlig anders aus als noch wenige Stunden zuvor. Es waren keine Fenster mehr zu sehen. Ein großer flacher Fernsehschirm bildete das Zentrum des Raums. Die alte Dame wandte den Blick. Offenbar öffnete sich eine Tür, die sie auf dem Bild nicht sehen konnte. Eine Gestalt in einem hermetisch abgeschlossenen Anzug betrat das Sichtfeld, die einen dicken Schlauch am Rücken hinter sich herzog, der aus dem Bildausschnitt führte. Seena sank das Herz in den Bauch.

Sie warf einen Blick auf die Daten am Bildrand. Jetzt trat ein, was Trenko, Colbert und sie seit Tagen erwartet hatten. Und obwohl sie seither jederzeit damit gerechnet hatte, stieg in Seena das blanke Entsetzen hoch. Die Temperatur der Patientin A war auf 38,4 Grad gestiegen. Man hatte sie in einen Raum verlegt, in dem die Sicherheitsregeln der Biohazard-Stufe 4 galten.

Die erste Kontaktperson, die sich über die Luft von einem noch gesund erscheinenden Al Haazur über Entfernung eines Sitzes in der Business-Class hinweg angesteckt hatte. Tausende würden ihr in Istanbul, London und rund um die Flughäfen in aller Welt folgen.

Seena loggte sich aus. Sie zwängte sich zu Arran in den vollgepackten Landrover.

»Es geht los«, rief sie, »wir müssen weg.«

»Wenn es losgeht«, sagte Arran kühl, »werden wir zurück ins Hotel fahren, um auf Colbert zu warten. Nicht lange, und er wird sich bei uns melden, weil der Flughafen geschlossen wird. Zuvor werden wir aber unsere Kanister füllen. Der Dieselpreis wird in den nächsten Tagen alles andere als stabil sein.« In einem schnellen Bogen wendete er dort, wo sie gerade standen, und fuhr auf der Suche nach einer Tankstelle wieder zurück in Richtung Innenstadt.

★

In der Küche von Apartment 72 zeigte Robert ein Blick auf die Straßenkarte, dass die weitestmögliche Entfernung von Yerevan bis in den äußersten Süden des Landes dreihundertfünfzig Kilometer gebirgige Strecke waren, für die sie bei dem jetzt herrschenden Unwetter sieben Stunden benötigen würden – vorausgesetzt, die letzten Abschnitte im Hochgebirge waren wenigstens einigermaßen befestigt. Bis zu dem Beginn des Festes in Lusavank am 15. August waren es jetzt weniger als vierundzwanzig Stunden. Damit blieb kein Tag mehr, um das Ziel zu identifizieren und den Zugang zu einem Kloster zu finden, das sich seit mehr als sechshundert Jahren darin übte, verborgen zu bleiben.

»Wir haben absolut nichts in der Hand«, stellte Robert fest.

»So ist es«, flüsterte Anahit und stand auf. Für einen Moment blieb sie stehen, die Zähne so zusammengebissen, dass Robert ihre Wangenmuskeln hell hervortreten sah. Er reichte ihr ein Glas mit dem Mineralwasser aus der großen Flasche und die beiden letzten Schmerztabletten. Anahit warf sie in den Mund und spülte sie herunter.

»Wir müssen ganz von vorn anfangen zu denken«, sagte sie. Sie breitete Roberts Straßenkarte auf dem Küchentisch aus, aufgeschlagen auf der Übersichtsseite, die das gesamte Angebot des Verlages zeigte, ein Gebiet, das sich vom Mittelmeer über das Schwarze Meer bis hin zur östlichen Küste des Kaspischen Meeres und vom Balkan bis zu den Gebirgszügen des kleinen Kaukasus und nach Syrien erstreckte. Sie bat um einen Stift. Robert reichte ihr einen seiner dicken Grafitstifte. Ein weiterer Hustenanfall schüttelte sie.

Robert ging, um ihr ein Glas Wasser zu holen. Er goss ihr aus der großen Flasche Mineralwasser ein und legte die Hand auf ihre Stirn. Sie war heiß.

»Wir wissen noch nichts«, sagte sie mit heiserer Stimme. Und setzte nach einer Pause hinzu: »Ich habe einen Gedanken, der uns weiterbringen wird. Ich fühle es. Was in dem Kloster geschieht, ist so unglaublich, dass es für die Menschen aller Zeitalter ein unerklärliches Wunder gewesen sein muss. In allen Kulturen haben sich darüber Legenden gebildet.« Roberts Grafitstift schwebte in ihrer Hand über der Karte.

»Der Held, der von den Titanen in Stücke gerissen und wiedergeboren wurde, weil seine Seele in einem Spiegel bewahrt worden war.« Der Kreis, den sie auf der Karte beschrieb, reichte von der Ägäis und Nordafrika bis in den Kaukasus. »Irgendwo hier wandelte Dionysos unter den Sterblichen.« Ein weiterer Strich folgte. »Der Mann, dessen Leber tagsüber von einem Adler gefressen wird, weil er den Menschen das Licht der Weisheit gebracht hat. Nachts wächst die Leber auf ewig nach.« Sie zeichnete eine Ellipse, die das gesamte Gebirge zwischen Schwarzem Meer und Kaspischem Meer einschloss, den kleinen und den großen Kaukasus. »Irgendwo hier wurde Prometheus an die Felsen geschmiedet.« Erneut kreiste der Stift über der Karte. »Das Gefäß seiner Tochter, aus dem zur Strafe für die Menschheit Unheil, Krankheit und Pestilenz in die Welt entweichen.« Ein weiterer Bogen, der vom östlichen Mittelmeer bis in den Kaukasus reichte. »Irgendwo hier öffnete Pandora aus Neugier das Gefäß der Götter.« Ein neuer Hustenanfall schüttelte sie. Robert goss von dem Wasser nach. In einem Zug stürzte sie das Glas hinunter.

»Von einem verborgenen Gipfel in den Bergen Urartus«, sagte sie, »dem Bergland, auf dessen Boden heute Armenien liegt, ergießt sich ein Strom von Lebewesen unendlicher Vielfalt. Man sagt später, dass dort ein Schiff in den Bergen gestrandet sei. Die Arche Noah.« Der Kreis des breiten Grafitstiftes schloss sich im Kleinen Kaukasus.

»Ich könnte noch viele Kreise hinzufügen«, sagte sie müde, »eine furchterregende Chimäre aus Mensch, Schlange und Drachen, von der im Mittelmeerraum berichtet wird – die Melusine. Ein identisches Schreckensgeschöpf aus Geschichten vom Schwarzen Meer und dem Kaukasus – der Mixoparthenos.« Sie setzte sich erschöpft auf den Küchenstuhl. »Und jetzt bewegen sich die Chimären aus dem Mittelmeer und dem Kaukasus aufeinander zu.«

★

Die Schlange vor der Gepäckkontrolle bewegte sich zäh. Als Colbert es nach fast zwanzig Minuten Wartezeit geschafft hatte, fand er sich vor einem weiteren Kontrollposten wieder, obwohl Pass und Bordkarte bereits genauestens kontrolliert worden waren. An der neuen Schlange zogen immer wieder Leute vorbei, die von uniformierten Männern direkt nach vorn begleitet wurden. Viel bewegte sich an dieser Sperre, aber nichts am Ende der Schlange.

In seiner Tasche gab sein neu erworbenes Telefon einen Laut von sich. Es war freigeschaltet und befand sich jetzt am Netz. Fein, dachte Colbert, ich hoffe, dass ich es nicht mehr benötige. In zehn Minuten sollte das Boarding beginnen.

Schließlich passierte er auch die letzte Kontrollstelle. Die Stewardessen am Zugangsgatter der Air-France-Maschine AF 321 nach Paris lachten miteinander. Als sie wenig später das Boarding ankündigten, schaltete Colbert sein Handy aus.

Ein Mann in Zivil kam und gab Handzeichen, noch nicht mit dem Einsteigen zu beginnen. Eine Weile herrschte Ratlosigkeit. Nach zehn Minuten ohne weitere Erklärung machte sich Unruhe breit. Nach einer weiteren halben Stunde ertönte eine Lautsprecherdurchsage.

»Der Flughafen Zvartnots muss aufgrund einer Bombendrohung vorübergehend geräumt werden. Bitte begeben Sie sich zu den Gepäckbändern, um Ihr Gepäck wieder in Empfang zu nehmen. Wir bitten um Verständnis für diese Maßnahme, die allein Ihrer Sicherheit dient.«

Colbert setzte sich auf eine der leer gewordenen Wartebänke in der Abflughalle. Ihm fehlte die Fantasie, sich vorzustellen, wie er jetzt noch in irgendeiner planbaren Zeit in die Schweiz zu seiner Familie kommen sollte. Es gab so gut wie keine Chancen dafür. In den nächsten sechs Monaten würde das internationale Chaos sich stetig vergrößern. Jetzt würde ihm nur die Flucht nach vorn helfen. Das hieß, im Augenblick konnte er nur eins tun: so schnell wie möglich versuchen, Arran und Seena noch zu erreichen, um sich ihnen anzuschließen.

Mit seinem neuen Handy rief er im Hotel Yerevan an, um ihnen die Nachricht zu hinterlassen, dass er sie begleiten müsse. Dabei hoffte er inständig, dass sie die Nachricht noch erhielten.

Elise! Er musste seine Frau anrufen und ihr die trostlose Botschaft vermitteln, dass er noch Monate brauchen würde, um wieder nach Hause zurückkehren zu können. Diese Botschaft zu überbringen, würde der schlimmste Moment seines Lebens werden. Zum Glück war es nicht eilig. Nur lebenswichtig. Er würde den geeigneten Moment dafür finden.

Mit seinem Gepäck schloss er sich einer Gruppe kanadischer Touristen an, die sich die Kosten eines Kleinbusses zurück in die Innenstadt von Yerevan teilten.

★

Anahit hinterließ mit dem Grafitstift einen schwarzen Punkt. »In einem Schnittpunkt der Legenden liegt ein Gebiet Armeniens. Der Gebirgszug des Zangezour im Kleinen Kaukasus südlich von Yerevan. Es hat den Anschein, als sei das Kloster in den Bergen Armeniens mit den von Francesca dargestellten Wundern der Heilung, der Wiederauferstehung und der Jungfrauengeburt die Quelle von Legenden und Fantasien in allen Kulturen gewesen«, erklärte sie mit leuchtenden Augen, »von den Pythagoräern, die als Erste im Abendland von Wiedergeburt und Seelenwanderung unter dem Zeichen des Pentagons überzeugt waren, über die Jünger Mithras', dem Gott des Lichtes, der aus dem Stein geboren wurde, und die christlichen Gnostiker …«

»… bis zu den Biokosmisten des Jahres 1921«, setzte Robert ihre Rede fort.

»Wer?«, fragte Anahit.

»Die Biokosmisten«, wiederholte Robert, »sie haben den roten Stern in die Fahne der UdSSR gebracht. Und sie wollten allen sowjetischen Bürgern das Trinken von …« Mitten im Satz hielt er inne. Und er sah aus, als hätte er irgendwo an der Wand hinter Anahit ein Gespenst gesehen. Sie drehte sich um, aber außer der Flasche Mineralwasser auf dem Kühlschrank war dort nichts. Robert streckte sich und ergriff die Flasche. Ohne auf das Etikett zu sehen, hielt er ihr die Flasche hin.

»Ich kann mich erinnern, dass es bis zum Zusammenbruch der Sowjetunion eine Zitronenlimonade und ein Mineralwasser der Marke Roter Stern gab.« Sie nahm die Flasche in die Hand und verteilte den Rest des Inhalts in die beiden Gläser. »Es wurde in Armenien hergestellt.«

Wortlos nahm Robert ihr die Flasche aus der Hand und drehte sie ins Licht. Dann hielt er sie Anahit vor die Augen.

»Es ist die alte Marke«, sagte sie. »Das Etikett ist die Fotokopie eines vergilbten Originals. Jemand hat sich viel Mühe damit gegeben.«

Als Robert an dem Etikett zog, ließ es sich sofort ablösen. Es zeigte einen roten Stern in einer Sonne, die ihre Strahlen über der visionär übersteigerten Darstellung einer Fabrikanlage vor einem schneebedeckten Gebirge ausbreitete. Darüber stand ein Schriftzug in kyrillischen Lettern.

»Krasnaja Swesda«, las Anahit vor, »Roter Stern.« An der Schmalseite des Etiketts stand die Adresse der Herstellerfabrik. »Verin Vachagan, Khostupian Ave. 1.« Robert notierte die Adresse in seinem Skizzenbuch.

»Ich glaube, wir haben die Mineralwasserquelle aus dem Manuskript gefunden.« Er ließ das Etikett zwischen dessen Seiten verschwinden. Etwas, was er noch nicht genau verstand, war ihm an dem Etikett aufgefallen. Die Fabrik? Nein. Er hatte sie noch niemals zuvor gesehen. Dennoch kam ihm etwas an ihr bekannt vor. Doch darüber musste er später nachdenken. Sie mussten verschwinden.

»Wir werden auf der Straße eine Telefonzelle suchen«, erklärte Anahit. »Ich kenne Verbündete, die uns helfen können.«

Sie kleideten sich in die im Apartment für sie bereitgelegten Sachen, zogen sich die Anoraks über und schnürten die Schuhe zu. Dann verließen sie das Apartment auf der Suche nach einem Telefon.

★

Im Autoradio stieß Seena sofort auf einen englischsprachigen Sender mit einer fortlaufenden Nachrichtensendung.

»... sind an der Seuche, der bereits Anfang August Menschen in Istanbul und London zum Opfer fielen, inzwischen mehr als zweitausendfünfhundert Menschen in vielen Großstädten weltweit erkrankt. Besonders betroffen sind London und Istanbul, aber auch Hafenstädte Russlands und der Ukraine mit jeweils Hunderten oder Dutzenden Fällen, aber es werden auch Fälle aus New York, Hongkong und Paris sowie anderen europäischen Hauptstädten gemeldet. Zum Expertengespräch sind wir mit ...« Seena war blass geworden und schaltete das Autoradio ab.

»Wir wissen, was nun kommt«, sagte sie.

»Wir sollten uns beeilen, unsere Einkäufe zu beenden, bevor die Preise ins Unermessliche steigen«, sagte Arran. Er parkte den Wagen in einem neu errichteten Einkaufskomplex auf einer Tankstelle, auf der noch nicht viel Betrieb herrschte. Arran blieb sitzen. Von diesem Augenblick an durfte ein Wagen, der mit einer Notversorgung für mindestens vier Wochen vollgestopft war, nicht aus den Augen gelassen werden.

Mit zwei Kreditkarten bewaffnet, hob Seena von ihrem und Arrans Konto bei einer Filiale der Citibank jeweils den Höchstbetrag von fünftausend Dollar ab. Solange es ging, würden sie weiter mit den Karten bezahlen, aber Seena war überzeugt, dass es nicht mehr lange möglich sein würde. Mit Arrans Hilfe füllte sie auf einer daneben gelegenen Amoco-Tankstelle sechs leere Kanister mit Diesel ab.

Sie bat Arran, für einen Augenblick auf dem Parkplatz auf sie zu warten, weil sie noch »Frauenzeug« einkaufen wollte.

Sie lief in einen großen Buchladen, der sich zusehends leerte. Auf die Frage nach englischsprachigen Büchern wurde sie in die zweite Etage verwiesen, in der ganze Regalwände davon standen. Das Einkaufszentrum befand sich in der Nähe der amerikanischen Universität von Yerevan. Hier fand sich das gesamte Spektrum wissenschaftlicher Literatur in englischer Sprache.

Seena entschied sich für zwei Bücher, »The early signs of pregnancy« und »The baby diet. How to eat and live in pregnancy«. Sie stopfte die Bücher in eine separate Tüte. Sie hatte keine Lust, Arran damit zu verunsichern.

Auf dem Weg durch den prasselnden Regen zurück zum Wagen betrat sie eine Apotheke, um einen Satz Schwangerschaftstests zu kaufen, die sie in derselben Tasche verstaute.

»Wir fahren ins Hotel«, sagte Arran, als Seena klatschnass wieder neben ihm saß. »Colbert müsste sich inzwischen gemeldet haben. Wir lesen ihn auf und machen uns auf den Weg.«

Colbert wartete in der Lobby des Yerevan. Er grinste verlegen, als Seena ihn begrüßte.

»Es tut mir so leid für Sie, Bernard«, sagte Seena. »Wir haben genug Vorräte beschafft, Arran und ich möchten Sie herzlich einladen, uns auf der Tour in den Süden zu begleiten.«

»Ich glaube, es ist das interessanteste Angebot, das gegenwärtig auf dem Markt ist«, sagte er traurig. Seena nahm eine seiner Taschen. Plötzlich hielt sie mitten in der Bewegung inne. In der Lobby wurde ihr Name ausgerufen.

Erstaunt sahen sie sich an. Etwas irritiert ging Seena zur Rezeption.

»Ein Anruf für Sie«, sagte das junge Mädchen hinter dem Tresen, »wir konnten Sie in Ihrem Zimmer nicht erreichen. Der Anrufer hat gesagt, es ginge um Leben und Tod.« Sie hielt Seena einen Telefonhörer hin.

Nach einer Weile kehrte Seena zurück.

»Die Armenierin«, sagte sie. »Sie hat uns gebeten, sie und ihren Begleiter abzuholen. Sie werden verfolgt. Es könnte aufregend werden. Sie hat gesagt, dass sie wissen, wohin die Mörderbande von der SEA WASP unterwegs ist.«

»Ich habe eine Schuld abzutragen«, sagte Colbert. Seine Stimme bebte vor Erleichterung darüber, dass Anahit lebte, und sein Gesicht war so ernst, wie Seena es noch nie gesehen hatte. Sie stiegen in den Wagen, in dem Arran vor dem Hotel wartete. Als Colbert schließlich hinter den beiden eingezwängt zwischen prall gefüllten Kühltaschen und Boxen voller Elektronik saß, startete Arran den Wagen.

Auf dem Weg in die Tumanyanstraße kamen sie nur langsam durch den stockenden Verkehr, über dem ein alt gewordener dunstig drückender Sommertag lag.

Schließlich erkannten sie Anahit, die neben einer Telefonzelle stand, an ihrer Seite ein dunkelhaariger, deutlich älterer Begleiter. Wenige Augenblicke später waren sie gemeinsam in den Süden Armeniens unterwegs.

In den südlichen Außenbezirken Yerevans waren beiderseits der Straße, die in den Süden führte, Militär- und Rotkreuzmannschaften zusammengezogen worden, die tief gestaffelte Straßensperren vorbereiteten. Der Verkehr wurde am Hrazdan-Stadion im Süden der Stadt vorübergeleitet, sie sahen Bautrupps, die dort Absperrgitter und Stacheldrahtbarrieren errichteten. Auf der Vorbeifahrt am abgeriegelten zentralen Busbahnhof im Stadtteil Kilikia konnten sie beobachten, dass einige Verkehrsbusse vor Ort weiß umgespritzt und mit Rotkreuz-Symbolen versehen wurden. Im Gelände der riesigen amerikanischen Botschaft an der Tsovakal Isokavi Avenue entstand ein Zeltlager.

Auf der Ausfallstraße drängte sich der Verkehr. Vor ihnen am Straßenrand hielt ein weißer japanischer Kleinbus, in den sich eine komplette Großfamilie gepresst hatte. Geschrei von Kindern und das Gezänk Erwachsener ertönte. Eine ältere Frau mit grauen Haaren wurde ausgesetzt, neben ihr wurde ein dunkelbrauner Koffer abgestellt. Sie schimpfte und schrie verzweifelt, sie rannte neben dem Kleinbus her, als er wieder anfuhr. Die Tür wurde von innen geschlossen, ohne Rücksicht auf die Schlange nachfahrender Autos schob sich der Kleinbus zurück in den Verkehr. Irgendwann später überholten sie ihn, noch immer herrschte hinter den Scheiben Geschrei und Aufregung.

»Die Epidemologen gehen davon aus, dass jeder Mensch täglich zu fünfzehn Personen Kontakt hat.« Colbert streckte sich, als die Autoschlange wieder in Bewegung geriet. »Sieht ganz danach aus, als versuchte jetzt jeder, die fünfzehn loszuwerden.«

Nur einmal riss die dichte Wolkendecke auf, um ihnen einen Blick auf den Berg Ararat auf der rechten Seite der Straße zu erlauben. Die Sicht war dennoch so schlecht, dass Robert den Berg zunächst für eine Wolkenformation am Himmel hielt. Kurz darauf versank alles wieder in dem drückenden Dunst, mit dem sich ein neues Gewitter ankündigte.

»An der Grenze zu Nachitschewan werden wir die A 325 neben der Bahnlinie verlassen und links in die Ausläufer des Kleinen Kaukasus biegen«, erklärte Arran, »auf die A 332.«

»Wir sollten einen Halt einlegen«, schlug Seena vor, »um endlich Platz im Auto zu schaffen.«

Weitere zwanzig Minuten später fanden sie hundert Meter von der Straße entfernt inmitten des vertrockneten Grases eine überdimensionierte Bushaltestelle aus Beton. Seena lenkte den Toyota in das verwahrloste Wartehaus, wo der Wind eine Unmenge Papier und Plastiktüten zusammengetrieben hatte.

Sie stiegen aus, um sich zu strecken. Anahits Gliedmaßen waren völlig verrenkt, weil sie bis hierher auf kantigen Pappkartons voller elektronischer Geräte hatte sitzen müssen.

Arran und Colbert beschäftigten sich damit, die elektronischen Gerätschaften aus ihren Kartons zu holen, um Platz in dem Landcruiser zu sparen. Alles verbliebene Verpackungszeug stopften sie in das ausgebrannte Wrack eines Lastwagens, der hinter der Haltestelle vor sich hin rostete. Anahit und Seena servierten auf einem Tisch aus vier Kartons einen kleinen Imbiss mit Brot, Schinken und Ziegenkäse und kleinen Würfeln aus Gurken und Tomaten. Aus Campingbechern tranken sie Mineralwasser.

Arran wartete, bis alle anderen den Tisch verlassen hatten, bevor er Seena ansprach.

»Ich habe gesehen, was du gekauft hast«, sagte er.

»Viel Zeug«, sagte Seena, »wie du auch.« Sie räumte das provisorische Geschirr in einen Müllsack.

»Ich meine die Bücher und den Test«, sagte er. Seena schwieg.

»Haben deine Abenteuer Auswirkungen?« Es war nicht das erste Mal, dass Seena konkrete Vorbereitungen auf eine Schwangerschaft unternahm.

»Du weißt, worum es geht. Es geht nicht um Konsequenzen aus Abenteuern, sondern um Abenteuer als Konsequenz. Du weißt es, weil ich es dir schon hundertmal gesagt habe, und du weißt es nicht, weil du dich für meine Familie nicht interessierst.« Seena sah ihn kalt an, dann knotete sie umständlich den Müllsack zu. »Du kennst meine vier Brüder und meine Schwester, du hast das volle Dutzend meiner Neffen und Nichten gesehen, aber du kennst nichts davon wirklich.« Sie trug ihren Pappkarton nach hinten in den ausgebrannten Bus. Nachdem sie zurückgekehrt war, redete sie weiter. »Du hast unsere Familienfeiern gemieden wie ich auch. Aber ich sage dir, es sind wunderbare Feiern, es ist ein Traum, sich in dem Gefühl zu bewegen, dazuzugehören, und keine mitleidigen Blicke zu ernten, die man nur aus den Augenwinkeln sehen kann.«

Arran war diesen Gesprächen immer ausgewichen, weil sie unweigerlich bei seiner Unfähigkeit landeten, eine Familie zu gründen. Er hatte keine Ahnung, warum er diesmal selbst mit dem Thema angefangen hatte, das seit Jahren zwischen ihnen stand.

»Wie wäre es«, fuhr Seena fort, die jetzt keine Aufräumarbeiten mehr zu erledigen hatte, sondern sich ganz auf ihn konzentrierte, »wenn du meine Familie so ernst nehmen würdest wie deine Sterne? Wenn du versuchen würdest, zu verstehen, was in dieser funktionierenden Familie die Bindungen bestimmt, die Schwerefelder bildet und den Austausch der Kräfte bewirkt.« Arran hatte auf Beobachter geschaltet. In seinem Innern liefen die üblichen Prozesse der Ablehnung, der Verteidigung, der Bewertung und der Distanzierung ab, von denen sein Gesicht nichts verriet. Er hatte diese Prozesse nicht unter Kontrolle. Auch hier war er nur Beobachter.

»Es sind die Kinder, du irischer Ignorant. Sie sind der Maßstab der Wertschätzung bei uns, sie sind die Anlässe der Treffen, die Themen, die Arbeit. Sie sind die Bindungskräfte, um dazugehören zu können. Ich will zurück in meine Familie, ich will nicht mehr in den Dschungel fliehen müssen, in die Abwesenheit, meinetwegen in die Abenteuer.« Ihre Wut schien in Resignation darüber zu verebben, dass sie Arran ihre Ansicht wohl niemals verständlich machen konnte. Die Erschöpfung der Wiederholung machte sich breit.

»Ich kämpfe um uns als Teil meiner Familie, nicht um das angenehme Gefühl, einen dicken Bauch zu haben.« Arran fragte sich, was sie wirklich vorhatte. Langsam beschlich ihn der Verdacht, dass ihr Abenteuer mit Jackson eine Nichtigkeit dagegen war.

Robert setzte sich an die Seite auf einen leeren Karton und nahm das Mineralwasseretikett aus dem Skizzenbuch. Der blaue Hintergrund zeigte die visionäre Darstellung der Fabrikanlage aus sechs großen Gebäuden, die ein weites inneres Areal umgaben. Vorn öffnete sich ein pompöses Tor zwischen zwei der Bauten. Im Hintergrund, vor den aufsteigenden Felsen, über denen die strahlende Sonne mit dem roten Stern aufging, lag ein Rundbau, der so etwas wie ein Kurhaus zu sein schien. Wie viel von der Anlage mochte bei all dem Verfall, der in den letzten Jahrzehnten die Reste der alten Sowjetunion heimgesucht hatte, wohl noch erhalten sein?

Robert mahnte zum Aufbruch.

Als alle ihre Sachen zusammengepackt hatten und eingestiegen waren, lenkte Arran den Toyota zügig höher in die Berge des Kleinen Kaukasus hinein, wo sie nicht die Einzigen waren, die sich auf dem Weg in den Süden des Landes befanden. Eine endlose Schlange von Wagen entfernte sich aus der Hauptstadt, die meisten ähnlich vollgepackt wie ihr eigener. Viele trugen große Pakete zusammengeschnürter Habseligkeiten auf Dachgepäckträgern. Einige transportierten auf den Dächern ihrer Wagen Käfige mit lebenden Hühnern.

Ein in Langley ausgebildeter armenischer Luftaufklärungsspezialist stellte ihnen in einer Projektion die von einem Infrarotsatelliten aufgenommenen Aufklärungsfotos vor. Jackson konnte etwas erkennen, was unzweideutig eine Serpentinenstraße war, die in einer verwahrlosten stillgelegten Fabrik endete.

»Eine ehemalige Mineralwasserabfüllanlage am Fuße des Mt. Khustup«, erläuterte der Spezialist, »die seit dem Beginn der neunziger Jahre außer Betrieb ist.« Er hatte Mühe, sich gegen den anschwellenden Lärm zu behaupten, den Bewegungen auf dem Flugfeld vor der Halle erzeugten. LKW-Motoren wurden angelassen, Transporter starteten.

»Was macht das Ding verdächtig?«, fragte Jackson.

»Es ist nicht mehr in Betrieb. Es gibt dort große leerstehende Gebäude, in denen sich alles Mögliche verbergen kann, und es gibt einen eigenartigen Schwertransporter auf dem Weg dorthin.«

Die Projektion zeigte jetzt wieder das Infrarot-Luftbild.

»Über dem Berg hängt eine dichte orografische Wolke, durch die wir nicht hindurchsehen können.« Das Bild zeigte ein Stück der Serpentinenstraße, wenige Kilometer vor der Fabrikanlage. Darauf war ein Fahrzeug bergauf unterwegs.

»Was ist das?«, fragte Jackson. Er verließ seinen Platz an einem Stapel blaugrauer Aluminiumkisten.

»Ein Bus«, antwortete der armenische Spezialist.

»Ein Bus? Was soll dort ein Bus?« Das Bild veränderte

sich, der Bus schwebte allein im Raum und wurde gedreht. Ein Archivbild wurde dazugeblendet, gedreht, überlagert. Es erwies sich als deckungsgleich.

»Es ist ein Bristol Lodekka Frontmotor-Doppelstockbus, wie sie seit den sechziger Jahren die Londoner Straßen bevölkerten. Dieser Typ zeichnete sich dadurch aus, dass bei ihm die Doppelstockausnutzung in der niedrigstmöglichen Gesamthöhe untergebracht wurde – daher der Name ›Lodekka‹. Er stellte nur wenig besondere Anforderungen an das Streckennetz, was die Durchfahrthöhe von Brücken und Unterführungen angeht, weshalb er weiteste Verbreitung fand und an die zweitausendmal produziert wurde. Auf einer anderen Aufnahme ist er besser zu sehen.«

Der Bus befand sich jetzt unmittelbar vor der Einfahrt zu der verlassenen Fabrik. Das Bild war unter einem leichten Winkel aufgenommen worden, der einen Schriftzug an der Seite erkennen ließ. Die Schrift wurde vergrößert.

»Rural Pregnancy Care«, las Jackson. »Was soll das sein?«

»Wir wissen es nicht«, sagte der Spezialist, »und auch keine der in Armenien tätigen Wohltätigkeitsorganisationen weiß es. Wichtig sind zwei andere Fakten.« Wieder füllte das Archivbild des schmutzig grünen Bristol-Lodekka-Busses die Projektion. Ein Maßstab wurde eingeblendet.

»Der Bus hat eine Höhe von vier Metern und eine Länge von zehn Meter zwanzig, zwischen den Achsen liegen fünf Meter. Raum genug, um ein sperriges Objekt in den Maßen drei Meter dreißig mal drei Meter dreißig von nur wenigen Zentimetern Dicke stehend in einer Seite unterzubringen.« Ein Kreis des angegebenen Durchmessers wurde eingeblendet. Er verschwand vollständig in der Seite des Fahrzeugs.

Jackson griff zum Telefon. Er musste Genna unterrichten. Es wurde ernst. Draußen brach das Heulen startender Transportflugzeuge nicht ab.

»Was ist der zweite Fakt?«, fragte er nach dem kurzen

Gespräch. Das Bild wechselte wieder. Es zeigte den einen verwaisten Bürotrakt nördlich von einem eingestürzten Rundbau, an dessen nördlicher Seite der Bus stand.

»Diese Aufnahme entstand um achtzehn Uhr.« Das Bild wechselte. »Diese Aufnahme entstand eine Stunde später.« Es war die gleiche Ansicht, nur dass diesmal der Bus fehlte. Es folgte eine Reihe weiterer Übersichten und Details von der Fabrik. Der Bus blieb unsichtbar. Carson Genna erschien. Jackson gab eine Zusammenfassung.

»Ein Fahrzeug, von dem wir wissen, dass das verdammte Objekt darin Platz hätte, das die Aufschrift einer Organisation trägt, die niemand kennt, verschwindet spurlos in einer leerstehenden Fabrik. Uns fehlt nur noch das Kloster.«

»Woher wissen wir von dem Kloster als Ziel der Terroristen?«, fragte Genna.

»Von der Vernehmung eines Verdächtigen«, sagte Jackson. Irgendetwas geschah mit den Mannschaften in der Halle. Einer nach dem anderen packten die Männer ihre Sachen zusammen.

»Was ist los?«, fragte Jackson.

»Hören Sie keine Nachrichten?«, blaffte Genna ihn an. »Sie müssten doch wissen, was vor sich geht.« Er drehte einen Radiosender auf volle Lautstärke. Über alle Lautsprecher in der Halle lief eine endlos wiederkehrende Sendung von Ratschlägen, was angesichts geschlossener Grenzen, geschlossener Schulen und eingestellter Verkehrsverbindungen zu tun sei.

»Es gibt nichts anderes mehr zu hören. Alles konzentriert sich auf die Eingrenzung der Seuche. Alle Ressourcen fließen dorthin.« Genna drehte die Übertragung wieder ab. »Haben Sie keine Ahnung, was in den MIDAC-Ländern Russland, Ukraine, Türkei und bei der NATO abgeht? Es gibt dreitausend Erkrankte, Quarantänelager für Hunderttausende werden vorbereitet.«

Als wäre nichts geschehen, ging er nach vorn zu der Projektion, auf der die Anlage der verlassenen Fabrik in den Bergen zu sehen war.

»Das ist es also?«, fragte er.

»Ja, Sir«, kam die Antwort.

»Wir sehen es uns näher an. Mit allem, was wir haben.« Er wandte sich an Jackson. »Man zieht uns achtzig Prozent unserer Ressourcen ab. In der Welt ist der Teufel los. Wir brauchen eine Videokonferenz aller Präsidenten der MIDAC-Länder. Wir müssen ein Minimum an Einsatzkräften zugesichert bekommen.« Wütend marschierte er ab. »Lächerlich«, hörte Jackson ihn im Weggehen fluchen, »ein Doppelstockbus aus den sechziger Jahren, ländliche Schwangerschaftshilfe und eine stillgelegte Abfüllanlage für Mineralwasser. Die Delta Force wird man mir dafür nicht geben.«

Je weiter sie in den Süden vordrangen, desto dichter waren die Berge bewaldet und desto tiefer wurden die Schluchten. Weiterhin begleiteten sie Kolonnen von Fahrzeugen, die auf dem Weg in den Süden waren. Jeder in diesem Land schien darauf bedacht zu sein, seinen Abstand zu anderen Menschen so weit wie möglich zu vergrößern.

Bei Karahundj legten sie auf einer kahlen Hügelkuppe einen kurzen Halt ein und fanden sich in einem Ring aufrecht stehender Monolithen wieder, deren Spitzen mit kreisrunden Peillöchern durchbohrt waren. Arran behauptete, sie hätten ein neolithisches Steinobservatorium vor sich.

Robert schlief, Colbert lief unruhig um den Landcruiser herum, unschlüssig, wann er die Kraft aufbringen würde, bei seiner Familie anzurufen.

Es war so schwül und windstill, dass das nächste Gewitter nicht lange auf sich warten lassen würde.

Anahit betrachtete gedankenversunken den Kreis der Monolithen unter dem wolkenverhangenen Himmel. Sie entschloss sich, Colbert in seinem endlosen Gang zu unterbrechen.

»Bernard«, sagte sie. »Sie erinnern sich, dass ich Ihnen an Bord der sinkenden SEA WASP meine Kamera gegeben habe?«

Sie brauchte nicht weiterzureden. Colbert sah in diesem Augenblick wie schon in all den Nächten bisher immer wieder diese eine Szene vor sich. Sie steckte wie festgefroren in seinem Hirn und würde es niemals wieder verlassen: der düstere Himmel voller niedrig hängender schwarzer Wolken kurz vor dem Gewitter, das noch glühende Loch im Stahldeck, der unter ihm im Dunkel zurücksinkende Raum, die plötzlich aus dem Dunkel in seine Hände hochwirbelnde Kamera in der Schutzhülle, die junge Armenierin, die sich in dem pestverseuchten Schiff unter ihm aus ihrem Schutzanzug schälte, ihre langen schwarzen Haare in dem Schein des sanften Glimmens der Biofilme an den Stahlwänden. Dann der Ruck, mit dem der Korb, in dem er in seinem Schutzanzug stand, durch das Loch im Deck gezogen wurde, unter dem danach nur noch anonyme Schwärze lag. Die schweren Regentropfen. Die spätere Desinfektion. Das untergehende Schiff. Die Nacht, in der er wie im Fieber in seinem Labor gesessen und die Daten aus der Kamera in das Programm geladen hatte. Wie fest werdender Mörtel füllte dieses Bild seinen Schädel aus: die schwarzen Haare einer jungen Frau, die in den Bewegungen flatterten, mit denen sie versuchte, sich in der versinkenden SEA WASP aus dem Beton zu befreien.

Durch die Nachricht, dass sie überlebt hatte, war sein schlechtes Gewissen erst recht aufgeflammt. Es war, als hätte sie ihn ertappt und sei nur seinetwegen zurückgekehrt.

»Haben Sie je das Programm zu Ende laufen lassen und den Spruch auf dem Rand der Scheibe rekonstruieren können?«, fragte Anahit. Colbert antwortete nicht gleich.

Er wusste, dass die Erkenntnis, die er auf der ODESSA

allen verkündet hatte, allein ihrer Hartnäckigkeit zu verdanken gewesen war. Wahrscheinlich hätte er im Anschluss irgendjemanden auftreiben können, der ihm den rekonstruierten lateinischen Spruch vom Rand der Platte übersetzen konnte, aber etwas in ihm hatte ihn davon abgehalten. Eine Art vages Bewusstsein dafür, dass es irgendwie Anahits Inschrift war. Schließlich war sie es, die die Voraussetzungen für die Rekonstruierung geschaffen hatte, und zwar unter Einsatz ihres Lebens.

Schließlich nickte der Schweizer und ging zurück zum Landcruiser. Wenig später setzte er sich mit seinem Laptop auf den Knien auf einen umgestürzten Monolithen. Während der Computer hochfuhr, begann er seinen Vortrag und war schon bald wieder ganz in seinem Element.

»Ich habe die Simulation der vermessenen Randsteine abgeschlossen und entdeckt, dass die Steinscheibe im Innern hohl war und dieses Objekt beherbergte.« Auf dem Bildschirm stand die Scheibe senkrecht wie ein Wagenrad, der pentagonale Hohlraum füllte sich und schwebte schließlich als ein gläsernes Pentagon von zwei Metern Kantenlänge im Raum. Die anderen traten hinzu, Robert und Arran blickten Colbert über die Schulter.

»Das ist es«, sagte er, »womit wir es zu tun haben.«

Robert war fassungslos. Ein solches Objekt musste Piero della Francesca in dem armenischen Kloster vor fast sechshundert Jahren gesehen und dafür einen Rahmen konstruiert haben. Es existierten zwei vollkommen identische Objekte.

»Und die Schrift auf dem Rand der Platte?«, fragte Anahit. Colbert drehte die Scheibe so, dass man den Rand sehen konnte. Zeile für Zeile baute sich der vollständige Text auf.

»Mein Latein ist zu schlecht«, sagte Colbert, »als dass ich bisher dahintergekommen bin, was der Text bedeutet.«

»**SPECVLO**«, sagte Anahit, »ist der ›Spiegel‹, **PRESCIENTIA** heißt so etwas wie ›Vorwissen‹. Und das zuerst von mir entdeckte **VAN** hat nichts mit Lusavank zu tun, sondern ist Teil des Wortes **ANTEQVAM**, ›bevor‹.« Sie zögerte. »Ich benötige einige Zeit, um es zu übersetzen und darüber nachzudenken.« Sie erbat sich von Arran einen Schreibblock und einen Kugelschreiber. Damit setzte sie sich vor Colberts PC, den Kopf in die linke Hand gestützt, und machte sich an die Arbeit. Colbert zog sich ein Stück zurück, um sie nicht unter Druck zu setzen. Abwechselnd lief er umher oder lehnte sich an einen der Monolithen.

Robert war in Sorge um Anahit. Ihre Augen waren gerötet, als ob ein Fieber in ihr stecken würde – aber vielleicht waren es auch nur die Müdigkeit nach den Anstrengungen der letzten Tage und die drückende Hitze, die sie umgab.

Robert zeichnete wieder in sein Skizzenbuch. Er beobachtete Arran, der zwischen den aufgestellten Monolithen umherwanderte und versuchte, einen Sinn in der Anordnung der steinzeitlichen Peillöcher zu erkennen. Colbert lehnte an einem der Steine, die Augen geschlossen. Ihnen blieben nicht mehr als achtzehn Stunden – und sie wussten noch immer nichts Genaueres zum Standort des Klosters.

Anahit klappte ihren Schreibblock zu, den sie seitenweise mit Notizen gefüllt hatte.

»Ich bin keine ausgesprochene Lateinerin«, verkündete sie, »aber das mittelalterliche Kirchenlatein ist mir aus den Recherchen für die Suche nach der CATHERINE vertraut. Der Spruch auf dem Rand der Scheibe stammt von der mittelalterlichen Seherin Hildegard von Bingen aus dem elften Jahrhundert. Sie hielt Gott für einen Spiegel, in dem alles enthalten ist, was jemals war und was je sein würde.« Trotz des beginnenden Abends war es mittlerweile so schwül geworden, dass allen der Schweiß ausbrach.

»Aber der Spruch?«, fragte Arran. »Was bedeutet der Spruch?«

»Seine Übersetzung wird, fürchte ich, das Rätsel nur größer machen«, erwiderte Anahit. Beim Lesen blätterte sie in dem Schreibblock zwischen ihren Notizen hin und her.

»Wie sich im Spiegel alles, was vor ihm steht, widerspiegelt, sind in der heiligen Gottheit alle seine Werke ohne zeitliches Alter enthalten.« Sie machte eine Pause, um erneut zu blättern. »Wie der Lichtstrahl die jeweilige Form einer Kreatur durch den Schatten zeigt, so kennt das reine Vorwissen Gottes die Formung aller Geschöpfe, bevor sie gestaltet waren.«

»Was um Gottes willen soll das bedeuten?«, fragte Seena.

»Hildegard von Bingen war der Ansicht«, erklärte Anahit müde, »dass jede Kreatur, die jemals existiert hat oder je existieren wird, in etwas enthalten ist, was sie das ›Vorwissen Gottes‹ nennt. Allerdings verstehe ich nicht, was das bedeutet.«

Colbert löste sich von dem Stein, an dem er gelehnt hatte, und meldete sich räuspernd zu Wort.

»Habe ich es richtig verstanden«, fragte er, »dass wir eben eine Übersetzung des lateinischen Spruches vom Rand der Scheibe gehört haben?« Anahit nickte etwas überrascht. Hatte er nicht zugehört? Aber Colbert wollte auf etwas Bestimmtes hinaus.

»Gut. Wie wir wissen, befanden sich in dem Text fünf scheinbar willkürlich verteilte Abstandzeichen, die aber in Wahrheit die Ecken des im Innern der Scheibe verborgenen Pentagons kennzeichneten.« Er wartete, bis Anahit erneut nickte. »Damit stellen sie eine direkte Verbindung zwischen dem Text und dem Objekt in der Scheibe her. Und in dem Text ist die Rede von ›der Formung aller Geschöpfe, bevor sie gestaltet waren‹?«

Anahit zog die Stirn kraus und schlug noch einmal in ihren Notizen nach. Schließlich nickte sie. Colbert begann gedankenversunken umherzuwandern und sah unterwegs jedem Einzelnen von ihnen ins Gesicht.

»Versteht denn keiner, was hier los ist? Wir fahren durch

eine geisterhafte Landschaft, leergeräumt, Mensch für Mensch bereitet sich auf die Isolierung vor, um zu überleben. Und die geballte staatliche Macht bereitet sich auf die Auseinandersetzung mit einem Geschöpf vor, das in diesem Ding sechshundertvierzig Jahre verborgen war, bevor es vor kurzem wieder aufgetaucht ist, das Virus des Schwarzen Todes, heute LHF genannt. Wenn wir den Spruch so ernst nehmen, wie wir alles ernst nehmen sollten, was mit dem Objekt zu tun hat, können wir alle Hoffnung vergessen.«

Aus seinem Gesicht war jede Farbe gewichen, doch keiner der anderen hatte eine Ahnung, was ihn so in Panik versetzte.

»Es übertrifft alles, was ich befürchtet habe«, rief er aus, erntete aber weiterhin nur verständnislose Blicke. »Wir befinden uns gegenwärtig mit allen Kräften, die die moderne Welt aufzubieten hat, im Kampf gegen eine einzige Kreatur, die *geformt war, bevor sie gestaltet* wurde. In dem Spruch ist von *allen* die Rede. Kapiert ihr es jetzt?« Er blickte in die Reihen der aufrecht stehenden Monolithen, die nächsten Worte waren kaum zu hören. »Es ist das Ende der Welt.«

Arran platzte der Kragen. »Könnten Sie vielleicht so freundlich sein, uns aufzuklären, bevor wir zum Teufel gehen?!«, schimpfte er. »Wovon zum Teufel reden Sie? Wir sind nicht in der Lage, Ihren Wendungen zu folgen.«

Colbert holte tief Luft, schloss für einen Moment die Augen und sagte dann ruhiger: »Also gut, fangen wir von vorn an.«

Er lief auf und ab, bevor er erneut in die Runde blickte und wieder das Wort ergriff.

»Zuerst muss ich eine Frage stellen, von der sehr viel abhängen kann.« Er sah Anahit und Robert an. »In dem lateinischen Text ist von einem Spiegel die Rede. Jeder von uns hat andere Informationen über das Objekt oder über die Objekte, denen wir uns gegenübersehen. Gibt es irgendeinen Hinweis darauf, dass das große pentagonförmige

Ding nicht nur gleichnishaft, sondern auch real ein Spiegel sein könnte?«

»Es ist ein Spiegel«, sagte Robert. »Es gibt ein Foto, das sich nicht anders erklären lässt. In einem alten Manuskript wird es mit einem senkrecht stehenden See verglichen, der das Sonnenlicht spiegelt.«

»Es ist also wirklich ein Spiegel«, stellte Colbert fest. »Ich werde darauf zurückkommen, weil es alles noch schlimmer macht.« Er lehnte sich wieder an einen der Monolithen, über seinem Kopf gab ein kreisrundes Loch in dem Stein den Blick auf den düsteren Himmel frei.

»Wir wissen, dass das menschliche Genom zu neunzig Prozent aus nicht aktiven Genen besteht, gespeicherte Reste von Erbanlagen, die vor Jahrmillionen einmal zu Lebewesen aus unserer Ahnengalerie gehört haben. Dieses Ding zeigt ähnliche Eigenschaften. Es besitzt einen Gedächtniseffekt, der mehr als sechshundert Jahre bis in die Zeit des Mittelalters zurückreicht, seit der das LHF-Virus in dem Objekt gespeichert ist.« Er schwieg für einen Moment. Einzelne Regentropfen fielen, doch niemand machte Anstalten, ins Auto zu steigen.

»In einigen schlaflosen Nächten auf der ODESSA habe ich versucht abzuschätzen, welche Randbedingungen für diesen Gedächtniseffekt gelten können.«

»Wie weit reicht das Gedächtnis in die Vergangenheit?« Arran war plötzlich heiser. »Was ist außer der Pest in dem Ding noch gespeichert? Das sind die Fragen, die zählen.«

»Genau.« Colbert schloss erneut die Augen und schwieg.

»Und?«, fragte Arran ungehalten. »Reden Sie schon.«

»Ich habe meine Abschätzungen mit einigen Spezialisten für die Größe biologischer Informationsinhalte abgeklärt, die ich über den Hintergrund meiner Fragen im Unklaren gelassen habe«, sagte er. »Das pentagonförmige Ding aus der Steinplatte enthält die genetischen Konstruktionscodes Hunderter Milliarden verschiedener Arten und der tausendfachen Anzahl zu ihnen gehörender Individuen. Das Virus des Schwarzen Todes ist ein Tropfen aus einem Ozean, an dessen Ufer wir jetzt getreten sind.« Plötzlich waren die Geräusche aller Insekten zu vernehmen, die die schwüle Luft in Schwingungen versetzten.

»*Mohana uhane*«, murmelte Seena.

»Wie bitte?«, fragte Colbert.

»Die ›Seele des Ozeans‹, das große Kanu, mit dem mein Volk die Inseln Polynesiens besiedelt hat«, erklärte sie. »Wenn Sie so wollen, die Arche Noah.«

Danach hatte niemand mehr etwas hinzuzufügen. Sie packten ihre Sachen zusammen, als der Nieselregen stärker wurde. Arran setzte sich hinters Steuer, und in vereintem Schweigen fuhren sie zurück auf die Straße nach Süden.

Treten Sie aufs Gas«, sagte Vitali Shirov genervt. »Fahren Sie endlich schneller, wenn die Straße schon frei ist.« Sie fuhren durch ein einsames Kaff namens Saravan in einem kahlen, vollständig ausgedörrten Tal, in dem die Hühner aufgeregt umherliefen. Schrott und Autos ohne Räder hatten sich auf Grundstücken versammelt, für die sich niemand interessierte. Direkt neben der Straße bröckelte die Ruine eines unfertigen Mehrfamilienhauses, dessen Obergeschoss auf fingerdünnen Säulen ruhte. Dahinter zog sich eine serpentinenreiche Straße in kahle und ausgedörrte Berge hoch.

Innerhalb von zwanzig Minuten waren alle verrückt geworden, dachte Shirov. Nationale Quarantänemaßnahmen. Für sein Programm interessierte sich niemand mehr, sie waren nun völlig auf sich allein gestellt. Die magischen Verbindungen der MIDAC, die endlosen Ressourcen, die höchsten Prioritäten, nationale Fahndungen – alles Schnee von gestern.

Jetzt war er mit seinen beiden willigen Helfern und dem

jammernden Franzosen genauso sich selbst überlassen, wie er es von seiner Arbeit in Rostow gewohnt war.

Er würde seine Krawatte nicht lockern. Er würde nicht nachlassen. Er würde die Armenierin fassen, damit er im entscheidenden Kampf um neue Waffentechnologie gegenüber Jackson einen Trumpf in der Hand hatte. Und den würde er so ausspielen, dass er derjenige war, der die Objekte an Land zog.

Auf der Gegenfahrbahn floss ihnen ein stetiger Strom von Militärfahrzeugen entgegen, Mannschaftstransporter, Sanitär- und Rotkreuzwagen, Tieflader mit schweren Maschinen für den Einsatz von Pioniertruppen, endlose Züge militärischer Lastwagen mit Zelten.

»Anscheinend wollen sie Zeltstädte errichten«, vermutete der Helfer, der hinter Shirov neben dem Gefangenen saß und dessen Handfessel hielt.

»Sie riegeln Yerevan ab«, stellte der andere fest. »Sie machen alles dicht. Jede einzelne Stadt wird geschlossen.«

»Beste Voraussetzungen, um jemanden zu verfolgen«, knurrte es von der hinteren Bank.

»Uns geht ohnehin bald die Luft aus«, stellte Shirov fest. »Bisher wissen wir nicht mehr, als unser französischer Freund uns mitgeteilt hat. ›Im Süden von Yerevan‹. Dort sind wir jetzt. Und nun? Entfernen wir uns schon wieder von unserem Ziel? Wir können über keinen einzigen Polizisten mehr im Land verfügen, der vielleicht an einer Straße herumsteht und uns mitteilt, ob ein verdammter weißer Toyota Landcruiser mit einer Truppe hochinfektiöser Ausländer vorbeigefahren ist.«

Sein Handy gab einen grellen Ton von sich.

»Shirov«, meldete er sich.

»Sie haben sie zwar entkommen lassen, Vitali«, sagte Jackson, »aber ich habe dennoch eine gute Nachricht für Sie. Wir kennen das Ziel, eine stillgelegte Mineralwasserfabrik im tiefsten Süden. Der Ort heißt Verin Vachagan in einem Gebirge namens Zangezour. Sie finden ihn, wenn Sie von dem größeren Ort Kapan aus einfach dem Lärm des Militärs folgen, im Zweifel rufen Sie mich an.«

Es ging los! Mit den neuen Informationen im Rücken, fühlte Shirov sich nun in all seinem Handeln bestärkt, als habe allein seine Methode des rechten Winkels sie so weit gebracht. Jetzt gibt es keinen ziellosen Druck mehr, dachte er, jetzt gibt es ein Ziel. Und immerhin verfügte er über zwei zu allem bereite Helfer. Das war etwas, mit dem man etwas anfangen konnte.

»Noch etwas, Vitali«, sagte Jackson. »In einer Stunde, um Punkt 20 Uhr, werden in ganz Armenien die bis dahin aufgebauten Straßensperren geschlossen. Alle größeren Städte werden mit Desinfektionsschranken und Quarantänelagern abgeriegelt. Es wird keinen Verkehr über Straßen, Wege und durch die Luft geben. Sehen Sie zu, dass Sie bis dahin alle wesentlichen Orte hinter sich gebracht haben.« Der Lärm eines startenden Flugzeuges dröhnte aus dem Handy. Shirov brachte es in einen größeren Abstand zu seinem Ohr.

»Jetzt, da wir wissen, wo wir zuschlagen müssen«, redete Jackson weiter, »kommt es auf jedes Detail an, das wir über die Terroristen, ihre Pläne und ihre Hintermänner herausfinden können, damit wir wissen, was uns dort erwartet. Wie steht es damit?«

»Ermittlungen zu den Hintermännern sind nicht mehr möglich. Wir haben keinen Zugriff mehr zu irgendeiner Polizei- oder Geheimdienststelle in anderen Ländern.« Shirov drehte sich zurück zu Basteau. »Was wir haben, ist ein französischer Experte, der uns schon bis hierher geführt hat. Ihm wird sicher noch einiges einfallen. Und bald haben wir die Armenierin.«

»Das ist mein letzter Punkt«, hörte er Jacksons Stimme. »Hört jemand mit?«

»Nein.«

»Gut. Schalten Sie die Armenierin aus. Wir brauchen sie

nicht mehr. Sie stört die Abläufe, die jetzt in Gang gekommen sind. Im Grunde hatte sie ihre Trauerfeier schon, als die SEA WASP gesunken ist. Ziehen Sie die Dinge glatt. Keine Fragen. Um offen zu sein, wir können es uns beide nicht leisten, dass unsere Fehler weiter durch die Gegend laufen. Das ist jetzt Ihre Aufgabe. Verstehen wir uns?«

»Verstanden«, antwortete Shirov. Er schob das Handy zurück in seine Jackentasche.

»Habt ihr uns in Yerevan mit den Gerätschaften ausgestattet, die ihr besorgen solltet?«, fragte er.

Der Mann am Lenkrad nickte. »Der Kofferraum ist voll mit dem Zeug.«

»Gut«, sagte Shirov. »Wir werden es brauchen. Es geht in den tiefen Süden, nach Kapan. In die Gebirgskette des Zangezour.«

Stundenlang fuhren sie weiter nach Süden. Der Strom anderer Autos war versiegt, mehr oder weniger bewegten sie sich allein auf der Straße.

»Seht mal dort«, rief Anahit plötzlich. Arran hielt den Wagen an. Weit links vor ihnen über einem Felsabhang, der von sechskantig auskristallisierten Basaltsäulen gebildet wurde, saß ein Leopard. »Bergleoparden«, sagte sie. »Sie kommen vom Iran herüber nach Armenien.« Der Schwarze Tod treibt die Menschen in die Isolation, dachte Robert, und die Tierwelt nutzt die Chance. Um die Natur brauchte sich niemand zu sorgen, es würde nie ein Ende geben, nur die Veränderung.

Hinter einer Kurve, nach der die Straße steiler in die Berge hinaufführte, stießen sie auf einen Sammelplatz des Militärs, Männer in Uniformen, Reihen olivgrüner Lastwagen, Zelte. Langsam rollte der Toyota vorbei, ausgiebig von den Männern gemustert, die dabei waren, eine Straßensperre zu errichten, sie aber nicht an der Weiterfahrt hinderten. Nicht weit voraus erhob sich auf einer Klippe hoch über ihnen ein Kloster.

»Das Kloster Tatev«, erklärte Anahit. »Irgendwo hier an der Straße mit Blick auf das Kloster muss es eine Grillstation geben. Vielleicht sollten wir etwas essen.« Die anderen stimmten zu.

»Hat sich eigentlich mal jemand gefragt, wofür die Verbrecher, hinter denen wir her sind, die beiden identischen Objekte zueinanderbringen wollen?«, fragte Seena, als sie auf dem Kies des Parkplatzes vor der Grillstation ausrollten. »Ich stelle mir diese Frage, seit ich herausgefunden habe, dass es wahrscheinlich zwei dieser Objekte gibt. Was kann die Absicht dahinter sein? Die beiden Dinger sind schließlich kein Pärchen von Karnickeln.«

»Es ist etwas viel Schlimmeres«, ließ Colbert sich vernehmen. Alle blieben in dem Wagen sitzen. »Die Dinger sind ein Paar von Spiegeln.«

»Die *Melusine* und der *Mixoparthenos*«, murmelte Anahit. Alle sahen sie fragend an. »Die beiden Chimären aus dem Mittelmeer und dem Kaukasus«, sagte sie lauter, »sie treffen sich.«

Colbert nickte finster.

»Zwei Spiegel«, verkündete er, »sind eine vollkommen andere Welt als einer allein. Ein Spiegel heißt Verdopplung, zwei Spiegel bedeuten Unendlichkeit. Ein Laserstrahl verdankt seine Kraft dem Hochschaukeln der Energie des Lichts zwischen zwei Spiegeln. Ein Spiegel heißt dabei ein Rubinkristall, das schwaches Licht emittiert, zwei Spiegel bedeuten einen Laserstrahl, mit dem man Stahlwände wie Butter zerschneidet.

Der Splitter, den wir untersucht haben, hat die Aktivität biologischer Zellen um den Faktor vierzig gesteigert. Was das große Ding tut, wissen wir nicht. Aber zwei davon – und wir befinden uns in einer anderen Welt der millionenfachen

Verstärkung. Vielleicht beginnt dann die komplette Freisetzung all dessen, was in den Dingern gespeichert ist, die Öffnung von Toren einer Arche Noah, wie wir sie uns in den schrecklichsten Alpträumen nicht ausmalen können.«

Jetzt erst begriff Robert, dass sie tatsächlich auf dem Weg zu der Apokalypse waren, die er geschworen hatte, verhindern zu helfen. Wenn er ehrlich war, hatte er schon Anahits Berichte über das Objekt und seine Wirkungen auf der SEA WASP für den Gipfel des Wahnsinns gehalten und sich eine Steigerung nicht vorstellen können. Nach den Schilderungen Colberts gingen ihm die Schreckensvisionen aus den Gemälden von Hieronymus Bosch nicht mehr aus dem Sinn. Allmählich bekam er eine Ahnung von der Realität, der Landinos düstere Warnung gelten mochte, und von der unbegreiflichen Dimension dessen, auf das er sich eingelassen hatte.

Anahit verließ den Wagen, durch die geöffnete Tür zog der Duft von gegrilltem Fleisch und gerösteten Gewürzen.

Um diese Zeit und an diesem Ort hatte die einsame Grillstation unterhalb der Klippen, auf denen das Kloster Tatev thronte, etwas Gespenstisches an sich. Die Theke bestand aus einer langen, selbst gehobelten Bohle. Dahinter loderte ein offenes Grillfeuer, davor standen mehrere selbst gebaute Barhocker.

Der kleingewachsene, dunkelhaarige Besitzer war sicher nicht so alt, wie seine Zähne vermuten ließen, die er mit einem freundlichen Lachen zeigte. Er schüttelte jedem einzeln die Hand und sagte etwas, was Anahit sofort übersetzte.

»Er sagt, dass sein Vorname Mels ist, das steht für ›Marx, Engels, Lenin, Stalin‹.« Er lachte vergnügt, als er merkte, dass sie die Übersetzung verstanden hatten. »Er grillt Lamm und Kalbssteaks, von denen er behauptet, dass sie auf der Zunge zergehen, und hat einen Topf heißes Kashlama, Lamm, das er mit Kartoffeln und Tomaten in Bier gekocht hat.«

Zu normalen Zeiten hätte es an diesem Ort auf dem Weg

zu einer der Sehenswürdigkeiten Armeniens von Touristen wimmeln müssen, jetzt waren sie allein. Der Trotz des Besitzers, seinen Grill offen zu halten, hatte etwas von dem Trotz, in den heutigen Zeiten stolz den Vornamen »Mels« zu präsentieren, beides einsame Gesten gegen den Strom der Zeit, fand Robert.

In den Schatten, die in den Wipfeln der Kiefern, die sie umgaben, bereits die Schwärze der Nacht zeigten, gab es andere Schatten, die sich bewegten. Fledermäuse.

»Er besteht darauf, dass jeder einen winzigen Schluck von seinem selbst gebrannten Schnaps probiert«, sagte Anahit, »es ist eine Einladung. Heute ist sein Hochzeitstag, aber ihm wurde verboten, in das Haus seiner Familie zurückzukehren, weil er Fieber hat.« Seena erschrak. Sie trat einige Schritte beiseite und öffnete die Tür des Toyotas, um darin zu verschwinden.

»Er versichert, dass es nichts Ernstes ist«, übersetzte Anahit weiter, »nur eine Erkältung. Aber seine Frau will mit den vier Kindern und den Großeltern kein Risiko eingehen.«

Er brät das Fleisch für sich selbst und für gute Freunde, dachte Robert. Und uns hat er dazu erklärt, weil wir die Einzigen sind, die sich noch hier draußen bewegen.

Sie kamen nicht darum herum, auf Mels' Kommando den winzigen Becher zu heben, den er vollgeschenkt hatte, auch wenn allen dabei ein wenig flau im Magen wurde.

»Frag ihn nach dem Weg«, bat Robert, nachdem er seinen Schnaps hinuntergekippt hatte. Anahit redete mit Mels, der gerade für jeden von ihnen zwei gut gegrillte Stücke Fleisch, gegrillte Paprika und ein großes Stück Brot auf einen Teller legte.

»Er sagt, dass es bis zu der alten Mineralwasserfabrik noch etwa drei Stunden sind.«

Colbert schlang sein Stück ohne Appetit hinunter, aber er glaubte nicht an eine Gefahr. So schnell würde sich eine in

Istanbul beginnende Seuche wohl kaum in die tiefste Provinz Armeniens ausgebreitet haben. Das Einzige, was sich so schnell ausbreiten konnte, war die Angst. Ob er wollte oder nicht – jetzt war der richtige Moment gekommen, mit Elise zu sprechen.

Er hatte sie sofort am Apparat. Sie berichtete ihm in dem von ihrer Seite in großer Hast geführten Telefonat, dass es in der internationalen Stadt Genf einundvierzig Ansteckungsfälle von LHF gab und dass ihr Haus im Wallis, in das sie sich mit den Kindern zurückziehen wollte, im Chaos einer ausgebrochenen Panik besetzt worden war. Während sie mit ihm sprach, wartete sie mit den Kindern im Auto vor dem Haus auf die Polizei. Von seiner Seite gab es nichts mehr zu verkünden. Die Folgen dessen, was Colbert ihr hatte mitteilen wollen, waren längst bei ihr angekommen.

»Der Wahnsinn geht los«, sagte Colbert, als er zu den anderen trat, »die Leute fliehen aus den Städten. Möglichst weit weg von den Flughäfen.« Er stürzte einen Schnaps hinunter und schüttelte sich. »Und der Schwarze Tod ist nur eins von unendlich vielen Geschöpfen. Das Leben auf der Erde stellt sich um. Das Ding braucht nichts als eine einzige Zelle, um die ganze Welt zu bevölkern. Ein neues Zeitalter beginnt, und wir haben das Pech, mittendrin zu stecken.«

Seena musste an den kleinen unglücklichen Vogel denken, der sie in den Zangezour, das Gebirge im Süden Armeniens, geführt hatte, in dem sie sich jetzt bewegten. Aus unerfindlichen Gründen hatte *oenanthe xanthoprymna* den Drang verspürt, in den Norden zu fliegen und ein Schiff auf dem Schwarzen Meer zu suchen, nur um dort sein Ende zu finden.

Die Dämmerung brach herein, in den Schatten unter den Kiefern wurde es angenehm kühl, aber Seena begann, aus anderen Gründen zu frieren. Nie würde sie vergessen, wie sie die unfertigen zartblauen Eier des kleinen Vogels in der

Biosicherheitsbox geöffnet hatte und auf etwas darin gestoßen war, was niemals hätte darin sein dürfen. Sie wandte sich an Colbert.

»Wenn das Ding, hinter dem wir her sind, eine Art Arche Noah ist«, sagte sie, »in dem ein ganzes Universum von Lebewesen Platz hat, wie kommen diese dann von dort hinaus in die Welt?«

Colbert sah sie stumpf an. Sie kannte die Antwort, und sie spürte, dass er wusste, dass es so war.

»Waren nicht Sie es, die von dem Blut des Kochs berichtet hat?«, fragte er rhetorisch. »Dann müssen Sie es wissen.« Er zog den letzten Teil seines Lammstücks an einer Plastikgabel durch die scharfe Soße auf seinem Pappteller. »Sie kommen aus allem, was wir für besonders geschützt und geborgen halten, sie werden aus Eiern ausgebrütet, sie wachsen aus Rissen im Stein, aus Früchten, oder sie werden aus den Bäuchen trächtiger Tiere und schwangerer Frauen zur Welt gebracht.«

Robert drängte alle, endlich zurück ins Auto zu steigen, die Zeit lief ihnen davon.

»Das Ding ist künstlich«, sagte Arran. »Was ist dann sein verdammter Zweck?«

Colbert wischte sich die Lippen ab, während sie alle schon im Auto saßen. »Mein Vater war Segelflieger«, erinnerte er sich, »manchmal nahm er mich mit, und wir kreisten stundenlang in der Thermik im Himmel über den Walliser Alpen. Es war eine fantastische Erfahrung. Einmal stellten wir hinterher am Boden fest, dass unser Flugzeug mit feinen langen Fäden bedeckt war.«

Arran lenkte den Wagen zurück auf die Straße. Aus den Fenstern winkten sie Mels zu, der hinter seinem Grill stand und das Fleisch zur Seite legte, damit es nicht anbrannte.

»Mein Vater erklärte mir damals, dass es eine Spinnenart gibt, die wie kaum ein anderes Lebewesen durch die Welt reisen kann«, fuhr Colbert in seiner Erinnerung fort. »Als junge Tiere erzeugen diese Spinnen meterlange Fäden, die durch den Wind in die Luft, hoch in die Atmosphäre und rund um die Welt getrieben werden. Lange, feine, in der Sonne wunderschön silbern schimmernde Fäden. Am Ende jedes der wunderschönen Fäden jedoch sitzt eine Spinne, die dort, wohin der Wind sie getragen hat, mit ihren Raubzügen beginnt.« Nach diesen Worten kippte Colbert endlich den zweiten Schnaps hinunter, den er schon seit Ewigkeiten in seinem Glas hatte. »Geben Sie Gas, Astronom, bevor ich länger darüber nachdenke.« Dann warf er das Glas aus dem Fenster.

★

Toros ging durch die schwüle Nacht hinüber in den Verwaltungsbau links vom Eingangstor zur Mineralwasserfabrik. Aus einem umgestürzten Schrank, aus dem verschimmelte Akten quollen, holte er ein schweres Paket, das in einen schwarzen Müllsack gewickelt war.

Er verließ das Gelände der Fabrik. Das schwarze Paket unter dem Arm, ging er die Serpentinenstraße mehrere Kilometer bergab. An einer steilen Stelle kurz vor einer scharfen Rechtskurve nach unten, die durch einen alten Autoreifen markiert war, blieb er stehen. Er gab dem Reifen einen Tritt. Mit schmerzverzerrtem Gesicht hielt er sich den Fuß. Nach wenigen Augenblicken sprang er in großen Sätzen mit zunehmender Wucht den Hang hinab auf die nächste und die übernächste sichtbare Serpentinenschleife.

Er brachte an verschiedenen Punkten der überhängenden Felsen Sprengladungen an, die er Stab für Stab aus dem schwarzen Paket holte, und stieg dann einen Kilometer weiter die Straße hoch. Hinter einem großen Felsenvorsprung an einer Kurve der Serpentinen ging er in Deckung. Als ferner Donner ein Gewitter ankündigte, löste er mit einer Fernzündung die Explosion aus.

Es gab einen ohrenbetäubenden Schlag. Die Erde bebte, der Felsen, hinter dem er stand, zitterte, Steine und Holzstücke flogen durch die Luft, dann setzte sich ein tiefes Grollen in Bewegung, das aus der Erde selbst zu kommen schien. Toros verharrte, wo er war, bis sich nichts mehr regte. Dann lief er ein Stück die Straße zurück. In der Straßenkehre unter ihm war sie vollkommen verschüttet. Nach menschlichem Ermessen mussten sie nun die Nacht über vor unvorhergesehenen Überraschungen verschont sein.

Toros ging zurück in die Fabrik. Den Bus hatten sie bereits verschwinden lassen, in der nächsten Stunde würden sie aufbrechen.

★

Der Toyota nahm Windung um Windung der Serpentinen, doch obwohl sie wieder höher in die Berge gelangten, wurde es auf der Straße nicht kühler. Inzwischen hatten sie Kapan, die Hauptstadt der südlichsten armenischen Provinz Sjunikh, hinter sich gelassen, eine langgestreckte Ansammlung grauer sowjetischer Plattenbauten. Einige Einwohner waren dabei, die Türen ihrer Häuser mit Holzplatten zu verschließen, andere dichteten ihre Fenster mit Klebestreifen ab. Was erwarteten die Menschen in dem Ort? Der Schwarze Tod war kein Angriff von außen, er kam von denen, denen man am nächsten war.

Sie sahen, dass eine Kirche, ein »Magazin« genannter Supermarkt und ein Gebäude, das eine Schule sein konnte, von zivilen Einsatzkräften mit gelbschwarzen Bändern abgesperrt wurden. Männer aus dem Zivilkommando klebten Plakate an Häuserwände.

Die Fenster des Toyotas waren geöffnet, aber sie kamen die Serpentinen nicht schnell genug voran, um wirklich erfrischenden Fahrtwind zu erzeugen.

»Bis zu unserem Ziel sind es nicht mehr als zehn Kilometer Luftlinie«, verkündete Arran, der in die Karte auf seinem Schoß blickte. Der Toyota machte eine ruckartige Bewegung zur Seite und zurück auf die Fahrbahn. Alle wurden wach.

»Da lag ein Reifen auf der Fahrbahn«, erklärte Arran. Nach einigen weiteren Kurven hielten sie mitten auf der Straße an. »Es geht nicht weiter«, sagte er, »ein Erdrutsch hat die Straße abgeriegelt.« Sie stiegen aus, um zu begutachten, womit sie es zu tun hatten.

Robert und Anahit blieben im Auto sitzen. Er schaltete die Leselampe neben seinem Sitz auf der Rückbank ein und holte noch einmal das Etikett der Mineralwasserflasche aus seinem Skizzenbuch. Anahit saß eng bei ihm, beide Arme um seine Schultern gelegt, und sah mit auf das Bild. Die Fabrik, der runde Bau im Hintergrund.

»Du hast es bemerkt?«, fragte sie. Sie zitierte aus dem alten armenischen Manuskript: »*... in der Mitte des Klosterhofes lag eine runde Kapelle ... im Innern perlte eine Quelle desselben köstlichen Wassers ...*« Anahits Atem ging spürbar schneller. »Wir sind hier, weil wir der Spur einer Mineralwasserquelle im Süden Armeniens folgen. Die Quelle wird sich in dem Rundbau befinden. Die Mineralwasserfabrik ist das Kloster. Ich kann dich nicht begleiten.« Robert schlug das Herz bis zum Hals, er hatte diesen Augenblick kommen sehen und sich davor gefürchtet. Er merkte, dass es in ihr arbeitete. Der Widerspruch zwischen dem, was er tun musste, und dem, was sie nicht tun durfte, wurde mit jedem Meter, den sie sich ihrem Ziel näherten, unausweichlicher und würde bald zu einer Entscheidung führen.

»Wo sollte in dieser Fabrik das Kirchenschiff sein, in dem noch 1966 das Foto aufgenommen wurde?«, setzte Robert seine Rede fort. »Wo sollte zu der Zeit die *Madonna del Parto* gehangen haben? In einer Abfüllhalle?« Anahit schwieg. Aus ihrer Sicht gab es nichts mehr zu sagen.

Sie stiegen aus dem Wagen, um zu den anderen zu gehen,

die sich vor dem Erdrutsch, der die Straße blockierte, auf einige Felsblöcke gesetzt hatten.

Robert blickte an dem Berg aus Schlamm, Erde, Steinen und Wurzelwerk empor, der vor ihnen die Straße abriegelte.

»Wir sollten uns überlegen, was uns hinter dieser Barriere erwartet. Es wird Zeit, dass wir uns systematisch vorbereiten.«

Robert öffnete seinen Rucksack, packte das Buch mit den Gemälden Francescas aus und berichtete ausführlich, was er in Italien über das Kloster in Erfahrung gebracht hatte. Anahit ergänzte mit den Beschreibungen aus dem mittelalterlichen Manuskript.

»Irgendwo dort oben im Felsen befindet sich eine Halle, in die Pilger strömen, um von Krankheiten oder Verletzungen geheilt zu werden. Das Objekt wird in einem riesigen pentagonalen Rahmen aus geschmiedetem Eisen aus einer Felsenhöhle heraufgezogen. Durch einen runden Durchlass in der Felswand der Halle fallen die Sonnenstrahlen auf das Objekt, und die Pilger treten in das Licht.«

Nachdem sich alle die Bilder angesehen und seine Erklärungen zu den legendären Wirkungen des pentagonförmigen Spiegels gehört hatten, steckte Robert das Buch zurück in den Rucksack. Er musste sich zwingen, nicht tiefer über das nachzudenken, was vor ihnen lag, als bis zu der mechanischen Aufzugsvorrichtung, die er im Modell gesehen hatte. Es war einfach zu ungeheuerlich.

Er hatte seine Reise mit der Entdeckung eines Bildes in der Putzschicht einer winzigen Friedhofskapelle in Italien begonnen. Jetzt schien sich etwas aus dem Fresko herausbewegt zu haben, was nicht mehr den Eindruck eines Bildes, sondern das Leben selbst in die Körper der Beobachter übertrug. Würden sie hinter dem Bergrutsch dem Ende der Welt begegnen? Oder dem Ursprung des Lebens?

Robert hatte sich lange davor gedrückt, seinen Erkenntnissen aus dem Besuch bei der Bruderschaft in Sansepolcro ins Gesicht zu sehen und den anderen die ausgefeilte, zwanghaft ablaufende Mechanik des vor ihnen liegenden Unheils zu erklären. Aber jetzt musste es sein.

Arran löschte die grell leuchtende Stablampe, das einzige Licht spendete jetzt noch die Standbeleuchtung des Toyotas.

»Ich habe in Italien ein Modell des Mechanismus gesehen«, fuhr Robert fort, »der es wie ein Fahrstuhl auf und nieder bewegt. Sobald die Sonne sinkt und ihr Licht nicht mehr in die Halle fällt, zieht man das Objekt in seinem Fahrstuhl hoch in die Kirche, in deren Inneres die Sonne jetzt scheint. Aus einer Skizze Francescas geht hervor, dass das Objekt in großer Höhe des Kirchenschiffs über der Gemeinde der Pilger und Priester hängt. Sobald auch in der Kirche das Sonnenlicht verschwindet, senkt man es in seinem schmiedeeisernen Rahmen für die nächsten vierzig Jahre zurück in seine Höhle in dem Massiv des Mt. Khustup.«

Keiner der anderen zeigte besondere Verwunderung bei dieser Erklärung. Als wäre das, was vor ihnen lag, nicht real genug, um sich damit beschäftigen zu können. Die Schlamm-und-Stein-Barriere vor ihnen, die Mechanik eines einfachen Aufzuges – das waren die Dinge, mit denen sie sich auseinandersetzen mussten und die jeder verstehen konnte. Alles andere war fern wie der Sternenhimmel und musste warten.

Von dem Hang löste sich ein kleinerer Erdrutsch. Einige Steine gingen nur wenige Meter von dem Toyota entfernt auf die Straße nieder.

»Wir müssen uns bewegen«, sagte Robert. »Es ist zu gefährlich, einfach hier zu sitzen und abzuwarten.« Wie auf Kommando kamen alle auf die Füße, mit Ausnahme von Arran.

»Wenn wir dort unsere Geräte installieren wollen, sollten wir wissen, wohin wir uns wenden müssen«, sagte er stattdessen.

»Wenn es darum geht, die beiden großen Spiegel mit ihren spiegelnden Seiten zueinander in Stellung zu bringen«, erklärte Robert, »scheint nur ein einziger Punkt in Frage zu kommen: die Halle, in der die Pilger auf die Heilung warten. Auf seinem Weg abwärts könnte das eine Objekt blockiert und das andere aus dem Wrack im Schwarzen Meer in Stellung gebracht werden.«

»Wir werden unsere Kameras installieren, sobald das Ding nach oben in die Kirche gezogen wird und die Pilger aus der Halle verschwunden sind«, verkündete Arran, bevor auch er sich erhob.

»Und um zu verhindern, was dort geschehen soll«, sagte Robert düster, »muss jemand verhindern, dass der zweite Spiegel überhaupt jemals in die Halle gelangt.« Die anderen sahen ihn ratlos an.

Gemeinsam gingen sie einige Schritte die Straße hoch, um die abgegangene Mure eingehender zu untersuchen, die sieben Meter hoch vor ihnen die Straße versperrte. Vielleicht gab es ja doch einen Weg, sie zu überwinden.

Seena geleitete Anahit auf den Rücksitz des Landcruisers und ließ die Tür weit offen stehen.

»Ich möchte mir Ihre Verletzung ansehen«, sagte sie. »Es gefällt mir nicht, dass Sie die ganze Fahrt über solche Schmerzen haben.« Sie tastete ihren Bauch ab, hob ihr Shirt und wickelte dann den alten Verband vorsichtig auf.

»Und wenn niemand verhindern kann, dass die beiden Spiegel aufeinandertreffen?«, fragte Seena scheinbar beiläufig. »Was geschieht dann?«

»Das weiß niemand«, erwiderte Anahit, »ich weiß nur, dass seit über sechshundert Jahren die Menschen des Klosters kaum mit etwas anderem befasst sind, als genau das zu vermeiden.«

Unter dem Verband auf Anahits Bauch kam die durchgeblutete und verkrustete Binde zum Vorschein, die fest auf der Wunde klebte. Mit kleinen ruckartigen Bewegungen hob Seena sie Stück für Stück ab. Anahit hielt die Augen geschlossen und die Zähne fest aufeinandergepresst. Sie ließ keinen Laut des Schmerzes hören. Seena ging an den Toyota, um eine Flasche Wasser und zwei Becher aus Arrans Campinggeschirr zu holen. Sie goss beide voll, und Anahit trank gierig. Sie bemerkte, dass ein Fieber in ihr hochstieg.

»Haben Sie jemals darüber nachgedacht, eine Familie zu gründen?« Seena fixierte sie im Licht der Autoscheinwerfer.

»Nie«, sagte Anahit schnell, »oder besser, ja, ich habe darüber nachgedacht, aber die Antwort war immer Nein.«

»Warum?«

»Vielleicht lag es an dem fehlenden Mann.« Anahit wollte diese Unterhaltung so schnell wie möglich beenden.

»Haben Sie ihn jetzt gefunden?«, fragte Seena sehr leise, damit keiner der anderen sie hörte.

»Ich weiß es nicht«, sagte Anahit. »Ich liebe Robert, aber er ist bedeutend älter als ich. Er wird vielleicht nicht so lange leben, wie ich ihn brauche, sagt mein Verstand.«

»Und das Herz?«

»Mein Herz sagt Ja. Plötzlich bin ich süchtig nach Nähe, plötzlich weiß ich, dass trotz aller Seuchen die Rettung in der Nähe zu ihm liegt. Es ist verrückt, mein Verstand liebt noch die Distanz und mein Herz schon die Nähe. Und Sie?«

Mit einer Jodtinktur aus dem Erste-Hilfe-Kasten des Toyotas betupfte Seena die breite, stellenweise noch immer nässende Wunde und legte mehrere frische Lagen Mull auf.

»Was ist mit mir?«, spielte Seena die Ahnungslose.

»Sie sehen aus, als würden Sie ein Ziel verfolgen.« Anahit füllte die Becher noch einmal nach. Seena überlegte, dann griff sie nach dem Buch mit Pieros Gemälden. Sie blätterte darin. Als sie gefunden hatte, was sie suchte, legte sie es Anahit hin, ohne eine weitere Antwort zu geben.

»Die Wunde beginnt zu verheilen«, stellte sie stattdessen fest, während sie den frischen Verband mit breiten Klebestreifen festheftete. Sie winkte Arran heran, um seine Wunde von dem Schusswechsel auf der ODESSA zu behandeln. Anahit stand auf, um ihm Platz zu machen. »Ihr zwei Verwundeten solltet Anstrengungen wie das Klettern in einer Wand vermeiden«, sagte Seena.

Anahit nahm das Buch, um es wieder in den Rucksack zu legen. Vorher sah sie die von Seena aufgeschlagene Seite. Sie zeigte Pieros prachtvolle *Madonna del Parto*, die blau gekleidete schwangere Jungfrau im Zentrum eines Pentagons.

Robert und Bernard Colbert hatten versucht, den Wall zu erklettern, aber er erwies sich als so locker, dass sich sofort massive Steinbrocken daraus lösten, die weiter auf die Straße rollten oder in den Abgrund stürzten.

»Wir kehren um«, sagte Arran, »wir werden in Karpan einen Platz zur Übernachtung finden und es morgen früh nach Sonnenaufgang noch einmal probieren.«

»Ich gehe mit Ihnen zurück«, erklärte Anahit, »ich werde in Karpan warten, bis alles vorüber ist.«

Robert war fassungslos.

»Wir dürfen keine Zeit verlieren«, sagte er, »Kloster oder nicht. Es ist eine Abfüllanlage für Mineralwasser. Es gibt dort keine Geheimnisse und nirgendwo Chimären. Es gibt eine Quelle. Es gibt Fässer und Flaschen und Kisten. Es gibt Rampen und Parkplätze für Lastwagen. Es gibt wahrscheinlich die Ruine einer Verwaltung. Siebzig Jahre lang sind dort Hunderte von Arbeitern, Packern, Fahrern oder Besucher ein und aus gegangen, ohne dass irgendetwas geschehen wäre. Es gibt nichts, was gefährlich ist, nichts, was ein Verbot, dort zu sein, rechtfertigen würde.«

Er versuchte, sie an der Hand zu fassen, aber sie entzog sie ihm. »Und vor allem haben wir keine Zeit. Wenn die Aussage in dem Manuskript zutrifft, sind es nur noch zwölf Stunden, bis das Fest beginnt und die Zugänge zum Kloster verschlossen werden.«

Der Toyota wendete in einer Einfahrt in ein Waldstück am Hang und rollte anschließend rückwärts wieder ein Stück der Straße hoch. Die hintere Tür, neben der Anahit im Innern Platz genommen hatte, stand offen, als der Wagen schon rollte. Robert lief ein Stück nebenher.

»Deine Mutter kann unmöglich in einer Fabrik gelebt haben, als du geboren wurdest. Es muss dort oben noch etwas anderes geben. Denk bitte darüber nach.« Anahit starrte vor sich hin, ohne etwas zu erwidern. Die Tür schloss sich, der Wagen nahm Fahrt auf, aus den geöffneten Fenstern winkten Arran und Colbert ihm zu, dann war er allein.

Robert schnallte sich den Rucksack um und marschierte direkt auf die Felswand zu, an der er sich Meter um Meter nach oben zu hangeln begann. Dabei betete er, dass die anderen am nächsten Tag nachkamen. Und dass dann auch Anahit bei ihnen war. Mehr blieb ihm im Moment nicht übrig.

Als die Lichter des Toyotas schon längst in der Dunkelheit verschwunden waren, hörte er unter sich Geräusche in der Wand. Er blickte zurück. Zwanzig Meter unter ihm begann Anahit, in die Wand zu steigen.

Vor Erleichterung verlor Robert beinah das Bewusstsein. Er atmete tief durch und wartete, bis sie bei ihm war. »Ich habe nachgedacht«, hörte er sie reden, als spräche sie mit sich selbst. »Vielleicht gibt es in dem runden Bau keine Quelle, und vielleicht ist die Fabrik wirklich nicht das Kloster.«

Vor ihnen auf der Straße türmte sich ein Berg aus Schlamm und Felsen auf. Ende. Weiter ging es nicht mehr.

Seltsam, dachte Shirov, dass wir keinen Wagen gesehen haben, der uns entgegenkam. Sollten sie sich in einem Waldweg versteckt haben? Oder war es erst nach ihrer Durchfahrt zum Erdrutsch gekommen? Hatten sie ihn vielleicht selbst verursacht, um sich ihrer Verfolger zu entledigen?

Seine Nase hatte ihn nur selten im Stich gelassen. Jetzt hatte er das deutliche Gefühl, dass die Armenierin, hinter der er eigentlich her war, sich auf der anderen Seite dieser Barriere befand. Das hieß, dass sie keine Wahl hatten. Sie mussten den Trümmerberg aus Schlamm und Felsbrocken erklimmen. Er hatte nicht die Absicht, vor einem Haufen Dreck zu kapitulieren.

»Wir sollten umkehren«, sagte der Jüngere, der neben Basteau auf der Rückbank saß. »Mir war so, als hätte ich in einer Waldeinfahrt einen hellen Wagen stehen sehen.«

»Wir denken nicht daran«, sagte Shirov. »Wir werden uns zu Fuß weiterbewegen. Irgendwo die Straße hinauf nehmen die Armenierin und der Italiener Kontakt mit einer Gruppe von Terroristen auf. Da werden wir uns von einem schmutzigen kleinen Hindernis auf der Straße nicht aufhalten lassen.«

Er stieg aus und entnahm dem Kofferraum mehrere aufgerollte Seile und eine Abschussvorrichtung. Er winkte dem Älteren, der sich schließlich bequemte, in die drückend heiße Nacht herauszukommen. Sie bauten die Abschussvorrichtung neben dem Auto auf.

»Haben Sie Familie?«, fragte ihn Shirov.

»Ja«, sagte der Mann. »Meine Frau ist mit den beiden Töchtern und dem Sohn an der See.« Er wischte sich den Schweiß von der Stirn.

»An der See?«, fragte Shirov. »Auf der Krim?« Er lud die Abschussvorrichtung mit einem Pfeil aus einer Titanstahllegierung, dessen Haken sich beim Aufschlag wie die Spitzen eines Ankers aufspreizten. An dem Pfeil hing ein extrem leichtes und belastungsfähiges Seil aus Kevlarfasern.

Der Ältere nickte und legte das Seil sorgfältig für den Abschuss zurecht.

»Dann wissen Sie ja, was da los ist«, stellte Shirov fest.

»Tun Sie etwas dagegen. Strengen Sie sich an. Wir kämpfen hier dafür, dass Ihre Familie weiter überlebt.« Shirov zog einen Hebel. Die zurückschnellende Feder trieb den Pfeil geräuschlos in die Nacht. Er verschwand auf der anderen Seite des Erdrutsches.

»Sie sind in Yevpatoria, wo es inzwischen zweihundert Erkrankungen gibt. Es ist ein Urlaubsort, an dem Zigtausende aus allen Ländern die Sonne genießen. Man hat fünfzehntausend Leute in einem Stadion in Quarantäne gesteckt.« Er stellte eine Winde an, die das Seil einrollte, bis es Spannung hatte. Zusammen zogen sie daran. Es war fest. Ein zweites und ein drittes Seil folgten. Shirov klinkte sich als Erster mit einem Gürtel und einem Karabinerhaken ein. Kurze Zeit später stand er sicher auf dem etwa sieben Meter hohen Gipfel der Mure. Er sah, dass der Weg auf der anderen Seite hinab einfacher sein würde.

Als Nächster folgte Basteau. Er hing wie ein Sack in das Seil geklinkt, und Shirov musste alle Kräfte aufwenden, um ihn an dem Seil hochzuziehen. Oben angekommen, behielt er ihn sicherheitshalber im Auge und ließ ihn angeseilt, während er auf die anderen wartete.

Die beiden Männer des armenischen Innenministeriums ließen sich anscheinend jede Menge Zeit.

Shirov wurde unruhig. Er zog an einem Seil, doch es bewegte sich nicht. Er machte einen zweiten Versuch. Stück für Stück zog er etwas Schweres nach oben. Es war schon dunkel, die Wolken hingen tief, und es war so heiß, dass jede Kreatur ein Gewitter herbeisehnen musste. Mit einem lauten Klatschen fiel der Fahrer über die Kante der Mure in den schlammigen Boden. Er war tot. Shirov überzeugte sich mit einem Blick, dass seine Kehle mit einem einzigen entschlossenen Schnitt durchtrennt worden war.

Shirov drehte sich um. Hinter ihm stand Basteau. Bewegungslos. Noch ehe Shirov seine Pistole ziehen konnte, spürte er einen Schlag im Genick, der ihn zu Boden warf.

Er sah senkrecht in den verhangenen Himmel, und zum ersten Mal seit er ihm begegnet war, sah er den Franzosen in Aktion. Er stand über ihm, einen gewaltigen Felsblock in die Luft stemmend. Shirov wollte sich zur Seite drehen, aber sein Gürtel verfing sich mit der Öse für den Karabinerhaken in einer Wurzel, die neben ihm aus dem Schlamm ragte. Der Felsblock traf seine Brust, die mit einem üblen Geräusch zerbrach. Shirov sah seine Lunge herausquellen. Solange er noch denken konnte, fragte er sich, ob nicht wenigstens ein kleines Stäubchen kristalliner Ordnung in seinen Eingeweiden zu entdecken war.

»Sind Sie in Ordnung?«, fragte Matteo besorgt, während er sein Messer wegsteckte. Um seinen Hals hingen ein Nachtsichtgerät und ein lichtstarkes Fernglas.

Basteau murmelte irgendwas Unverständliches und zog Matteo am Ärmel in Richtung der Straße den Erdwall hinunter.

Matteo half ihm beim Klettern. Bald marschierten sie die Straße den Berg weiter hinauf, während sich der Morgenhimmel zusehends aufhellte. Basteau gab Geräusche von sich, die wie das Summen einer Melodie klangen, die Matteo nicht geläufig war.

15. August

Beim Erklettern der Steilwand hinauf bis zur nächsten Kehre der Serpentinenstraße, die in das Massiv des Mt. Khustup führte, schien Anahit von den Schmerzen, die ihre Wunde verursachte, immer wieder derart überwältigt zu werden, dass sie unentwegt Pausen einlegen mussten. Die Kletterei in der Steilwand erinnerte Robert an Ausflüge in die Dolomiten, die er nach Beendigung seiner Schulzeit oft unternommen hatte. Eine Aufgabe wie jetzt, mit einer

Verletzten den Aufstieg in eine Wand zu schaffen, hatte er damals allerdings nie zu bewältigen.

Nach siebzig Metern Höhe erreichten sie die Straße, die sie die nächsten zwei Stunden bergauf marschierten, Anahit mit beiden Armen von Robert gestützt.

Nach zahlreichen scheinbar endlosen Minuten öffnete sich zu ihrer Linken die Einfahrt zu einer Fabrikanlage, die im Windschatten eines großen Bergmassivs lag. Dort oben am Gipfel trieb ein Orkan düstere Wolkenfetzen in hohem Tempo vor sich her, hier unten dämmerte ein Morgen herauf, der so heiß zu werden versprach, wie es der letzte Tag schon gewesen war.

Wie so viele Fabrikanlagen, die sie unterwegs gesehen hatten, war auch diese zerstört, dennoch ließ sich auf den ersten Blick der vage Abglanz der revolutionären Vision von dem Etikett der Mineralwasserflasche erkennen: die jetzt verfallenen Bauten, die ein großes Innenareal umgaben, der Rundbau am Ende der Anlage unmittelbar vor dem steil aufsteigenden Gebirge, aus dem in einiger Entfernung der dreitausendachthundert Meter hohe Gipfel des Khustup aufragte.

Sie durchquerten den Innenhof. Die Lager von Behältern und Verpackungen, die Mischbehälter und Abfüllstraßen der Flaschen, die Verwaltungsbauten und Garagen für die Transporter – alles war zerfallen. Der Rundbau schien das einzige Gebäude zu sein, das von dem ursprünglich von den Revolutionären vorgesehenen Sanatorium geblieben war. Sein Dach war eingestürzt, stattliche Pappeln und Birken wuchsen darin. Aus einem Betonstumpf ragten vier Rohrleitungen, aus denen Wasser sprudelte, das am Boden in einem Sumpf versickerte. Robert kostete das Wasser, es war lauwarm und gleichzeitig wunderbar erfrischend. Anahit schöpfte mit beiden Händen davon. Sie trank in vollen Zügen und schüttete sich das Wasser über den Kopf.

Sie hatten die Quelle des Mineralwassers vor sich, wie sie im Manuskript beschrieben worden war. Keiner von ihnen redete über die möglichen Konsequenzen dieser Entdeckung. Anahit lehnte sich an einen Steinbrocken der Wand und schloss die Augen.

Bewaffnet mit einem abgebrochenen Stahlrohr, stieg Robert durch Schutt und Dornengebüsch am äußeren Fundament des Rundbaus entlang. Er musste Sicherheit darüber gewinnen, wo sie sich befanden. Nur so gab es eine Chance, den weiteren Weg zu bestimmen.

An einer Stelle, die wenig bewachsen war, versuchte er, mit dem Rohr einen Teil des Fundaments freizulegen. Er mähte Brennnesseln nieder, er legte ihre Wurzeln frei, er stocherte tiefer in dem von der Quelle durchweichten Boden. Er benötigte nicht lange, weil das, wonach er gesucht hatte, nur wenige Zentimeter unter der Oberfläche lag.

Er stieß auf große massive Granitblöcke, die in einer leichten Rundung perfekt aneinandergepasst dalagen. Sie stammten mindestens aus dem zwölften Jahrhundert, wahrscheinlich waren sie wesentlich älter.

»Ich bin überzeugt, dass es sich mit dieser Fabrik genauso verhält, wie wir vermutet hatten«, sagte Anahit. »Trotzdem verstehe ich natürlich, dass du jeden Irrtum ausschließen willst.«

Robert graute vor dem Zeitpunkt, wo sie sich entscheiden mussten. Er warf einen Blick auf Anahit. Sie sah ihn mit geröteten Augen in einem fieberglänzenden Gesicht an. Er hoffte inständig, dass das Fieber von der Wunde herrührte.

Sie bewegten sich hinüber zu den ersten Gebäuden auf der linken Seite des Innenhofs. Auch dort schritt Robert das Fundament ab, auch dort grub er mit dem Rohrstück den Boden auf. Granit. Das Fundament erstreckte sich über zehn Meter des langgezogenen Bürobaus, dann folgte ein Betonfundament und dann noch einmal Granit. Insgesamt erstreckte sich der Bürobau über die Fundamente von drei älteren Gebäuden. Rechts und links neben seinem Eingang war das Fundament durch zusätzliche Granitplatten erweitert worden, wahrscheinlich um eine Art Eingangspodest zu schaffen. Einige von ihnen waren inzwischen zerschlagen, Teile davon angehoben und umgestürzt.

Robert sah sie sich aufmerksam an. Tausende von Füßen hatten die Oberseite der Platte, die als Abdeckung der Eingangsstufe gedient hatte, blank poliert. Die jetzt sichtbare Unterseite zeigte, dass es einmal ein Grabstein gewesen war. Darauf waren Schriftzeichen zu erkennen, die Robert nicht lesen konnte. Wahrscheinlich armenische Schrift, dachte er. Außerdem gab es geometrische Muster, kleine Halbreliefs, Sterne und Flächen, Pentagone und Pentagramme, eng ineinander verschränkt. Es konnte keinen Zweifel mehr geben. Er übertrug in sein Skizzenbuch den ursprünglichen Grundriss der Anlage mit dem Rundbau und den zweimal fünf Bauten, so wie er sich aus der oberflächlichen Prüfung der Fundamente ergeben hatte.

Sie setzten sich in das verwilderte Innere des Rundbaus. Die bittere Erkenntnis ließ sich nicht länger verdrängen. Als die Revolutionäre nach dem transkaukasischen Bürgerkrieg des Jahres 1921 unter der Führung der Biokosmisten zur Freude der sowjetischen Arbeiter, Bauern und Soldaten ihre Mineralwasserfabrik errichteten, taten sie dies auf den Grundmauern eines Klosters, das sie zuvor dem Erdboden gleichgemacht hatten. Nur drei Dinge hatten das Kloster überlebt: seine Grundmauern, das Symbol eines Pentagramms auf der Fahne einer kurzlebigen Weltmacht und die Mineralwasserquelle. Alles andere war zerstört. Lusavank existierte nicht mehr.

Die Konferenz der MIDAC-Präsidenten kam nicht zustande, weil alle beteiligten Staatsführungen rund um die Uhr mit der Organisation der Eindämmungsmaßnahmen gegen die Ausbreitung von LHF beschäftigt waren und die von ihnen mit einer Übereinkunft Beauftragten sich auf nichts hatten einigen können.

Genna war dringend auf den höchsten Segen der Präsidenten angewiesen, um zumindest einen kleinen Rest seiner Einsatzkräfte für die Jagd auf die Terroristen behalten zu können, der jemand den Namen »Operation Lodekka« gegeben hatte. Noch immer war unklar, was nun geschehen sollte. Er war sicher, dass der amerikanische Präsident in Absprache mit den Russen und vielleicht der Türkei etwas unternehmen würde – wie er den Präsidenten kannte, würde es ihm, Genna, sicher nicht gefallen.

Carson Genna hasste Militärkleidung. Je militärischer die Operationen wurden, die er leiten musste, desto betont bürokratischer wählte er seine eigene Kleidung. Es musste klar sichtbar bleiben, wer das Sagen hatte. Es waren die Flure, die die Schützengräben regierten, nicht umgekehrt.

Er trug den perfekten schwarzen Anzug über einem maßgeschneiderten Hemd und einer strahlend gelb gemusterten Krawatte. Er hatte nicht die Absicht, den Anzug abzulegen, nur weil die Videokonferenz nicht zustande gekommen war. Auch wenn um ihn her in dem Abflugteil des gesperrten zivilen Flughafengebäudes, in das sie inzwischen wegen des Lärms auf dem Flugfeld umgezogen waren, nur Kampfanzüge und Hemden in Tarnfarben zu sehen waren, blieb er dabei. Ein Telefon klingelte.

»Genna hier«, meldete er sich aus seinem Sessel in der beschlagnahmten Abfluglounge der Air France.

Eine Stimme ertönte, die Genna seit vielen Jahren kannte, Viktor Martos, der Sicherheitsberater des amerikanischen Präsidenten.

»Hallo, Carson«, sagte er, »wie gut, wieder von dir zu hören. Vielleicht schaffen es unsere Techniker, dass wir uns auch sehen können. Ich möchte dir zeigen, wie jung mich der Job gehalten hat.« Er lachte. Einige Techniker rollten sein Gesicht auf einem großen Flachbildmonitor in die

Lounge. An einer Kamera, die sie im Begriff gewesen waren abzubauen, leuchtete ein rotes Lämpchen auf.

»Ah«, machte Martos, »ich glaube, du hast Federn gelassen, oder besser Haare. Mir ist nur die Farbe abhandengekommen.« Er sah ihn mit stechend direkten Blicken unter buschigen grauen Augenbrauen und einer Mähne nicht gebändigter grauer Haare an.

»Wir haben nicht viel Zeit, Carson. Der Präsident nimmt die ganze Angelegenheit mit der Seuche nicht nur extrem ernst, sondern auch schrecklich persönlich. Ein alter Schulfreund von ihm, der jetzt in Hongkong lebt, ist einer der ersten neu Erkrankten. Er ist dabei, im Kreis seiner Familie, die der Präsident persönlich kennt, zu verrecken, durch alle mögliche Technik von seinen Lieben getrennt. Er ist ziemlich außer sich.« Martos machte eine Pause, um außerhalb des Blickfeldes der Kamera ein kurzes Gespräch zu führen.

Viktor Martos hatte es als Sohn ungarischer Einwanderer an der Börse zu enormem Reichtum gebracht und war als einer der erfolgreichsten Wahlkampfspendensammler des jetzigen Präsidenten nach dessen Erfolg mit dem Posten des Sicherheitsberaters belohnt worden. Seine Fähigkeit, Aktenordner und Bücher zu verschlingen und über Nacht punktgenaue Zusammenfassungen zu stricken, war legendär und hatte ihn inzwischen für den Präsidenten unentbehrlich gemacht. Er war für eine Obsession bekannt – die Notwendigkeit überlegener Waffensysteme. In einem Artikel für die US News hatte er behauptet, dass das oströmische Reich nur wegen zweier überlegener Waffen tausend Jahre länger existiert hatte als Westrom – das griechische Feuer, mit dem es die Meere beherrschte, und die monumentale Absperrkette vor dem Hafen von Konstantinopel, mit der es jahrhundertelang Invasionen abwehren konnte. Als beide Waffen ausgeschaltet waren, war es mit der byzantinischen Pracht vorbei. Daran sollten sich die Vereinigten Staaten seiner Auffassung nach ein Beispiel nehmen.

»Entschuldigung, Carson. Hier herrscht das totale Chaos. Der Präsident nimmt die Seuche auch deshalb persönlich, weil seine Experten ihm ausgerechnet haben, dass sie innerhalb von zwei Jahren in den Staaten mehr Opfer fordern wird als alle Kriege, die seit der Gründung der Union geführt wurden, zusammengenommen. Stell dir das für das Ego des Mannes vor, der angetreten ist, das glücklichste Zeitalter in der Geschichte der USA einzuleiten.« Genna trieben andere Sorgen um als die Geschichtsbücher. Stündlich wurden ihm weitere Mannschaften und weiteres Gerät abgezogen. Wenn es so weiterging, musste er mit Jackson und dem russischen Hafenpolizisten allein auf die Jagd gehen.

»Er hat mit dem Papst gesprochen«, teilte Martos mit.

»Mit wem?«, fragte Genna entsetzt.

»Mit dem Papst. Warum nicht? So denkt er. Die einzige Institution, die wirklich Erfahrung mit der Pest hat, ist die katholische Kirche.«

»Und was hat er von ihm erfahren?«, fragte Genna voller Hohn.

»Er hat ihn gefragt, ob das Jüngste Gericht naht, ob wir uns der Apokalypse nähern, ob dieses Ding, das aus dem Mittelalter aufgetaucht ist, Luzifer sein kann, der Lichtbringer und der Teufel.« Martos verzog kein Gesicht, er schien es tatsächlich ernst zu meinen. Genna konnte es nicht fassen. Die Welt war dabei, verrückt zu werden. Er lehnte sich aus dem Blickfeld der Kamera, um sich die Glatze abzuwischen.

»Was, um Gottes willen, hat der Papst gesagt?«, fragte er schließlich, als er sich wieder gefasst hatte.

»Er hat gesagt, dass die Pest schon im Mittelalter eine Prüfung Gottes war, dass man schon damals alles, auch das Unvorstellbare, tun musste, um sie einzudämmen und den Tod, die Angst, das Leid und das Misstrauen der Menschen untereinander zu bekämpfen. Dann hat sich der Präsident bedankt und versichert, dass er wie damals alles tun werde.« Genna verstand. Der Präsident wird ALLES tun, war die zentrale Botschaft in dem ganzen Gerede.

Sofern es ein Ziel gab, das man lokalisieren konnte, hatte dieses »alles« einen sehr konkreten technischen Inhalt.

»Wann?«, fragte er. »Wie viel Zeit bleibt uns?«

»Der Präsident hat sich mit dem russischen Präsidenten verständigt, euch noch genau vierundzwanzig Stunden zu gewähren, um in dem Kloster, auf das sich alles konzentriert, Ordnung zu schaffen und diese Objekte sicherzustellen. Danach, nämlich genau am 16. August um 9.30 Uhr Ortszeit, wird von der OREGON im Schwarzen Meer die Antwort in Marsch gesetzt. Du musst ihn verstehen. Die Pest ist schon die Hölle, aber da gibt es wenigstens die katholische Kirche, die beweist, dass man sie überstehen kann. Doch eine zusätzliche Bedrohung durch etwas, was keiner kennt und niemand sich vorstellen will, kann er nicht auch noch gebrauchen.« Martos blickte ihn per Monitor finster an.

»Und die Kräfte, die ich dazu benötige?«, fragte Genna.

»Genau, Carson«, sagte der Sicherheitsberater, »sie bleiben dir für diese Zeit auf dem jetzigen Niveau erhalten. Das hätte ich doch beinahe zu erwähnen vergessen. Bevor es übrigens so weit ist, erwarten wir natürlich deinen Bericht. Ich freue mich, dann wieder von dir zu hören. Viel Erfolg.« Das Bild erlosch.

Plötzlich fühlte sich Genna in seiner Lounge unter der schrägen Betondecke im futuristischen Stil der sowjetischen siebziger Jahre wie ein zurückgelassener Passagier in einem Gebäude, das nichts mehr mit der Welt verband.

Matteo setzte das Fernglas nicht ab, während er redete.

»Warum vögeln sie nicht?«, fragte er. Basteau sagte nichts.

»Es ist warm, sie sind ungestört, sie lieben sich. Warum

tun sie es dann nicht, verdammt noch mal. Ich möchte dabei zusehen.« Er gab ein kurzes Lachen von sich. »Vielleicht ist sie krank«, vermutete er schließlich selbst. »Sie liegt dauernd nur herum.«

Basteau schrieb etwas auf die Rückseite eines der Formulare, die in dem verfallenen Verwaltungsbau herumlagen, in dem sie Position bezogen hatten.

»Sie wissen nicht weiter«, las Matteo. »Es muss einen Zugang zu dem Kloster geben, den sie nicht kennen. SIE DENKEN NACH!«

»Sie denken nach?«, sagte Matteo entgeistert. »Wie wollen sie etwas herausfinden, wenn sie bloß dasitzen und vor sich hin denken. Es ist jetzt fünf Stunden her, seit wir auf dem Erdwall waren. Wenn man die Leichen der Polizisten findet, wird es hier vor Leuten wimmeln, die uns das Denken abnehmen werden. Vielleicht sollte ich ihnen beim Denken helfen?« Basteau schüttelte den Kopf. Er griff zum Stift.

»In einer Stunde darfst du ihnen helfen«, las Matteo.

★

Fallwinde des Orkans, der über das Mt.-Khustup-Massiv hinwegfegte, versetzten die tief hängende Wolkendecke über der Mineralwasserfabrik in Bewegung, einzelne Sonnenstrahlen des frühen Morgens veranstalteten einen Tanz von Lichtflecken. Es war drückend heiß. An Schlaf war nicht zu denken, es waren längstens noch fünf Stunden bis zum Beginn des Festes, und wenn noch galt, was in dem alten Manuskript beschrieben war, wurde der Zugang zu dem Kloster danach versperrt. Fünf Stunden. Auf keinen Fall länger.

Immer wieder füllte Robert die Wasserflasche an der Mineralwasserquelle auf. Anahit trank in großen Schlucken, den Rest goss sie sich über die schweißnassen Haare. Robert wusste, dass jetzt der Zeitpunkt gekommen war, das Thema anzusprechen, das sie schon eine Weile vor sich herschoben.

»Zuerst haben wir gemeinsam gesucht, wo das Kloster sich befinden könnte, weil ich schlecht etwas meiden kann, was ich nicht kenne«, sagte Anahit. »Nun haben wir es gefunden. Wir sind hier. Es gibt hier etwas, was ich spüre. Etwas, dem ich niemals begegnen sollte, etwas, was der Grund dafür ist, dass meine Mutter mich für alle künftigen Zeiten von sich fernhalten will. Irgendwo hier ist sie vielleicht. Ist sie irgendwo in der Nähe in Not? Braucht sie Hilfe oder betet sie, dass ich mich selbst rette?«

Sie stand auf und lief über den Hof der Anlage, tropfnass vom Wasser der Quelle. »Ist sie hier? Gibt es einen Zugang zu ihr?« Sie lief an den Ruinen vorbei, sie blickte in tote Fenster und trat in die muffige Dunkelheit hinter den ausgeschlagenen Türen. »Gibt es hier einen Zugang zu dem schrecklichen Garten? Ist sie darin gefangen und will, dass ich nicht auch in die Falle laufe?« Ratlos blieb sie in der Mitte der Anlage stehen. Robert lief los, um die Flasche wieder zu füllen.

»Sie verbietet es dir, weil sie dich liebt«, sagte er, als er mit der gefüllten Flasche zurückkam. »Sie hilft dir, sie war in der Wohnung in Yerevan. Sie ist nicht gefangen. Sie will dich vor etwas bewahren, vielleicht vor dem, was ich verhindern soll.«

Anahit hielt die Flasche an ihre Stirn. Ihre Augen glänzten wie im Fieber. »Vielleicht ist sie selbst in Gefahr. Sie hat mir verboten, zu ihr zu kommen, als ich noch ein kleines Mädchen war. Ist sie *seitdem* in Gefahr? Bringt sie all die langen Jahre in einer entsetzlichen Hölle zu, von der sie mich fernhalten will? Wenn ich daran denke, was nach der Heilung mit dem kleinen Sohn des Pilgers geschehen ist, und wenn ich mir Bernard Colberts grauenhafte Visionen vorstelle, bin ich entschlossener denn je, den Wunsch meiner Mutter ernst zu nehmen. Ich nehme ihr Verbot ernst, weil ich glaube, dass sie mich liebt. In dem Märchen war nie die Rede davon, dass es in dem verbotenen Garten eine Quelle gibt. Niemals werde ich weiter gehen als bis hierher.« Sie hustete. »Ich habe Frieden mit meiner Kindheit geschlossen. Wie ich jetzt weiß, war sie von übergroßer, schmerzhafter Liebe geprägt und nicht von Ablehnung.« Anahit sah ihn mit tränennassem Gesicht an. »Und ich würde mir wünschen, dass du bei mir bleibst.«

Es war furchtbar. Robert besaß für nichts eine Lösung, alle Probleme schoben sich auf immer engerem Raum zusammen, dabei blieben ihm nur noch gut vier Stunden. Was auch immer sie schließlich entscheiden würden, es musste in der Fabrikanlage, in der sie gestrandet waren, einen Zugang zu Teilen eines Klosters geben, die offenbar noch immer in Betrieb waren. Nochmals studierte er den von ihm gezeichneten Grundriss des verschwundenen Klosters. Wo sollte sich da ein Zugang verbergen?

Robert blickte in den Himmel. Je weiter der Tag heraufdämmerte, desto schwüler wurde es. Kaum vorstellbar, dass eine apokalyptische Katastrophe von diesem drückend heißen Fleck staubigen Felsens in einem Niemandsland am Ende der Welt ihren Ausgang nehmen sollte.

Anahit setzte sich aufrecht an die Wand des Rundbaus und suchte in dem Rucksack, der neben ihr lag. Sie stieß auf den Katalog der Gemälde, den Robert seit London mit sich herumschleppte, ohne jemals einen Blick hineingeworfen zu haben. Die Welt seiner früheren Werke lag für ihn Lichtjahre entfernt. Nervös blickte er auf seine Uhr.

»Wir sind an einem Punkt angelangt«, sagte Anahit, »wo wir endlich der Tatsache ins Auge sehen müssen, dass wir selbst Teil der Rätsel sind, die vor uns liegen. Bei uns müssen wir die Lösungen finden. Nirgendwo sonst.« Sie hielt den Katalog, mit dem Handrücken bedeckte sie ihre von Fieber geröteten Augen. »Warum malst du Städte, in denen keine Menschen leben?«

Robert legte seine Hand auf ihren Kopf, er strich über ihre nassen Haare.

»Ich habe als Schüler in den Filmstudios von Mailand gearbeitet. Die Maler dort konnten Illusionen schaffen, die von wirklichen Städten nicht zu unterscheiden waren. Es stimmte alles: Licht, Perspektiven, der Eindruck des Alters und des Materials. Es war eine Kunst, die so perfekt war, dass sie von niemandem als Kunst wahrgenommen wurde.« Anahit hustete.

»Erzähl weiter«, bat sie, nachdem der Hustenanfall vorüber war.

»Später habe ich mir Dutzende Male die Filme angesehen, in denen meine Bilder plötzlich Städte voll von realem Leben waren. Vielleicht sind die Städte meiner Bilder einfach deshalb menschenleer«, sagte er, »weil ich beim Malen der Filmstädte nie für die Menschen darin zuständig war.« Anahit sank ihm entgegen, er fühlte, wie sie sich im Einschlafen in die Berührung seiner Hände legte. »Vielleicht aber auch«, flüsterte er, um sie nicht zu wecken, »weil ich noch niemals einer Frau wie dir begegnet bin.«

Am Himmel verschoben sich die Wolken, für einen Moment brannte die Sonne hindurch. Ein Lichtstrahl wanderte wie ein Scheinwerfer über die Gebäude der leeren Fabrikanlage, deren Wände ihn im Licht an die Häuserwände in seinen leeren Städten erinnerten. Seine leeren Städte! *Die leere Stadt.*

Etwas kannte er hier. Seine lange geschärften Sinne für Perspektiven und räumliche Verhältnisse von Bauwerken schienen auf seine Umgebung zu reagieren. Erneut blickte er auf den Grundriss der alten Klosteranlage in seiner Skizze. Es gab eine andere leere Stadt. Plötzlich fiel es ihm wie Schuppen von den Augen. Er stand in dem zerstörten Rest einer Vision der Renaissance.

★

Der Himmel über dem Toyota Landcruiser war angefüllt mit dem Lärm der Hubschrauber, die sie von der Serpentinenstraße aus, die sie sich hochbewegten, nicht sehen konnten.

Arran trat auf die Bremse. Der Erdrutsch. Jetzt waren sie so weit wie vorher schon einmal. Sie sprangen aus dem Auto, um sich die Barriere aus der Nähe anzusehen.

Es gab einen wesentlichen Unterschied zu gestern Nacht. Zwei Kevlarseile hingen von der Kuppe des Geröllberges herab, in eines war mit einem Karabinerhaken und einem Gurt ein Mann eingeklinkt, dem jemand die Kehle durchgeschnitten hatte.

»Einer von Shirovs Leuten«, stellte Colbert nüchtern fest. »Wir haben jetzt eine Chance, die Barriere zu übersteigen.« Er hielt inne. Ein Geräusch war zu hören. Lastwagen.

Sie blickten zurück. Auf einer weit unten liegenden Schleife der Serpentinen rückte Militär mit Planierraupen auf Tiefladern an.

»Wir müssen uns beeilen«, rief Arran.

Sie griffen sich von der Ladefläche des Toyotas die Rucksäcke, die sie in der Nacht gepackt hatten, und luden sich gegenseitig alles auf.

Arran sprang hinter das Lenkrad des Landcruisers und ließ den Motor an. Rückwärts fuhr er den Geländewagen schräg in eine Schneise am Bergabhang und ließ ihn dort stehen.

Seena klinkte den Toten aus dem Seil. Meter für Meter zogen sich alle drei nacheinander an den beiden Seilen hoch. Oben stießen sie auf zwei weitere Leichen, eine davon war Shirov. Bei dem Anblick beschlich Seena augenblicklich das ungute Gefühl, einen wichtigen Schutz vor dem verloren zu haben, was ihnen bevorstand. Irgendwie hatte sie Shirov gemocht, vielleicht weil sie nie wirklich mit ihm zu tun gehabt hatte. Arran war kalkweiß im Gesicht, Colbert legte ihm die Hand auf die Schulter.

»Von jetzt an wird es rauer«, sagte er. »In unserer Branche begegnet man einander ausschließlich bei Katastrophen. Ich glaube, was jetzt vor uns liegt, wird uns zwingen, uns selbst zu begegnen. Jeder für sich.« Er hob die Hand, bevor er sich bepackt mit zwei Rucksäcken auf der anderen Seite herunterließ. Arran und Seena folgten ihm.

★

Robert stand mit geschlossenen Augen auf dem Hof der Abfüllanlage. In seiner Vorstellung schwebte die Anordnung der Ruinen, die ihn umgaben, frei vor ihm im Raum. Sie überlagerte sich mit der Darstellung auf dem Flaschenetikett, das den Blick von der Straße her über die Gebäude auf die Bergwelt dahinter zeigte. *Der Rundbau.*

Er war das fehlende Glied in der Kette, die Information, die Robert besaß, seit ihn ein winziger Augenreflex in einer Fotografie auf die Spur des Werkes von Piero della Francesca geführt hatte.

Der Wind frischte auf. Windböen fuhren mit großer Gewalt durch die Ruinen. Teile zerstörter Dächer flogen umher, ein Autoreifen machte sich selbständig und rollte über den zerbrochenen Beton einer Rampe. Die sechs anderen Gebäude aus dem zwanzigsten Jahrhundert, die den Rundbau umgaben, standen auf antiken Fundamenten von zweimal fünf Klosterbauwerken. Elf Gebäude.

Es gab die Beschreibung einer Klosteranlage um einen Rundbau in dem Manuskript aus dem vierzehnten Jahrhundert. Aber es gab auch ein Bild davon, und Robert kannte es sehr gut. Millionen von Menschen kannten es. Aus der Ansammlung postsowjetischer Fabrikruinen, die ihn umgaben, aus den Resten der gescheiterten Utopie der weltverbessernden Biokosmisten sah ihn der Geist der Renaissance an, die Vision einer menschenleeren, idealen Stadt.

Robert dachte an sein Archiv Tausender von Fotografien, die er als Vorstudien zu seinen Gemälden in den endlosen

Stadtquartieren von Ostberlin über Bukarest bis Minsk, von Warschau über Prag bis Mailand aufgenommen hatte, eine Sammlung der Perspektiven von Perspektivlosigkeit, von Leben in Stein. Jetzt hatte er das Gefühl, als habe er nachträglich in der grauen Trockenheit seiner eigenen Werke hinter aller Präzision der Details einen verborgenen Sinn entdeckt. Die Botschaft aus der Zeit der Renaissance lag offen vor ihm, aber es blieb rätselhaft, was sie besagen sollte. Allein davon hing jedoch alles ab.

Robert nahm das Buch mit den Gemälden Francescas zur Hand. *Cita ideale.* Die Idealstadt. Francescas rätselhaftes Gemälde einer in surrealer Weise menschenleeren Idealstadt der Renaissance. Zweimal fünf Gebäude um ein Innenareal und einen Rundbau in der Mitte. In Francescas Reisetagebuch von dem Aufenthalt in Armenien hatte Robert eine Skizze des Bildes gesehen. Alles sprach dafür, dass Francesca das Bild in Armenien konzipiert hatte. An dem Ort, an dem sie sich jetzt befanden.

Francesca hatte das alte Kloster von der anderen Seite her, mit den Felsen im Rücken, als Vision einer idealen Stadt gezeigt. Gemalt im perspektivischen Stil des Leon Battista Alberti, hatte er unter der Fassade klassischer Häuser der Renaissance die Anordnung der Gebäude Lusavanks dargestellt.

Der Zugang. War das die Botschaft? Gab es in dem Bild Francescas einen Hinweis, der nach fünfhundertfünfzig Jahren noch von Bedeutung war? Der noch heute einen Weg weisen konnte, obwohl kein Stein mehr von dem stand, was Francesca damals dargestellt hatte? Wo konnte in dem alten Bild jetzt noch ein Hinweis verborgen sein?

Robert versenkte sich in Gedanken in das Gemälde aus dem fünfzehnten Jahrhundert, während draußen der Staub durch die Ruinen fegte. Durch den Sturm lief er hinüber in den langgestreckten Bürotrakt. In der ersten Etage lag stapelweise Papier herum, Bündel von Formularen, tonnenschwere Packen großformatiger Plakate, die in der 1991 heraufziehenden neuen Werbewelt niemals mehr zum Einsatz gekommen waren. Das waren die Formate, die er brauchte.

Als er mit Dutzenden von Plakaten, auf denen übergroß die idealisierte Fabrik unter der Sonne mit dem roten Stern zu sehen war, auf den Innenhof trat, fuhr ihm eine heftige Bö in den Arm. Ehe er etwas dagegen tun konnte, flogen die meisten Blätter davon, ein Schwarm von bunten Vögeln, die die Nachricht von dem versteckten Utopia der Renaissance durch die heiße Bergwelt Armeniens trugen.

Robert trug den Rest der alten Plakate in die große Halle, in die er anschließend auch Anahit brachte, um sie nicht aus den Augen zu lassen.

Sie saß aufrecht und sah zu, wie er Skizze um Skizze von Details aus dem Gemälde der *cita ideale* auf die großformatigen weißen Papiere kritzelte, die er anschließend auf überall in der Halle aus den Wänden ragende Schrauben spießte. Verzweifelt versuchte er, hervorgehobene Punkte in der Idealstadt auf dem Gemälde zu entdecken, die auf einen verborgenen Zugang hinweisen könnten. Er musterte genauestens alle Säulengänge, die Portale, die angedeuteten Treppen. In seiner Vorstellung rotierte die Stadt auf dem Bild im Raum, er zeichnete Details aus räumlichen Richtungen, die Francesca nie dargestellt hatte. Er bewegte sich durch die Stadt hindurch, zwischen den Palais, vor der kleinen Kapelle im Hintergrund, auf der Rückseite des Rundbaus. Wälder von Detailzeichnungen füllten die Wände.

Anahit wurde von einem Hustenanfall geschüttelt. Robert stützte sie mit beiden Armen, er hob ihre durchnässte Bluse über dem Bauch an, auf dem große rote Flecken brannten. Sie wandte keinen Blick von seinem Gesicht. Sie wusste, was sich in ihrem Körper entwickelte. Robert sah das Grauen in ihren Augen. Es waren nicht nur die Schrecken der Krankheit, denen sie entgegensah, es war das Entsetzen darüber, nicht immun gegen die Seuche zu sein und sie verbreitet zu haben. Es war das furchtbare Begreifen, wahrscheinlich denen den Tod gebracht zu haben, die ihr nahe gewesen waren. Robert blieb neben ihr sitzen. Auch er gestand sich erst jetzt ein, was mit Anahit geschah. Es gab für sie und alle, die mit ihr in Berührung gekommen waren, nur eine einzige Chance.

»Du hast das Manuskript gelesen«, sagte er, »dann weißt du auch, dass die einzige verzweifelte Hoffnung, den nächsten Tag zu erleben, für dich darin besteht, mit mir zu kommen und den Weg zu gehen, den in den letzten Jahrhunderten bestimmt Tausende genommen haben.« Sie antwortete nicht, sondern leerte den Rest des Wassers aus der Flasche.

»Es ist so heiß«, sagte sie. Robert wusste immer weniger, was er tun sollte. Es war zu verrückt, dass sie sich von einem Verbot leiten ließ, das sie noch vor wenigen Tagen nicht gekannt hatte.

»Du klammerst dich an das Verbot aus deiner Gutenachtgeschichte, an die du dich nach eigener Aussage vierundzwanzig Jahre lang falsch erinnert hast.« Er wischte ihr den Schweiß von der Stirn. »Kann es nicht sein, dass auch die jetzige Erinnerung falsch ist? Bist du wirklich bereit, wegen eines solchen Irrtums in den sicheren Tod zu laufen? Noch dazu in den wohl schrecklichsten, den man sich vorstellen kann?« Sie schüttelte den Kopf.

»Bleib bei mir«, sagte sie schließlich. Robert wandte sich ihr zu. Er sah ihre fiebrig glänzenden Augen, ihr heißes Gesicht, ihre Schönheit, ihre Verzweiflung. Er wusste, dass er noch keinen Ausweg kannte, dennoch musste er Anahits Überleben mit seinem eigenen unauflösbar verbinden, sodass sie ihn nicht mehr bitten würde, auf den Weg ins Kloster zu verzichten. Wenn sie wollte, dass er geheilt würde, musste sie ihn gehen lassen. Wenn sie schon nicht ihr eigenes Leben liebte, aber ihn, musste sie ihm folgen.

Robert legte seine Lippen auf ihren Mund und begann sie zu küssen. Zunächst wehrte sie ihn ab, doch schließlich öffneten sich ihre Lippen, und Robert schmeckte das heiße Fieber in ihr. Schließlich lehnte er sich wieder zurück, blieb aber dicht an ihrer Seite.

»Jeder muss das Leben des anderen retten«, sagte er leise, »wir müssen gemeinsam den Weg dazu finden.« Er brachte es nicht übers Herz, ihr von dem Schwur zu berichten. Außerdem war ihre Weigerung, ihn zu begleiten, noch immer nicht ihr einziges Problem. Selbst wenn sie mit ihm kommen wollte – sie wussten noch immer nicht, wie sie das Kloster finden sollten.

Robert erhob sich. Immer wieder ging er durch die Halle, in der der Sturm an den aufgehängten Plakaten riss. Im Hof tobte grobkörniger Sand in spiralförmigen Bewegungen, das Heulen des Sturmes schwoll an. Skizze für Skizze musterte Robert noch einmal die herausgezeichneten Details der *cita ideale*.

Piero della Francesca zeigte ihm etwas, aber Robert verstand es nicht. Er musste es schaffen, in Pieros Hirn zu dem Zeitpunkt einzudringen, als er sah, was er zeichnete. Es konnte nur einen Zugang geben. War in dem Manuskript nicht von einem »Auge Gottes« die Rede gewesen? Hier hatte er es vor sich.

Es gibt nur ein einziges Tor in das Hirn eines Malers, dachte Robert. Sein Auge. Sein Blickwinkel. Das Auge des Betrachters. *Neben den elf Häusern auf dem Gemälde ist das Auge des Malers das zwölfte Objekt.* Es ist der einzige besondere Punkt, es ist der einzig erhaltene Teil der *cita ideale*.

Pieros Auge, in dem sich alle Linien der Perspektive schneiden. Der Beobachtungspunkt. Ihn musste Robert finden. Also machte er sich an die Arbeit, aus den Perspektiven des Bildes den Blickwinkel des Malers zu ermitteln.

Anahit stand auf und zog sich unvermittelt aus. Ihr

Körper war mit roten Flecken übersät. Obwohl er es längst gewusst hatte, war der Anblick für ihn zutiefst erschütternd. Mit aller Macht stemmte er sich gegen die aufsteigenden Tränen. Schließlich wischte er sie sich mit einer ärgerlichen Handbewegung aus dem Gesicht.

»Es ist zu heiß«, sagte sie, »ich muss zu der Quelle hinüber.« Robert begleitete sie. Als es wieder zu regnen begann, ging er mit ihr vor die Halle, wo sie die nun etwas kühlere Luft tief einatmete.

Derweil stellte Robert weiter seine Überlegungen an. Francesca hatte das Bild in einer strengen Einzelpunktperspektive aufgebaut, bei der sich die dargestellten Objekte mit der Entfernung und dem Winkel vom Beobachtungspunkt in ihrer Lage und ihrer Größe verändern. Dem Beobachtungspunkt direkt gegenüber liegt der Punkt, auf den der Blick des Beobachters fällt, in *cita ideale* ein Punkt im Zentrum des Portals in dem Rundbau. Um aus den Objekten des Gemäldes den genauen Ort zu ermitteln, an dem sich Piero das Auge des Malers vorgestellt hatte, musste Robert die ihm von seinen eigenen Gemälden her so vertrauten Regeln der Fotogrammetrie anwenden, der Vermessung und Analyse von Fotografien.

Es gab keine Sekunde zu verlieren. Blätter um Blätter füllte er wie in Trance mit Zeichnungen, dabei hielt er Anahit fest an seiner Seite, nackt und gezeichnet von den Malen des Schwarzen Todes. Keine zwei Stunden mehr bis zum Fest.

Er musste die Entfernung von Francescas Beobachtungspunkt zur *Ebene des Gemäldes* ermitteln und daraus die Entfernung *zu den Objekten* im Bild. Wenn er die gemalte Höhe und die reale Höhe des Rundbaus zueinander ins Verhältnis setzte, konnte er den Wert ermitteln. Endlos fullten perspektivische Zeichnungen, die er wie in einem Fieber erzeugte, die Wände.

Schließlich hatte er den Punkt!

Die Anlage der *cita ideale* war auf einen Beobachtungspunkt hin ausgerichtet, der sich dreiundachtzig Meter vor der Mitte des Rundbaus in gut drei Metern Höhe befand und damit deutlich über der bekannten idealen Augenhöhe eines Beobachters in den Bildern der Renaissance von einem Meter sechsundfünfzig. Piero hatte den Beobachter auf einen höheren Punkt gestellt, in die Felswand, die man auf dem Bild nicht sieht, weil sie sich im Rücken des Betrachters befindet.

Konnte da oben überhaupt ein zugänglicher realer Punkt liegen? Robert musste in die Felswand klettern. Dort musste der Schlüssel zu ihrer beider Rettung liegen. Jedenfalls betete er, dass dem so war.

Er legte eines der Plakate auf den Boden. Mit zwei scharfen Falzen trennte er die Diagonale heraus, so erhielt er aus dem DIN-A1-Format des Plakats ein Maßband für einen Meter.

Gleichzeitig ließ er Anahit nicht aus den Augen. Es war nicht abzusehen, wohin sie auf der Suche nach Abkühlung gehen würde. Anahit an der Hand, trat er in das Unwetter hinaus.

Achtzig Meter hinter dem Rundbau begann der Fuß der Felswand, von da an lief sie in einer flachen Steigung nach oben. Der Sturm peitschte gegen die Wand aus Geröll und gewachsenem Stein. Nur Roberts Jacke lose um ihre Schulter gehängt, stand Anahit ansonsten nackt am Fuß des Felsens, den er jetzt, das improvisierte Maß in der Hand, emporzuklettern begann. Drei Meter. In dem aufgewirbelten Staub konnte er kaum etwas sehen. Halb blind tastete er umher. Rauer Felsen, brüchige Steine, kleine Stauden junger Pappeln, die sich hier festgesetzt hatten.

★

Papier und Staub wirbelten durch den Hof der Anlage. Hin und wieder fielen einige schwere Regentropfen.

»Sieh dir das an«, rief Matteo leise. Er setzte das Fernglas ans Auge. »Sie ist nackt. Sie haben es getan, und ich habe es verpasst! Sieh sie dir an, nackt, schlank, straffe kleine Titten – einfach süß. Wirklich nicht schlecht. Für wen zieht sie jetzt diese Show ab?« Er reichte Basteau das Fernglas. Der blickte einen Augenblick hindurch und legte es wieder aus der Hand, als hätte er sich daran verbrannt.

»Sie ist krank«, schrieb er hastig, »sie hat die Pest.« Matteo griff sich das Glas erneut. Richtig. Wenn er genau hinsah, stellte er fest, dass ihre Haut mit dunklen Flecken übersät war.

»Ekelhaft«, sagte er. »Wir sollten verschwinden.«

»Abstand halten«, schrieb Basteau. Etwas geschah dort unten. Der Italiener verließ die Halle. Er legte ihr eine Jacke um die Schultern. Er zog sie an der Hand in Richtung des eingestürzten Rundbaus, in der anderen Hand ein weißes Band.

»Sie haben etwas entdeckt«, schrieb Basteau. »Warten.« Der Italiener ließ die Frau stehen und begann, in die Felswand zu klettern.

»Er verpisst sich«, rief Matteo. »Wir müssen zugreifen.« Sofort liefen sie die Treppe hinunter in das freie Areal zwischen den Bauten.

★

Es ist vollkommen verrückt, dachte Robert. Wie ein abgestürzter Käfer hänge ich im Süden Armeniens auf dreitausend Meter Höhe dicht über einer zerstörten Abfüllanlage für Mineralwasser in einer Felswand des Kleinen Kaukasus. Ausgerechnet hier taste ich zwischen Gebüsch und scharfkantigem Geröll nach einem winzigen Punkt, von dem aus ich unser Leben und die Welt retten will, nach dem Punkt, in den hinein Piero della Francesca vor mehr als fünfhundert Jahren sein Auge gedacht hat.

Am Fuß des Felsens setzte Anahit sich in Bewegung, zurück in Richtung auf die Quelle im Rundbau. Zu seinem Entsetzen sah Robert von der anderen Seite zwei Männer sich dem Rundbau nähern, die ihm aus Sansepolcro nur zu bekannt waren. Jean-Pierre Basteau, der beim Gehen von seinem Gehilfen Matteo gestützt wurde.

Ein kleines Stück der Felswand gab unter seiner tastenden Hand nach. Es schwenkte nach oben wie eine im Gleichgewicht an einer horizontalen Mittelachse gelagerte Klappe, die nicht viel größer war als Roberts Hand, mit der er jetzt einen winzigen Hohlraum dahinter ertastete. Darin war nichts als ein Hebel, den er nach oben drückte. Er musste eine Sperrklinke bewegt haben. Hinter der setzte sich eine Mechanik in Gang, deren Geräusche deutlich zu hören waren. Aber nichts veränderte sich, nichts Sichtbares geschah.

Robert sah, dass inzwischen sowohl Anahit als auch die beiden Männer in dem Rundbau verschwunden waren. So schnell er konnte, rutschte er die Felswand herunter, wobei er sich das Kinn an einem Felsvorsprung blutig schlug.

Zitternd stand Anahit den beiden Männern gegenüber, die respektvoll Abstand von ihr hielten. Basteaus Gesicht war geschwollen und rot und blau gefärbt, sein Mund eingefallen wie der eines uralten Mannes, seine Lippen waren blutig verkrustet. Er lehnte an einem Birkenstamm, der im Innern des Rundbaus aus dem Sumpf wuchs. Er sprach nicht, und anscheinend hatte er Schwierigkeiten, aus den zugeschwollenen Augen richtig zu sehen. Auf Basteaus Zeichen hin übernahm Matteo das Reden. Er hielt eine Pistole in der Hand, die jetzt auf Robert gerichtet war.

»Wo geht's zum Bild?«, fragte der Italiener mit den obszön langen Koteletten. Basteau gab ein weiteres Zeichen.

»Los. Marschieren Sie voran, Casty«, sagte Matteo, »sonst können Sie Ihre Freundin gleich hier begraben.« Anahit bekam einen Hustenanfall. Ohne auf die Waffe zu achten, ging Robert zu der Quelle. Er schöpfte mit der Hand von dem Wasser und hielt es ihr hin. Gierig sog sie es auf. Sie glühte vor Fieber, er konnte es spüren. Die Flecken auf ihrer Haut begannen sich zu verfärben, und Robert spürte den süßlichen Geruch, der von ihr ausging.

»Lassen Sie sie in Frieden«, sagte er. »Bringen Sie sich lieber in Sicherheit, sonst stecken Sie sich noch an. Wie's aussieht, haben Sie so schon genug Probleme.«

»Beeilen Sie sich, Casty, und quatschen Sie hier nicht rum. Wir wollen Ihre Karte sehen. Also bringen Sie uns zu Ihrem Gepäck«, ordnete Matteo im Auftrag Basteaus an.

Robert hielt Anahit im Arm, Matteo folgte ihnen im gebührenden Abstand, mit beiden Armen stützte sich Basteau auf ihn.

In diesem Augenblick schien Anahit neue Kräfte zu gewinnen. Sie riss sich los und rannte davon, über den Hof der Anlage, durch das Tor auf die Straße. Ohne sich um die anderen beiden zu scheren, lief Robert hinterher, verfolgt von Matteo, der wild mit dem Revolver fuchtelte.

Auf der Straße vor der Abfüllanlage holte Robert Anahit ein. Vor Entschlossenheit bebend stand sie da, anscheinend bereit, in dem Glauben an eine intakte Kindheit, an eine beschützende, wohlmeinende Mutter in den Tod zu gehen. Sie hielt die Arme voller Steine, die sie jetzt mit aller Kraft, die sie aufbringen konnte, auf Robert warf. Einer davon traf ihn so heftig am Kopf, dass er zu Boden ging.

Fassungslos beobachtete Matteo vom Tor aus, was auf der Straße geschah. Nicht Robert, schien er zu begreifen, sondern die von der Seuche gezeichnete Frau dort vorn auf der Straße war die Quelle seiner Probleme.

Anahit schien voller Verzweiflung, Tränen liefen ihr über die Wangen, sie glühte von dem Fieber, das in ihr tobte.

»Irgendwo dort ist dein Eingang«, schrie sie voller Enttäuschung und Wut zwischen Hustenanfällen heraus. »Wie schön für dich, er wird dein Leben retten. Zumindest für einige Monate. Ich habe nie den Eingang gesucht, wie du dich vielleicht erinnerst. Ich habe immer nach dem Ausgang gefragt. Mein Leben lang habe ich nach den Ausgängen gesucht, warum sollte es hier anders sein? Ich brauche keine Nähe, sie bringt mich nur um. Und ich brauche dich nicht ...«

Robert schaffte es nicht, sich von der Straße zu erheben. Wie durch einen Vorhang sah er sie weit vorn stehen, noch immer Steine im Arm, als müsse sie sich daran festhalten.

Die Jacke rutschte ihr von den Schultern, sie stand nackt vor ihnen, bedeckt von den roten und schwarzen Flecken der Seuche mit vor Schweiß und Wasser klatschnassen Haaren, um den Bauch den verrutschten Verband der alten Wunde, außer sich vor Verzweiflung und Schmerz. »Ich nehme den Ausgang, du den Eingang. Du rettest dein Leben, ich rette meins.«

Mitten in diese Worte hinein fiel ein Schuss. Im selben Moment stürzte Anahit zu Boden. Robert hatte Schwierigkeiten, zu verstehen, was geschehen war. Mühsam richtete er sich auf.

»Sammel sie auf«, kommandierte Matteo aus sicherem Abstand, »und dann wieder Abmarsch. Es wird Zeit, die Kavallerie rückt an.« Aus größerer Entfernung waren die Motoren schwerer Helikopter zu hören.

Anahits linker Fuß war zerschmettert, keuchend lag sie vor Robert auf der Straße, Blut lief aus dem Fuß. Sie hielt die Augen geschlossen. Er hob sie hoch. Dabei pochte es hinter seinen Schläfen. Als er sie sich über die Schulter legte, wehrte sie sich mit nachlassenden Kräften. Er hatte das Gefühl, einen Ort vernichtet zu haben, von dem sie gehofft haben musste, dort die letzten schrecklichen Stunden, die ihr bevorstanden, zubringen zu können – ihre von allen Zweifeln geheilte Kindheit.

Wie ein aus einer Falle geborgenes Wild lag sie leblos auf seiner Schulter, als sie von Regen und Wind getrieben die große Halle der niemals fertiggestellten Brauerei betraten.

Wie versteinert blieb Robert stehen.

Etwas hatte sich verändert. Zwischen zwei Stahlträgern war ein großes Stück der Betonwand, die direkt an den Felsen grenzte, seitwärts auf einer gebogenen Bodenschiene nach hinten geschwenkt, wodurch der Blick auf einen mit alten Sandsteinblöcken ausgekleideten Raum von mindestens sieben Metern Breite und zehn Metern Tiefe freigegeben wurde. In dessen hinterer Wand öffnete sich ein halbrunder mannshoher Gang, der tiefer in den Berg führte. An der hinteren Seite des Raumes standen ein schwarzer Lexus und ein Londoner Doppelstockbus.

Basteau und Matteo hielten nicht einen Moment in ihrer Bewegung inne. Sie marschierten voran, ohne Robert und Anahit eines weiteren Blickes zu würdigen, Matteo mit seiner Waffe in einer Hand und Basteau mit beiden Armen auf ihn gestützt. Während der Franzose von seinem Helfer in den Gang geschleppt wurde, legte Robert die erneut verwundete Anahit vorsichtig auf ein Lager aus Plakaten. Er holte die Sachen, die sie sich schon vor einiger Zeit vom Leib gerissen hatte, aus dem Rucksack und begann vorsichtig, sie ihr anzuziehen. Anschließend lief er hinaus in den Hof, um die Wasserflasche nachzufüllen.

Zurück in der Halle, machte er sich daran, seinen Rucksack von überflüssigem Ballast wie dem Katalog seiner Bilder zu befreien, als der Umschlag herausfiel, den er verschlossen mit sich führte, seit Anahit ihn im Hotel Yerevan in Empfang genommen hatte. Robert riss ihn auf und entnahm den großformatigen Abzug.

Auf den ersten Blick erkannte er einen der schrägen Holme des Spiegelrahmens, in den der fotografierte Mann blickte.

Je tiefer Robert sich in das so einfach erscheinende Foto versenkte, desto doppelbödiger wurde alles. In der 1966 fotografierten Szenerie lief alles auf nur eine Frage hinaus: Wer hatte damals wen fotografiert und zu welchem Zweck?

Robert musste sich setzen. Im Gegensatz zu dem Ausschnitt, den er bisher kannte, war hier das ganze Gesicht des Mannes abgebildet. Mit spitzen Fingern schob er das Blatt zurück in den Rucksack, als sei es lebendig geworden. Er lud sich Anahit auf den Rücken, die leise wimmerte, eingehüllt von durchdringend süßlichem Geruch.

Er spürte ihr Gewicht, er spürte ihren heißen Körper, fast glaubte er, ihre Schmerzen zu spüren.

Und mit selten erlebter Klarheit entdeckte er, dass bei dieser Rettungsaktion für Anahit mehr in ihm wirkte als der unbedingte Wille, ihr Leben zu retten, mehr als die Liebe zu ihr, die ihn selbst immer wieder erstaunte, und mehr auch als der Schwur, sie mit in das Kloster zu bringen. Es schien ein unerklärlicher Wille zu sein, sein *eigenes* Leben zu retten.

Immer weniger verstand Robert, was um ihn geschah, immer unklarer wurde ihm, was in seinem Inneren vorging, und es erschien ihm immer rätselhafter, welche Rolle er selbst bei dem spielte, was vor ihm lag. Er kannte dieses etwa fünfzigjährige seitenverkehrte Gesicht des Mannes auf dem Foto aus jedem Blick in einen Spiegel. Der angeblich im Jahr 1966 in einem Kloster namens Lusavank fotografierte Mann war er selbst.

Auf das abgebrochene Stück Rohr gestützt, mit dem er die Fundamente des Klosters aufgegraben hatte, marschierte er mit der bewusstlosen Anahit auf dem Rücken voran in den Gang.

VISUS

Der Sturm aus nordwestlicher Richtung hatte sich zu einem Orkan gesteigert, in dem der Wind Geschwindigkeiten von mehr als 150 km/h erreichte. Als der Sikorsky S-70 Blackhawk und der riesige MIL-26-Hubschrauber in der Hofanlage der stillgelegten Mineralwasserfabrik aus den dunklen Sturmwolken landeten, die den tausend Meter höher aufragenden Gipfel des Mt. Khustup verhüllten, wirbelten die mächtigen Rotoren Sträucher und Unmengen umherfliegenden Papiers auf. Noch unter den laufenden Rotoren sprangen die Männer aus den beiden Helikoptern, Genna und sechs voll ausgerüstete Männer aus dem Blackhawk und Voylev mit fünfzig weiteren armenischen und russischen Einsatzkräften aus der MIL 26.

Sie wurden von Jackson und fünf Männern des Vorauskommandos empfangen, die die Neuankömmlinge in eine große Halle aus den achtziger Jahren winkten, dem einzigen Bau, dessen Dach einigermaßen intakt war.

An einer Wand, mit der die Halle an den Felsen grenzte, waren drei Männer in leichter Schutzkleidung damit befasst, eine Nische in der Felswand mit einem durchsichtigen Vorhang aus dicken Polyäthylenfolien abzudecken. Hinter den Schlieren der Plastikfolie zeichnete sich schemenhaft die Form eines altmodischen Doppelstockbusses ab.

»Endstation«, stellte Genna fest.

»Es gibt einen Gang dahinter«, erklärte Jackson, »der tief ins Innere des Berges zu führen scheint. Unsere Männer sind dabei, ihn zu dekontaminieren.« Er deutete auf die Männer in Schutzkleidung, die hinter dem Vorhang aus duschkopfähnlichen Düsen milchige Nebelwolken um den Bus und in seinem Inneren verbreiteten. Ein dritter Mann schob mit einer Gummirakel auf dem feuchten Boden der Gangmündung Haufen toter Fliegen zusammen.

»Sie haben den Bus und einen Lexus GX 470 hier abgestellt, dann sind sie mit dem pentagonförmigen Objekt aus der SEA WASP in den Gang verschwunden. Sobald wir die Dekontamination abgeschlossen haben, werden wir ihnen folgen.«

Sie setzten sich auf Klappstühle in einem provisorisch aufgebauten Lagezentrum, das im Wesentlichen aus großen Tischen mit jeder Menge Kommunikationseinrichtungen und einigen großen Monitoren bestand.

Genna verscheuchte mürrisch eine Fliege vor seinem Gesicht.

»Liegen Ergebnisse von der Aufklärung auf dem Gipfel von Lester Coleck und seiner Truppe vor?«, fragte er.

»Wegen des Orkans mussten wir sie unterhalb des Gipfels auf der windgeschützten Seite absetzen«, erklärte Jackson. »Sie sind soeben auf dem Gipfel angekommen, wir erwarten ihren Bericht.«

Jackson begrüßte die hinzukommenden Commander der kämpfenden Einheiten mit Handschlag.

»Wir vermuten, dass der Gang über mindestens zwei Kilometer Länge in den Berg führt. Wir müssen unsere Männer mit Motorrädern ausrüsten.«

»Wie viele benötigen Sie?«, fragte Voylev.

»Sechs Räder mit voller Ausrüstung, die in einem Gangprofil von zwei mal zwei Metern einsetzbar sind. Die Mannschaften dafür haben wir.«

Voylev wisperte einem seiner Offiziere einige Sätze zu. Die letzten Container wurden aus der MIL 26 im Hof der Abfüllanlage entladen.

»Wir werden von den armenischen Streitkräften sechs Ural IMZ-8 erhalten. Der Transporter wird sie in einer Stunde hier absetzen.«

In den Wirren der armenischen Geschichte, in der das Land von Heerscharen fremder Herrscher heimgesucht wurde, kam den Klöstern des Landes als Bewahrer der Schrift in Sammlungen alter Manuskripte und als Hüter der Religion eine doppelte Bedeutung zu. Anders als die Klöster Europas vereinten sie die Funktion von Universitäten, Orten der Gerichtsbarkeit und Fluchtburgen vor fremder Besatzung. Aus dieser Tradition entwickelte sich die besondere Bauform des *Gawit* als eines in armenischen Klöstern verbreiteten Bauwerkes, das als Versammlungs- und Gerichtsstätte, als Lehrstätte und von alters her als Erbgrabstätte diente.

Die würfelförmige Bibliothek des Klosters war im dreizehnten Jahrhundert als *Gawit* neben die seit dem zehnten Jahrhundert existierende Kapelle vom Heiligen Kreuz gebaut worden.

Weil er sich als der trockenste Bau des Klosters erwies, beschloss die Priorei im vierzehnten Jahrhundert unter dem Einfluss der armenischen Universität in Ghoravank, das man damals als das »Athen des Ostens« bezeichnete, die wertvollen Manuskriptsammlungen des Klosters aus seiner zweitausendjährigen Geschichte darin aufzubewahren. Im Lauf der Jahrhunderte entstand so die Bibliothek, der Bruder Gor seit zwanzig Jahren vorstand.

Gor war ein großer grauhaariger Mann, dem man ansah, dass es Zeiten gegeben hatte, in denen er doppelt so viel wog wie heute. Jetzt sah seine Haut aus wie ein dünn gewordener weiter Mantel, in dem er sich noch immer nicht recht zu bewegen wusste.

Bevor er seinen Rundgang durch die sechs Leseräume

des quadratischen Bibliotheksbaus begann, verharrte er für einen Augenblick in dem Raum, den er für den schönsten des Klosters hielt. Auf den abgeschliffenen Grabsteinen des Fußbodens tanzten winzige Fliegen wie unruhiger Staub.

Gor begann mit seinem Rundgang, bevor er hinübergehen würde, um in der großen Basilika an dem Fest der Blauen Madonna teilzunehmen. Ein merkwürdiger Geruch wie nach brackigem Wasser lag in der Luft.

Jeder der sechs Leseräume maß nur fünf mal fünf Meter, war aber auf drei Seiten bis in die monumentale Höhe von zwölf Metern mit Folianten, Manuskriptbündeln und Büchern bedeckt.

Der erste Leseraum, den er betrat, war nicht leer. In der Mitte lehnte an einem der Regale ein in dicke Lagen von schwarzem Gummi gehülltes schmales einzelnes Rad von gewaltigen vier Metern Durchmesser. Ein schwarzes Rad. Gor traute seinen Augen nicht.

Zwei Schwestern des Ordens betraten den Raum. Die größere der beiden, eine Frau von unbestimmbarem Alter in der geschlossenen schwarzen Tracht des Ordens, sah ihn aus einem Gesicht an, dessen unbewegliche harte Haut Teil der Tracht zu sein schien. Fürsorglich nahm sie sein Gesicht zwischen ihre Hände. Sie waren wunderbar weich und warm. Es war das Gesicht von Gor, das erkaltete, als er auf den Boden sank, die Augen auf seinen Rücken gerichtet.

★

Nackter Felsen, auf den Lester Colleck an keiner Stelle unbesehen seine hohen Stiefel mit der rutschfesten Spezialsohle setzen konnte, bröckelnder Stein, tiefe Strudellöcher, die wie flache Pfützen aussahen, Windschub wie aus einem Düsentriebwerk. Vor dem kleinen Trupp aus sechs Männern, die von dem Vorauskommando im ersten Blackhawk vor einer Stunde im Windschutz des Berges unterhalb des Gipfels abgesetzt worden waren, stand eine massive Wolke, aus der der Orkan Fetzen für Fetzen den Wasserdampf riss.

Sie bewegten sich schnell über die scharfkantigen Felsgrate am Gipfel, immer wieder unterbrochen von Ablaufrinnen des Wassers, ständig die Richtung ändernd und nie länger als fünf oder zehn Sekunden in einer Bewegung bleibend. Sie mussten mit allem rechnen, was sie in der zerklüfteten Ebene erwartete. Auf ein Handzeichen von Lester Colleck bewegten sie sich aus ihren Deckungen nur noch im Kriechgang.

Sie hatten sich entsprechend ihrer taktischen Aufgabe mit allem Notwendigen eingedeckt. Während Lester auf die gewohnte M9 nicht verzichten wollte, waren die anderen fünf mit Sig-Saur-P-226-Pistolen ausgerüstet. Drei von ihnen trugen zusätzlich leichte halbautomatische Colt-M-177-Maschinenpistolen, einer der beiden anderen ein weitreichendes Scharfschützengewehr Remington M 700 mit Laserentfernungsmessung und optischer Zieleinblendung, der andere eine schwere Barrett M82A1 mit Stativ, deren Reichweite und Durchschlagskraft mit mehr als doppelt so großen 50er Patronen erheblich größer war. Von einer gesicherten Position auf dem Gipfel des Berges konnten sie damit noch auf gut einen Kilometer Entfernung einzelne Personen ausschalten.

Lester zog seine Gesichtsabdeckung aus dichter schwarzer Wolle hoch bis an die Nase. Er klappte seinen Gesichtsschutz hoch, um das Infrarotsichtgerät vor die Augen zu schieben. Nichts in dem Nebel war auffallend. Der Untergrund ging darin gerade so weiter wie bisher.

Lester hob die Hand. Hinter verschiedenen Steinbrocken kamen die fünf Gestalten in ihren grauschwarz gefleckten Kampfanzügen hervor, an denen mit Klettverschlüssen die Ausrüstungen hafteten, die sie für diesen Einsatz zusammengestellt hatten. Keine schweren Waffen. Blendgranaten, Infrarotleuchtstäbe und ein Satz leichter Zivilkleidung.

Vor allem aber hatten sie Geräte und Material zum Abseilen über ihre Kevlarwesten geschnallt. Jeder Mann seiner Truppe hatte bei den Special Forces gedient, sie alle kannten sich von Trainingszeiten in Fort Bragg. Nach Einsätzen im ersten Golfkrieg hatten sich die meisten in polizeiliche SWAT-Teams zurückgezogen, in Los Angeles, in Portland, in Atlanta. Für diesen Einsatz hatte man sie wieder zusammengerufen, weil in dem heraufziehenden Chaos der Seuche LHF alle anderen Teams mit Beschlag belegt waren.

Irgendwann, das wussten alle, konnte aus dem Aufklärungsauftrag eine Aktion gegen einen bioterroristischen Angriff werden. Ein grelles rotes Signallicht war das Zeichen, dass sie ihre B-Waffen-Schutzkleidung mit Atemfiltern anlegen mussten, die sie in Spezialverpackungen auf dem Rücken mitführten.

Sie traten enger zusammen, um zu beraten. Lester deutete nach vorn und verständigte sich per Handzeichen.

Ich gehe vor, zeigte er an. *Ich brauche einen Freiwilligen. Wir gehen weiter, bis wir auf einen Rand oder einen Einstieg stoßen, dann seilen wir uns ab. Ihr folgt uns bis dorthin und bezieht Scharfschützenposition.*

Joe Shultsky, ein massiger Bursche aus Chicago mit hervorstehenden Augen, die aussahen, als sei er von allem, was ihm begegnete, überrascht, meldete sich. Lester konnte sich auf Joe, dessen Vorfahren aus Polen stammten, jederzeit blindlings verlassen.

Sie klappten ihre Infrarotsichtgeräte vor die Augen, ohne die ihre Sichtweite kaum Zentimeter betragen hätte, als sie kurze Zeit später der kalte Nebel verschluckte.

Der Felsboden zeigte keinerlei Veränderung. Lester ging voran, Joe sicherte schräg hinter ihm in drei Metern Abstand seinen Rücken. Sie überquerten einen kleinen Felsbuckel, mit dem sie offenbar die Wasserscheide überschritten hatten. Von nun an war der Felsboden stärker ausgewaschen, das fließende Wasser hatte breite Rinnen in den Untergrund geschliffen. Auf dieser Seite fiel der Boden steiler ab, das Wasser erreichte höhere Strömungsgeschwindigkeiten. Ein fernes Donnern wie von laufenden Triebwerken lag in der Luft.

Joe knickte einen Infrarotleuchtstab und warf ihn nach vorn. Mit einem Schlag wurde es hell in ihren Nachtsichtgeräten, deren Empfindlichkeit sofort automatisch heruntergeregelt wurde. Die Sichtweite war kaum noch begrenzt, und sie kamen deutlich schneller voran. Als sie den Leuchtstab erreichten, warf Joe ihn noch einmal nach vorn. Es wurde dunkel.

Schritt für Schritt tasteten sie sich voran, bis sie es sahen.

Tief unter ihnen glomm das schwache Licht des Stabes in den Sichtgeräten. Der Berg öffnete sich zu einem weiten Talkessel von mindestens fünfhundert Metern Tiefe und einem Kilometer Weite. Aus der Tiefe drang das Donnern zu ihnen herauf. So viel Nebel und Wasserdampf der Orkan auch aus dem Talkessel saugte, ein gigantischer Wasserfall auf der östlichen Seite, der von der halben Talhöhe stürzte und ein Viertel der Felswand des Tales verdeckte, schäumte immer neuen Wasserstaub und Dampf in die Höhe.

Im geisterhaften Grün der Nachtsichtgeräte erschien im Licht des Leuchtstabes eine fantastische Umgebung.

Eine Siedlung, ein See, in den der Wasserfall stürzte, weitere Gebäude hinter dem Schleier des Wasserfalles.

Lester und Joe warteten direkt an der Felskante. Sein hervorstehendes Sichtgerät vor den Augen, zeigte Lester mit der ausgestreckten flachen Hand nach unten. Sie legten ihre Hüftgurte an und klinkten die Doppelseile ein. Dann begannen sie in großen Sprüngen mit dem Abstieg.

Die Wand des schmalen Tunnels war bis in die Spitze nach außen gewölbt, Robert fand keinen Punkt, an den er sich anlehnen konnte. Zwei Meter breit. Zwei Meter hoch.

In der Mitte des Bodens verlief eine schmale Rille, nicht breiter als zehn Zentimeter, die sich den gesamten Tunnel entlangzog. So tief er mit seinem Arm auch versuchte hinunterzukommen, fand er keinen Boden der Rille, aus der ein Schimmer von Licht drang, wie er feststellte, nachdem sich seine Augen lange genug an die Dunkelheit gewöhnt hatten.

Noch immer tropfte Blut aus der Wunde an Anahits Fuß auf seinen Rücken. Sie würde keine Stunde mehr durchhalten. Als er ihr den letzten Schluck Wasser aus der Flasche zu trinken gab, wachte sie nur für einen Moment auf, kam aber nicht zu vollem Bewusstsein. Als die Flasche leer war, ließ Robert sie fallen. Das Geräusch der rollenden Flasche verschwand bergab in der Entfernung.

Der Felsen übertrug Erschütterungen, als würde Robert sich einer Brandung nähern. Donnerndes, nicht endendes Rauschen lag in der Luft, in der jetzt ein Hauch kühler Feuchtigkeit zu spüren war, die von der vor ihnen liegenden Öffnung gegen den aufwärtswehenden Luftstrom hereindrang. Nach einer weiten Kurve öffnete sich der helle Tag. Der Wasserstaub und das Dröhnen, das den Felsen bis tief ins Innere erschütterte, rührten nicht von einer Brandung her.

Verschiedene Gebäude waren um eine riesige Basilika aus dem siebten Jahrhundert geschart, dahinter bewegte sich die seidige Wand eines Wasserfalles. Auf einem Weg, der rechts vom Plateau die Felswand hinab in das Tal führte, näherten sich Dutzende von Menschen. Sie alle waren auf dem Weg in die große Basilika, die am Rand eines abfallenden Felsvorsprunges stand. Im Klostergelände liefen Schwestern in hochgeschlossener schwarzer Tracht umher, Mönche in grauen Mänteln und Priester im blauen und violetten Ornat, das von goldenen Gürteln zusammengehalten wurde.

Ohne Rücksicht auf den Strom der anderen Menschen lief Robert den abschüssigen Weg zur Basilika hinab. Aus der Nähe zeigten einige der Gebäude der Klosteranlage fortschreitenden Verfall. Am Rand der Kirche stand eine zierliche ältere Frau in einem hellen Regenmantel, gegen den alles überziehenden feinen Wasserstaub die Kapuze über den Kopf geschlagen.

Robert trat näher, noch immer war Anahit auf seinem Rücken nicht bei Bewusstsein. Er sah in das zarte Gesicht unter der Kapuze, die vollen Haare, die bei der älteren Frau grau waren, die dunklen Augen ... Anahits Mutter, ein Zweifel war nicht möglich.

Sie streckte Robert die Hand entgegen und stellte sich als Jelena vor. Robert setzte Anahit ab. Behutsam lehnte er sie an die Wand der Basilika, ohne dass sie das Bewusstsein erlangte. Jelena blickte Robert an, dann sah sie in Anahits Gesicht.

»Ich habe euch erwartet«, sagte sie schließlich in einem Ton, in dem hinter Erschöpfung und Resignation kaum Freude erkennbar war. Mit einem Winken, dessen Kraft gerade für diese eine Bewegung auszureichen schien, forderte sie ihn auf, ihr zu folgen.

Sie lief voran, bis sie an eine Pforte in der Nordseite der Basilika kamen, über der im Stein ein Kreuz dargestellt war, das an jedem seiner Arme von einem Kreis mit einem Pentagramm darin abgeschlossen wurde. Robert folgte Jelena durch die Pforte, Anahit bewusstlos auf seinem Rücken.

Noch ehe er einen Schritt setzen konnte, verstummte das Donnern des Wasserfalles, und in der Stille schien die Zeit anzuhalten. Vogelstimmen waren die einzigen Laute. Klar sichtbar hinter den Gebäuden des Klosters erschien tief unter ihnen ein stilles Tal in strahlender Sonne.

★

Colbert ging als Letzter in der Reihe hinter Seena.

»Seht ihr das Leuchten?«, fragte er. »Es ist dasselbe Phänomen, das wir auf der untergehenden SEA WASP gesehen haben. Leuchtende Biofilme.« Arrans Fuß stieß gegen etwas am Rand des Tunnels. Für einen Moment schaltete er seine Lampe ein, die sie seit Eintritt in den Tunnel nicht benutzt hatten.

»Eine Wasserflasche«, stellte er nüchtern fest. Er hielt inne. Etwas war anders. Stille.

Die ganze Zeit hatte ein unbestimmbares Vibrieren in den Felsen gelegen, dessen sie sich erst jetzt bewusst geworden waren, als es aufgehört hatte.

»Es war etwas wie ein Rauschen«, flüsterte Seena, »als würden wir uns auf eine Brandung zubewegen. Es ist weg.« Die Luftströmung im Gang war abgebrochen, die Felsen waren stumm.

»Es wird heller.« Arran deutete nach vorn. Ohne dass sie sich einen Millimeter bewegt hätten, war der Widerschein eines vor ihnen liegenden hellen Tages aufgetaucht, als hätte sich die Tunnelöffnung in ihre Richtung bewegt. Sie hoben ihre schweren Rucksäcke wieder an und setzten sich in Marsch.

Sie kamen nur wenige Meter voran, als sich erneut etwas veränderte. Colbert legte sein Ohr an den Felsen.

»Es rollt etwas heran. Ich glaube, wir sollten schnellstmöglich den Ausgang finden. Es hört sich nicht gut an, was sich dort drinnen im Gang tut.«

Er rannte los, die anderen folgten, so schnell sie konnten.

In dem Augenblick, als sie in einen sonnigen Tag hinaustraten, wurde der Felsen hinter ihnen von Erschütterungen gepackt. Ein Schlag breitete sich durch den Felsen aus, als wäre ein großer Steinblock im Innern herabgestürzt.

Vor ihnen, eng an die östliche Wand des Felsens gelehnt, erstreckte sich auf einem Felsvorsprung inmitten üppigen

Bewuchses aus bunt blühenden Büschen und alten Baumriesen die Anlage des Klosters aus neun Gebäuden im hellen Sonnenlicht.

Direkt an der Felskante lag eine große Kirche mit einem Mittelturm unter einem kegelförmigen Dach und einem an ihrer westlichen Seite direkt an den Felsabgrund gebauten Glockenturm. In kleineren Gruppen strömten die Menschen in die Kirche.

Colbert deutete nach unten. Noch einen Moment lang konnten sie es sehen. Der italienische Maler folgte einer zierlichen älteren Frau im hellen Mantel in einen Eingang an der Nordseite der Kirche, die kleine Armenierin auf dem Rücken. Vereinzelt folgten ihnen andere der Besucher.

»Genau dort müssen wir hinein«, sagte Arran.

Sie gingen hinunter. Keiner von denen, die ihnen begegneten, nahm besondere Notiz von ihnen.

★

Als Lester und Joe auf etwa dreihundert Meter Höhe über dem Boden am Seil hingen, gab es einen tiefen Schlag, der bis in ihre Eingeweide drang. Ein Druck, der verschwand. Eine ewige Trommel, die verstummte, ein Triebwerk, das abgeschaltet war. Die Abwesenheit von etwas. Stille. Nur über ihnen lief das fortwährende Rauschen des Orkans.

Plötzlich konnten sie ohne ihre Sichtgeräte sehen. Der Orkan am Gipfel riss den Nebel aus jedem Winkel des Tales. Farben tauchten aus dem Grau unter ihnen auf. Lester blickte hinüber zu Joe, der mit ausgestreckter Hand nach Osten zeigte.

Der Wasserfall war verschwunden. Dahinter kam eine eng bebaute Klosteranlage zum Vorschein, die überragt wurde von einer Klosterkirche mit rundem Turm in der Mitte des in Nord-Süd-Richtung gebauten Kirchenschiffes. Die Bauten waren in metergroßen Steinquadern gesetzt, verschiedene von ihnen, wie ein hoher Glockenturm an der Westseite der großen Kirche, standen direkt am Rand einer steil auf zweihundert Meter abfallenden Felskante. Die Sonne schickte ihre Strahlen über den westlichen Rand des Talkessels.

Es wurde heiß. Wie plötzlich in eingeschaltetem Licht ertappte Spinnen hingen Lester und Joe in der Wand, für niemanden, der einen Blick nach oben warf, zu übersehen.

Mit rasender Geschwindigkeit seilten sie sich ab, um neue Deckung zu finden. Lester entschloss sich, seinen verschlüsselten Funk in Betrieb zu setzen.

»Wir haben Lusavank gefunden«, flüsterte er in das Mikro in seiner schwarzen Gesichtsmaske.

Am Ende einer steinernen Wendeltreppe, die so tief hinunterführte, dass Robert meinte, einen Turm von der Spitze hinabzusteigen, betraten sie die Halle im Felsen unter der Basilika, die der Baumeister Victor Malyan im Jahr 1347 in dem Manuskript so beschrieben hatte, wie sie sich jetzt vor Robert erstreckte. Anahit in den Armen, stand er fassungslos vor Staunen.

Die Halle reichte an die dreißig Meter tief in den Felsen. Sie wurde durch Fackeln erhellt, die in Halterungen an der westlichen, nicht mehr als fünfzehn Meter langen Wand steckten. Zwischen den Fackeln befand sich ein runder Durchlass in der Felswand, aus dem schräg auf den Boden ein mächtiges Bündel von Lichtstrahlen fiel.

Das Überwältigende an dem Raum aber waren die Bilder an allen Wänden, kein Fleck in der Halle, der nicht bemalt oder, wie der Fußboden, mit Mustern verziert war. Fresken, in den Farben so gut erhalten, wie Robert es sonst nur nach den großen modernen Restaurierungen in Italien gesehen hatte.

Jelena zupfte Robert am Ärmel. Er folgte ihr wie in

Trance. Was für ein unglaublicher Reichtum an Kunst aus der Zeit seit dem vierzehnten Jahrhundert breitete sich um ihn aus. Während er Anahit auf Händen trug, sog sich sein Blick voll. Überall fand er Darstellungen des Lebens Christi, von seiner Geburt über die von ihm vollbrachten Wunder bis zu seinem Leidensweg und der Wiederauferstehung. An der Wand unterhalb des großen runden Lichtdurchlasses war in einer Darstellung des späten vierzehnten Jahrhunderts die Wiederauferstehung Christi gezeigt. Er erhebt sich aus dem Grab. Gehüllt in einen mandelförmigen Glorienschein in den Farben des Regenbogens, der seine Figur vollständig umschließt, sitzt er auf einem Thron, gerahmt von zwei Fabelwesen, Tetramorphen mit weißen Flügeln, die mit Augen übersät sind. Ich bin auf etwas gestoßen wie einen Vatikan des Kaukasus, dachte Robert.

Er schob sich mit Anahit in den Armen durch Reihen schweigender Menschen. Eine sechzigjährige Frau mit zwei kleinen Mädchen auf dem Arm, deren Beine in blutgetränkten Verbänden steckten. Ein Greis, der von einer traurigen jungen Frau im langen schwarzen Kleid auf einer Bahre geschoben wurde. Bekümmerte, hoffnungsvolle, ängstliche und hoffnungslose Gesichter. Frauen in schwarzer Schwesterntracht, die den Besuchern Becher mit Wasser reichten. Als sie die Menge hinter sich gelassen hatten, drehte Robert sich um. Am Fuß der Treppe, die er vor kurzem selbst mit Anahit hinabgestiegen war, sah er die drei Begleiter ihrer Fahrt hierher, die Virologin Seena, ihren Mann, den Astronomen und den kleinen Genetiker mit den abstehenden Ohren. Sie mussten unmittelbar nach ihm den Tunnel passiert haben und ihm in die Halle gefolgt sein.

Vor einem Tor in der Felswand am Ende der Halle, groß wie ein Kirchenportal, blieb Jelena stehen. Auf die Schwelle des Portals fiel das Sonnenlicht durch die runde Öffnung in der westlichen Felswand gegenüber. Tief unten im Felsen war ein Geräusch zu hören, als nähere sich ein Wagen auf einer unbefestigten Straße. Robert musterte die Halle aufmerksam. Ob es zutraf, was sie sich auf der Serpentinenstraße am Berg überlegt hatten? Dass die beiden Spiegel in dieser Halle zusammengebracht werden mussten? Er konnte keinen Zugang erkennen, der groß genug war, den Spiegel in die Halle zu bringen. Es gab das Tor im Felsen, vorbehalten für das große Objekt, das jetzt aus der Höhle unter ihnen hochgezogen wurde. Es gab die Treppe, über die alle Menschen in die Halle gekommen waren. Es gab den runden Durchlass für das Licht. Keinen anderen Weg. Keine Fliegen. Der Spiegel aus dem Wrack im Schwarzen Meer war nicht hier. Und es war kein Weg erkennbar, wie er hierhergelangen sollte.

Eine der Schwestern nahm Anahit aus Roberts Armen. Ohne größere Anstrengung zu zeigen, trug sie sie zu einem Lager weißer Decken vor dem Tor. Die obersten Decken schlug sie jeweils zu drei Seiten hoch. Abgestützt von aus dem Boden gezogenen Stäben ergab sich ein Sichtschutz wie um das Bett eines Sterbenden. Von den Menschen aus der Menge war nicht der geringste Laut zu vernehmen.

Die Hilfesuchenden sind vor allem Frauen, dachte Robert. Wissen sie von den Schwangerschaften, die auf die Heilung folgen? Ahnen sie, was sie zur Welt bringen werden?

Aber er konnte auch alte Männer und Jungen erkennen. Verletzte, Todkranke. Kam es ihnen nur darauf an, einige Tage und Wochen zu gewinnen, weil etwas Bestimmtes zu erledigen war? Wussten die Männer, was ihnen bevorstand? Was war mit den Männern geschehen, die hier früher gestanden hatten?

Anahit lag nackt, blutend und am ganzen Körper vom Schwarzen Tod gezeichnet vor dem Tor, das sich langsam auseinanderschob.

Jeder Tag zählt, dachte Robert. Jetzt verstand er die Eltern und Großeltern, die ihre todkranken Jungen hierherbrachten. Jeder einzelne Tag zählt. Für jeden von uns. Zukunft spielt keine Rolle. Einzig die Gegenwart.

Er zog sich aus. Eine Flut von Licht ergoss sich in die Halle, die Bilder leuchteten auf, als seien sie nur für diesen Moment geschaffen worden. Der riesige Spiegel vor ihm schien sie lebendig zu machen. Robert kniete sich neben Anahit auf den Boden und hielt ihren Kopf. Dann blickte er in das Licht.

★

Die Mitte der Bibliothek war mit dem großen, aufrecht stehenden schwarzen Rad gefüllt. Vor dem Fenster, das den unvergleichlichen Blick in den Talkessel bot, dessen Felsen und Bäume von der Sonne unbarmherzig aufgeheizt wurden, standen sechs Frauen in schwarzer Tracht.

Sie hielten konzentriert Ausschau in das Tal. In einem der Sessel der Bibliothek saß der Ratsvorsitzende, schweigend, als warte er auf eine Auskunft der Frauen. In den Sonnenstrahlen, die auf den Boden fielen, leuchteten kleine Fliegen auf, sobald sie auf ihrem unsteten Kurs durch den Raum das Licht durchquerten.

Nach einiger Zeit drehten die Frauen sich zurück in den Raum. »Es sind zwei Männer in der südlichen Felswand und mehrere andere auf dem Gipfel«, stellte Kyra, die Älteste von ihnen, fest. »Wir können die Reflexe ihrer Waffen erkennen.«

»Danke«, sagte der Ratsvorsitzende, »es war zu erwarten, dass das Militär versuchen wird, uns an der Erledigung unserer Aufgabe zu hindern, auch wenn niemand weiß, womit er es wirklich zu tun hat. Wir sollten uns nicht täuschen, sie werden hier eindringen, auch wenn sie wertvolle Zeit verloren haben, weil ihr den Gang versperrt habt. Die Militärs werden eine Gefahr für uns sein, auch wenn es nur eine einzige Sekunde ist, die wir schneller sein müssen. Eine einzige Sekunde, und überall in der Welt wird die Zeit der Barmherzigen anbrechen.«

»Wir können uns um die Männer auf dem Gipfel kümmern«, sagte die jüngere Frau mit dem breitflächigen Gesicht.

»Das ist gut«, sagte der Alte. »Wie lange benötigt ihr für den Weg durch die Gänge des Berges auf den Gipfel?« Die Frauen sahen sich an.

»Wir werden zu dritt sein. Von jetzt an gerechnet können wir in einer Stunde dort oben sein.« Kyra lächelte ledern.

»Ich danke euch. Wir dürfen keine Beobachter zulassen, wenn wir das schwarze Rad in seine Position bringen. Wenn die Sonne nicht mehr in die Basilika fällt, ist der Moment gekommen, von dem an alles sehr schnell gehen muss.« Der Ratsvorsitzende erhob sich.

»Egal was geschehen wird – wenn wir diese eine Sekunde gewinnen, wird die Schlacht für uns geschlagen sein. Ihr seid die barmherzigen Jungfrauen, die Gott sich wünscht. An niemanden als an ihn gebunden. Unermüdlich. Ihr sorgt euch um die Hilfesuchenden und öffnet ihre Herzen. Ihr kümmert euch um die Kranken, ohne krank zu werden, ihr beerdigt die Toten, ohne vom Tod besiegt zu werden.«

Vom Monitor über dem großen Kartentisch sah ihnen ein kleiner Mann im braunen Anzug entgegen.

»Dr. Goscharow ist leitender Geologe des Instituts für Tektonik des Transkaukasus an der Yerevaner Universität«, stellte Jackson ihn vor. »Er wird uns die Besonderheiten des Mt.-Khustup-Areals erklären, es kann für die Einschätzung der operativen Möglichkeiten von Bedeutung sein.«

»Die Bergkette des Zangezour«, begann der kleine dicke Mann mit Vollbart, »ist wie der überwiegende Teil des Transkaukasus vulkanischer Natur.« Auf dem großen Monitor über dem Kartentisch erschien eine Übersicht über weite Teile Europas und Asiens. Das Gebiet zwischen dem

Schwarzen und dem Kaspischen Meer war von einem roten Quadrat gerahmt. »An dieser Stelle schieben sich die türkische, die iranische und die arabische Platte nach Norden gegen die eurasische Kontinentalplatte.« Eine größere Aufnahme der Gebirgszüge im Süden Armeniens erschien, ein roter Rahmen markierte den Mt. Khustup.

»Der Mt. Khustup ist ein Dreitausender-Massiv aus vulkanischem Basalt- und Tuffgestein, das sich durch darunterliegende Kalksteinformationen auszeichnet, die im Lauf der Zeit durch die Wasserflüsse des Berges ein weit verzweigtes System von Karsthöhlen ausgebildet haben. In diese Höhlen haben sich, wie die Archäologen behaupten, in Zeiten der Verfolgung immer wieder Schutzsuchende zurückgezogen. In der Mitte des Massivs existiert ein Tal, das nur durch die Höhlen zugänglich ist.

Für Operationen wie diejenige, vor der Sie stehen, sind deshalb zwei Dinge zu beachten. Erstens schaffen dort unten Luft- und Wasserströmungen aus Verzweigungen des Wortan-Flusses Verbindungen zwischen Teilen des oben gelegenen Gebirges, die niemals kartografiert oder systematisch erfasst worden sind. Damit ergeben sich schlecht abgrenzbare Transportbedingungen für Feinststoffe jeder Art.«

Jackson fand die Botschaft klar genug. Eine größere Explosion in dieser fragilen Gemengelage würde unabsehbare Folgen nach sich ziehen.

»Zweitens haben wir dort insgesamt eine gebirgsmechanisch äußerst instabile Situation.« Er strich sich mit beiden Händen durch den Bart. »Auf der ausgehöhlten, verkarsteten unteren Schicht lastet ein Massiv extrem spröden, dichten und damit schweren Basaltgesteins. Es ist nicht auszuschließen, dass eine einzige neue Auswaschung, eine Erschütterung oder ein anderes vergleichsweise geringfügiges Ereignis dort unten Höhlen zum Einsturz bringt, was ganze Bergrutsche in den Gesteinsschichten darüber nach sich ziehen kann. Damit ist höchste Vorsicht bei extremen Maßnahmen geboten.«

Er schloss seine Anzugjacke und wartete einen Moment auf Kommentare, die aber nicht kamen. Jackson dankte ihm für seine Informationen.

In der großen Halle der ehemaligen Mineralwasserfabrik bauten Männer unter Jacksons Führung die Infrastruktur der Kommandozentrale und ein Lazarettzelt aus dicken Polyäthylenfolien auf. Darin gab es zwanzig einzeln infektionsgeschützte Betten und ein kleines medizinisches Labor. Ein Motor lief, der in dem durchsichtigen Zelt einen leichten Unterdruck erzeugte, damit Krankheitserreger darin nicht in die Umgebung entweichen konnten.

Aus dem Gang in den Felsen waren kleinere Explosionen von Sprengungen zu hören. Eine Staubwolke quoll aus der Gangmündung, anschließend marschierten zwei Männer in dicker schwarzer Schutzkleidung in den Gang. Sie trugen Geräte und meterlange Kupferrohre mit sich, aus denen sich Schläuche in Druckbehälter wanden, die sie auf Rollen hinter sich herzogen.

»Thermolanzen«, erklärte Jackson. »Der Gang ist auf acht Metern Länge durch einen Monolithen versperrt worden, wahrscheinlich durch eine Mechanik, die absichtlich gestartet wurde. Die Thermolanzen erzeugen eine Flamme, die heißer ist als die Oberfläche der Sonne, mehr als 5500 Grad Celsius. Damit gehen wir durch jedes Material dieser Erde wie durch Butter, solange unser Vorrat an reinem Sauerstoff reicht.«

»Passen Sie auf, dass Sie nicht den Gang zum Einsturz bringen«, sagte Genna. »Noch haben wir keinen anderen Zugang, über den wir wirklich zugreifen können.«

Ein Mann in der Kommandozentrale winkte ihnen. Es gab eine Meldung von Lester Colleck und seinen Männern vom Gipfel des Mt. Khustup. Jackson gab ein Zeichen. Plötzlich übertönte Collecks Stimme aus den Lautsprechern den Lärm, mit dem der Sturm am Blechdach der Halle rüttelte.

»Wir haben Lusavank gefunden«, sagte er. »Es gab einen Wasserfall, dem wir die Wolken verdanken. Er ist verschwunden. Plötzlich liegt greller Sonnenschein auf der Felswand, in deren Mitte wir hängen. Unter uns öffnet sich ein Talkessel mit einem Kloster. Üppige Natur. Ein See. Ich bitte um Erlaubnis, Videobilder zu übertragen.«

»Übertragung okay«, sagte Jackson. Der Monitor, der über dem Kartentisch in seiner Aufhängung schwankte, zeigte ein Bild. Das ist es, jubilierte Jackson innerlich. Ein Traumbild wie aus einem Märchen, eine Welt, wie für ihn gemacht, mit Felsen, Wasserfällen, einer unkartografierten Höhlenwelt, ein Talkessel, Stille in der Hitze unter einem über das Massiv hinwegfegenden Orkan.

Es waren keine Waffen zu sehen, keine Truppen, keine Fabriken. Überhaupt schien es hier nichts zu geben, was nicht genauso hier seit Hunderten Jahren in Stille und Abgeschiedenheit vor sich hin dämmerte. Legenden? Uralte Rituale? Mönche, Pilger, Dorfbewohner? Meinetwegen alles zusammen. Aber Terroristen, die die Welt bedrohten? Jackson fand es unwahrscheinlicher denn je, dass sie das richtige Ziel vor sich hatten.

»Wir müssen schnellstmöglich runter«, tönte Collecks Stimme, »und uns unsichtbar machen.«

»Es soll heute ein Fest in dem Kloster geben«, sagte Jackson. »Lassen Sie ein paar Männer zur Absicherung auf dem Gipfel. Gehen Sie mit den anderen runter. Behalten Sie nur das Nötigste, ziehen Sie ihre Zivilkleidung an. Wenn dort ein Fest stattfindet, mischen Sie sich unters Volk. Wir erwarten weitere Berichte.«

»Verstanden«, sagte Colleck. »Wir melden uns aus dem Volk.« Das Bild eines sonnenüberstrahlten Klosters auf einem Felsvorsprung, umgeben von der schwelgenden Pracht alter Oliven- und Lorbeerbäume inmitten einer ausgedörrten Steilwand, blieb noch eine Weile auf dem Monitor stehen.

Was jetzt geschieht, beginnt in den Augen. Von den Augen, vom Kopf her, von jedem einzelnen Haar auf der Fläche seiner nackten Haut ergießt sich in dem Licht ein Meer von Hitze in ihn. Robert fühlt sich in einem aufsteigenden Feuerwerk, in dem die Zellen seines Körpers Funken sprühen. Seine Zeit läuft so schnell, dass alles um ihn her steht.

Er spürt den Wind auf der anderen Seite des Felsens, er spürt Anahits Herzschlag in seiner Brust, er spürt seine Stärke. Schärfe der Sinne. Wissen. *Weisheit*.

Er spürt jede seiner Zellen. Jede von ihnen weiß alles von ihm. Jeder einzelne Punkt jedes Bildes, das er gemalt hat und das er noch malen wird, ist in jeder seiner Billionen Zellen. Er fühlt es. Es fühlt sich an, als gehörten alle Sterne des Himmels zu seinem Körper.

Er ist im südlichen Afrika, in den Drakensbergen nahe Durban. Die Mailänder Studios drehen »Lions in the Dark«. Er ist in einer Pause auf einem Ausflug in einen Wildpark in der Nähe.

In einer locker mit Büschen bestandenen Savanne verlässt er den Wagen. Die Sonne steht niedrig genug, um lange Schatten zu werfen. Er sitzt im Schatten eines hohen Mahagonibaumes, um zu zeichnen. Eine Löwin zieht mit beiläufiger Aufmerksamkeit in der Nähe vorbei.

Als Robert seine Utensilien so behutsam und schnell wie möglich packt, um sich auf den Wagen zu den anderen der Filmcrew zu retten, gibt das Schloss seiner Tasche ein leises Geräusch von sich, das nicht in diese Welt gehört, und Robert steht im Zentrum der Aufmerksamkeit der Löwin.

Sie sieht ihn an. Zu einhundert Prozent ihrer eigenen

Existenz in diesem Augenblick auf ihn konzentriert, wie niemand in der Welt jemals zuvor seine Aufmerksamkeit auf ihn konzentriert hat. Konzentriert auf nichts als ihn. Bewertend. Zum ersten Mal in seinem Leben hat er das Gefühl, wahrgenommen zu werden. Wirklich. Wahrhaftig. *Wahr*genommen.

Es gibt nur ein Ziel dieser Erkennung, die ihm in jede Faser dringt. Er wird gebraucht. Verwendet. Er wird in diesem Erkennen aufgehen. Gefressen. Aufgelöst.

Jede Faser von ihm wird plötzlich erkannt. Milliarden von Augen und Sinnen nehmen ihn wahr. Es bleibt kein Rest. Er fühlt sich vollkommen gebraucht. Aufgehend in etwas Größerem, riesig, unerreichbar wie die Sonne.

Blaue Schleier in dem Licht vor ihm, als ob ein Regenschauer über eine Wasserfläche geht.

Er spürt seinen Körper wie eine glatte Wasseroberfläche in einem rückwärtslaufenden Film. Ein Ring zieht sich zusammen. Es bildet sich eine Grube. Eine glitzernde Kugel Wasser schnellt nach oben. Das pulsierende Fieber seiner Zellen beginnt, sich in einem Punkt seines Körpers zusammenzuziehen.

Benommen saß Robert neben Anahit. Sie schlief. Zwei Frauen in Schwesterntracht kamen und halfen ihnen beim Anziehen. Sie geleiteten eine weitere Gruppe in das Licht vor das Tor. Eine der Schwestern nahm Anahit wie ein leichtes Kissen auf ihre Arme und trug sie davon.

Im Dämmerschein neben dem grellen Licht aus dem Spiegel war es für Robert noch immer undurchdringlich schwarz. Jelena nahm ihn bei der Hand.

»Anahit wird längere Zeit schlafen. Sie wird im Atelier auf der anderen Seite des Tales auf dich warten.« Sie umarmte ihn. Als Robert Jelenas zarten Körper in seinen Armen hielt, spürte er Anahit darin, und er fühlte ein unterdrücktes Schluchzen des Versagens nach einem langen

Kampf. Vor allem aber überwältigte ihn diese Umarmung mit einer verzweifelten Liebe, die ihm zu gelten schien.

Ehe Robert etwas sagen konnte, war Jelena in der Dunkelheit verschwunden.

Robert ließ sich im Schatten im äußersten Winkel der Halle hinter allen Wartenden auf dem Boden nieder und schlief ein, noch ehe er die Augen geschlossen hatte.

★

Unter dem Bogengang zwischen der Westseite der Basilika und der Umfassungsmauer, die das Kloster von dem Abgrund trennte, begannen rege Arbeiten. Vier Schwestern des Ordens, die graue Arbeitskittel über ihrer schwarzen Tracht trugen, schlugen von mehreren großen abgedeckten Haufen braune Gummiplanen zurück, womit sie Stapel verzinkter Stahlrohre freilegten, wie sie für Baugerüste verwendet wurden. Daneben standen Eimer, die mit Verbindungsmuffen und Bolzen gefüllt waren, in Holzkisten unter einer anderen Plane lagerten Werkzeuge, Seile und Flaschenzüge. Unter einem weiteren Haufen kamen Baustellenlaufwege aus gelochten, verzinkten Stahlblechen zum Vorschein.

An vier starken geschmiedeten Eisenringen, die schon vor sehr langer Zeit in das westliche Fundament der Basilika gelassen worden waren, befestigten zwei der Frauen vier feste Rollen. Sie zogen Seile durch die festen Rollen und durch lose Rollen, an denen Karabinerhaken befestigt waren. Auf diese Weise installierten sie vier parallele Flaschenzüge. Die anderen schraubten ein Gerüst zusammen, dessen Boden die durchbrochenen Stahlbleche bildeten. Das Ganze hatte Ähnlichkeit mit einem absenkbaren Gerüst für die Außenreinigung von Fenstern an einem verglasten Hochhaus.

Das Gerüst nahm zusehends Gestalt an, jeder Handgriff saß, nicht viele Worte wurden dabei verloren.

Als Robert aufwachte, wo er eingeschlafen war, begannen einige Schwestern auf der südlichen Seite der Halle damit, den Boden zu reinigen, auf dem sich ein glitschiger Belag gebildet hatte. Zu seinem Erstaunen bemerkte er Seena, die Frau des Astronomen, unter denen, die vor dem Portal auf ihre Heilung warteten. Er stieg die Wendeltreppe hinauf in den Hof der Klosteranlage, ohne das Ende der Heilungen in der Halle abzuwarten.

Dort angekommen, blickte er hinunter in das Tal zu seinen Füßen, in dem ein stiller See lag, an dessen westlichem Ufer sich eine kleine Siedlung erstreckte. Die Häuser waren in grauen und ockerfarbigen Tuffquadern gesetzt. Aus einigen Schornsteinen stiegen Rauchfahnen in den Himmel, die schnell in der klaren Luft verwehten, einige der Häuser waren verfallen. Es roch nach verbranntem Holz, er hörte die Geräusche der Bäume im leichten Wind. Die Vielfalt dessen, was er spürte, fühlte und hörte, verwirrte ihn. Die Klarheit, mit der er wahrnahm, was um ihn her geschah, erzeugte einen unstillbaren Drang, jetzt die notwendigen Dinge in Angriff zu nehmen.

Wo war der zweite Spiegel?

Robert blickte in den Himmel. Wohin waren die Vögel unterwegs? Ein Adler mit über zwei Metern Flügelspanne segelte vor der Felswand entlang. Auf seiner Haut spürte Robert die Bewegungen der Vögel in der warmen Luft vor den Felsen. Die meisten von ihnen saßen in den Ästen großer Lorbeerbäume über einem würfelförmigen Gebäude am Südrand des Klostergeländes. Sie saßen auf dem Dach und in den Ästen, bewegten sich jedoch kaum. Es war still, als warteten die Vögel ab. War das die Spur, die er suchte?

Robert blickte hinüber zu der Basilika, einem gewaltigen, aus rotbraunen Tuffsteinblöcken gesetzten fünfschiffigen Bau, der in drei in der Höhe abgesetzten Stufen oberhalb eines Sockels bis in die Höhe von etwa zwanzig Metern ragte. In der Mitte des etwa fünfzig Meter langen Bauwerkes wurde das hohe Mittelschiff von einem mächtigen fünfeckigen Mittelturm unter einem runden Spitzdach gekrönt. An beiden Seiten der südlichen Giebelwand, in der sich auch das große Eingangsportal befand, durch das die Pilger die Kirche betraten, saßen fünfeckige Säulentürme unter spitzen Runddächern, die große Kreuze trugen.

Entlang der westlichen Seite zum Tal hin lief eine breite Galerie mit sechs Rundbögen, unter denen man die Basilika auf der Seite des Wasserfalles geschützt betreten konnte. In der Mitte der Galerie ragte ein gewaltiger Glockenturm aus dem vorigen Jahrhundert auf, der direkt an den Rand des Felsens gebaut war. Seine ausladende Plattform ragte über den Abgrund hinaus.

Vor allem anderen musste er klären, welche Rolle er selbst bei dem spielte, was in dem Kloster vor sich ging. Wenn er nicht verstand, wer er war und was mit ihm geschah, würde er nichts von dem bewirken können, was er sich vorgenommen hatte. Mit spitzen Fingern fischte Robert das große Foto aus seinem Rucksack. In Kürze würde er wissen, was es damit auf sich hatte.

Für einen Augenblick stand er vor dem großen Portal im Südgiebel der Basilika, das mit Darstellungen der Gottesmutter in Stein geschmückt war. Die Ruhe, die der Gesang aus der Basilika weit in den Talkessel trug, war trügerisch wie die Stille des Sees unter dem versiegten Wasserfall. Sie würde nicht mehr lange Bestand haben. Es war fraglich, ob sie überhaupt jemals an diesen Ort zurückkehren würde.

★

Als die Sonne im richtigen Winkel über den westlichen Felskämmen des Talkessels stand, fielen plötzlich von einer Sekunde auf die andere zehn große Lichtbündel schräg ins Kirchenschiff der Basilika. Mit einem Schlag wurde es hell, gleichzeitig schwollen die Gesänge der Pilger an. Hoch oben in der Wand erleuchtete einer der Lichtbalken etwas, was nun aus der Dunkelheit des Kirchenschiffs erstrahlte. Etwas Derartiges hatte Matteo noch niemals in seinem Leben gesehen:

Das Bild einer Madonna in einem langen blauen Kleid, gerahmt von zwei Engeln, die ein Zelt öffneten, um den Blick auf die Madonna und ihren schwangeren Körper freizugeben. Es schien von innen heraus zu leuchten.

Neben Matteo stand Basteau. Auch er war bewegungslos vor Staunen, ein Stöhnen entrang sich seiner Kehle. Er griff in die Tasche und zog einen weißen Zettel heraus.

»Ein Weltwunder«, schrieb er. Er packte Matteo an den Schultern und drehte ihn Stück für Stück im Kreis, dabei deutete er auf die Fresken, in denen die Reflektionen des Lichts Geschichten erzählten.

★

Robert betrat das Innere der Basilika zu der Sekunde, als die zehn Lichtbündel im Raum erschienen. Jetzt sah er auch hier die Bilder an allen Wänden. Er sah Bildergeschichten aus dem Alten Testament und aus der Geschichte Armeniens, die christlichen Legenden um die Mutter Gottes, gemalte Predigten, in der für Armenien so seltenen Freskotechnik so frisch und leuchtend wie am Tag ihrer Entstehung. Sie füllten die Wände und die Decken, die Räume zwischen den Bögen der fünf Kirchenschiffe und die Kuppel des zentralen Turms über der Mitte. Menschen in den Kleidern und Bauten verschiedener Epochen, die in unterschiedlichen Landschaften dieselben Geschichten fortsetzten. Tote, Feiernde, Wiedergeborene, Verfluchte, Gefolterte und Angebetete. Landschaften, Städte, brennende Häuser, sternklare Nächte, Legenden der Bibel und Szenen des täglichen Lebens, ein erleuchteter Stall unter einem erdrückenden Himmel, der Krieg, alptraumhafte Schlachten, Arbeit in Weinbergen, Menschenmengen, die einem Heiligen folgen.

Wie ein gläsernes Schiff lag die Kirche in den Weiten der Geschichte. Alles existierte parallel. Einige der Schwestern wanderten mit polierten Silberplatten in den Händen umher und warfen das Licht der Sonne aus den großen Strahlen zurück auf die Wälder von Gemälden, auf denen plötzlich mit dem wandernden Licht die Figuren zu leben schienen. Mönche führten die Pilger entlang der Gemälde und erzählten von christlichen Legenden.

War das der Kern der Geschichte von dem rätselhaften Garten Lusavank? Licht, das die fantastischen Malereien zum Leben erweckte?

In der Höhe des Kirchenschiffes schob sich langsam Piero della Francescas angestrahlte *Madonna del Parto*, in Tempera auf eine Holzplatte gemalt, in ihrem breiten, pentagonförmigen Goldrahmen zur Seite.

Dahinter lag das Objekt im Licht, dem die Priester des Klosters den Namen Visus, die Weisheit, gegeben hatten.

Robert befand sich eingekeilt inmitten der singenden Pilger, der bunt gekleideten Priester, der atemlos dreinblickenden Dorfbewohner und der schwarz gekleideten Schwestern. Doch er blickte nicht dorthin, wohin alle anderen ihre Blicke richteten.

In der Hand den großen Fotoabzug, bewegte er sich einige Schritte nach Norden in Richtung einer grauen unansehnlichen Madonnenstatue, auf die sich die Blicke aller konzentrierten. Und sah nach oben in den Spiegel über ihren Köpfen.

Der Gesang wurde fordernder, drängender, weiße Tauben schwärmten aus. Es waren dreißig, vierzig, vielleicht mehr, und einige andere Vögel, darunter zwei kleine mit rostrotem Gefieder an Schwanz und Brust. Ein Lichtblitz durchzuckte den Raum. Niemand zeigte eine Reaktion. Man hielt es vielleicht für einen Reflex eines der kleinen Spiegel.

Robert hatte es gesehen. Gerade als er die Position gefunden hatte, wie er sie auf rätselhafte Weise irgendwann schon einmal in diesem Raum eingenommen haben musste, zuckte ein Blitzlichtreflex in dem großen Spiegel. Ein Foto. *Das Foto.*

Robert wandte sich um. Genau gegenüber, zwischen dem fünften und dem sechsten runden Lichtdurchlass in der Wand der Basilika, verharrte ein Mann unbeweglich auf einer kleinen Empore, eine altmodische Kamera in schwarzem Lederfutteral an einem Lederriemen um den Hals.

Der Mann winkte ihm zu. Vorsichtig stieg er die schmale Treppe an der Wand hinab, dann verschwand er in der Menschenmenge in Richtung des Südportals, durch das Robert die Kirche betreten hatte.

Als Robert sich ein letztes Mal umdrehte, sah er, dass sich auf der Statue der Jungfrau Maria ein blauer Schimmer zeigte. Im Licht des Spiegels flogen die Tauben heran, um sich darauf niederzulassen.

★

Die große Felsenhalle lag im Dämmerlicht. Mit den Strahlen der Sonne waren auch alle Besucher in die große Kirche darüber gezogen. Die Reinigungsarbeiten der Schwestern waren abgeschlossen, es roch nach Desinfektionsmitteln. Seena saß schlafend in einem der steinernen Sessel am Ende der Halle, den Kopf in beide Hände gesenkt. Sie gab keinen Laut von sich.

Arran und Colbert erkundeten ihre Umgebung. Der Schein ihrer starken Taschenlampen huschte über die Fresken. Die Halle war leer. Sie waren allein.

Unter einer mit Schnitzwerk reich verzierten Bank zogen sie zwei vollgepackte Rucksäcke hervor.

»Wenn unsere Theorie stimmt«, flüsterte Arran, »ist dies der Raum, in dem sich alles abspielen wird. Der große Spiegel wird auf seinem Weg zurück in die Felsenhöhlen unter dem Kloster an dieser Stelle aufgehalten werden, weil genau hier der Zugang durch das Portal so einfach ist.«

»Wie soll der andere Spiegel in die Halle kommen?«, fragte Colbert. Er suchte mit dem Strahler die Halle nach Zugängen ab, die groß genug waren, das Objekt aus der SEA WASP hindurchzulassen. Er fand keinen anderen Zugang als die enge Wendeltreppe, über die sie herabgestiegen waren.

Arran war zu beschäftigt, um sich mit dieser Frage zu befassen. Er öffnete die beiden Rucksäcke und legte die Technik zurecht, die er für diesen Moment zusammengestellt hatte.

»Ich sehe keinen Weg, auf dem das aus dem Wrack geborgene Objekt in diesen Raum gebracht werden könnte«, sagte Colbert. Auch er half jetzt mit, die Rucksäcke auszupacken.

Auf einem großen Tuch legten sie verschiedene Kameras aus und schraubten Antennenkabel an ihnen fest. Aus verschiedenen Packungen entnahm Arran Lithiumbatterien in speziellen Formaten, die er sorgsam in die Thermoteknix Kameras einsetzte.

Colbert schaltete einen Laptop ein. Auf dessen Bildschirm überprüften sie die Bilder, die die unterschiedlichen Kameras lieferten.

Aus ihrem speziellen dunkelblauen Rucksack holte Arran die ultraleichte Leiter.

»Es kommt auf den Raum vor dem Portal an«, stellte er fest. »Ihn müssen wir komplett im Blickfeld haben.«

Mit der Leiter, verschiedenen Spezialklebefolien und den vier Kameras machten sie sich auf den Weg durch die Halle, um sie in den oberen Raumecken zu installieren. Arran hielt in seinen Arbeiten inne.

»Das Mindeste, was wir erreichen müssen, ist zu verstehen, womit wir es zu tun haben. Unsere Kameras und Sensoren werden uns hoffentlich Aufschluss geben.«

In den Steinreliefs des Portals und in zwei versteckten Ecken der Halle installierten sie hochempfindliche Mikrofone, die jedes Geräusch an die Basistation übertragen würden.

Arran warf einen besorgten Blick auf Seena, die noch immer in dem Steinsessel schlief.

Die startende MIL 26 veranstaltete einen Höllenlärm, aller Staub des Innenhofes wurde in die Halle gewirbelt, in der sie standen. Der gewaltige Achtblattrotor wirbelte in immer höheren Tönen, Dachtrümmer anderer Bauten der verfallenen Anlage flogen davon. Schließlich hob sich der mächtige Hubschrauber aus dem Hof und verschwand in Richtung Norden in den düsteren Sturmwolken. Genna tippte Jackson an den Arm.

»Waren Höhlen nicht das, was Sie immer gesucht haben, Jackson? Kommen Sie«, sagte er, »dort drüben soll es eine Quelle natürlichen Mineralwassers geben. Ich lade Sie zu einem erfrischenden Trunk ein.«

Ausgerüstet mit zwei olivfarbenen Metallbechern gingen sie hinaus in den Hof, in dem noch vereinzelt bunte Plakate umherflogen.

Sie betraten den Rundbau, der einen blühenden Sumpf umschloss. In dessen Mitte ragte eine Betonsäule auf. Aus Rohrstutzen an den vier Seiten der Säule sprudelte klares Wasser. Jackson trat vorsichtig in den Sumpf und füllte die beiden Becher.

»Köstlich«, sagte Genna, nachdem er einen großen Schluck genommen hatte. »Etwas warm, aber sehr erfrischend.« Jackson gab ihm recht.

Dieser kurze Ausflug war die erste annähernd ruhige Unterhaltung mit Genna, an die er sich erinnern konnte. Es musste ein Problem geben, das Carson D. Genna, den Sohn eines italienischstämmigen Beamten der Einwanderungsbehörde in New York, der sich ein Jurastudium an der Columbia University mit der Zusammenstellung von Behördeninformationen für alte Menschen erkämpft hatte, aus seiner bisherigen Bahn geworfen hatte.

»Sie kennen sich mit Höhlen aus, Jackson«, begann Genna, »vielleicht wissen Sie auch, was man tun kann, wenn unsere Operation schiefgeht und eintritt, was wir verhindern wollen. Die totale biologische Kontaminierung mit den schlimmsten Biowaffen, die man sich vorstellen kann, in dem Schweizer Käse einer Höhlenwelt, von der wenig bekannt ist. In Tora Bora an der pakistanischen Grenze Afghanistans ist es nicht einmal gelungen, die Menschen aus den Höhlen zu vertreiben, geschweige denn Fliegen, Biofilme, Viren oder was uns sonst noch begegnen wird.« Er konzentrierte sich auf den Schluck aus seinem Becher. »Die Frage ist«, setzte er seine Rede fort, »ob das, was der Präsident am 16. August um 9.30 Uhr in Gang setzen wird, das Problem tatsächlich lösen würde. Die Frage ist auch, welche Lösung es wirklich gäbe.«

Auch Jackson trank mit Genuss von dem Wasser, dann fragte er: »Was hat der Präsident vor?« Er hatte so eine Ahnung, aber sie hatten bisher nicht darüber gesprochen.

»Ich nehme an, dass Sie von ER-Waffen gehört haben?« Jackson zeigte keine Reaktion.

»ER steht für ›Enhanced Radiation‹. Ein Gefechtskopf ER-W80 ist in den vergangenen vierundzwanzig Stunden aus den USA herangeflogen worden. Der Sprengsatz ist eine Miniwasserstoffbombe, gemeinhin als Neutronenbombe bezeichnet. Inzwischen ist sie gefechtsbereit. Die Militärs sind geradezu versessen darauf, endlich einmal eine Bombe dieses Typs bei der Arbeit zu beobachten. Außer den Franzosen im Jahr 1979 hat noch niemand ein solches Ding wirklich oberirdisch eingesetzt. Doch jetzt sind die Bedingungen ideal. Ein abgegrenzter Talkessel von weniger als tausend Metern Durchmesser, ein Ausbrennen und restloses Vernichten gefährlicher Lebensformen, die niemand versteht. Die Chance kommt nicht so schnell wieder.«

Bevor sie auf dem Rückweg zwischen die beiden Blackhawks traten, blieb Genna stehen.

»Stellen Sie es sich so vor, Jackson. Am 16. August um 9.30 Uhr startet auf der siebenhundert Kilometer entfernt im Schwarzen Meer liegenden OREGON eine Cruise-Missile des Typs BGM-109 Tomahawk, bestückt mit dem Ein-Kilotonnen-Sprengkopf ER-W80. Sie nähert sich in einem niedrigen Konturenflug mit 880 Stundenkilometern und hat uns etwa fünfzig Minuten später erreicht. Es wird in fünfhundert Metern Höhe über dem Talboden, direkt unterhalb des Kammes der Talöffnung, gezündet werden, um die maximale Energie im Tal freizusetzen.« Genna lehnte sich an eine der schwarz glänzenden Maschinen. »Als Erstes wird in dem Tal ein extrem heißer Feuerball von etwa einhundert Metern Durchmesser entstehen, der zunächst seine Energie über den Spektralbereich weißen Lichtes verteilt. Es wird hell werden, Jackson, *sehr* hell, greller als alles, was Sie sich vorstellen können, weißes Licht als eine unvorstellbare Waffe. Wer es sieht, wird erblinden. Die verstärkte Neutronenstrahlung wird die zehn- bis hundertfache Stärke der tödlichen Rate besitzen. Die Strahlungswelle ist die erste Vernichtungswelle. Dann folgen Hitze- und Druckwellen. Dann steigt der Feuerball, während er sich abkühlt, auf und saugt in seinem Pilz die Luft aus dem Tal. Er saugt allen Staub an und pumpt ihn mit höchster Energie in die Stratosphäre.«

Genna schwieg für einen Moment. »Ist es das, Jackson?«, fragte er dann. »Löst das angesichts des Höhlensystems da unten unser Problem, wenn wir versagen sollten?«

Jackson war blass geworden. Wenn es wirklich dazu kam, war es für alle Lebensformen, zu denen er in diesem Moment auch sich selbst rechnete, gut, möglichst tief unten in dem Höhlensystem verschwunden zu sein.

»Ich glaube nicht, dass Neutronenstrahlung in feuchtem

Kalkstein weit vordringt. Selbst wenn die Hälfte der Höhlen zusammenstürzt oder verschmolzen wird, für den Rest würde die Aktion ein Paradies an unzugänglichen Räumen schaffen. Bei den Strömungsverhältnissen, die dort unten für Luft und Wasser gegeben sind, wären die Auswirkungen unabsehbar.«

»Was aber dann?«, fragte Genna. »Was kann man dem Präsidenten dann empfehlen?«

»Ich fürchte, es wird ähnlich sein wie in Tora Bora – nur viel schwieriger. Als die Russen in Afghanistan kämpften, haben sie Klimow-RD-33K-Triebwerke von MIG-29-Kampfjets in die Tiefe gelassen und die Höhlen Gang für Gang mit neun Tonnen Schub ausgebrannt. So wird es sein müssen, Meter für Meter, Tunnel für Tunnel, Kamin für Kamin, Gang für Gang, Passage für Passage dekontaminieren. Jeden Zustrom unterbrechen, jeden Abfluss unterbinden.« Jackson schüttete die letzten Tropfen aus seinem Becher. »Wofür man Jahre benötigen würde.«

»Wer sind Sie?«, fragte Robert, als er den Mann mit den wehenden weißen Haaren und dem dunkelgrauen Pullover über einer weißen Hose am Ausgang des Kirchenschiffes erreichte. Der Mann blieb stehen und wandte sich um. Robert sah in das gegerbte Gesicht eines Neunzigjährigen. Wie ein Blitz traf ihn die unheimliche Empfindung, vor einem Spiegel zu stehen, in dem sein Gesicht in diesem Augenblick um Jahrzehnte gealtert war, vor dem Mann, der vor über vierzig Jahren in Lusavank fotografiert worden war. Vor sich selbst.

»Mein Name ist Vardan Visunian«, kam die ruhige Antwort. »Ich bin der Maler, der die Gebäude des Klosters ausmalt und die alten Fresken restauriert.« Der alte Mann zog seinen Pullover enger um die Schultern. »Wir haben nicht viel Zeit, wir müssen etwas Schreckliches verhindern.« Er ging einige Schritte voran in Richtung des Ausgangs und stemmte sich gegen das große Portal. Mit weit ausladenden Schritten stürmte er hinaus in den mit duftenden Orangenbäumen bestandenen Hof der Klosteranlage, bis sie auf der Ostseite des Hofes direkt unterhalb der aufragenden Felswand vor dem eingefallenen Bau eines Refektoriums stehen blieben.

»Lusavank stirbt. Das ist das große Unglück, das alles andere nach sich zieht.«

Sie stiegen durch die zerbrochene Tür und gelangten zu überwachsenen, vom ewigen Dunst des Wasserfalls mit einem grünlichen Schimmer bedeckten Fresken. »In den neun Gebäuden und den zehn unterirdischen Räumen ehemaliger Felsenkirchen des Klosters sind sechstausendachthundertachtzig Quadratmeter mit Gemälden bedeckt.« In der Stimme des alten Malers schwang die Müdigkeit nach dem Abschluss eines gigantischen Werkes mit.

Robert glaubte, sich verhört zu haben. Im Louvre sind an die dreißigtausend Quadratmeter Bilder ausgestellt und gelagert, dachte er. Enthält dieses eine armenische Kloster ein Viertel der bemalten Fläche des größten Museums der Welt? Sollte es tatsächlich allein in diesem versteckten Tal im Kaukasus mehr vergleichbar erhaltene Renaissancefresken geben als in ganz Italien?

Die Erkenntnis, worauf er in diesem abgelegenen Ort zwischen Europa und Asien gestoßen war, ließ Robert schwindeln.

»Alles wurde von einem Menschen geschaffen«, sagte Visunian. Robert hatte die Bemerkung nicht verstanden.

»Wann hat er gelebt?«

»Die Bilder wurden von mir geschaffen. Von dir. Von einem der anderen von uns. Jahrhunderte verschiedener Kunstepochen sind das Werk einer einzigen Person.«

»Meine Eltern haben in Italien gelebt, dieses Kloster sehe

ich zum ersten Mal. Es kann nicht sein.« Robert spürte, dass er an einem Loch im Zentrum seines Lebens angelangt war, in dem alles, was er für seine Identität gehalten hatte, zu versinken begann.

»Lass dir dieses Fresko erklären, und du wirst verstehen, woher du kommst und was deine Aufgabe ist«, sagte der Alte. Sie verharrten vor einem farbenprächtigen Fresko, das sich über die ganze östliche Wand des Refektoriums erstreckte und im Kontrast zu dem verfallenen Bau und allen anderen Wandbildern darin wie vor kurzer Zeit restauriert leuchtete. Es zeigte eine schwarzhaarige junge Frau an Deck eines unter düsterem Himmel mit den Wellen kämpfenden Schiffes.

Durch die dunklen Sturmwolken fällt ein Lichtstrahl auf ihr Gesicht. Sie steht ruhig, gelöst, wie außerhalb der Welt, die sie umgibt, in einen blauen Umhang gehüllt. Auf ihrem sanften Gesicht liegt ein stilles Lächeln, der Blick ist in eine Welt gerichtet, die sich dem Betrachter nicht erschließt.

»Seit den Tagen des Paradieses soll der Spiegel in den Höhlen unter dem Kloster existieren – ob dem wirklich so ist, entzieht sich meiner Kenntnis.« Der alte Maler deutete auf ein winziges Signet in dem Bild. »In jedem Fall hätte es ohne ihn keine der Malereien gegeben, weshalb wir irgendwann entschieden haben, die Bilder mit *Visus* zu signieren.« Dann trat er einen Schritt zurück und wandte seine Aufmerksamkeit dem Inhalt des Bildes zu.

»Die heilige Monika. Im Sturm rettet ihre unerschütterliche Zuversicht die Mannschaft des Schiffes vor dem Tod.« Er strich zart und liebevoll über die im Sonnenlicht strahlenden Farben. »Sieh es dir an. Keine Malerei leuchtet wie das Fresko, keine ist so unveränderbar physikalisch und chemisch Teil eines Bauwerkes.« Er brachte sein Gesicht so nah an das Bild, als wolle er der Frau in die Augen sehen. »Die Farben werden an reflektierenden Kristallen gebrochen, vorausgesetzt, es wurden die richtigen Farben verwendet und in geeigneter Weise angemischt. Nach der Aufbereitung der beiden Putzschichten sind die Farben das Entscheidende.«

Robert war in der Umgebung des Verfalls der einstigen Pracht antiker Fresken unbehaglich zumute. Es schien ihm, als bewege er sich in den Resten eigener Werke, die er in einem langen Traum geschaffen haben musste.

»Der Spiegel, auf den gerade in der Basilika das Licht fällt, macht den Gespiegelten stark und erschafft ihn neu.« Der alte Maler sah Robert prüfend an. »Frauen werden in seinem Licht schwanger mit sich selbst.«

»Was geschieht mit den Männern?«, fragte Robert.

Ein Sonnenstrahl fiel durch ein Loch im Dach des Refektoriums. Die Augen des alten Malers glitzerten, als er Robert ansah. In einem Augenblick seiner Konzentration verloren sie ihren Fokus, als sei er mit Bildern in seinem Innern beschäftigt, zu denen Licht von außen nichts beitragen konnte.

»Du hast Angst?«, fragte er. »Du wirst stark und schnell sein und dein Verstand von durchdringender Klarheit, wie du es noch nie erlebt hat. Du hast das Gefühl, jede deiner Zellen folgt den Anweisungen deines Geistes. Alles ist jetzt möglich für dich. Aber du weißt, dass danach etwas anderes kommt, deshalb hast du Angst.« Leise drangen die Gesänge aus der Basilika zu ihnen vor.

»Die meisten Männer sterben. In manchen Fällen kapselt sich der Embryo ab, verbleibt im Körper und versteinert, in Fällen wie bei dir wird er wie ein feindlicher Tumor unter großen Schmerzen frühzeitig vom Körper resorbiert und verschwindet spurlos. Du wirst entsetzliche Schmerzen erleiden, mehr nicht.«

Robert merkte, dass ihm übel wurde. Er horchte in die Tiefen seines Körpers hinein und meinte die angekündigten Schmerzen bereits von ferne zu spüren. Die Beerdigung seines Vaters zog an ihm vorüber, die Einsamkeit, die er dabei und danach empfunden hatte. Welch ein Theater hatte man ihm vorgespielt! Es gab keine Familie seiner Mutter, weil es keine Mutter gegeben hatte.

»Wie führt der Weg von dir zu mir? Wer sind meine Eltern, oder besser, wer hat mich zur Welt gebracht?«

Der alte Maler reagierte nicht. Stattdessen wandte er sich erneut dem Fresko über die Legende der heiligen Monika zu.

»Sieh dir das meisterhafte Gesicht an, entstanden im Jahr 1534.« Es war Robert unmöglich, den Blick von diesem Gesicht zu lassen.

»Wer hat mich zur Welt gebracht?«, wiederholte er seine Frage. »Wer ist meine Mutter?«

»Du musst dieses Bild verstehen«, sagte der alte Maler ungeduldig, »wenn du alles verstehen willst. Du musst alles von diesem Gesicht verstehen, um dich selbst zu verstehen.« Er fuhr fort, während er die Spitzen seiner gespreizten Finger über dem Bild schweben ließ, als könne er auf diese Weise das Leben hinter dem Bild ertasten:

»Um so schnell zu sein, wie es die Technik des Freskos erfordert, musst du jede Farbe zuvor dreifach angemischt haben, in einem Schattenton, einem Mittelton und einem Lichtton. Um das Gesicht zu malen, trägst du zunächst überall die lichteste Gesichtsfarbe auf, dann die mittlere Fleischfarbe über die mittleren Helligkeiten des Gesichtes und auf Hände, Füße und den Rumpf, schließlich die dunklere Fleischfarbe. Die nimmst eine helle, fast weiße Farbe für die Wölbung der Wangenknochen, den Nasenrücken und die Rundung des Kinns und reines Weiß, das du am besten aus zerstoßenen und mehrfach gekochten und durchgeseihten pulverisierten Eierschalen gewonnen hast, mit einem spitzen Pinsel aus Eichhörnchenhaar für das Weiß des Auges, die Nasenspitze, den Lippenrand. Schwarz, dem du Eidotter beigemischt hast, nimmst du für den Umriss des Auges, die Nasen- und die Ohrenlöcher. Mit *sinopia*, der dunklen roten Erde, die nach der Stadt Sinope am Schwarzen Meer benannt wurde, malst du den unteren Teil der Augen, die Umrisse der Nase, die Augenbrauen, den Mund und den Schatten unter der Oberlippe. In ähnlicher Weise machst du es mit den Haaren, mit den alten Gesichtern wie die der Schiffer an Deck im dunklen Teil des Bildes und mit der Kleidung.«

Robert konnte den Blick nicht von dem feinen Detail der Augen nehmen, dem haarfeinen weißen Rand unterhalb der Iris, der dem Gesicht einen Ausdruck von Autonomie, ja von Isoliertheit verlieh.

»Weißt du etwas von der Kunst des Freskos?«, fragte der Maler. »Du musst es so genau verstehen wie niemand sonst, denn es wird hier eine Aufgabe auf dich warten, in der du dem Wunder dieses Klosters gerecht werden musst. Insbesondere musst du Sorgfalt beim Blau für die Darstellungen der Heiligen walten lassen. Ist dir bekannt, wie die blaue Farbe dauerhaft haltbar zu machen ist? Es ist das Schwierigste an den Farben des Freskos.«

Robert war nach wie vor vom Gesicht der heiligen Monika gefesselt.

»Ich werde *azurro della magna*, Bergblau, auf den nassen *intonaco* auftragen und die Falten in den feuchten Putz mit einer Nadel eindrücken«, sagte er voller Konzentration. Ein kurzer Blick des alten Malers streifte ihn, ohne dass Robert Notiz davon nahm. »Ich werde die Farben mit Regenwasser anrühren und Eidotter dazumischen, um sie haltbar und lange haftend zu machen. Bei hellerem Blau werde ich darauf achten, den Dotter rötlicher Eier zu nehmen. Um den richtigen Eindruck von der späteren Wirkung der Farben zu haben, wenn sie getrocknet sind, werde ich sie an einem Umbrastein prüfen, der ihre Feuchtigkeit schnell aufsaugt.«

Beide sahen einander an. In den Augen des alten Malers glomm für eine Sekunde ein Funken, der etwas wie Hoffnung bedeuten konnte. »Du möchtest wissen, wer deine Eltern sind?«, fragte er mit gleichgültigem Ton. »Sie sind christliche armenische Bauern auf einem Gut in den Weinbergen südlich des Sevan-Sees zu Beginn des vierzehnten Jahrhunderts. Sie sind auch meine Eltern. Aber du sollst auch erfahren, wer dich vor zweiundfünfzig Jahren zur Welt gebracht hat.« Robert reagierte nicht. Er hatte verstanden, worauf all die verwirrenden Details hinausliefen.

»Ich würde die Frische in diesem Bild dadurch erzielen, dass ich die Farben nach dem Malen mit einem metallenen Spachtel eindrücke, damit die Kalkhäutchen zerstört und die kristallinen Bindungen im Putz ein weiteres Mal aufgebaut werden.« Robert beugte sich vor, um die meisterhaft verlaufende Schattenlinie am Hals der heiligen Monika und den Fall der lockigen schwarzen Haarsträhnen auf dem blauen Umhang über der Schulter zu bewundern.

»Man erkennt die *spolveri*«, erklärte er, »die Stiche, mit denen die Zeichnung von dem Karton auf die obere Putzschicht übertragen wurde.« Er ließ seine Hände über dem Bild schweben, wobei es ihm erschien, als würden seine Nerven alles über das Bild aufsaugen, über die Technik, die Legende und die junge Frau, die im Sturm an Deck des Schiffes stand.

»Sie ist es«, sagte der alte Maler, »sie hat dich vor vierundfünfzig Jahren in diesem Kloster zur Welt gebracht.«

Noch fast fünfhundert Jahre nach der Schaffung des Bildes nahm Robert die natürliche Schönheit der dargestellten heiligen Monika den Atem, die Schönheit einer Frau, die er kannte und liebte und die in dem Fresko als baulicher Bestandteil des Refektoriums vor ihm in der Sonne leuchtete: Anahit.

Fassungslos beobachtete Matteo, was jetzt geschah. Bei aller Begeisterung, die Basteau für die rätselhafte Bilderwelt zeigte, die sie umgab, fühlte Matteo sich in dieser Kirchenveranstaltung äußerst unwohl. Was sich hier anbahnte, hatte mit einem Fest in einer anständigen katholischen Kirche nicht die geringste Ähnlichkeit.

Blaue Blüten, die plötzlich aus einer Statue wuchsen. Ein Wunder wie Lourdes. Wenn die Welt wüsste, was hier geschah, würden sich Hunderttausende auf die Reise machen und Milliarden es im Fernsehen verfolgen. Dennoch. Matteo war zwar nicht unbeeindruckt, aber irgendwie kam es ihm heidnisch vor, was hier vor sich ging.

Plötzlich stieß er einen Schrei aus. Auch Basteau gab ein schrilles Kreischen von sich.

Die Tauben hatten ihren Platz auf der inzwischen vollkommen blau verhüllten Madonna verlassen und flogen durch das Licht eines riesigen Spiegels, der hoch über ihren Köpfen angebracht war und dessen besondere Bedeutung sich Matteo nicht erschloss. Danach stürzten sie sich direkt auf die Pilger.

Es war wie ein Schlag mit einem Eispickel direkt auf den Schädel. Blut lief Matteo ins Gesicht. Er versuchte, die Tauben auf Basteaus Kopf zu packen. Es wurden immer mehr. Die schwarz gekleideten Schwestern eines Ordens, der alles in Betrieb zu halten schien, gingen emotionslos umher und teilten Tücher aus, mit denen sich die Pilger die Augen bedeckten. Mit sanfter Gewalt nahmen sie die Ungeheuer, die Tauben täuschend ähnlich sahen, von den Köpfen der Pilger, die zu sehr bluteten, und warfen sie hoch in die Luft.

Überall saßen die Tauben. Überall floss Blut. Überall wurde gesungen.

Vier Tauben waren dabei, seinen Schädel zu zertrümmern, vier saßen auf Basteaus Kopf, drei auf einem Mann, der aussah wie ein amerikanischer Special-Forces-Kämpfer in Zivil.

Matteo wollte seinen Revolver ziehen. Er wollte das Viehzeug mit den Händen zerreißen, bevor es sein Hirn fressen würde. Doch er konnte sich nicht rühren. Wie Stahlklammern hielten zwei der schwarz gekleideten mittelaltrigen Frauen ihn mit lächelnder Miene und bei fortwährendem Gesang, während ihm das Blut über die Augen lief. Der Schmerz war unerträglich.

★

Drei Schwestern und Toros trafen vor der Pforte an der nördlichen Seite der Basilika ein, hinter der sich die Treppe hinunter in die Felsenhalle verbarg. Noch vor kurzem hatten hier die Hilfesuchenden auf Heilung gewartet. Die vier schleppten große dunkelblaue Segeltuchsäcke herbei und legten sie im Innern der Kirche direkt auf der Plattform hinter der Pforte ab, die den oberen Absatz der hinabführenden Wendeltreppe bildete. Was sich in den Säcken befand, ließ sich nicht erkennen.

Das Einzige, dem sich für einen nicht eingeweihten Beobachter ein Zweck zuordnen ließ, waren mehrere Autobatterien und eine offene Kiste, in der modernste weiße LED-Strahler mit ihren Scheinwerferstativen in Schaumstofffutteralen lagen.

Wenig später verließen sie den Zugang zur Wendeltreppe wieder, und Toros schloss die Pforte von außen.

Als er sich umwandte, stand direkt vor ihm ein Mann in grauschwarz geflecktem Kampfanzug, einen schwarzen Gesichtsschutz über dem Kopf und eine kleine Maschinenpistole im Anschlag. Er winkte mit der Mündung der Waffe nach rechts.

»Auf den Boden«, sagte er auf Englisch. »Alle.«

Die drei Frauen blieben stehen. Toros legte sich auf die Erde. Auch als der Mann seinen Befehl wiederholte, blieben die Schwestern stehen, wo sie waren. Aufmerksam. Ruhig. Gespannt. Sie spürten die Aufregung des Mannes, seine Ratlosigkeit.

Eine der Frauen ging direkt auf den Mann und die Mündung seiner Waffe zu, ohne Aggressivität, ganz so, als müsse sie nur dort entlang, wo er im Weg stand. Trotz erneuter Aufforderung, sich hinzulegen, ging sie weiter auf ihn zu. Bis er schoss. Sie stürzte blutend zu Boden, doch in dem Bruchteil der Sekunde, den er sich ablenken ließ, waren die anderen beiden Frauen bei ihm. Es konnte keine Ausbildung geben, die Joe Shultsky vor dem bewahrt hätte, was die vier Hände nun mit seinem Kopf und seinen Armen veranstalteten. Wenig später ließen sie einen Torso über den Rand des Felsplateaus fallen. Toros, der sich inzwischen erhoben hatte, fegte die Reste mit dem Fuß hinterher. Dann nahmen sie die Schwerverletzte mit sich in die Bibliothek.

Hier geschehen Dinge, die kein Mensch versteht«, tönte Lesters flüsternde Stimme aus dem Lautsprecher in der Kommandozentrale in der verlassenen Mineralwasserfabrik. »Aus einer Steinstatue sprießen blaue Blüten, während man zuschaut. Ich werde versuchen, an eine Probe zu kommen.« Im Hintergrund waren Gesänge zu hören, die drängender und lauter wurden.

»Tauben fliegen umher. Sie setzen sich auf die Köpfe der Pilger. Es ist unglaublich. Alles ist so friedlich wie seit Jahrhunderten eingeübt.« Ein greller Schrei ertönte.

»Was ist los?«, rief Jackson. »Lester, melden Sie sich.« Eine Stimme keuchte laut.

»Die verdammten Tauben wollen meinen Schädel zerhacken.«

»Blas sie weg«, riefen alle in der Zentrale durcheinander. »Schieß in die Luft. Löse den Spuk endlich auf.« Genna, Jackson und Voylev standen hilflos unter dem Lautsprecher.

»Es gibt Frauen in Schwesterntracht. Sie halten zwei Männer fest, deren Schädel die Tauben geöffnet haben. Es ist grauenhaft.«

Ein neuer Schrei.

Sie hörten noch das Singen im Hintergrund, das Mikrofon war also intakt, aber eine Stimme war nicht mehr zu hören.

»Wir gehen rein und machen dem ein Ende. Holt unsere Leute raus. Los.« Genna stand in einem Zentimeter Entfernung vor dem größeren Jackson.

»Wir haben den Tunnel nicht frei, Sir«, sagte Jackson. »Und bei dem verdammten Orkan kriegen wir die Helikopter noch immer nicht über den Gipfel.«

»Was ist mit den anderen Männern der Gruppe eins? Die liegen über den Wolken auf dem Felsenkamm in der Sonne und schaukeln sich die Eier.« Genna war außer sich. »Sie sollen runtergehen und den Laden zerlegen. Alle Personen in einen Raum treiben. Die Dinger werden beschlagnahmt. Wer ihren Anweisungen nicht folgt, wird aus dem Verkehr gezogen. Es geht nicht um ein paar Pilger, es geht um das Desaster für die Menschheit, das dort ausgebrütet wird.« Wütend trat er ein paar herumfliegende Plakate in die Luft. »Es muss doch verdammt noch mal möglich sein, mit ein paar Betschwestern und einem Schiffskoch fertig zu werden. Jackson!«

»Ja, Sir.«

Genna wischte das Kartenmaterial vom Tisch.

»Wann ist der beschissene Predator da? Wir brauchen endlich gescheite Luftaufklärung.«

»Die Drohne ist vor neunzig Minuten in Zvartnots gestartet. Sie muss jeden Moment über dem Mt. Khustup eintreffen.«

»Sprechen Sie mit den Scharfschützen von Gruppe eins, Jackson. Schicken Sie sie nach unten.«

Ein Sprecher der am oberen Gipfel verbliebenen Verergruppe meldete sich. »Bob Selkirk hier, Sir. Wir können runtergehen und die Kirche räumen.«

»Tun Sie das«, sagte Jackson. »Räumen Sie die Positionen in der Felswand, nehmen Sie alle verfügbaren Männer mit.«

»Ja, Sir.« Es entstand eine Pause. »Es gibt etwas Merkwürdiges, Sir. Sie werden mir nicht glauben.«

»Was ist los? Reden Sie schon, Selkirk.«

»Halten Sie mich nicht für verrückt, Sir, aber wir haben hier auf dem Gipfel drei Schwestern des Klosters, die uns Teller mit Obst und Brot und Flaschen mit Wasser bringen. Die Sonne scheint. Helles Tageslicht. Es sind wirklich Frauen in schwarzer Schwesterntracht, zwei so um die vierzig, fünfzig Jahre alt, eine ist bestimmt siebzig. Wir haben sie durchsucht, keine Waffen.«

»Legt sie um«, brüllte Jackson. »Sofort und ohne Vorwarnung erschießen.« Doch es kam keine Antwort mehr.

Im Hintergrund der Refektoriumsruine schloss der alte Maler eine Stahltür auf, die gesichert war wie die Tür eines Panzerschranks, und winkte Robert ungeduldig zu sich. Nachdem er hinter ihnen die Tür wieder verschlossen hatte, bewegten sie sich durch die völlige Schwärze eines roh aus den Felsen geschlagenen feuchtkalten Ganges. Nach Roberts Einschätzung führte er in weitem Bogen unter dem Hof des Klosters um die Basilika herum in Richtung des Abgrunds. Während er Visunian gebückt folgte, hörte er ihn unaufhörlich weiterreden.

»Das Elend des Klosters begann mit der Angst vor der Ankunft des zweiten Spiegels«, sagte der Alte. »Sie hat eine Geheimhaltung erzwungen, die das ganze moderne Leben erstickt. Es gibt keinen elektrischen Strom, keine Kommunikation, niemand darf von unserer Existenz wissen, weite Reisen sind nicht möglich, ohne Doppelexistenzen aufzubauen.«

In der vollkommenen, kalten Schwärze umgab Robert die vertraute Stimme, als höre er sich selbst zu.

»Vor mehr als vierzig Jahren führte mich der Prior des Klosters in die Höhlenwelt im Untergrund der Felsen, um mir zu zeigen, dass das Kloster keines der Erdbeben mehr überstehen würde, wie sie in Armenien nicht selten sind. Der Prior machte mich mit dem Gedanken vertraut, dass das Kloster in den kommenden Generationen neu aufgebaut werden müsse und das endgültige Ende der Geheimnisse um Lusavank unweigerlich bevorstehe.«

In dem endlosen Marsch durch die Windungen des engen Ganges beschlich Robert die beklemmende Vorstellung, bei einem Zusammenbruch der Felsen für ewige Zeiten unter den Trümmern begraben zu werden. Dabei umgab ihn weiterhin die gealterte Version seiner eigenen Stimme.

»Wir befinden uns jetzt unter dem Glockenturm, der eigens für den Moment der höchsten Gefahr gebaut wurde«, erklärte Visunian und machte sich an einer ähnlichen Stahltür zu schaffen, wie sie sie bereits in der Ruine des Refektoriums hinter sich gelassen hatten. Das Schlüsselbund klapperte in seiner Hand. In der absoluten Schwärze des Ganges löste sich der Ring des Bundes, die einzelnen Schlüssel fielen auf den Boden. Auf Robert stürzte die Beklemmung ein, in der Mitte eines Felsens eingemauert zu sein. Der alte Maler atmete schwer.

»Ich kann mich nicht bücken«, sagte er. »Du musst versuchen, die Schlüssel zu finden. Es müssen acht Schlüssel sein.« Robert ging auf die Knie und tastete auf dem unebenen Gangboden umher.

»Zwischen den Kriegen habe ich in Paris studiert und während des Zweiten Weltkrieges in sowjetischen Lazaretten im Kaukasus gearbeitet. Ich bin daran zusammengebrochen. Viele Jahre habe ich in einem Zustand zwischen Leben und Tod in Krankenhäusern in Georgien und Aserbaidschan dahinvegetiert und verlernt, zu sehen – das Schlimmste, was einem Maler geschehen kann. Noch heute bin ich überzeugt, dass ich damals auf eine merkwürdige

Weise das Licht in mir verloren habe. Erst in den fünfziger Jahren habe ich es auf Reisen nach Ägypten in der Sonne des nördlichen Afrikas neu entdeckt.

Als ich so alt war wie du, hat der Maler des Klosters Lusavank das Foto von mir aufgenommen, das du kennst. Seither lebe ich hier.«

Robert schürfte sich die Finger bei dem Versuch ab, den ersten Schlüssel aus einem schmalen Riss im Boden zu angeln. Er meinte, weit über ihnen die Hitze in den Felsen knistern zu hören. Sonst herrschte Stille.

»In all den Jahren vorher und auch danach konnte ich erhebliches Geld im internationalen Kunsthandel verdienen. Meine treuesten Händler waren Edward Dencer in London und Benvenuto Casti in Mailand. Die Priester des Klosters und ich kamen zu der Überzeugung, dass wir einen Weg finden mussten, unsere Angst vor dem zweiten Spiegel zu überwinden, wenn das Kloster nicht an seinen Geheimnissen ersticken sollte.

In der modernen Zeit würde es nach meiner Überzeugung leichter sein, eine Felsenhöhle tief unter dem Kloster, dutzendfach versiegelt und verschlossen, geheim zu halten als den Ort eines lebendigen Klosters. Wir fassten den Beschluss, das schlimmste Denkbare in Gang zu setzen«, setzte der alte Maler seine Rede fort, »unserer größten Angst ins Gesicht zu sehen und den anderen Spiegel zu suchen. Vor fünfzehn Jahren begannen wir mit dem Geld aus den Verkäufen älterer Gemälde die Suche nach der CATHERINE. Wir gründeten eine Gesellschaft, die meine Partner Mareology nannten.«

Robert hatte sechs Schlüssel zusammen. Der alte Maler probierte sie an den beiden Schlössern der Tür aus. Einer passte, der zweite fehlte noch. Robert suchte weiter auf dem Boden herum. Es gab einen Spalt, der an der Seite des Ganges tiefer in den Felsen führte. Er steckte seinen Arm bis zur Schulter hinein und konnte einen weiteren Schlüssel ertasten.

»Nach dem letzten Fest der Blauen Madonna wurde der Glockenturm errichtet. Seine Glocke soll zum ersten Mal läuten, sobald der zweite Spiegel sicher in den Höhlen unter dem Kloster verwahrt und auf ewig versiegelt ist«, sagte die Stimme in der Dunkelheit. Robert schloss die Finger um den Schlüssel und zog ihn heraus. Dann tastete er nach der Hand des alten Malers und legte den Schlüssel hinein. Für einen winzigen und doch endlosen Moment hatte er das Gefühl, die Berührung von beiden Seiten zu spüren.

Der Schlüssel passte. Während er die Tür öffnete, redete Visunian weiter. Robert richtete sich auf, der letzte Schlüssel sollte bleiben, wo immer er war. Der Gang setzte sich in einer steinernen Wendeltreppe fort, die Visunian hinaufstieg, ohne in seinem Vortrag innezuhalten.

»Wie du weißt, wurde der zweite Spiegel gestohlen. Jemand will das tun, was Jahrhunderte hindurch verhindert werden konnte. Es gibt eine Schwachstelle, an der beide Spiegel zueinandergebracht werden können: die Felswand, hinter der die Felsenhalle liegt. Wer es schafft, sie zu sprengen, hat den Zugang vom Tal aus vor sich, und niemand wird ihn aufhalten können. Die Sprengung der Wand allerdings würde die Stabilität des fragilen Untergrundes überfordern. Es wäre das Ende des Klosters. Seit fünf Jahren halten drei Bewaffnete auf der Plattform des Turmes an jedem Tag des Jahres rund um die Uhr Wache. Wenn sie etwas von Vorbereitungen bemerken, schlagen sie mit den kleinen Glocken des Turmes Alarm.«

Robert und der alte Maler traten in etwa dreißig Metern Höhe über dem Boden auf die offene Plattform des Turmes hinaus, eine große, mit grauen Steinplatten belegte Fläche, auf der sie in der Mitte des Tales zwischen Kloster und dem Abgrund über dem See zu schweben schienen. Auf der westlichen Seite wies die Plattform über dem Abgrund zwei von kniehohen Steinbrüstungen umgebene Löcher auf, durch die sich jeweils ein Mann in die Tiefe abseilen konnte. Am

Dachgebälk darüber waren zwei Seile befestigt, die durch die Löcher nach unten führten, zwischen denen eine mannshohe Bronzeglocke auf einem steinernen Podest aufgebockt war. Sie war zusätzlich von einer durch ihren Ring gezogenen Kette gesichert, die am Gebälk des Turmdaches darüber befestigt war. Eilig umrundete der alte Maler den Turm.

Als er zurückkehrte, war sein wettergegerbtes Gesicht blass geworden. Er packte Robert und schob ihn vor sich her auf einen zweiten Rundgang um den Turm.

»Die Wächter«, sagte er. Die Plattform war leer, sie waren allein. Es gab keine Wächter. Auf der östlichen Seite der Plattform standen drei große steinerne Kisten, deren Eichenholzdeckel geöffnet waren. Auch sie waren leer. Es gab keine Waffen.

Robert lief nach vorn, an die Brüstung der Plattform unter der aufgebockten riesigen Glocke, und sah hinab. Direkt unterhalb des Turmes hing ein Baugerüst aus verzinktem Stahlblech vor der Felswand, die an dieser Stelle über zweihundert Meter tief bis auf den See am Grund des Tales abfiel. Einige schwarz gekleidete Ordensschwestern waren damit beschäftigt, große gelbe Pappkartons auf das Gerüst zu verladen, die sie von einem Stapel von zwanzig oder dreißig Kartons vor der Bogengalerie herbeischleppten.

»Offenbar haben sie vor langer Zeit Löcher in die Felswand gebohrt«, stellte Robert fest, »jetzt verladen sie den Sprengstoff. Viel Zeit bleibt uns nicht.«

Als er sich weiter vorbeugte, sah er sofort zwei der Wachen. Die Seile, die durch die beiden Öffnungen in der Plattform hingen, waren vom Gewicht ihrer toten Körper gespannt, die in der stillen Luft über dem Talkessel hingen.

Bei ihrer Mission, um jeden Preis die Sprengung der Wand zu verhindern, waren Robert und Visunian auf sich allein gestellt.

★

»Sie sind der Astronom«, stellte Colbert fest. »Wie lange wird die Sonne über dem Westrand des Talkessels stehen?« Arran sah auf die Uhr.

»Nicht länger als zwei Stunden«, antwortete er.

»Was immer hier geschehen soll, wer immer es in die Wege leiten will, er wird es vorbereiten müssen«, sagte Colbert. »Wir sind fertig. Höchste Zeit, aufzubrechen. Ich möchte niemandem von denen, die hier das Heft in der Hand haben, auf der Treppe nach oben begegnen. Verschwinden wir von hier.«

Arran nickte, dann begannen sie, die Spuren ihrer Anwesenheit zu beseitigen. Colbert schob die Leiter zusammen, Arran stopfte Verpackungen und nicht benötigte Technik in die Rucksäcke, in denen schließlich auch die Leiter verschwand.

»Warum eigentlich lässt sich die große Antiterrortruppe nicht blicken, um dem Zauber ein Ende zu bereiten?«, fragte Colbert. »Nichts scheint die Katastrophenvorbereitungen zu stören.«

»Ich schätze, der Tunnel ist versperrt«, äußerte Arran seine Vermutung und sah sich dann in der Halle um. »Und ich frage mich, wo meine Frau geblieben ist.«

Die Rucksäcke standen zum Abtransport bereit, jedes Stäubchen, das einen Hinweis auf sie erlaubt hätte, war eingesammelt. Aber Seena war verschwunden.

Es gab nicht viele Plätze in der Halle, an denen man sich verstecken konnte – unter den geschnitzten Bänken, hinter den steinernen Sesseln, im Schatten in einer Ecke der jetzt dämmrigen Halle.

»Die Sonne verschwindet«, rief Colbert, »wir müssen uns beeilen. Es steht fest, dass Seena nicht mehr hier ist. Sie wird vorausgegangen sein und im Hof des Klosters warten.«

Arran lief unruhig umher. Mit Betreten des Klosters war seine Verbindung zu Seena abgebrochen. Seither entglitt sie zusehends seinem Verständnis. Und jetzt war sie verschwunden. Wohin? Er drehte eine letzte Runde, den schweren Rucksack auf dem Rücken. Nichts.

Ungeduldig winkte Colbert ihn zu der Treppe. Arran hielt am Fuß der Treppe inne.

»Was hier geschehen wird, Bernard, hat die Welt noch nicht gesehen, weil niemand erkannt hat, dass es einen Besucher gibt. Wir sollten einen großen Abstand zu diesem Ort halten, wenn es so weit ist.«

»Welchen Besucher?« Colbert stand unruhig auf der untersten Stufe, die Pforte des Zugangs bereits geöffnet. Der Astronom machte keine Anstalten, sich in Bewegung zu setzen, obwohl die schwarzen Schatten in der Halle immer länger wurden.

»Ich verstehe nicht, dass keiner begreift, was hier geschieht«, echauffierte er sich. »Wir haben den Beweis, dass irgendwo weit entfernt von den Menschen eine andere Intelligenz entstanden ist.«

»Es hilft nichts, Arran«, drängte Colbert. »Wenn wir unsere eigene Intelligenz einschalten, gibt es nur eins: sofort weg hier!« Damit zog er den widerwillig folgenden Arran in Richtung Treppe. Dort angekommen, hörten sie Geräusche von oben. Stimmen.

»Es geht los«, stöhnte Colbert, »die Treppe ist nicht mehr frei. Was tun wir jetzt?«

Arran setzte derweil seine Rede fort, als ginge ihn nichts von dem an, was um ihn her geschah.

»Wir sehen nach draußen, in das Eis der Ströme von Kometen, in den interstellaren Staub, wir horchen mit Radiowellen ins All, dabei ist eine Nachricht von ihnen hier, ihr Artefakt ist vor langer Zeit gelandet, in Legenden, in Bildern, als fünfzackigen Stern auf Fahnen, hinter denen von Russland über China bis nach Amerika und Europa mehr als die Hälfte der Menschheit hermarschiert. Seit Jahren steht ein großer schweigender Besucher in unserer Wohnung. Was hat er vor? Ich fürchte, bald wird er sich bewegen.«

»Wir laufen zum Felsentunnel, durch den wir aus der alten Fabrik gekommen sind, und marschieren zurück bis ins Lager der Militärs«, rief Colbert. »Wenn er noch versperrt ist, warten wir, bis sie es schaffen, ihn zu öffnen.« Sie horchten eine Weile in den Schacht der Treppe hinein. Es schien still geworden zu sein. Im Eilschritt liefen sie bepackt mit ihren Rucksäcken die enge Treppe hinauf.

Die unermüdlichen Schwestern beluden das Gerüst unter ihnen mit den gelben Kartons voller Sprengstoffrollen. Robert lief unruhig auf der Plattform um den Turm. Was konnten er und der Maler jetzt noch ausrichten, ohne die bewaffneten Wächter? Hier gab es nichts, was als Waffe umzufunktionieren gewesen wäre, um die Katastrophe vielleicht doch noch abzuwenden – die Sprengung, das Zusammentreffen der beiden Spiegel, den Alptraum danach. Die Glocke, unter der er am Rand der Plattform stand, würde niemals läuten.

Die Glocke!, dachte er plötzlich. Vielleicht bot sie ja eine Chance. Mit wenigen Blicken prüfte Robert ihre Position auf dem Podest. Ihr Schwerpunkt lag deutlich oberhalb der Brüstung. Wenn sie es schafften, sie von der Plattform zu stürzen, würde sie mit der Wucht ihrer tonnenschweren Masse das Gerüst mit den Schwestern und den Sprengstoffpaketen in die Tiefe reißen.

Aber es musste schnell geschehen.

Die Glocke war mit einer Kette an einem Schäkel am Dachgebälk befestigt. Robert stieg auf den Podest und kletterte auf die Glocke. Einen Atemzug lang fühlte er sich allein von dem winzigen Punkt getragen, auf dem er stand, frei in der Mitte des Talkessels schwebend. Auf dem Ast eines Lorbeerbaumes unter ihnen, an dem kleine grüne Früchte hingen, wippte ein gewaltiger Rabe. In elegantem Sturzflug verschwand er ins Tal. Auf der Plattform des Turms ging ein leichter Wind, die Sonne brannte. Alle Schwankungen seines Körpers, jeden Pulsschlag, jede Welle seines Blutes, jede Bewegung seiner Hände hatte Robert unter seiner Kontrolle. Er spürte keine Angst, eher die Versuchung, zu springen. Er registrierte jeden Lufthauch, jede Wolke, jede Vogelstimme im ganzen Talkessel.

Er musste sich auf die Zehenspitzen stellen, damit seine Hände das oberste Kettenglied erreichen konnten. Der Schraubbolzen im Schäkel saß fest. Robert hängte sich mit einer Hand in den Bügel des Schäkels, mit der anderen packte er mit zangenhaften Kräften den flachen Kopf des Bolzens. Die Schraube löste sich. Robert hielt sich mit der linken Hand im Dachgebälk und zog sie schließlich aus dem Eisen. Dann schob er den Bügel des Schäkels aus dem gusseisernen Ring und nahm die Kette beim Herabklettern mit.

Drei große schmiedeeiserne Keile hielten die Glocke auf dem Podest im Gleichgewicht. Um sie über die Brüstung zu kippen, musste er den westlichen Keil unter der Glocke hervorziehen.

Jeder der Keile lief in einen Ring aus, der zu klein war, als dass Robert ihn mit genügend großer Kraft hätte packen können. Er brauchte ein Seil, um es durch den Ring zu ziehen.

Robert kam eine Idee. Sie hatte etwas Makabres an sich, aber ihm blieb nichts anderes übrig. Er warf einen Blick auf den alten Maler, der auf der östlichen Seite im Schatten saß, dann begann er damit, einen der beiden Toten an seinem Seil nach oben zu ziehen.

»Wer steckt hinter allem, was hier geschieht?«, fragte er den alten Maler. »Und was bezweckt er damit?« Griff um Griff zog er die schwere Last nach oben.

»Außer der Kirche mit dem Prior, den Priestern und dem Maler mit seiner kleinen Gilde von Handwerkern gibt es im Kloster den Orden der Blauen Madonna«, erklärte Visunian müde. Er wirkte resigniert. »Die Schwestern des Ordens kümmern sich um nichts anderes als um das Fest der Blauen Madonna, um den Spiegel, den sie Visus nennen, um die Mechanik seiner Versenkung, um seine Aufbewahrung, um die Zugänge zum Kloster und deren Mechanik, um die Umlenkung des Wasserfalls. Jetzt folgen viele Schwestern des Ordens einem Mann, der im Kloster aufwuchs und nach fünfzig Jahren zurückgekehrt ist, um einen Plan aus dem vierzehnten Jahrhundert in die Tat umzusetzen. Um zu erreichen, was er vorhat, wird er die Existenz des Klosters gefährden – und die Felswand sprengen, die unter uns liegt.«

Erst jetzt begriff Robert, dass er und der alte Mann zwei völlig verschiedene Katastrophen im Auge hatten. Der alte Mann war um seine Bilder besorgt, um die Zerstörung des Klosters. Der Welt aber drohte eine Apokalypse, die ihn nicht zu kümmern schien.

Nachdem Robert den Toten auf die Plattform gezogen hatte und die um seinen Hals gelegte Schlinge von dem gebrochenen Genick gelöst, entrang sich der Kehle des Toten ein Geräusch wie ein schreckliches Seufzen, das Robert erschreckte. Bevor er sich wieder an die Arbeit machte, atmete er tief durch und sah Visunian an, der weiter resigniert im Schatten saß.

Hatten die Bilder des Klosters nur deshalb fünfhundert Jahre überstanden, weil alle Maler des Klosters, weil *der* Maler des Klosters bei allen Kriegen und Verwüstungen, bei Pest und Mongolenstürmen niemals etwas anderes als die Bilder im Sinn hatte?

Robert dachte an das Grauen des Schwarzen Todes, an die Entzündungen auf dem Körper Anahits, an ihre fiebrigen, verzweifelt blickenden Augen und die zahllosen Opfer. Wenn er jetzt die Sprengung verhindern konnte, hatte er sie vor beiden Katastrophen bewahrt. Er zog das Seil durch den Ring des Keils auf der westlichen Seite der Glocke.

Eins musste er noch wissen, solange es den Anschein

hatte, als verfolgten der alte Maler und er ein und dasselbe Ziel.

»Warum will er es tun?«, fragte er. »Warum will der Mann, der in das Kloster zurückgekehrt ist, den Plan aus dem Mittelalter verwirklichen und die beiden Spiegel zusammenbringen?«

»Er braucht das Chaos«, antwortete der Alte, »um mit den ewig helfenden, barmherzigen, nie ermüdenden, niemals kranken Schwestern die Welt zu erobern. Sie kennen nur die Liebe zu fremden Menschen und zu einer rätselhaften Kraft, die ihnen Stärke und Kinder schenkt, ohne sie mit Sünden zu belasten. Sie sehen sich als Madonnen, nicht als Amazonen, sie werden sich opfern, weil sie niemals endgültig ausgelöscht sind. Ist erst einmal die Felswand gesprengt, wird alles genau so geschehen, wie er es beabsichtigt hat.«

Robert brachte den alten Mann auf der anderen Seite der Plattform in Sicherheit, er selbst stemmte sich mit beiden Füßen gegen den Podest, auf dem die Glocke ruhte, und zog mit allen Kräften, die ihm mit jedem Atemzug schier unerschöpflich zuzuwachsen schienen. Sein Kopf dröhnte, in seinem Hals, in seinen Augen hämmerte das Blut. Nichts regte sich.

Seine Muskeln, sein ganzer Körper, die Knochen und Gelenke schienen mit den Steinblöcken, mit dem Bronzekoloss der Glocke zu verschmelzen. Ein Rucken. Der Keil bewegte sich. Kaum merklich zunächst, dann immer deutlicher.

Unten setzten sich die Schwestern in Bewegung. Immer mehr von ihnen tauchten aus den Portalen unter der Bogengalerie aus der Basilika auf. Sie griffen nach einem Seil, das an dem Gerüst vor der Felswand befestigt war.

Im nächsten Moment flog der Keil unter der Glocke heraus wie ein Geschoss, Robert stürzte in die Ecke der Plattform, dann neigte die Glocke sich zur Seite. Geriet ins Rutschen. Und kippte auf die Brüstung zu.

Mit einer lässigen Bewegung, elegant wie eine Figur beim klassischen Ballett, zogen die Schwestern das Gerüst an einem Seil zur Seite. Die mächtige Glocke stürzte daran vorbei in die Tiefe, wo sie in einem Schwarm dumpfer und greller Töne an einem Felsen zersplitterte.

★

Der Ratsvorsitzende setzte sich auf den reich verzierten steinernen Sessel, der von den geflügelten Chimären flankiert wurde. Toros, Kyra und zwei der Schwestern schleppten Segeltuchsäcke die Wendeltreppe herab in die Halle. Auf dem Boden der Halle legten sie die Säcke ab, um sie an umlaufenden Reißverschlüssen zu öffnen.

Aus einem der Säcke rollten Futterale mit Aluminiumrohren. Kyra und eine der beiden Schwestern begannen sofort, sie zu einem großen Rahmen zusammenzufügen. Toros, der ab und zu innehielt, um mit schmerzverzerrtem Gesicht nach Luft zu ringen, holte aus einem anderen Sack Teile, die er zu einer riesigen Axt zusammenfügte. Breitbeinig stellte er sich vor dem großen Portal auf, das noch vor wenigen Stunden für die nach Heilung anstehenden Menschen geöffnet war. Jetzt war es geschlossen und mit drei Querriegeln und jeweils drei in den steinernen Torrahmen versenkten Bolzen am oberen und unteren Rand jedes Flügels gesichert. Der Blick des Ratsvorsitzenden lag auf Toros, als der mit der Axt weit ausholte.

»Es ist zu bedauerlich«, bemerkte er zu Kyra, die direkt neben ihm an dem Zusammenbau des Rahmens arbeitete, »dass es uns nicht gelungen ist, alle Schwestern des Ordens von der Richtigkeit dessen zu überzeugen, was wir tun müssen. Vieles wäre einfacher gewesen.«

Er sah sich kurz vor dem Ziel seines Lebens. Als Siebzehnjähriger hatte er sich in den Wirren der libyschen Revolution freiwillig zu einem italienischen Kommando gemeldet, das im Auftrag des libyschen Königs Idris Rebellen in der Libyschen Wüste bekämpfte. Durch Grausamkeit und Unbeugsamkeit verzeichnete er gewisse Erfolge, auch wenn das Militär unter Gaddhafi den König schon lange seiner Macht beraubt hatte. In einer Nacht in einem Zelt in der Wüste wurde ihm ein Besucher angekündigt. Als der Besucher aus dem Schatten trat, erkannte er sich selbst, als Greis am Ende seines Lebens. Der Besucher gab ihm die Weisung, die Welt nicht durch Krieg, sondern nach einem bevorstehenden Unheil durch Barmherzigkeit zu reinigen und zu heilen. Noch Jahrzehnte nachdem er an die Spitze der Bruderschaft Misericordia aufgestiegen war, war er der Überzeugung gewesen, damals in der Wüste keine reale Begegnung gehabt, sondern eine religiöse Erweckung erlebt zu haben. Jetzt wusste er es besser.

Ein gewaltiger Schlag der Axt traf das Portal über dem Schloss in der Mitte. Ein weiterer Schlag. Und noch einer. Unermüdlich schlug Toros zu, als habe er endlich einen Weg gefunden, seine schrecklichen Schmerzen herauszuschreien. Das Holz des Portals splitterte.

Dumpf dröhnten Toros' Schläge durch die Halle. Einige neu hinzugekommene Schwestern packten die Batterien aus und schlossen mehrere LED-Strahler an, die den Platz vor dem Portal grell ausleuchteten, andere Stellen der Halle, wie den Steinsessel, in dem der Ratsvorsitzende saß, aber umso tiefer im Schatten versinken ließen.

Mit wütenden Hieben schlug Toros auf das Portal ein. Schneller und schneller. Einer nach dem anderen brachen die Riegel und Bolzen aus ihren Halterungen. Bald würden sich die Flügel des Portals zur Seite schieben lassen.

Inzwischen war unter den Händen von Kyra und einer anderen Schwester ein großer Rahmen entstanden, genau bemessen, um an jeder Seite, nur einen Meter voneinander entfernt, je einen der Spiegel aufzunehmen. Breit ausgreifende Stützen mit Rollen sorgten für Stabilität und Beweglichkeit. An einer Seite konnte das Gerüst in den Schacht eingeschoben werden, um den herabsinkenden Spiegel mit dem Rahmen, der ihn seit den Zeiten Pieros einfasste, direkt aufzufangen. Einige Hiebe mit der Axt würden die Seile kappen, die den Spiegel im Schacht hielten.

Kyra sah dem, was geschehen würde, mit großer Befriedigung entgegen. Als die älteste aller Schwestern des Ordens war sie am wenigsten allein. An guten Tagen konnte es sein, dass sie in den Diensten des Ordens ihren drei Töchtern begegnete. Sie betrachtete die schlanken hübschen Frauen von vierzig, zweiundvierzig und fünfundvierzig Jahren, die sie mit so großem Stolz ansehen konnte, als ihre Töchter. In gewisser Weise waren sie es ja auch, obwohl sie natürlich viel mehr waren.

Weil Kyra diese drei Töchter hatte, gab es wohl niemanden im Kloster, der den Tod so wenig fürchtete wie sie.

Mit fahlem Gesicht blickte der alte Maler in das Tal, schweigend, gelähmt, entgeistert. Alle seine Bemühungen waren gescheitert. Die Gewissheit der kommenden völligen Vernichtung all dessen, was er selbst und alle anderen vor ihm über Jahrhunderte als ein Weltwunder der Kunst geschaffen hatten, überwältigte ihn. Er strauchelte nah an der Brüstung der Turmplattform. Robert bewegte sich in seine Richtung, um ihn zu stützen. Wie in einem festgefrorenen Augenblick sahen in diesem Moment die schwarz gekleideten Schwestern von unten zu ihnen herauf. Zehn, fünfzehn von ihnen näherten sich dem Turm mit großen Sprüngen und erreichten schon bald seine Mauer.

Nacktes Entsetzen packte Robert, als er sah, was als Nächstes geschah. Die Schwestern hielten inne, um ihre Schuhe auszuziehen, und kletterten unverzüglich, nur von

Zehen und Fingern in den Ritzen der Steinblöcke gehalten, die Mauer empor. Mit unfassbarer Schnelligkeit rückten ihre schwarzen Gestalten an der Außenwand von allen Seiten näher.

Als Robert begann, den alten Maler vor sich her die Treppe hinabzuschieben, hatten die Schwestern bereits die halbe Höhe des Turms erklommen. Unten verschwanden die beiden Männer wieder in dem feuchten dunklen Gang, den sie wenig später in der Ruine des Refektoriums verließen.

Der Alte führte Robert in eine Kapelle, in die nur schwaches Licht durch eine Steinrosette in der westlichen Giebelwand fiel.

»Sobald die Sprengung erfolgt ist, wird alles sehr schnell gehen. Die Erschütterung wird sich im Untergrund fortsetzen. Stalaktiten werden zusammenstürzen, Höhlendecken brechen ein, zunächst wird der Zerfall hauptsächlich dort unten voranschreiten, ohne dass es hier oben zu spüren ist. Dann wird sich der See in die Höhlen ergießen, und schließlich wird das Plateau, auf dem die Anlage des Klosters steht, in der Tiefe verschwinden. Spätestens einen Tag nach der Sprengung wird das Kloster nicht mehr existieren.«

Visunian starrte eine Weile ins Leere, und als er erneut etwas sagte, klang seine Stimme überraschend fest.

»Es gibt eine Altarwand, die man im sechzehnten Jahrhundert direkt mit dem Felsen verankert hat. Sie ist für das wichtigste, das größte Gemälde vorgesehen, für den Abschluss der Arbeiten als das letzte Fresko des Klosters. Was immer auch im Untergrund geschehen mag, diese Wand und das Fresko darauf werden als Einzige die Vernichtung des Klosters überstehen. Es sollte ein Fresko mit der christlichen Prophezeiung sein, die in Lusavank fehlt. Michelangelo hat sie in Rom in die Kuppel der Sixtinischen Kapelle gemalt. Die Geschichte des Jüngsten Gerichts.«

Zwischen Gemäldewänden, die im Halbschatten wie Illustrationen von Wahnvorstellungen wirkten, ging der alte Maler mit energischen Schritten auf die östliche Altarwand zu. »Seit dem sechzehnten Jahrhundert ist diese Wand für das einzige Bild des Klosters vorgesehen, das über alle Zeit Bestand haben wird.«

Die Wand war leer. Das Bild existierte nicht.

Robert erkannte, wie zutiefst erschüttert der Alte war, und für einen Augenblick quälte ihn der zwanghafte Gedanke, dass er mit seiner verhexten Suche nach einer Wand für das Fresko des einundzwanzigsten Jahrhunderts das Drama dieses Klosters ausgelöst hatte.

Vor ihnen standen aufgereiht Dutzende von Gefäßen mit Farben, die in verschiedenen Farbtönen vorgemischt waren. Daneben stapelten sich Leitern und Gerüstteile, Kartonbögen, Kisten mit Werkzeugen, Lampen und ganze Bündel von Kerzen.

»Die Wand ist vorbereitet«, stellte der alte Maler fest. »Auf der ganzen Fläche von achtundneunzig Quadratmetern ist der *intonaco* aufgetragen, geglättet und angefeuchtet. In fünf Stunden muss alles verarbeitet sein.«

»Achtundneunzig Quadratmeter?« Robert schüttelte den Kopf. »Wenn alles vorbereitet ist, einhundert Tagewerke. Es ist die Arbeit eines Lebens.«

»Es gibt eine Chance für dich, es zu schaffen«, sagte der alte Maler. »Der Mann, der ins Kloster zurückgekehrt ist, der Ratsvorsitzende der Bruderschaft Misericordia, wird die ›Augen Gottes‹ zusammenführen, ob es dir passt oder nicht. Mit der millionenfachen Kraft der beiden Spiegel wirst du dieses letzte Bild in Angriff nehmen und vollenden können.« Er hob den altmodischen Fotoapparat über seinen Kopf und hängte ihn Robert um, als würde er mit einem magischen Kasten, in dem Roberts Bild gespeichert war, unaufhebbar eine Verpflichtung an ihn übertragen.

Doch seit die Sprengung der Felswand unausweichlich schien, konnte es aus Roberts Sicht keine unversöhnlicheren

Ziele geben als seine und die des alten Mannes, der sich als Maler Visus nannte.

★

Colberts Handy summte im aufdringlichen Ton eines heranfliegenden Insekts.

»Bernard Colbert«, meldete er sich leise.

Hemmungsloses Weinen drang aus dem Telefon. Elise! Aus dem Schluchzen hörte Colbert nur einen Satz, der sich immer wiederholte: »Flower und Celli sind nicht mehr bei uns.«

Colbert setzte sich auf den Boden und lehnte sich an die Felswand neben der Tunnelmündung. Auch ihm schossen Tränen in die Augen.

»Was ist geschehen?«, fragte er mit erstickter Stimme.

»Die internationale Schule.« Elise brauchte einige Zeit, um wieder Worte zu finden. »In ihrer Schule gab es zwei Infizierte. Die ganze Schule wurde geschlossen und alle in ein Quarantänelager verfrachtet. Inzwischen sind alle Schulen geschlossen worden. Seit zwei Tagen haben wir keinen Kontakt zu ihnen.« Sie schluchzte. »Es hieß, es hat vier weitere Erkrankungen gegeben. Was sollen wir nur tun, Bernard?«

Er wusste keine Antwort. Eine schreckliche Entwicklung nahm ihren Lauf. Keiner von denen, die Colbert in der medizinischen Bürokratie Genfs kannte, würde jetzt auch nur eine Sekunde Zeit dafür haben, dem Verbleib Einzelner nachzugehen. Trotzdem würde er es versuchen.

»Bleib ruhig. Ich werde Hans Tuggenberger anrufen, den Direktor des Strategic Health Operations Center der WHO. Er hat Zugang zu den Listen, und er ist ein guter Freund. Sobald ich etwas erfahre, rufe ich dich an«, sagte er. »Und sobald man wieder reisen kann, bin ich bei dir. Ich liebe dich, Elise, ich liebe die Kinder. Grüße sie von mir.«

»Ich liebe dich auch Bernard«, drang eine schluchzende Stimme aus dem Telefon, bevor die Verbindung abbrach.

Aus dem Berg drangen mehrere kleinere Explosionen. Aus einer Rauchwolke, die aus der Mündung des Tunnels quoll, schritten zwei Gestalten in schwarzen Schutzanzügen, lange Stäbe mit aus den Spitzen züngelnden Flammen in der Hand.

»Wir sind durch«, rief einer in das Mikrofon an seinem Helm.

Die millionenfache Kraft ist der millionenfache Tod«, rief Robert außer sich. Visunian sah ihn mit kalten Augen an. Robert kannte diesen Zustand von sich selbst. Für den alten Maler gab es nur noch ein einziges Ziel, die unwiederbringliche Chance für die absolute Perfektion. Robert wusste, dass Visunian das Fresko vor seinem geistigen Auge sah. Auch in seinem Kopf begann es Gestalt anzunehmen, als würde es von dem Alten auf ihn übertragen.

»Oder beides«, entgegnete der alte Maler, »die Kraft und der Tod, aber der Tod ist nicht wichtig. Du oder ich sind nicht wichtig. Wichtig ist, unsere Epoche der Kunstgeschichte mit einem Fresko abzuschließen, wie es die Welt noch nicht gesehen hat.«

Angesichts des Wahnsinns dieses Vorhabens, das jeden Rahmen menschlicher Vorstellungskraft sprengte, fühlte Robert seine Identität mit dem alten Maler in jeder Faser und erschrak vor der Faszination, die diese Idee auf ihn ausübte. Er erschrak vor sich selbst.

Robert trat an die Kisten mit Werkzeugen und griff sich ein Bündel scharfer Federmesser, die für den Zuschnitt der Schablonen aus dem bereitgestellten Karton vorgesehen waren. Um zu verhindern, was noch zu verhindern war, brauchte er alles, was sich als Waffe benutzen ließ.

»Nichts ist verloren«, entschied er, »solange es noch keine Sprengung gibt. Nichts ist unwiderruflich, solange die Spiegel nicht in Bewegung gesetzt sind.« Er stürmte aus der Kapelle, dass der alte Maler Mühe hatte, ihm zu folgen.

Robert schlug den Weg zu dem Gerüst ein, das sie unterhalb des Glockenturmes gesehen hatten, und bog um die nördliche Giebelwand der riesigen Basilika aus dem sechsten Jahrhundert. Grelles Kreischen lag in der Luft, wie das Geschrei von Hunderten von Tieren.

Das Erste, was Robert auf der anderen Seite der Basilika sah, war das hoch bis an den Scheitel der Abgrenzungsmauer gezogene Gerüst, auf dem ein schwarz verhülltes Rad festgezurrt war, das doppelt so hoch aufragte wie ein großer Mann. Alle Vögel des Tales schienen sich daraufzustürzen. Mit wildem Kreischen kämpften sie um einen Platz auf der senkrecht stehenden schwarzen Scheibe.

Die Sonne schickte ihre letzten Strahlen waagerecht auf die Wand der Basilika. Nicht mehr lange, und es würde dunkel werden in dem großen Kirchenschiff. Die *Madonna del Parto* würde den Spiegel abdecken, der darauf in seinem Schacht in die Tiefe gelassen würde.

Erst bei genauem Hinsehen entdeckte Robert, dass sich alle Schwestern unter den Schutz der Bogengalerie zurückgezogen hatten. Nur das riesige Rad und die Vögel waren noch zu sehen, zu denen jetzt ein Schwarm weißer Tauben aus den runden Fenstern der Basilika stieß.

Eine Explosion erschütterte das Kloster. Schwere Stöße rollten durch den Felsen, dass es ihn regelrecht von den Füßen hob. Das Zittern des Untergrundes setzte sich in den Gebäuden fort. Von der Plattform des Glockenturmes stürzten Steine in den Abgrund. Robert und der alte Maler lagen am Boden, beide schützten ihre Köpfe mit den Armen. Wolken der Explosion, Staub, Steinsplitter erfüllten die Luft. Die Vögel zogen sich kreischend in die Mitte des Tales zurück, aus dem Kloster kamen die Pilger und die bunt gekleideten

Priester gelaufen, um nachzusehen, was geschehen war. In der Menge, die der Staubwolke entgegenlief, entdeckte Robert Seena, die Frau des Astronomen.

Die Staubwolke quoll aus einem Loch von der Größe eines Scheunentores, das in die Felswand unterhalb der Basilika gesprengt worden war. Die Schwestern ließen das Gerüst mit dem schwarzen Rad herab, bis es in der Staubwolke verschwand.

Robert lief zu der Stelle, von der es herabgelassen wurde. Gerade nahm er noch wahr, wie das schwarze Rad durch die herausgesprengte Öffnung von dem abgesenkten Baugerüst in die Felsenhalle geschoben wurde.

Die von der Explosion verscheuchten Vögel kehrten zurück, in Schwärmen stießen sie in den Staub, um dem Rad in die Halle zu folgen. Robert kletterte eine Strickleiter an der Felswand hinab auf das Gerüst. Der alte Maler folgte ihm. Von dort traten sie, umgeben von kreischenden Vögeln, durch die gesprengte Öffnung in die Felsenhalle.

Dort bot sich ein Bild der Verwüstung. Das große Portal, vor dem Robert im Licht des Spiegels gestanden hatte, war zerstört und geöffnet. Vor dem Schacht stand ein Rahmen aus Aluminiumrohren. Das große schwarze Rad wurde von den Schwestern freigelegt, Ecke für Ecke der vernarbten dunkelbraunen Rückseite eines riesigen Pentagons kamen zum Vorschein. An der Seite der Halle kümmerten sich einige Schwestern um den von einem Splitter der Felswand schwer verletzten Toros, der blutend am Boden lag.

Aus dem Schatten hinter den aufgeständerten, grellweiß leuchtenden Scheinwerfern trat ein mittelgroßer Mann mit dünnem blondem Haar, der nur wenige Jahre älter war als Robert. Als er nahe vor ihm stand, erkannte Robert auf seinem rechten Handrücken ein Muttermal in der Form eines umgekehrten Y.

Der Augenblick, auf den es ankam, rückte näher; die Meteorologen kündigten ein Nachlassen des Sturms an. Jackson wartete in der grauschwarz gefleckten Kampfmontur auf seinen Einsatz. Carson Genna schüttelte den Kopf.

»Warum tun Sie sich das an, Jackson?«, fragte er. »Meinen Sie ernsthaft, Sie können das Blatt noch wenden?«

»Wissen Sie, Carson, dass ich jahrelang in der Produktionsfirma meines Vaters die Stuntszenen gedreht habe? Billiger ging es für ihn nicht. Ich war der Spezialist für militärische Stunts. Helikopter. Abseilen. Sprünge aus großer Höhe. In den letzten acht Jahren habe ich an vierzehn SWAT-Einsätzen teilgenommen. Sie ahnen nicht, was Sie an mir haben.«

»Ist mir ehrlich gesagt bisher nicht aufgefallen.« Genna lachte kalt. »Aber wenn Sie es sich, Ihrem Vater und mir beweisen wollen, will ich Sie nicht hindern. Ich hoffe, Sie haben Erfolg dabei.«

»Ist Ihnen bewusst, Carson, dass der kommende Einsatz alles Zeug dazu hat, zu einem Desaster zu werden?«

»Das gilt für fast alle Einsätze, die ich kenne.« Carson Genna trat einige Schritte hinaus in den im Hof der Mineralwasserfabrik heulenden Sturm. Jackson folgte ihm.

»Ich erinnere mich an die Vorbereitungen zum Feldzug in den Irak 2003«, sagte Jackson. »Was mir noch heute Schauer über den Rücken jagt, war nicht das unaufhaltsam langsame Anrücken der gigantischen US-Streitmacht, nicht die Fata Morgana der geisterhaften, irgendwo im Sand verborgenen Fabriken für Massenvernichtungswaffen. Das Beunruhigende, woran ich in diesem Moment denken muss, war angesichts der heranrollenden Übermacht die völlige Abwesenheit jeglicher ernstzunehmenden Gegenwehr, von der irgendjemand eine Wirkung hätte erhoffen können. Die blanke Kapitulation wäre verständlicher gewesen.« Jackson legte sich den Gurt zum Abseilen aus dem Hubschrauber um die Hüfte.

»Nichts war vorbereitet«, fuhr er fort. »Ich hielt mich im

Auftrag der MIDAC mit einigen türkischen Agenten kurdischer Abstammung mehrfach im Norden des Irak auf. Sie alle fragten sich, warum Saddam keine ernsthaften Versuche unternahm, sich zu verteidigen, und auch nicht einfach kapitulierte. Es war vielen von ihnen unheimlich.

Das Ergebnis gab Saddam recht. Dieser Krieg im Irak, umso mehr, je länger er dauert, wird den Sieger zerstören, grundlegender und tiefgreifender, als es jede offene Schlacht vermocht hätte. Selbst Saddams Tod wird daran nichts ändern.« Genna kam auf seinem ruhelosen Gang durch den heulenden Sturm nahe an Jackson vorbei und sah ihn zweifelnd an.

Jackson ging zurück unter das Dach der Brauereihalle, legte sich die Kevlarweste an und verkabelte den Helm.

»Hier ist es wie damals. Die Bande von Terroristen, die die Welt mit einer Seuche überzogen hat, die Millionen von Toten fordern wird, tut einfach *nichts*. Sie fahren mit einem alten Bus durch die Gegend. Sie versperren einen Tunnel. Sie leiten einen Wasserfall um. Aber es gibt keine Waffen, keine Sicherheitsposten, keine Kampftruppen, die uns bewaffnet erwarten. Nichts. Das ist es, was mir Angst macht. Was übersehen wir? Wo unterschätzen wir die Situation noch immer?«

Aus den vorgepackten Taschen für einen Kampfanzug wählte er zwei Blendgranaten und 9-Millimeter-Munition für eine Heckler und Koch MP 5 – SD 3. Dann heftete er sie mit Klettverschlüssen an den Anzug.

Jetzt, wo es an eine konkrete Operation ging, fühlte sich Jackson wohl. Vor acht Jahren hatte er das extreme Auswahlverfahren der Delta Force bestanden und ein Fallschirm-Spezialtraining in HALO, High Altitude – Low Opening, absolviert, bei dem man die Nervenstärke beweisen musste, den Schirm nach sehr langem freien Fall erst kurz über dem Boden zu öffnen, um punktgenau und fast unsichtbar landen zu können.

Noch bei dem MIDAC-Einsatz zu Beginn des Irakkrieges war Jackson formal Mitglied der Delta Force, noch immer frischte er seine Ausbildung in Wally World am Mott Lake in Fort Bragg jährlich einmal auf.

Als ein neuer Bericht der Meteorologen angekündigt wurde, legte Genna ihm kurz ermutigend die Hand auf die Schulter, bevor er in die Kommandozentrale verschwand.

★

»Der Gang ist offen«, meldete Valentin Jartow in der Kommandozentrale, in der alle mit der Analyse der ersten Luftbilder der Predator-Drohne beschäftigt waren, »alle 2,4 Kilometer sind passierbar.«

»Warum halten Sie sich noch auf?«, fragte Genna, ohne vom Monitor aufzusehen, der aus leicht westlicher Richtung einen Blick auf eine aufgesprengte Felswand erlaubte, vor deren riesiger Öffnung Schwärme von Vögeln umherflogen.

Valentin Jartow war besonders durch seine Kenntnis der speziellen Bedingungen in Transkaukasien für diesen Einsatz qualifiziert. Er war für das Antiterrorzentrum des russischen Geheimdienstes in Süd-Ossetien und in Bergkarabach mit anderen der Gruppe Alfa im Einsatz und sprach akzentfrei Armenisch, Georgisch und Aserbaidschanisch.

Die von der armenischen Armee bereitgestellten luftgekühlten Beiwagenmotorräder Ural IMZ-8 mit Zweiradantrieb passten durch den Tunnel, wenn der im Beiwagen sitzende Mann darauf achtete, in der Rundung der Tunneldecke den Kopf nicht über die Kante der Sichtscheibe ragen zu lassen. Die insgesamt zwölf Männer aus Valentin Jartows Truppe waren mit Groza-OC-14-Sturmgewehren aus dem Fundus der Spezialtruppen des armenischen Innenministeriums ausgerüstet. In jeder Zweierbesatzung der sechs Motorräder war einer der Männer mit dem Aufrüstsatz der

Groza für den Abschuss von 40-mm-Blend- und Gasgranaten ausgerüstet. Darunter waren, wie Jartow wusste, auch Gasgranaten, die mit dem Nervengas gefüllt waren, das im Oktober 2002 durch seine verheerenden Wirkungen bei der Erstürmung des Musical-Theaters Nord-Ost in Moskau berüchtigt geworden war.

Ansonsten waren die Gewehre mit der 7,62-Millimeter-Munition der Kalaschnikow AK-103 und Aufstecksätzen für deren Nachtsichtgeräte und Zielfernrohre ausgestattet.

Alle Männer, die viel schneller mit Kontakt zu Gegnern rechnen mussten als das Team am Berggipfel, trugen über ihren weichen, nicht entflammbaren Fliegeroveralls dreilagige Kevlarwesten mit Keramikeinlagen. Vor allem trug jeder von ihnen einen Schutzanzug mit Gasmaske und Virenfilter gegen einen bioterroristischen Angriff auf dem Rücken. Darüber hinaus waren sie mit Nachtsichtgeräten und taktischen Funksystemen ausgestattet, die in ihre leichten Kevlarhelme integriert waren.

Auf dem Hof der Mineralwasserfabrik wurden die Helikopter startklar gemacht.

»Wissen Sie, was die Vögel bedeuten, General?«, fragte Genna. Der General zuckte mit den Schultern. »Die Vögel sind aus einem verfluchten Grund, den niemand versteht, dort, wo das Ding aus dem Schiffswrack ist, hinter dem wir her sind.«

Jartows Kampftruppe ließ die sechs schweren Motorräder aufheulen. In voller Kampfmontur verschwanden sie in den Gang. Aus der Öffnung drang noch eine Weile ohrenbetäubender Lärm.

Nach einem kurzen Blick murmelte Genna, den Zeigefinger auf dem Luftbild der Basilika:

»Jartows Männer müssen alles unter Kontrolle haben, bevor das Ding aus der Klosterkirche dem Ding aus dem Schiff begegnet.« Er tippte mit den Fingern nervös auf den Monitor. »Es sind nur noch wenige Meter Abstand zwischen ihnen. Ich habe das Gefühl, dass jede einzelne verdammte Sekunde zählt.«

In der Aussicht auf weiteres Abflauen des Sturmes bereiteten die Piloten aller Helikopter den Start vor, um die verfügbaren Kampftruppen schnellstmöglich ins Tal zu bringen.

Die riesige MIL 26 und die beiden Blackhawks erhoben sich aus dem Hof. Mit infernalischem Getöse, das sich zwischen den verfallenen Bauten brach, zogen die wirbelnden Rotoren die Maschinen in die Höhe, bis sie wie Fächer aus Licht in Richtung des Berggipfels verschwanden.

Robert kannte den Mann, der schweigend dem alten Maler gegenüberstand. Es war der Mann, der ihm in Sansepolcro die Tür zum Haus der Fraternitas Misericordia geöffnet hatte. Giuseppe Landino.

Durch den Schwarm der flatternden weißen Tauben trat Robert auf ihn zu.

»Warum haben Sie mir geholfen, hierherzufinden«, fragte er, »wenn es das ist, was Sie vorhaben?«

»Es geht nicht um Sie. Anahit Sarian musste um jeden Preis nach Lusavank kommen. Sie haben sie für mich hergebracht. Dafür bin ich Ihnen sehr dankbar.« Landino deutete mit einem Kopfnicken auf den alten Maler. »Ich habe nichts anderes getan als er. Auch ihm geht es nicht um Sie. Fragen Sie ihn nach dem Feuer, das Ihr Atelier vernichtet hat.« Robert starrte ihn ungläubig an.

»Los. Fragen Sie ihn schon!«, rief Landino.

In der Klarheit feinster Details sah Robert die Vögel, die in immer größerer Zahl in die Halle drängten. Er sah die Fresken im Licht der LED-Strahler, er sah das schreckliche Loch in der Wand, das von den mit Augen übersäten Flügeln der himmlischen Tetramorphen gerahmt war. Er sah

Visus, den alten Maler, dessen dünne weiße Haare seinen Kopf umwehten, die schwarz gekleideten Schwestern, die dabei waren, den großen Spiegel in dem Rahmen zu arretieren, und er sah Toros, den Mann im weißen Leinenanzug mit dem alten Gesicht unter den jugendlichen schwarzen Haaren, blutend am Boden liegen, die Axt seinen Händen entglitten und vor dem zerstörten Portal vom Schutt der Sprengung bedacht.

Robert hielt alles fest wie in geschmolzenem Glas. Dann verschwand er aus dieser Sekunde, um in das Leben einzudringen, das er bisher geführt hatte.

Die große Ausstellung »Quarters of the Mind«, den internationalen Erfolg seiner Bilder, das Feuer, vor dem er sich selbst nur mit Mühe retten konnte, die ausgebrannten Reste des alten Fabrikgebäudes, die Wochen, bis er begriff, dass er sich den Forderungen der Gläubiger nur durch immerwährende Flucht entziehen konnte, die Jahre, in denen er sich auf die Restaurierung alter Fresken spezialisierte – nicht in Italien, sondern auf der desinteressierten britischen Insel –, und schließlich die Wiederkehr in die Ruine seines Erfolges in London wie ein nächtlicher Einbrecher durch Gänge, die nach verfaultem Fleisch und Kohlenstaub rochen.

Auch diese Erinnerung ließ Robert hinter sich zurück. Er spürte, wie sich die Zeit, in der er lebte, ja wie sich sein Name von seiner Identität löste wie eine in der Sonne zerfallende Verpackungsfolie.

Er war eine Zusammensetzung von Eigenschaften, die viel länger existierte als der Robert Casty, der sie zufällig jetzt verkörperte. Seine Eigenschaften wurden wichtiger als sein Leben. Wie viel hatte diese Zusammenstellung hervorgebracht! Ein Weltwunder der Kunst. Welche Macht bekam diese zeitlose unverwechselbare Zusammenstellung von Eigenschaften, die er versucht war, Seele zu nennen?

Visunian schwieg. Sein Blick ruhte auf den zerstörten Fresken, in seinen Augen glänzten Tränen.

Landino sah Robert an, als sei er der Herrscher über ein Imperium, in dem Robert sich erdreistete, eigene Ziele zu verfolgen.

»So wie ich es in Sansepolcro getan habe, werde ich Ihnen hier erklären, was geschehen wird. Das Seil, das jetzt noch neben mir am Boden liegt, ist mit einem Pflock verbunden, der den Fall des Spiegels aus der Basilika nach unten aufhält. Alle anderen Seile, die ihn hielten, sind gekappt. Das Gestell mit dem Spiegel aus dem Schiff ist in den Schacht geschoben, um den Spiegel des Klosters aufzunehmen. Es gibt nichts mehr, was noch fehlt.« Er lächelte siegesgewiss. »Und es gibt keine Macht der Welt, ob in dieser Halle oder in Flugzeugen oder Bomben am Himmel, die mich daran hindern kann, jetzt durch einen Zug an diesem Seil den Spiegel des Klosters mit dem aus dem Schiff zu vereinen. Einer nach dem anderen von uns wird sich dann in das Licht beider Spiegel begeben, mitten hinein in den Kontakt mit etwas, in dem ewige Gegenwart herrscht wie im ägyptischen Totenreich. Dort werden Tote und Lebende gemeinsam auf die Wiedergeburt warten. Wir werden dieses Reich öffnen. Was immer danach geschieht, wir von der Bruderschaft werden da sein, um denen zu helfen, die leiden müssen.« Er wandte sich an die in Bewegungslosigkeit verharrenden Schwestern. »Die neue Welt wird der Kultur der Liebe gehören. Bald überall in der Welt.«

Robert war plötzlich jede Angst genommen. Von einer Sekunde auf die andere stand er nah bei Landino. Er stieß ihn an den Rand der Öffnung in der Felswand. Ein Stoß noch und das Leben des Mannes war beendet. Landino musste in Roberts Augen erkennen, was er vorhatte.

Der alte Maler trat hinzu, ganz nah stand er jetzt bei beiden.

»Du kannst es nicht tun«, sagte Landino ruhig. »Du hast einen Schwur abgelegt, mich zu schützen.« Leise begann er zu zitieren:

»Ich werde Pierre I de Lusignan, König von Zypern, Jerusalem und Armenien, auf seiner Reise in den Kaukasus begleiten und alle Geheimnisse seines Planes zur Rettung der Christenheit, die mir offenbart werden, bewahren. Ich werde das Leben seines Sohnes Guy de Lusignan mehr als mein eigenes schützen. Solange Leben in mir ist und so wahr mir Gott helfe.«

»Er hat recht«, sagte der alte Maler. »Du kannst es nicht tun. Du hast es geschworen.«

»Berichte mir von dem Atelier in London«, stieß Robert hervor, ohne Visunian anzusehen, »erzähl mir, wer mein Leben dort beendet hat.«

Als der Alte zu reden begann, drängten acht der Schwestern Robert tiefer in den Raum. Schritt für Schritt wich er zurück. Er hatte die Axt unter dem Schutt erblickt.

»Dein Weg als Maler in London war unbedeutend. Deine Aufgabe liegt hier, dafür musstest du frei werden. Du musstest dich mit der schwierigen Technik der Freskenmalerei befassen. Das war wichtig. Du bist nicht der Nabel der Welt, du bist nichts als die Chance, eine Aufgabe zu erledigen.

Individualität ist gefährliche Illusion. Soll ich dir erklären, wie es dir mit sechzig, mit siebzig, mit achtzig oder neunzig gehen wird? Ich kenne jedes Gefühl, das noch kommt, jeden Gedanken, den schal werdenden Geschmack der Wut, die verschwindende Wärmeempfindung bei Erfolg und Lust, den größer werdenden Abstand zwischen Körper und Geist, die sich beginnen zu hassen, die Regungen, die Flüssigkeiten, die Verwitterungen des Körpers und den größer werdenden Überblick des Geistes, der die Zusammenhänge klarer erkennt und entschlossener ist, weil er weniger sieht. Soll ich dir alles berichten? Soll ich dir die Gefühle jedes der kommenden Jahre beschreiben? Soll ich dir jetzt sagen, was deine Empfindungen gegenüber Anahit sein werden, morgen, in zehn Jahren, danach? Willst du alles wissen und die Freiheit deiner Unkenntnis verlieren? Ich weiß, dass du nicht den Mut dazu hast. Ich kenne doppelt so viele deiner Jahre wie du. Erzähle mir nichts von eigenen Lebensplanungen.«

Vardan Visunian war nicht sein Vater. Eigentlich, fand Robert, hatte er mit ihm so viel zu tun wie mit einem Spiegelbild, Grund für Dankbarkeit gab es nicht. Sowenig er früher Bedenken gehabt hatte, das Selbst seines nächsten Morgens durch Weiterschlafen zu vernichten, so wenig bedauerte er, was er tun musste, als alles sich zu überstürzen begann, weil Landino nach dem Seil griff.

Abgelenkt von den Wolken der Vögel, die den Raum füllen, achtet niemand darauf, dass Robert sich mit dem linken Schuh den rechten vom Fuß streift. Mit hoher Geschwindigkeit strömen die Vögel durch die zerstörten Bilder der Tetramorphen aus dem Tal herein, als würden die Fabelwesen sie in diesem Augenblick in die Welt setzen. Robert tastet mit dem nackten Fuß nach der Axt. Sein Fuß schiebt sich unter den Schwerpunkt, kurz unter dem Blatt im ersten Stück des Schaftes. Landino greift nach dem Seil.

Mit einer einzigen Bewegung, die er noch niemals zuvor in seinem Leben versucht hat, wirbelt Roberts Fuß die Axt hoch in seine Hand. Robert sieht, wo alle im Raum stehen. Wie sich die Schwestern in Bewegung setzen. Er sieht ihre Wege wie Straßen, die sich in einem Platz treffen. Der Platz liegt dort, wo Landino steht. Robert beherrscht die Straßen, die sie durch ihre Bewegungen schaffen, er entscheidet, was auf dem Platz geschieht, in dem sie sich treffen.

Er schleudert die Axt nach vorn, wo ihre Schneide in Landinos Gesicht stecken bleibt. Blutüberströmt bricht das Oberhaupt der Bruderschaft zusammen, während die Schwestern zu ihm stürzen.

Der alte Maler greift nach dem Seil, spannt es und zieht. In dem Moment prallt der von Robert durch die Luft geschleuderte Fotoapparat gegen seine Brust. Man hört das

Knacken, als etwas in ihr zerbricht. Noch hält er das Seil in der Hand, aber er hat nicht mehr die Kraft, den Pflock aus dem Schacht zu ziehen und alles in Gang zu setzen. Er hält das Seil, während er zum Abgrund kriecht. Mit jedem Meter, den er gewinnt, wickelt er es weiter um seinen Arm.

Ehe Robert eingreifen kann, stürzt er, das Seil fest umklammert, in den Spalt zwischen der Felswand und dem davorhängenden Gerüst. Das Seil spannt sich in seinem Sturz, der Pflock fliegt heraus. Im Schacht hinter dem aufgebrochenen Portal ertönt ein Geräusch wie das eines auf schlechter Straße immer schneller heranrollenden Wagens.

Robert fächert die Federmesser zwischen seinen Fingern auf, in jeder Hand drei, wie die gespreizten Federn am Ende der Flügel der in der Halle tobenden Vögel. Zwanzig schwarz gekleidete Schwestern und die Vögel stürzen sich auf ihn. Bei der Schnelligkeit seiner Bewegung sind die Vögel eine einzige undurchdringliche Masse aus Federn. Robert sieht alle Bewegungen, alle Richtungen, in die sich die Schwestern bewegen, alle Positionen, die sie einnehmen werden, mit beiden Händen schneidet er sich den Weg frei zu dem offenen Portal.

Mit allen Kräften reißt er das tonnenschwere Gestell, das den Spiegel vom Wrack der CATHERINE trägt, aus dem Schacht und springt an die Seite. Das Ding, das sie im Kloster Visus nennen, stürzt in die Tiefe. Die untere Kante des fallenden Spiegels liegt im Licht aus den Scheinwerfern, seine Mitte, seine volle Fläche. Für den Bruchteil einer Sekunde liegt sie dem anderen Spiegel gegenüber. Nur ein winziges Zögern und doch die Ewigkeit. Der Schritt nach vorn. Die letzte Wand des Klosters. Das Fresko. Das doppelte Licht. Die Vision des Jüngsten Gerichts.

Die Militärs bestanden darauf, dass Arran und Colbert die von ihnen empfangenen Bilder auf einen der großen Monitore der Kommandozentrale legten. Zwei andere Monitore zeigten die Bilder von den Kameras von Jartows Truppe und aus der MIL 26, ein weiterer die Aufnahmen, die der unbemannte Predator lieferte.

Noch immer bewegte sich Jartows Truppe mit ihren Motorrädern im Gang. Herumliegende Steinbrocken der gesprengten Blöcke zwangen sie, langsamer zu fahren, als sie geplant hatten. Die MIL 26 erhob sich soeben über dem Gipfel, die Blackhawks waren im Aufstieg unterwegs.

Colbert stand neben dem Rundbau im Hof der Mineralwasserfabrik, sein Handy am Ohr. Es brauchte mehrere Versuche, dann dauerte es noch eine Weile, bis er Hans Tuggenberger am Telefon hatte, der sich gerade in Istanbul aufhielt. Er versprach, sich mit einem Anruf darum zu kümmern, was mit Colberts beiden kleinen Töchtern geschehen war und auf welchen Listen sie in welchem Hospital geführt wurden.

»Ich lasse es dir als SMS senden.« Er stöhnte laut auf. »Bernhard, ich dachte immer, wir hätten die Hölle bereits gesehen. Jetzt weiß ich es besser. Alles Gute.«

Zurück in der Halle, schloss Colbert die Antennen an die Computersysteme, mit denen sie die Signale der automatischen Kameras aus der Halle unter der Basilika auffangen würden. Er fuhr die Laptops hoch, in denen die eingehenden Meldungen verarbeitet werden mussten.

Hilfe durch den Astronomen erhielt er nicht. Bereits als sie vor dem noch verschlossenen Gang warteten, hatte Arran begriffen, dass Seena im Kloster geblieben war. Colbert hatte große Mühe, ihn davon abzubringen, zurückzulaufen, um sie nach der Explosion im Kloster zu suchen.

Der Astronom hatte sich nach ihrer Ankunft in der Kommandozentrale überwunden, Jackson, der sich für den Flug mit dem russischen Riesenhubschrauber bereit machte, zu bitten, auf Seena zu achten und sie dort herauszuholen. Jetzt wanderte er ziellos in der ehemaligen Brauereihalle herum.

Als Colbert die Installationen abgeschlossen hatte und die Hubschrauber verschwunden waren, fand er die Ruhe, sich dazuzusetzen und die eingehenden Bilder mit anzusehen.

Das Erste, was sie sahen, waren die Vögel.

»Die verdammten Vögel«, fluchte Arran, »wir hätten uns die Mühe sparen können. Es ist nichts zu erkennen.«

Alle blickten gespannt auf das, was sich in der Halle tat. Soweit man es zwischen den Unmengen an Vögeln erkennen konnte, bewegte sich ein Mensch inmitten der Schwärme im grellen Licht von mehreren LED-Strahlern. Im umliegenden Dunkel bewegten sich weitere Schatten.

Dann kam das Geräusch des absinkenden Spiegels, ein greller Schrei, Geräusche eines Kampfes, ein Schlag, ein Blitz mehrfach reflektierter Lichter, der die Gesichter einiger Frauen wie in einem Stroboskop erfasste, das Geräusch eines abstürzenden Objektes in einem Schacht, mehrere Sekunden später das kaum noch messbare Geräusch eines entfernten Aufschlags. Arran sah auf seine Uhr.

»Der Aufschlagpunkt muss etwa vierhundert Meter unter der Halle im Felsen liegen«, stellte er fest.

★

»Wir sehen die Öffnung«, ertönte Jartows Stimme. Der Lärm der Motorräder füllte die ehemalige Brauereihalle, der Monitor zeigte die vor der Truppe liegende Öffnung des Ganges.

»Sie kommen zu spät«, stöhnte Genna. »Ich weiß, was wir die ganze Zeit übersehen haben. Der Fakt, der unsere

Gegner so passiv erscheinen ließ.« Er blickte auf den Monitor, der die Bilder aus dem ersten Blackhawk zeigte. Er senkte sich in den Talkessel hinab, die Türen auf beiden Seiten offen, darin die Männer, die darauf warteten, sich abzuseilen.

»Was wir übersehen haben, ist, dass es nicht um eine Schlacht geht. Es geht nicht einmal um einen Kampf. Es geht um eine einzige verdammte, beschissene Sekunde«, Genna legte eine bedeutungsvolle Pause ein, »die wir zu spät sein werden.«

★

Das Bild wurde klarer. Die Übersicht kehrte zurück, nur feiner blauer Nebel schien alles einzuhüllen. Zuerst verstand niemand, was geschehen war.

»Es sind die Vögel«, sagte Arran tonlos. »Sie fallen herab.« Jetzt sahen es alle. Wie Flocken in einem abflauenden Schneesturm fielen die Vögel zu Boden. Einer nach dem anderen, seltsam verzerrt, einige bewegten sich noch leicht am Boden. Allein die weißen Tauben schwebten in der Luft, bis sie eine nach der anderen hinaus ins Tal flogen. Schwarzer Staub rieselte herab.

»Die Fliegen«, rief Colbert. Die Fliegen fielen aus der Luft. Tot. Eine schwarze Staubschicht bedeckte die Vögel.

Der amerikanische Berater, der die Luftaufklärung des Predator steuerte, meldete sich.

»Was ist das?«, rief er. Er ließ die Aufnahmen zurücklaufen und wiederholte die letzte Minute. Als hätte es eine Explosion gegeben, von der kein Mikrofon etwas übertragen hatte, schoss plötzlich der Strahl einer blauen Wolke aus der Öffnung im Felsen. Als ein stetiger Strom floss er weiter nach und verteilte sich mit den aufsteigenden Winden schnell im ganzen Tal.

Eine der Kameras von Arran zeigte schwarz gekleidete

Frauen aus dem Schatten treten. Als sie durch die Unmengen toter Vögel schritten, wirbelte feiner blauer Staub um ihre Füße.

★

Zusehends brach die Dämmerung herein, nicht ein einziger Sonnenstrahl fiel noch irgendwo auf einen Fleck in dem Tal, das sich unter dem Blackhawk erstreckte.

Im Hof des Klosters herrschte Aufregung. Viele Menschen liefen durcheinander. Sie stauten sich am Rand des Felsens, um auf etwas hinunterzusehen, was Jackson von oben nicht erkennen konnte.

»Ein Mensch ist abgestürzt«, sagte einer der Kämpfer, der neben Jackson in der offenen Tür der MIL saß und durch sein Sichtgerät blickte.

Gegen die aufwärtsfließende Luftströmung, die der Sturm am Gipfel aus dem Talkessel zog, sank die schwere MIL abwärts.

Als hätte es eine Explosion gegeben, schoss ein Strahl blauen Nebels aus einem Loch im Felsen unterhalb der Klosterkirche, der den Durchmesser eines Einfamilienhauses hatte. In Bruchteilen von Sekunden erfüllte der Nebel das Tal, breitete sich mit der Luftströmung in alle Richtungen aus und hatte schnell die Klosteranlage eingehüllt.

Gerade noch konnte Jackson erkennen, wie ein Pulk von Motorrädern, die Scheinwerfer aufgeblendet, aus der Tunnelöffnung oberhalb des Klosters raste und in einer weit ausladenden Kurve in dem blauen Nebel auf dem Hof des Klosters verschwand.

Nicht lange, und der Nebel erreichte den Helikopter, der Bündel von Infrarot-Leuchtfeuern abwarf, um im Nebel die Sicht nicht zu verlieren. Der Pilot und die in den offenen Türen neben Jackson sitzenden Kämpfer klappten ihre Sichtgeräte vor die Augen.

Als feiner Staub setzte sich der Nebel im Innern der Maschine ab, die sich jetzt in blauen Wirbeln in die Tiefe schraubte.

Sie erhielten die Meldung, dass einer der Spiegel, die sie bergen sollten, in einem Schacht in die Tiefe gestürzt war und sich jetzt wahrscheinlich zersplittert in einer der Höhlen unter dem Berg befand. Einige Männer sollten sich schnellstmöglich abseilen, um am Boden nach Zugängen zu den Höhlen zu suchen.

Die Männer im Hubschrauber kratzten sich7. Auch Jackson hatte das Gefühl, in ein Feld von Brennnesseln geraten zu sein. Er stutzte.

Durch sein Sichtgerät sah er den stillen See unter sich. Dort war ein Mensch im Wasser. Jackson zoomte das grüne Bild näher heran. Es war so deutlich, als stünde er am Ufer. Im See schwamm eine Frau. Seena.

Der verrückte Astronom hatte recht behalten. Seine Frau war hier. Nicht weil er es dem Astronomen versprochen hatte, sondern weil er in diesem Augenblick spürte, dass er in dem kommenden Weltuntergang zu dieser Frau gehörte, die so lange nur in lustvollen Erinnerungen für ihn existiert hatte. Ich hole sie heraus, dachte Jackson.

Es juckte an den Beinen, am Rücken, unter der Gesichtsmaske. Jackson konnte darauf keine Rücksicht nehmen. Er gab dem Piloten ein Zeichen, dass er sich jetzt abseilen würde.

Der Blackhawk blieb hoch über dem Rand des Sees stehen.

Jackson klinkte sich ein. Er überprüfte den korrekten Sitz der Schläge um den Achter, dem an seinem Hüftgurt befestigten doppelten Aluminiumring in der Form einer Acht. An seinem Oberschenkel saß der Leinenbeutel, aus dem das Seil ablaufen konnte, das der Helikopter kappen würde, sobald er auf dem Boden gelandet war. *Speed Rappeling* bedeutete, dass jeder von ihnen über sein eigenes Seil verfügte, jeder von ihnen war auf seinem Weg nach unten allein. Jackson stürzte sich voran. Das Seil lief mit höchster Geschwindigkeit durch den heiß werdenden Doppelring

Der Juckreiz musste mit dem feinen blauen Staub zusammenhängen, der auf allen von ihnen lag. Er gab eine kurze Meldung darüber in der Kommandozentrale ab. Von den Blackhawks wurden grellrote Signalraketen abgeschossen. Bioalarm. Sie mussten sich schnellstmöglich ihre Schutzkleidung anlegen. Er dachte an die Unterhaltung mit Genna. Etwas stimmte nicht. Auch mit ihm stimmte etwas nicht.

Er fühlte ein brennendes Fieber in sich aufsteigen, in allen Muskeln, in den Gelenken, im Rücken. Er hatte Mühe, das Gleichgewicht zu halten. In wildem Sturz sauste er am Seil in die Tiefe. Für einen Augenblick zuckte der Gedanke an den Werbefilm durch seinen Kopf, den er vor Jahren gedreht hatte. Die Landung zur Hochzeit im Smoking punktgenau vor der Kirche. Mit dem richtigen Rasierwasser kein Problem. Während er lautlos lachte, verlangsamten sich in dem Fieber, das ihn befallen hatte, die Bewegungen seiner Muskeln.

Wenn etwas nicht stimmt, dachte er, wird Genna morgen früh keine Chance haben, den Schlag der OREGON nach 9.30 Uhr zu verhindern.

Es gibt nur einen Weg für Seena und mich: Ich muss uns beide in den Felsuntergrund retten, je tiefer, desto besser. Ich werde das Seil mitnehmen, wenn es der Helikopter abwirft, um uns in eine der Höhlen abzuseilen, wir haben die ganze Nacht dafür Zeit.

Es kommt nur darauf an, den Fall abzubremsen.

In der letzten Bewegung, mit der er am Seil sein Gleichgewicht zurückzugewinnen versuchte, fror er ein. Nicht ein Gelenk, keinen Finger und kaum den Brustkorb zur weiteren Atmung konnte Jackson noch bewegen, als er wie ein riesiger Knochen auf den felsigen Grund schlug und zerschellte.

★

Als er den dichten blauen Nebel auf sich zurasen sah, gab Valentin Jartow ein Handzeichen. Alle klappten ihre Sichtgeräte vor die Augen und schalteten für das unbewaffnete Auge unsichtbare Infrarotscheinwerfer ein. In dem grünen Licht des Sichtgerätes registrierte er, dass die meisten Menschen auf dem Hof des Klosters ein Problem hatten. Sie bewegten sich, als würden sie versuchen, etwas von ihrer Kleidung zu wischen. Einige kratzten sich an allen Teilen des Körpers, die sie erreichen konnten. Einige andere schienen nur ratlos zu beobachten, was um sie her geschah.

An der westlichen Wand der großen Basilika stellten sie die Motorräder ab. Die Waffen im Anschlag, gingen sie in Kampfformation voran.

»Wir sind in einen Nebel geraten, der aus feinem blauen Staub besteht«, meldete Jartow der Kommandozentrale. »Er setzt sich überall ab.« Eine Weile herrschte Schweigen.

»Hören Sie mich, Jartow?«, erklang die Stimme Voylevs.

»Ich höre Sie«, antwortete Jartow. Die Leute im Hof machten Verrenkungen, in denen sie anschließend verharrten, als hätten sie einen Krampf. Andere schienen problemlos umherzulaufen und sich zu fragen, was an dem blauen Staub falsch sein sollte. In schwarzen Flocken fielen Fliegen aus der Luft. Vögel stürzten zu Boden, weil sie ihre Flügel nicht mehr bewegten.

»Hören Sie gut zu, Jartow. Der blaue Staub hat einen Hubschrauber zum Absturz gebracht. Die anderen sind zurückgekehrt, an Bord nur Schwerverletzte. Sie sind die Letzten dort drüben. Legen Sie sofort Ihre Schutzkleidung an. Sammeln Sie Ihre Mannschaft und kehren Sie umgehend zurück. Das ist ein Befehl. Die Operation Lodekka wird abgebrochen.«

»Verstanden«, sagte Jartow. Seine Männer machten inzwischen dieselben Verrenkungen wie die meisten Leute im Hof. Einer von ihnen versuchte, auf sein Motorrad zu steigen, aber es gelang ihm nicht mehr. Wie in einem Gipsverband gefangen, lag er auf dem Hof. Ebenso erging es den anderen. Es gab niemanden mehr, der einem Befehl zum Rückzug hätte folgen können.

Jartow schaffte es wegen seines jahrzehntelangen Trainings, seinen grauschwarz gefleckten Sicherheitsoverall mit Atemfilter überzustreifen. Er schloss die luftdichten Reißverschlüsse. Auf seiner Haut juckte es, als sei er in einen Schwarm von Feuerquallen geraten. Was immer mit ihm geschehen würde, was immer mit den anderen geschehen war, er konnte niemals an Rückzug denken. Er wollte verstehen, in was sie geraten waren.

In seinem unförmigen Anzug betrat er die große Kirche. Sie war leer. Überall brannten Kerzen und Weihrauchschalen, unter den zehn runden Fensteröffnungen steckten brennende Fackeln in Haltern an der Wand. Er durchquerte das große Kirchenschiff, sah die Bilder im flackernden Kerzenlicht und erblickte die große Statue, die mit großen blauen Blüten bedeckt war. War der Staub von hier gekommen?

Er riss ein Bündel der Blüten ab und schloss sie in seiner behandschuhten Faust ein.

Hier war nichts mehr zu entdecken. Eilig verließ er die Kirche. Zurück in den Hof. Er spürte, wie sich ein Fieber in ihm breitmachte. Es drang von der Haut her nach innen vor. Die Muskeln begannen zu brennen, die Gelenke, die Wirbel seines Rückens. Das Atmen fiel ihm schwer, auch seine Bewegungen wurden von Augenblick zu Augenblick träger.

Am Felsabgrund sah er unter sich ein Gerüst vor einem aus der Felswand gesprengten Loch hängen. Dort heraus, aus dem Felsen unter der Kirche, floss noch jetzt ein steter Strom des blauen Nebels. Dort lag seine Quelle.

Mit einem Sprung, wie er ihn seit Jahren täglich trainierte, sprang er von der Felswand auf das Gerüst hinab. Noch in der Luft stellte sein Körper jede Bewegung ein. Gerade noch gelang es ihm, die rechte Faust zu öffnen und einen Blick auf die von der Statue gepflückten blauen Blüten zu werfen. Sie waren das Letzte, was er sah. Als er in die Tiefe stürzte, beschäftigte ihn die Entdeckung, dass es keine Blüten waren. Nicht einmal Teile von Pflanzen. Eher hielt er etwas in der Hand wie wunderschön anzusehende Seeanemonen – oder winzige Schnecken.

16. August

Ein Erdbeben ließ Anahit in ihrem Bett hochfahren, der Lärm einer sich nähernden Steinlawine schwoll an.

Sie ließ sich aus dem Bett fallen. Vage nahm sie wahr, dass sie sich zwischen lauter Wänden mit aufgehängten Bildern und großen Fenstern befand und der Raum erfüllt war von einem angenehmen Geruch nach frischen Ölfarben, der sie an ihre frühe Kindheit erinnerte. In dem Schlafanzug aus weißem Leinen kroch sie, so schnell sie konnte, unters Bett.

Ohrenbetäubendes Krachen ertönte, das Haus wurde in seinen Grundfesten erschüttert, als etwas die Decke durchschlug und sich in den Fußboden des Raumes grub, den sie aus dem Spalt unter dem Bett erkennen konnte. Stücke von Balken, Staubfahnen, Bretter einer Deckenverkleidung segelten herab, weitere Steine und eine Flut von Dachziegeln ergossen sich in den Raum.

Nach einiger Zeit kehrte Ruhe ein, nur in der Ferne war der Lärm weiterer herabstürzender Felsen zu hören.

Vorsichtig schob Anahit sich unter dem Bett hervor. Sie stand auf, um den Schmutz von ihrem Schlafanzug zu klopfen. Durch die mit Staub angefüllte Luft im Atelierraum erblickte sie einen scharfkantigen Felsbrocken, der ein riesiges Loch im Dach hinterlassen hatte und jetzt neben ihr im Dielenboden steckte.

Sie schob den Ärmel ihres Schlafanzuges bis an die Schulter. In jeder Ader, in den heißen Augen, in jeder Pore der Haut spürte sie noch ihr Fieber, und hier auf ihrem Arm sah sie die brennenden Flecken. Aber sie waren rot und nicht mehr schwarz. Sie ließ den Ärmel zurückgleiten.

Aus der großen Fensterwand des Ateliers, in dem sie sich offenbar befand, waren durch den Einschlag alle Scheiben nach außen gedrückt worden. Hoch über dem Ostrand eines Felsenkamms auf der gegenüberliegenden Seite eines geschlossenen Talkessels leuchtete die Morgensonne. Ihre Strahlen fielen in den Atelierraum, der sich über alle Etagen des Hauses erstreckte. Bis unter die Dachschräge waren die Wände eng mit Bildern behängt, die jetzt von feinem Staub bedeckt waren. Stillleben mit Blumen und Früchten, geometrische Landschaften im grellen Licht des Südens, das Bild einer afrikanischen Stadt, alte Häuser unter grellem Licht, Selbstporträts aus vielen Jahren.

Sie glaubte nicht, was sie sah. Für einen Moment versuchte sie sich an ihre letzten Eindrücke zu erinnern, bevor sie das Bewusstsein verloren hatte. Wie an einen Fiebertraum erinnerte sie sich an die zerstörte Fabrikanlage, in der Robert nach einem Punkt aus einem Gemälde der Renaissance gesucht hatte. An das warme Quellwasser, das dort in einer der Ruinen gesprudelt war. An die Auseinandersetzung mit Robert. Wie sie sich gewehrt und darum gekämpft hatte, allein gelassen zu werden. Irgendwann waren plötzlich andere Männer aufgetaucht, ein Schuss war gefallen. Sie prüfte ihren rechten Fuß. Er schmerzte, aber er blutete nicht mehr, und wenn sie vorsichtig war, konnte sie leicht mit ihm auftreten. An irgendetwas danach konnte sie sich nicht mehr erinnern.

Und jetzt kam sie in einem Atelier voller Gemälde zu sich, die ihr so vertraut waren, als wäre sie hier in einer Ausstellung ihrer eigenen Erinnerungen. Robert. Als junger Maler. Bilder, die er vor kurzem gemalt haben musste,

Bilder, die ihn so zeigten, wie er in vielen Jahren aussehen könnte, realistisch, als habe er sich in einem Spiegel betrachtet. Wohin bin ich geraten, was geschieht mit mir?, fragte sie sich durch den Nebel einer Benommenheit, die sie nach dem Schlaf noch nicht vollständig verlassen hatte.

Vor der östlichen Wand des Talkessels wälzten sich dicke Wolken aus Staub in die Höhe. Immer neue quollen aus alten heraus, immer neue Steinschläge schienen dort abzugehen.

Durch die vom Staub gedämpften Geräusche der fernen Steinschläge näherte sich metallisch harter Lärm. Ein schwarz glänzender Helikopter schoss heran. Wenig später sank er unter infernalischem Lärm neben dem Haus nieder. Ein weiterer Hubschrauber landete. Männer in weißen Schutzanzügen tauchten vor dem Atelierfenster auf, unförmige Gerätschaften zur Luftversorgung auf dem Rücken.

Es war warm. Die Sonne hatte am Morgen genug Zeit gehabt, das Haus und die Felsen am westlichen Rand des Tals aufzuheizen, bevor die Wolke aus Steinstaub auf ihrem Weg in den Himmel es jetzt verdunkelte. Anahit stand in ihrem weißen Pyjama im Chaos des zerstörten Ateliers, ohne zu frieren. Vor ihr an der Wand hing ein Gemälde, auf dem ein Kloster im vollen Abendlicht lag. Scharf abgeschnitten reichte der Schatten vom Grund des Tals bis an die obere Kante der das Kloster umgebenden Mauer. Aus der üppigen Pracht der Bäume ragten steinerne Türme. Das schwellende Grün von Lorbeer- und Olivenbäumen floss von innen über die Umgrenzungsmauer, und in dem Spiel von Licht und Schatten erschien die zweihundert Meter hoch aus dem Talgrund aufsteigende Felswand wie die unübersteigbare Mauer eines magischen Gartens. Der märchenhafte Garten hinter der hohen Mauer, dachte Anahit. Der Ort, an den ich niemals zurückkehren sollte. Lusavank.

»Anahit«, sagte eine leise Stimme hinter ihr. Erschrocken

fuhr sie herum. Eine zierliche Frau von etwa siebzig Jahren betrat hinter ihr den Raum. Sie standen sich gegenüber und sahen einander stumm an. »Ich bin Jelena.«

Nach der gleichen Pause, in der gleichen Sekunde, mit dem gleichen Leuchten in den Augen umarmten sie sich. Dabei fühlten sie den gleichen Körper, Kopf lag an Kopf, die Hände lagen auf den gleichen Stellen ihres Rückens, der Atem zitterte im gleichen Takt, Tränen füllten gleichzeitig ihre Augen. Anahit nahm Abstand, um Jelena anzusehen, und sie sah sich selbst. Die Haare waren fast weiß und kurz geschnitten, aber sie erkannte ihre eigenen Augen. Der feine weiße Rand unter der Iris verlieh Jelenas Gesicht den Ausdruck unabhängiger Stärke. Sie hielten sich an beiden Händen. Anahit wollte nichts anderes als diese Frau betrachten, ihre Hände spüren und zu verstehen beginnen, was mit ihr geschehen war und weiter geschehen würde.

»Warum nur bist du gekommen«, flüsterte Jelena immer wieder und nahm den Blick nicht von Anahit. Sie legte ihre Hände an Anahits Gesicht, sie tastete ihre Wangen und Hände ab. »Du hättest es niemals tun dürfen – und jetzt bin ich glücklich, dich hierzuhaben, mich selbst durch deine Gegenwart zu erleben.« Unverwandt hielt sie den Blick auf Anahit gerichtet, doch ihre nächsten Worte schien sie an sich selbst zu richten. »Ich sehe mich, ich fühle mich, ich ertaste meine Vergangenheit und schenke dir einen Blick in die Zukunft. Wie fest meine Haut war! Wie leicht mein Blick! Wie groß meine Hoffnung! Ich fühle jede deiner Bewegungen mit, sie sind etwas, was unverändert geblieben ist.«

Jelena schien sich nicht fassen zu können in der Entdeckung ihrer eigenen Jugend. Und Anahit konnte es nicht begreifen, sich selbst gegenüberzustehen. Jelena war ihre Mutter, aber sie war auch sie selbst. Sie trug eine beigefarbene Jacke über einem dünnen schwarzen Hemd. An ihrer Jacke steckte eine ovale weiße Emaillebrosche – darauf die schwarze Silhouette eines Leuchtturms.

Jede von ihnen kannte die Gedanken der anderen, fühlte mit ihr das Glück des Wiedersehens, die Einsamkeit in dem in Trümmer versinkenden Paradies des Klosters, die Schuld, das Verbot durchbrochen zu haben, dessen Grund Anahit noch immer nicht kannte.

Was ist da drüben los?«, fragte Genna. Colbert hatte den Amerikaner noch nie so müde gesehen.

»Was zum Teufel ist es, das die besten Antiterrortruppen der Welt vernichtend geschlagen hat? Kann mir bitte einer der verdammten Wissenschaftler, die wir uns nur zu dem Zweck halten, Bescheid zu wissen, vielleicht einen Hinweis geben?!«, brüllte er verzweifelt.

Aus der Mündung des Ganges trafen Männer in Schutzkleidung ein, die die ganze Nacht damit beschäftigt gewesen waren, auf fahrbaren Tragen, die mit Plastikbahnen und eigener Luftversorgung ausgestattet waren, die unglücklichen Männer aus Jartows Gruppe zurückzuholen. In den unmöglichen Stellungen, in denen sie sich befanden, wurden sie sorgsam in die Betten des Quarantänezeltes gelegt.

Sie sahen sie an sich vorbeiziehen, alle lebten noch, wie an den Messdaten auf angeschlossenen Monitoren zu erkennen war. Einige von ihnen bewegten die Augen.

»Was ist mit diesen Burschen geschehen?«, fragte Genna erneut.

Die ganze Nacht über hatte Colbert mit Hilfe einiger Männer aus Jacksons medizinischer Truppe die Einrichtungen des kleinen Labors im Quarantänezelt genutzt.

»Wir haben den blauen Staub, den wir von der Kleidung der Opfer entfernt haben, auf Erreger getestet. Das Ergebnis ist negativ. Wir wurden mit keiner der bekannten Waffen des Bioterrorismus angegriffen. Uns bleibt der Versuch, zu verstehen, was mit den Opfern geschehen ist, unabhängig davon, dass wir fast nichts davon wissen, wie es dazu kam. Mit den Symptombeschreibungen, mit Fotos und der Vergrößerung der Aufnahme einer Gewebeprobe haben wir Labors des Boston University Medical Center an der Ostküste der USA konsultiert, die in unserer Nachtzeit in Betrieb waren. Das Ergebnis lag schnell vor. Die Opfer gehen an einer extrem seltenen Krankheit zu Grunde, die üblicherweise sehr langsam verläuft. *Fibrodysplasia ossificans progressiva*, kurz FOP. Auf der ganzen Welt gibt es weniger als eintausend Fälle.«

»Was tut man dagegen?« Genna knackte mit seinen Fingerknöcheln.

»Niemand hat sich bisher mit großem Aufwand darum gekümmert. Es ist eine zu seltene, genetisch bedingte Erkrankung.«

»Und? Was tun wir?«

»Es gibt ein Gen, das für die Knochenbildung verantwortlich ist. Ein von ihm produziertes Protein, ACVR1, steuert die Entstehung von Knochen vor der Geburt im Embryo und später deren Heilung. Es ist ein uraltes Gen, das seit einer halben Milliarde Jahre existiert und in allen Lebewesen, die innen und außen Skelette besitzen, wirkt, seien es Fische, Dinosaurier, Vögel, Säugetiere, Spinnen oder Insekten. Bei FOP ist das Protein an einer einzigen Stelle verändert. In der Folge wandeln sich alle Gewebe in Knochen um. Mittel dagegen kennen wir nicht. Hier jedoch haben wir es mit einer hochinfektiösen Viruserkrankung zu tun, bei der sich diese eine Veränderung in dem ACVR1 produzierenden Gen in allen Zellen des Körpers explosionsartig verbreitet. Mit verzweifelter Kraft wandelt der Körper seine Bestandteile in Knochen um – in Bänder, in Platten oder Verstrebungen. Jeder Muskel, Gelenkschmiere, Knorpel, Schleimhäute – alles. Mehr wissen wir nicht darüber.«

»Woher kommt das Zeug plötzlich?« Gennas Finger knackten nicht mehr, obwohl er weiter an ihnen zog.

»Die einzigen vorliegenden Aussagen der Betroffenen sprechen von einem extremen Juckreiz auf der Haut, was für den Kontakt mit Nesselzellen wie von Quallen oder Schnecken spräche.«

Colbert beschäftigte sich mit den Dateien seines Computers, dann war die Vergrößerung eines blauen Staubkorns auf einem der Monitore zu sehen, ein winziger Körper, von dem fünf hauchdünne Fäden ausgingen, nicht länger als zehn Zentimeter.

»Unsere Männer waren durch Kevlar-Spezialkleidung geschützt, was sollen da so ein paar Quallenfäden ausrichten?« Gennas Aufmerksamkeit wurde immer wieder durch die ständig klingelnden Telefone gestört.

»Die Pfeile von Nesselquallen werden mit der fünfmillionenfachen Beschleunigung der Erdanziehung abgefeuert«, stellte Colbert mit erschöpfter Stimme fest, »sie erreichen die Wucht von Gewehrkugeln und durchschlagen in den Weltmeeren die Panzerung von Krebsen. Wenn der Staub mit diesen Waffen Viren verabreicht, Sir, ist das Tal dort drüben die Hölle.«

Genna sah ihn eine Weile sprachlos an.

»Darüber werden wir uns Gedanken machen«, sagte er düster, »wenn das Tal morgen noch existiert.«

Plötzlich umgab eine laute Stimme das Haus. Einer der lärmenden Helikopter musste mit gewaltigen Lautsprechern ausgestattet sein.

»Sie befinden sich in kontaminierter Umgebung. Wir werden Sie in eine Quarantäneeinrichtung bringen. Bitte folgen Sie uns zur Einleitung der medizinischen Betreuung.« Eine der Gestalten stand vor ihnen in einem Schutzanzug. Für sie unhörbar begann ein Mann mit hartem Gesicht hinter dem Schutzglas in sein Funkgerät zu sprechen.

»Im Tal weiter unten muss ich dir das Haus zeigen, in dem ich dich vor achtundzwanzig Jahren zur Welt gebracht habe.« Jelena gab Anahit eine rote Bluse, schwarze Hosen und Schuhe von sich und nahm sie an der Hand. Ohne dem Mann im Schutzanzug weiter Beachtung zu schenken, gingen sie an ihm vorbei. Dann sahen sie die toten Vögel.

»Ich bitte Sie dringend, mit uns das Tal zu verlassen«, schallte es aus dem Außenlautsprecher des Mannes im Schutzanzug, »es ist damit zu rechnen, dass es in einer Stunde Ziel einer militärischen Operation ist.«

Anahit und Jelena verließen das Plateau, auf dem das halbzerstörte Atelier stand. Außer von den Helikoptern war im ganzen Tal kein Geräusch mehr zu hören. Über den Felsen und dem Pfad, der hinunter in die Siedlung führte, die soeben von der Wolke verschluckt worden war, lag ein Schimmer blauen Staubes. Anahit bückte sich. Sie nahm den feinen Staub, der wie Blütenstaub aussah, in die Hand und spürte ein leichtes Brennen. Sie blies den Staub von ihrer Hand. Im Licht konnte sie feine silbrig glänzende Fäden erkennen, die den Staub langsam wie die Samen von Disteln zu Boden sinken ließen.

So weit sie sehen konnte, bedeckten bunte Tupfen von Federbäuschen toter Vögel die Felsabhänge des Tales. Jeder Schritt, den sie taten, ließ es unter ihren Sohlen knirschen. Schmetterlinge. Heuschrecken. Käfer. Fliegen. Ein Teppich toter Insekten.

»Bitte«, schnarrte der Lautsprecher hinter ihnen, »lassen Sie sich evakuieren. Dort unten im Tal gibt es ein Zeug, an dem Sie auf furchtbare Weise zu Grunde gehen.« Außer der zurückbleibenden Gestalt in dem weißen Schutzanzug und ihnen beiden, die direkt auf die Staubwolke zusteuerten, war weit und breit kein lebendes Wesen zu sehen.

Genna ignorierte das Telefongeklingel, das inzwischen aus allen Ecken der Kommandozentrale kam. Von denen, die die Anrufe entgegennahmen, ließ er sich verleugnen.

»Beeilt euch. Der Präsident gibt mir noch zehn Minuten«, rief er. »Woher kommt der verdammte Staub? Sie wissen, dass jetzt jede Sekunde zählt.«

»In den wenigen Millisekunden, die die beiden Spiegel sich während des Absturzes einander gegenüber befanden, muss zwischen ihnen etwas gewesen sein, was wir auf unseren Kameras nicht erkennen konnten. Es ist die Quelle des Staubes.« Colbert verschränkte die Arme hinter dem Kopf.

»Was erzählen Sie da?« Genna war außer sich. »Die Felswände, das Tal, jeder Vorsprung, jede Spalte ist mit dem Staub bedeckt.«

»Ein Mensch besteht aus fünfzig Billionen Zellen. Selbst wenn jedes der blauen Staubpartikel aus einhundert Zellen bestünde, würde eine solche Menge noch immer ausreichen, den gesamten Talkessel und seine Hänge auf jedem Quadratmillimeter mit zwei Staubkörnern zu pflastern.«

Genna stöhnte. Was um Gottes willen ging hier vor?

»Was ist da passiert? Was geben Ihre verdammten Aufzeichnungsgeräte her? Ich muss es wissen, bevor der Präsident am Telefon ist.« Genna hatte das Gefühl, sich bewegen zu müssen, um nicht verrückt zu werden. Er fing an, ziellos in der Halle umherzulaufen.

»Unsere Geräte haben ununterbrochen Daten geliefert«, sagte Arran, »bis das Ende vor einer Stunde mit diesem Geräusch begann.« Er regelte die Lautstärke einer Aufzeichnung hoch.

Zunächst war nichts anderes zu hören als ein keuchender Atem.

»Sind das Tiere?«, fragte Genna. Colbert zuckte mit den Schultern.

»Wir wissen es nicht. Außer Menschen gab es in der Halle nur Vögel und Fliegen. Abgesehen von ein paar Tauben hat von denen nichts überlebt. Wenn man von den steinernen Statuen der beiden geflügelten Chimären absieht, gab es keine Tiere, die in Frage kämen. Also müssen die Geräusche von Überlebenden herrühren.«

Ein neues Geräusch war in der Aufzeichnung zu hören. Ein Knistern, das bald zu einem Rumpeln wurde. Dann plötzlich der donnernde Lärm aufschlagender Steinbrocken. Ein grauenhafter Schrei. Stille.

»Danach gab es nichts mehr«, stellte Arran nüchtern fest. »Wie wir wissen, ist der gesamte Felsvorsprung, auf dem sich das Kloster befand, in einem Bergrutsch abgestürzt. Seine Trümmer füllen nun zusammen mit dem See die Höhlen darunter.«

»Und die verdammten Kameras?«, fragte Genna. »Die Kameras haben nichts mehr gezeigt?« Wieder klingelten verschiedene Telefone. Genna machte eine unwillige Handbewegung. Niemand hob ab.

Colberts Handy verkündete mit einer kurzen Melodie den Eingang einer SMS. Eine längere Zeit wagte er nicht, sie zu öffnen, dann gab er sich einen Ruck. Die Nachricht war von Tuggenbergers Sekretärin aus der WHO in Genf. »Celine und Florence Colbert sind in der Quarantänestation des St.-Annen-Hospitals in Genf als Infizierte geführt. Es tut mir so leid, Bernard. Michaela.«

Colbert verließ die Halle. Er konnte nichts mehr von dem ertragen, was ihn umgab.

★

»Bis zu diesen Geräuschen gab es immer dasselbe Bild«, erklärte Arran. »Die hellen Strahler, der blaue Staub, ab und zu eine der Frauen, die in das Blickfeld tritt und wieder im Dunkel verschwindet. Im Innern des Felsens hinter dem offenen Schacht nehmen die Sensoren riesige Schlieren von Wärmeschwankungen auf, als ob sich darin etwas tut.

Und dann zeigt sich etwas Konkretes, als mit den ersten Erschütterungen eine der Kameras von der Wand stürzt und einen Blick in den hinteren dunklen Teil der Halle freigibt, der bis dahin im toten Winkel lag.« Arran schaltete die kurze Sequenz der Infrarotaufnahmen als eine Folge von Einzelbildern.

Zwei Frauen, deren Gesichter sie zuvor in dem stroboskopischen Blitz aus beiden Spiegeln gesehen hatten, hatten sich in die Dunkelheit nicht weit von dem Zugang zur Wendeltreppe zurückgezogen. Sie bewegten sich. Das Stöhnen kam von ihnen und von etwas, was sich neben ihnen bewegte. Nicht mehr als Schatten, groß wie Neugeborene, aber dabei, ihre Form zu verändern.

»Ich glaube, es sind viele«, sagte Arran.

★

Unter der schwebenden Hand Gennas klingelte sich ein Telefon die Seele aus dem Kunststoffleib. In einer ruckartigen Entscheidung nahm er es ab. Auf dem schwankend aufgehängten Monitor grüßte das Gesicht von Viktor Martos, dem Sicherheitsberater des Präsidenten.

»Hallo, Viktor«, grüßte Genna. »Der Präsident wollte meinen Bericht.«

»Hallo, Carson«, sagte Martos' Konterfei auf dem Monitor. Seine Stimme dröhnte aus zwei Lautsprechern, die auf Aluminiumboxen standen. »Schön, dass du mal wieder zu sprechen bist. Wie ich höre, ist bei dir einiges schiefgelaufen. Tut mir leid, Carson, dass du keinen Erfolg hattest. Der Präsident lässt dir mitteilen, dass er deinen Bericht nicht mehr benötigt. Er liest in seinem Büro die neuesten Hochrechnungen über die Wirkungen des Schwarzen Todes in den Vereinigten Staaten. Wir müssen von zwölf Millionen

Opfern ausgehen. Du kannst dir vorstellen, Carson, was er gesagt hat, als ihm die Eggheads eine erste Rechnung über die Auswirkungen von dem gegeben haben, was du da veranstaltet hast. In *Lusadingsda,* wie der Präsident es nennt. Eine Epidemie, die vor Aufnahme deiner Tätigkeit noch gar nicht existierte, Carson. Vorsichtig gerechnet und von den Windrichtungen abhängig, haben sie ihm Millionenzahlen direkter Opfer von Iran über Afghanistan bis nach Indien prognostiziert und nicht abschätzbare Konsequenzen für die gesamte Vieh- und Landwirtschaft und damit die dortigen Ernährungsgrundlagen, weil das Zeug die Nutztiere und Insekten trifft. Was du uns da beschert hast, Carson, ist viel schlimmer als die Pest. Tut mir persönlich leid für dich, aber das Paket der OREGON ist seit zehn Minuten auf der Reise. Du musst den Präsidenten verstehen, er will sich wenigstens eins der Dinge, die über ihn hereinbrechen, endgültig vom Hals schaffen.« Martos lächelte bitter, als würde er mit einem Durchfall kämpfen.

»Ich muss ihn sprechen, Viktor«, versuchte es Genna. »Es wäre ein großer Fehler. Wenn wir es in die Luft blasen, kann das Zeug in die Stratosphäre gelangen und die Staaten erreichen.«

»Sorry, Carson«, klang Martos' Stimme von den leeren Aluboxen. »Ich glaube, ich kann ihn nicht für weitere Ratschläge von dir erwärmen. Vielleicht ein andermal.« Die Verbindung brach ab.

Alle sahen sich schweigend an. Jeder wusste, was die Erklärung Martos' für sie bedeutete.

Auf einem anderen Monitor meldete sich die Mannschaft, die mit der Evakuierung des Talkessels beauftragt war.

»Seht euch das an«, sagte die Stimme eines Mannes, den man nicht sehen konnte. Dafür sah man ein Bild, das nicht aus der Realität zu kommen schien. Auf einem Weg, die westliche Seite des Talkessels hinab, gingen eine junge Frau in einer roten Bluse und eine etwa siebzigjährige Begleiterin, die Mutter und Tochter sein konnten. Um ihre Füße wirbelte der blaue Staub, ohne dass sie ihm Beachtung schenkten.

»Auch wenn wir es nicht verstehen«, meldete sich General Voylev zu Wort, als er das Bild sah, »vielleicht sind die Trümmer der beiden Objekte, die dort irgendwo unter den Felsen begraben sind, einmal unsere letzte Hoffnung, wenn es darum geht, zu überleben.« Alle sahen ihn entgeistert an.

»Hat nicht eins der Objekte seit Jahrhunderten die Menschen geheilt? Es muss eine andere Lösung geben«, sagte er. »Ich werde mit dem russischen Präsidenten sprechen.«

Jeder Schritt wirbelte kleine Wölkchen auf, als würden sie unaufhörlich auf Pilze treten, die ihre Sporen verteilten. An den Beinen breitete sich ein Juckreiz aus. Kurz darauf tauchten sie in die graue Staubwolke ein.

Jelena, die den Weg im Schlaf kannte, führte Anahit den Berg hinab. Sie konnten nicht die Hand vor Augen sehen, der graue Steinstaub setzte sich in Augen und Nase fest, zwischen den Zähnen mahlte feines Puder. Nach einiger Zeit dünnte die Staubwolke aus, lange Staubfäden wurden von dem Sog des Windes über dem Berg nach oben gerissen, schwerere Teile sanken zu Boden. Als die ersten dünnen Strahlen der Sonne zu ihnen durchdrangen, standen sie inmitten der Siedlung. Auch hier lag der blaue Staub wie ein feiner Schleier, vermischt mit dem Steinstaub des Bergrutsches.

In Todesangst blökte eine Kuh. Sie gingen dem Rufen nach, bis sie an einen Stall kamen, dessen Tür offen stand.

Die Kuh lag auf dem Boden, aus ihrer Kehle quälte sich ein nach Erlösung rufender Schrei, ihre großen dunklen Augen blickten sie voller Angst an. Das Tier hatte alle Beine weit von sich gestreckt, nichts bewegte sich, die Atmung ging kaum sichtbar. Obwohl sie das glänzende schwarzweiß gefleckte Fell einer normalen Kuh hatte, sah sie verwachsen aus wie ein einziger unförmiger Knochen.

Anahit streichelte ihren Kopf und ihren Rücken. Sie spürte nichts Weiches mehr, unter dem Fell zeichneten sich die verdrehten und verstrebten Konturen von Knochen ab. Jeder einzelne Muskel, aller Knorpel, sämtliche Gelenke – es gab nichts mehr an der Kuh, das sich nicht in Knochen verwandelt hatte.

Sie verließen den Stall. Es war heller geworden. Als sie vor einem großen Haus standen, das aus rosafarbenen Tuffsteinquadern gebaut war, hielt Jelena inne. Im Eingang des Hauses saß ein totes Mädchen wie festgefroren auf der Schwelle der Tür, ein sitzendes kleines Knochenbündel, wie die mit Haut und Kleidern bezogene Wurzel eines toten Baumes. Bei dem Anblick geriet Jelena ins Taumeln, Anahit musste sie stützen.

»In diesem Haus bist du geboren«, sagte Jelena, als sie sich wieder gefasst hatte. Sie sah Anahit einen Moment lang stumm an, dann richtete sie ihren Blick wieder auf das Haus. »Wenn du nicht gekommen wärest, hättest du das Schreckliche nicht sehen müssen, was daraus geworden ist.«

»Was hätte ich tun sollen? Ich war ohnmächtig.«

»Du denkst an den einen Moment, als du todkrank, bewusstlos, verletzt in das Kloster getragen wurdest, aber lange davor hattest du begriffen, dass du unter keinen Umständen zurückkommen solltest. Du hast dich entschieden, weiterzugehen, einen Schritt nach dem anderen, die Umkehr aufzuschieben. Ich weiß nicht, *wann* es war, aber es war mit Sicherheit lange bevor du krank oder ohnmächtig warst.«

Die Schuldgefühle, die sie am Meeresgrund in Beton begraben geglaubt hatte, kehrten stärker zurück als jemals zuvor. Anahit wusste, dass Jelena recht hatte. In jedem der Momente von Achurijan bis in die Ruinen der Mineralwasserfabrik, in denen sie über jeden ihrer Schritte neu entschieden hatte, hatte sie gewusst, dass sie Robert nicht verlassen konnte, bis es sie schließlich an diesen schrecklichen Ort geführt hatte. Sie konnte den Anblick des Elends, das sie umgab, nicht länger ertragen.

»Der Ort, an dem ich geboren bin, ist das Zerrbild des Gartens, von dem du mir als Kind erzählt hast«, sagte sie kleinlaut. »Hier versteinern die Lebewesen. Habe ich es verursacht? Ist es meine Schuld?«

»Wahrscheinlich war es naiv von mir, zu versuchen, dich von hier fernzuhalten. Wahrscheinlich gab es niemals eine Wahl für dich.« Jelena nahm ihre Tochter in die Arme. »Ich werde dir erklären, was hier geschieht, dann wirst du begreifen, dass alles, was gegenwärtig in diesem Tal geschieht, meine Schuld ist«, sagte sie. »Ich habe alles versucht, was mir möglich war, um es in der Zukunft endlich zu beenden. Nun bist du hier und es wird weitergehen.« Sie traten aus der Staubwolke, die das Dorf bedeckte. Vor ihnen lag die Ostseite des Tales in der Sonne.

»Nachdem sie in dem Licht des Spiegels gestanden haben, werden Frauen schwanger mit sich selbst«, begann Jelena ihre Erklärung. »Es gibt nur eine einzige Frau in dem Kloster, die danach *verschiedene* Kinder zur Welt bringt, zwei Söhne, Giuseppe Landino, den Mann, der uns als Unglück heimsucht, und den Mann, den du als Robert kennst, sowie sich selbst als ihre eigene Tochter. Es ist immer dieselbe Frau. Ich bin es. Du bist es. Alle drei, die zwei Söhne und die Tochter, du und deine beiden Brüder, sind auf unheilvolle Weise miteinander verstrickt, weil es immer die Tochter, immer die eine identische Frau ist, die erst als Dritte zur Welt kommt.«

Die Erkenntnis traf Anahit wie ein Schlag. Diese eine Frau, Jelena, sie selbst, andere in der Vergangenheit, musste die beiden Männer in die Welt bringen, um fortdauernd weiterleben zu können. Sie selbst war die Ursache von allem, was immer ihr Selbst in diesem Alptraum sein mochte. Die

Liebe, die Sucht, ewig zu leben, die Furcht, die Unkenntnis, ja die Heilung – was immer die Motive sein mochten, sie selbst stand am Beginn des Unheils.

»Und die Söhne?«, fragte Anahit. »Wer ... Ich meine ... ist Robert ...?«

»Ja, hier ist Robert dein Bruder, auch wenn er nicht mit dir verwandt ist. Und glaube mir«, seufzte Jelena, »die Möglichkeit, dich nicht in ihn zu verlieben, hat für dich, wie ich jetzt verstehe, niemals existiert. Der Maler, der sich den Künstlernamen Visus gibt, ist unsere wiederkehrende Liebe, egal ob wir ihm als unserem Sohn, unserem Geliebten, unserem Bruder oder dem Mann unserer Mutter begegnen, den wir Vater nennen mögen, obwohl er es nicht ist.« Sie ging weiter voran in Richtung des Felssturzes. »Jetzt ist er tot.«

Anahit kam sich vor wie in eine Welt versetzt, zu der sie nicht gehörte. Nichts, wovon die Rede war, drang zu ihr durch. Robert war tot? Unter den Felstrümmern begraben? Ihre Wunden begannen zu schmerzen, der zerschmetterte Fuß, die Wunde von der Flucht aus der SEA WASP, jedes Entzündungsmal auf ihrem Körper. Es war, als wollte sie der Schmerz daran erinnern, dass alles real war, was sie umgab, dass es mit ihr geschah, dass es die Welt der Verletzungen, der Schmerzen, der Verluste war, in der sie sich befand, und nicht der Alptraum einer Kindheitserinnerung. Sie lehnte sich an eine halb unter Steintrümmern begrabene Pappel, die einmal am Rand des Sees gestanden hatte. In diesem Moment wusste sie es. Robert lebte nicht mehr. Sollte eines Tages wirklich mehr von ihm zurückkehren als Erinnerungen?

»Warum sind es ausgerechnet diese beiden Männer, die immer wieder von uns geboren werden?«, fragte sie. Jelenas Antwort kam so klar, dass Anahit erkennen konnte, wie lange und wie oft sie sich mit dieser Frage gequält haben musste.

»Sie sind die Einzigen im Kloster, die sich vor sehr langer

Zeit als der Baumeister, Logiker und Philosoph Leon Kartian und als der Sohn des Königs von Zypern, Jerusalem und Armenien, Guy de Lusignan, im Jahr 1369 aus der sinkenden CATHERINE retten konnten, nachdem sie dort an Bord mit dem anderen Spiegel in Berührung gekommen sind.«

Langsam ließ sich erkennen, was an der östlichen Wand des Talkessels geschehen war. Gebannt suchten Anahit und Jelena in der Wand nach dem Ort, an dem sich einmal das Kloster befunden hatte.

»Vielleicht habe ich ausgelöst, was jetzt geschieht«, setzte Jelena ihren Bericht fort. »Ich wollte ein Ende damit machen, dass Guy de Lusignan jemals wieder das Licht der Welt erblickt. Ich habe meine Kinder, dich, Robert und den Mann, der jetzt Giuseppe Landino heißt, zur Adoption freigegeben, um sie für immer von diesem Kloster fernzuhalten und den Kreislauf zu durchbrechen. Landino muss alles versucht haben, dich in seine Gewalt zu bringen, um die Folge endlos fortsetzen zu können. Als klar wurde, dass er auf dem Weg hierher war, wollte Vardan, der alte Maler des Klosters, mein Mann, Robert hier im Kloster haben, um die Arbeit an den Bildern abzuschließen. Ein neuer Grund. Noch einmal die Bilder. Das letzte Bild. Landino muss zwar versucht haben, dich entführen zu lassen, aber er brauchte es am Ende nicht. Er wusste, dass du Robert hierher folgen würdest, er brauchte ihn nur in Yerevan mit dir in Kontakt zu bringen.«

Hoch oben hatten sich auf einem schmalen Sims in der Felswand ein verwachsener mächtiger Olivenbaum erhalten und eine große unversehrte Altarwand.

Um mehr zu erkennen, stiegen sie den vollständig erhaltenen Pfad die Felswand weiter empor. Inzwischen leuchtete die Mittagssonne hell in den Talkessel. Alles um sie her leuchtete blassblau, als hätte die *Madonna del Parto* ihr Kleid über dem Tal ausgebreitet. Vor der Felswand schwebte eine Schar weißer Tauben, und von der einzig erhaltenen Wand des Klosters rieselte der allgegenwärtige blaue Staub.

Unbewegt blickte Jelena auf diese Wand.

»Die letzte Wand des Klosters«, sagte sie schließlich nach längerer Pause. »Als einzige unbemalt. Nichts von den Fresken aus sechshundert Jahren ist erhalten geblieben.« Ihre Stimme zitterte. Anahit fühlte, dass eine gebrochene Frau neben ihr ging. Von innen heraus verstand sie in diesem Moment, dass Jelena nicht mehr leben wollte. Nicht das Alter würde Jelena in naher Zukunft den Tod bringen, nicht der blaue Staub, nicht der Verlust ihres Mannes, sondern die vollkommene Verzweiflung eines vergeblichen Lebens erstickte ihre Seele.

»Alles ist zerstört«, sagte Anahit, »ein Berg von Felsbrocken bedeckt die Trümmer der beiden Spiegel. Es wird keine Heilungen mehr geben und keine dadurch verursachten Schwangerschaften.« Sie stützte ihre Hand für einen Atemzug an einen in der Sonne aufgeheizten Felsbrocken. »Es wird einen Sohn geben, den ich im nächsten April zur Welt bringen werde. Das ist alles. Damit hört es auf. Einen weiteren Kreislauf gibt es nicht.« Nach einer Pause fügte sie unsicher hinzu: »Wer wird mein Sohn sein?«

Jelena sah sie an, als zweifele sie an Anahits Verstand.

»Hast du es noch nicht verstanden? Nichts in diesem Spiel ist endgültig vorbei, solange es Menschen gibt, die sich vorgenommen haben, es wieder in Gang zu setzen. Glaub mir, es wird weitergehen. Wer der erste Sohn ist, weiß man nie. Er wird sein Leben lang versuchen, zu verstehen, was mit ihm geschah und woher er kommt. Du wirst ihn irgendwann unterstützen, weil du beim nächsten Mal alles besser machen willst. Du und er, ihr werdet suchen. Fünf Jahre, zehn Jahre, fünfzehn Jahre. Etwas wird eintreten, womit heute niemand rechnen kann. Dann gibt es Gründe, vielleicht ein drohender Tod oder die Notwendigkeit einer Heilung, vielleicht dein Wunsch, dir und deinem Sohn als einem liebenden Paar eine neue Chance zu geben. Weiter und weiter. In jeder Generation ist es ein anderer Grund. Die guten Gründe folgen dem Ding wie die verrückt gewordenen bunten Vögel. Mit ihnen wird immer neu begründet, was wieder und wieder auf immer alte Weise geschieht.«

Als sie auf dem Rückweg zum Atelier in der westlichen Talwand das Dorf hinter sich gelassen hatten, setzte ein Rauschen ein, wie es Anahits Kindheit begleitet hatte. Sie blickte sich um. Als dünner Seidenvorhang stürzte ein Wasserfall vor der östlichen Felswand auf den Trümmerberg, unter dem einmal ein See gelegen hatte. Hin und wieder gelang es den Sonnenstrahlen, den Wasserschleier zu durchdringen. Für einen Moment glaubte Anahit, bunte Muster unter dem Blau der Altarwand am Felsen leuchten zu sehen.

EPILOG

Ein Jahr später

Für Anahit und Seena hätte ihr Aufenthalt im mondänen Club Acapulco, zehn Kilometer östlich von Girne im türkischen Teil Zyperns, der Traum von einem Urlaub sein können, wenn es noch irgendetwas gegeben hätte, was funktionierte. So aber waren die letzten zwei Wochen trotz des traumhaften Augustwetters doch reichlich anstrengend gewesen. Was sie in den verschiedenen, zum Teil bereits geplünderten Lagerräumen der verwaisten Clubanlage an Mineralwasservorräten und Essbarem finden konnten, warfen sie auf die Ladefläche des schmutzig weißen Ford Pick-ups, auf der bereits eine Batterie gefüllter Benzinkanister stand.

Anahit ließ den Motor an. Als der Pick-up anfuhr, hinterließ er auf dem ausgedörrten Rasenstück vor dem Bungalow, in dem sie gewohnt hatten, eine hässliche Spur. Seena saß auf der Rückbank, beide Arme um die friedlich schlafenden Säuglinge gelegt. Anahit schaltete das Navigationsgerät an und tippte Girne als ihr Ziel ein.

»Wir werden kurz vor der Stadt rechts in Richtung Küste abbiegen«, sagte sie, »das Museum, in dem Bernard sich mit uns treffen wollte, liegt etwa zwei Kilometer östlich des Hafens.«

Das Navigationsgerät zeigte die Richtung an, als sie durch die zerbrochene Schrankenanlage der Einfahrt zum Clubgelände auf die Straße einbogen.

Eines der wenigen Dinge, die Anahit auf die lange Reise von Armenien über das Schwarze Meer und Istanbul nach Girne mitgebracht hatte, war eine CD von Rouben Amirbekian, eine leichte und unbeschwerte Musik aus glücklicheren Zeiten, bei deren Klang sie nicht ständig an die trostlose Welt denken musste, die über sie hereingebrochen war.

Hier, in der schwingenden Fahrt auf einer kurvigen Straße unter heißer Sonne unterwegs in Richtung Meer, schien die Musik ein Teil der Landschaft zu sein. Mit offenen Augen, in mäßigem Tempo der Straße folgend, verlor sie sich für einen Moment in Erinnerungen und ließ sich in einer leeren Bilderwelt aus Hitze und grellen Farben treiben. Flimmernde Luft, hoch oben, schwer erkennbar, einzelne Vögel, Gebirge, in die sich ein ausgedörrter Weg zieht, zusammenhanglos stehende Tage, flirrendes Licht unter Walnussbäumen, eine Berührung, die nicht endet, das Spiel des Windes auf der Haut. Die immer wiederkehrende Frage, was genau mit Robert geschehen war.

Seena schaltete ihr Handy ein. Sie waren gezwungen, so sparsam wie möglich damit umzugehen, denn viele Steckdosen, aus denen sie es wieder aufladen konnten, gab es nicht.

»Wir hätten von Bernard hören müssen«, sagte sie, »ich fange an, mir Sorgen zu machen.«

»Er hat mich seit Tigrans Geburt mit E-Mails bombardiert, dass ich mich im Norden Zyperns mit ihm treffen sollte. Dort, wo alles begann, hatte er irgendwas entdeckt, was ihm enorm wichtig zu sein schien.«

»Hoffen wir, dass nichts geschehen ist, wegen dem wir die Abfahrt der Schiffe verpassen.« Seena war noch immer nicht völlig beruhigt. »Athen und Istanbul dürften auf Monate ausgebucht sein.« Mit einem gequälten Schrei kehrte Seenas kleine Tochter aus dem Schlaf zurück. Bald ertönte auf der Rückbank genüssliches Schmatzen. Anahit sah in den Rückspiegel, eine glücklich lächelnde Seena gab ihrer

Tochter die Brust. In all den Schrecken, die sie beide auf ihrer vierwöchigen Reise mit den Kindern hierher gesehen hatten, war Seenas glückliches Gesicht für Anahit eine fast ebenso große Freude wie das Lachen ihres eigenen Sohnes. Gut eingepackt in einem hellgrünen Hemd saß er mit mürrischem Blick neben Seena. Bald würde Anahit ihm auch etwas geben müssen.

Sie hatte Seena nicht lange überreden müssen, sie auf diese Reise zu begleiten, weil sie in Kontakt mit Arrans Verwandten in Dublin beschlossen hatte, nach Irland zu gehen. Hawaii befand sich inzwischen auf einem anderen Planeten. Die Welt war überzogen von elektronisch geknüpften Netzwerken, in denen Familienclans als die Solidaritätsform der Zukunft wieder auflebten. Zypern war für Seena eine Station auf dem Weg in die Arme der Familie, für Anahit war es eine Station auf dem Weg in die Zukunft ihres Sohnes. »Wenn Sie jemals in der Zukunft Ihren Sohn verstehen wollen, müssen Sie wissen, was ich gefunden habe«, hatte der Satz in einer von Colberts E-Mails gelautet. Der Satz war es, der sie schließlich dazu gebracht hatte, seiner Aufforderung Folge zu leisten.

Geld stellte bei dieser Reise nicht das Problem dar, da Jelena ihr vor ihrem Tod im letzten Winter die Verträge mit den Kunsthändlern in Mailand und London übertragen hatte.

Sie bogen mit dem Pick-up von der Straße nach Girne rechts in Richtung der Küste in einen kleinen Weg ab, der wenige hundert Meter später auf einem Parkplatz endete. Nur wenige Autos standen dort in der Hitze, keines von ihnen ließ erkennen, dass es in den letzten Monaten bewegt worden war.

Anahit parkte den Pick-up, schaltete den Motor ab und nahm den kleinen Tigran von der Rückbank in ihre Arme, wo er in Sekundenschnelle eingeschlafen war. Tigran im Arm, entfaltete sie mit der anderen Hand auf der heißen

Motorhaube einen Lageplan, den Bernard Colbert ihr vor einiger Zeit geschickt hatte.

Obwohl es bereits nach sechs Uhr am Nachmittag war, herrschte noch brütende Hitze. Die Luft schwebte um sie her wie Gelee. Anahit vermisste die zittrigen Gesänge der Zikaden. Nirgendwo am Himmel war ein Vogel zu sehen. Das einzige Geräusch kam vom leichten Rauschen der Bäume, in deren Wipfelhöhe es so etwas wie Wind geben musste.

Sie gingen durch eine üppige Pracht von Bougainvilleabüschen einen palmengesäumten Weg zum Ufer entlang und genossen einen großartigen Blick auf das sich in der Stille vor ihnen erstreckende Mittelmeer.

»Wenn ich ehrlich bin«, verkündete Seena, »fürchte ich mich vor Irland und dem ewigen Regen, der dort herrscht. Ein Regenguss muss für uns in Polynesien kurz und heftig sein und so tropisch, dass nach zwei Stunden alle Spuren davon verdampft sind. Nicht auszudenken, an einem Ort zu leben, an dem es wochenlang regnet.« Sie brach eine von den roten Blüten ab und steckte sie ihrer Tochter in das schwarze wellige Haar.

Anahits Sohn gab erste Unmutsäußerungen von sich. Er hatte Hunger, sie würde bald seinetwegen eine Pause einlegen müssen.

Seena schaukelte ihre Tochter im Arm und atmete den Duft der Blüte in ihrem Haar ein.

»Wenigstens ein Hauch von Hawaii«, sagte sie fröhlich. »Die Familie in Irland ist aus dem Häuschen vor Glück über Karen. Sie können es gar nicht erwarten, uns zu sehen, und sie können es nicht fassen, dass der so lange erfolglose Arran ihnen in all dem Elend ein so wundervolles Geschenk hinterlassen hat.« Die beiden Frauen lächelten sich an. Anahit fragte sich, wann die Zeit gekommen sein würde, Tigran das Geheimnis seiner Herkunft zu eröffnen. Würde es jemals nötig sein?

Sie trafen vor einer kleinen ehemals christlichen Kapelle

ein, nicht weit von dem felsigen Ufer entfernt, in der das von Colbert beschriebene Museum untergebracht war. Die Eingangstür war von einer Armee von Nacktschnecken bedeckt. Seena schien keinerlei Ekel zu verspüren, als sie versuchte, die Tür zu öffnen.

»Die Schnecken sind ein Zeichen der Hoffnung«, stellte sie fest, während sie eine nach der anderen von der Tür sammelte und in das nahe Gebüsch warf. »Sie zeigen uns, dass das Leben trotz allem weitergeht. Ihre Feinde sind verschwunden, sie vermehren sich wie nie zuvor.« Sie sah sich um. »Ich frage mich, ob das Gleiche auch für Weinbergschnecken gilt, die Preise für diese Delikatessen dürften ins Bodenlose fallen.«

Die Tür war verschlossen, es gab kein Anzeichen, dass sie in der letzten Zeit jemals geöffnet worden war.

Sie setzten sich auf eine Bank im Schatten. Anahit knöpfte ihre Bluse auf, um ihrem Sohn zu trinken zu geben. Ohne recht aufzuwachen, saugte er sich an ihrer Brust fest. Während sie ihn mit einer Hand hielt, reichte sie Seena mit der anderen einen Stapel ausgedruckter E-Mails.

»Ich glaube, Bernard hat einen Vorschlag für den Fall gemacht, dass er sich verspäten würde.«

Als sie in den Mails blätterte, machte Seena ein genervtes Gesicht.

»Es hätte für mich sicher einen einfacheren Weg nach London gegeben, als über Zypern zu reisen. Bernard sollte sehr gute Gründe haben, uns zu versetzen.«

»Bernard klang in seinen Nachrichten sehr verbittert«, sagte Anahit leise, während ihr Sohn energisch an ihrer Brust schmatzte. »Er hat es nie genau gesagt, aber ich glaube, keiner aus seiner Familie hat überlebt. Er hat für seine Kinder gelebt, es muss grauenhaft für ihn sein.«

Sie klopfte dem kleinen Tigran leicht auf den Rücken, dass er einen entspannten Rülpser von sich gab, und legte ihn daraufhin an die andere Brust.

»Hier ist eine Mail vom Februar dieses Jahres. Darin steht, dass er beschlossen hat, sich in Zukunft einzig und allein der Untersuchung dessen zu widmen, was seine Familie vernichtet hat.« Seena fächelte sich mit dem Papierstapel Luft zu. Auch im Schatten war es unerträglich heiß. »Ah, hier ist es. Colbert schreibt: ›Sollte ich mich bei dem Treffen verspäten, liegt der Schlüssel zum Museum hinter dem vierten Stein in der zehnten Reihe der Feldsteinmauer rechts vor dem Eingang. Für alle Fälle habe ich in dem kleinen Garderobenschrank im Museum einen Rucksack hinterlassen, in dem alles Notwendige zu finden ist.‹«

Der kleine Sohn Anahits war satt. Er zog eine entspannte, aber etwas griesgrämige Miene. Seena hatte nach einigem Suchen den Schlüssel in der Hand, wenig später standen sie in dem kleinen dunklen Museumsraum.

Es dauerte eine Weile, bis sie sich an das Halbdunkel gewöhnt hatten, erwartungsgemäß funktionierte das elektrische Licht nicht. In der kühlen Dunkelheit gaben die beiden Babys unwillige Laute von sich. Mit steigender Nervosität suchten Seena und Anahit, die Kinder ständig im Arm schaukelnd, in der abgestandenen Luft des lange nicht benutzten Raumes nach dem angekündigten Rucksack.

Anahit stand vor einer Karte, auf der die Orte verschiedener Ausgrabungen in der Nähe des Museums vermerkt waren.

»Wir befinden uns unweit der Mole, von der im Herbst 1369 die CATHERINE zu ihrer Fahrt ins Schwarze Meer auslief«, stellte sie fest. »Vor über sechshundert Jahren hat genau hier alles begonnen.«

Bald konnten sie in dem Halbdunkel des kleinen Raums weitere Einzelheiten erkennen. An den Wänden hingen Fotografien von Ausgrabungsarbeiten im antiken Hafen und in den Gängen, die ehemals von der Mole in die Felsen geführt hatten. In verschiedenen Vitrinen waren Utensilien ausgestellt, die man bei den Arbeiten gefunden hatte – ein

Helm, antike Münzen, die Spitze einer Hellebarde. In einer größeren Vitrine wurde ein Schädel gezeigt, den jemand mit einem Steinbrocken eingeschlagen hatte, der jetzt noch in der Schädeldecke steckte.

Seena hielt triumphierend einen hellgrauen Rucksack in die Luft. Froh, der abgestandenen Luft zu entkommen, ließen sie sich vor der Tür wieder auf der Bank nieder, um den Inhalt des Rucksackes zu inspizieren: einen handschriftlichen Brief an Anahit und einen Leinenbeutel, in dem sich drei glänzende, etwa fünf Zentimeter starke und identisch aussehende Messingplatten von annähernder Dreiecksform und der Größe eines halben Schreibblattes befanden.

Anahit sah unschlüssig auf die Uhr.

»Wenn man die umständlichen Prozeduren einrechnet, die wir zu absolvieren haben, bevor man uns auf unsere Fähren lässt, haben wir noch höchstens eine Stunde. Ich denke, wir warten nicht auf Bernard, sondern sehen, was er uns schreibt. Er muss damit gerechnet haben, dass etwas dazwischenkommt.«

Nachdem sie die ersten Zeilen des Briefes überflogen hatte, sagte sie erschüttert: »Es ist nichts dazwischengekommen. Alles war genau so geplant, wie es jetzt ist.« Dann begann sie vorzulesen.

»Wenn Sie diesen Brief lesen, lebe ich mit einiger Sicherheit nicht mehr. Im Augenblick genieße ich an der Mittelmeerküste einen vergleichsweise ausgeglichenen Gemütszustand, den ich nutzen will, um Ihnen zu erklären, was ich über das Ding herausgefunden habe, das mir alles genommen hat.

Es beginnt mit den Ausgrabungen im antiken Hafen von Kyrenia, deren Fundstücke in dem Museum ausgestellt sind, in dem Sie sich jetzt befinden.

Um das Weitere zu verstehen, müssen Sie die drei Messingscheiben zur Hand nehmen und in dem Museum den alten Schädel betrachten, der vor über sechshundert Jahren mit einem Asphaltbrocken eingeschlagen wurde. In ihm hat sich der Abdruck der tief eingepressten Ecke einer Scheibe erhalten.«

Seena und Anahit erhoben sich wie auf ein Signal hin. Im Innern des Museums ließ sich die Vitrine, in der der alte Schädel ausgestellt war, mit einiger Gewalt öffnen. Seena hielt die drei Messingplatten in der Hand, Anahit las weiter aus dem Brief vor.

»Ich habe von dem Abdruck drei identische Abgüsse herstellen lassen.« Währenddessen schob Seena eine der Platten in den von dem Objekt hinterlassenen Schlitz, den sie in dem Asphaltbrocken erkannten. Sie passte wie angegossen, ebenso wie die beiden anderen identischen Platten.

»An dieser Stelle fing alles an. In diesem Stück Asphalt hat das Ding seinen Abdruck hinterlassen, bevor es auf die CATHERINE verfrachtet wurde. Einhundertacht Grad, die Ecke eines regulären Pentagons. Der Abdruck zeigt allerdings noch einen weiteren Winkel, an der schmalen Kante des Objekts. Sie steht nicht wie die Kante einer Fensterscheibe rechtwinklig zur Seitenfläche. Legen Sie die drei Messingabgüsse an ihren Ecken zusammen, und Sie werden es sehen.« Anahit und Seena verließen das Museum wieder. Auf der Bank hatten sich ein gutes Dutzend Nacktschnecken breitgemacht. Mit unerschütterlicher Geduld klaubte Seena sie wieder ab.

Zu zweit fügten sie die drei Platten an den Ecken zusammen. Sie passten perfekt und bildeten die kleine räumliche Ecke eines riesigen geometrischen Körpers. Das Ganze schien immer mysteriöser zu werden. Worauf wollte Bernard hinaus, und was um Gottes willen sollte das mit der Zukunft ihres Sohnes zu tun haben?, fragte sich Anahit. Sie las weiter aus dem Brief.

»Haben Sie sich schon einmal gefragt, warum *zwei* von den Objekten existierten? Es ist schon unglaublich, dass es ein Ding wie dieses gibt – aber *zwei*? Wir haben gesehen, dass ein Splitter davon abgeschlagen werden kann, es ist also keineswegs unzerstörbar. Wie können sich da zwei Objekte komplett erhalten haben? Die Antwort liegt in dem Winkel, den die aneinandergefügten Messingabgüsse aus dem Asphaltabdruck miteinander bilden – einhundertsechzehn Grad und vierunddreißig Bogenminuten, der Winkel, den die Seitenflächen eines Dodekaeders bilden. Ein Dodekaeder ist ein Körper, dessen Hülle aus zwölf identischen Pentagonen besteht. Der Abdruck beweist, dass es einmal zwölf dieser Dinger gegeben haben muss.«

Die kleine Karen rebellierte. Obwohl Seena sie in ihren Armen wiegte, strömten die Tränen aus den blauen Augen.

»Ich denke, wir brechen auf«, schlug Seena schließlich vor, »wir versäumen sonst noch unsere Schiffe.«

»Einen kleinen Moment noch.« Anahit überflog die letzten Zeilen des Briefes, ohne sie laut zu lesen.

»Arran hatte sich geirrt, wenn er den Spiegel aus dem Wrack für das Produkt einer intelligenten Aktivität hielt. Jeder halbierte Apfel, jeder Seestern, jeder Mensch zeigt, dass Fünfstrahligkeit die Form des *Lebens* ist. Ich glaube nicht, dass das Ding künstlichen Ursprunges war, ich glaube, dass die Dinger, die wir kennen, *gewachsen* sind und dass in dem riesigen Inneren des Dodekaeders etwas steckte, was *lebte*, etwas Lebendiges, was darin den Raum von dreißig Elefanten eingenommen hat.

Was immer das Ding an biologischen Phänomenen bewirkt hat, sie können nur dem einen Zweck gedient haben: sein Fortbestehen zu sichern. Wer immer durch dieses Ding existierte, gegenwärtig existiert oder existieren wird, ist nur aus dem einen Grund auf der Welt: dass er dem Ding die größten Chancen dafür bietet, ihm dabei zu helfen, sein Fortbestehen abzusichern. Einen anderen Sinn kann es nicht geben.

Warum tun wir, was wir tun? Wovon werden wir wirklich gesteuert? Vielleicht gibt es keine Willensfreiheit, vielleicht konnten die Vögel nicht anders, als ihren verrückten Kurs zu fliegen.

Wenn wir wissen, wer Ihr Sohn ist, Anahit, wissen wir, von wem das Ding am meisten Hilfe erwartet und wem die Menschheit am meisten verdankt, was geschehen ist. Glauben Sie mir jetzt, dass ich mich unmöglich mit Ihnen auf Zypern treffen konnte, um Ihnen diese schmerzliche Wahrheit mitzuteilen, solange ich noch am Leben war?«

Während Anahit vorlas, kroch eine schwarze Nacktschnecke über ihren Fuß. Voller Ekel schüttelte sie sie ab.

»Du hast recht«, sagte sie, »lass uns verschwinden.« Sie konnte nicht weiterlesen, es war zu unglaublich, zu ekelhaft und zu erschütternd für sie. Seena blickte sie an, als stünde sie kurz vor einem Herzinfarkt.

»Du bist blass geworden. Ist dir nicht gut? Wir müssen uns wirklich beeilen. Vielleicht tut es dir gut, wieder unter Menschen zu sein.«

Wäre sie nur niemals hierhergekommen. Colbert musste die Verzweiflung den Verstand geraubt haben. Sie stopfte die drei Messingplatten in den Rucksack zurück. Vielleicht musste sie sich später mit Colberts Ideen, die nur aus der Verzweiflung geboren sein konnten, auseinandersetzen, vielleicht musste es ihr Sohn in Jahrzehnten einmal tun. Oder vielleicht auch niemals.

Sie verschlossen die Tür des Museums wieder und versteckten den Schlüssel hinter dem gelockerten Feldstein in der Mauer.

Sie drückte den kleinen Tigran eng an ihren Körper, als sie hinüber zu dem Pick-up liefen, um der Straße weiter nach Westen zu folgen und rechtzeitig den Hafen von Girne zu erreichen, wo sie vor gut zwei Wochen angekommen waren.

Je näher sie der Stadt kamen, desto mehr Häuser und Felder begegneten ihnen, an denen die Zeichen der Verwahrlosung nicht zu übersehen waren. Immer wieder erschreckte Anahit die Schnelligkeit, mit der die Ordnung zerfiel.

In einem Vorort Girnes kamen sie an einem riesigen Krankenhauskomplex vorbei, der mit stacheldrahtbewehrten Mauern gesichert war und als Verwaltungszentrum diente. Aus einem Innenhof stieg ein Hubschrauber auf.

Es schien Anahit hier wie überall auf der Welt, dass sich alle Anstrengungen der dezimierten Ordnungsmacht auf die Absicherung der eigenen Existenz konzentrierten und auf das, was von der Transport- und Energieversorgung übrig geblieben war. Die Kombination des in vereinzelten Partikeln in der Atmosphäre noch allgegenwärtigen blauen Staubes mit der weiter schwelenden Seuche LHF hatte sich als eine Potenzierung des Desasters herausgestellt, das die menschliche Zivilisation getroffen hatte. Vielleicht war ja der Tiefpunkt bereits durchschritten. Vielleicht war die Welt dabei, sich von dem Absturz ihrer Legenden zu erholen, wenn nicht aus dem Sarkophag, den sie über das Tal des Mt. Khustup gelegt hatten, neues Unheil zu erwarten war.

Nachdem sie sich den langwierigen medizinischen Kontroll- und Checkprozeduren der Ausreise unterzogen hatten, verabschiedeten sich Seena und Anahit in der dicht gedrängten Menschenmenge vor der aufragenden weißen Bordwand der Transitfähre MARMARA DENIZI in dem Bewusstsein, sich vielleicht niemals wiederzusehen.

Anahit zwängte sich für einige Zeit auf einen Platz auf dem überfüllten Deck, um die frische Seeluft und den Himmel zu genießen, in dem sich eine blassrote Dämmerung ausbreitete. Sie nahm ihren Sohn auf den Schoß und hielt ihn fest, als hätte sie Angst, er könne ihr in dem Getümmel verloren gehen.

Sie nahm eines der wenigen Bilder von Robert, die ihr geblieben waren. Seit das Tal im Mt. Khustup von der überwölbenden Stahlkonstruktion bedeckt wurde, unter der sich in den Strahlen von Scheinwerfern, die ringsum auf den Felsrändern montiert waren, Tag und Nacht Männer in Schutzanzügen bewegten, die sie wie in Tschernobyl Liquidatoren nannten, hatte sie keinen Zugang zu dem Atelier mit den Bildern und Selbstporträts mehr bekommen. Sie hatte sich damit behelfen müssen, den Ausschnitt aus einem Gemälde zu vergrößern, der nur sein Gesicht zeigte, dem die raue Oberfläche des perfekt restaurierten Freskos trotz aller Realität einen Hauch von Entrücktheit verlieh. Er hatte sich in dem Altarraum der Kirche San Francesco in Arezzo als ein Mann im Gefolge König Salomos dargestellt, der eine dunkle Mütze trug und dessen Augen sie direkt ansahen, obwohl sie so außerhalb des Fokus waren, dass Anahit wusste, wie tief in seinem Innern er sich aufgehalten haben musste, als er das Selbstporträt geschaffen hatte. Als sie Robert zum ersten Mal auf dem Bild erkannt hatte, hatte sie sich gefragt, ob alle Zeichen und Botschaften in den Bildern nur den einen Zweck gehabt hatten: eine Nachricht und eine Erinnerung an sein späteres Selbst zu sein, den Weg zurück nach Lusavank zu finden. Den Weg zurück zu ihr?

Sie nahm ihren kleinen Sohn in die Arme und trat näher an die Reling, vor ihr nichts als das seidig vorübergleitende Meer. Sie stellte Colberts Rucksack auf die Reling. Die von ihm gefertigten Messingplatten erinnerten sie an das von ihm zusammengebaute Kaleidoskop. Er musste ein Faible für Arbeiten wie diese gehabt haben, aber warum sollte sie die Zukunft ihres Sohnes damit belasten? Nach einigem Zögern gab sie dem Rucksack einen Stoß, das Gewicht der Messingplatten ließ ihn wie einen Stein im Meer versinken.

Ihren Sohn fest an sich gedrückt, suchte sie einen Platz in einer windgeschützten Ecke. Von irgendwoher waren im Kielwasser der Fähre einige Möwen aufgetaucht, deren Schreie an ihr Ohr drangen. In einem von der Sonne beleuchteten Fleck im Windschatten unter einem aufgebockten Rettungsboot öffnete und schloss ein weißer Schmetterling träge seine Flügel. Anahit hielt ihr Gesicht in die letzten Sonnenstrahlen. Sie küsste ihren Sohn, der sich eng an sie kuschelte und wohlige Laute von sich gab, auf die zarte Haut seiner Wangen und sog den Babyduft tief ein. Er blickte sie lächelnd mit Roberts dunklen Augen an, die sie soeben noch auf dem Bild gesehen hatte.

Im letzten Sonnenlicht ließ die MARMARA DENIZI den Hafen von Girne, dem antiken Kyrinea, hinter dem Horizont zurück. Es würde Tage dauern, bis sie den Bosporus erreichen und schließlich von dort in das Schwarze Meer einfahren würden.

Nachwort

Je mehr wir von der Funktionsweise des Genoms verstehen, desto größer wird das Staunen über dessen Fähigkeit, auf Einflüsse der Umwelt zu reagieren, was Genetiker wie die Nobelpreisträgerin Barbara McClintock veranlasst hat, die Flexibilität des Genoms mit der des Gehirns zu vergleichen.

Die Form des gleichseitigen Fünfecks ist wie keine andere geometrische Form mit den Gesetzmäßigkeiten des Lebens verbunden, seine Seitenlänge steht im Verhältnis des Goldenen Schnittes zur Länge der Diagonale. In Formeln, mit denen die Mathematiker Lebensvorgänge beschreiben, taucht aus der Geometrie des Fünfecks die irrationale Zahl $\sqrt{5}$ auf. Das gilt für die Fibonacci'sche Folge von Zahlen, mit der man zum Beispiel die Vermehrungskurve eines Kaninchenpärchens beschreibt oder für Hofmeisters Gesetz der Phyllotaxis – die einfache Regel, dass neue Triebe an Pflanzen immer dort ansetzen, wo die geringste Dichte zwischen bereits bestehenden Trieben existiert.

Überall in der belebten Natur zeigen lebendige Objekte das Muster der Fünfstrahligkeit – von Seesternen bis hin zum Menschen. Das schönste Beispiel ist die in den Weltmeeren milliardenfach verbreitete Alge *Braarudosphera bigelowi*, die als Hülle ein perfektes Dodekaeder aufbaut. Weiteres Beispiel ist die Doppelhelix der DNA, deren Riesenmolekül geometrisch einer Wendeltreppe aufeinandergeschichteter Pentagone gleicht.

Wären Menschen irgendwann in der Historie dem »Gehirn der Evolution« begegnet, hätte es Spuren in unseren Legenden hinterlassen – oder besser, Spuren in unseren Legenden lassen die Vorstellung zu, es könnte eine derartige Begegnung gegeben haben.

Die Philosophenschule des Pythagoras erkannte vor zweitausendfünfhundert Jahren, dass es nur fünf verschiedene Körper geben kann, die aus deckungsgleich identischen Flächen gebildet werden, die im gleichen Winkel zueinander stehen – wie die Dreieckspyramide des Tetraeder oder der Würfel. Vier dieser nach dem Philosophen Platon »platonische Körper« genannten Objekte, die jedes bei den alten Griechen für ein Element der Natur standen – wie Wasser, Luft oder Feuer –, waren schon lange bekannt. »Es gab jedoch eine fünfte Kombination, die Gott in der Beschreibung des Universums verwendete«, stellte Platon fest, das Dodekaeder, das »Fünfte Element«, das mit seinen zwölf Seitenflächen das Universum oder den Weltgeist symbolisiert.

Dodekaeder, Pentagon und Pentagramm waren die heiligen Figuren der Pythagoräer. Es wird berichtet, dass sich die Anhänger des Mathematikers und Philosophen Pythagoras dafür töten ließen, die mit diesen Figuren verbundenen Geheimnisse nicht zu verraten.

Es ist erstaunlich, dass Piero della Francesca im Zusammenhang mit den Wundern des Lebens in seinen Bildern so häufigen Gebrauch von dem Symbol des Pentagons machte, das zu seiner Zeit ganz und gar kein christliches Symbol war. Seltsamerweise wird in keiner der Abhandlungen über Francescas Werk auf diese Symbolik hingewiesen – nicht einmal in dem hervorragenden Buch »A Mathematicians Art« von J.V. Field. Vieles spricht dafür, dass die erste mathematische Abhandlung zu Pentagon und Goldenem Schnitt seit den Tagen Euklids in Wahrheit nicht von Luca Pacioli aus

Sansepolcro, dem Lehrer Leonardo da Vincis, sondern von Paciolis Lehrer, Piero della Francesca, stammt – aus »De quinque corporibus regularibus«, dem nie veröffentlichten Buch, das er am Ende seines Lebens über die fünf platonischen Körper schrieb.

Kann es sein, dass Piero, der die »Göttliche Teilung« und dessen Gestalt, das Pentagon, so allgegenwärtig in seinen Bildern zeigte, ebenso wie andere Männer der Renaissance und wie Kopernikus, Kepler und Leibniz Pythagoräer war?

Neben diesen Zusammenhängen hat mich das Werk zweier weiterer Maler angeregt – auch wenn alle Ähnlichkeiten mit deren Leben in *Visus* rein zufällig wären: der armenische Maler Martiros Sarian, von dem das einzig mir bekannte Selbstporträt in Gestalt von drei Individuen verschiedener Lebensalter stammt, und Stefan Hoenerloh mit seinen verstörend präzisen, düsteren und menschenleeren Stadtbildern.

Von allen Büchern und Artikeln möchte ich die 3-D-Simulation des Francesca zugeschriebenen Gemäldes *cita ideale* hervorheben, in der die Japaner T. Saegusa und H. Chikatsu gezeigt haben, mit welcher Perfektion in diesem Bild eine reale dreidimensionale Stadt konstruiert wurde. Sie haben ermittelt, wo genau der Beobachtungspunkt des Malers für diese gemalte Vision gelegen haben muss.

Daneben gilt mein Dank all denen, von denen ich Anregungen beziehen konnte und die mir zu Gesprächen zur Verfügung standen, wie der Biophotoniker Marco Bischoff oder der Genetiker Prof. Jens Reich, die natürlich keine Schuld an Unstimmigkeiten und Übertreibungen des Möglichen in der Geschichte von *Visus* trifft. Mein Dank gilt wieder Lothar Strüh und seinem genauen und geduldigen Lektorat sowie Grit Kroll und Antje Schröder, die mich so nervenstark bei der Erledigung anderer Verpflichtungen unterstützten, wenn ich mich in meinem Urlaub ganz auf *Visus* konzentrieren musste.

Mein ganz besonderer Dank gilt schließlich meiner lieben Frau Margarethe, die am meisten unter meiner geistigen und räumlichen Abwesenheit zu leiden hatte und ohne deren Unterstützung ich es nie geschafft hätte, dieses Buch fertigzustellen.

Stel Pavlou

Code Zero

Thriller

Deutsche Erstausgabe

ISBN 978-3-548-26495-0
www.ullstein-buchverlage.de

8. März 2012. In der Antarktis, im Amazonas und unter der Sphinx stößt man auf mysteriöse kristallartige Artefakte mit hieroglyphenartigen Beschriftungen. Zwischen den drei Fundorten zirkuliert ein merkwürdiges Signal, dessen Botschaft ein Team internationaler Wissenschaftler verzweifelt zu entschlüsseln versucht. Doch es könnte bereits zu spät sein: Eine entsetzliche Prophezeiung droht sich zu erfüllen …

»Ein wirklich aufregender Wissenschafts-Thriller von geradezu epischem Ausmaß.« *Bookseller*

Nelson DeMille

Nachtflug

Roman

ISBN 978-3-548-26645-9
www.ullstein-buchverlage.de

17. Juni 1996: Vor der Küste von Long Island explodiert ein Flugzeug der TWA. An Bord befinden sich 230 Menschen auf dem Weg nach Paris. Alle finden den Tod. In einer offiziellen Verlautbarung wird ein technischer Defekt für den Absturz verantwortlich gemacht. Doch daran wollen John Corey und Kate Mayfield vom FBI nicht glauben …

»Eine reale Tragödie liefert DeMille die Vorlage für einen seiner besten Plots.« *Kirkus Reviews*

»Niemand schreibt derart packende, gut recherchierte Thriller wie DeMille.« *Gala*

UB403

ullstein